Seit zwanzig Jahren sind Beth und Adam ein Paar – bis sich Adam wieder einen großen Fehltritt leistet. Die Wunde nach seinem letzten Seitensprung ist gerade erst verheilt und Beth droht an der neuen Affäre zu zerbrechen. Zum Glück ist ihre gemeinsame Tochter schon aus dem Haus, also setzt Beth ihren Mann kurzerhand vor die Tür und versucht einen Neuanfang als Songwriterin. Und sie hat Glück: Ausgerechnet der Titelsong zu einem Liebesfilm könnte ihr großer Durchbruch werden. Ihr Mitgefühl für den zerknirschten Adam, der nach der Trennung überhaupt nicht mehr auf die Beine kommt, hält sich in Grenzen. Doch dann rückt ihr Ex bei einem Treffen mit einer Neuigkeit heraus, die weitreichende Folgen für die ganze Familie hat …

Fionnuala Kearney wurde im irischen Cork geboren und wuchs mit sechs Geschwistern in Dublin auf. Sie arbeitete als Immobilienmaklerin in London, wo sie bis heute mit Ehemann und zwei Töchtern lebt. Seit fünf Jahren widmet sie sich ausschließlich dem Schreiben. »Du und ich und andere Leute« ist ihr erster Roman und erschien zeitgleich in acht Ländern.

Birte Mirbach ist diplomierte Übersetzerin. Sie überträgt Texte aus dem Englischen, Niederländischen und Spanischen ins Deutsche.

FIONNUALA KEARNEY

Du und ich und andere Leute

ROMAN

Deutsch von Birte Mirbach

BERLIN VERLAG TASCHENBUCH

FSC
www.fsc.org
MIX
Papier aus verantwortungsvollen Quellen
FSC® C083411

September 2016
Die Originalausgabe erschien 2015 unter dem Titel
You, Me and Other People bei Harper Collins, London.

Umschlaggestaltung: ZERO Werbeagentur, München
Umschlagabbildung: FinePic®, München
Gesetzt aus der Minion Pro von Greiner & Reichel, Köln
Druck & Bindung: CPI books GmbH, Leck
Printed in Germany
ISBN 978-3-8333-1062-1

www.berlinverlag.de

TEIL EINS

»Die besten Menschen, sagt man, werden erst
durch die Fehler, die sie gemacht haben, vollkommen.«

William Shakespeare,
Maß für Maß

PROLOG

Ich hätte überhaupt nicht herkommen sollen. So blind, wie ich meinen Namen, meine Krankenversicherungsnummer und die Zeit und den Tag der Geburt meiner Tochter auswendig weiß, so genau weiß ich, dass ich nicht hätte herkommen sollen. Adam Hall – NC 100Z9T – 3. März 1994, 8:04 Uhr, Meg Sarah-Louise Hall, per Kaiserschnitt zur Welt gekommen, erstes Kind meiner Frau Beth und mir. Unwillkürlich schüttele ich den Kopf, mein Gewissen plagt mich, ermahnt mich, dass ich nicht hätte herkommen sollen.

Ich fahre am Haus vorbei. Es gibt keinen Parkplatz, also muss ich wohl weiterfahren. Auf meinem Beifahrersitz liegt eine Schachtel, als Geschenk verpackt. Heute hat jemand anderes Geburtstag. Ich habe mir Mühe gegeben, dieses Geschenk auszusuchen, wollte alles richtig machen. Es bedeutet mir etwas, es ist mir wichtig, dass derjenige weiß, was ich empfinde. Am Ende der engen Straße mache ich eine Kehrtwende und versuche noch einmal, einen Parkplatz in der Nähe zu finden. Ungefähr zehn Häuser entfernt ist jemand weggefahren, und ich schlüpfe mit meinem Auto in die freie Lücke.

Da vorne findet eine Party statt, das Haus von einem verräterischen Bündel Luftballons am Pfeiler markiert. Ich werfe einen Blick auf die Schachtel. Als ich sie verpackt habe, habe ich das Klebeband umgeklappt, so dass man es auf der Außenseite des Papiers nicht sieht. Beth hat mir mal zu Weihnachten gezeigt, wie man das macht. »Du musst es verstecken. Das sieht dann gleich viel ordentlicher aus«, hatte sie gesagt. Sie hat recht. Versteckte Dinge sehen von außen einfach viel ordentlicher aus.

Ich öffne das Fenster. Laute Stimmen dringen aus dem Haus mit den Ballons. Eine Frau eilt vorbei, mit einer schwer aussehenden Handtasche hoch über der Schulter, ein kleines Päckchen und eine Flasche

Wein in ihren Händen. Ich habe keine Ahnung, wer sie ist, aber sie sieht so aus, als wäre sie zu spät dran. Knapp einen Meter von meinem Auto entfernt, auf der anderen Seite des schmalen Fußwegs, steht ein blühender Jasminstrauch. Ich atme den berauschenden Duft ein und schließe die Augen, fühle mich sofort in die Vergangenheit zurückversetzt, zum blumigen Parfüm meiner Mutter. Meine linke Hand greift nach der Handbremse, während in meinem Kopf ein Kinderreim über Dick Whittington erklingt, den sie immer gesungen hat, als ich klein war. *Fahr zurück.* Ich werfe einen Blick auf das Geschenk, kaue auf meiner Oberlippe herum. Ich hätte nicht herkommen sollen.

Ich lasse den Motor an. Ich werde das Geschenk wegpacken und nie wiederkommen. Das verspreche ich, hoch und heilig. Ich sage es laut, schaue mich selbst im Rückspiegel an und spreche die Worte langsam aus, als würde mein Leben davon abhängen …

Auf der Fahrt zurück freue ich mich auf das Sonntagsessen, das mich erwartet. Ich werde unser Zuhause betreten und meine Frau küssen. Ich werde unter die Dusche gehen, um den Wahnsinn dieses Morgens abzuspülen. Ich werde mich in das Leben stürzen, das ich liebe. Ich stelle es mir vor wie als Geschenk verpackt, mit doppelseitigem Klebeband oder was auch immer man braucht, damit der Inhalt schön ordentlich eingewickelt ist – versteckt vor den Menschen, die ich liebe.

EINS

Vier Monate vorher

»Mein Ehemann ist ein Schürzenjäger«, erwidere ich. Sie sitzt da mit überschlagenen Beinen und macht sich Notizen auf ihrem zartlinierten Schreibblock. »Oder mit anderen Worten: ein schwanzgesteuerter Lügner. Wie soll ich mich da wohl fühlen? Er schläft mit einer Kellnerin …« Die letzten Worte schmecken wie Hefepaste auf meiner Zunge. Im Stillen entschuldige ich mich bei all den netten Kellnerinnen auf der Welt. Während ich darüber spreche, wie es mir geht, krampft sich meine rechte Hand um meine linke Schulter. »Ich fühle mich betrogen«, ich senke meine Stimme. »Und es tut weh.«

Dr. Caroline Gothenburg nickt mitfühlend. Sie hat olivfarbene Augen und ein breites Gesicht, das von tizianroten Locken umrahmt wird; lange wohlgeformte Beine, die von glänzenden Strümpfen umhüllt werden, und mir drängt sich die Frage auf, ob sie in ihrem Hochglanzleben jemals betrogen worden ist. Jede Menge Zertifikate in papierdünnen Chromrahmen schmücken ihre Wand. Klug und gleichzeitig auch schön … Ich ertappe mich, wie ich mich mehr auf sie als auf mich konzentriere.

»Ich möchte, dass Sie bis zur nächsten Sitzung eine Zeitleiste für mich machen«, unterbricht sie meine Gedanken. Ich merke, wie sich auf meiner Stirn eine Falte über der anderen bildet. Ich bin eine intelligente Frau. Was zum Teufel tue ich hier? Während ich über ihren Beistelltisch hinweg auf ihre adrette, ordentliche Gestalt blicke, schlucke ich die Panik hinunter, die mir die Kehle heraufkriecht.

»Es wird mir dabei helfen, Sie kennenzulernen«, sagt sie. »Wer ist Beth? Was macht Beth zu Beth? Ich würde gerne verstehen, wer Sie sind, woher Sie kommen.«

In der Entfernung ertönt eine Sirene, als wollte sie mich vor einer drohenden Gefahr warnen.

»Ich auch«, flüstere ich.

*

Im Auto teilt mein Smartphone mir mit, dass ich drei Anrufe verpasst habe. Einer von Josh, meinem Agenten, und zwei von Adam. Wenn mein Telefon wirklich smart wäre, würde es Adams Nummer löschen. Ich habe darüber nachgedacht – aber ihn aus meinem Telefon zu löschen wird ihn nicht aus meinem Kopf verbannen. Ich schalte das Bluetooth an, rufe Josh zurück und fahre zum nächsten Supermarkt.

Zwanzig Minuten später packe ich den Inhalt meines Drahtkorbs aus und beobachte, wie er sich über das Fließband bewegt. Navelorangen, Thunfisch, Zuckermais, ein paar Klatschmagazine, ein fragwürdiges Hühnchenwrap und zwei Flaschen gekühlter Sauvignon Blanc.

»Geht Ihr Mann fremd?« schreit eine Schlagzeile auf einer der vorbeiziehenden Zeitschriften. Es sind vier Stück, alle mit ähnlichen Enthüllungsstorys, um mir selbst zu bestätigen, dass ich nicht alleine bin, dass es tatsächlich massenhaft Betrug in der Welt gibt.

»Punkte?«, fragt ein junges Mädchen mit kaffeefarbener Haut und Mandelaugen hinter der Kasse.

»Punkte?«, erwidere ich.

»Sammeln Sie Punkte?«, sagt sie und unterdrückt ein Gähnen. Ich bemerke eine winzige Yin-Yang-Tätowierung oben auf ihrem Handgelenk.

Am liebsten möchte ich Miss Punkte-Yin-Yang anbrüllen. Ich möchte sie anschreien, ihr sagen, dass sie nicht so eine blöde Frage stellen soll; sie fragen, ob sie nicht das lebenswichtige Thema der Zeitschriften in meinem Korb bemerkt hätte; ihr sagen, dass sie, wenn sie das nicht bemerkt hätte, heute null Punkte für Kundenservice bekommen würde. Ich möchte ihr einen Strom böser Worte entgegenschleudern – er hat sich schon in meinem Kopf geformt. Dann aber erinnere ich mich daran, dass sie nicht viel älter ist als Meg, meine neunzehnjährige Tochter, und in dem Alter dürfte man eigentlich noch nicht wissen, wie sich Betrug anfühlt. Ich atme tief ein – es ist wirklich nicht Miss Yin-Yangs Fehler, dass mein Ehemann so ein Scheißkerl ist …

Also schüttele ich stattdessen den Kopf. Nein, keine Punkte. Als ich wieder im Auto bin, zittere ich am ganzen Körper. Still zähle ich bis hundert und schiebe die Tatsache, dass er mich wirklich verlassen hat und dass ich gerade eine Stunde in der Praxis einer Therapeutin verbracht habe, in die hintersten Windungen meines Gehirns. Ich beruhige meine Hände, indem ich mich für einen Moment daraufsetze. Dann schüttele ich sie aus, lasse den Wagen an und mache mich auf den Heimweg.

Unser Zuhause ist eine wunderschöne edwardianische Doppelhaushälfte mit drei Etagen in einer von Platanen flankierten Allee im Pendlergürtel von Surrey. Wir haben es vor vierzehn Jahren gekauft, als Ruine. Roter Backstein mit alten Erkerfenstern; drinnen haben wir Wände eingerissen, neue eingezogen – tatsächlich ein bisschen wie unsere Ehe, nur dass das Haus heute aussieht wie aus *Schöner Wohnen* und ich, die eine Hälfte unserer Ehe, aussehe wie das »Vorher«-Bild in der Praxis eines Schönheitschirurgen.

Während der Kies unter den Autorädern knirscht, starre ich auf das Gebäude, das ich liebe. Werden wir es verkaufen müssen? Werde ich in einem dieser winzig kleinen Häuschen irgendwo im Niemandsland enden? Meine Hand massiert meinen aufgewühlten Magen, und nicht zum ersten Mal schießt mir die Kellnerin durch den Kopf. Ihr Bild ist unvollständig und an den Rändern verschwommen. Ich weiß nicht, ob sie lange oder kurze Haare hat, blond oder dunkelhaarig, lockig oder glatt? Ist sie um die dreißig oder vierzig? Bitte nicht zwanzig. Das könnte ich nur sehr schwer ertragen, ganz abgesehen davon, wie Meg damit zurechtkäme. Die Vorstellung davon, wie ihr geliebter Vater jemanden vögelt, der seine Kleidung bei H & M einkaufen geht, wäre zu viel.

Plötzlich überfällt mich ein Bild davon, wie sie Sex haben. Wird sie dabei so laut wie ich? Hält er ihr Haar im Nacken genauso, wie er das bei mir macht? Stumme Tränen fallen. Ich muss damit aufhören … Ich wische sie mit meinem Ärmel weg und bleibe eine Weile sitzen, um auf

Adams Garten zu starren. Ziemlich schnell fasse ich einen Entschluss. Er wird mein Zuhause nicht verkaufen. Dafür müsste er mich erst in einem Sarg hier raustragen.

Drinnen stelle ich die Einkäufe ab und gehe nach oben in mein Arbeitszimmer unterm Dach. Von Tageslicht aus drei schrägen Dachfenstern überflutet ist dies der Ort, wo ich meinen beiden riesigen Monitoren gegenübersitze, auf denen Noten und Melodien erscheinen, und wo ich jetzt per Hand die verlangte Zeitleiste schreibe. Eine Minute und sechs hastig geschriebene Zeilen später bin ich schon ein in der Klosterschule erzogenes Kind, das einzige überlebende Kind einer exzentrischen Mutter und eines trinkenden Vaters. Ich mache weiter und bete im Stillen, dass Dr. Gothenburg ihre Arbeit versteht, meine Hand kritzelt meine ganze Vergangenheit auf das Blatt. Sehr bald bin ich ein Kind, das seinen Vater an die Liebe zum Alkohol verliert, eine Ehefrau, deren Ehemann schon einmal einen One-Night-Stand zustande gebracht hat, und eine Mutter, die von Schuldgefühlen geplagt wird, weil sie sich mehr wünscht, als sich für ihr Kind aufzuopfern.

So auf zwei Seiten Papier verteilt ist es kein spektakuläres Leben, stelle ich fest. Noch ist es Stoff für die Telefonseelsorge, aber wird das Dr. Gothenburg dabei helfen, mich kennenzulernen? Wird die Existenz eines kleinen Bruders, der starb, als er drei war und ich sechs, etwas enthüllen, dessen ich mir nicht bewusst bin? Wird mein Ehrgeiz, zu einer erfolgreichen Songschreiberin zu werden, dabei helfen, meine Persönlichkeit zu schärfen? Josh versichert mir regelmäßig, dass ich nah dran bin, im Countrypop richtig herauszukommen. Nur ich bin mir da nicht so sicher. Was ich aber ganz sicher weiß – was klar und deutlich auf der zweiten Seite zu lesen ist –, ist, dass mein Ehemann ein Betrüger ist. Wenn man bedenkt, dass er sogar mindestens zweimal untreu gewesen ist, macht ihn das zu einem Serienbetrüger. Es steht hier schwarz auf weiß, damit Dr. Gothenburg es lesen kann. Die Worte, die sein Versagen bestätigen, springen einem direkt ins Auge …

Das Handy klingelt und dieses Mal lache ich laut auf, als ich seine Nummer sehe. Er glaubt wirklich, dass ich einfach aufhöre, wütend zu sein, wenn er nur immer weiter anruft. Und andererseits hoffe ich sogar, dass er recht hat, weil diese Wut mich von innen auffrisst. Ich spüre, wie sie sich um mich herumwickelt und an mir nagt. Als ob jetzt ein Klangeffekt kommen müsste, grummelt mein Magen laut. Ich steige wieder die Treppe hinunter und gehe unterwegs an den Wänden voller Fotos vorbei.

Das Verbrecheralbum ... Die Finger meiner rechten Hand schweben über ihnen, sehnen sich danach, die Babyfotos von Meg zu berühren, einzutauchen in diese jüngeren, strahlenden Bilder von mir und Adam. Ein altes Hochzeitsfoto, so erfüllt von Hoffnung und Liebe. Ein Schnappschuss von ihm beim Grillen nebenan – Adam posiert wie ein Katalogmodell, blickt in die Kamera, das Kinn nach oben geneigt; seine langen, gebräunten Beine in Bermudashorts, sein aschblondes, kurzgeschnittenes Haar leuchtet in der Sonne. Ich gehe die Treppe langsam hinunter, verliere mich in Jahren von Erinnerungen. Mit dem letzten Schritt versuche ich zu begreifen, dass wenn mich nur Wochen vorher jemand gefragt hätte, ob wir glücklich seien, ich mit einem ziemlich selbstzufriedenen »Ja, natürlich« geantwortet hätte. So ein guter Lügner ist mein Ehemann.

In der Küche schnappe ich mir ein Weinglas und fülle es bis zum Rand mit kühlem Sauvignon. Ich wühle in einer der Einkaufstaschen, nehme das Hühnchenwrap heraus und kaue es langsam, höre brav auf die Stimme in meinem Kopf, die mir sagt, dass ich etwas essen muss. Ich will nicht essen. Ich will nur trinken. Ich nehme einen großen Schluck Wein und spüre, wie der Alkohol hinunterrutscht und sofort da landet, wo er hinsoll.

Am späten Nachmittag stiehlt sich die Septembersonne durch die Faltschiebetüren, die auf den Hintergarten hinausgehen. Ich laufe durch ihre Schatten, das Hühnchenwrap in der einen Hand und das Glas in der anderen. Einen Bissen pro Schluck Wein ... Dazwischen summe ich die Worte eines Liedes, das ich gestern geschrieben habe, und spüre den Hauch eines Lächelns auf meinem Gesicht. Der Thesaurus hat mich mit einem Reim für »Bastard« versorgt. »Dastard« – ein raffinierter, niederträchtiger Feigling. Adam, der

Dastard. Mit dem Grinsen auf meinem Gesicht fällt mir das Kauen sogar noch schwerer.

Ich muss mich wieder in meine Arbeit vertiefen und fange an, die Treppe hochzugehen, nur um mich dann umzudrehen und bewegungslos auf der vierten Stufe sitzenzubleiben. Ich starre in das Wohnzimmer gegenüber, unfähig, mich zu rühren. Der kognitive Teil meines Gehirns hat sich ausgeschaltet. Meine Beine weigern sich, mir zu gehorchen, meine Hände scheinen an meinen Knien festzukleben. Mich überfallen schnappschussartige Erinnerungen an Orte, an denen wir gewesen sind, Lieder, die wir gesungen haben, Momente, die wir miteinander geteilt haben, ich bin wie betäubt von der Angst vor einem Neustart. Wo soll ich denn anfangen? Wenn ich einfach ein- und ausatme, wird die Zeit dann vergehen? Ich nicke. Ja, genau das wird passieren. Ich muss einfach nur abwarten und auf einmal stecke ich schon mitten im nächsten Monat, und dieser neue Anfang wird schon passiert sein, ohne dass ich das überhaupt zur Kenntnis genommen habe.

Ich stehe erst auf, als es längst dunkel ist. Ich gehe die Treppe hinunter, schalte Licht ein und nehme die Flasche Wein aus dem Kühlschrank mit ins Wohnzimmer. Dreißig Minuten später sehe ich auf Adams übergroßem prolligen Plasmabildschirm fern, als mich jemand übers Festnetz anruft.

»Sie sind gefeuert!« Sir Alan füllt den Bildschirm aus, während er mit dem Zeigefinger auf irgendeine Frau zeigt, die damit aus der Casting-Show fliegt.

»Ja, meine Liebe, ich weiß, wie du dich fühlst«, zeige ich ihr mein Mitgefühl. »Beth, du bist gefeuert!« Ich zeige mit meinem Glas auf die von Lord Sugar Gefeuerte und gehe ans Telefon, völlig überzeugt, dass es zu dieser Zeit nur Meg sein kann.

»Meg?«

»Beth, ich bin es …«

Es ist nicht Meg, meine heißgeliebte Tochter. Er ist es, der Bastard, der die Hälfte ihrer DNS beigesteuert hat, der Dastard, den ich mit jeder Faser meines Wesens vermisse, sobald ich seine Stimme höre. Mein Herz klopft laut hinter meinen Rippen.

»Wie geht es dir?«, fragt er. »Beth, leg nicht auf. Bitte, wir müssen miteinander reden.«

»Ich will nicht mit dir reden.«

Er sagt nichts.

»Bist du bei ihr?«, will ich wissen.

Seine Antwort ist ein schuldbewusstes Schweigen.

»Weißt du, dass du ein Dastard bist?« Der Wein macht sich in meinem Kopf selbstständig.

Er seufzt. »Ja, das hast du mir etliche Male gesagt.«

»Nein, ich habe dir etliche Male gesagt, dass du ein ›Bastard‹ bist, jetzt sage ich dir, dass du auch ein ›Dastard‹ bist.« Keine Antwort.

Ich kann Küchengeräusche im Hintergrund hören, als würde eine Spülmaschine ausgeräumt. Ich stelle mir die Szene bildlich vor. Schön häuslich. Wie bei Jamie Oliver oder Nigella Lawson … Er spricht mit gesenkter Stimme, als wollte er nicht, dass man ihn telefonieren hört.

»Ach, verpiss dich einfach, Adam.« Ich knalle den Hörer auf die Gabel. Ich schaue auf die Flasche, und die Gene meines Vaters rufen mich.

ZWEI

Ich starre auf den kleinen Bildschirm. *Anruf beendet*. Sie hat aufgelegt. Mal wieder … Und sie hat geflucht. Beth weiß, wie sehr ich das hasse. Es sind zwei Wochen, seit ich weg bin, und noch immer flucht sie, wenn sie mit mir redet.

Durch die offene Küchentür sehe ich, wie sich Emma bückt, um an den Unterkorb der Spülmaschine zu kommen. Sie trägt ein figurbetontes schwarzes Kleid, bei dessen Anblick mir schwindelig wird; Bilder von der nackten Emma und der nackten Beth vernebeln mein wirres Gehirn. Ich atme tief ein, fülle meine gierigen Lungen so langsam wie nur möglich.

»Ich weiß, dass du mich anstarrst.« Emma blickt über ihre linke Schulter und sieht mir in die Augen. Mit einer raschen Bewegung überkreuzt sie die Hände, greift den Saum ihres Kleides und zieht es sich über den Kopf. Sie trägt Strümpfe. Kein Höschen, nur halterlose Strümpfe, einen winzigen BH, und ich fühle sofort, wie sich etwas bei mir regt, während sie auf mich zukommt. Ein Instinkt sagt mir, dass ich ihr ausweichen, meine Hände hochhalten und »Nein, Emma, nein« sagen sollte, aber dafür ist es viel zu spät. Wenn ich einen besseren Charakter besäße, hätte ich das schon vor Monaten gesagt. So aber lasse ich meine primitiven Instinkte übernehmen, die mich dazu bringen, dass ich sie hier auf ihrem weißen Amtico-Küchenfußboden nehmen will. Bevor ich weiß, wie mir geschieht, kniet sie vor mir und öffnet meinen Reißverschluss. Ich kneife die Augen zu. Mit einer Hand halte ich mich am Türrahmen fest, mit der anderen halte ich ihren Kopf, am Ansatz ihres Nackens, meine Finger greifen in ihr langes blondes Haar.

*

In dem Moment, wo ich sie traf, wusste ich schon, dass ich in Schwierigkeiten steckte. Es hatte alles als simpler Abend mit einer Gruppe von Arbeitskollegen in dem Restaurant angefangen, wo sie arbeitet. Sie hatte mit mir geflirtet. Heimliches Augenzwinkern, Lächeln. Zuerst dachte ich, ich würde mir das einbilden, bis Matt, mein Geschäftspartner, mich außerhalb der Toilette in eine Ecke drückte.

»Mach das nicht, Kumpel«, sagte er.

»Was?«

»Mach nicht weiter damit. Du bist so geschmeichelt davon, dass irgend so eine blonde Schnalle ein Auge auf dich geworfen hat, dass du schon den ganzen Abend lang unterm Tisch deinen Ehering drehst.«

»Das stimmt nicht.«

»Stell dich nicht an wie ein Vollidiot, Adam. Du und Beth führt eine gute Ehe.«

Aber bis ich mir dann mit Emma ein Taxi nach Hause teilte, war mein Ring in meiner Tasche verschwunden, meine Wahl getroffen. Ich dachte an Beth, meine großartige, loyale, talentierte Ehefrau; die Frau, die mich mindestens einmal am Tag zum Lachen brachte, die Frau, die ich liebte, die Frau, für die ich gestorben wäre, sogar jetzt noch. Ja, ich habe an sie gedacht, aber nur kurz.

Ich hatte noch nie eine Frau getroffen, die so direkt drauflosging wie Emma, die sich auf der Rückbank des Taxis auf mich warf, meine Eier mit ihren langen, manikürten Fingern umfasste. Ich war schwach, machtlos. Und Monate später bin ich immer noch ein erbärmlicher dreiundvierzig Jahre alter Mann, der seiner Frau so sehr wehgetan hat, dass er nicht weiß, wie er das in Ordnung bringen soll, und sich deshalb einfach dafür entscheidet, es zu ignorieren und sich in massenhaft lebensbejahenden Sex mit einer neuen und jüngeren Frau stürzt.

*

Ich verlasse das Büro früh und fahre aus der Tiefgarage in einen wunderschönen Septemberabend, die Sonne noch recht hoch am Himmel. Gleich hinter dem Fluss auf meiner rechten Seite sehe ich den Schatten vom London Eye, die Kabinen des Riesenrads voll mit sorglosen Touristen. Es ist Freitag, und normalerweise würde ich den Fluss überqueren und die A3 heimwärts nehmen, nachdem ich die Woche in der Stadt verbracht habe. Vor acht Monaten hatten Beth und ich uns entschieden, das Appartement von meinem Bruder Ben »auszuleihen«, während er für ein Jahr im Ausland ist. Das war für beide Parteien ein guter Deal. Wir zahlen viel weniger als die marktübliche Miete, er kann aber trotzdem seine Hypothek abbezahlen und kennt seine Mieter. Geplant war, dass wir unter der Woche dort bleiben, was mir das Pendeln erspart hätte, und Beth könnte London genießen und ihre Lieder schreiben. Eine neue Umgebung, neue Inspiration – das war der Plan gewesen.

Ich wende den Wagen nach Osten in Richtung Autobahn, in Richtung Docklands zu dem Einzimmerappartement beim Fluss, mit der Absicht, heute Nacht dort zu bleiben. Der Plan für heute Abend sieht eine Emma-freie Zone vor; ein bisschen Zeit für mich mit Fast Food und Fußball auf Sky Plus. Warum fahre ich nur weiter Richtung Osten die A3 entlang auf die M25 zu und mache diesen großen Umweg zu dem Ort, an dem ich bisher zu Hause gewesen bin?

Ich rufe vorher über die Freisprechanlage an. Sie würde mich umbringen, wenn ich einfach dort auftauchte. Ich kann mir vorstellen, wie ich auf der Stelle unter der Macht ihres durchdringenden Blickes sterbe. Aber ich habe das Bedürfnis, sie zu sehen und zu versuchen, ihr alles zu erklären. Ich weiß noch nicht, wie ich es sagen soll, nur der Wille, es zu versuchen, ist da, weil ich es nicht ertragen kann, dass sie mich hasst. Das Telefon hört auf zu klingeln und ich höre ihre Stimme:

»Sie sind mit Adam und Beth Hall verbunden. Wir sind gerade nicht erreichbar. Hinterlassen Sie uns bitte eine Nachricht. Wir rufen zurück.«

Sie ruft mich aber nicht zurück. Ich wähle eine andere Nummer und hoffe, dass wenigstens die andere Person, der ich wehgetan habe, noch mit mir spricht.

»Hallo Dad«, sagt sie, als sie beim dritten Klingeln abnimmt.

»Hallo Meg.« Ich widerstehe der Versuchung, meinen Spitznamen Pumpkin für sie zu benutzen. »Geht es dir gut?« Ich kann meinen Herzschlag hören.

»So gut wie es eben geht, wenn man ein Arschloch zum Vater hat …«

Ich seufze – ein hörbares, langsames Seufzen. »Geschieht mir recht. Es tut mir leid.«

»Ja genau, und einfach ›Es tut mir leid‹ sagen macht das Ganze nicht besser. Bist du immer noch mit ihr zusammen?«

Direkt an die Gurgel – sie mag zwar meine Augen, meine langen Beine haben und diese kastanienbraunen Haare, wie Beth sie nennt, alles direkt aus meinem Genpool, aber wenn es hart auf hart kommt, ist Meg Beths Tochter. Sie redet nicht lang um den heißen Brei herum.

Also antworte ich im gleichen Stil. »Ja.«

»Aha … Und warum hast du angerufen?«

»Du bist meine Tochter, Meg. Ich möchte dich gerne sehen. Bitte.«

»Und dann? Stellst du mich dann deiner aufgetakelten Tussi vor, damit wir dysfunktionale Familie spielen können?«

Ich zucke bei ihren Worten zusammen. Und gebe Beth die Schuld. Auch meine Tochter drückt sich nicht gerade gepflegt aus.

»Ich …«

»Sieh mal, Dad. Das geht mir zu schnell. Es tut noch zu weh. Du bist nicht der Mann, für den ich dich gehalten habe. Der Mann, den ich respektiert habe.« Ich kann mir vorstellen, wie sie den Kopf schüttelt, während sie weiterspricht. »Der bist du einfach nicht.«

Ich beiße mir auf die Unterlippe, fühle, wie sie zittert. Sie hat recht. Der Mann bin ich nicht, aber der bin ich auch nie gewesen. »Es tut mir leid«, sage ich lahm.

»Blablabla.« Sie legt auf.

Ich ziehe den Wagen hinüber auf den Seitenstreifen. Mein Mageninhalt ergießt sich über den Rand der A13. Und schaffe es dabei auch noch, die Tür meines geliebten Lexus vollzusprenkeln. In meinem Kopf höre ich die Stimme meiner schon lange verstorbenen Mutter: *»Ich hoffe, du bist stolz auf dich, Adam.«* Ich wische mir den Mund mit meinem Hemdsärmel ab, starre über die drei Fahrspuren voll schnellfließendem Verkehr und blicke hinauf in den Himmel. Meg hasst mich. Ich habe es versaut. Ich habe es richtig versaut.

*

Das Haus sieht genauso aus wie immer. Ich bin mir nicht sicher, warum ich geglaubt habe, dass sich irgendwas getan haben müsste. Ich war nicht länger weg, als ein durchschnittlicher Urlaub dauert, und trotzdem hat sich so vieles geändert. Beths Auto steht nicht in der Auffahrt und ich frage mich, ob sie die Garage benutzt, jetzt, wo mein Auto nicht mehr dort ist. Ich stecke mir ein Pfefferminzbonbon in den Mund und steige aus dem Auto, ohne allzu viel darüber nachzudenken, was ich vorhabe.

Die Klingel läutet unter meiner Fingerspitze. Keine Reaktion. Ich versuche es übers Telefon. Der Anrufbeantworter. Ich habe Schlüssel, aber ich traue mich nicht … Ich gehe auf die Garage zu, spähe durch das Seitenfenster. Kein Auto, sie ist also definitiv nicht da. Ich wische das Glas mit meinem Handrücken sauber und starre hinein. Ordentliche Regale flankieren die Seiten, alles schön aufgeräumt. Der leere Platz in der Mitte reserviert für das Auto, das ich liebe, dasjenige, bei dem jetzt Kotze an der Beifahrertür klebt.

Ich entschließe mich, den Schlüssel rauszuholen, und versuche es mit dem unteren Schloss. Kein Glück. Das obere Schloss verweigert sich ebenfalls. Dann dämmert es mir – sie hat die Schlösser austauschen lassen. Plötzlich habe ich das Gefühl, dass sie doch hier ist. Schon die ganze Zeit wahrscheinlich. Ich drücke den Briefkastenschlitz auf.

»Beth! Mach die Tür auf!« Stille begrüßt mich. Ich knie jetzt und spähe durch den Briefschlitz, den Kopf zur Seite geneigt.

»Hallo, Adam.«

Ich springe auf. Sylvia, unsere Nachbarin, die in der anderen Doppelhaushälfte wohnt, steht an einer Lücke in der Lorbeerhecke.

»Sylvia«, sage ich und wische mir den Staub von der Hose. »Ich, äh …«

»Sie hat die Schlösser austauschen lassen«, bestätigt sie und starrt auf die Ausfahrt.

»Ich verstehe.« Ich suche Augenkontakt, schließlich feiern wir seit über zehn Jahren gemeinsame Dinnerpartys. »Du kannst mir nicht vielleicht …« Sylvia ist auch diejenige, die für Notfälle den Ersatzschlüssel hat.

»Verlange das bitte nicht von mir, Adam.«

»Klar.« Ich nicke. »Entschuldige. Weißt du, wo sie ist?«

Sylvia zuckt mit den Schultern. Dann sehe ich es. Die Trauer, das Mitleid in ihrem Ausdruck. Ich bin nicht sicher, wie ich es nennen soll, aber ich bin auf keinen Fall dazu bereit, dass jemand auf meiner eigenen Türschwelle so auf mich herabschaut.

»Okay, alles in Ordnung. Ich werde sie später anrufen.« Damit nicke ich meiner einstigen Dinnerpartyfreundin zu und flüchte mich in meinen verkotzten Lexus. Puh … Ich lehne mich gegen das weiche Leder des Fahrersitzes und frage mich, wo meine Frau ist. Sie könnte mit ihrer Freundin Karen ausgegangen sein. Ich lasse den Motor an, wende in drei Zügen und fahre die Ausfahrt hinaus. Im Rückspiegel sehe ich, wie das Hausschild, »The Lodge«, schrumpft, während ich mich entferne. Allmählich dämmert mir die Wahrheit und hinterlässt ein ungutes Gefühl in meiner Magenhöhle. Beth kann tun und lassen, was sie will. Es steht mir nicht mehr zu, mich zu fragen, wo sie an einem

Freitagabend ist – oder an irgendeinem anderen Abend. Ein Bild von ihr mit einem anderen Mann blitzt kurz vor meinem geistigen Auge auf. Und es gefällt mir nicht. Es gefällt mir überhaupt nicht. Bis ich die Autobahn erreicht habe, weiß ich nur eines ganz sicher: Ich selbst gefalle mir noch weniger.

DREI

»Ich möchte, dass Sie über sich selbst schreiben«, sagt sie mir, als die Stunde gerade vorbei ist. »Ich möchte, dass Sie nur über *sich* schreiben, weder über Adam noch über Meg noch über Ihre Mutter, Ihren alkoholkranken Vater, Ihren toten kleinen Bruder oder irgendjemanden sonst – nur Sie. Denken Sie nicht zu viel darüber nach. Lassen Sie es einfach fließen.«

Ich schreibe jeden Tag – aber bei der Vorstellung, dass ich und nur ich das Thema sein soll, möchte ich meine Knie fassen und mich in meinem Stuhl vor- und zurückschaukeln.

»Denken Sie an eine russische Puppe«, schlägt sie vor und nimmt eine kleine, fassförmige Figur vom Tisch. Bei meinem letzten Besuch hier war mir aufgefallen, dass es ein ganzes Regal voll von ihnen in Reichweite gibt. Sie öffnet sie und enthüllt fünf Schichten, wobei die letzte Puppe die Größe und Form einer Erdnuss hat.

»Das hier ist Ihr Ziel«, sagt sie und deutet mit einem manikürten Fingernagel auf das Erdnusszentrum. »Schälen Sie die äußeren Schichten ab, gehen Sie zu sich selbst. Zu Ihrem tiefsten Inneren ...« Sie lächelt, als wäre sie sehr zufrieden mit sich.

»Ich weiß nicht ...« Die Anspannung in meiner Stimme ist zu hören. »Ich kann mich nicht so klein machen, ich glaube, ich würde mein Innerstes nicht mal erkennen, wenn es anmarschiert käme und sich selbst vorstellte.«

»Vielleicht können Sie mit ›Wer bin ich‹ anfangen?«, erwidert sie und lehnt sich zurück.

Ich assoziiere Wörter in meinem Kopf, um mir das vorzustellen, und gerate in Panik, weil ich gerade mal genug Worte habe, um die zwei äußersten Puppen zu beschreiben. Sie sagt mir, dass ich atmen soll, langsam ein- und ausatmen.

Ich schließe meine Augen.

»Dann gehen Sie zu ›Wie fühle ich mich?‹«, fährt sie fort.

Oh Gott, mir ist ein bisschen übel. Hoffentlich ist das keine Galle in meiner Kehle.

»Und dann vielleicht ›Was mag ich und was mag ich nicht‹?«

»Okay, stopp!« Ich habe es verstanden. Ich sehe sie und ihr Tischspielzeug an. »Sie werden sich eine größere Puppe anschaffen müssen.«

*

Caroline, wie ich sie unbedingt nennen soll, schlägt vor, mir ein paar Bücher und CDs über Entspannungstechniken auszuleihen. Sie hat mir einen Reflexzonendruckpunkt auf dem fleischigen Teil meiner Hand zwischen Daumen und Zeigefinger gezeigt und mir geraten, ihn immer dann sanft zu drücken, wenn ich in Panik gerate. Ich denke, dass Lieder von Abba auch gut funktionieren, deshalb singe ich laut »Fernando«, als ich die Weybridge High Street erreiche. Das nachmittägliche Schulchaos hat eingesetzt und aus dem Verkehr ist eine lange, sich windende Schlange geworden.

Als »Fernando« vorbei ist, nehme ich »The winner takes it all« in Angriff, entscheide aber mittendrin, dass das eine schlechte Wahl ist. Ich schiebe eine von Carolines CDs in den Spieler. Das Geräusch des Meeres, wie es gegen die Felsen schlägt, und ein paar delfinartige »Klicks« füllen den Wagen aus. Ich atme tief durch meine Nase ein und durch den Mund aus, genau so, wie sie mir das gezeigt hat. Drei Minuten später und ich bin noch nicht einen Zentimeter vorangekommen und springe auf, als mein Mobiltelefon über Bluetooth losträllert.

»Hallo Liebling«, sage ich.

»Hi, Mum. Wie geht es dir?«

»Großartig.« Ich lüge Meg nie an, aber jetzt ist nicht der richtige Moment, um zuzugeben, dass es weder Abba noch den Delfinen gelingt, meine Anspannung zu lösen. Ich werfe einen Blick auf die Uhr.

»Hattest du nicht gesagt, dass du heute den ganzen Nachmittag lang Vorlesungen hast?«

»Ja, hab ich auch. Ich bin nicht hingegangen.«

»Ich verstehe …«

»Er hat mich angerufen.«

»Okay …« Der Verkehr steht immer noch still, und ich drücke mit dem rechten Daumen den fleischigen Teil meiner linken Hand.

»Ich meine, ich weiß nicht, was ich ihm seiner Ansicht nach sagen soll. Er hat dich – ich meine uns – wegen einer anderen Frau verlassen, und jetzt ruft er mich an und will einfach nur mit mir plaudern? Ich habe nachgefragt. Ich meine, ich habe ihn gefragt, ob er immer noch mit ihr zusammen ist. Er hatte nicht einmal den Mumm, das zuzugeben.«

Meg holt einen Moment lang Luft, und ich nehme meinen Fuß von der Bremse, um den Wagen zentimeterweise vorwärtszutreiben, und drücke dann wieder auf meiner Haut herum. Ich bin mir sicher, dass ich dort morgen einen blauen Fleck haben werde.

Ich bin fest dazu entschlossen, das Richtige zu sagen. »Meg, Liebling, brich den Kontakt zu ihm nicht ab. Hier geht es um mich und ihn. Unsere Ehe ist das Problem, nicht seine Beziehung zu dir. Er ist immer noch dein Vater und liebt dich von ganzem Herzen.« Schon während ich das ausspreche, kann ich mir ihre Grimasse vorstellen. Wir hatten uns erst letztens gemeinsam die Frage gestellt, ob er überhaupt ein Herz hat.

»Er ist ein Lügner«, antwortet sie wütend.

»Ja, ja, das ist er, aber er hat mich angelogen, und nicht dich.«

»Seine Lügen betreffen auch mich! Kapierst du das nicht, Mum?«

»Es tut mir leid.« Mein Kopf nickt. Natürlich kapiere ich das. Mir war das immer schon klar, aber ich bin mir sicher, dass es, auch wenn sie ihn momentan verabscheut, nur vorübergehend sein wird. Bald schon wird sie sich mit ihm versöhnen, und ich will nicht, dass sie das Gefühl hat, dass sie dafür meine Erlaubnis bräuchte. Sie sind wie Pech und Schwefel und werden es immer sein. »Sprich einfach mit ihm, wenn er anruft. Würge ihn nicht meinetwegen ab. Ihr braucht einander.«

Sie macht ein »hmpf«-ähnliches Geräusch, und ich wechsele das Thema, dränge sie, wieder in ihre Vorlesungen zu gehen, und bestehe darauf, weiterzumachen wie immer. Sie verspricht mir, nächste Woche zu Besuch zu kommen, und legt auf.

Der gesamte Austausch mit meiner Tochter hat ein paar Minuten gedauert und ich stecke immer noch in der High Street fest. Es ist einfach hoffnungslos. Ich schalte den CD-Spieler ein und umgebe mich mit mehr »Flipper«-Geräuschen.

Als ich nach Hause komme, fühle ich mich relativ klar im Kopf, wenn auch ein bisschen seekrank. Ich parke den Wagen ein paar Meter von der Doppelgarage entfernt. Sie steht separat vom Haus etwas zurückgesetzt auf der freistehenden Seite und ist einer von Adams vielen krankhaft ordentlichen Räumen.

Ich betrete sie durch das Schwingtor. Drinnen stehen auf der einen Seite Regale, die vom Boden bis zur Decke reichen, mit verschiedenen Paletten von Farben, Farbpinseln, Farbrollen, Reinigungsflüssigkeiten – alle wunderschön nach Tönen und Dosengröße sortiert aufgereiht. Ich finde eine Dose mit goldener Sprühfarbe, die ich letztes Weihnachten dazu benutzt habe, Kiefernzapfen zu färben, und kann kaum fassen, dass ich die Farbe von Kiefernzapfen jemals für wichtig gehalten habe. Gegenüber von den Farbregalen befindet sich der »Autosektor«, mit einer Auswahl an Fensterledern, Autopflegemittel Marke T Cut, Autoshampoo, einem Autostaubsauger, Wachs, Rollen von weichem Stoff.

Ich bewege ein paar Sachen hin und her. Ich stelle Farbe in den Autosektor, werfe die Fensterleder auf den Fußboden und tanze wie ein Derwisch auf ihnen herum. Ich nehme den Beutel aus seinem Autostaubsauger und leere ihn über dem Fensterleder aus, reiße dann den Beutel auf und setze ihn wieder in den Staubsauger ein. Ich mische große Farbdosen mit kleinen Farbdosen und während ich damit beschäftigt bin, Adams Bereich komplett durcheinanderzubringen, stoße ich auf die Dose mit Farbe, die ich letztes Jahr für den Flur gekauft hatte. Ich weiß noch, wie stur Adam war.

»Unmöglich«, sagte er, »die ist schrecklich.«

Und ich erinnere mich daran, wie ich das einfach akzeptiert habe.

Einige Zeit später, nach einem Thunfischsandwich zum Abendessen, kehre ich zur Garage zurück. Ich hole mir die Farbdose, ein wunderschönes Tiffany-Blau, ein paar Pinsel und eine Farbrolle und fange an, den Flur zu renovieren. Mir hat der eisgraue Farbton, den Adam ausgesucht hat, nie gefallen. Die Vorbereitung – alle Bilder abnehmen und die Wände abwaschen – dauert Ewigkeiten, und ich stehe kurz davor, aufzugeben, als ich den kleinsten Pinsel in die Hand nehme und in die Farbe tauche. Er scheint ein Eigenleben zu haben und schreibt in Tiffany-Blau auf Eisgrau:

Ich bin Beth. Ich bin stark. Ich bin noch nicht alt. Ich mag Champagner, Schokolade, das Meer, Spitzenstrümpfe, Fleischklößchen von IKEA, Flipflops, meinen Touché-Éclat-Concealer, Musik und Liedertexte. Ich mag keine Politiker, Callcenter, Frauen mit Kleidergröße 32, Snobs, Punkrock, Meerrettich, hinterhältige Dastards und Frauen, die mit hinterhältigen Dastards schlafen.

Ich trete zurück und bewundere meine Arbeit. Ohne mir darüber klar zu sein, habe ich eine Art Textkasten auf der Flurwand geschaffen. Indem ich ein Quadrat darum herumziehe, unterstreiche ich »hinterhältige Dastards und Frauen, die mit hinterhältigen Dastards schlafen«. Ich bin mir nicht sicher, ob das wirklich das ist, woran Caroline gedacht hat, als sie sagte »schreiben Sie über sich selbst«, aber für mich funktioniert es. Bevor ich ins Bett gehe, werfe ich noch einen Blick darauf. Herrlich.

Leider ist auch Schlafen zu einem Problem für mich geworden. Eine Stunde später bin ich immer noch hellwach, der Fernseher neben mir ist stumm geschaltet und der Laptop thront neben mir. Mit einem leise summenden Geräusch verrät er mir, dass ich ihn angemacht hatte. Der hat's gut. Ich springe aus dem Bett, will nicht an Sex denken.

In unserem angrenzenden Badezimmer fallen mich Bilder von mir selbst an. Der ovale französische Wandspiegel über den beiden in Walnussholz eingelassenen Waschbecken bestätigt mir, dass, auch wenn meine grünen Augen immer noch das Beste an mir sind, Adams

Abgang ihnen besonders viel abverlangt hat. Selbst mein fabelhafter Yves-Saint-Laurent-Concealer kämpft darum, mit den düsteren Spuren einer zerbrochenen Ehe Schritt zu halten.

Der bodenlange Spiegel auf der rechten Seite der Badewanne enthüllt Beine, die im Vergleich zu meinem Torso viel zu kurz sind. Ein paar graue Schamhaare beweisen jenseits jedwelcher Qumramschriftrollen, dass Gott ein Mann ist. Die Haut, die lose über den Rand meines Schlüpfers hängt, erinnert mich daran, dass ich eine Mutter bin – als ob ich daran erinnert werden müsste … Mein Haar, das mit zweiundzwanzig lang, dunkelbraun und glänzend war, ist jetzt mit zweiundvierzig kurz, dunkelbraun und matt, mit Empfehlung von L'Oréal, weil ich es mir wert bin. Ich reinige mein Gesicht noch einmal mit einem Tuch und fange an zu singen. Ich singe »Missing«, das letzte meiner Lieder, das Josh verkauft hat, welches mir bislang die fürstliche Summe von zehntausendundfünfhundert Pfund eingebracht hat.

»Der Spiegel, der lügt nicht, doch wer ist sie und wo bin ich?«, schmettere ich den Text leidenschaftlich, während ich die Treppe hinuntergehe und den Staubsauger aus dem Spind im Flur nehme. Ich singe lauter und versuche, so gut ich kann, das Brummen zu übertönen.

Ich sauge das Wohnzimmer, dann das Esszimmer und schließlich den Flur. Ich komme an meinem Kunstwerk vorbei und lächele. Als ich den Staubsauger wegpacke und den Badreiniger aus dem Schrank unter der Spüle herauskrame, fällt mir auf, dass ich mittendrin in einem meiner Zwangsanfälle stecke, wie Adam das nannte. Meine Therapeutin hätte sicherlich ein passendes lateinisches Wort dafür. Mit einem Schnappen ziehe ich gelbe Handschuhe an, bevor ich immer noch singend die Toiletten schrubbe, mit einem Haushaltsschwamm in der einen Hand und einem frisch eingegossenen Glas Wein in der anderen. Wenn jemand mich so sehen könnte, würde er mich für ziemlich verrückt halten. Falls irgendwelche Außerirdischen zusehen sollten, würden sie stattdessen wahrscheinlich lieber Sylvia von nebenan entführen. Das Risiko könnten sie niemals eingehen.

VIER

Ich sitze in meinem Büro, den Kopf in den Händen, meine Ellenbogen ruhen auf dem zerkratzten antiken Walnussschreibtisch, den Beth irgendwo in einem bretonischen Dorf ergattert hat. Meine Armbanduhr behauptet, dass es zehn Uhr dreißig ist, was bedeutet, dass ich schon seit zwei Stunden hier bin. Trotz der beiden großen Bildschirme des Bloomberg Terminals an der Wand gegenüber, auf denen mich rote, nach unten gerichtete Pfeile anblinken, habe ich, seit ich hereingekommen bin, nicht mehr gemacht, als ein paar Papierstapel hin- und herzuschieben. Auf dem Schild draußen im Empfangsbereich zwei Meter entfernt steht HALL & FRY. Der Name ist in der Stadt gut bekannt. Er sagt den Leuten, dass wir eine angesehene Vermögensverwaltung sind, ein besonders von Familien sehr geschätztes Unternehmen. Wenn Ihre Familie Geld hat, kommen Sie zu uns, wir kümmern uns darum, helfen ihm beim Wachsen. Sie wollen Kunst? Sie wollen in Immobilien investieren? Die Märkte? Wir sind Experten. Wir bieten Ihnen Beratung. Ich wünschte zum Teufel noch mal, dass mich mal jemand beraten würde.

Wie auf Stichwort kommt Matt, mein Geschäftspartner seit fast zwanzig Jahren, ohne anzuklopfen herein.

»Du siehst scheiße aus«, begrüßt er mich.

Ich reibe meinen Zweitagebart. »Wir haben heute keinen Kundentermin«, was anderes fällt mir nicht ein.

»Aber ich muss deinen Anblick trotzdem ertragen.« Er wirft ein paar Akten auf meinen Schreibtisch. »Kannst du mir die bis vier zurückbringen? Und wir *müssen* uns morgen mit Kunden treffen, den Granger-Brüdern. Rasieren wäre also vielleicht mal angebracht.«

Ich ignoriere die Anspielung auf die Kunden, ignoriere Matts besorgten Gesichtsausdruck, als er auf die Bildschirme schaut, lehne mich zurück und lege die Füße auf meinen Schreibtisch. »Kann es sein, dass du sauer auf mich bist?«

»Wie kommst du denn auf die Idee?« Matt dreht sich zu mir um, sieht mich über seine Brillengläser hinweg an, überlegt es sich dann anders und nimmt sie komplett ab. Damit hat er etwas, mit dem er herumfuchteln kann. »Warum in aller Welt sollte irgendjemand sauer auf den tollen Adam Hall sein?«

»Okay, stell dich hinten an«, murmele ich und nehme die Füße wieder herunter.

Matt setzt sich in den Stuhl gegenüber, fährt mit einer Hand durch sein spärliches Haar.

»Was machst du da eigentlich, Adam? Hast du irgendeine Ahnung? Ich meine, bist du verliebt in diese Kleine?«

Ich stehe auf und sehe zum Fenster hinaus, versuche, mich in den Geräuschen der Stadt unter mir zu verlieren. Das laute Brummen des Verkehrs, hier und da eine Sirene, das Tuten der Binnenschiffe ... Mein Büro geht zur Tower Bridge hinaus und es vergeht nicht ein Tag, wo ich nicht von meinem Zimmer im sechsten Stock hinunterschaue und mich selbst kneife. Ich bin ein Glückspilz. Zumindest war ich vom Glück verwöhnt. Jetzt bin ich ein vom Glück verwöhnter Bastard. Ein glücksverwöhnter Dastard. Ein glücksverwöhnter, niederträchtiger Bastard. Ich spüre, wie Matts Augen Löcher in meinen Rücken bohren.

»Adam?«

»Das sind drei Fragen. Welche soll ich dir zuerst beantworten?«

»Egal.«

Ich drehe mich zu ihm um. »Ehrlich gesagt, ich weiß nicht, was ich tue. Ich glaube nicht, dass ich verliebt bin, aber irgendwas an dieser Frau zieht mich an.«

Matt gibt eine Art »Hrmpf« von sich. »Man nennt es Sex«, sagt er nüchtern.

Ich fühle, wie sich mein Kopf vehement schüttelt.

»Wenn es nicht um Sex geht und auch nicht um Liebe, was ist es dann? Habt ihr irgendwelche Gemeinsamkeiten?«

»*Ihr* Name ist Emma.«

»Also Emma.« Matt zuckt die Schultern, während er aufsteht, und setzt seine Brille wieder auf. »Was hast du mit Emma gemein?«

»Sie ist ...« Ich zögere nur einen Moment zu lang.

»Sie ist bildhübsch«, sagt er. Komisch, denke ich, eigentlich will er mir helfen.

Sie ist zehn Jahre jünger als ich. Sie kommt aus einer reichen Familie, während die Ursprünge meiner DNS in Bethnal Green liegen. Sie weiß nicht einmal, wer die Eagles sind, und ich bin auf jedem Konzert gewesen, das sie in Großbritannien gegeben haben. Sie könnte nicht mit mir zusammen Bruce Springsteen mitsingen. Sie wohnt in einem gerümpelfreien, weißen, sterilen Haus, wohingegen ich, oder vielmehr Beth, alles Mögliche hortet.

»Sie ist wirklich bildhübsch«, stimme ich zu, »und offen gestanden ist der Sex phänomenal.«

Ich starre auf den Rücken seines Anzugs, während er das Zimmer verlässt.

»Na also.« Er blickt über seine Schulter zurück. »Habe ich dir doch gesagt … Wo wir gerade dabei sind«, er grinst, »du hast zum Mittagessen eine Verabredung mit dem Objekt meiner Träume.«

Ich kneife die Augen zu, während sich die Tür schließt.

Mist. Karen. Ich habe eine Verabredung zum Mittagessen mit der Frau, hinter der Matt schon seit Jahren her ist. Karen, unsere externe IT-Spezialistin und Beths allerbeste Freundin …

*

Ich bemerke, wie Männer sie anstarren, während sie sich nähert. Karen ist hinreißend: ein hochgewachsener, gertenschlanker Rotschopf mit schmaler Figur. Glattes, kurzgeschnittenes Haar; von langen Wimpern umrahmte große braune Augen, eine wohlgeformte Nase und volle Lippen. Sie trägt ein maßgeschneidertes Jackett und eine weit ausgestellte Hose. Karen weist meinen Luftkuss ab, dreht ihren Kopf weg und fängt langsam an, ihre langen Beine in die Sitzecke zu falten, die ich fürs Mittagessen reserviert habe. Ich übergebe ihr einen Briefumschlag.

»Es tut mir leid«, sage ich, »ich hätte es auch einfach überweisen können, aber ich wollte mich persönlich entschuldigen. Damit sind wir alle wieder auf dem neuesten Stand.«

Sie nickt, sieht mich nicht an und fängt sofort an, ihre Gliedmaßen wieder aus der Sitzecke zu entfernen.

»Was? Das war's schon?« Ich höre, dass meine Stimme so klingt, als wäre ich vierzehn und im Stimmbruch.

Sie sieht mich von oben bis unten an. »Adam, ich habe mich einverstanden erklärt, mich mit dir zu treffen, als ihr Jungs mir sechs Riesen schuldig wart. Ich dachte, ich müsste dir Honig um den Bart schmieren, um mein Geld zu bekommen. Ich dachte, dass ihr damit ankämt, dass die Zeiten schlecht sind, dass wir alle immer noch die Folgen der Rezession spüren. Dass eure Kunden euch nicht bezahlt haben, so dass du deine Auftragnehmer nicht ganz so schnell bezahlen kannst … Aber hey …« Sie schwingt einen Arm dramatisch durch die Luft, während sie sich ihre Designerhandtasche über die Schulter wirft. »So schnell ging das, du hast mich schon bezahlt!«

»Bleib zum Essen …«

»Eher würde ich verhungern.«

»Bitte.« Mein Blick trifft ihre zusammengekniffenen Augen. »Ich muss mit dir reden, mit irgendjemandem.«

»Versuche es mal mit den Gelben Seiten. Schlag unter ›Beratung für Arschlöcher‹ nach.« Sie steht immer noch.

»Bitte! Beth will nicht mit mir reden.«

Sie gibt ein wenig nach und setzt sich hin, keine Beine unter dem Tisch, sitzt nur auf der Kante, bereit für einen eiligen Abgang. Das reicht mir schon.

»Einen Drink?«

Sie schüttelt den Kopf.

»Hast du etwas dagegen, wenn ich mir einen bestelle?«

Noch mehr Kopfschütteln. Ich gebe dem Kellner ein Zeichen, indem ich auf mein leeres Glas Gin Tonic zeige und mit dem Mund »noch einen« forme. Karen blickt auf ihre Füße.

»Wo soll ich anfangen? Ich lege beide Hände flach auf den Tisch und umklammere die Kante mit meinen Daumen.

»Tja, du könntest erklären, warum du mit einer blonden Kellnerin ›Fang das Würstchen‹ spielst?«

»Sie ist keine Kellnerin«, fange ich an, »sie ist Teilhaberin des Restaurants.« Das habe ich erst vor kurzem herausgefunden und will dieses Wissen unbedingt mit Karen teilen.

»Na prima. Dann erklär mir, warum du mit einer blonden Restaurantteilhaberin ›Fang das Würstchen‹ spielst. *Mal wieder …*«

Die letzten Worte spuckt sie aus. Einen Moment lang bin ich verwirrt. Dann wird mir klar: Dies ist Karen; Beth erzählt ihr alles. Natürlich wusste sie vom letzten Mal, aber das war etwas anderes. Und es ist so lange her.

»Das ist schon ewig her«, flüstere ich.

»Was? Ich kann dich nicht hören«, sagt sie und hält eine Hand hinters Ohr. »Ich nehme an, es war eine Entschuldigung dafür, dass du Beths Herz gebrochen hast. *Mal wieder.*«

Ich reiße den Gin Tonic fast schon vom Tablett des Kellners, als er zu uns kommt.

»Es tut mir leid. Natürlich tut es mir leid. Jeden Tag.«

»Worte, Adam, nichts als Worte … Danke für den Scheck.« Sie steht auf, zieht sich ihre maßgeschneiderte Hose glatt und sieht mich durchdringend an. »Ich hoffe, dass wir unsere Arbeitsbeziehung aufrechterhalten können, aber wenn es um dein Verhalten und Beth geht, dann erwarte bloß nicht, dass ich jemals deine Partei ergreifen werde.«

»In Ordnung, Karen.« Ich fasse nach ihrem Arm. »Aber hör mal, ich will doch nur mit ihr reden. Nur mit ihr reden und versuchen, es ihr zu erklären.«

»Kapierst du es nicht?« Sie zieht ihren Arm weg. »Du hast sie diesmal zu schwer verletzt. Dafür gibt es einfach keine Entschuldigung.«

»Aber wir sind schon seit zwanzig Jahren …«

Karen macht laut »Na, na, na«, schüttelt mich ab und geht. Männer starren ihr hinterher und blicken dann auf mich. Es sieht aus wie ein Ehekrach, wobei ich der Böse bin. Tja. Beinahe haben sie recht.

»… verheiratet«, beende ich meinen Satz und rede dabei mit meinem Gin Tonic. Ich kippe den Rest des Drinks in einem Zug hinunter, wobei mir zum ersten Mal klar wird, dass es das jetzt war. Das ist wahrscheinlich das Ende meiner Ehe, und ich frage mich, wie zum

Teufel ich nur so arrogant werden konnte. Was hatte ich mir nur gedacht? Dass sie mich einfach wieder zurücknehmen würde? Ja. Genau das hatte ich gedacht. Dass ich ein bisschen Spaß haben könnte, meinen Fehler zugeben würde und dass ich einfach wieder zu Beth zurückkommen könnte. Scheiße. Verdammt. Scheiße. Die Worte rollen in meinem Kopf herum und ich höre mich an wie sie. Ich versuche mich an »Beth-Sprech«, richtigem Gefluche. Ich verlasse das Restaurant und denke, dass ich in drei Stunden bei Emma zum Abendessen erscheinen muss. Scheiße. Scheiße hoch zwei.

*

Ich bin ein bisschen betrunken. Selbstgemachte, langsam geschmorte Lammkeule starrt mich von einem weißen Teller auf einem weißen Tisch aus an. Ich sitze auf einem weißen Stuhl auf einem weißen Teppich. Ich habe eine weiße Leinenserviette auf meinem Schoß. Ich befinde mich im Weißen Haus.

»So perfekt bist du gar nicht, weißt du?« Ich deute mit einer Gabel auf die Gestalt, die mir gegenübersitzt. »So … so …« Ich zeige fuchtelnd auf meine Umgebung und suche nach dem richtigen Wort. »Rein«, füge ich hinzu.

»Noch Wein?«, fragt sie.

»Du bist nicht unschuldig. Ganz und gar nicht. Du wusstest, dass ich verheiratet bin. Du wusstest es genau.«

Sie nippt an ihrem Wein. »Das stimmt«, gibt sie zu.

»Das ganze Weiß hier«, ich schwenke mein Besteck durch den Raum und spritze Bratensoße auf den weißen Teppich unten. »Ups«, ich lege eine leicht betrunkene Hand über meinen Mund, »ein Fleck. Emma, du hast einen Fleck.«

Sie steht auf, geht in die Küche und kehrt mit Reinigungsspray und einem Tuch zurück. Sie kniet sich hin und versucht, den Makel wegzureiben.

»Ich habe auch einen Fleck – auf meiner Seele«, flüstere ich, »nein, eigentlich zwei … Zwei große, hässliche, schwarze Male auf meiner Seele.«

Sie sieht zu mir hoch, nickt und wendet sich wieder dem Teppich unter sich zu.

»Aber hey, wenn du schon da unten bist«, sage ich und lache laut auf. Ich bin unglaublich komisch, oh ja.

FÜNF

»Seien Sie nicht so streng mit sich selbst«, sagt sie. Ich habe über meine Arbeit geredet. Über mein Gefühl, dass ich nicht gut genug bin, dass ich vielleicht nie »erfolgreich« sein werde.

»Wie wäre es, wenn Sie alles erreichen, was Sie wollen, ohne das Bedürfnis zu haben, alles sabotieren zu müssen?«, fragt Caroline.

Einen Moment lang bin ich schockiert. »Sabotieren?« Ich atme laut aus. Mache ich das? Ich lasse ihre Frage im Raum stehen und ziehe meine Schultern hoch.

»Ich habe Ihnen zugehört.« Sie lehnt sich vor. »Und Sie gehen wirklich hart mit sich selbst ins Gericht. Wenn irgendjemand anders Sie so behandeln würde, könnten Sie ihn wegen Mobbings anzeigen.«

Ich scanne den Ausdruck der Zeitleiste in meiner Hand nach einem Hinweis. Was ist schiefgegangen? Ich möchte laut schreien und Adam die Schuld geben, aber ich kann nicht. Ich vermute, ich habe auch einen Teil dazu beigetragen, dass ich heute hier stehe.

»Er hat es früher schon mal gemacht, wissen Sie«, ich fange zu weinen an. »Vor Jahren … Aber damals habe ich ihm vergeben.«

Sie zieht ein Gesicht, eine anerkennende Grimasse. »Was ist passiert?«

»Irgendeine Kundin«, ich reibe einen weißen Fussel von meinem marineblauen Blazer. »Eine Frau, mit der er irgendeinen Deal ausgearbeitet hat. Ich habe nie herausgefunden, wer es war. Meg war damals erst neun. Ich wollte es nicht wissen, ich wollte nur, dass alles wieder in Ordnung kommt – also haben wir daran gearbeitet.« Der Fussel ist weg, aber ich reibe meinen Arm immer noch. »Obwohl, wenn ich ehrlich bin, habe ich daran gearbeitet und er hat einfach genickt und mitgespielt.« Ich schüttele den Kopf. »Reden wir nicht mehr über den Idioten. Konzentrieren wir uns auf mich …«

»Okay. Ein paar Hausaufgaben«, Caroline klatscht leicht in die Hände. »Ich möchte, dass Sie versuchen, wieder optimistische Gedanken in Ihr Leben zu bringen. Versuchen Sie, ein paar positive Sätze aufzusagen, praktisch wie ein Mantra.«

Das kann ich machen. Ich schenke ihr ein Lächeln, was ich selten tue. Kein Problem.

»Versuchen Sie, spontan zu sein. Stellen Sie sich vor, Sie würden einfach mal etwas Ungeplantes tun.«

Instinktiv möchte ich ihr sofort sagen, dass sie nicht albern sein soll. Ich habe immer einen Plan, ich habe die Kontrollsucht quasi erfunden. »Ich weiß nicht«, sage ich.

»Wovor haben Sie Angst?«, fordert sie mich heraus.

Vor allem, schießt mir durch den Kopf, ich habe Angst vor allem.

*

Als ich zu Hause ankomme, steht ein Wagen, den ich kenne, in der Auffahrt und Karen sitzt mit einem großen Strauß dottergelber Gerbera, meinen Lieblingsblumen, und einer Flasche Schampus mit dem orangefarbenen Etikett auf meiner Türschwelle. Sie hält ihr Gesicht in die Morgensonne.

Ich umarme sie. »Es ist zehn Uhr morgens. Warum bist du nicht bei der Arbeit?«

»Ich bin doch selbstständig und habe mir ein paar Stunden freigenommen. Ich hab mir gedacht, dass du das hier gut gebrauchen könntest.« Sie schwenkt die Flasche, während ich die Haustür aufschließe.

»Es ist zehn Uhr morgens«, wiederhole ich lächelnd.

»Na und? Für jeden eine halbe Flasche, und ich habe auch Orangensaft mitgebracht, falls du den Geschmack verderben willst.« Ihre Nase kräuselt sich, eine Schnute, die sagt, dass sie sich nichts Schlimmeres vorstellen könnte. Ich umarme sie noch einmal, flüstere ein leises »Danke« in ihr Ohr. In dem Moment bin ich so dankbar, sie zu haben. Ihre Antennen sagen ihr immer sofort, wenn ich sie brauche. Als ob sie mir das noch einmal beweisen wollte, holt sie, als wir die Küche erreichen, aus einer winzigen Kühltasche in ihrer riesigen Handtasche ein paar frische, mit Lachs und Frischkäse gefüllte Bagels.

»Du musst etwas Gesundes essen«, sagt sie, während sie den Sekt einschenkt. Die Ironie darin ignorieren wir geflissentlich und wir mampfen, reden und trinken, oder zumindest mampft sie und ich rede und trinke. Gelegentlich schüttelt sie einfach den Kopf. Ich erzähle ihr von der Sitzung am Morgen mit Dr. Gothenburg.

»Und?«, sagt sie und zieht die Augenbrauen hoch. »Wovor hast du Angst?«

Ich zögere, aber nur für einen Moment, bevor die Tränen kommen. »Ich habe ständig Angst.«

Sie schiebt die bereits leeren Gläser beiseite und greift nach meiner Hand. »Ich hör dir zu.«

»Alleine sein … Ihn wieder zurücknehmen und ihm nicht vertrauen; dass Meg etwas passiert; davor, mit jemand anderem zusammen zu sein … Ich bin nicht sicher, ob ich das könnte.«

»Pah«, stößt sie hervor, während sie aufsteht und auf die Spüle zugeht. »Was das angeht«, sie schüttelt den Wasserkocher, schaltet ihn dann ein, »glaube mir – ein Schwanz ist ein Schwanz ist ein Schwanz.«

Ich schüttele mich und sie lacht.

»Vor dem Teufel, Hexen und Außerirdischen«, fahre ich fort und zähle meine Ängste an meinen Fingern ab.

»Nein, jetzt im Ernst.«

»Ich meine es ernst, Karen, wirklich.«

Sie schiebt ihre Unterlippe vor. »Ich verstehe.«

»Dass ich sie eines Tages verliere.« Ich ziehe die Augenbrauen hoch.

»Wie bitte?«

»Dass ich die Beherrschung verliere … meine Kontrolle … Wenn ich der Welt zeigen würde, wie wütend ich wirklich bin, dann würden sie mich einsperren und den Schlüssel wegwerfen. Dieses Gefühl habe ich.«

»Ich kauf dir einen Sandsack. Und weiter?«

»Ich mache mir Sorgen wegen Meg, wie sehr sie darunter leidet. Sie vergöttert ihren Vater.«

»Meg schafft das schon. Sie ist jung und stark und hat genug von dir geerbt, um sich davon nicht unterkriegen zu lassen.«

»Sie wird sich nicht unterkriegen lassen, aber es könnte ihren Blick auf die Männer beeinflussen ...«

»Quatsch.«

»Krebs bekommen«, fahre ich fort, »was, wenn sich herausstellt, dass Aminosäuren krebserregend sind? Was, wenn ich Alkohol zu sehr mag? Was, wenn die Gene meines Vaters durchkommen?«

»Und was, wenn du überreagierst?«

Ich ignoriere sie. »Oh, und dunkle und tiefe Gewässer und Flugreisen und ach ja ... Ich habe anscheinend einen inneren Saboteur.«

Karen schweigt. Grübelnd drückt sie sich beim siedenden Wasserkocher herum, also stehe ich auf, führe sie zu ihrem Stuhl zurück und mache uns zwei Becher dampfenden Earl Grey.

Ihre Hände umfassen ihre Tasse. »Ich habe ihn letzte Woche gesehen.«

»Ja?« Die Atmosphäre im Raum schlägt um.

»Er schuldete mir Geld und ich bin hingegangen, um einen Scheck abzuholen. Er sieht scheiße aus.«

»Tja, er vögelt schließlich mit einer Kellnerin. Er hat es verdient, scheiße auszusehen.« Ich setze mich ihr gegenüber.

»Sie ist keine Kellnerin. Er hat mir gesagt, dass sie Mitbesitzerin des Restaurants ist.«

»Ach wirklich? Und wenn ihr das ganze Restaurant gehörte, es wäre mir vollkommen schnurz. Selbst wenn ihr eine ganze Restaurantkette gehörte, es wäre mir so was von scheißegal. Sie ist ein ehemannklauendes Miststück.«

Karen lacht.

»Hat er nach mir gefragt?« Ich bin mir nicht sicher, warum ich das wissen will. Ist einfach so.

»Natürlich. Er will wissen, ob ich in seinem Namen mit dir reden würde. Ich habe ihm gesagt, dass er sich ins Knie ficken soll. Selbstgefälliger Bastard … Genug von ihm!« Sie schlägt plötzlich mit einer Hand auf die Frühstückstheke, und ich zucke zusammen. »Wie wäre es, wenn ich nächstes Wochenende wiederkomme?«, fragt sie. »Wir könnten uns Essen kommen lassen, und ich übernachte hier, vielleicht gehen wir zusammen in eine Weinbar. Ich bin mir nicht sicher, ob du schon dazu bereit bist, aber vielleicht, wenn du dir jemanden aufreißt, weißt du, so ein bisschen Herumknutschen …«

Ich stöhne laut auf und lege den Kopf in die Hände.

»Ich habe von einer netten Knutscherei gesprochen, du musst ja nicht gleich heiraten.«

»Weißt du was? Das ödet mich alles an. Lass uns doch über *dein* Liebesleben reden.«

»Hmmm …«, antwortet Karen. »Da gibt es nichts Neues außer einer Entscheidung.«

Ich hebe den Kopf und ziehe die Augenbrauen hoch.

»Ich habe beschlossen«, fährt sie fort, »dass ich einen älteren Mann brauche. Einen wohlhabenden, älteren, reifen, liebevollen Mann.«

Ich lächele. »Gute Entscheidung. Du weißt, dass das bedeutet, er muss über vierzig sein?«

Karen streckt mir die Zunge raus und ignoriert meine Stichelei darüber, dass sie dieses Jahr vierzig wird.

»Wie dem auch sei, jetzt können wir zusammen Typen aufreißen gehen.«

»Nie und nimmer. Ich kann mir jetzt nichts Schlimmeres auf der Welt vorstellen.«

»Sag niemals nie.«

»Doch.«

»Wirklich?« Sie schenkt mir noch ein Glas ein, lässt ihr eigenes aber leer. »Komm schon, Beth, du musst deine Angst akzeptieren und überwinden! *Niemals* kann sehr, sehr lange dauern. Das lass dir von mir gesagt sein. Du musst einfach mal mit jemandem herumknutschen. Und zwar bald.« Sie fügt die letzten drei Wörter hinzu, als würde mein Leben davon abhängen, mit jemandem Speichel auszutauschen. Bald.

Ich schaudere sichtbar, schaue ihr in die Augen und wir beide prusten los.

Wir lachen schallend, bis uns die Bäuche wehtun, und landen irgendwann wieder bei meinen inneren Ängsten, als sie einen Blick auf ihre Armbanduhr wirft und ein Gesicht zieht. »Entschuldige, ich muss jetzt leider los.« Sie kommt auf mich zu und umarmt mich.

»Verlasse ich mich also für den Sex erst mal auf meinen wilden Gummirammler«, verabschiede ich sie.

Sie zieht im Flur ihren Mantel an. »Willkommen in meiner Welt. Fürchte dich«, sagt sie feierlich, »fürchte dich sehr …« Und gerade als ich denke, dass sie zur Tür hinaus ist, hält sie inne, kneift die Augen zusammen und weist mit einer fragenden Kopfbewegung auf die Wand.

»Ach so, ja.« Ich ziehe die Augenbrauen hoch. »Ich dekoriere gerade neu. Was hältst du von der Farbe?«

Sie liest den Text, die Andeutung eines Lächelns erscheint auf ihren vollen Lippen.

»Die Farbe ist absolut schrecklich«, sagt sie schließlich. »Und gibt es das Wort ›Dastard‹ wirklich?«

*

Später, als ich oben auf dem Dachboden arbeite, macht mein Magen einen Purzelbaum, als ich meine E-Mails checke.

— Ursprüngliche Nachricht —
Von: ahall@hall&fry.uk.net
Gesendet: 23. April 2014 15:37
An: bhall@intranethall.uk.net
Betreff: Du (und ich)

Hi,
ich bin mit Sicherheit der letzte Mensch, von dem du jetzt hören möchtest, aber ich habe wirklich das Bedürfnis, mit dir zu reden. Ich hoffe, dir geht es gut. Mir schon. Ich denke an dich. Ich vermisse dich. A x

Während mein Magen immer noch Bockspringen spielt, tippe ich meine Antwort.

— Ursprüngliche Nachricht —
Von: bhall@intranethall.uk.net
Gesendet: 23. April 2014 15:45
An: ahall@hall&fry.uk.net
Betreff: deine E-Mail

Ich habe deine Bedürfnisse SO satt. Du hattest das Bedürfnis, mich zu verlassen, um mit einer anderen Frau rumzuvögeln. Jetzt hast du das Bedürfnis, mit mir zu reden. Du vermisst mich? – Du hast mich verlassen! Auf welchem Scheißplaneten lebst du eigentlich? Und dein ›x‹ kannst du dir gleich in den Arsch schieben. Beth.

Gerade als ich auf »Senden« drücke, höre ich die Haustür schlagen, und mein Herz zieht sich zusammen. Scheiße. Ich schleiche zur Tür und lausche. Ich bin noch nicht bereit, ihn zu sehen. Alle möglichen Gedanken schießen mir durch den Kopf. Mit klopfendem Herzen erinnere ich mich daran, dass ich die Schlösser habe austauschen lassen, aber erst als ich die Schritte auf der Treppe höre, immer zwei Stufen auf einmal, und ein verräterisches »Mum«, wird mir bewusst, dass ich den Atem anhalte. Ich setze mich hin und drücke diese Stelle zwischen Daumen und Zeigefinger, als Meg durch die Tür späht.

»Da bist du ja! Hätte ich eigentlich wissen müssen! Meine Güte, Mum, mach doch mal ein Fenster auf!« Sie kommt durch das Zimmer und umarmt mich, geht dann zum Dachfenster und drückt es auf.

»Wie kannst du so arbeiten? Hier drin riecht es wie in einem Sarg! Irgendwas zu essen im Haus? Komm schon«, sie zieht an meiner Hand, »ich bin am Verhungern.«

»Du hast Glück«, sage ich, während ich ihr nach unten folge. »Ich wollte heute Abend einkaufen gehen.« Die Lüge geht mir leicht über die Lippen. »Warum bist du überhaupt zu Hause? Ich hatte dich nicht vor morgen erwartet.«

Meg dreht sich auf der Treppe um und starrt mich mit Adams Augen an.

»Ach, Mum. Ich hab's mir schon gedacht«, erklärt sie.

»Was?« Ich fühle mich ein bisschen getroffen, weil ich dachte, ich würde mich abgesehen von mitternächtlichen Zwangsanfällen noch ganz gut schlagen. Ich zupfe verlegen an meinem abgetragenen Jogginganzug, fahre mir mit der Hand durchs schlaffe Haar.

»Pass mal auf«, erwidert sie und weist mit einem Nicken auf meinen Textkasten an der Wand. »Ich dusche mich jetzt schnell und mach mich frisch, dann gehst du mit mir zu Guido's zum Abendessen und ich erzähle niemandem, wie verrückt du gerade spielst.«

»Abgemacht«, sage ich, plötzlich sehr dankbar dafür, dass sie hier ist.

*

»Ich vermisse ihn«, gesteht sie mir später über ihren Gnocchi.

»Nur mich liebt er nicht mehr, Liebling, nicht dich.«

Die Augen sehen mich wieder an. »Mum, Dad wird niemals aufhören, dich zu lieben. Bloß liebt er sich selbst eben noch mehr.«

Oh, die Worte der Weisen.

»Aber dich liebt er am meisten«, ergänze ich. »Vergiss das nie.«

Ich sehe, dass sie versucht, nicht zu weinen; alle paar Sekunden reißt sie ein kleines Stück Knoblauchbrot ab, so als würden die Tränen nicht kommen, solange sie nur immer weiterkaut.

»Ich kann es immer noch nicht so richtig glauben«, gesteht sie. »Jeden Morgen wache ich auf und denke daran, wie er sich benommen hat, und muss einfach den Kopf schütteln.«

Ich nicke.

»Es ist so verdammt klischeehaft. Ich dachte immer, er hätte einen guten Charakter.«

»Das ging uns wohl allen so.« Ich seufze, ein tiefes Seufzen. »Iss, Meg, dein Essen wird kalt.«

Sie nimmt ihre Gabel und spießt ein paar Gnocchi auf, hebt sie zu ihrem Mund.

Und in dem Moment, wo ich sie so beobachte, fühle ich mich auf einmal wieder in die Zeit versetzt, wo Meg drei Jahre alt war. Ihre Unterlippe zitterte immer, so wie jetzt gerade; und entweder sie holte tief Luft und heulte wie eine wilde Füchsin laut los oder ließ die Lippe weiter zittern, fest entschlossen, nicht zu weinen. Heute Abend ertönt kein wildes Geheul, aber die Schleusentore öffnen sich trotzdem. Stumme Tränen fließen ihr Gesicht hinunter. Sie sieht zur Seite, sucht nach dem Weg zur Damentoilette und ich greife nach ihrer Hand und halte sie fest.

»Bleib hier«, bitte ich sie inständig. »Ist schon in Ordnung …« Außer uns sitzen nur vier andere Gäste im Restaurant, und wir sitzen weit genug von ihnen entfernt. Ich kann meine eigenen Tränen schon aufsteigen spüren. Ich halte sie zurück, reiche Meg Taschentücher und flüstere: »Es wird sich alles wieder einrenken.« Die Worte klingen hohl und leer in meinen Ohren. Ich hoffe, dass sie in ihren Ohren anders klingen.

»Wirst du«, sie schnieft und wischt sich die Augen ab, »wirst du wieder mit ihm zusammenkommen?«

Als ich sehe, wie viel Hoffnung in ihrem Blick liegt, würde ich am liebsten nach Luft schnappen, eine Extraportion Luft, die mir dabei hilft, mit ihrem Gesichtsausdruck fertigzuwerden. Trotz ihrer Stärke, trotz ihrer offensichtlichen Wut über ihren Vater ist alles, was sie will, dass alles vorbei ist und ihre Familie wieder vereint. Ich möchte Adam umbringen. Ich möchte ihn umbringen, weil er uns beiden das antut. Ich schüttele langsam den Kopf. »Ich weiß es nicht, Meg, ich weiß es einfach noch nicht.«

Sie nickt, sieht weg, steckt sich die kalten Gnocchi in den Mund und kaut langsam. Ich sehe zu, wie sie ein weiteres Stück aufspießt und noch mal das Gleiche tut. Ich lasse ihre Hand los, nehme meine eigene Gabel und wickle ein paar Spaghetti darum herum. Die Bolognese ist voller Knoblauch und ich denke daran, wie Adam immer vor Knoblauchküssen zurückgewichen ist. Verachtung steigt in mir auf, während ich langsam meinen Teller leer esse.

Wir unterhalten uns über alles Mögliche, das nicht mit Adam und mir oder mit Adam und mir und ihr zu tun hat. Ihre Facharbeit, ihre Mitbewohner, ihre Tutoren und die schimmeligen Fugen in ihrer Dusche. Bald haben sich ihre Tränen in ein lautes Lachen verwandelt, und danach lächeln wir beide. Sie steht auf, kommt auf meine Seite des Tisches und umarmt mich. Fest. Mehr Worte sind nicht notwendig. Sie ist stark. Sie wird zurechtkommen, und solange für sie alles in Ordnung ist, gilt das auch für mich.

Später, nach einem Gute-Nacht-Kakao zu Hause, entschuldigt Meg sich noch einmal, dass sie nicht über Nacht bleibt, und zieht sich einen Pullover über ihr T-Shirt. »Es tut mir leid, Mum, ich habe morgen als Erstes ein wichtiges Tutorium. Kommst du klar?« Ich nehme sie in die Arme, keine leichte Aufgabe, da sie viel größer ist als ich. Ich streichele ihre wunderschönen kastanienbraunen Locken.

»Mir geht es gut, wenn es dir gut geht«, flüstere ich in ihre weichen Haare.

»Das ›G-Wort‹, Mum. So schlimm also?«

»Gut« ist in unserem Haus ein Schimpfwort und bedeutet üblicherweise »gestrichen die Nase voll, unsicher und total emotional«.

Sie küsst mich, eine leichte Berührung von Lippen. »Pass auf dich auf, Mum.«

Ich möchte sie festhalten, während wir uns umarmen, sie in meine Kleider einwickeln oder sie schrumpfen und in der Sicherheit meiner Tasche verwahren. Sobald sie weg ist, renne ich zu meiner Handtasche und hole mein Notizbuch und mein Diktafon heraus. Während ich die Worte aufschreibe, nehme ich die Melodie auf, die ich summe. Ich nenne es »Das G-Wort«.

Mir geht es nicht gut
Nein, überhaupt nicht gut
Mir geht's so mies, ich will das Wort noch nicht mal sagen.

Ich schließe die Augen und stelle mir vor, wie es auf der ganzen Welt gespielt wird.

Vielleicht im Laufe vieler Tage
Bedeutet gut auch wieder gut
Aber jetzt ist es noch zu hart
Bin verletzt auf vielerlei Art
Und es geht mir nicht gut.

Während ich die Treppe zu meinem Bett hochsteige, gähne ich – ein langes, schläfriges Gähnen mit weit aufgerissenem Mund – und ich bin so erleichtert, dass ich komplett angezogen unter die Bettdecke krieche. In meinen Träumen liegt Gordon Ramsay neben mir im Bett.

»Du kannst das nicht als das ›G-Wort‹ bezeichnen«, sagt er.

»Wie bist du hierhergekommen?«, frage ich.

Er antwortet nicht, aber ich muss zugeben, dass er dort ziemlich appetitlich aussieht mit seinem Kopf auf Adams Kissen.

»Aber wo du schon hier bist, steht das ›G‹ jetzt für ›Geschlechtsverkehr‹ oder für ›gut‹?« Ich stütze mich auf meinen linken Ellenbogen. »Na ja, wenn jemand bei uns zu Hause ›gut‹ sagt, bezeichnen wir das als das ›G-Wort‹«, erkläre ich.

»Nein«, erwidert er und nähert seinen Kopf dem meinen. »Bei uns steht es definitiv für *Geschlechtsverkehr*.«

»Aber das hier ist mein Haus«, schmolle ich. In meinen Träumen ist mein Schmollmund vielversprechend, meine Lippen glänzen in scharlachrotem Lipgloss.

»Ach, ist doch egal«, sagt er und küsst mich. Gordon hat offensichtlich nichts gegen meine Knoblauchfahne.

SECHS

Emma hat einen vierzehnjährigen Sohn namens Harold. Nicht Harry, sondern Harold. Ich stelle mir vor, dass er Pickel hat und einen krankhaften Hass sowohl auf seinen Namen als auch auf seine geschiedenen Eltern.

Bisher habe ich es umgehen können, ihn zu treffen, da ich das Weiße Haus normalerweise nur an den Wochenenden besuche, wenn er bei seinem Vater Alan ist. Letzte Nacht war eine Ausnahme. Es war Mittwoch, und Abendessen im Weißen Haus stand auf dem Programm, weil Alan Harold direkt nach seinem Tennisspiel in der Schule ins Kino mitgenommen hatte. Sie sollten nicht vor zehn Uhr nach Hause kommen, und bis dahin wäre ich schon weg gewesen, nachdem ich meine Portion selbstgemachtes, langsam geschmortes Lamm verspeist hatte. So war der Plan gewesen. Wie all die besonders ausgefeilten Pläne in meinem Leben hat er nicht so richtig funktioniert – weshalb ich jetzt hier mit einer leichten Kopfverletzung in der Notaufnahme von St Thomas' sitze. Ich gebe Harold nicht die Schuld. Alan und er hatten sich gestritten, weshalb er früher nach Hause gekommen war. Jedes vierzehnjährige Kind, das seine Mutter dabei erwischt, wie sie sich von einem Fremden auf dem weißen Teppich besteigen lässt, hätte das Gleiche getan. Ich glaube, sein Tennisschläger hat dabei mehr abbekommen.

»Wie fühlst du dich?«, fragt Meg. Ich habe ihr noch nicht erzählt, was passiert ist.

»Gut, es sieht schlimmer aus, als es ist.« Ich zerre an der Bandage.

»Lass das«, sagt sie, »ich glaube nicht, dass die Blutung schon aufgehört hat.«

Ich sehe mich um. Noch kein Arzt mit den Röntgenaufnahmen zu sehen.

»Hat sie dich hierhergebracht?«

Ich nicke, langsam.

»Und wo ist sie? Warum hast du mich angerufen?«

»Sie musste zurück, zu ihrem Jungen.«

»Sie hat einen Sohn?«

Ich nicke wieder.

»Wie alt?«

»Vierzehn. Mit einer teuflisch guten rechten Rückhand …«

Meg zieht eine Grimasse. Sie mustert mich von oben bis unten und runzelt die Stirn, so dass sie aussieht wie ihre Mutter. »Bitte sag mir nicht, dass er dich in flagranti erwischt hat«, flüstert sie.

Ich schweige. Mir ist übel, und der antiseptische Geruch meines Umfelds hilft auch nicht gerade gegen den sauren Geschmack hinten in meiner Kehle.

»Du hast schon dafür gesorgt, dass Mum in Therapie gehen musste, und jetzt wird ein armes Kind vermutlich für den Rest seines Lebens psychologische Betreuung brauchen. Du bist widerlich«, sagt sie und blickt in die Ferne, »absolut widerlich.«

Ich möchte wieder nicken, ihr zustimmen, aber ich befürchte, dass mich die Bewegung zum Kotzen bringen würde.

»Mr Hall?«

Wir drehen uns beide um und vor uns steht der Arzt, der vorher schon mit mir gesprochen hatte. Ich hebe die Hand, um zu bestätigen, dass ich das bin.

»Ach, da sind Sie ja. Nun, die gute Nachricht ist, dass nichts gebrochen ist, keinerlei Fraktur. Sie haben eine leichte Gehirnerschütterung. Ihnen wird möglicherweise übel werden, vielleicht müssen Sie sich sogar erbrechen, aber wenn das länger als vierundzwanzig Stunden anhält, kommen Sie direkt wieder zu uns.« Er lächelt Meg an. »Sie sind?«

»Seine Tochter«, erwidert sie, ihre Lippen kräuseln sich vor Abscheu.

»Er sollte nicht alleine bleiben, nur für den Fall, dass ihm schlecht wird.«

Sie nickt, zieht mich hoch und schiebt mich in Richtung Ausgang.

»Hatte er noch etwas anderes an?« Der Arzt, dem mein Grad der Entkleidung auffällt, schaut zurück zur Notaufnahme. Ich trage weder Schuhe noch Socken, geschweige denn ein Hemd, nur ein großes, blutbesudeltes weißes Badelaken, vermutlich von Emma.

»Herr Doktor, er hat nichts anderes verdient«, lautet ihre Antwort, während ich durch die Schwingtür zum Parkplatz und in die eiskalte Mitternachtsluft geschoben werde.

*

Ich erwache vom Zwitschern der Vögel. Meg steht mit einem Glas Wasser in der Hand über mir.

»Trink«, befiehlt sie.

Ich tue, wie geheißen; das kalte, kalkhaltige Leitungswasser ist eine Erleichterung auf meiner pelzigen Zunge. Ich bin in ihrem Zimmer, in dem Haus, das sie sich mit zwei anderen Mädchen in Clapham teilt. Von hier aus ist es nicht weit bis zu ihrem Studienplatz in Westminster.

»Warum bin ich hier?« Ich setze mich in ihrem schmalen Bett auf. »Wo hast du geschlafen?«

Sie deutet auf ein paar Bettdecken auf dem Fußboden. »Du bist im Auto eingeschlafen, und bis hierher war es näher als bis zu Bens Wohnung. Kannst du dich nicht mehr daran erinnern, wie du hierhergekommen bist?«

»Nein. Es tut mir leid, Meg.« Ich will aufstehen, der Schmerz in meinem Kopf kommt plötzlich und heftig, als hätte eine Machete meinen Schädel gespalten. Ich versuche mit aller Macht zu vermeiden, dass ich mich übergebe.

»Bleib, wo du bist. Schauen wir mal, ob du das Wasser bei dir behalten kannst.«

»Ich muss im Büro anrufen«, ich sehe mich nach meinem Jackett um, meinem Mobiltelefon.

Meg zuckt die Schultern. »Ich nehme mal an, deine Sachen sind noch bei *ihr*. Übrigens habe ich Matt schon angerufen und ihm gesagt, dass du heute nicht kommen wirst.«

»Wirklich?« Ich schließe die Augen und lehne mich in ihrem dünnen Kissen zurück, das Hämmern in meinem Kopf spiegelt meinen Herzschlag. »Wie hast du das gemacht?«

»Ich habe Mum wegen seiner Nummer angerufen.«

Meine Augen öffnen sich schlagartig und ich stöhne laut. »Nein, Meg, bitte sag mir nicht, du hast …«

Sie hebt die Hand, um mich zum Schweigen zu bringen. »Es reicht, Dad. Ich habe ihr nicht die Wahrheit gesagt. Okay?« Ruckartig dreht sie sich zu mir um, ihre Haare wehen dabei wie in einer Shampoowerbung, wäre da nicht die Wut, die in ihren Augen blitzt. »Jetzt hast du sogar mich dazu gebracht, sie anzulügen. Mann, du bist vielleicht ein Dreckskerl.«

»Was hast du ihr erzählt?«

»Na ja, ich musste ihr ja erzählen, dass du verletzt wurdest. Ich habe ihr nur nicht erzählt, wie es wirklich passiert ist – ich habe behauptet, dass du überfallen worden bist.«

Ein schwaches Lächeln umspielt meine Lippen. »Tja, das stimmt ja irgendwie auch.«

Sie versucht, nicht zu grinsen, aber ich sehe, wie sie dagegen ankämpft. »Von einem eifersüchtigen vierzehn Jahre alten Jungen … Nein, den Teil habe ich ihr nicht erzählt.«

»Danke, Pumpkin.« Ich greife nach ihrer Hand, die nur Zentimeter von mir entfernt in dem winzigen Raum locker an ihrer Seite herunterhängt. Hastig zieht sie sie zurück.

»Ich habe das nicht für dich getan. Sondern für sie«, sagt sie schlicht.

»Das weiß ich. Darf ich trotzdem danke sagen?«

Sie nickt. »Gut, wenn du die nächsten paar Stunden nicht gekotzt hast, werde ich versuchen, zu meiner Vorlesung um drei Uhr zu gehen. Glaubst du, du kannst eine Stunde lang ohne mich am Leben bleiben?«

»Sicher«, ich richte mich im Bett auf. Die Uhr an der Wand zeigt elf Uhr dreißig, was mich daran erinnert, dass ich bei der Arbeit sein sollte. »Ach übrigens, was hat Matt gesagt?«

Meg lächelt. »Matt habe ich nicht angelogen, Dad. Ich habe ihm gesagt, dass das Balg deiner Geliebten dir eins übergebraten hat.«

Ich spüre, wie sich der beschränkte Inhalt meines Magens dreht. »Oh Scheiße …«

»Witzigerweise«, Meg lacht, während sie einen Stuhl heranzieht, um sich an ihren Schreibtisch zu setzen, »scheint er ganz auf meiner Seite zu sein. Und jetzt schlaf. Sprich mit dir selbst oder was auch immer, aber ich muss lernen.«

»Ich gehe.« Ich mache Anstalten, aufzustehen.

»Bleib verdammt noch mal liegen«, schreit sie mich an, und wieder blitzen ihre Augen. »Du musst hier bis heute Abend bleiben. Dann werde ich dich nach Hause fahren, da du keine Kleider anhast.«

»Mir geht's gut«, ich sitze stur auf dem Rand des Bettes und ignoriere das Hämmern in meinem Kopf.

»Dad, du hast das ›G-Wort‹ benutzt. Dir geht es alles andere als gut, also sei brav und leg dich wieder hin.« Ihre Stimme wird weicher. »Bitte.«

Ich tue, wie mir geheißen. In meinem Kopf schwimmt alles, lauter imaginäre Szenen. Beth, wie sie von Matt angerufen wird. Emma, die mich nicht erreichen kann, da mein Mobiltelefon immer noch bei ihr liegt. Harold, hat er jetzt einen Schaden, nachdem er den Liebhaber seiner Mutter angegriffen hatte? Hatte Meg gestern irgendetwas davon gesagt, dass Beth in Therapie war?

Ich beobachte meine Tochter an ihrem Schreibtisch, umgeben von Büchern über das von ihr gewählte Fach Kriminologie. Gesichter von berühmten Serienkillern starren sie von großen, gebundenen Bänden an. Ihr Zimmer ist ein eigenartiger Raum – ein Bett, das mit pinken Tüchern und bunten Lichtern am Kopfteil behängt ist, aber ansonsten ist jede freie Lücke mit Büchern über bösartige Menschen vollgestopft. Mir fällt auf, dass sie sich sehr aufrecht hält, nachdem ihre Mutter ihr jahrelang beigebracht hat, nicht krumm zu sitzen. Sie tut nur so, als würde sie ein besonders dickes Buch mit kleiner Schrift lesen, aber ich merke, dass sie sich nicht konzentrieren kann.

»Hast du deine Mutter in letzter Zeit getroffen?«

»Gestern Abend, ich war gerade auf dem Rückweg, als du angerufen hast«, erwidert sie, ohne die Augen von der Seite zu lösen.

»Ich habe ihr eine E-Mail geschickt.« Ich erzähle Meg nicht von der Antwort-Mail, die mir sagte, wohin ich mir meine Küsse schieben solle. »Wie geht es ihr?«

»Besser als beim letzten Mal, als ich sie das letzte Mal gesehen habe. Sie kommt schon zurecht.«

Ich frage mich, was genau das bedeutet.

»Glaubst du, dass sie mir je vergeben wird?«

Meg scheint meine Frage zu ignorieren.

»Meg?«

Sie hebt ihren Blick und sieht mir in die Augen. »Würdest du das machen?«, erwidert sie.

»Wie meinst du das?«

»Nun, es ist ja nicht zum ersten Mal passiert, Dad, nicht wahr?«

Ich zucke zusammen. Meine Vergangenheit ist jetzt offensichtlich für jeden Hinz und Kunz zur Debatte freigegeben, aber ich merke, dass ich die Frage nicht beantworten kann. Ich versuche, mir vorzustellen, wie ich mich fühlen würde, wenn die Rollen andersherum verteilt wären. Nicht schön, mein Magen dreht sich wieder, und ich frage mich, warum ich mich so verhalte. Wie ich den Menschen, die ich liebe, so wehtun kann, warum ich davon ausgehe, dass Vergebung automatisch der nächste Schritt ist. Mein Gehirn hält mir Bilder von meinen Eltern unter die Nase und ich muss daran denken, wie in ihrer Erziehung immer alles darauf hinauslief, dass ich derjenige war, der vergibt. Ich schließe die Augen …

»Ich denke nicht …« Meg wendet sich wieder Ted Bundy zu und zieht es vor, sich mit den Eskapaden eines Serienmörders zu beschäftigen.

*

Gerade als ich glaube, dass ich im Ansehen meiner Tochter nicht mehr tiefer sinken könnte, sagt mir der Ausdruck auf ihrem Gesicht, als sie mit ihren Ersatzschlüsseln die Tür zu Bens Appartement öffnet, dass ich mich irre. Emma hat es geschafft, vor uns herzukommen.

»Liebling! Ich habe mir solche Sorgen gemacht.« Emma springt vom Sofa auf, das man von der Eingangstür aus sehen kann. Sie bemerkt Meg sofort und ich beobachte, wie ihr Gesicht die Fakten verarbeitet, zwei und zwei zusammenzählt. »Deine Schlüssel …« Sie zeigt auf mein Jackett und den Rest meiner Kleider, die sie zurückgebracht hat, meine CK-Unterhose nimmt den Ehrenplatz ganz oben auf dem Stapel ein. »Sie waren in deiner Tasche. Ich hoffe, es macht dir nichts aus.«

»Es scheint so, als kämest du ab jetzt ohne mich zurecht«, Meg dreht sich um und will gehen.

»Warte mal.« Ich greife nach ihrem Pullover.

»Fass mich nicht an«, zischt sie.

Ich lasse sie sofort los.

»Schön, dich kennenzulernen, Meg«, versucht Emma es. »Tut mir leid, dass der Anlass ein bisschen merkwürdig ist.« Sie zieht die Schultern hoch.

Meg nickt in ihre Richtung und stürzt dann los.

»Liebling«, wiederholt Emma, während sich die Tür schließt. Sie liebkost meinen Nacken. »Es tut mir so leid, so unglaublich leid. Ich weiß nicht, was in Harold gefahren ist. Ich habe ihn bei Alan gelassen, ihm gesagt, dass er über sein Benehmen nachdenken soll und ich von ihm erwarte, dass er sich bei dir entschuldigt.«

Ich kann unser Spiegelbild in den hohen Fenstern des Wohnzimmers sehen. Die Schiebetür zum winzigen Balkon steht offen und ich kann die Geräusche von der lebhaften Straße unten hören. Auf dem Glas wirke ich neben Emmas hochgewachsenem Körper fast wie ein Zwerg, während sie mich in ihren Armen hält. Ich sehe mich selbst, einen dreiundvierzig Jahre alten Idioten mit einem Riss im Schädel.

SIEBEN

»Ich bin einfach die ganze Zeit so *wütend*«, versuche ich zu erklären. »Wütend und verängstigt und verwirrt …« Ich erzähle ihr, dass Karen mit ihrem Handwerkerbruder Brian vorbeigekommen ist und sie einen Sandsack in der Garage installiert haben.

Sie grinst. »Haben Sie ihn schon benutzt?«

»Oh ja.« Ich halte ihr meine Hand hin, um ihr den winzigen blauen Fleck am zweiten Knöchel meiner rechten Hand zu zeigen. »Ich habe mir eingeredet, dass er rein zum Training dient, aber in Wirklichkeit habe ich ein Bild von Adam daraufgeklebt.«

»So, und warum genau sind Sie so wütend, Beth?« Sie stellt das so einfach dar, dass ich mich jetzt auch über sie ärgere.

»Ich bin wütend, weil mein schwanzgesteuerter Ehemann mich betrogen hat. Ich bin wütend, weil er garantiert auch noch dumm genug ist zu glauben, dass er verliebt ist. Ich bin wütend, weil er sein zerbrechliches, dreiundvierzig Jahre altes männliches Ego unbedingt von einer anderen Frau streicheln lassen muss. Ich bin wütend, weil er maßlos ist, unreif und selbstsüchtig. Ich bin wütend auf mich selbst, weil ich ihm schon einmal vergeben habe, als er sich so maßlos, unreif und selbstsüchtig verhalten hat, und ich bin wütend, weil wir jetzt genau in die verdammte Statistik passen.« Die Tränen sammeln sich in meinen Augen und ich greife nach dem Taschentuch, das sie mir reicht.

»Damals, wissen Sie, hat es eine Ewigkeit gedauert … Es war nur ein One-Night-Stand, zumindest hat er mir das geschworen, aber es hat richtig lange gebraucht, dieses Vertrauen wieder aufzubauen.«

Caroline reicht mir noch mehr Taschentücher. »Laut einer Studie«, sagt sie, »dauert es zwischen einem und drei Jahren, um sich von einem Treuebruch in der Ehe zu erholen, also haben Sie eine Vermutung, warum er es noch mal getan hat?«

»Weil sich die Gelegenheit geboten hat? Weil er ein Bastard ist? Ich weiß es nicht, wollen Sie mir damit sagen, dass das alles mein Fehler sein könnte, etwas, was ich nicht gesehen habe?«

»Nein, nein, natürlich nicht, aber wo Sie diesen Punkt ansprechen, ist es vielleicht der Fall?«

Jetzt bin ich in Rage. Ich widerstehe dem Drang, zur Tür rauszumarschieren und niemals zurückzukehren. Aber irgendetwas hält mich hier, auf dem Stuhl verwurzelt, und sie hat zumindest den Anstand, den Augenkontakt zu meiden. Schweigen.

Tatsache ist, dass sie recht hat. Es gab Anzeichen. Wir waren körperlich nicht mehr so nah wie sonst und er wirkte schon Monate vor der Nacht, in der ich es herausgefunden habe, unkommunikativ und emotional distanziert. Ich hatte es einfach ignoriert. Ich spüre, wie mein Nacken rot wird, spüre, wie mein Anteil an diesem ganzen Chaos mir ins Gesicht kriecht. Mein Verteidigungsmechanismus steht auf Alarmstufe rot. Seit wann ist es denn mein Problem, meinen Mann davon abzuhalten, die Hosen runterzulassen?

»Anscheinend«, breche ich die Stille. »So zwischen fünfzig und siebzig Prozent aller verheirateten Männer haben irgendwann eine Affäre, im Vergleich zu zwanzig bis vierzig Prozent bei den Frauen. Viele Ehen überstehen diese Krise und für die anderen gilt, dass bis zu achtzig Prozent es bereuen, sich wegen einer Affäre haben scheiden zu lassen.« Ich habe all meine Recherchen aufgefahren, mit freundlicher Empfehlung von einer Umfrage in einem Klatschmagazin.

Caroline nickt weise.

»Und wenn wir jetzt mal all dieses Zeug mit Mars und Venus außen vor lassen, warum, Dr. Gothenburg, sind Männer buchstäblich die schlimmeren Fremdgeher?«

Die Andeutung eines Lächelns. »Nun, die Evolutionspsychologie sagt, dass Männer dafür prädisponiert sind, ihren Samen zu verbreiten, und wenn wir schon die Evolution ins Spiel bringen, historisch gesehen müssten Frauen mehr Angst vor Sex gehabt haben, weil die Möglichkeit einer Schwangerschaft bestand. Also haben sie sich ihnen vielleicht einfach nicht ganz so bereitwillig hingegeben, wer weiß?«, schließt sie und schüttelt den Kopf.

»Oder vielleicht sind sie einfach nur maßlos, unreif und selbstsüchtig?«, erwidere ich und wir lachen zusammen.

*

Mein Agent Josh hat sein Büro direkt am Soho Square. Er hat Räume im ersten Stock eines heruntergekommenen Gebäudes gemietet und besteht darauf, dass das »schäbigere« und weniger »schicke« Erscheinungsbild des Gebäudes für »Kreative« ein Muss ist. Er hat mich auf einen Kaffee hereingebeten, den ich trinke, während Josh mir einen »Guck mal, was wir jetzt alles für deine Karriere machen werden«-Vortrag hält. Ich sitze ihm gegenüber in seinem geliebten alten Conran-Ledersessel. Ich weiß nur, dass Terence Conran ihn designt hat, weil Josh es mir gesagt hat. Auf dem niedrigen Beistelltisch zwischen uns steht ein typisches Arrangement aus winzigen Gebäckstücken. In meiner Hand befindet sich ein heißer Becher mit Arabicaröstung mit jeder Menge aufgeschäumter Milch. In den dreizehn Jahren, die ich Josh schon kenne, haben wir niemals etwas anderes als Kaffee und Kuchen zusammen gegessen.

Er beginnt den Vortrag, in dem er mich auf den neuesten Stand über die Verkäufe von »Missing« bringt, die besser aussehen, als ich erwartet hatte, und bestätigt mir, dass zwei Herausgeber aus Nashville Optionen auf drei weitere Lieder haben. Meine Augenbrauen heben sich, das sind alles gute Nachrichten, wirklich gute Nachrichten, also greife ich nach einem Gebäckstück. Dann erzählt er mir davon, dass er kontaktiert worden ist, ob ich nicht ein Lied für einen Film schreiben könnte. Ich lege das Gebäckstück auf meinen Teller und höre zu.

»Es ist alles streng geheim bisher«, er tippt sich mit dem Zeigefinger an die Nasenspitze. »Aber sie sehen sich drei Songschreiber aus Großbritannien an und du bist eine von ihnen.«

Ich nicke, bin aufgeregt, also nehme ich das Gebäck wieder in die Hand und erlaube mir einen raschen kleinen Bissen.

Es schmeckt wie Zuckerpaste. Ich bin schon einmal an diesem Punkt gewesen, angeblich in der engeren Auswahl, hatte neu geschriebenes Material vorgestellt, nur um mir anhören zu müssen: Vielleicht nächstes Mal; nicht ganz das, wonach wir gesucht haben.

»Denk an ›Twilight‹«, fügt Josh hinzu. Er wandert durchs Büro und sucht in diversen Papierstapeln nach etwas. Von oben dringt die Titelmusik einer mittäglichen Seifenoper durch die Decke. »Welcher Film war das noch gleich? Der, in dem Bella diesen Dracula-Typen heiratet?«

Ich lächele. »Edward, nicht Dracula.«

»Edward, wie auch immer. Jedenfalls dieses Lied, dass er sie tausend Jahre lang lieben wird. Oder dass sie ihn tausend Jahre lang lieben wird, wie auch immer.«

Ich nicke.

»Genau das!« Er zeigt auf mich, wedelt mit dem Finger. »Nicht genau das Gleiche natürlich. Ein bisschen anders. Und besser«, fügt er hinzu und reicht mir eine rote Mappe. »Das Drehbuch. Der Song kommt auf Seite dreihundertzwölf. Kriegst du das hin?«

Ich ignoriere den leicht flehenden Tonfall. »Okay. Liebeslied. Hochzeit. Hinkriegen.«

Er kratzt sich am Kopf. »Lies das Skript. Es geht nicht um eine Hochzeit. Es ist ein Liebeslied. Es ist eins von diesen Liedern, das uns erzählt ›Ich habe dich schon immer geliebt und werde dich immer lieben‹. Die Geschichte handelt von einem Paar, das sich trennt, wieder zusammenkommt und äh …«, er sieht mich eindringlich an, »nun, sie kommen wieder zusammen und dann …«

»Leben sie glücklich bis ans Ende ihrer Tage?« Ich schnaube laut und nippe dann an meinem abgekühlten Kaffee. »Filme«, sage ich. »Das gibt's nur in Filmen.«

»Schreib das Lied.« Er steht wieder mir gegenüber, mit weit aufgerissenen Augen. »Ja?«

»Ja, mache ich.«

»Beth, hast du schon mit Adam geredet?« Er füllt seinen eigenen Becher aus einer glänzenden roten Maschine in der Ecke wieder auf. Ich sehe ihn nicht an. Stattdessen denke ich über seinen amerikanischen Akzent nach und die Art, wie er »Beth« sagt. Er kommt aus Nashville und ist der einzige lebende Mensch, den ich kenne, der ein einsilbiges Wort mit ein Näseln aussprechen kann.

»Beth?« Auf einmal steht er neben mir.

Da ist es wieder. Ich sehe auf. »Josh, ich habe Adam wirklich nichts zu sagen.«

»Du hast mir nie genau erzählt, was passiert ist. Wie hast du es eigentlich herausgefunden? Ich meine, ich weiß, dass er eine Affäre hatte und dich verlassen hat und dass es nicht das erste Mal war, aber was ist tatsächlich *vorgefallen*?«

Er sagt das alles, ohne Luft zu holen. Und ich merke, wie ich meinen Atem anhalte, während sich die Erinnerung an jene Nacht in Sepiafarbe in meinem Kopf abspielt:

»Wo warst du so lange, Adam?«

»Matt und ich haben noch bis spät an einem neuen Pitch gearbeitet und sind dann ein Curry essen gegangen.«

»Du hast nicht daran gedacht, anzurufen?«

»Ich habe einfach nicht bemerkt, wie die Zeit verging, Beth, entschuldige.«

Dann zieht er sich im Badezimmer aus. Und schrubbt seine Zähne. Er putzt sie nicht, er schrubbt sie. Dann geht er unter die Dusche.

»Bist du müde?«, frage ich, als er ins Bett kommt.

»Mmmmh. Fix und fertig.« Er haucht mir einen Kuss auf die Wange und dreht sich dann um. Ich stehe auf und gehe ins Badezimmer. Er hat seine Kleider ganz nach hinten in den Wäschekorb gesteckt, sie mit anderen Sachen zugedeckt. Ich sitze auf der Toilette und ziehe ihn zu mir her. Ich halte sein Hemd in meinen Händen. Ich rieche daran. Zitronen. Zitrusparfüm. Von der Tür aus reibe ich meine rechte Hand langsam von links nach rechts über die Stelle, wo mein Herz unter meiner Haut sitzt. Es ist, als würde ich es massieren, in der Absicht, es am Schlagen zu halten. Ich sehe seinen Körper an, der sich schon fern von meiner Bettseite zusammengerollt hat.

»Adam. Wer ist sie?«

Ich schüttele den Kopf. »Es ist nicht viel ›vorgefallen‹. Ich habe Parfüm an seiner Kleidung gerochen, ihn zur Rede gestellt, er ist eingeknickt, und ich habe ihn gebeten zu gehen. Ende der Geschichte.« Ich zucke leicht die Schultern.

Josh nimmt meine Hand und starrt lange auf meinen ringlosen Finger. »Du bist Songschreiberin«, sagt er und schüttelt den Kopf. »Das ist niemals das Ende der Geschichte.«

*

Um drei bin ich zu Hause und finde auf dem Anrufbeantworter eine Nachricht meiner Mutter. Ich seufze, als ich ihre Stimme höre. Als ich höre, was sie sagt, verziehe ich das Gesicht zu einer Grimasse.

»Elizabeth! Wenn du mich nicht zurückrufst, sehe ich mich dazu gezwungen, in mein Auto zu steigen und zu dir zu fahren. Ich würde es vorziehen, nicht das Auto nehmen zu müssen, um dich zu treffen, aber im Notfall mache ich es trotzdem.«

Ich rufe sie zurück, weil ich weiß, dass ich sie nie anrufen werde, wenn ich zu lange darüber nachdenke. Ich habe keine Ahnung, was ich sagen soll, aber ich weiß, dass es mit Lügen garniert sein wird. Ich kann ihr nicht erzählen, dass Adam mich verlassen hat. Tatsächlich muss ich nur ihren Anrufbeantworter anlügen. Die paar albernen Flunkereien gehen mir leicht von der Zunge, als ich ihrer Maschine mitteile, dass es mir leidtut, mich nicht gemeldet zu haben, dass ich gerade mit einem ganz tollen Projekt beschäftigt sei. Bin ich ja auch irgendwie. Ich versuche zu überleben. Das Ganze mit einem »Sollen wir uns zum Mittagessen treffen?«-Kommentar abzuschließen scheint mir eine gute Idee zu sein.

Ich mache den Fernseher an, starte eine aufgenommene Folge CSI und fange an, auf meinem iPad im Netz zu surfen. Ich google alles, das irgendwie mit Untreue zu tun hat. Ich finde alle Arten von Geschichten und herzzerreißenden Erzählungen, die mir zeigen, dass ich doch noch ziemliches Glück gehabt habe. Zumindest ist mein hinterhältiger Mann ein miserabler Lügner. Zumindest hat der selbstgefällige Bastard alles zugegeben, als ich ihn konfrontiert habe. Dem Internet zufolge habe ich Glück, dass er nicht drei Ehefrauen gleichzeitig hatte und dass er nicht meinen Schlüpfer trägt, während er sie vögelt. Ich habe eine Website voller Fragebögen gefunden, die einem sagen sollen, wie man mit Betrug umgeht, und ich bin schon bei Nummer drei. Ich glaube, dass es hilft:

Frage eins: Wussten Sie, dass etwas nicht stimmt, bevor Sie es herausgefunden haben?

Antwort: Nein. (Es gibt nur Kästchen für »ja« oder »nein«. Es gibt keins für »na ja vielleicht, vielleicht ein kleines bisschen«.)

Frage zwei: Ist Ihr Partner jemals vorher in Ihrer Beziehung oder in einer vorhergehenden Beziehung untreu gewesen?

Antwort: Ja. (Der Bastard.)

Frage drei: Macht besonders der physische Betrug Ihnen zu schaffen?

Antwort: Ja. (Ich muss dauernd daran denken, wie Adam auf einer anderen Frau liegt.)

Frage vier: Fällt es Ihnen schwer, mit Ihrer Wut fertigzuwerden?

Antwort: Ja.

Frage fünf: Glauben Sie, dass Ihre Ehe gerettet werden kann?

Scheiße … Ich surfe weiter und finde jede Menge positive Mantras, genau solche, wie Caroline sie mir ans Herz gelegt hat, und ich schicke sie nach oben an meinen Drucker. Morgen werde ich sie nach dem Zufallsprinzip im ganzen Haus verteilen und auf jeden Fall Tesafilm dafür benutzen statt der tapetenschonenden Klebepads, einfach nur aus Spaß und weil ich weiß, dass ihn das stören würde. Dann entdecke ich ein Internetforum mit Live-Webchats für Frauen, die betrogen worden sind.

Amy aus Hull ist online.

»Manchmal möchte ich ihn einfach anrufen und sagen okay, ich hab's kapiert. Jetzt kannst du wieder nach Hause kommen. Und dann wieder möchte ich ihm das Gesicht einschlagen«, schreibt sie.

Patsy aus Seattle antwortet.

»Oh, das kann ich nachvollziehen! Meine beste Freundin war so wütend über ihren Ex, dass sie ihm eine Woche lang jeden Tag gefrorene Krabben per Post geschickt hat, als sie genau wusste, dass er nicht zu Hause war. Auch wenn mein Ex schrecklich ist, ich glaube nicht, dass ich dazu den Nerv hätte.«

Ich lache laut auf. »Hi«, tippe ich, »ich heiße Beth und ich bin kurz davor, Alkoholikerin zu werden.« Ich hoffe, sie verstehen die Ironie und glauben nicht wirklich, dass ich eine Alkoholikerin bin. Ich berühre mein Weinglas, das praktisch leer ist, und stelle es beiseite. In Wirklichkeit, denke ich, trinke ich *tatsächlich* zu viel, ich fange an, mich an dieses Glas Wein zu gewöhnen … Selbstmedikation.

»Hi Beth, LOL und willkommen! Was ist dir passiert?« Sally aus Manchester … Scheiße. Wo soll ich anfangen?

»Mein Ehemann hat mich mit einer jüngeren Frau betrogen. Er ist unreif und selbstsüchtig, und ich bin so wütend auf ihn, auch wenn ich ihm nicht unbedingt das Gesicht einschlagen möchte, ich glaube, die Idee mit den Krabben gefällt mir.« Ich drücke auf die Returntaste.

»Ist sie hübsch?«, fragt Sally. »Mein Ehemann vögelt zurzeit eine ehemalige Miss Great Britain«, schreibt sie. »Da ich neun Kilo Übergewicht habe, seit ich vor sechs Monaten seinen einzigen Sohn und Erben zur Welt gebracht habe, macht mir dies viel mehr zu schaffen als die Tatsache, dass er mich betrügt. Er hat mich mit einer jüngeren, gut verdienenden, dünnen Frau mit einem flachen, narbenfreien Bauch und wohlgeformten Titten betrogen.«

»Kopf hoch, Sally.« Briana aus Queens. »Meiner hat mich für einen Mann verlassen. Das soll jetzt nicht so aussehen, als ob ich deine Situation nicht schlimm finde, aber ich glaube, ich würde eine ehemalige Schönheitskönigin einem Mann vorziehen.«

Du meine Güte. Es ist überwältigend. Ich mache eine Pause und koche mir einen Tee, bevor ich wieder meinen Platz auf dem Sofa einnehme. Ich lese noch ein paar Leidensgeschichten und entscheide mich schließlich, dass ich proaktiver werden muss. Jetzt, wo ich eine gesamte CSI-Episode lang im weltweiten Web des Betrugs verbracht habe, bin ich bewaffnet und gefährlich. Ich schicke Adam eine E-Mail.

— Ursprüngliche Nachricht —
Von: bhall@intranethall.uk.net
Gesendet: 6. Mai 2014 21:42
An: ahall@hall&fry.uk.net
Betreff: Du

Ich will zwar nicht mit dir reden, aber ich will dir mal sagen, wie ich mich fühle. Laut dem Wörterbuch ist Monogamie »der Zustand des Zusammenseins mit nur einem Partner«. Jetzt Adam, eine Frage: Was haben du, Gibbons, Wölfe, Schwäne, Schleiereulen, Biber, Rabengeier, Wale und Termiten gemein?

Antwort: Absolut nichts. Sie alle gehen lebenslange Partnerschaften ein. Du wiederum bist ein Exemplar unter dem Niveau einer Termite. Wie fühlt sich das für dich an? Bist du stolz drauf?

Jetzt, wo ich das losgeworden bin, möchte ich, dass du dich von mir fernhältst. Beth.

PS: Meg sagte mir, dass du überfallen worden bist. Ich versuche, Mitgefühl aufzubringen, habe aber irgendwie das Gefühl, dass da eine Art von ausgleichender Gerechtigkeit am Werke ist. Meg versichert mir, dass es dir gut geht und du ganz der Alte bist trotz dem, was passiert ist. Jetzt, wo ich das alles weiß, kann ich dir diese E-Mail schicken. Ich meine es ernst, Adam, ich will nichts mehr mit dir zu tun haben.

Nachdem ich die E-Mail abgeschickt habe, gehe ich zu meiner Garage, um meinen Sandsack ein bisschen linkshändig zu malträtieren.

ACHT

Ich nippe den ersten Kaffee des Tages, sitze an dem winzigen schmiedeeisernen Bistrotisch auf Bens Balkon. Auch wenn das Geräusch der Straße unten manchmal aufdringlich ist, empfinde ich es heute als positive Ablenkung von all dem Rauschen in meinem Kopf. Ich muss zur Arbeit, aber am liebsten würde ich ins Bett zurückkriechen. Doch wenn ich das tue, kommen die Gremlins zurück. Träume von meinen Eltern, als sie noch lebten, Träume von mir und Beth, als wir noch jung waren … Anscheinend will mein Gehirn einfach nicht schlafen. Anscheinend dreht mein Gehirn genau dann völlig auf, sobald sich mein Kopf dem Kissen nähert. Letzte Nacht hat meine Mutter mich wegen Bens kaputter Gitarre angeschrien und gesagt, dass ich dafür verantwortlich sei. Dann fing sie zu singen an. Es klang wie aus dem Musical »Sound of Music«. Dann bezeichnete Beth sie als Termite. Ich fragte sie, ob sie mich meinte. Bin denn nicht ich die Termite? Just bevor ich aufgewacht bin, verwandelte sich Beth selbst in eine riesige Termite und biss meiner Mutter den Kopf ab. Total durchgedreht. Mein Kopf ist total durchgedreht.

In der Küche kaue ich an einem eine Woche alten Croissant, das ich im Brotkasten gefunden habe. Es schmeckt fade, aber die Schränke sind leer. Ich habe mir noch nie wirklich Gedanken übers Einkaufen machen müssen. Ums Einkaufen und Kochen hat sich immer Beth gekümmert. Ich frage mich kurz, wie es ihr geht, ob sie bereit ist, mit mir zu reden.

Die E-Mail von ihr, die mir sagt, das sie nichts mehr mit mir zu tun haben will und die vermutlich die Grundursache für meine Albträume ist, ist jetzt eine Woche alt. Ich war versucht, ganz schwer versucht, ihr zu sagen, dass sie sich zum Teufel scheren solle und für alles selbst bezahlen, wenn sie so verflucht selbstständig sei, aber ich hab's nicht gemacht. Ich knalle den Teller und die Kaffeetasse in die Spüle und gehe ins Badezimmer, um mir die Zähne zu putzen. Hinter meinen Schläfen hämmert es. Ich berühre meinen Hinterkopf, fahre mit den Fingern über die Narbe, die Harold mir verpasst hat. Es fühlt sich immer noch nach einer tiefen Wunde an. Ich durchsuche den kleinen Medizinkasten, den Beth von zu Hause mitgebracht hat. Es gibt Pflaster, ein Antiseptikum, etwas lose Gaze, nur kein Paracetamol. Aber ich brauche irgendeine Art von Schmerzmittel. Ich starre mein Gesicht im Spiegel an und bin erschüttert, als ich sehe, wie es zu weinen anfängt.

Ich sitze auf dem Rand der Badewanne und meine Tränen laufen. Mir ist schmerzlich bewusst, dass ich zum letzten Mal vor zweiundzwanzig Jahren geweint habe, als meine beiden Eltern gleichzeitig starben. Als wir am Grab standen, hielt ich mich an Ben fest und wusste, dass unser Leben nie wieder dasselbe sein würde.

Große Jungs weinen nicht, Adam.

Beim Versuch, die Erinnerung an eines der Lieblingsmottos meiner Mutter abzuschütteln, schmerzt mein Kopf noch mehr. Ich weiß nicht, was Beth jetzt tun würde – vermutlich irgendwas Schmerzlinderndes aus der Tasche zaubern –, aber ich weiß, dass sie mir irgendwie helfen würde, genauso wie sie mir damals geholfen hatte, als sie ein Jahr später in mein Leben trat. Und ich kann sie nicht fragen, was ich tun soll, weil sie nicht mit mir spricht, mir gesagt hat, dass ich mich von ihr fernhalten soll, und es ihr vermutlich lieber wäre, wenn ich verschwinde und sterbe. Was ich wahrscheinlich auch verdiene.

*

Ich schaue durch die Tür ins Büro gegenüber und lächele mein strahlendstes Lächeln.

»Jen!«

Jen, die schon seit vielen Jahren für Matt und mich als Sekretärin arbeitet, sieht vom Boden auf, wo sie zwischen drei Archivkästen voller Akten sitzt.

»Oh«, sagt sie und verzieht bei meinem Anblick ihr Gesicht. »Kannst du immer noch nicht schlafen?«

»Nicht besonders gut. Bitte sag mir, dass du als betriebliche Ersthelferin einen Eimer voll Paracetamol hast. Die Grangers kommen und mein Kopf ist völlig vernebelt.«

Sie steht auf und streckt sich. »Du solltest zu deinem Arzt gehen und dir etwas zum Schlafen verschreiben lassen.«

Ich beobachte sie, wie sie das Medizinschränkchen öffnet, die Augen weit aufgerissen wie ein Junkie, der auf einen Schuss wartet.

»Hast du mich gehört?«

»Ja. Aber das geht vorbei. Ich habe gerade ziemlich viel um die Ohren.«

»Du siehst erschöpft aus.«

»Bin ich auch.« Ich schaffe es, zu lächeln. »Es geht schon. Ist Matt schon da?«

»Trinkt bereits seinen zweiten Kaffee. Soll ich dir auch einen bringen?« Sie reicht mir sechs Paracetamol.

Ich lächele wieder. »Danke, Jen. Ich bin dann bei ihm für die Vorbereitungen.«

Sie greift nach meiner Hand, als sie mir die Tabletten reicht. »Wir kennen uns ja schon eine ganze Weile, oder?«

Das Lächeln verschwindet, und ich bin sofort beunruhigt. Ein Bild von ihr, wie sie kündigt, und Matt, der mir die Schuld daran gibt, erscheint blitzartig vor meinem inneren Auge.

»Also ich finde, du musst auf dich achtgeben. Seit Beth und du euch getrennt habt, geht es mit dir steil bergab.«

Ich ziehe die Augenbrauen hoch. »Prägnant ausgedrückt, Moneypenny. Ich werde es in Erwägung ziehen.«

Sie lacht.

Und ich gehe zu Matts Büro, um mich auf einen Termin mit unserem größten Kunden vorzubereiten.

*

Zum zweiten Mal innerhalb eines Monats steuert mein Wagen auf Weybridge zu, fast automatisch. Den Arbeitstag habe ich irgendwie durchgestanden, aber jetzt muss ich versuchen, dieses Chaos mit

Beth in Ordnung zu bringen. Außerdem brauche ich dringend frische Kleidung. Ich habe nicht vorher angerufen. Wenn sie da ist, ist sie da. Wenn nicht, habe ich einen schlauen Plan.

Ich bemerkte es mitten in dem Termin mit den Grangers. Es war eine schwierige Besprechung gewesen, bei der die Kunden nervöser als sonst waren, nachdem die Märkte uns in den letzten Monaten einen gewaltigen Dämpfer verpasst hatten. Ich hörte zu und machte die passenden Geräusche, aber beim Spielen mit dem Schlüsselbund in meiner Tasche fühlte ich ihn. Der Schlüssel zur Hintertür … Sie kann mich nicht aus dem Haus aussperren! Mein schlauer Plan: Ich rede mit ihr, wenn sie da ist, aber wenn nicht, kann ich mein eigenes Haus dennoch betreten. Mir ein paar Kleider holen, etwas herumspazieren, einfach so … Vielleicht darauf warten, dass sie nach Hause kommt, mich auf dem übergroßen Sofa im Wohnzimmer herumfläzen, mit einem Glas Rioja in der Hand. Die meiste Zeit, die ich auf der A3 verbringe, halte ich den Atem an. Als ich Weybridge erreiche, sehe ich, dass Beths Auto nicht da ist, und parke um die Ecke.

Vom Auto aus rufe ich im Haus an. Der Anrufbeantworter springt an … Ich nähere mich langsam, leise, klingele an der Tür. Sie ist definitiv nicht zu Hause. Ich bemühe mich, nicht zu viel Lärm zu machen. Nicht, dass die neugierige Sylvia wieder über die Hecke späht. Ich gehe um den Seiteneingang herum und stecke den Schlüssel in das Schloss der Hintertür, drehe ihn schnell herum. Mit einem Lächeln trete ich ein und fühle mich dabei wie ein Dieb in der Nacht. Ich lehne mich gegen die Tür und bete, dass sie die Alarmanlage wie üblich nicht eingeschaltet hat. Es war ein ständiger Streit zwischen uns, dass Beth regelmäßig aus dem Haus ging und vergaß, die Alarmanlage einzuschalten. Ich habe keine Lust auf die verräterische Sirene und sprinte zum Schaltkasten bei der Vordertür; mein Herz rast dabei in meiner Brust. Nichts, sie hat sie nicht eingeschaltet. Ich bin überglücklich und doch verärgert.

Langsam beruhigt sich mein Herzschlag wieder einigermaßen, und ich bewege mich durchs Haus. Es ist Oktober und ich könnte wirklich etwas Licht gebrauchen, aber ich wage es nicht, es einzuschalten. Stattdessen benutze ich das Leuchten meines Smartphones als Taschenlampe. In der Küche fahre ich mit der Hand über die Arbeitsfläche aus Granit. Alles sieht genauso aus wie vor all diesen Wochen. Wenn überhaupt ist es sauberer, weil ich nicht hier bin.

Ich steige langsam die Treppe hoch zu unserem Schlafzimmer. Im Bad öffne ich den Wandschrank. Meine Sachen sind immer noch da: Rasierwasser, Feuchtigkeitscreme, Nagelknipser. Auf der Rückseite der Tür hängt mein gestreifter blauer Morgenmantel am Haken neben dem von Beth. Ich gehe aufs Bett zu und fühle mich für einen Moment wie Goldlöckchen bei den drei Bären. Ich setze mich auf ihre Seite, lege mich dann hin, atme ihren Duft ein. Ich starre an die Decke. Dies war mein Zuhause. Dies war das Zuhause, das wir zusammen aufgebaut und miteinander geteilt haben. Es fühlt sich immer noch wie zu Hause an. Die einzige Veränderung ist, dass ich jetzt nicht mehr hier wohne. Ich richte mich auf, überwältigt von Schuldgefühlen.

Während ich das Schlafzimmer verlasse und nach unten gehe, sehe ich auf meine Uhr und kann es nicht glauben, dass ich schon seit über einer Stunde hier bin. Und genau in dem Moment höre ich, wie sich die Haustür öffnet.

Ich sprinte ins Wohnzimmer, auf die Hintertür zu. Sie ist verschlossen. Scheiße! Habe ich sie wieder abgeschlossen, nachdem ich hereingekommen bin? Und wo sind meine Schlüssel? Ich höre Beth summen und in der Küche herumwerkeln. Das Öffnen des Kühlschranks und das Zuschlagen einer Schranktür verraten mir, dass sie sich ein Glas Wein holt. Scheiße. Sie wird mit ihrem Glas gleich hierherkommen. Ich höre das Gluckern, als sie sich den Wein einschenkt, und durchsuche die Taschen meiner Jeans. *Scheiße!* Als ich Beths Schritte auf dem marmornen Gang höre, mache ich das einzig Mögliche und verstecke mich hinter den Vorhängen. Als Beth sie vor ungefähr fünf Jahren bestellt hatte, war ich entsetzt über diese Masse von Stoff von der Decke bis zum Fußboden und ihre Kosten. Abgesehen von den Kosten bin ich für die Masse jetzt dankbar. Ich zerbreche mir den Kopf, bis ein Bild vor meinem geistigen Auge auftaucht. Mein Schlüsselbund. Ich habe ihn im Badezimmer auf dem Waschbecken liegen lassen, als ich mit meinen Toilettenartikeln herumhantierte. Scheiße!

Hinter dem Vorhang, nach einer vollständigen Folge »The Apprentice«, bete ich, dass sie sich ein weiteres Glas holt. Komm schon, Beth, du trinkst doch immer zwei, warum nicht heute? Oder musst du nicht mal pinkeln? Deine Blase ist wie ein Sieb, du musst doch bestimmt mal pinkeln? Wie aufs Stichwort geht sie in die Küche. Ich lausche auf das Schleifen der Kühlschranktür, höre aber stattdessen, wie sie den Wasserkocher auffüllt. Direkt darauf höre ich, wie sich die Tür zur Toilette mit einem Klicken schließt.

Ich rase aus dem Wohnzimmer hinaus und die Treppe hoch. Ich greife nach dem Schlüsselbund, lausche oben vom Etagenflur aus und nutze meine Chance. Ich bin im Korridor, ganz kurz vor der Haustür, als sie wieder auftaucht. Ich lehne mich gegen die Tür zum Garderobenschrank und verschnaufe. Sie kann mich von innen nicht sehen. Dazu müsste sie erst raus in den Flur kommen. Wenn sie sich erst wieder vor den Fernseher gesetzt hat, kann ich leise die Tür öffnen und hinausschlüpfen. Im Vorbeigehen hält sie inne und schaltet von einem Schalter neben der Tür die Lichter im Flur ein. Jetzt ist der Raum hell; wenn sie sich nur einen halben Meter nach rechts bewegt, bin ich geliefert mit einem großen »G«.

Aber sie macht es nicht. Stattdessen nimmt sie wieder ihren Platz auf dem Sofa beim Laptop ein und trinkt ihre Tasse Tee. Das sagen mir nur die Geräusche. Ironischerweise habe ich sie nicht gesehen. Ich kann nicht sagen, ob sie gut aussieht oder abgespannt. Ich atme tief ein und dann sehe ich es, eine angestrahlte Nachricht, die mit Farbe an die Wand geschrieben wurde:

Ich bin Beth. Ich bin stark. Ich bin noch nicht alt. Ich mag Champagner, Schokolade, das Meer, Spitzenstrümpfe, Fleischklößchen von IKEA, Flipflops, meinen Touché-Éclat-Concealer, Musik und Liedertexte. Ich mag keine Politiker, Callcenter, Frauen mit Kleidergröße 32, Snobs, Punkrock, Meerrettich, hinterhältige Dastards und Frauen, die mit hinterhältigen Dastards schlafen.

Ich muss einfach lächeln, als ich ohne auch nur ein einziges Stück frischer Kleidung leise durch die Haustür hinausschlüpfe. Meerrettich … Wer hätte das gedacht?

NEUN

In ihrer Praxis ist es heute kalt. Ich zittere sichtlich, sobald ich mich hinsetze und meine Hände aneinanderreibe. Ohne sich von ihrem Stuhl zu erheben, lehnt Caroline sich zurück und stellt den Thermostat an der Wand hinter sich höher.

Wir plaudern ein bisschen über die Einzelheiten meines Lebens und dann zielt sie quasi direkt auf meinen Solarplexus. »Erzählen Sie mir von Simon«, fordert sie mich auf. »Wie er gestorben ist, wie Sie sich zu der Zeit fühlten, soweit Sie sich daran erinnern können.«

Ich verstumme ganz plötzlich, Erinnerungen an den kleinen Jungen überfallen mich, der mal mein Bruder gewesen war. Sein dunkles lockiges Haar, seine winzigen, kitzeligen Füße, sein Lachen … Mir fällt auf, dass ich seit sehr langer Zeit nicht mehr an Simon gedacht habe.

»Er war«, sage ich schließlich, »ein wahnsinnig süßes Kind, ein Engel, hat immer gelacht. Er war immer am Reden, eine richtige kleine Plaudertasche und … Er hat mich geliebt. Es war Meningitis.« Ich zögere einen Moment. »Er ist an Meningitis gestorben.«

Caroline hört zu, kein gezückter Stift in Sicht. Ich frage mich kurz, ob das eine neue Taktik von ihr ist.

»Woran erinnern Sie sich aus der Zeit um seinen Tod herum?«

Ich kaue an meiner gesamten Oberlippe. »Ich erinnere mich daran, dass er einfach fort war. Das Haus leer. So fühlte sich das an, wie ein Vakuum …«

»Was haben Ihre Eltern Ihnen erzählt?«

»Dass er krank geworden ist, dass er in den Himmel gekommen ist. Mein Dad hat mir den Himmel beschrieben und das hörte sich so wunderschön an, dass ich einfach nicht verstehen konnte, warum wir nicht alle dorthin gehen konnten. Zusammen …«

Ich beiße die Zähne zusammen, atme tief durch die Nase ein und lasse die Luft langsam durch meinen Mund wieder hinaus. »Ich habe schon seit Jahren nicht mehr daran gedacht«, gestehe ich.

»Es ist offensichtlich schmerzhaft, ein unglaublicher Verlust für Sie in solch jungem Alter. Dass jemand, den Sie geliebt haben, jemand, der zu dem Zeitpunkt Ihr halbes Leben da gewesen war, einfach für immer fort war. Das hinterlässt ein riesiges Loch.«

Meine Augenbrauen wandern nach oben.

»Und natürlich dürften Ihre Eltern sich danach verändert haben.«

Es ist eine Frage, die eher rhetorisch klingt. Ich nicke in stillem Einverständnis. Ich bin noch nicht dazu bereit, über meine Eltern zu reden und wie sich ihre Ehe nach Simons Tod praktisch aufgelöst hat. Ich habe es damals nicht verstanden und verstehe es heute noch nicht so richtig. Abgesehen davon bin ich hier, um über die Auflösung meiner eigenen Ehe zu sprechen.

Caroline spürt, dass ich ganz weit weg bin. »Lassen Sie uns das erst einmal beiseitestellen, wenn Ihnen das lieber ist?«

»Das wäre mir lieber«, sage ich ihr, »aber ich würde es auch gerne hinter mich bringen. Wenn ich ehrlich bin, hatten meine Eltern hinterher jahrelang Probleme. Ein Ehepaar, das von außen gesehen noch zusammenlebte, aber innerlich schon längst getrennt war … Ich war für sie ihr Ein und Alles. Und gleichzeitig nichts.«

Oh Scheiße, ihr Stift ist wieder da. Es ist, als hätte sie ihn einfach herbeigezaubert, und sie schreibt. »Das ist eine ziemlich heftige Äußerung. Ein und Alles und gleichzeitig nichts«, wiederholt sie. »Können Sie das näher erläutern?«

»Ich war ruhig, bedächtig, nachdenklich – ihr einziges überlebendes Kind, und doch war ich ihm überhaupt nicht ähnlich, eine ständige Erinnerung an ihren Verlust. Simon hatte das Haus mit Gelächter und Freude erfüllt, und plötzlich fehlte das. Das alles.«

»Fühlten Sie sich schuldig?«

Ich seufze. »Ich glaube, schon als Kind wusste ich, wie sinnlos das sein würde, also nein … ›Schuldig‹ ist nicht das richtige Wort. Aber ich hatte das Gefühl, dass sie betrogen worden waren und ich auch. Ich hatte meinen Bruder verloren und ich wusste, dass ich diese Lücke niemals ausfüllen könnte.«

»Das stimmt.« Caroline klopft mit der Spitze ihres Stifts auf den Block. »Sie sind alle betrogen worden, jeder von Ihnen …«

Wir verstummen eine Minute lang, dann bricht sie als Erste das

Schweigen. »Sehen Sie irgendwelche Parallelen zwischen Ihrer eigenen Ehe und der Ehe Ihrer Eltern?«

»Abgesehen davon, dass sie beide irgendwann den Bach hinuntergegangen sind, nein …«

»Was würden Sie sagen, wer von beiden hat sich nach Simons Tod innerlich zuerst getrennt? Ihre Mutter oder Ihr Vater?«

Echt jetzt? Manchmal schafft es diese Frau, mich unter ihren messerscharfen Fragen zusammenzucken zu lassen. Ich antworte nicht, zumindest nicht laut, jetzt wo ich erkenne, in welche Richtung sie mit diesem Gedankengang will. Ja, mein Vater war der Bastard. Ja, Adam ist der Bastard.

Ich lehne mich vor. »Was soll daran von Bedeutung sein, Caroline?«

»Vielleicht gar nichts«, sie zuckt die Schultern. »Aber es lohnt sich wahrscheinlich, das herauszufinden.«

»Können wir das fürs Erste beiseitestellen?« Ich benutze ihren Ausdruck für »etwas vorläufig auslassen«.

»Natürlich«, sagt sie und sorgt dafür, dass wir uns dabei in die Augen sehen – sie teilt mir dadurch mit, dass sie weiß, dass ich mich nur verstecke.

*

Caroline hat mir heute, bevor ich gegangen bin, versichert, dass die meisten erlernten Verhaltensmuster wieder ver-lernt werden können, dass man sich die meisten schlechten Angewohnheiten abgewöhnen kann. Es ist sechs Uhr abends und ich habe gerade einen halben Liter Mineralwasser getrunken, meine Zähne geputzt, mir ein Kaugummi in den Mund gesteckt – alles nur, um mich davon zu überzeugen, dass ich keine Chips haben will. Ich kann mir meine Salz-und-Essig-Chips-Angewohnheit wieder abgewöhnen. Ich brauche keine Chips. Das sind überflüssige Kalorien. Mein Bild sieht mich aus dem Spiegel auf dem Flur an, der über dem Abstelltisch an der Wand angebracht ist. Ich neige meinen Kopf langsam nach links und rechts und löse die knirschende Spannung. »Warum siehst du mich so an, dumme Kuh?«, frage ich meine innere Saboteurin.

»Nur so«, erwidert sie in meinem Kopf.

»Du bist schrecklich, das weißt du, oder?«

»Du willst Chips haben, das weißt du, oder?«

Ich fahre mit meinen Fingern wie mit einem Kamm durch mein Haar.

»Du willst Chips haben, du willst Salz-und-Essig-Chips«, verhöhnt sie mich wieder.

Das Telefon klingelt, und ich greife nach dem Hörer.

Es ist meine Mutter. Sie fasst sich kurz, da sie gleich lossprinten müsse, und will nur rasch sichergehen, dass es mir morgen immer noch passt.

Es passt mir morgen nicht. Ich fühle mich, als hätte ich heute bei Caroline eine Hautschicht verloren, als wäre ich schmerzhaft anfällig geworden für die bohrenden Fragen einer Mutter. So gerne ich auch absagen würde, bestätige ich unsere Pläne.

*

Das Treffen mit meiner Mutter am nächsten Tag ist, wie befürchtet, alles andere als ein Kinderspiel. Ich habe mir krankhaft Sorgen gemacht, dass sie mich wie ein Buch lesen wird, wenn ich sie sehe, deshalb habe ich darauf bestanden, dass wir uns zum Mittagessen draußen verabreden, nur um sie vom Haus fernzuhalten. Wenn ich sie ins Haus ließe, würde sie wie ein Ameisenbär Adams Abwesenheit erspüren. Stattdessen gehen wir bei John Lewis in High Wycombe shoppen und etwas essen.

Normalerweise hat Mum jede Menge von sich selbst zu erzählen. Ihr letzter Kurs in der Volkshochschule, in dem sie lernt, wie man Nägel manikürt; ihre Freundin Trish, die beim Bridge immer betrügt; die Frau des Pastors, die sich mit dem Kerl trifft, der den Schnapsladen betreibt. Ich höre eine Ewigkeit lang zu, lächele, und lache angemessen. Ich liebe meine Mutter sehr. Sybil Moir hat eisgraues Haar, da sie sich geweigert hat, wie wir anderen dem Diktat der Haarfärbemittel zu gehorchen. Sie hat es in feste Locken gelegt, die sich nach außen biegen. Ein paar Fältchen in ihrem Gesicht deuten darauf hin, dass sie über sechzig ist, aber es sind ihre grauen Augen, die ihr ganzes Gesicht strahlen lassen. Wenn jemand nur mit den Augen lächeln kann, dann ist das meine Mutter, ein Blick, umrahmt von dicken silbernen Wimpern – ohne überhaupt ihre geschwungenen Lippen zu benutzen.

Ihre übliche Aufmachung mit Jeans, einem Rollkragenpullover und Barbourjacke hat sich in den ganzen Jahren nicht geändert. Heute schmiegt sich ein flaschengrüner Pullover an ihren Hals. Schwarze Jeans über schwarzen Lederhalbstiefeln, Chelsea-Boots – Mum trägt keine hohen Absätze –, und ihre gefütterte schwarze Jacke hängt über der Lehne ihres Caféstuhls.

Ich bin ziemlich froh, dass meine Telefonlügen so weit funktioniert haben und alles wie geschmiert läuft, bis sie mich mit ihren grauen Augen auf ihren Milchkaffee gerichtet fragt, wie es Adam geht. Und zwar wirklich. Sie hat wohl ein Gespür dafür, dass vielleicht nicht alles so gut läuft. Dann blickt sie auf und starrt direkt in meine Augen.

Ich gehe tief in mich hinein. Ganz tief in diesen inneren Erdnusskern, halte ihrem Blick stand und sage ihr, dass es Adam gut geht. Wirklich. Es geht ihm wirklich gut. Das ist nicht einmal eine Lüge. Es geht ihm vermutlich sehr gut. Er hat jede Menge Sex mit einer anderen, jüngeren Frau. Welchem Mann ginge es dann nicht gut?

»Und du?«, fragt sie. »Ich gehe davon aus, dass es dir auch gut geht?«

»Ja, stimmt. Und Meg, ihr …«

»Ja, ihr geht es gut. Ich weiß. Meg ruft mich immer zurück, wenn ich sie anrufe.«

Ich gebe klein bei.

»Na, wenn es allen gut geht.« Sie schlägt mit der Hand leicht auf den Tischrand. »Dann schauen wir mal, was John Lewis zu bieten hat.«

Ein paar Stunden Shopping später scheint sie zufrieden zu sein und fährt wieder zurück in die Cotswolds, während ich ihr zum Abschied winke. Ich steige in mein Auto und kaue auf meiner Wange. Ich weiß, dass ich dem Ball nur ausgewichen bin. Sie ist wie Arnold Schwarzenegger, meine Mutter, sie wird auf jeden Fall wieder auftauchen.

*

Nach einer ziemlich schlaflosen Nacht erwache ich endgültig durch das Geräusch von stakkatohaft prasselndem Regen und jemandem, der in meinem Kopf singt. Ich wache immer davon auf, dass irgendein Stück ganz zufällig in meinem Kopf spielt. Adam hat mich morgens immer gefragt, wer es denn diesmal sei und was für ein Lied. Er hat immer geglaubt, meine Laune sei davon abhängig. Heute ist es jemand, an deren Namen ich mich nicht erinnern kann, aber die Frau sagt mir, dass ich mein Leben leben und tun solle, was ich tun will. Ich gehe unter die Dusche und drücke die Hände auf meinen Magen. Immer wenn ich an ihn denke oder daran, was er wohl mit seinem Tag anfängt, spüre ich, wie sich meine Innereien drehen und sich dann so eng um sich selbst wickeln, dass es körperlich wehtut. Ich schließe die Augen, halte meinen Kopf hoch in das heiße, pulsierende Wasser, während ich mich einseife. Ich schlage ihn mir aus dem Kopf und beschließe, dass ich heute einen produktiven Arbeitstag einlegen und damit anfangen werde, das Drehbuch zu lesen, das mir Josh gegeben hat. Noch mal von vorne … Ich hatte es schon einmal vergeblich versucht, weil ich alles, was mit Liebe zu tun hat, so unerträglich kitschig fand.

Drei Stunden und vier Tassen Kaffee später sitze ich vor den zwei Computerbildschirmen auf dem Dachboden. Der linke zeigt meinen kläglichen Versuch eines Liedtextes, während der rechte meine musikalischen Bemühungen präsentiert. Mein Kopf brummt, während ich auf YouTube gehe und mir das Twilight-Lied ansehe, von dem Josh gesprochen hat. Wieder versinke ich sofort in Songschreiberneid. Wie macht diese Christina Soundso das nur? Ich sehe mir den Clip noch ein paarmal an und wende mich dann wieder dem Drehbuch zu. Ich kann das, sage ich mir selbst, den Kopf in den Händen. Sie haben mich angefragt. Ich bin eine von dreien, die sie angefragt haben – ich kann das. An der Wand um meinen ganzen Arbeitsbereich herum hängen Mantras, die ich vor Wochen gefunden hatte, zu Inspirationszwecken ausgedruckt in purpurner serifenloser Schrift. Ein paar davon habe ich geklaut und ein paar sind ganz mein eigenes Werk. Ich starre auf »ICH BIN EIN SONGSCHREIBENDES PHÄNOMEN!!!«. Und fast glaube ich es mir sogar, während ich mich an die Arbeit mache.

Ich arbeite den ganzen Tag durch und entferne mich erst vom Bildschirm, als mein Magen einen Hungertanz aufführt. Unten esse ich eine Tüte voll Chips. Eine Stimme in meinem Kopf sagt mir, dass ich Lebensmittel einkaufen gehen muss, während ich die Post von heute öffne.

Mein Kontoauszug zeigt mir, dass Adam Anfang letzter Woche die gleiche Summe überwiesen hat, die er schon seit Jahren zahlt, ein monatlicher Betrag für das Haus, Lebensmittel und diverse Rechnungen und so weiter. Ich lecke mir die Chipskrümel von den Fingerspitzen, während mich eine neue Angst von hinten überfällt. Was, wenn er irgendwann damit aufhört? Was, wenn er sich einfach entschließt, nicht mehr zu zahlen? Wir haben keine abhängigen Kinder mehr, und es ist ja alles schön und gut, ihm zu sagen, dass er sich verpissen soll, aber was passiert in der Praxis? Das Haus gehört uns beiden, es liegt keine Hypothek darauf, aber ich möchte hier wohnen bleiben. Panik kriecht von meinem Gehirn aus durch meinen ganzen Körper.

Ehrlich gesagt verdiene ich nicht einmal annähernd genug Geld, um dieses Haus alleine unterhalten zu können ... Selbst mit meinen kürzlich gestiegenen Tantiemen würde ich mir zusätzlich einen Job beschaffen müssen ... Der Gedanke an einen Job, einen richtigen Job, der mir ein regelmäßiges Gehalt einbringt, erschreckt mich. Ich bin zweiundvierzig. Das Land hat gerade eine Doppelrezession durchgemacht, und Tausende Akademiker und hochqualifizierte Leute sind arbeitslos. Meine Augenlider sinken für einen Moment. Vielleicht war diese Termiten-E-Mail doch etwas zu viel. Vielleicht sollte ich mich etwas beruhigen und vielleicht müssen wir doch miteinander reden.

Bevor ich die Zeit habe, es mir anders zu überlegen, schicke ich Adam eine Nachricht und bitte ihn, vorbeizukommen. Die E-Mail ist einfach gehalten, und schon ein paar Minuten später kündigt mein Smartphone mir eine Antwort an.

»heute abend zu Hause?«

Ich bin sofort verärgert, sogar wütend. Ich hasse diese SMS-Kurzform und jeder, der mich kennt, respektiert das und benutzt vollständige englische Sätze, wenn er mir eine SMS schreibt. Ich habe ihnen jahrelang gesagt, dass sie nicht so verdammt faul sein sollen.

»Nein. Ich bin heute Abend nicht zu Hause.« Ich lüge. »Ich gehe aus.«

»Wann dan?« kommt es zurück.

»Du fauler Bastard. Seit wann hast du vergessen, dass ich schlampiges Schreiben hasse? Ich bin nicht deine dumme Nuttentussi. Ja, Nutte mit zwei ›t‹.«

Der Festanschluss klingelt und ich ignoriere es. Er schafft es immer wieder, mich zu provozieren …

»Faul?« Stattdessen antwortet das Mobiltelefon. »Du bezeichnest MICH als faul? Wer von uns ARBEITET denn 24/7 für den Lebensunterhalt?«

Meine Hand geht automatisch zum Mund. Scheiße. Meine Augen irren kurz zum Kontoauszug und ich schreibe ihm zurück.

»Entschuldigung. Kommst du Freitag?«

»CU fr um 8«

Ich lasse einen tiefen Seufzer los und werfe mein Mobiltelefon auf die Arbeitsfläche.

*

Für diesen Nachmittag habe ich von der Idee Abstand genommen, eine oscarreife Filmmusik zu schreiben, und durchwühle stattdessen willkürlich Papiere in Adams Schreibtisch. Beim Anblick meines Kontoauszugs war mir plötzlich aufgefallen, dass ich schon seit Monaten keinen Auszug mehr von Adams Bankkonto gesehen habe. Normalerweise lässt er ständig seine Papiere herumliegen, aber heute finde ich nichts – nirgendwo irgendwelche Kontoauszüge …

Ich rufe die Internetseite seiner Bank auf, die er auf seinem Rechner gespeichert hat. Als ich sein Standardpasswort »WunderschöneMeg« eintippe, öffnet sich das Konto vor mir. Ich notiere mir auf einem Zettel die Daueraufträge und Einzugsermächtigungen, so dass ich bei den normalen Ausgaben auf dem Laufenden bin – Versicherungen, Autos, usw., usw. Auf einem anderen Zettel notiere ich mir all die anderen verschiedenen Ausgaben einschließlich der Restaurants, die er mit seinem aufgetakelten Flittchen besucht hat. Fast fünfhundert Pfund im letzten Monat … Dann sehe ich es. Eine Transaktion über zweihundertneunzig Pfund an Agent Provocateur … Ich lege meinen Stift auf seinen Schreibtisch und starre darauf, bis mir die Buchstaben vor den Augen verschwimmen.

Bilder von Adam, wie er eine gesichtslose, aber spärlich bekleidete Frau vögelt, schwimmen durch mein Gehirn wie Szenen aus irgendeinem schwedischen Pornofilm. Ich höre den Soundtrack in meinem Kopf. In dem Moment macht etwas Klick und ich bin über die Wut hinweg. Jetzt will ich einfach nur wissen, wie lange mein Ehemann mich schon angelogen hat und worüber. Ich scanne die letzten sechs Monate des Kontoauszugs und sende die Informationen an den Drucker.

Während ich mich mit beiden Händen auf seinem Schreibtisch abstütze, denke ich darüber nach, wie zum Teufel ich gerade jetzt über Liebe schreiben soll, wenn ich nichts weiter spüre als die Wut darüber, komplett auf den Arm genommen worden zu sein. Ich steuere den Tisch im Flur an, schnappe mir meine Autoschlüssel und gehe zum Laden bei der Tankstelle in der Nähe. Ich brauche Chips, und zwar eine Menge.

*

Sylvia steht mit ihrem Yorkshireterrier Ted an der Leine vor ihrem Haus. »Hey«, sagt sie, als ich zum Tor hinausgehe.

»Hi.« Ich umarme sie automatisch. »Es tut mir so leid, dass ich mich so lange nicht habe sehen lassen, ich bin eine Weile damit beschäftigt gewesen, meine Wunden zu lecken.«

»Du hast alles Recht dazu. Wo willst du gerade hin?«

»Zur Tankstelle, ich brauche Chips.«

Sie kichert. »Ich komme mit. Ich wollte gerade ein bisschen mit Ted Gassi gehen.«

»Wie geht es Nigel und den Kindern?«

»Super. Aber genug mit dem Smalltalk. Wie geht es dir?«

»Immer besser, dank all dem Essen, das du mir vorbeibringst.« Ich hake mich für einen Moment bei ihr ein. »Ernsthaft, ohne dich wäre ich wahrscheinlich schon durch einen Gitterrost gefallen.«

»Du siehst trotzdem so aus. Wie viel hast du abgenommen? Nein, sag es mir nicht. Vielleicht kann ich Nige davon überzeugen, mich zu verlassen, nur für eine Weile.« Sie ruckt an Teds Leine und zieht ihn näher heran. »Entschuldige, noch zu früh?«

Ich schüttele den Kopf und versuche zu lächeln. Wir gehen ein paar Minuten. Als wir die Hauptstraße erreichen, überwältigt mich der Geruch der Autoabgase fast.

»Komm heute Abend zum Essen rüber, wenn die Kinder im Bett sind«, sagt sie. »Nur du, ich und Nige. Du brauchst über nichts zu reden, das irgendwie mit Adam zu tun hat. Nur essen, selbstgemachtes Hühnchen.«

»Verführerisch.« Ich spüre, wie mir bei dem Gedanken das Wasser im Mund zusammenläuft. »Aber nein danke, ich muss wirklich arbeiten und ich bin noch nicht dazu bereit, wieder unter die Leute zu gehen. Aber bald, versprochen. Hör bitte nicht auf, mich einzuladen.«

»Mach ich nicht.« Sie führt mich in den Tankstellenladen und wieder atme ich tief ein, um den Benzingeruch draußen zu bekämpfen. »Salz-und-Essig-Chips«, sagt sie dem Kerl am Tresen. »Eine große Tüte. Eine große Tüte mit jeder Menge kleiner Tüten darin, Sie wissen, was ich meine?«

Seb, wie er laut seines Namenschilds heißt, sieht Sylvia an, als sei sie verrückt. »Solche Tüten gibt es nur im Supermarkt«, erwidert er, bereits gelangweilt.

»Nun, dann füllen Sie einfach eine Plastiktüte mit so vielen kleinen Tüten, wie Sie nur können.« Sie sieht mich an und rollt die Augen.

Ich bin mir nicht einmal sicher, ob ich noch Chips haben will. Ich fange an zu zittern und bete, dass ich mir jetzt nicht irgendetwas eingefangen habe.

»Hast du es bemerkt?«, erkundigt sich Sylvia.

»Was?« Ich ziehe meine Geldbörse aus der Tasche und halte sie für Seb bereit, der genau das tut, worum Sylvia ihn gebeten hat.

Sie zieht an meiner Baumwolljacke. »Es ist Mitte Oktober. Die Bäume werden bald kahl sein. Die Abende werden dunkel sein, die Sonne wird von dichten Wolkenschichten verhüllt und bis zum Frühling unsichtbar bleiben. Es ist kalt da draußen.« Sie spricht, als wäre sie in einem Stück von Shakespeare, lässt das Wort »kalt« sehr lang und sehr laut klingen.

Auf Kommando zittere ich und nicke. »Nicht vergessen: Sommerjacken wegpacken.«

»Am späten Nachmittag für Chipsbeutezüge warm anziehen …«

Auf dem Rückweg bringt sie mich mit Geschichten über die Kinder und Nigel zum Lachen; als wir vor dem Haus anhalten, macht Ted einen riesigen runden Haufen genau in der Mitte meiner Auffahrt. Sylvia befördert ihn in eine Plastiktüte und fragt mich, ob sie ihn ein bisschen aushärten lassen und dann an Adam schicken soll. »Scheiße für einen Scheißkerl.« Sie zuckt die Achseln. »Passt doch …«

Ich widerspreche ihr nicht. Nachdem ich sie zum Abschied umarmt habe, bin ich bald wieder in der Küche und reiße eine Tüte Chips auf. Und dort, alleine, während die dunkle Nacht dräut, drehe ich den Thermostat hoch und wickle mich in eine Strickjacke, die ich mir von einem Wäschestapel nehme. Ich schalte den winzigen Küchenfernseher mit der Fernbedienung ein und zappe durch die Kanäle, bis ich eine Wiederholung von »Game of Thrones« finde. Ich lehne mich auf die Arbeitsfläche und lecke meine salzigen Fingerspitzen ab, während Catelyn Stark mir mit ernstem Gesicht mitteilt, dass »der Winter naht«.

ZEHN

»Warum trägst du eigentlich noch deinen Ring?«

Ich höre auf, ihn um meinen Finger herumzudrehen, und sehe Matt an. »Solange Beth mir nichts anderes sagt, bin ich ein verheirateter Mann«, sage ich.

»Glaubst du, das macht sie?« Matt starrt weiterhin auf die Uhr an der Wand im Konferenzraum. Ich bin sicher, dass er mich mit dem

Smalltalk nur ablenken will, um nicht darüber zu reden, worüber wir eigentlich reden müssen.

»Hör auf mit meinem Ehering, Matt. Wir müssen uns unsere Antwort zurechtlegen. Sie werden in vierzig Minuten hier sein.«

Er nickt, kaut auf seiner Unterlippe herum und ich sehe, dass er besorgt ist. Matt und ich kennen uns schon seit der Universität, und das erste Mal, dass ich ihn auf seiner Lippe kauen sah, war, als ihm Shelly Lewis den Laufpass gegeben hat. Ich starre ihn an, kann sein Gehirn praktisch surren hören, und Shelly Lewis verschwindet in der Bedeutungslosigkeit, während uns dämmert, dass die Granger-Brüder, unser größter Kunde, uns möglicherweise feuern werden.

»Sieh mal«, sagt Matt, »wir haben sie beraten, ja genau. Sie haben einen großen Haufen Geld verloren, ja genau. Natürlich sind sie nicht zufrieden. Ich bin selbst nicht zufrieden, verdammt.« Er fährt mit der Hand über das dünner werdende Haar auf seinem Kopf. »Wir haben die erforderliche Sorgfalt walten lassen. Der Fonds schien in Ordnung zu sein. Aber da ist noch etwas.« Matt steht jetzt und starrt aus meinem Bürofenster.

Ich höre Gelächter auf dem Flur draußen, aber aus irgendeinem Grund spüre ich, wie mir das Herz in die Hose rutscht.

Er dreht sich langsam um. »Ich brauche dich hier für das Treffen heute, wir müssen uns ihnen natürlich beide stellen wegen dieses letzten Problems, aber sie haben darum gebeten, dich aus unserer Geschäftsbeziehung abzuziehen. So sieht's leider aus – es wird nicht leicht werden.«

Ich weiß, dass ich eine Grimasse ziehe, während ich das verarbeite, was er gerade gesagt hat. Die Granger-Brüder wollen mich aus dem Geschäft raushaben? Das kann nicht sein. Ich habe die beiden zu dieser Firma gebracht. Ich hatte das Familienunternehmen entdeckt, sie für die letzten Gott weiß wie viele Jahre umsorgt und betreut. »Ich versteh nicht …«

Er unterbricht mich. »Doch, das tust du. Du bist jetzt monatelang nicht bei der Sache gewesen. Ich bin nachsichtig gewesen, wir alle, aber das hier …«, er hebt die Hände zum Himmel, »durch diese Midlifecrisis oder was auch immer das ist, hast du deinen Schneid verloren. Aber es scheint dir einfach egal zu sein.«

»Es ist mir nicht egal.« Ich spüre, wie mein Hals unter meinem Hemdkragen rot wird, und lockere automatisch meine Krawatte. »Natürlich ist mir das nicht egal. Ich finde es unfassbar, dass du das sagst und auch noch ausgerechnet jetzt.« Ich tippe mit dem Finger auf meine Uhr, um ihn darauf hinzuweisen, dass wir jetzt sogar noch weniger Zeit zum Überlegen haben, was wir mit den Granger-Brüdern machen. Ich ignoriere für einen Moment, was er mir gerade mitgeteilt hat. »Werden sie uns feuern?«, frage ich.

»Ich weiß nicht, ich denke ja.«

Ich bin perplex. »Sie machen fast dreißig Prozent von unserem Geschäft aus.« Meine Stimme ist fast schon ein Flüstern.

»Das weiß ich.« Matt nimmt seine Brille ab und reibt sich beide Augen mit Daumen und Zeigefinger.

»Und was? Gibst du mir die Schuld? Geben sie mir die Schuld? Die Marktsituation geht doch nicht auf meine Rechnung!«

»Das ist mir doch klar.« Er hebt beruhigend die Hand. »Und ihnen auch, aber sie haben eben bemerkt, dass du während der Besprechungen mit den Gedanken ganz woanders gewesen bist und jetzt auch noch das hier … Sie brauchen einfach einen Sündenbock.«

»Und der bin ich. Adam und seine Midlifecrisis, was? Wie praktisch.« Ich stehe auf und nehme mein Jackett von der Stuhllehne.

»Wo willst du hin?« Seine Stimme macht einen Sprung, als er mich zur Tür gehen sieht.

»Du brauchst mich nicht. Sie wollen mich aus dem Geschäft raushaben. Ich bin sicher, dass du es schon alleine schaffst.«

»Warte, Adam.«

Ich knalle die Tür hinter mir zu, um den Effekt zu verstärken, und Jen an der Rezeption wendet die Augen ab. Ich ignoriere, dass Matt meinen Namen ruft, und drücke den Aufzugsknopf. Tief atmend verarbeite ich die Fakten. Wir haben wahrscheinlich dreißig Prozent von unserem Geschäft verloren. Ich habe meinen Teil dazu beigetragen. Ich lehne eine Hand an die mit Spiegeln verkleidete Aufzugswand und atme langsam ein und aus. Alles bricht auseinander. Als ich den Aufzug verlasse, tue ich, was jeder Mann in meiner Situation getan hätte. Ich rufe Emma an.

*

Während ich nach Weybridge fahre, wo ich vermutlich den zweiten Krach des Tages erleben werde, bin ich ruhig. Nach einem Steaksandwich im Weißen Haus, gefolgt von einer beruhigenden Massage, »um die Knoten in meinen Schultern zu lösen«, gefolgt von Sex – ja, ich bin ruhig. Nach dem Ringkampf bin ich erschöpft, aber ich bin ruhig. Und oberflächlich. Oberflächlich genug, dass ich mich mit Sex abreagieren muss, wenn alles so richtig in die Scheiße rutscht. Oberflächlich genug, um weiterhin immer zu Emma zurückzukehren, da sie anscheinend die Einzige ist, die mich für fantastisch hält.

Mein Smartphone kündigt mir eine Nachricht von Matt an. »Ruf mich an. Dringend.«

Ich wähle die Nummer über die Bluetooth-Verbindung.

»Wurde auch Zeit«, sagt er fast sofort. »Wo bist du gewesen?«

Ich verweigere ihm die Antwort, mit der ich mich definitiv selbst belasten würde.

»Es spielt keine Rolle«, sagt er. »Ich muss dich auf den neuesten Stand bringen. Adam?«

»Ich bin da.«

»Also, sie haben uns nicht gefeuert.« Er seufzt. »Aber es war ein sehr schwieriges Gespräch. Und wie ich schon befürchtet hatte, bist du raus aus der Sache.«

Ich schweige.

»Wo bist du? Können wir uns treffen?«

»Nein. Ich bin in ein paar Minuten in Weybridge. Werde Beth heute treffen und sehen, wie es jetzt weitergeht. Ich bin bestimmt erst spät wieder zurück.«

»Dann ein frühes Frühstück morgen? Starbucks? Wir müssen reden.«

»Ich finde, du hast schon genug gesagt.«

»Adam, es dreht sich nicht immer nur um dich! Wir müssen besprechen, was wir gegen unseren geschäftlichen Einbruch machen können, und du musst deinen Arsch wieder hochkriegen, du musst wieder am Ball sein.«

Ich kann nicht einmal sprechen. Dass Matt mir wie einem Kind die Leviten liest, bringt mein Blut zum Kochen, auch wenn er recht hat – wahrscheinlich *weil* er recht hat.

»Starbucks um sieben Uhr dreißig«, fährt er fort, »und übrigens – es liegt nicht an mir, es liegt allein an dir.«

Ich höre, wie die Verbindung abbricht, und kann mir ein kurzlebiges Lächeln über seinen versuchten Schlussmach-Witz nicht verkneifen. Momente später verschwindet das Lächeln schon wieder, während ich die Auffahrt zu dem Ort hochlenke, der einmal mein schönes Zuhause gewesen ist und jetzt anscheinend nur noch Beths schönes Zuhause.

Sie öffnet die Tür so schnell, dass ich nicht wirklich Zeit habe, meine Gedanken zu sammeln.

»Hi«, sie geht einen Schritt zurück und lässt mich hinein. Sie sieht gut aus. Sie trägt ein bisschen Make-up, Eyeliner, Lipgloss, Rouge. Sie trägt Jeans, die zu ihren »mageren« Kleidern gehören, die auf der linken Seite in dem begehbaren Kleiderschrank hängen, den wir uns geteilt haben. Auch die Bluse, die Beth jetzt ohne Probleme passt, gehört zur selben Seite.

»Ich hatte ja keine Ahnung«, sage ich, als sie mein Jackett nimmt.

»Wovon?«

»Dass du keinen Meerrettich magst.« Mein Kopf weist auf ihre Wandarbeit, und sie zuckt die Schultern.

»Dann weißt du es ja jetzt«, erwidert sie, und wir gehen in die Küche. »Wein?«

»Nein danke, mir reicht eine Tasse Kaffee.« Ich komme an einem Foto von Beth und mir vorbei, das vor Jahren auf einem Skiausflug geschossen wurde. Wir lächeln und in unseren Augen steckt so viel Liebe, dass es mich erschüttert. Sie schaltet den Wasserkocher ein, holt zwei Tassen heraus, und die Szenerie wirkt so normal. Ich merke, dass ich das vermisse. Der Sex heute Nachmittag, die letzten Monate, all das scheint sich in nichts aufzulösen, wenn ich ein Bild von Beth und mir sehe, wie wir früher waren, und sie mir eine Tasse Kaffee in unserer Küche kocht.

»Wie geht es dir?«, fragt sie.

»Mir geht es gut. Ein harter Tag an der Front … Und du?«

Sie zuckt die Schultern, antwortet nicht. Sie reicht mir meinen Becher, nimmt ihre Tasse Grüntee und setzt sich mir gegenüber an die Kücheninsel. Ich versuche, ihr in die Augen zu sehen. »Beth, ich …« Ich strecke meinen Arm aus und berühre ihre freie Hand. Sie zieht sie ruckartig weg.

»Bitte, lass mich erklären.«

»Ich habe vergessen, dass du Zucker nimmst«, sagt sie und kehrt in die Speisekammer zurück, wo sie die Schale mitnimmt und sie mir mit einem Teelöffel reicht. »Hast du diese Woche was von Meg gehört?«

»Nein. Ich … Sieh mal, es macht kaum einen Unterschied, wenn ich dir sage, dass es einfach so passiert ist, aber so war es wirklich. Sie ist auf mich zugekommen. Natürlich, ich habe sie auch nicht daran gehindert. Ich hätte sie daran hindern sollen. Ich wünschte, ich hätte sie daran gehindert, ich wünschte, ich hätte mich selbst daran gehindert. Ich wünschte, nichts davon wäre passiert und ich wäre hier zu Hause mit dir.« Ich verbanne jeglichen Gedanken an die Eskapaden dieses Nachmittags aus meinem Kopf. Ich bin hier, um mit Beth zu reden. Ich bin hier, weil ich will, dass sie mich anhört. Ich weiß nicht einmal so genau, was ich ihr sagen will, aber ich weiß, dass ich hier und jetzt, in diesem Moment, ihr jede notwendige Lüge auftischen würde, weil ich noch nicht dazu bereit bin, dass meine Ehe endet.

Beth starrt hinunter auf den Eichenfußboden. »Meg hat bald ihre Prüfungen, vergiss das nicht.«

»Beth? Es ist Sex, nur Sex. Du und ich, wir …« Beth, deren Kopf immer noch nach unten zeigt, sieht so aus, als versuchte sie, einen Golfball zu schlucken. Ich zucke hilflos die Schultern. »Sex, das ist alles … Du hast mich nicht mehr begehrt.« Ich beiße mir auf die Zunge; das Letzte, was ich will, ist, dass sie das Gefühl hat, ich gebe ihr die Schuld.

Sie sieht auf. »Wir müssen die Einzelheiten klären. Was jetzt geschieht, wie wir uns genau trennen … Ich will das Haus nicht verlieren.«

Du meine Güte. Ich nippe an meinem Kaffee. »Ist das der einzige Grund, weshalb ich hier bin, Beth? Meine Brieftasche, das Haus?«

»Du bist gegangen, weil du mit deiner Nutte zusammenziehen wolltest«, murmelt sie.

»Ich wohne nicht mit ihr zusammen. Ich lebe in Bens Appartement. Und du hast mich rausgeworfen.« Ich mache mir nicht die Mühe, Emmas Ehre zu verteidigen.

»Ich will das hier nicht.« Auf einmal steht sie auf, mit einer Hand an der Hüfte.

Ich rühre mich nicht. »Was, jetzt gerade nicht? Oder niemals? Wir *müssen* aber. Wir können nicht einfach so tun, als wäre nichts passiert, und nur über Geld reden!«

»Warum nicht?« Endlich sieht sie mich an.

Auf einmal bin ich müde. »Willst du denn nicht reden? Wir sind auseinandergebrochen, Beth. Ich weiß, dass es alles meine Schuld ist, aber bitte …«

»Adam, bist du immer noch mit dieser Frau zusammen?« Jetzt sind beide Hände an ihren Hüften, und sie scheint sagen zu wollen, dass eine Unterhaltung sinnlos ist, solange Emma mit im Spiel ist.

Ich denke an diesen Nachmittag, überlege, ob ich lügen soll, und entscheide mich dagegen. »Es kommt darauf an, was du meinst, aber die Antwort lautet wohl ja, ich treffe mich immer noch mit Emma.«

Beth schüttelt ihren schönen Kopf in Zeitlupe.

»Sie treffen … Wie reizend. Oder meinst du nicht vielleicht, sie zu ficken und sich von ihr so richtig einen blasen zu lassen, wie du das deiner Ansicht nach zu Hause nie bekommen hast? Vielleicht in ein paar von den Dessous, die du für sie gekauft hast?«

Zum zweiten Mal heute spüre ich, wie die Farbe durch meinen Hals nach oben steigt und fest auf meinen Wangen landet.

»Weißt du was, du bist so durchschaubar. Was könntest du schon zu sagen haben? Worüber ›reden‹?« Sie dreht sich wieder der Spüle zu, kippt ihren grünen Tee weg und geht zum Kühlschrank. Dort nimmt sie eine Flasche Wein heraus und schenkt sich ein Glas ein. Sie nimmt einen großen Schluck davon und hat mir immer noch den Rücken zugedreht, während sie mit mir spricht. »Du kapierst es nicht, oder? Damals, wann auch immer es passiert ist, *das* wäre der Zeitpunkt zum Reden gewesen. Du hättest damals mit mir reden können und sollen.«

»Du hast recht«, sage ich zu ihrer Wirbelsäule. »Es tut mir leid.«

Sie starrt auf das Küchenfenster. Immer noch mit dem Rücken zu mir fragt sie mein Spiegelbild. »Wann hat es angefangen?«

»Beth …«

»Ich muss das wissen, Adam.« Sie dreht sich um. »Wie lange lügst du mich schon an?«

Ich sitze ganz still. *Das* ist eine sehr schwierige Frage und mit so vielen möglichen Antworten, dass ich rasch folgere, dass sie nur Emma meinen kann.

»Nicht lange.«

»Wie lange genau?«

Obwohl ich weiß, dass die Antwort »etwa fünf Monate« hieße, höre ich meine wohlüberlegte Antwort. »Drei Monate.«

Sie konzentriert sich auf meine Augen, blinzelt zweimal und sieht dann weg. Ich weiß, dass sie krampfhaft versucht, nicht zu weinen. Ich sehe, wie sie einen Stapel Papiere aus einer der Küchenschubladen nimmt. Während sie einen weiteren Schluck Wein trinkt, winkt sie mir damit. »Kontokram«, sagt sie. »Ich wollte nur auf dem Laufenden sein, wer jeden Monat was bezahlt, bevor wir heute Abend miteinander reden.«

Ich spüre, wie es tief hinter meinen Augen beginnt zu pochen.

»Der Auszug hier geht über mehr als fünf Monate«, fährt sie fort. »Ich werde dich jetzt nicht einmal fragen, wann du mich zum letzten Mal zu Langham's ausgeführt hast oder wann du mir zum letzten Mal etwas bei Agent Provocateur gekauft hast. Aber die Sache ist die: Mit jeder Lüge, die du mir auftischst, kümmert es mich weniger und weniger.«

Mein Herz tut weh, wenn ich sie ansehe. Das Pochen ist zu einem Hämmern hinter meinen Augäpfeln geworden und ich frage mich kurz, ob sich Schuldgefühl als reiner Schmerz äußern kann.

»Weißt du«, sie dreht sich zu mir um, die Augen voller Tränen, »es vergeht kaum ein Tag, an dem ich nicht weine. Manchmal bin ich wütend, so wütend, dass ich dich hasse, und an anderen Tagen bin ich einfach nur traurig.« Sie scheint dem Wort »traurig« nachzuspüren.

»Was soll ich tun?« Ich höre die Resignation in meiner eigenen Stimme.

»Hör erst einmal auf zu lügen.«

Ich seufze, ein müder, schwerer Laut.

»Muss ich mich untersuchen lassen?« Ihre Stimme klingt entfernt, distanziert.

Ich schüttele den Kopf. »Ich habe immer etwas benutzt.«

»Vielleicht sollte ich es trotzdem tun. Irgendwie habe ich gar nicht daran gedacht.« Sie scheint mit niemandem im Besonderen zu reden.

»Du brauchst dir keine Sorgen zu machen, Beth.«

»Ich brauche mir keine Sorgen um Geld zu machen.« Ihre nassen Augen verweigern den Augenkontakt. »Ich brauche mir keine Sorgen darum zu machen, dass ich wegen deines Schwanzes mein Zuhause verliere. Ich brauche Zeit, um über mein Leben ohne dich nachzudenken, und du musst ausnahmsweise auch einmal an meine Bedürfnisse denken.«

Ich ertappe mich selbst beim Nicken, weil sie recht hat. Ich kann in diesem Augenblick nicht über mich nachdenken und wo ich wohnen werde, wenn Ben zurückkehrt, und ob ich es mir tatsächlich leisten kann, das Haus und eine Wohnung zu unterhalten. Ein geistiges Bild von mir, wie ich mit Emma und Harold im Weißen Haus lebe, trübt meine Gedanken und ich schaudere. Vermutlich würde meine Zwangsjacke blütenweiß sein.

Während ich mich entschuldige, weil ich aufs Klo gehen will, höre ich, wie ich Beth bestätige, dass ich mich weiterhin um die Sachen kümmern werde. Ich hocke auf der Toilette unten und frage mich, was das bedeutet. Ich weiß es nicht so recht, aber für Beth ist es wichtig, jetzt genau das zu hören, und genau das soll sie auch glauben. Also sitze ich hier für eine Weile mit dem Kopf in den Händen und ignoriere die imaginären roten Alarmzeichen, die mir sagen, dass ich es ehrlich gesagt nicht glaube – was nur bedeuten kann, dass es eine weitere Lüge ist.

ELF

»Adam hat mir vorgehalten, ich hätte ihn nicht mehr begehrt. Er quatscht ewig herum, und dann stellt er mittendrin plötzlich diesen fiesen Vorwurf in den Raum.«

»Stimmt es denn? Haben Sie ihn nicht mehr begehrt?«

Diese Frage habe ich mir seitdem auch immer wieder gestellt. Sorgfältig reinige ich meinen linken Daumennagel mit meinem rechten. »So einfach kann man das nicht sagen. Wir sind seit langer Zeit verheiratet. Es war eine dieser Phasen, wo ich nur schlafen wollte. Ich glaube nicht, dass ich ihn nicht mehr begehrt habe, sondern vielmehr für eine Weile einfach keine Lust auf Sex hatte.«

»Haben Sie darüber gesprochen?«

Ich schüttele den Kopf. »Ich weiß noch, dass ich mir gewünscht habe, er würde darüber sprechen. Ich wollte, dass es ihm auffällt und er mit mir redet, mich fragt, wie es mir geht. Statt andersherum. Immer bin ich es, die das Reden übernimmt. Das ist anstrengend.« Ich blicke auf. »Es hat nicht lange angehalten, vielleicht ein paar Monate. Sobald ich nachgegeben und den ersten Schritt gemacht habe, haben wir wieder miteinander geschlafen.« Ich seufze. »Natürlich war er da längst weg …«

»Erinneren Sie sich daran, wie wir vor ein paar Wochen über Ihre Ängste gesprochen haben?« Caroline pustet in ihren Kaffee, während sie das Thema wechselt.

Ich kann nur nicken.

»Sie sagen, dass Sie mittlerweile mehr Klarheit haben, also verraten Sie mir doch bitte, was zurzeit Ihre größte Angst ist, jetzt gerade?«

Ich schließe die Augen und frage mich, ob ich ohne Adam leben *kann*, ob ich das überhaupt will oder ob es vielleicht eine Option ist, ihm zu vergeben und einen Neuanfang mit unserer Ehe zu versuchen. Der Knoten hinter meinen Rippen bestätigt mir, dass dies tatsächlich eher eine Befürchtung als eine Lösung ist.

»Dass ich Adam zurückkommen lasse, sich nichts wirklich ändert, ich einfach weitermache und meinen Kopf gerade so über Wasser halte.« So, jetzt ist es raus.

»Noch etwas?«, spornt sie mich an.

»Ein halbes Leben zu führen …«

Sie zieht fragend eine Augenbraue hoch.

»Was, wenn ich diese kleine Welt, die ich mir selbst geschaffen habe, nicht verlassen kann? Was, wenn ich keinen anderen Mann in meine Nähe lassen kann, und noch schlimmer, wenn ich es versuche und dann herausfinde, dass ich ein ›Nur zu – betrüge mich‹ auf meiner Stirn gestempelt habe?«

Sie lächelt. »Sie haben nichts auf Ihrer Stirn gestempelt«, versichert sie mir. »Der Stempel ist nur auf Ihrem Hirn.«

Ich lehne mich vor, hebe die russische Puppe hoch, die sie vor Wochen bei mir benutzt hat, und öffne langsam die fünf Teile. Ich liebkose die winzigste Figur, und die Schleusentore der Angst sind ganz weit geöffnet.

»Persönliches Versagen«, höre ich mich selbst sagen. »Ich weiß, dass ich gut bin; mein Agent sagt mir, dass ich einfach so weitermachen soll wie vorher – der Erfolg wird kommen, wenn ich hart arbeite. Es ist nur diese innere Saboteurin, die da ständig lauert.«

»Sie werden einen Weg finden müssen, sie zu knebeln.« Caroline zuckt die Schultern. »Ich finde, dass Bilder tatsächlich hilfreich sind. Vielleicht geben Sie ihr auch einen Namen? Wenn Sie spüren, dass sich etwas Negatives an Sie heranpirscht, stellen Sie sie sich bildlich vor, wie sie aussieht, was sie anhat, und dann knebeln Sie sie mit einem Tuch – richtig fest.«

Ich bin fasziniert. »Sie haben also auch einen inneren Saboteur?«

»Das haben sehr viele Menschen.« Sie grinst, als wäre es die normalste Sache der Welt, einen Teil seines Egos mit einem Tuch zu knebeln – richtig fest.

»So, sie ist also geknebelt, Sie sind aus eigener Kraft erfolgreich, vielleicht sind Sie sogar glücklich damit, alleine zu leben. Was glauben Sie, was Sie alles anstellen müssen, um dahin zu kommen?«

Meine Filmrolle kommt hässlich quietschend zum Stehen. Ich. Glücklich. Alleine wohnen. Mir gefällt der Gedanke, aber ich schüttele immer noch energisch meinen Kopf. »Ich weiß nicht …«

Caroline nimmt ein Buch von ihrem Schreibtisch, öffnet es an der Stelle, wo es mit einer Haftnotiz markiert ist. »Wir gewinnen Stärke, und Mut«, zitiert sie laut von der Seite, »und Vertrauen mit jeder Erfahrung, bei der wir innehalten, um der Angst tatsächlich ins Gesicht zu sehen … Wir müssen das tun, von dem wir glauben, wir können es nicht.« Sie betont die letzten Wörter, während sie das Buch schließt. »Eleanor Roosevelt«, sagt sie.

Ich schlucke schwer, setze die Puppe wieder zusammen und stelle sie auf den Tisch zurück, mein Kopf ist immer noch anderer Meinung. »Was auch immer das ist«, sage ich ihr, »ich bin noch nicht dafür bereit.«

»Nehmen Sie die Puppe mit«, sagt sie. »Für positivere Bilder – vielleicht hilft sie? Sie heißt Babuschka.«

Ich starre die Figur an, greife nach ihr und stecke sie in meine Handtasche. Irgendwie ergibt das einen Sinn, aber ich meide Carolines Blick. Oh Gott, ich bin in Therapie bei einer Erwachsenen, die ihren inneren Saboteur knebelt und ihren Puppen Namen gibt.

*

Diese Woche habe ich ein halbes Lied geschrieben. Ich spüre eine gewisse Aufregung bei mir oben auf dem Dachboden; womöglich ist es die erste Hälfte von dem Lied, wonach ich gesucht habe. Meine teuflische innere Saboteurin, die ich jetzt »Lucy Fir« genannt habe, habe ich richtig gut geknebelt, und Eleanor Roosevelt lebt in meinem Kopf weiter. Ich habe mir eine Menge ganz toller Musik angehört, ein paar Filmklassiker angesehen und bin irgendwie wieder in die Welt der

Liebe vorgestoßen. Ich habe mich der Arbeit wegen dazu gezwungen, mich im glorreichen Potenzial der Liebe zu suhlen. Ich habe noch keinen Titel für *das* Lied, aber es geht um ein Paar, das perfekt zueinanderpasst. Darüber, dass sie einfach zu niemand anderem passen außer zueinander und dass sie ohne einander zerbrechen. Es ist bloß ein erster Entwurf, aber ich denke, ich bin da an etwas dran. Ich sende gerade eine Kostprobe davon an Josh, als ich die Türklingel unten dauerklingeln höre.

Der Ton geht durchs ganze Haus, wieder und wieder.

»Ich komm ja schon«, murmele ich und laufe zwei Stufen auf einmal nehmend hinunter. Ich spähe durch den Spion und frage mich, wer zum Teufel so hartnäckig sein kann. Meine Schultern sinken und ich lasse meine Stirn gegen die glänzend weiß lackierte Tür sinken.

»Hör auf, durch das Dingsda zu schauen, Elizabeth. Mach auf.«

Ich ziehe die Tür zu mir.

»Liebling«, sagt sie, gibt mir einen Kuss auf die Wange und geht an mir vorbei, wobei sie nur einen kurzen Blick auf meine Wandkunst wirft. »Es nieselt draußen ein bisschen«, sagt sie und stellt einen langen, neonrosa Regenschirm in den Ständer neben Adams Kricketschläger.

»Mum«, erwidere ich. »Was machst du hier?«

»Meg hat mich angerufen.« Sie hält eine kleine Tasche hoch. »Ich bin gekommen, um dir die Nägel zu machen.«

Mir fehlen die Worte, während sie weitergeht. Noch bevor ich überhaupt die Haustür geschlossen habe, höre ich, wie sie offenbar Manikürezubehör auf dem Esstisch auspackt.

»Mum«, ich stehe ganz kribbelig vor Aufregung in der Wohnzimmertür und frage mich, was Meg erzählt hat. »Meine Nägel sind in Ordnung, ich …« Ich versuche, Worte zu finden, die das ausdrücken, was ich fühle, aber nicht lauten: *Bitte geh, Mum. Ich muss ein oscarreifes Lied schreiben. Ich will dir nicht sagen, was in meinem Leben vorgeht. Ich würde lieber am Telefon so tun, als wäre alles in Ordnung. Kannst du dich bitte wieder zurück in die Cotswolds verpissen?*

»Mach eine Flasche Wein auf, Elizabeth, ich bleibe über Nacht.« Sie sieht mich mit ihren steingrauen Augen an und hebt ihre Brauen, als wollte sie sagen: *Los, ich fordere dich heraus. Sag mir, dass du zu beschäftigt bist.* Sie sagt nichts und fährt dann fort, eine Palette winziger, vielfarbiger Fläschchen auszupacken.

Mein Ehemann hat mich verlassen und ich bin gerade auf dem Dachboden dabei, mich selbst davon zu überzeugen, dass ich mir ernsthaft mit Songschreiben den Lebensunterhalt verdienen kann, und doch scheint es – ich blicke auf meine Fingernägel hinunter –, dass eine Maniküre wichtiger als alles andere ist. »Ich hole den Wein.« Ich gehe zum Kühlschrank und hoffe, dass sie mir nicht folgt und den Mangel an Lebensmitteln und den Riesenvorrat an Chips entdeckt. Allerdings steht da ein Rindfleischeintopf, den ich vergessen hatte. Sylvia. Ich danke ihr im Stillen.

Nachdem ich zwei Gläser gefüllt habe, stelle ich sie beide auf den Esstisch und setze mich. Sie steht an der Faltschiebetür und starrt in den Garten hinaus. Der Regenschauer ist fast vorbei und nur noch ein paar Tropfen fallen auf die Verglasung. »Du wirst mit Gärtnern anfangen müssen«, sagt sie mit vor der Brust verschränkten Armen.

Jetzt ist es klar, das Meg ihr etwas erzählt hat. »Ich wollte es dir sagen.«

»Und zwar wann?« Sie hat ihre Augen noch nicht vom Rasen abgewendet.

»Wenn ich mich dazu in der Lage gefühlt hätte.« Ich zucke die Schultern. »Es fängt gerade erst an, sich für mich real anzufühlen.«

Die Geräusche von Sylvias Kindern, die nach dem Regen in ihren Garten hinausstürmen, dringen ins Zimmer. Ich starre auf einen uralten Kaffeefleck auf dem Nussbaumesstisch, während sich meine Mutter neben mich setzt. Sie hebt das Weinglas an ihren Mund, und ich bin gleichzeitig überrascht und erschrocken, Tränen in ihren Augen zu sehen. Dann zieht sie ein antiseptisches Tuch aus einem Plastikbehälter, lehnt sich vor und greift sich eine meiner Hände. Beidhändig begibt sie sich daran, sie sanft zu reinigen. »Es tut mir leid«, sagt sie.

Ich zucke wieder die Schultern. »Jetzt ist es halt so.«

»Was ist passiert?« Sie stellt die Frage, während sie meine andere Hand reinigt.

»Was hat dir Meg erzählt?«

»Sie hat nur erzählt, dass er weg ist und dass es da wohl eine andere Frau gäbe.« Sie sieht mir wieder in die Augen. »Gab es da eine? Oder gibt es sie immer noch?«

Ich lasse ihre Worte einen Moment in der Luft hängen, bevor ich antworte. »Zweimal ja.«

»Bastard«, flüstert sie und wählt ein besonders grelles Fläschchen. »Fuchsia vielleicht? Du brauchst etwas Fröhliches.«

Ich antworte nicht; ich weiß, dass es sinnlos ist. Wenn meine Mutter entschieden hat, dass ich fuchsiafarbene Nägel brauche, dann werde ich genau die bekommen. Sie ist immerhin schon über hundert Kilometer hierhergefahren. Sie nimmt die Feile und legt los.

Minuten später bricht sie das Schweigen wieder. »Du bist nicht allein.«

Ich tätschele liebevoll ihren Arm. »Das weiß ich, Mum. Danke.«

»Wir haben alle unser Kreuz zu tragen. Die meisten von uns haben unperfekte Ehemänner und die meisten von uns lernen, damit zu leben.«

Sie bezieht sich natürlich darauf, dass die erste Liebe meines Vaters der Alkohol war, noch vor ihr und mir und allem anderen.

Sie drückt meine Hand. »Ich habe deinen Vater geliebt«, sagt sie, »und er hat mich geliebt.«

Ich erinnere mich an jede Menge Tränen; meine Mutter, die in ihre Kaffeetasse weint, in ihr Bettzeug, ihr Buch … Ich kann mein Unbehagen nicht verbergen und rutsche verlegen auf dem Stuhl hin und her. »Er hatte bloß eine komische Art, das zu zeigen«, sage ich.

Mum runzelt die Stirn. »Dafür darfst du ihn nicht verurteilen.« Ihre Stimme klingt ein bisschen tadelnd. »Ich verstehe, was du durchmachst, aber … Es gibt nichts Schlimmeres auf dieser Welt, als ein Kind zu verlieren. Als Simon gestorben ist, ist auch in deinem Vater etwas gestorben. Erst danach hat er sich verändert. Er wollte vor dieser Hölle fliehen.«

Ich will sie unterbrechen, aber sie stoppt mich.

»Das war zu Zeiten, bevor die Menschen über ihre Gefühle gesprochen haben. So etwas wie psychologische Beratung gab es noch nicht. Er hätte Trauerhilfe gebraucht, aber um ehrlich zu sein, selbst wenn es das gegeben hätte, wäre er nicht dort hingegangen. Stattdessen hat er Bourbon getrunken, um sich dem Schmerz stellen zu können.«

Ich warte, bis sie Atem holt. »Ich verurteile niemanden, Mum. Ich verstehe nur einfach nicht, warum du dich damit abgefunden hast.«

»Du warst noch klein. Und ganz plötzlich dann nicht mehr. Warum etwas ändern, das für uns in vielerlei Hinsicht funktioniert hat? Abgesehen davon …« Sie neigt den Kopf und sieht mich an. »Wir waren glücklich.«

Ich beiße mir auf die Lippe. Und meine Zunge. Sie hat recht. Ich habe mich nie mit dem Schmerz auseinandersetzen müssen, ein Kind zu verlieren. Und wer bin ich, sie für ihr Verhalten zu verurteilen, wo ich Adam auch schon einmal vergeben habe. Ich hatte mir selbst eingeredet, dass wir über seine Fehler hinwegkommen würden.

»Kannst du ihm vergeben, das Ganze vielleicht vergessen und es hinter dir lassen?«, fragt sie. Es ist, als könnte sie meine Gedanken hören, in meine Seele blicken.

»Nein.« Mein Ton ist nachdrücklich. »Ich hoffe, dass es mir irgendwann nichts mehr ausmacht, so dass ich ihm vielleicht vergeben kann, aber ich werde niemals vergessen, wie er mir wehgetan hat.« Ich spreche das Wort »wieder« nicht laut aus. Meine Mutter braucht nicht von dem ersten Mal zu wissen.

Sie nickt, hakt nicht weiter nach.

Die letzten Worte hallen in meinem Kopf nach und ich spüre, wie ein großes Gewicht von meinen verkrampften Schultern fällt. Nach vielen Wochen der Therapie braucht es nur ein Gespräch mit meiner Mutter, damit ich es laut ausspreche. Ich werde nicht wieder mit Adam zusammenkommen. Meine Ehe ist beendet.

Ich kann die winzige erdnussgroße Babybabuschka fast schon weinen hören. Mag sein, dass ich endlich wieder mit meinem tiefsten Inneren in Verbindung stehe, aber es tut weh – als wäre mein Herz in einen Schraubstock eingequetscht. Der Kaffeefleck auf dem Tisch verschwimmt, während sich meine Augen mit Tränen füllen und mein Mund zu zittern anfängt. Meine Mutter lässt meine Fuchsiahand sinken und zieht mich in ihre Arme.

*

Ich kann nicht schlafen. Die Emotionen des heutigen Tages sind einfach zu viel gewesen. Ich fühle mich ausgebrannt, erschöpft, aber irgendwie bin ich nicht müde genug. Ich sitze in meinem Bett, mit dem Rücken gegen das Kopfteil mit den eingeschlagenen Silberknöpfen gelehnt und chatte online mit Sally aus Manchester. Wir sind miteinander in Kontakt geblieben, seit wir uns vor Monaten in dem Internetforum kennengelernt haben. Bei jemandem, gegen deren Ehemann meiner wie der Erzengel Gabriel wirkt, bin ich erstaunt, wie groß ihre Bereitschaft ist, zu vergeben. Sie hat ihn wieder zurückkommen lassen. Sie rechtfertigt sich nicht dafür, dass sie ihn liebt; er ist immer noch ihr Ehemann und der Vater ihres Kindes. Teilweise bewundere ich sie, und teilweise habe ich Mitleid mit ihr.

»Er wird es wieder tun!« Ich möchte den Bildschirm anschreien, die Worte tippen, aber ich mache es nicht. Ich wünsche ihr alles Gute, glaube aber insgeheim, dass »ihr Colin«, wie sie ihn nennt, bald wieder in die Arme jener gut verdienenden, mageren Frau zurückkehrt, die er gebumst hat, oder in die einer anderen, genauso gefälligen Frau.

Ich starre ins Leere. Vielleicht hat meine Mutter recht. Vielleicht bin ich zu schnell mit einem Urteil bei der Hand und ganz vielleicht sollte ich das nicht machen. Dann wieder konzentriere ich mich auf die Vorstellung von Adam, wie er sein nuttiges Miststück von Freundin vögelt. Ich beiße die Zähne zusammen und stelle mir die Penetration fast schon bildlich vor.

Nichts da. Hier wird es so schnell keine Vergebung geben.

ZWÖLF

Seit ich mich mit Matt bei Starbucks getroffen habe, habe ich mich fast eine Woche lang in meinem eigenen Dreck gesuhlt. Er hat mir nur nett mitgeteilt, was für ein Wichser ich gewesen sei, und mir vorgeschlagen, in Zukunft zu versuchen, nicht ganz so ein Wichser zu sein. Jetzt sitzen wir wieder im selben amerikanischen Café, aber ich habe geduscht, mich rasiert und eine Jeans aus der Reinigung und ein frisch gewaschenes Hemd angezogen. Ich habe allerdings immer noch nicht herausgefunden, wie man die Waschmaschine benutzt, ohne am Ende mit zerknitterten Kleidern dazusitzen, die sich einfach nicht bügeln lassen.

»Ich nehme mir noch ein paar Tage länger frei.« Ich bin mir bewusst, dass ich Matt das eher mitteile, als es mit ihm zu besprechen, wie wir das normalerweise tun. Ich puste den Schaum von meinem zweiten Latte und der Milchschaum landet auf meiner makellosen Jeans.

Er nickt und starrt mich über seine zusammengelegten Hände an. In der letzten halben Stunde sind wir die ganze Granger-Sache noch einmal durchgegangen und natürlich bin ich in die böse Ecke gestellt worden.

»Nur für den Rest der Woche«, füge ich hinzu, »ich bin am Montag wieder zurück.«

»Alles in Ordnung?«, fragt er.

»Prächtig«, sage ich, »ich muss mich nur gerade daran gewöhnen, dass meine Ehe in die Brüche geht und außerdem mein Bruder in vier Wochen zurückkehrt und ich dann nicht weiß, wo ich wohnen soll. Ach ja, und du hast mich bei einem Kunden rausgeschmissen, den ich in die Firma gebracht habe.«

Matt holt tief Luft. Ich sehe, dass er versucht, die richtige Antwort zu finden. Ich weiß, dass es keine gibt, dass es nicht sein Fehler ist, aber irgendjemandem muss ich ja die Verantwortung für den Verrat der Grangers geben. Ich stecke schon knietief in meinen eigenen Schuldgefühlen.

»Sie werden sich nach einer Weile beruhigen, Adam. Lass es eine

Zeit lang sacken. Warum nimmst du dir nicht eine Auszeit irgendwo in der Sonne?«

Ich antworte nicht, sondern stelle mir vor, wie ich in der Sonne liege – alleine. Ich habe noch nie Urlaub alleine gemacht und ich habe auch nicht die Absicht, jetzt damit anzufangen.

»Vielleicht würde Emma gerne mitfahren?« Er scheint meine Gedanken lesen zu können.

Das würde sie wahrscheinlich, aber der Gedanke daran, wie Emma und ich glücklich an einem Sandstrand spielen, sie in einem weißen Bikini herumtollt, erfüllt mich nicht mit dem gesunden Verlangen, das ich erwartet hätte.

»Ich bin am Montag wieder da.« Ich gehe und lasse ihn auf seiner Unterlippe kauend zurück.

*

Ich hätte nicht herkommen sollen. Ich wusste es schon auf der Fahrt. Ich wusste es, als ich an ihrem Haus vorbeigefahren bin, und ich weiß es auch jetzt noch, als ich das Auto wende und ein zweites Mal daran vorbeifahre. Ich mach das normalerweise nur ein paarmal im Jahr, aber dies hier – dies durchbricht das Muster. Es ist durcheinandergeraten … Ich habe keine Ahnung, warum ich jetzt hier bin, außer dass ich mich gerade so alleine fühle, dass ich einen Blick auf ihr Leben werfen muss; einen Blick erhaschen; vielleicht sogar anhalten und an die Tür klopfen und Kiera Granger fragen, warum zum Teufel ihre Brüder mich kaltgestellt haben.

Ihr Haus, in einer von Hampsteads engeren Straßen, schmiegt sich zwischen den Park Hampstead Heath und die High Street. Ich habe ein paar Wagenlängen von dem riesigen ehemaligen Stallgebäude geparkt, dessen Eingangstür von zwei Fenstern eingerahmt wird. Es ist die Art von Haus, die sich nur wenige von uns normalsterblichen Arbeitnehmern jemals leisten könnten; die Art von Haus, die von Investmentfonds finanziert wird. Es befindet sich in einem kleinen, aber makellosen Garten, zwei kegelförmige Lorbeerbäume flankieren die glänzende Tür.

Nervöse Anspannung zieht sich durch meinen ganzen Körper: Ich schließe die Augen und stelle mir vor, wie ich die schmalen Steinplatten, die zur Haustür führen, hochgehe. In meinen Gedanken hebe ich den Türklopfer aus Chrom an und lasse ihn zweimal ertönen. Wenn ich mich richtig erinnere, ist er groß und wie der Kopf eines Einhorns geformt – ich meine, dass sie ihn in irgendeinem nah gelegenen Antiquitätenladen in einer kopfsteingepflasterten Gasse ergattert hat. Ich stelle mir vor, wie hohe Absätze auf dem mir vertrauten schwarzweißen Schachbrettmuster aus viktorianischen Fliesen klackern. Ich male mir aus, wie sie die Tür öffnet. Die Jahre werden gnädig mit ihr umgegangen sein. Abgesehen von einigen wenigen, kleinen Fältchen um ihre tiefliegenden blauen Augen herum, würde sie noch genauso aussehen: glattes schwarzes Haar, aus ihrem Gesicht genommen und zu einem festen Knoten zurückgesteckt, immer noch wunderschön. Sie bittet mich in das Haus, das von Kindergelächter erfüllt ist. Hier erinnert nichts an das Zuhause, aus dem Ben und ich stammen, aber es sieht aus wie dasjenige, das Beth und ich für Meg geschaffen haben.

Beth … Meg … Ich öffne blinzelnd die Augen. Aus der Sicherheit meines Fahrersitzes heraus beuge ich mich nach vorne, den Kopf auf dem Lenkrad, beide Hände auf den Oberschenkeln. Ich kratze mit meinem Daumennagel an dem Milchfleck auf meiner Jeans. Ich öffne das Fenster einen Spalt und lehne mich der Luft von draußen entgegen, spüre, wie sie meine hungrigen Lungen füllt.

Mit einem letzten Blick fahre ich am Haus vorbei und verspreche mir dabei, das nie wieder zu tun. Stattdessen rufe ich Tim Granger zum hundertsten Mal an. Ich bin fest dazu entschlossen, falls er rangeht, direkt zu fragen, warum sie in dieser eindeutig schwierigen Marktsituation das Bedürfnis gehabt haben, mir dafür die Schuld zu geben. Während ich meinen Wagen die Heath Street hinuntersteuere, wird mir nach dem vierten Klingeln klar, dass er nicht rangehen wird. Ich lege auf, wappne mich dafür, im dichten Londoner Verkehr in meinem Auto zu schmoren und über meinem zersplitterten Leben zu brüten. Keiner der Granger-Brüder will mit mir reden; mein Geschäftspartner lässt mir meinen Willen; meine Frau nimmt alles einfach hin, und meine Geliebte scheint nichts anderes zu wollen, als von morgens bis abends rittlings auf meinem Schwanz zu sitzen, was zu Anfang schön war, aber jetzt sehne ich mich mehr nach Konversation. Ich rufe Meg an.

»Dad«, sagt sie.

»Wie sieht es bei dir zurzeit aus? Lust auf ein paar Tage irgendwo in der Sonne, alles inklusive?«

»Dad, ich habe Prüfungen!«

»Oh, ich …«

»Natürlich, und ich dachte, du wüsstest das. Ich dachte, du würdest dich für mich interessieren.«

Das Nächste, was ich höre, ist ein Klicken. Ich stelle mir vor, wie sie das Telefon durchs Zimmer wirft, und plötzlich habe ich Angst, dass ich momentan anscheinend zu nichts anderem in der Lage bin, als andere Menschen auf die Palme zu bringen. Der Gedanke an einen Nachmittag, der unter dem Gewicht meiner eigenen Unzulänglichkeiten durchhängt, bringt mich dazu, den Wagen anzuhalten, eine Kehrtwendung zu machen und nach Nordwesten auf einen Friedhof in Highgate zuzusteuern. Ich werde die einzigen Menschen auf der Welt besuchen, die mich nicht verurteilen können.

Meine Eltern sind zusammen begraben, Seite an Seite im Tod, so wie im Leben. Da sie Ben und mir gegenüber geradezu gleichgültig gewesen waren, war ich immer davon überzeugt gewesen, dass sie wirklich niemals hätten Kinder bekommen sollen. Als ich mich ihrer Parzelle nähere, ist mir die Stille bewusst. Kein Geräusch, abgesehen vom Brummen des Verkehrs in der Ferne jenseits der Friedhofsmauern. Es ist früher Nachmittag. Die meisten Menschen sind bei der Arbeit, also bin ich abgesehen von ein paar Gartenarbeitern hier und da, die gebeugt trockene Blätter unter einem der Bäume aufsammeln, alleine. Die tief stehende Wintersonne hat sich hinter aufkommenden Wolken versteckt, und gleich wirkt die Nachmittagsluft um einiges kühler.

Automatisch hocke ich mich hin, um mich um die Blumentöpfe zu kümmern, und ziehe eine Plastiktüte heraus, die ich beim letzten Mal hinter einen der Töpfe gestopft hatte. Ich lege sie auf das feuchte Gras und knie mich darauf, ziehe an dem wenigen winzigen Unkraut. Von rechts scheint der Wind die Stimme meiner Mutter heranzuwehen und durch die Stille zu dringen. Ich kann sie uns sagen hören, wie sehr sie Ben und mich geliebt hat; ich höre sie fragen, warum ich Beth nie die Wahrheit erzählt habe.

Meine Hände bewegen sich geschwind, und bald habe ich einen kleinen Haufen absterbender Pflanzenteile zusammen. Unter der Plastiktüte fühle ich den Matsch; kleine Pfützen vom letzten Regen laufen auf einer Seite in die Vertiefung hinein. Ich sehe zu, wie das verdreckte Wasser durch den Jeansstoff um meine Knie herum durchsickert. Beth wüsste, wie man diese Flecken wieder herausbekommt, ebenso wie den Milchfleck. Ob die Flecken jetzt auf Kleidern sind oder einem Leben, Beth weiß immer, was zu tun ist.

Wieder höre ich, wie sie mich fragen, warum ich ihr damals nicht vertraut habe, wenn sie doch immer weiß, was zu tun ist? Ich schaudere unter meinem Mantel. Es ist, als wären die beiden noch hier. Ich fühle mich so wie damals, wie ein gescholtenes Kind, nie dazu in der Lage, das Richtige zu tun. Ich lächele über die Ironie – meine alles andere als perfekten Eltern, die mich auf meine Lügen hinweisen.

Ich stehe auf und fülle den Abfall in die Plastiktüte. So viel zum Thema: »nicht verurteilen«. Meine Beine wollen mein Gewicht nicht mehr tragen und steuern eine Bank in der Nähe an. Sie steht verwittert und abgenutzt unter einer aufragenden Eiche und scheint zu ächzen, als ich mich mitten daraufplumpsen lasse.

Bei der Erinnerung an die Stimme meiner Mutter würde ich am liebsten mit den Armen rudern, auf die Luft einschlagen, die wenigen Gartenarbeiter dazu bringen, aufzustehen und sich die arme Sau anzusehen, die wie Don Quijote mit den Armen fuchtelt. Ich möchte laut rufen, dass sie den reinsten Mist redet. Sie haben mich niemals geliebt. Wenn es so gewesen wäre, hätten sie mich niemals verlassen. Nicht auf diese Art und Weise.

Und was Beth angeht, dass ich ihr nicht die Wahrheit gesagt habe … Warum hätte ich es riskieren sollen, es dieser wunderschönen Frau zu erzählen – dieser Frau, die in meinem Leben erschienen war mit ihrer

Lebenslust und ihrem Gelächter und ihren Liedern und ihren Worten … Sie hat mir geholfen, zu vergessen. Welche Worte hätte ich denn damals verwenden sollen, oder seither, wenn ich es noch immer nicht laut aussprechen kann?

Als ich den Friedhof verlasse, fängt es zu regnen an. Nachdem ich den Müll weggeworfen habe, beschleunige ich meine Schritte und eile auf mein schützendes Auto zu. Mit dem Rücken zu ihrer Grabstätte klingt mir der Satz meiner Mutter in den Ohren, den sie immer sagte, wenn sie von mir enttäuscht war: *»Ich hoffe, du bist stolz auf dich, Adam.«* Ich lache laut auf. Nein, bin ich nicht, Mutter. Was ist mit dir? Bist du stolz auf *dich*?

*

Es ist abends, zehn nach zehn. Julie Etchingham, die Nachrichtensprecherin, hat gerade im Fernsehen bestätigt, dass die menschliche Rasse sich gegenseitig umbringt – vom Gazastreifen bis zu einem tragischen, durchgedrehten Schusswaffennarr in einer Schule in Dallas. Ich liege ausgestreckt auf dem Sofa, erschöpft vom heutigen Tag und den unaufhörlich schlechten Nachrichten in der Welt. Als mein Telefon neben mir klingelt, ist die Hoffnung, dass Tim Granger mich vielleicht zurückruft, der einzige Grund, nachzusehen.

Als ich den Namen auf dem Bildschirm sehe, springe ich ruckartig auf. Scheiße … Meine rechte Handfläche drückt sich flach gegen meinen Mund. Hat mich jemand gesehen? *Nicht abnehmen.* Ich sollte rangehen. *Und sie könnte mir helfen. Sie ist schließlich eine Granger …* Ich wische mit dem Finger über den Antwort-Button auf dem Bildschirm. »Kiera«, sage ich, »schön, von dir zu hören.«

Ihre Stimme hat das gleiche Timbre wie immer – ein weicher, beruhigender Klang. Ihre Worte sind allerdings nicht, was ich erwartet hatte. Als ich ihren Namen auf dem Smartphone aufblitzen sah, hatte ich damit gerechnet, dass sie mir mitteilen würde, dass sie mich hat vorbeifahren sehen, dass sie mich fragen würde, was zum Teufel ich mir dabei wohl gedacht hatte? Stattdessen höre ich etwas ganz anderes, Erschreckendes, und mein Herz schlägt so wild, dass es schließlich aufzugeben scheint und sich selbst in meinem Brustkorb festklammert. Meine Antwort, nachdem ich ihr zugehört habe und bevor ich auflege, besteht aus einem wilden Schwall durcheinandergeratener Phrasen, mit denen ich das Richtige zu sagen hoffe.

Sobald ich die Verbindung unterbrochen habe, renne ich ins Badezimmer und erbreche mich. Meine Wange ruht auf der Keramikschüssel. Ich wische mir den Mund mit meinem Handrücken ab. Verdammte Scheiße.

DREIZEHN

Ich habe von Simon geträumt. Wir spielen zusammen in einem Baumhaus und er fällt herunter. Als ich auf den Boden zurückklettere, ist er tot, seine Locken feucht auf seiner Stirn, aber irgendwie lächelt er noch immer. Ich erzähle Caroline davon, als ich wieder in ihrem Büro sitze, und zeige ihr ein paar von den Fotos, die ich zu Hause gefunden habe. Es gibt eins von uns vieren im Urlaub, Mum und Dad ragen hinter Simon und mir auf. Ich habe meinen Arm um ihn gelegt – ein beschützender, stolzer Arm. Wenn ich dieses sepiafarbene Bild berühre, kann ich die Algen riechen, ich kann das Schreien der Möwen hören; schmecke das Softeis, das aus dem Hörnchen in seiner Hand tropft.

»Von solchen Fotos habe ich eine Menge.« Meine Schultern zucken. »Und viel weniger von diesen hier.« Ich reiche ihr eines von den wenigen Fotos unserer Familie, die nach seinem Tod aufgenommen worden sind. Es zeigt uns drei und ein riesiges Loch, wo sonst Simon gewesen war.

»Sie haben einfach aufgehört, Fotos zu schießen.« Ich nehme es wieder an mich und stecke beide in meine Tasche. Caroline, das merke ich, wird mich heute dazu bringen, die Leerstellen auszufüllen. Ich nehme das Wasserglas, das vor mir steht, und trinke es halb leer. »Sie ist gestern Abend urplötzlich aufgetaucht. Mum. Meg hat ihr erzählt, dass Adam mich verlassen hat.«

»Oh …«

»Ja, ›Oh‹. Sie hat es aber eigentlich gut gemacht. Kam an mit ihrer Maniküretasche und gab mir das Gefühl, dass ich nur pinkfarbene Fingernägel bräuchte, damit es mir wieder besser geht.«

»Ihre Mutter versteht wahrscheinlich, was Verlust bedeutet«, erwidert Caroline.

»Das stimmt … und dank ihr bin ich zu dem Schluss gekommen, dass meine Ehe wahrscheinlich am Ende ist.«

Caroline rührt sich nicht – nicht einmal ein Auge zuckt.

»Also«, ich lehne mich vor und beuge mich über meine Knie. »Ich glaube, ich habe beschlossen, dass es vorbei ist. Ich glaube, ich will ohne ihn leben, und ich glaube, ich kann ohne ihn weitermachen. Aber kann ich das auch wirklich? Oder bin ich einfach immer noch stinksauer auf ihn, will ich, dass er leidet, will ich ihm vielleicht Zeit geben, damit er mich vermisst und darum bettelt, dass er zurückkommen darf?« Ich muss erst mal Luft holen. Ich reibe die Mitte meiner linken Handfläche mit meinem rechten Daumen. »Ja, ich weiß, dass diese Wut nicht gesund ist. Wenn ich nicht loslasse, idealerweise ihm vergebe und nach vorne schaue, wird es mich auffressen und danach wieder ausspucken.«

Meine Therapeutin nickt, ein energisches Nicken, als wäre sie erfreut über mein Aha-Erlebnis. Ermutigt hole ich ein Notizbuch aus meiner Tasche. »Ich habe mir eine Liste von Zielen gemacht, so wie Sie das wollten.«

Auf Carolines Gesicht erscheint ein breites Lächeln. Frau Lehrerin freut sich heute wahnsinnig über mich, und ich ertappe mich selbst auch beim Lächeln, ein seltenes Ereignis in dieser Praxis. »Okay, Nummer eins ist, nach Los Angeles zu fliegen.« Ich sehe ihr in die Augen. »Mein Agent Josh will immer, dass ich dorthin fliege. Er sagt, dass ich mich wirklich mit den Verlegern treffe müsste, die schon an meiner Arbeit interessiert sind. Nummer zwei. Ich brauche hier einen Job – einen Teilzeitjob.« Ich zögere einen Moment, sehe dann von meinem Notizbuch auf. »Adam spielt jetzt noch mit, was das Finanzielle angeht, aber wenn ich ehrlich bin, weiß ich nicht, wie lange das anhalten wird. Meine Tantiemen kommen sehr unregelmäßig und ich muss regelmäßiger Geld verdienen, womit ich zu Nummer drei komme.« Ich schlage das Notizbuch zu. »Ich werde das Haus schätzen lassen. Ich liebe mein Zuhause wirklich und werde es nicht kampflos aufgeben, aber abgesehen davon muss ich einfach Bescheid wissen. Ich meine, ich muss wissen, was mir bleiben würde, wenn es wirklich hart auf hart käme.«

Ich schiebe das Notizbuch in meine Tasche zurück, meine Finger streifen die Fotos. »Mir ist gerade eine Nummer vier eingefallen.« Ich ziehe das Urlaubsfoto heraus und winke damit. »Ich werde dies hier einrahmen lassen und zu Hause mit allen anderen Familienfotos zusammen aufhängen. Ich habe da nur ein einziges Bild von Simon hängen. Wir brauchen mehr.« Ich kaue auf meiner Wange. »Und ich werde mir Hammer und Nagel suchen und es selbst aufhängen.«

»Wenn Sie ein Kleinkind wären, würde ich Ihnen jetzt drei goldene Sterne geben«, Caroline lächelt.

»Nur drei?«

»Das ist die höchstmögliche Zahl. Hundert Prozent …«

»Na dann«, ich grinse. »Das müsste genügen. Drei goldene Sterne also? Da wird Babuschka aber *sehr* erfreut sein …«

*

Ich habe gerade einen alten Brief von Adam gefunden. Er ist handgeschrieben und stammt von Anfang 2004. Das war während der schlechten Zeiten – sozusagen den letzten schlechten Zeiten, als Adam diesen One-Night-Stand mit einer anderen Frau hatte. Ich war am Boden zerstört, habe ihn aber nie darum gebeten, zu gehen. Es war nur eine einmalige Sache gewesen, und ich hatte eine Tochter, die ihn fast genauso liebte wie ich selbst. Die letzte Zeile des Briefes in seiner krakeligen Handschrift scheint eine eigene Stimme zu haben, während ich sie lese – »Danke, Beth mein Liebling, dass du mich so sehr liebst, dass du um mich kämpfst.« Diese Worte fühlen sich für mich heute wie ein Schlag in die Magengrube an.

So war es auch, ich habe ihn wirklich genug geliebt. Zufrieden mit dem Wissen, dass es in all unseren gemeinsamen Jahren nur ein kleiner Fehltritt gewesen war, habe ich den leisen Zweifel in meinem Kopf ignoriert. Ich habe niemals Fragen gestellt, da ich geglaubt habe, dass unsere Beziehung wichtiger war und es wert, darum zu kämpfen. Jetzt, fast ein Jahrzehnt später, ist mir kein Kampfgeist geblieben. Wenn ich kämpfen würde, wüsste ich nicht so recht, gegen wen. Emma? Ich kenne gerade mal den Namen dieser Frau … Ich falte den Brief wieder wie vorher zusammen und lasse ihn in eine Schublade gleiten.

Während ich den Niedergang meiner Ehe betrachte, muss ich innerlich aber doch mit der Frage ringen, was passiert wäre, wenn ich ihn diesmal nicht zum Gehen aufgefordert hätte. Wäre seine Affäre mit Emma dann im Sande verlaufen? Neugierig gehe ich online und googele das Restaurant, wo sie meines Wissens nach arbeitet, wenn auch nicht als Kellnerin, wie meine beste Freundin Karen mir gesagt hat. Ich hatte vor Ewigkeiten bei Facebook herauszufinden versucht, wie sie aussieht, aber um Fotos von ihr zu sehen, hätte ich mit ihr befreundet sein müssen. Dass es so weit käme, war ungefähr so wahrscheinlich wie Schneebälle in der Hölle. Aber jetzt, dank Karens Informationen … Ich klicke auf den »Über uns«-Reiter auf der Seite des Restaurants »Pear Tree«. Es präsentiert die beiden Partner Abe Colvin und Emma Shine.

»Shine?«, sage ich laut. »Ihr Nachname lautet Shine?« Ich starre ihr Foto an. Sie ist hübsch, aber das wusste ich schon. Sie ist blond, allerdings so sehr, dass ich bezweifele, dass es echt ist. Sie sieht fröhlich aus, hat sich bei Abe eingehakt. Ich schließe den Laptop, denke über die nagende Frage nach, ob ich für die Rettung unserer Ehe kämpfen soll, und fühle, wie mich langsam eine neue Traurigkeit befällt. Ja, ich habe wahrscheinlich entschieden, nicht mehr um ihn zu kämpfen, aber warum zum Teufel kämpft er nicht um mich? Die bittere Wahrheit ist, dass Adam – ob jetzt mit oder ohne Ms Shine in seinem Leben – mich schlicht nicht mehr genug liebt.

*

Karen und ich schneiden Gemüse klein. Es ist Freitagabend und sie ist über Nacht aus London hergekommen. Sie hat Champagner mitgebracht und zusammenpassende Humpty-Dumpty-Pyjamas. Nachdem sie darauf bestanden hat, dass ich meinen hier und jetzt mitten in der Küche anziehe, hat sie mir gesagt, dass die Pferde und die Männer des Königs, die es nicht schafften, Humpty Dumpty wieder zusammenzusetzen, Idioten seien – und dass sie mir helfen würde, mich wieder zusammenzusetzen.

Sie spielt jetzt »I will survive« von einem extra zusammengestellten Mix auf ihrem iPod ab. Er steckt an Adams Dockstation neben dem Wasserkocher, und wenn sie nicht gerade rote Paprika schneidet, führt Karen eine Art verrückten Tanz auf, der eine Menge Türschlagen in seiner Choreografie zu haben scheint. Zum ersten Mal seit Ewigkeiten lache ich laut heraus und es fühlt sich so gut an. Ich lege das Messer hin und schließe mich ihr an, bis Gloria Gaynor sich selbst und uns zur Erschöpfung getrieben hat. Ich umarme Karen, sage ihr, dass ich sie lieb habe. Sie hält mich fest und flüstert: »Ich dich noch mehr ...«

Das plötzliche Schrillen der Türklingel unterbricht uns.

»Wir könnten es einfach ignorieren«, sagt sie und stellt den Ton auf ihrem iPod leiser, als würde das alleine dafür sorgen, dass, wer auch immer an der Tür steht, verschwindet.

»Es könnte Sylvia sein.« Ich werfe einen Blick auf die Leuchtziffern am Herd. »Wer sonst ...?«

»Vielleicht ist es Adam.« Karen geht zum Hausflur.

»Ach du Scheiße!« Ich strecke meine Hand aus und drehe die Musik wieder laut. Wenn Adam an der Tür ist, sollten wir Gloria gleich noch einmal laufen lassen. Ich warte, bis sie mittendrin ist, und gebe Karen dann ein Zeichen, die Tür zu öffnen.

»Ach du Scheiße!«, wiederhole ich beim Anblick der Gestalt in der Tür lauter. Ein breites Grinsen macht sich auf dem Gesicht des Mannes mit dem Rucksack auf dem Rücken breit, und er öffnet seine Arme weit.

»Lizzie«, ruft er, »du bist zu Hause? Ich hatte die Befürchtung, ich würde den ganzen Weg hierherkommen und du bist nicht da.«

Ich kann es nicht ändern. Tränen ergießen sich über mein Gesicht, während ich auf ihn zugehe und von seiner riesigen Umarmung verschlungen werde. Es ist sein unerwarteter Anblick – seine gesamten ein Meter dreiundachtzig. Es ist der vertraute Klang seiner Stimme. Es ist die Art, wie er mich »Lizzie« nennt, wo alle anderen meinen Namen mit »Beth« abkürzen. Er riecht nach Moschus, aber frisch geduscht. Ich löse mich und blicke zu seinem Gesicht hoch. Seine Haut ist gebräunt und sein Haar von einem Jahr in der Sonne natürlich gebleicht. Ich strecke die Hand aus und ziehe an einer Locke. Ich schniefe. »Das steht dir.«

»Geht es dir gut?« Er zwinkert mir zu, offensichtlich ein bisschen verwirrt von meiner dramatischen Überreaktion.

Ich nicke, aber bin mir gar nicht ganz sicher. Gloria singt schwärmend von all der Stärke, die sie braucht, um nicht zu zerbrechen, und in meinem Kopf erzählt mir meine innere Saboteurin Lucy Fir, dass es mir nie wieder gut gehen werde, dass ich genauso gut jetzt sofort und auf der Stelle zusammenbrechen könne.

Karen hustet, eine winzige Unterbrechung, um mir zu sagen, dass sie auch noch da ist. »Oh, Entschuldigung …« Ich greife nach ihrem Ellenbogen und ziehe sie zu mir her. »Karen, erinnerst du dich an Ben, Adams Bruder?«

Karen bietet ihm ihre rechte Hand, und Ben nimmt sie und schüttelt sie fest.

Karen lächelt. »Schön, dich wiederzusehen, Ben. Es ist Jahre her.«

»Viel zu lang.« Er grinst und lässt den Rucksack auf den Boden gleiten. »Ich war erst beim Appartement, dachte, ich würde Adam erwischen und könnte dann bei ihm eine Mitfahrgelegenheit hierher schnorren, um hier alle zu treffen. Denke, ich hab ihn wohl verpasst, also hab ich einfach die Taschen hingeworfen, kurz geduscht, bin in den Zug gesprungen und hier bin ich. Ist er noch nicht zu Hause?«

Ich antworte nicht und hake mich stattdessen bei ihm ein, um ihn an meiner Wandkunst vorbeizusteuern, während wir in die Küche gehen. Karen geht voraus, dreht die Musik wieder leise und hält dann zwei Flaschen hoch. »Rot oder weiß?«

»Weiß«, sage ich, »ein großes Glas.«

»Oder Bier?« Karen runzelt die Stirn. »Ich bin sicher, dass du irgendwo Bier hast, Beth, oder?«

Ich weiß, dass sie absichtlich so viel redet und nervös die Stille ausfüllt, bevor wir das Offensichtliche eingestehen müssen.

»Wein ist in Ordnung.« Ben sieht sich unten um. »Ich nehm auch den weißen. Ich habe versucht, Adam anzurufen, aber bei seinem Handy geht gleich die Mailbox dran.«

Er setzt sich an die Frühstückstheke und lächelt, als Karen ihm ein Glas reicht. »Habe ich einen Mädchenabend unterbrochen?« Er weist mit einem Kopfnicken auf unseren Schlafanzug-Partnerlook.

»Nein«, sage ich. »Na ja, irgendwie schon, aber das macht nichts. Es ist wirklich schön, dich zu sehen.«

»Aah«, er trinkt einen Schluck. »Sorry, dass ich hier so reinplatze, Ladys. Wisst ihr was, sagt mir doch einfach, in welcher Bar er steckt, und ich werde mich ihm anschließen. Ihn überraschen ... Ist er mit deinem Freund dort?« Ben sieht Karen an, sieht ihr richtig tief in die Augen. Sie streift sich eine lose Haarsträhne hinters Ohr und lächelt. Es ist ein viel zu schüchternes Lächeln für Karen, und ich bemerke, wie ein winziger Anflug von Röte ihre Wangen hinaufkriecht. »Nein, nicht mein Freund, nein ...« Ihre Stimme ist ungewöhnlich scheu.

»Karen ist Single«, unterbreche ich den Augenblick. »Adam ist nicht mit ihrem Freund unterwegs, aber es könnte sein ...« Ich nehme einen großen Schluck Wein. »Es könnte sein, dass er mit seiner Freundin unterwegs ist.«

Bens Gesicht scheint plötzlich zu erstarren und er dreht sich in Zeitlupe zu mir um. »Er ist was?«

»Ich fange mit den Spaghetti bolognese an«, murmelt Karen. Sie dreht das Gas auf, schüttet Öl in die Pfanne und wirft die bereits kleingeschnittenen Zwiebeln und Paprikas hinein. Sie rührt sie langsam mit einem Holzlöffel um. Es ist still bis auf die wohlklingenden Töne von Adele. Schon wieder steigen mir Tränen in die Augen, deshalb blicke ich rüber zu Karen wegen ihrer passenden Playlist.

Ich nehme mir den Frühstückshocker neben Ben. In Adeles Lied erzählt sie einem Ex, dass sie ihn nie wieder so nah an sich heranlassen werde, dass er ihr noch einmal wehtun könne.

»Was ist denn hier los, Lizzie?« Er blickt in sein Glas, hat Angst davor, mir in die Augen zu sehen.

»Er ist weg. Sie heißt Emma. Emma Shine, um genau zu sein. Sie ist Mitbesitzerin eines Restaurants in der Stadt. Sie ist blond, hübsch, jung … Jedenfalls jünger als ich. Meg hat mir gesagt, dass sie einen Sohn hat. Also ja … Adam ist weg. Verschwunden. Abgehauen. In Emma verliebt. Hat mich verlassen, tja, nichts mehr mit Adam und Beth …«

Ben kaut auf seiner Wange, während er zuhört. Er streckt die Hand aus, mopst sich ein Stück roten Paprika von Karens Gemüsestapel und knabbert stattdessen daran. »Glaubst du, dass die Spaghetti bolognese für drei Leute reichen?« Er meidet sorgfältig den Augenkontakt mit mir und sieht stattdessen Karen an.

»Ja sicher«, erwidert sie.

Dann dreht er sich zu mir um und nimmt meine Hand. »Adam … jetzt verstehe ich auch die Tränen«, sagt er und das ist es auch schon, ich bin wieder entlassen. Er legt einen Arm um meine Schultern und lehnt sich mit seiner Stirn an mich. »Der Idiot«, murmelt er und Karen und ich nicken beide.

»Ja, aber weißt du, mir geht es gut. Wirklich«, ich drücke seine Hand. »Es hat Monate gedauert. Ich brauchte eine Therapie.« Ich kichere frech. »Aber ich bin wieder fit. Ich glaube, ich kann endlich weiterleben.«

»Monate?« Ben runzelt vor Entsetzen sein Gesicht. »Meine Güte, wie lange ist das schon her? Wie lang …? Lizzie … ich …«

»Noch Wein?« Karen streckt die Hand aus und füllt sein Glas auf, ohne auf eine Antwort zu warten.

»Ist es so ernst? Ich meine …«

Ich lächele über meinen Kummer hinweg. »Es interessiert mich nicht mehr, Ben. Das ist das Traurigste an allem. Es ist mir wirklich egal, ob es was Ernsthaftes ist, ob sie die Liebe seines Lebens ist oder nur ein weiterer seiner dämlichen Fehler. Ich musste mich um mich selbst kümmern, und jetzt bin ich dazu bereit, ohne ihn zu leben.«

Ben schweigt. Ich bemerke, wie sich eine winzige Träne in seinem linken Auge bildet, und strecke meinen Daumen aus, um sie wegzuwischen.

»Aber du bist das, was ihn zusammenhält, Lizzie … Auch wenn er immer zu dumm gewesen ist, das zu erkennen. Du hältst ihn zusammen. Du bist der Baustein, der ihm fehlt, und er hatte das Glück, dich zu finden. Du hältst ihn zusammen«, wiederholt er und schüttelt den Kopf.

»Jetzt nicht mehr …«

»Idiot.« Ben schafft es nicht, die Abscheu in seiner Stimme zu verbergen.

»Absolut«, stimmt Karen ihm zu. »Ich hoffe, du magst viel Käse«, wendet sie sich an meinen Schwager, der jetzt zusammengesunken an der Frühstückstheke sitzt, bevor sie mehrere Löffel Parmesan in die Pfanne streut. »Ach ja, und sie heißt Shine?« Sie zieht ein Gesicht, während sie die Mischung energisch durchrührt. »Verdammt dämlicher Name … Und sie hat einen Sohn? Das habe ich nicht gewusst.«

»Anscheinend ja … Aber genug von ihr. Du bleibst über Nacht?« Ich drücke Bens Hand erneut. »Wir haben genug Platz.«

Ben nickt. »Ja bitte. Ich kann nicht nach Hause gehen. Wenn er da ist, bringe ich ihn um.«

Wir schweigen für einen Moment, bis die Musik wechselt, und wieder einmal sehe ich Karen an. Die Hollies – »He Ain't Heavy«. Ich weiß, dass sie dieses Lied ausgesucht hat, weil ich letztens mit ihr darüber gesprochen habe, wie ich mich wegen Simon fühle. Aber jetzt in diesem Moment bekommt es irgendwie eine andere Bedeutung.

»Blödes Lied …« Ben und Karen sprechen wie aus einem Mund, fangen dann direkt an, sich anzulachen.

Ich sehe von einem zum anderen, bemerke die Funken der physischen Anziehung, als wären es Glühwürmchen, und ich fülle mein Glas und schlucke den Knoten in meiner Kehle hinunter. Fühle einen Anflug von Einsamkeit und frage mich kurz, wo Adam ist, mit wem er zusammen ist, was er tut und ob Ben recht hat. Wenn ich wirklich das bin, das ihn zusammenhält, wird er ohne mich zerbrechen?

VIERZEHN

In letzter Zeit fühle ich mich so, als würde ich zerbrechen, als wäre mir irgendwie mein Anker abhandengekommen. Das ist mir heute klar geworden. Ich bin zu einem Stück Treibholz geworden – ich treibe um das Leben herum, das ich bisher geführt habe. Ich möchte die Hand ausstrecken, mich an irgendetwas festhalten, aber ich kann nicht. Auf meinem Weg nach Clapham versuche ich, nicht über Kieras Nachrichten zu brüten – wahrscheinlich der Hauptgrund für das Abhandenkommen meines bisherigen Lebens.

Meg ist immer noch stinksauer, trotz einer weiteren unterwürfigen Entschuldigung. Erst als ich sie angebettelt habe, mir zu vergeben, ihr gesagt habe, wie sehr es mir leidtut, dass ich nicht mehr an ihre anstehenden Examen gedacht habe, sie daran erinnert habe, dass sie immer noch etwas essen muss und »hashtagjadadisteinarschlochaberersteinarschlochdemesleidtut« gesagt habe, hat sie schließlich nachgegeben und sich mit mir zum Abendessen verabredet.

Wir treffen uns zwei Häuser von ihrem Appartement entfernt. Sie hat mir sechzig Minuten ihrer Zeit eingeräumt, und ich hoffe, dass Pizza Express der Herausforderung gewachsen ist. Wir bestellen schnell. Ich entschuldige mich noch mal, und sie starrt mich mit meinen Augen an.

»Wo-für ge-nau?« Ihre Stakkatowörter zerstechen die Luft.

»Für alles. Ich bin ein Idiot.«

»Zahnpasta kann man nicht wieder in die Tube zurückdrücken.« Sie zieht ihr Handy aus ihrer Tasche, starrt auf den Bildschirm und fängt an, eine Nachricht zu tippen.

Meine eigene spezielle Zahnpastasorte hat ein einziges riesiges Chaos angerichtet, das bald noch größer werden wird. »Ich musste dich sehen.«

»Klar, deine Bedürfnisse sind alle ganz wichtig.« Sie hört auf zu schreiben und sieht auf.

»Es gibt Dinge, die du einfach nicht verstehen konntest.«

»Oh, *bitte*. Benimm dich nicht so gönnerhaft. Ich verstehe jetzt schon genug. Du hast Mum betrogen. Sie hat mir gesagt, dass sie dir deinen wiederholten Fehltritt nicht vergibt. Du hast sie verlassen. Welchen Teil habe ich da nicht verstanden?«

Ich greife über den Tisch nach ihrer Hand, und auch wenn sie versucht, sie wegzuziehen, lasse ich sie nicht los. »Hör mir zu, Meg. Ich habe es versaut. Wenn ich die Zeit zurückdrehen könnte …«

»Dad«, sie reißt ihre Hand aus meiner. »Hast du auch nur irgendeine Vorstellung davon, was du mir angetan hast? Ist dir klar, was es anrichtet, wenn man ein Elternteil hat, das an dich als Letztes denkt?«

Ja, Meg, mein Liebling, ja, das tue ich … Meine Augen zwinkern schnell. Ich lecke mir die Lippen, bevor ich weiterspreche. »Ich habe dich im Stich gelassen. Ob du es mir glaubst oder nicht, genau das hasse ich, jemanden im Stich zu lassen. Das meiste, Meg, habe ich bei dir richtig gemacht. Bis jetzt, bis zu dieser … dieser Sache, habe ich bei dir, glaube ich, alles richtig gemacht.«

Sie wendet sich nach links ab, schnieft rhythmisch und lässt ihre Zunge über ihre Oberlippe rollen. Sie hängt mit dem Gesicht über ihrem Handy, während wir schweigend auf das Essen warten.

Während wir uns eine Pizza teilen, breche ich als Erster das Schweigen. »Momentan ist alles schrecklich, Meg. Und es könnte alles noch schlimmer werden, bevor es wieder aufwärtsgeht. Ich wollte dich heute Abend sehen, um dir eines zu sagen. Ich liebe dich. Ich liebe dich von ganzem Herzen.«

Sie kaut und starrt mich an. »Es könnte alles noch schlimmer werden? Wirst du dich von Mum *scheiden lassen*?«

Ich schüttele den Kopf. »Nein, nein, das meine ich nicht … Natürlich nicht … Weißt du, ich meine einfach nur, dass es jetzt schwer für dich ist, mir zu vergeben. Das ist alles.« Mein Smartphone kündigt mir an, dass ich eine SMS bekommen habe. Es ist Kiera. Kein guter Zeitpunkt, aber ich bedeute Meg, dass ich sie lesen muss. Sie zuckt die Schultern.

Die Nachricht ist weder eine gute noch eine schlechte. Es geht nur um den aktuellen Stand. Meg beobachtet mich, und als sie zu lächeln anfängt, frage ich mich, ob dies wohl der richtige Zeitpunkt sein könnte.

»Du bist eine Elster, Dad, von allem angezogen, das neu und glänzend ist – für ganze fünf Minuten. Ich liebe dich auch, aber jetzt im Augenblick fällt es schwer, sich an das Gute an dir zu erinnern.«

Ich nicke. Dankbar für diese kleine Rettungsleine frage ich mich, ob sie reichen wird, um mich zu sichern. Ich würde Meg am liebsten hier und heute bitten, meine Zügel zu übernehmen, mich festzuhalten und nie wieder loszulassen. Sobald mir dieser Gedanke durch den Kopf schießt, erinnere ich mich daran, dass dies nicht die Aufgabe meiner Tochter ist. Es ist meine Aufgabe, ihr Mut zu machen, sie zu halten, dafür zu sorgen, dass sie sich sicher fühlt. Also nein, dies ist nicht der richtige Zeitpunkt.

»Ich habe Albträume«, sagt sie, »Träume von dir und Mum, wo ihr nie miteinander sprecht, und ich stecke dazwischen und liebe euch beide. Ich wache auf und möchte dich anrufen und schreien, dass ihr einfach wieder zusammenkommen müsst, und sei es auch nur meinetwegen, nur mir zuliebe.«

Ich schließe die Augen.

»Dann denke ich, was würde ich tun, wenn ich an Mums Stelle wäre. Würde ich dir vergeben, auch nur um meiner Tochter willen?«

Ich habe einen bitteren Geschmack im Mund, wie Metall, und ich merke, dass ich mir auf die Wange gebissen habe.

»Aber das hat sie ja schon mal gemacht, nicht wahr, beim letzten Mal?«, fährt Meg fort.

Das ist eine Frage, auf die man nicht zu antworten braucht.

»Dann denke ich, was solltest du jetzt tun? Was tust du, was versuchst du, um sie davon zu überzeugen, dass du wieder zu ihr zurückwillst? Du willst doch zurück zu ihr, nicht wahr?«

Ich kann nicht sprechen, also nicke ich nur.

»Du sagst das, aber du tust nichts. Überhaupt nichts – ich begreife das nicht!«

Wie es scheint, ist sie jetzt richtig in Fahrt.

»Und mittendrin in all dieser Verwirrung habe ich einen Kerl getroffen. Er ist echt nett, und trotzdem halte ich mich zurück. Ich sage ihm, dass es wegen meiner Prüfungen ist, aber die Wahrheit ist, dass ich mir nicht sicher bin, ob ich ihm vertrauen kann. Ich bin damit aufgewachsen, dass du und Mum euch anscheinend geliebt habt. Und da das eine Lüge gewesen ist, glaube ich nicht, dass ich jemals wieder Vertrauen zu jemandem haben werde.« Meg schiebt ihren Teller beiseite, das Essen praktisch unberührt.

»Das mit deiner Mutter und mir war niemals eine Lüge.« Meine Stimme ist lauter, als ich beabsichtigt habe, und ein Paar neben uns dreht sich um und starrt uns an. »Ich habe sie geliebt, ich liebe sie immer noch …«

Sie zögert und nickt dann langsam.

»Habe keine Angst davor, jemanden zu lieben, Meg. Verlier das bloß nicht meinetwegen.« Ich sehe, wie sie auf die Uhr blickt, und winke nach der Rechnung.

Noch im Sitzen wickelt sie sich in ihre Jacke. »Vielleicht solltest du dir einfach noch etwas mehr Mühe geben, Dad. Versuch, um sie zu kämpfen.«

Das Gesicht meiner Tochter ist plötzlich von Hoffnung erfüllt, eine disneyartige Hoffnung auf ein Happy End wie bei all den Kinderfilmen, die wir früher zusammen gesehen haben. All die saccharinsüßen Schlussszenen, die nichts mit dem realen Leben zu tun haben – nichts mit Beth und mir und mit all der chaotischen Zahnpasta, die niemals wieder in die Tube zurückkehren wird.

»Deine Nana glaubt das Gleiche«, sage ich. »Sie hat letztens eine Nachricht auf meiner Mailbox hinterlassen.«

Meg grinst zum ersten Mal heute Abend. »Kann ich sie mir anhören? Hat sie dich angeschrien?«

»Nein, es ist typisch Sybil. Sie spricht aus, was gesagt werden muss.« Ich suche sie auf meinem Smartphone, drücke die Abspieltaste und gebe es an Meg weiter.

»Adam, hier ist Sybil. Mensch, du hast dich echt dämlich verhalten, nicht wahr? Nichtsdestoweniger ist jetzt die Zeit der Vergebung gekommen, und ich kann dir vergeben, wenn Beth es kann. Du musst härter daran arbeiten. Um meine Tochter kämpfen. Du weißt, dass sie das wert ist.«

Meg kichert. »Typisch Nana … direkt drauflos.«

Der Spaziergang zu ihrem Appartement zurück ist fünfundvierzig Schritte lang. Meg hakt sich bei mir ein, und ich habe weniger als eine Minute Zeit, um ihr etwas zu sagen, das etwas bewegen kann, ohne ihre Hoffnung zu zerstören. »Ich bin mir nicht sicher, ob sie mir tatsächlich vergeben kann, Meg.«

Sie wendet sich mir zu. »Und ich bin mir ziemlich sicher, dass du es nicht einmal versucht hast. Nana und ich denken beide, dass du kämpfen musst. Komm schon, Dad! Eine große Geste oder zwei. Irgendwas, um sie zum Reden zu bringen.«

»Ich werde es versuchen«, höre ich mich zu Meg sagen. Und ich bin immer noch erstaunt, wie Lügen wiederum Lügen erzeugen können. Selbst als sie mich zum Abschied umarmt, der Kontakt, nach dem ich mich so gesehnt habe, während die Schatten der Vergebung sich schon in ihren Augen bilden, lasse ich schon wieder los. Als sie sich aus der Umarmung zurückzieht, rutsche ich ab, fühle, wie die dünne Rettungsleine, die sie mir angeboten hat, meinem Griff entgleitet. Und ich treibe wieder. Losgemacht. Ungesichert. Isoliert …

Während ich das Auto aufschließe, ertönt eine Sirene in der Nachbarstraße – jemand anders ist in Schwierigkeiten. Ich lehne mich gegen einen Laternenpfahl und ziehe mein summendes Smartphone aus meiner Tasche. Eine Nachricht von Emma, die wissen will, wo ich bin, ob ich zu ihr komme.

»Heute Nacht nicht«, antworte ich.

*

Ich spüre etwas Kaltes. »Was soll …?« Ich springe im Bett auf.

»Guten Morgen, Sonnenschein.«

Ich reibe mir mein feuchtes Gesicht, blinzele ein paarmal, kann nicht glauben, dass mein Bruder Ben über mir steht, in der Hand anscheinend ein leeres Wasserglas.

»Ben?« Mein Gehirn registriert, dass er hier ist, aber das ist unmöglich – er sollte erst in vierzehn Tagen zurückkommen.

»Du Vollidiot«, sagt er. Er klingt wütend und jetzt weiß ich, dass er wirklich da ist und dass er in Weybridge gewesen ist. Ich lasse mich zurücksinken und ziehe mir ein Kissen über den Kopf.

»Du totaler Vollidiot …«

Ich höre seine gedämpfte Stimme und bettele, dass das aufhört. Dass alles nur ein einziger böser Traum ist, aus dem ich etwas lernen kann und aus dem ich als besserer Mensch erwache. Ich höre, wie er in die Küche geht, wo er mit dem Wasserkocher herumklappert, und ich werfe das Kissen auf den Fußboden.

Er steckt seinen Kopf durch die Tür. »Hast du gehört, was ich gesagt habe?«

»Schön, dass du wieder da bist. Ich habe dich vermisst.«

»Du bist ein Idiot, Adam. Beth ist das, was dich zusammenhält, und was tust du? Versaust es so richtig.«

Ich nehme ein zweites Kissen dazu, um ihn nicht mehr hören zu müssen. »Ich hab dich vermisst.« Ich schreie wieder durch die Baumwolle, seine Worte hallen in meinem Kopf nach. Beth ist das, was mich zusammenhält. Und Beth wird mir nie vergeben. Kiera schießt mir durch den Kopf. »Beth wird mir Noah nie vergeben.« Mir wird klar, dass ich laut gesprochen haben muss, als Ben die Ecke des Kissens lüftet, mich anstarrt und fragt: »Wer zum Teufel ist Noah?«

FÜNFZEHN

»Warum so dringend, Beth, geht es Ihnen gut?«

»Danke, dass Sie mich noch dazwischengeschoben haben. Ich weiß, dass ich gerade erst vor ein paar Tagen bei Ihnen war, aber es hat sich etwas getan und ich muss Ihnen das einfach erzählen.« In den nächsten paar Minuten beobachte ich, wie sich Carolines Gesichtsausdruck von Neugier zu so etwas wie Stolz verwandelt, während ich erkläre, dass ich mich entschieden habe – genug mit der Therapie, der Introspektion, Zeit, mit meinem Leben weiterzumachen. Wir plaudern nur für ein paar Minuten, und als ich gerade gehen will, erzähle ich ihr, dass ich das Haus heute schätzen lasse. »Irgendjemand namens Giles.« Ich lache und ihr Gesicht verrät mir, dass sie, so wie ich, auch genau weiß, was von einem Immobilienmakler namens Giles zu erwarten ist. »Ich habe seinen Nachnamen nicht mitbekommen, aber er hat sicher einen Doppelnamen und einen rosa Kunstnagel auf seinem kleinen Finger.«

Sie lächelt, verwöhnt mich für die wenigen Augenblicke, die uns noch bleiben.

»Erinnern Sie sich daran, dass ich meine innere Saboteurin Lucy Fir genant habe?«

»Natürlich.« Caroline lacht laut auf – diese Anspielung auf den Teufel fand sie schon immer amüsant.

»Jedenfalls ist sie heute Morgen fleißig gewesen. Ich habe meine ›dicken Klamotten‹ aussortiert und all die Sachen, die mir jetzt zu groß sind, in Kleidersäcke gesteckt, und sie hat mir ins Ohr geflüstert, dass ich damit noch eine Weile warten solle, dass ich wahrscheinlich wieder in sie hineinwachsen würde.«

»Was haben Sie getan?«

»Sie liegen unten im Kofferraum, noch fester verschnürt als Lucys Knebel.«

Caroline lacht wieder, und mir fällt auf, dass ich dieses Geräusch zuvor noch nicht oft gehört habe. Ich bringe meine Therapeutin zum Lachen – vielleicht ist es wirklich Zeit, aufzuhören.

»Wissen Sie, ich behaupte nicht, dass es mir nicht mehr wehtut, aber ich bin die ganze Zeit mit einem engen Knoten in der Brust herumgelaufen, und der ist jetzt weg. Adam und ich, das nimmt jetzt nicht mehr jeden Augenblick meines Tages ein.«

»Zeit …« Sie zuckt die Schultern. »Sie kann die wildesten und tiefsten Gefühle heilen.«

»Ich mag mein Leben. Ich habe mein Leben mit Adam geliebt, aber ich muss lernen, es auch ohne ihn zu genießen. Ich weiß, dass ich das kann. In die Richtung soll es gehen.« Ich gebe ihr die Hand.

Ihr Händedruck ist warm und herzlich. »Meine Tür steht Ihnen immer offen«, sie lächelt.

*

Meg ist böse auf mich, sogar richtig wütend, und das aus zwei Gründen. Erstens habe ich sie darum gebeten, mir beim Verfassen eines Lebenslaufs zu helfen, und ihre Antwort war, dass sie alles erfinden müsse, weil ich eine Songschreiberin bin, die sich nach einem echten Job umsieht. Ich habe gelacht und ihr gesagt, dass das echte Leben nun mal so sei und dass ich einen *echten Job* finden müsse, nur weil ihr *fehlgeleitete*r Vater vielleicht nicht immer so gefügig bleiben würde wie jetzt. Böser Fehler. Böse Mummy …

Der zweite Grund ist, dass ich ihr erzählt habe, ich werde das Haus schätzen lassen. Als ich auf ihre wütende Tirade mit »Ich verweise auf meine Antwort von eben« geantwortet habe, stürmte sie mit ihrem Auto davon, und seitdem habe ich sie nicht mehr gesehen. Möglicherweise ist das ganz gut so, da jetzt jeden Moment der Immobilienmakler Giles vor der Tür stehen kann.

Als ich die Türklingel höre, bin ich verblüfft, Karen zu sehen. Sie ist heute Morgen von hier aus mit Ben losgefahren und hatte mir gesagt, dass sie ihn unterwegs an einer U-Bahn-Station absetzen würde.

»Ja, ich weiß«, sagt sie. »Ich bin zu Hause gewesen und dann wurde mir klar, dass ich vielleicht übers Wochenende hätte bleiben sollen. Also dachte ich mir, ich überrasche dich. Jedenfalls bin ich jetzt wieder hier. Drei Karten fürs Odeon, die Acht-Uhr-Vorstellung des neuesten Morgan-Freeman-Films. Du, ich, Meg.« Sie wedelt mit drei Coupons, sagt mir, dass wir noch eine Pizza schaffen könnten, wenn wir uns beeilen, dass sie auch dafür Gutscheine hat. Hinter ihr sehe ich, wie ein Mann im Nadelstreifenanzug die Auffahrt hochkommt.

Ich schiebe sie sanft mit meinem linken Arm zur Seite und strecke meinen rechten aus, halte ihm meine Hand entgegen. »Giles?«

»Mrs Hall? Schön, Sie zu treffen. Ja, ich bin Giles. Was für ein entzückendes Haus.«

»Danke, kommen Sie doch herein.« Aus dem Augenwinkel kann ich Karen mit den Karten in der Hand und einem Ausdruck reinen Entsetzens in ihrem Gesicht sehen. »Mach den Mund zu, Karen«, flüstere ich hinter Giles' Rücken.

»Du verkaufst das Haus?«, zischt sie.

Ich schiebe sie auf die Küche zu und merke, dass Giles angehalten hat, um mein Textkunstwerk auf dem Flur zu lesen. »Ach so, was das angeht«, rufe ich ihm zu, »das kann ich erklären.« Ich parke Karen auf einem Frühstückshocker, funkele sie an, dass sie still sein soll, und eile dann in den Flur zurück. »Es tut mir leid, aber ich hatte keine Zeit, das zu beseitigen. Ich meine, als ich anrief und Sie mir sagten, dass Sie gleich heute vorbeikämen, ich ... ich meine, ich werde es natürlich überstreichen, aber da Sie heute ja nur zum Schätzen hier sind, ich meine, ich dachte, es sei in Ordnung.«

Giles nickt. Er sieht sehr gut aus, fällt mir auf, so à la distinguierter älterer Mann. Kurzgeschnittene, karamellfarbene Haare, die ihm das Aussehen eines ehemaligen Soldaten verleihen. Ich stelle mir vor, dass er Mitte vierzig ist, und aus irgendeinem unerklärlichen Grund schießen meine Augen zu seinen Fingern. Kein Ring. Gut. Kein weißer Abdruck von einem Ring. Gut.

Er bemerkt meinen Blick. »Ich mag auch Fleischklößchen von IKEA und Meerrettich hasse ich auch. Es ist großartig«, er weist mit einem Nicken auf meine Wandkunst. »Ich würde es dort lassen.«

In dem Moment beschließe ich, dass ich ein bisschen in Giles verliebt bin.

Ich kann hören, wie Karen den Wasserkocher in der Küche einschaltet. »Möchten Sie gern eine Tasse Tee oder Kaffee haben?«, frage ich.

»Nein, danke. Ich bin sicher, dass Sie beschäftigt sind, also lassen Sie uns einfach weitermachen. Hätten Sie etwas dagegen, mich herumzuführen?«

»Kein Problem, fangen wir oben auf dem Dachboden an.«

Giles folgt mir und ich erwische mich dabei, wie ich mir wünsche, dass ich etwas anderes als meine übliche »Schreib-Uniform« aus Jeans und T-Shirt trüge. Er blickt zurück zu Karen in der Küche. »Ein großartiger Film übrigens, ich habe ihn mir am Montag angesehen. Richtig guter Thriller, er wird Ihnen gefallen.« Karen ist, ganz unfreiwillig, sofort bezaubert und lächelt zurück.

Ich habe den ganzen Morgen lang wie ein Wirbelwind geputzt und bin deshalb richtig genervt davon, wie Megs Zimmer aussieht, als wir dort hinkommen. »Es tut mir leid, meine Tochter ist neunzehn. Sie ist gerade für ein paar Tage von der Uni zurück.« Ich blicke auf die Kleider, die sie auf dem Bett und dem Fußboden verstreut hat. Sie hat das vermutlich absichtlich getan. Ich bin überrascht, dass sie kein Nutella an die Wand in ihrem Badezimmer geschmiert hat.

»Bitte.« Giles sieht nicht einmal von seinem Klemmbrett auf. »Entschuldigen Sie sich nicht. Ich habe zwei Töchter im Teenageralter, die anscheinend irgendein mutiertes Gen geerbt haben, was bedeutet, dass sie nirgendwo Ordnung halten können.«

Also verheiratet ...

»Sie verbringen nur die Wochenenden bei mir und schaffen es jedes Mal, dass meine Wohnung nach drei Tagen schon aussieht wie der Lagerraum eines Wohltätigkeitsladens.«

Also getrennt ... »Wie alt sind sie?«, frage ich.

»Sechzehn – Zwillinge, Amelie und Brigitte. Ihre Mutter ist Französin«, erzählt er mir.

Ich nicke, während wir den Raum ansteuern, der einmal Adams und mein Schlafzimmer gewesen ist. »Dies ist das größte Zimmer«, sage ich Giles. Ich will ihm am liebsten sagen, dass es meins ist. Meins allein. Dass ich es mit niemandem teile ... Hey, Giles, sehen Sie her – ich bin Single! Ich möchte ihm sagen, dass die monatelange Therapie mich dazu gebracht hat, dass ich das laut aussprechen möchte. Ich möchte ihn fragen, ob er seine Frau betrogen hat, ob sie deshalb nicht mehr zusammen sind. Ich möchte ihn fragen, ob er ein liebenswürdiger Mann ist, ob er es wert ist, etwas Zeit zu investieren, denn zum ersten Mal seit mehr als zwanzig Jahren sehe ich einen anderen Mann an. Ich möchte all diese Sachen sagen, aber ich habe eine deutliche Vision von ihm, wie er in sein Büro zurückkehrt und von der Psychopathin in der Laurel Avenue redet, also lächele ich einfach nur liebreizend und sage nichts.

Wieder in der Küche hält Giles sein elektronisches Messdingsda gegen die Wand am äußeren Ende des durchgehenden Raumes. Karen fängt meinen Blick auf, nickt mit dem Kopf in seine Richtung und leckt sich anzüglich die Lippen.

»Du bist wi-der-lich«, forme ich lautlos mit den Lippen.

Sie nickt, grinst breit und leckt dann wieder ihre Lippen. Auf meinem Weg zu Giles komme ich an ihr vorbei und gebe ihr einen Knuff.

»So, alles erledigt?«

»Ja.« Er streckt seine Hand wieder aus, schüttelt meine fest. »Es ist ein fabelhaftes Haus, bei dem wir keine Probleme hätten, es zu verkaufen, wenn Sie es auf den Markt bringen wollen. Lassen Sie mich ins Büro zurückkehren und mit ein paar Kollegen plaudern wegen des Schätzwerts. Wir haben eins um die Ecke an …«

Giles wird von einem Brüllen im Korridor unterbrochen. Wir beide treten ein paar Schritte zurück und starren auf den Briefschlitz.

»Maaaaama. Es tut mir lei-heid. Mach auf, ich habe meinen Hausschlüssel vergessen. Ich werde dir sogar bei deinem Lebenslauf helfen. Sooorriiiiiiii. Ich weiß, dass du einen Job brauchst, und ich weiß, dass das nur ist, weil Dad so schwanzgesteuert ist.«

Ich schlucke laut. Ich kann spüren, wie eine tiefe Röte – deren Farbton vermutlich eher purpur als zartrot ist – über meine Brust meinen Nacken hochkriecht und sich fest auf meine Wangen pflanzt.

Giles lächelt mich verständnisvoll an. »Teenager«, flüstert er.

Meg ist aber noch nicht fertig. »Ist das Karens Auto? Ich dachte, sie wäre weg? Egal … Sie kann mir helfen. Wenn wir das zu dritt machen, hast du innerhalb von einer Woche einen Job. Bitte verkauf das Haus nicht, Mum. Du kannst auch eine meiner Nieren haben!«

Ich renne zur Haustür, öffne sie schnell und ziehe die dort kauernde Gestalt in die Höhe. »Mum!!« Sie legt ihre Arme um mich und drückt mich fest.

»Meg.« Ich kämpfe mich aus ihrer Umarmung heraus. »Das hier ist Giles, der Immobilienmakler, der das Haus schätzt.«

Giles nickt ihr zu, und jetzt ist Meg an der Reihe, kräftig zu erröten, ein Farbton, den sie definitiv von mir geerbt hat. Ich kann Karen in der Küche hören und bin mir nicht sicher, ob sie lacht oder weint.

Meg macht eine ruckartige Kopfbewegung zu Giles und schiebt sich in Richtung Karens Geräusche.

An der Tür gibt er mir seine Visitenkarte. »Ich werde Sie morgen früh mit einer genauen Taxierung anrufen. Einem Preis und einem Marketingplan, falls Sie sich dazu entschließen, uns zu beauftragen.« Giles beißt sich auf seine Unterlippe. »Und äh, das sollten Sie vielleicht wissen, wenn das Haus auf zwei Namen läuft, müssten wir von beiden die Erlaubnis haben, bevor wir es aktiv vermarkten können.«

»Das wird kein Problem sein. Wenn wir das Haus verkaufen, dann weil sowohl mein Ex als auch ich dem Verkauf zustimmen.« Ich kann es nicht glauben, dass ich Adam als »meinen Ex« bezeichnet habe. »Nun, offiziell ist er noch nicht mein Ex, aber bald.« Ich höre mich selbst über meine unglaublich dämliche Erklärung stolpern.

»Das ist eine schwierige Zeit.« Giles scheint über meine Hecken im Vorgarten zu starren. »Jedenfalls, ich muss jetzt gehen. Ich werde Sie vormittags anrufen, aber falls Sie in der Zwischenzeit irgendwelche Fragen haben sollten, meine Mobilnummer und meine E-Mail-Adresse stehen auf der Karte.«

Ich beobachte Giles, wie er durch den Garten an den Autos von Karen, Meg und mir vorbeigeht. Als ich hinuntersehe, merke ich, dass sein Nachname kein Doppelname ist, sondern »Brousseau« lautet, ein französischer Name. Aha, ein Engländer mit einem möglichen französischen Vater, verheiratet mit einer Französin?

»Ach übrigens.« Er hat sich umgedreht. »Mailen Sie mir Ihren Lebenslauf zu, wenn Sie ihn fertig haben. Wir brauchen gerade eine Rezeptionistin in Teilzeit. Ich weiß nicht so genau, wonach Sie suchen, aber Ihre Tochter sollte doch wohl beide Nieren behalten, oder?« Er hebt die Brauen und lächelt breit.

Ich lache. »Das mache ich. Danke.« Und dann ist er weg.

SECHZEHN

»Was zum Teufel hast du dir nur gedacht?« Bens Stimme scheint in der Wohnung widerzuhallen. Wir sind in der Küche, und ich bemerke seine Reisetaschen in der Ecke. Offenbar hat er sie dort letzte Nacht abgestellt, bevor er Beth besuchen fuhr.

Ich finde es etwas beunruhigend, wie sehr er sich um mich sorgt. Sein Gesicht, jünger und viel attraktiver als meines, legt sich in Falten, während er mich von oben bis unten ansieht. Seine Augen – Augen, die das ganze vergangene Jahr lang den Luxus der Unbeschwertheit hatten – wirken angespannt und seine ganze Ausstrahlung ist gestresst, nervös.

»Warum siehst *du* eigentlich so besorgt aus? Du hast dir gerade ein Jahr von der Arbeit freigenommen, um durch die Welt zu reisen.« Ich beiße ein Stück von dem warmen Buttertoast ab, den er mir gereicht hat, und starre zurück. Es duftet und schmeckt göttlich.

»Beantworte eine Frage nicht mit einer Gegenfrage.«

»Ich weiß gar nicht so richtig, wo ich anfangen soll …«

»Ich verstehe.«

»Nein, das tust du nicht«, entscheide ich. »Du versteht es nicht. Beth hat offensichtlich zuerst mit dir gesprochen und jetzt denkst du, dass ich ein Scheißkerl bin, der die ganze Zeit nur lügt.«

»Erzählst du denn die ganze Zeit Lügen?«

Ich kann mich nicht daran erinnern, dass der Bruder, der letztes Jahr abgereist ist, so hartnäckig war. Ich zögere einen Moment. »Nein«, erwidere ich. »Nur, wenn es notwendig ist und immer nur, um die Menschen nicht zu verletzen, die ich liebe.«

»Und wie erfolgreich bist du damit?«

Diese Spur von Sarkasmus in seiner Stimme, dieser Anflug von Überheblichkeit, dass er meint, mich verurteilen zu können, wecken in mir das Bedürfnis, ihm einen Faustschlag zu verpassen. Ich würde am liebsten so tun, als wären wir zwölf und zehn, ihn auf den Küchenfußboden schubsen und ihm seine dämlichen Lichter ausknipsen. »Nicht alle von uns haben den Luxus erlebt, in irgendeinem Yogatempel zu chillen, wo ein singender Guru uns auf den Weg der Perfektion führt.« Ich schmeiße den übrigen Toast in seine Richtung. Er duckt sich, und ich ziehe mich ins Schlafzimmer zurück.

Momente später klopft er an der Tür. Ich bin dabei, eine Tasche zu packen. »Es ist dein Schlafzimmer!«, brülle ich in seine Richtung.

Er öffnet die Tür, und seine große Gestalt füllt den Türrahmen aus.

»Es gab sehr wenig Gesang«, sagt er, die Arme defensiv vor der Brust verschränkt, »und es ist mir immer noch nicht gelungen, den Weg zur Perfektion zu finden.«

»Ja, schön, und wenn du ihn findest, dann denk daran, dass die Reise deines großen Bruders ganz anders ausgesehen hat.«

Plötzlich ist er neben mir. Er holt die Kleidung, die ich gerade in die Tasche werfe, wieder heraus und hält mich dann fest, eine große, ungestüme Umarmung. »Stopp«, flüstert er. »Lass mich für eine Weile der Starke sein. Das schulde ich dir …«

Ich breche in seiner Umarmung zusammen, sinke aufs Bett und weine – tiefe, schwere, gequälte Schluchzer. Er sagt kein Wort, weicht nicht von meiner Seite. Schier eine Ewigkeit sitzen wir so, zusammengeschoben wie Buchstützen. Schließlich sieht er auf seine Armbanduhr.

»Komm schon, zieh dich an. Wir gehen in den Pub, du erzählst mir alles, und wir betrinken uns.«

*

»Was hat Beth dir alles erzählt?« Wir sitzen im »The Narrow«, dem Pub an der Themsemündung am Limehouse Basin, der dem Appartement am nächsten liegt. Es ist ein trüber, nasser Tag, und auf dem Fluss herrscht wie immer mehr Verkehr als auf den umliegenden Straßen. Ben hat mir noch nicht geantwortet. Er scheint sich Zeit zu lassen und beobachtet, wie das Leben auf dem Wasser vorbeizieht. »Ben?«

Er schüttelt den Kopf, als wolle er sich wieder in die Gegenwart zurückrufen. »Sie hat mir gesagt, dass du sie verlassen hast, dass du eine Freundin hast; ›nichts mehr mit Adam und Beth‹.« Er malt mit seinen Fingern Anführungszeichen in die Luft. »Das ist es im Wesentlichen; sie war mit den Einzelheiten etwas sparsam. Die meiste Zeit dort war ich damit beschäftigt, zu kapieren, was sie gesagt hat, und sicherzugehen, dass es ihr gut geht.«

»Und? Ich meine, geht es ihr gut?«

»Anscheinend ja. Ihre Freundin Karen war bei ihr. Ich glaube, ich habe einen Bridget-Jones-Abend unterbrochen.« Fragend schaue ich ihn an.

»Du hast *Bridget Jones* nicht gesehen?« Er lacht. »Jedenfalls hatten sie Herzschmerzmusik laufen, sie hatten zusammenpassende Schlafanzüge an und es gab Spaghetti bolognese gefolgt von Schokoladeneis.«

Ich merke, wie ich nicke, obwohl ich keine Ahnung habe, was er meint. Beth ist nicht für Schlafanzüge im Partnerlook zu haben, und sie ist eher der Chips-Typ – sie mag Eiscreme nicht wirklich, außer die von Ben & Jerry mit den großen Karamellstücken darin.

»Was hältst du von Karen? Wie lange ist es her, dass du sie gesehen hast?«

Ben seufzt. »Ewigkeiten … ich glaube, unsere Wege haben sich nicht einmal gekreuzt, solange ich mit Elise zusammen war.« Er schüttelt den Kopf, eine winzige Bewegung, als wollte er sich von einer traurigen Erinnerung losreißen. »War sie nicht verheiratet? Ich meine mich daran zu erinnern, dass sie verheiratet war.«

»Ja, früher mal, vor Jahren. Es hat nicht lang gehalten.« Ich hebe die Schultern und lasse sie wieder fallen.

»Sie war verheiratet, ich war so gut wie verheiratet. Wahrscheinlich habe ich ihr nie viel Beachtung geschenkt, aber Mann, ist das ein heißer Feger. Ich glaub, ich bin ein bisschen in sie verliebt. Allerdings ist sie kein Fan – jedenfalls nicht von dir. Sie hat dich wirklich auf dem Kieker.«

Ich stürze mein halbes Bier hinunter, während ich verdaue, was ich schon weiß. Karen hasst mich. Das ist schon schlimm genug, auch ohne dass Ben für sie entflammt war.

»Sie ist attraktiv«, stimme ich zu. »Aber pass bloß auf. Sie wird dich auffressen und wieder ausspucken.«

»Ich freu mich schon.« Er lächelt und bringt sein erstes Bier an diesem Tag an die Lippen.

»Ich meine es ernst, Ben, es …«

»Adam, wir sind doch hier, um über dich zu reden«, unterbricht er mich und hält eine Handfläche hoch. »Komm schon, erzähl mir alles von Anfang an.«

Ich sehe meinen Bruder an, der jetzt wieder die Strömung der schlammigen Themse beobachtet – nehme die Konturen seines Gesichtes in mir auf, die nach einem Jahr in der Sonne ausgeprägter sind. Seine Augen scheinen blauer geworden zu sein, mit ein paar Sorgenfalten an den Rändern. Sein Haar ist von der Sonne gebleicht und müsste einmal ordentlich geschnitten werden. Er trägt eine Leinenhose mit mehr Hosentaschen, als selbst der Abenteurer Bear Grylls jemals brauchen würde. Sein T-Shirt hat ein winziges Loch am Kragen und trägt das verwaschene Logo irgendeiner indischen Biersorte auf der Brust, deren Namen ich nicht erkennen kann. Er hat ausgeblichene Ledersandalen an den Füßen und ich frage mich, ob er kalte Füße hat. Er zieht das durch, obwohl er schon einundvierzig ist. Aber statt wie ein alternder Surfer sieht er aus wie ein entspannter Mann, der nicht mehr der jüngste ist und sich trotzdem in seiner eigenen Haut wohlfühlt. Mir wird klar, dass ich ihn beneide.

Ich folge seinem Blick zum Fluss hinunter, in dem das Wasser jetzt während der Flut bis zum Uferrand hochgestiegen ist, und frage mich, wo ich anfangen soll, wo genau der Anfang ist. Fange ich vor knapp einem Jahr an, als er nach Übersee gegangen ist? Das war eine Zeit, zu der Beth und ich noch Pläne geschmiedet haben, wo wir noch eine gemeinsame Zukunft hatten. Gehe ich zu der Nacht mit Emma zurück? Die Taxifahrt nach Hause? Oder meine Nacht mit Kiera?

»Denkst du jemals an Mum und Dad?«, unterbricht er meine Suche nach passenden Anfängen.

»Natürlich. Ich habe sie vor ein paar Tagen besucht.«

»Nein, ich meine, denkst du an die Zeit wo …« Er beendet den Satz nicht.

»Nein.« Mein Tonfall ist schroff. Das ist nicht der Anfang, an den ich gedacht hatte, und ich bin mir ziemlich sicher, dass ich nicht in diese Richtung gehen will.

Er verfolgt das Thema nicht weiter, nickt einfach nur. Ich winke der Kellnerin, dass sie mir noch ein Bier bringen soll, und ignoriere die Uhr an der Wand, die mir sagt, dass es erst halb zwölf Uhr vormittags ist.

»Vor langer Zeit habe ich Beth zum ersten Mal betrogen«, mache ich schließlich den Anfang.

Bens blaue Augen bleiben unbeweglich – kein Zucken, nicht einmal das Flackern einer Iris.

»Ich hatte einen One-Night-Stand.« Jetzt sehe ich, wie er kaum merklich seine linke Augenbraue hebt. Er glaubt mir schon nicht mehr. »Es war wirklich nur eine Nacht«, fahre ich fort. »Sie war eine Kundin.«

»Weiß Beth das?«

»Ja. Ich habe es ihr gesagt. Es war ein Fehler, richtig große Scheiße von meiner Seite aus. Aber wir haben es wieder hingekriegt, wir haben es hinter uns gelassen.« Irgendetwas klingt für mich nicht richtig, wenn ich diese Worte laut ausspreche. Ich bin überrascht, dass ich das hören kann, und stelle mir vor, dass Ben es richtig laut hört.

»Sie hat dir vergeben?«

»Ja«, antworte ich, »aber sie hat es niemals vergessen. Ich glaube nicht, dass sie mir jemals wieder völlig vertraut hat.«

»Tja, und sie hatte recht damit, oder?«

Ich seufze. »Es ist nichts weiter passiert bis jetzt vor knapp sechs Monaten.« Die Kellnerin kommt mit unseren Bieren.

»Lass uns etwas zu essen bestellen«, sagt Ben und lehnt sich vor. »Ist es zu spät für ein englisches Frühstück?« Er lächelt sie gewinnend an.

Sie blickt auf die Uhr und lächelt dann zurück. »Ich schau mal, was ich tun kann.«

Ich bin mir nicht sicher, wie gut das mit dem Guinness zusammenrutschen wird, aber ich höre mich sagen: »Für mich auch, bitte.« Ich versuche es mit meinem eigenen betörenden Lächeln, aber ich habe sie an meinen Bruder verloren – die jüngere Version meiner selbst; die jugendlichere, ehrlichere, vertrauenswürdigere Ausgabe. Ich lehne mich in dem Sessel zurück, der aussieht, als könnte er auch in einer Bibliothek stehen. Er ist aus stumpfem, schiefergrauem, gemasertem Leder mit einer hohen, mit Nieten besetzten Rückenlehne und zwei Armlehnen. Ich halte mein Bier in der linken Hand und lasse meinen rechten Arm auf der Armlehne ruhen. Mir fällt auf, dass meine Haut bleich, geädert und fast genauso fleckig ist wie die Armlehne, auf der sie liegt. Ich brauche einen Sonnenurlaub. Ich wende meinen Blick von meinem Arm ab zu den anderen frühen Trinkern und versuche, die Frühstücksflirtereien vor mir zu ignorieren.

»Also, vor fast sechs Monaten«, sagt Ben, als die Kellnerin geht. »Was ist passiert?«

»Ich habe Emma getroffen. Wir sind von der Firma aus abends ausgegangen.« Ich zucke die Schultern. »Was soll ich sagen? Ich bin ihrem weiblichen Charme verfallen. Ich war geschmeichelt, dass eine jüngere, fantastische Frau ein Auge auf mich geworfen hat. Und der Sex ist umwerfend.« Ich werfe meinem Bruder ein verschwörerisches Lächeln zu, aber er lächelt nicht zurück.

»Wann hast du Beth verlassen?«, fragt er.

»Ein paar Monate nachdem es angefangen hat. Sie hat es erraten – mich deswegen zur Rede gestellt. Ich konnte nicht lügen. Mir war klar, dass sie es wusste. Und nur fürs Protokoll, nicht *ich* wollte sie verlassen. Sie hat mich hinausgeworfen.«

Er scheint das zu ignorieren. »Warum hast du die Affäre nicht beendet und versucht, Beth davon zu überzeugen, dass sie dich wieder zurücknimmt? Das hat sie schließlich schon einmal getan.«

Ich schüttele den Kopf. »Sie wollte mir gar nicht erst zuhören. Von dort gab es kein Zurück mehr.«

»Hast du es versucht?«

»Wie meinst du das?« Ich stelle mein Bier auf dem Tisch ab. Der Verschwörungstheoretiker in mir denkt, dass sie sich alle abgesprochen haben: Sybil, Meg und Ben.

»Hast du versucht, sie zu überzeugen? Ihr zu sagen, dass es ein Fehler war? Dass du sie liebst und um sie kämpfst?«

»Nein.« Ich lasse meine Finger knacken. »Das habe ich nicht. Als sie mich hinausgeworfen hat, bin ich direkt zu Emma gegangen und hatte Sex mit ihr und seitdem mache ich nichts anderes mehr.« Ich weiß, dass ich wie ein bockiges Kind klinge, aber es ist mir egal.

»Und wie erfolgreich läuft das für dich?«

»Nicht besonders«, gebe ich zu und bin fest gewillt, nicht auf seine Stichelei zu reagieren. »Ich habe schon bessere Entscheidungen getroffen.«

Wir sitzen ein paar Minuten lang dort und schweigen. Ich versuche, mich selbst davon zu überzeugen, dass er mir tatsächlich zu helfen versucht, aber ich höre nur immer wieder »Wie erfolgreich läuft das für dich?« in meinem Kopf. Es funktioniert nicht, möchte ich ihm sagen. Ich möchte das Telefon nehmen und Beth anrufen, dass sie mich zurücknehmen soll, aber ich weiß, dass sie das nicht tun wird und es auch nicht tun sollte. Als Mensch tauge ich vielleicht noch etwas, aber selbst ich weiß, dass ich als Ehemann einfach scheiße bin.

»Wer ist Noah?«, fragt Ben plötzlich. »Du hast den Namen vorher nie erwähnt.«

Ich schwöre, dass ich Sterne sehe. Kleine silberne Lichtsprenkel flackern über mein Blickfeld. Am funkelnden Horizont sehe ich unsere Kellnerin, die mit etwas auf uns zusteuert, das aussieht wie zwei wundervolle Frühstücksteller auf einem großen Metalltablett. Mein Magen krampft sich zusammen, mein Appetit ist von einer Sekunde zur nächsten verschwunden.

»Adam?« Bens Stimme wirkt gedämpft.

»Er ist mein Sohn«, erzähle ich den Flussbooten, den Kapitänen, den Passagieren, den Möwen. Irgendwie hört Ben es trotzdem, und als ich mich wieder zu ihm umdrehe, ist sein Gesicht um ein Jahrzehnt gealtert. Jetzt sieht er genauso aus wie ich.

TEIL ZWEI

»Fühlen Betrog'ne auch den Stachel des Verrats,
lebt der Verräter doch für noch schlimm'res Weh.«

William Shakespeare,
Cymbeline

SIEBZEHN

Ich habe Ben zu danken für die beste Zeile in meiner finalen Version *des* Lieds, das jetzt den Titel »Ich zerbreche« trägt. Sie heißt: »Ich liebe dich, brauche dich, du bist das Band, das mich hält – weil sonst alles auseinanderfällt.« Josh hat mich gestern über Skype angerufen und buchstäblich einen Freudentanz über die positive Antwort aus L. A. aufgeführt. »Ich kann den Champagner schon schmecken«, hat er geschrien. Ich bin mir da nicht so sicher. Ich hoffe, dass er recht hat und dass es nur meine eigenen Selbstzweifel sind, die sich wieder einschleichen. Wie dem auch sei, wir werden es schon bald wissen.

Heute Morgen höre ich mir das Lied auf dem Weg zur Arbeit wieder und wieder über meinen Kopfhörer an. Das Immobilienbüro in der High Street ist nur knapp zwei Kilometer vom Haus entfernt und ich denke, wenn ich an meinen Arbeitstagen zu Fuß hingehe und wieder zurück, wird das den Chips entgegenwirken, die ich in den letzten paar Monaten gegessen habe. Ich spüre es eher, als dass ich höre, wie ein Auto neben mir vorfährt, und ziehe die Stöpsel aus meinen Ohren.

»Soll ich Sie mitnehmen?« Giles hat den elektrischen Fensterheber betätigt und grinst mich an. Ich zögere einen Moment, aber meine Zehen sind eiskalt und es ist wirklich ein düsterer, schiefergrauer Novembermorgen. Ich klettere in sein Auto, schaudere und bin plötzlich dankbar für den Temperaturanstieg.

»Aufgeregt? Nervös?«, fragt er mich nach ein paar Minuten. Ich bringe es nicht übers Herz, ihm zu erzählen, dass ich mir fast in die Hose mache und dass ich die letzte Nacht damit verbracht habe, durch Weybridge zu fahren, um sicherzugehen, dass ich die Route in- und auswendig kenne.

»Glauben Sie, das ist eine gute Idee, Giles?«

»Qualifiziert sind Sie allemal«, sagt er und sieht nach rechts und links, während er das Auto auf seinem nummerierten Parkplatz hinter dem Büro parkt. »Sehen Sie es doch mal so, Sie sind uns wirklich eine große Hilfe. Stephanie bleibt nur noch zwei Monate bei uns, bevor sie in den Mutterschaftsurlaub geht, und inzwischen mag sie die Leute wirklich nicht mehr selbst herumführen. Sie wird die Mietmarktrecherche übernehmen, die Routen zusammenstellen und die Rezeption von Ihnen übernehmen, wenn Sie unterwegs sind.«

Ich nicke, entschlossen dazu, Bereitwilligkeit zu zeigen.

»Kann ich meinen eigenen Wagen nehmen?« Ich stelle die Frage, die mir schon eine Weile durch den Kopf spukt. »Stephanies Wagen hat keine Automatik. Ich kann mit der Schaltung nicht umgehen.«

Giles schüttelt den Kopf. »Die geschäftliche Nutzung wird bei Ihrem nicht abgedeckt sein. Nehmen Sie den hier.« Er zuckt mit den Schultern. »Ich bin heute Nachmittag die meiste Zeit in einer Managementbesprechung und brauche ihn nicht.«

Ich sehe mich in seinem hochmodernen Range Rover um; kreideweiße Ledersitze und ein Armaturenbrett, das aussieht, als gehörte es in ein Flugsicherungskontrollzentrum. Ein Bild von Giles' Auto, das sich um einen Laternenpfahl gewickelt hat, schiebt sich vor mein inneres Auge.

»Oh nein, nein, nein, nein.«

»Was, Sie fahren auch keine Range Rover?«

»Ich fahre keine Panzer.«

Giles lacht. »Hier, drehen Sie einmal eine Runde damit. Er fährt sich wie von alleine.« Er überreicht mir den Schlüsselbund. »Machen Sie einfach, fahren Sie ein Stück die Straße hoch und wieder zurück – Sie werden schon sehen.«

Bevor ich weiß, wie mir geschieht, ist er weg und durch die Hintertür im Büro verschwunden. Ich sehe auf den Zündschlüssel in meiner Hand und atme ganz tief ein. Ich rutsche hinüber auf den Fahrersitz, stelle ihn richtig ein, drehe den Rückspiegel ein wenig und drücke auf den Startknopf. Ich steuere das Auto vom Parkplatz hinunter langsam über die High Street und passiere am Ende Carolines Praxis. Ich frage mich, wie es ihr geht. Wer wohl gerade ihre Zeit in Anspruch nimmt?

Ob momentan jemand bei ihr ist und auf demselben Stuhl sitzt, auf dem ich monatelang gesessen habe? Ist es ein Er oder eine Sie? Kämpfen sie mit denselben Problemen wie ich? Müssen sich alle Therapeuten ständig mit zerbrochenen Ehen herumschlagen, so wie Hausärzte ständig mit Rotznasen konfrontiert sind?

Ich wende beim großen Kreisverkehr und fahre zurück. Während ich einen Blick zurück auf ihr Fenster werfe, wird mir klar, dass ich Caroline damals gebraucht habe. Jetzt brauche ich Menschen in L. A., die *zerbrechen*, wenn sie mein Lied hören. Und ich muss diese Tour heute Nachmittag schaffen, so dass die Mitarbeiter bei J. T. Watkins alle denken, dass ich hierbei sogar noch *viel besser* bin als an der Rezeption, und mir vielleicht Stephanies Job anbieten, wenn sie in Mutterschaftsurlaub geht. Ich blicke hinauf in den Himmel. Eines oder beides soll bitte klappen, Mrs Universum.

*

Stunden später berichte ich Karen vom Erfolg meiner ersten »Tour« mit einem echten Interessenten für ein echtes Haus.

»Habe ich genug zu essen?«, unterbricht sie mich.

»Hast du mir überhaupt zugehört?«

»Mrs Scott, verrückter Name, weil sie Schottin ist, ist auf der Suche nach einem großen Haus zur Miete. Ihr habt euch drei in St George's Hill und eines in Esher angesehen. Alle fantastisch. Zwei davon findet sie besonders schön. Du bist Giles' Panzer gefahren und hast jede Minute davon genossen.« Sie dreht sich um, sieht mich eindringlich an.

»Du hast massenhaft zu essen«, sage ich ihr und blicke auf die stattliche Reihe von Töpfen mit Chili, vegetarischem Curry, Reis und Gulasch, mit denen ihre Schwägerin Tess sie versorgt hat. Es gibt auch eine Auswahl an winzigen Canapés, alle von mir beigesteuert, mit Hilfe von Marks & Spencer. Ich schnappe mir eines von einer vollen Platte.

»Komm mit ins Schlafzimmer, deine Frisur löst sich hinten auf.« Ich führe Karen an Maeve und Trisha vorbei, zwei von Megs Freundinnen von der Universität, die das Essen servieren werden, und an Jack, einem weiteren Freund, der für Bier und Wein zuständig ist. In ihrem Schlafzimmer stelle ich sie vor ihren bodenlangen Spiegel und stecke die losen Strähnen ihres Haarknotens wieder fest. »Du siehst umwerfend aus«, sage ich ihr, lege meinen Kopf dabei auf ihre Schulter und rede mit ihrem Spiegelbild. Sie trägt ein eng anliegendes rotes Satinkleid, das gnadenlos eng ist und doch so gut an ihr aussieht, dass ich sie um ihren flachen Bauch beneide. »Wann soll Ben denn kommen?«

Sie wirft einen nervösen Blick auf ihre Armbanduhr. »Vor zehn Minuten.«

»Er ist ein Hall. Die kommen immer zu spät.«

Sie dreht sich um und zieht mich an sich. »Es tut mir leid, weißt du?«

»Weswegen?«

»Dass ich mich in ihn verliebt habe. Ich weiß, dass das schwierige Momente mit sich bringt, so wie heute, wenn Adam und du beide hier seid.«

Ich zucke die Schultern, glätte mit meinen Händen mein Wickelkleid, reibe über meinen nicht so flachen Bauch. Obwohl ich eine Tonne an Gewicht verloren habe, braucht meiner immer noch die schmeichelnde Umhüllung von formender Unterwäsche. »Es ist völlig in Ordnung für mich, Adam zu treffen, mach dir also keine Sorgen. Heute geht es nur um dich, du Vierzigjährige, du.« Ich knuffe sie spielerisch gegen die Schulter, als die Türklingel läutet und sie hinausgeht, um ihre Gäste zu begrüßen.

Ich warte im Schlafzimmer, der plötzliche Lärm draußen kann nur bedeuten, dass eine große Gruppe von Menschen zusammen angekommen ist. Sie hat eine fantastische Party mit ihren Freunden verdient, deshalb werde ich ihr nicht erzählen, dass ich tatsächlich ziemlich angespannt bin wegen heute Abend. Es ist das erste Mal seit der Trennung, dass ich bei einem gesellschaftlichen Anlass Adam und Meg treffen werde. Karen hatte mich gefragt, ob es für mich in Ordnung sei, dass er kommt, und ich wusste, dass ich ihr das einfach nicht abschlagen konnte. Wenn sie zusammenbleiben … Na ja, er ist eben Bens Bruder, und ich werde mich daran gewöhnen müssen. Im besten

Fall wird es heute Abend also etwas ungewohnt werden. Im schlimmsten Fall wird es einen Totalschaden geben.

Ich wappne mich für den bevorstehenden Abend. Ich denke an den Tag zurück, an dem Karen und Ben sich in meinem Haus wiederbegegnet sind und als ich direkt wusste, dass sie etwas miteinander anfangen würden. Ich hatte nur nicht damit gerechnet, dass es mit ihrer Beziehungskiste so schnell so ernst werden würde. »Wenn es klar ist, ist es einfach klar«, hatte Karen mir gesagt, als ich versucht hatte, mit ihr darüber zu reden. Ben ist genauso schlimm und gab ähnlichen Quatsch von sich, als ich ihm sagte, dass sie meiner Meinung nach nicht zusammenziehen sollten, wo sie sich doch erst seit ein paar Wochen kannten. Und nun zieht Ben morgen in ihrem Appartement ein und, wie praktisch, Adam bleibt in seinem. Aber heute Abend werde ich meine Klappe halten, weil ich sie liebe und ich Ben liebe und ich hoffe, dass sie glücklich sein werden. Ich glaube nur einfach nicht mehr daran. Ich glaube nicht an den ganzen Scheiß von wegen »perfekt zusammenpassen« und »das Band, das uns zusammenhält« und so. Ich habe vielleicht ein wunderschönes Lied darüber geschrieben, aber das stammt von einem verborgenen, möglicherweise nicht mehr existierenden Teil von mir.

*

»Was hältst du von Jack?« Meg hat ein paar Gläser Wein getrunken. Ich folge ihrem glasigen Blick in seine Richtung und sehe es wieder. Verdammte Scheiße – bin ich die Einzige hier, die sich gerade nicht verliebt?

»Er scheint nett zu sein«, sage ich. »Ich habe aber nicht wirklich die Gelegenheit gehabt, mich richtig mit ihm zu unterhalten. Bist du mit ihm …?«

Auf einmal nickt sie heftig. »Ich wollte es dir unbedingt erzählen. Ich habe ihn letztes Semester kennengelernt. Er ist ein paar Jahre älter als ich, sooooo klug und wir sind einfach …« Sie sieht mich wieder an, hält inne und beißt sich auf die Lippe. »Vielleicht kann er demnächst einmal sonntags zum Essen vorbeikommen?«

»Das wäre großartig«, nicke ich weniger heftig, aber trotzdem lange. »Ich würde ihn gerne richtig kennenlernen, weißt du, wenn ihr beide ...«

Ich kann mich nicht dazu überwinden zu sagen »miteinander schlaft« oder »eine Beziehung habt« oder »miteinander in die Kiste hüpft« oder irgendeine andere Variation dieses Themas. Diesen Blick in ihren Augen habe ich schon eine ganze Weile nicht mehr gesehen. Ich fühle einen Stich im Herzen und beiße die Zähne zusammen. Vielleicht ist es nicht so, dass ich nicht mehr daran glaube, sondern schlicht, dass ich das Verliebtsein vermisse.

Ich plaudere mit Brian, Karens Bruder, und seiner Frau Tess.

»Und wie sieht es bei dir aus?«, fragt Brian. »Vermöbelst du immer noch den Sandsack?«

»Oh ja.«

»Wie geht es dir wirklich?«

Es ist eine Frage, die ich gewöhnt bin, die ich aber immer noch fürchte – eine, die unvermeidlich mit der Verwendung des »G-Wortes« endet.

»Mir geht es gut«, sage ich ihnen. »Ich genieße den neuen Job ... das Schreiben läuft richtig gut. Alles in allem sieht es gut aus.« Auch wenn ich weiß, dass die Worte wahr sind, bin ich nicht dazu in der Lage, diesen Menschen beim Sprechen in die Augen zu sehen. Stattdessen werfe ich über ihre Schultern hinweg einen Blick zur Wohnungstür. Minuten später bekomme ich am Rande mit, wie Brian davon erzählt, dass er bei der Entwicklung des neuen Battersea-Kraftwerks beteiligt ist, als Adam auftaucht.

Ich versuche, hinter ihn zu schauen. Er ist alleine. Ich stoße einen hörbaren Seufzer der Erleichterung aus und entspanne mich sofort. Meg ist auf ihn zugelaufen, nimmt ihm seinen Mantel ab. Sie küsst ihn auf die Wange, und er lächelt. Er hat unsere Kleine immer geliebt; liebt sie innig, mehr als alles und jeden, denke ich. Er sieht sich um, sieht mich, zieht die Augenbrauen hoch und winkt kaum merklich, bevor Meg ihn zum Tisch mit den Getränken entführt. Ich beobachte sie, sehe, wie Adam und Jack Hände schütteln, und fühle mit ihr. Sie muss uns beiden von ihm erzählen – und zwar getrennt. Und wieder bin ich überrascht, wie traurig mich das macht. Maeve kommt mit einem Tablett voller Getränke vorbei, sagt mir, dass das Essen fertig sei und dass ich mich bedienen solle. Das tue ich auch – mit zwei Gläsern Sekt – und entschuldige mich dann bei Brian und Tess, bevor ich in Karens Schlafzimmer gehe.

Ich bin ziemlich froh, hocke auf einem Haufen von Mänteln und sehe aus wie die Prinzessin auf der Erbse, als er mich dort findet.

»Was machst du hier im Dunkeln?«, fragt er von der Tür her.

»Nichts, wollte einfach nur ein bisschen Ruhe haben.«

»Kann ich mich dir anschließen?«

»Bedien dich, falls du den Stuhl finden kannst.« Ich deute mit dem Kopf auf einen anderen Stapel von Mänteln, der auf Karens Schlafzimmerstuhl liegt. Er entschließt sich, oben auf sie draufzuklettern, und versucht linkisch, das Gleichgewicht zu halten – es scheint so, als wolle er mit mir auf einer Höhe sein.

»Wie geht es dir?«, fängt er an.

»Alles in Ordnung.«

»Wie läuft die Arbeit?«

»Sie macht Spaß.«

»Karen und Ben, also? Wer hätte das gedenkt?«

Ich lache. Das war immer einer unserer albernen Sprüche. »Sie scheinen glücklich zu sein«, ist alles, was ich sagen kann.

Ich sehe, wie der Schatten seines Kopfes im Einverständnis nickt. »Bist du allein hier?« Ich kann mir das nicht verkneifen.

»Ja.«

»Keine Emma?«

Das Zimmer ist schwarz, aber ich kann fühlen, wie seine Augen in mich eindringen.

»Wir sind nicht mehr zusammen, aber ich hätte Emma sowieso niemals mitgebracht«, sagt er.

Die Tür öffnet sich plötzlich und ein Paar kommt herein und lehnt sich heftig küssend an die Wand. Die Küsserei ist lang und wild. Sie sind sich nicht bewusst, dass wir hier drin sind. Adam und ich sind ruhig. Schweigen. Das Pärchen löst sich voneinander, und sie spricht.

»Wir sollten lieber wieder zurückgehen«, sagt sie und ich fühle, wie ich beim Klang von Megs Stimme im Schatten erröte.

Die männliche Stimme stöhnt. »Du hast keine Ahnung, was du da draußen bei mir anrichtest.«

Meg kichert. »Komm schon, lass uns gehen. Meine Eltern sind verdammt noch mal beide hier ...« Sie zieht ihn aus dem Zimmer. Adams Stimme klingt gequält. »Sie meint hier auf der Party, nicht wahr?«

»Das meint sie«, bestätige ich. Sie konnte unmöglich wissen, dass wir mit im Zimmer gewesen sind.

»Das war unangenehm ...«

»Ja.«

»Kennst du ihn? Jack? Sie scheint ziemlich auf ihn zu stehen, sie redet viel über ihn.«

Hat er gerade gesagt, dass er sich von seiner Nuttentussi getrennt hat? Und wieso zum Teufel weiß er über Jack Bescheid, wenn ich erst heute Abend von ihm erfahren habe? Plötzlich ergibt die Tatsache, dass Meg nach ein paar Tagen in ihre eigene Bude zurückgekehrt ist, statt wie üblich die gesamten Semesterferien in ihrem Elternhaus zu verbringen, einen Sinn. Ich hatte mich schlecht gefühlt, hatte gedacht, dass es daran läge, dass sich die Dynamik im Haus, in der Familie ohne ihren Vater verändert hatte. Jetzt weiß ich, dass sie mehr Zeit mit diesem Mann verbringen wollte, von dem ihr Vater wusste und ich nicht. Ich bin unerwartet verstimmt deswegen.

»Beth? Steht sie auf ihn?«

»Ja«, ist alles, was ich antworten kann.

»Wirst du jemals aufhören, immer nur in kurzen, bissigen Sätzen mit mir zu reden? Wir waren doch mal so ein Paar, weißt du noch?«

»Bis deine Lügen uns gekillt haben.« Ja, meine Aussage ist kurz und bissig, aber sie ist ehrlich. Ich höre ihn etwas trinken.

»Glaubst du, wir können in Zukunft irgendwann mal Freunde sein?«

Ich antworte ihm nicht. Ich kann nicht. Ich würde ja gern glauben, dass das möglich sein könnte. Wirklich. Stille lastet auf uns, bevor ich »vielleicht« sage.

»In absehbarer Zeit?«

»Möglich.« Ich höre, wie er von den Mänteln herunterklettert und aufs Bett zukommt.

»Ich vermisse dich«, sagt er. »Ich vermisse alles an dir, aber vor allem anderen vermisse ich es, mit dir befreundet zu sein. Ich vermisse dich als Freundin.«

Ich schlucke schwer. Zum Glück wird der Klang von heiserem Gelächter aus dem Wohnzimmer übertönt. »Jetzt, wo Karen und Ben zusammen sind, werden wir einander öfter begegnen müssen, als wir es sonst würden. Ich weiß, dass ich dich mit anderen Menschen zusammen werde sehen müssen, aber danke dafür, dass du nicht gleich heute Abend damit angefangen hast.«

Er hustet. »Das hätte ich nie getan.«

Ich klettere von meinem Stapel Mäntel herunter, stehe direkt neben ihm. »Das ist das Problem, Adam. Ich wusste nicht, was du tun würdest. Ich wusste nicht, dass du und Miss Shine miteinander Schluss gemacht habt. Ich wusste nicht, ob du sie mitbringen würdest oder nicht. Ich weiß nicht, was du für angemessen hältst oder nicht, ich weiß nicht, ob du eine Lüge für angemessen hältst, wenn sie meiner Ansicht nach nicht in Ordnung ist. Du hast gesagt, dass du es nicht tun würdest, wobei du in Wahrheit noch viel Schlimmeres getan hast.«

Ich kann spüren, wie er neben mir scharf die Luft einzieht.

»Ganz schön viele lange, nicht bissige Sätze«, seufzt er. »Ich werde für immer bereuen, wie idiotisch ich mich benommen habe.«

Ein winziger Teil von mir fühlt mit ihm. »Tja, also, ich komme jedenfalls voran, ich arbeite daran.« Ich gehe auf die Tür zu. »Vielleicht solltest du das auch versuchen?«

Draußen lehne ich ein weiteres Glas Wein ab, das Jack mir anbietet. Ich lächele süß, verbanne den Gedanken daran, wie seine Zunge in der Kehle meiner Tochter herumwildert. Ich suche das Zimmer nach dem Geburtstagskind ab. Als unsere Blicke sich treffen, winkt sie mich zu sich und Ben, mit dem sie gerade tanzt. Auf dem langsamen Gang durch die Menge zu Karen beschließe ich drei Sachen. Erstens, ich werde versuchen, den Freund meiner Tochter zu mögen, gegen den ich aus irgendeinem Grund eine sofortige unangemessene Abneigung entwickelt habe. Zweitens, ich werde um Karens willen so lange hierbleiben, wie ich muss, aber ich werde heute Nacht nach Hause fahren. Ich blicke zurück auf die Schlafzimmertür, wo Adam gerade aufgetaucht ist. Er sieht erschöpft aus. Gebrochen. Drittens. Während Karen mich zum Tanzen an sich zieht, beschließe ich, dass ich irgendwann, in nicht zu naher Zukunft, aber doch irgendwann, vielleicht versuchen werde, wieder mit meinem Ehemann befreundet zu sein. Vielleicht.

ACHTZEHN

Dieser Ort erinnert in keiner Weise mehr an damals, als Kiera und ich uns hier vor zehn Jahren getroffen haben. Die verblichenen Samtsitzecken sind zugunsten von ledernen Chaiselongues verschwunden. Ich rutsche hin und her und kann keine bequeme Sitzposition auf dem niedrigen Möbelstück finden. Laut seufzend lehne ich mich vor und nehme mein Glas vom Tisch auf. Hendrick's und Tonic mit Gurkenspiralen – ich hatte zwei bestellt in der Hoffnung, dass sich Kieras Geschmack nicht verändert hat. Mit einem Blick auf meine Armbanduhr sehe ich, dass sie zu spät ist.

Ich gehe im Kopf noch einmal durch, was ich schon weiß. Noah ist krank. Mein Sohn hat Leukämie. Akute myeloische Leukämie. Er macht gerade eine zweite, aggressivere Chemotherapie durch. Nein, ich kann ihn nicht besuchen. Natürlich kann ich ihn nicht besuchen. Sei nicht dumm. Diese Chemotherapie muss jetzt anschlagen. Diese Chemotherapie muss wirklich anschlagen, oder seine einzige Option ist eine Stammzellenspende.

Ich habe es gegoogelt. Ich habe Stunden am Laptop verbracht und nicht viel mehr erfahren als das, was Kiera mir ursprünglich schon am Telefon gesagt hatte. Ich habe ihr Fragen zugeschickt, und sie hat sie, so gut sie konnte, beantwortet, aber ich bin verwirrt, was jetzt als Nächstes passieren wird. Oder vielleicht auch nicht. Vielleicht ist es mir auch klar. Es ist mir klar. Ich weiß, was als Nächstes passieren wird. Diese Chemotherapie muss dringend anschlagen … Mein Kopf schüttelt sich. Es ist ein unwillkürliches Zucken, vielleicht versucht mein Gehirn, die Fakten aus meinem Schädel herauszustoßen.

Ich höre sie kommen, bevor ich sie sehe. Sie wirkt genervt; ihre Haare hängen lose und zerzaust herunter, nicht so, wie sie sie in meiner Erinnerung getragen hat. Ihr Mantel steht trotz der Kälte draußen offen. Ich ziehe sie auf, deute auf meine Armbanduhr, aber sie ist nicht zu Scherzen aufgelegt, während sie die Luft neben meinen Wangen küsst.

»Ich habe dir einen Gin Tonic bestellt«, sage ich. »Hendrick's?«

Sie nimmt das Glas, runzelt die Stirn, dass sie sich neben mich auf ein Sofa quetschen muss, und nimmt einen Schluck. »Und aaatmennn«, sagt sie langsam.

»Alles in Ordnung?«

»Mir geht es gut«, sagt sie. »Tut mir leid, ich bin spät dran.«

Sie sagt nicht, warum, und ich frage nicht nach.

»Gordon weiß, dass du hier bist?«, erkundige ich mich.

»Ja, Adam, Gordon weiß, dass ich hier bin. Ich lüge meinen Ehepartner nicht an.«

»Autsch.« Ich würde ihr liebend gerne sagen, dass ich mich inzwischen geändert habe, dass das alles Vergangenheit ist, aber anscheinend würde das nicht stimmen. Die Bemerkung überrascht mich jedenfalls. Es klingt gehässig, nicht nach ihr, aber dann erinnere ich mich daran, dass ich diese Frau gar nicht gut kenne und sie zurzeit den Kopf ziemlich voll hat.

»Die Zeit, seitdem du angerufen hast, war schwer für mich.« Die Worte sind heraus, bevor ich sie filtern kann.

Sie nickt. »Ich weiß, es ist für uns alle ein Schock gewesen.«

Ich bemerke, dass ihre Haut fleckig ist, vermutlich vor Tränen. »Du musst vor Sorge völlig außer dir sein.« Ich flüstere die Worte.

Ihre Augen werden sofort feucht, aber sie hält die Tränen zurück, will nur ungern vor mir weinen.

»Wie geht es Noah?« Meine Hände sind zusammengepresst und ich habe sie zwischen meine Oberschenkel gequetscht.

Sie schüttelt den Kopf. »Als wir miteinander gesprochen haben, fing gerade der zweite Zyklus seiner Chemotherapie an. Ich hab dir zwar zwischendurch SMS geschickt, aber …«

Ich nicke.

»Tja, es hat nicht funktioniert.« Sie sieht mich an, ihre Augen bohren sich in meine. »Es gibt gewisse Dinge, die man nicht per SMS mitteilen sollte.« Ich verstehe sofort, was das bedeutet; sie hat mir das alles ja schon bei ihrem ersten Anruf erklärt. Meine Augenlider sinken. Meine Oberschenkel haben meine Hände freigegeben, die einander jetzt kneten, die Knöchel meiner rechten Hand pressen sich hart in die Handfläche meiner linken.

»Er braucht also definitiv eine Knochenmarkspende?«

Sie nickt. »Nun ja, eine Stammzellenspende, oder korrekt: periphere Blutstammzellspende. Die Prozedur ist relativ einfach, der Spender bekommt in den vier Tagen vor der Entnahme lediglich ein paar Hormonspritzen, und die Entnahme selbst ist dann so wie Blut spenden.« Ihre Schultern bewegen sich auf und ab, eine Geste mit der sie mir versichern will, dass die Spende leicht ist, etwas, das jedermann tun könnte.

»Ist das die einzige Möglichkeit?« Ich werde alles tun, um ihm zu helfen, aber ich muss es wissen. Jetzt.

»Wir lassen uns gerade alle testen. Ich komme nicht in Frage, wir warten noch auf die Ergebnisse der Jungs …«

Die Jungs; die Brüder, die – seit Kiera ihnen vor kurzem mitgeteilt hat, wer Noahs biologischer Vater ist – entschieden haben, mich zur Strafe nicht mehr ihr Familiendepot verwalten zu lassen. Ich habe offenbar eine »fragwürdige moralische Einstellung«.

»Es besteht natürlich auch die Chance, dass zufällig jemand aus dem Register passen könnte, aber …«

»Ich lasse mich testen, sofort.« Fast schon greife ich nach meinem Mantel und renne zur Tür hinaus.

»Adam«, sie legt eine Hand auf mein Knie, »es tut mir leid, aber du weißt es. Du weißt, dass sie uns schon gesagt haben, bei Geschwistern ist die Wahrscheinlichkeit am höchsten, dass sie in Frage kommen. Meg ist nur eine Halbschwester, aber sie würden sie wirklich gerne testen, wenn sie dazu bereit ist …«

Ich spüre, wie mir der Gin wieder die Kehle hinaufsteigt.

»Wie ich schon gesagt habe, manche Sachen sollte man wirklich nur persönlich mitteilen … In der Zwischenzeit werde ich ihn morgen von der Great Ormond Street in eine spezialisierte Abteilung in Chertsey verlegen lassen. Ein Amerikaner lehrt dort vorübergehend, und er hat sich einverstanden erklärt, Noah privat zu behandeln. Wenn wir nicht bald einen Spender finden, wird er sich einer neuartigen Behandlung aus den Staaten unterziehen. Noah wird zu den Pionieren gehören, aber seine Onkologen glauben, dass es den Versuch lohnt.«

Ich nicke, aber mein Kopf fühlt sich leer an. *Gehen Sie nicht über Los … Ziehen Sie unterwegs nicht Ihren Sohn ein.* Mein Leben hat sich gerade schlagartig verändert.

Sie zieht ihr Handy aus der Tasche, sieht nach, ob sie Nachrichten hat, und legt es vor uns auf den Tisch. Auf dem Bildschirm ist ein Foto. Er sieht mir so ähnlich.

»Ich habe mich ferngehalten, weil du mich darum gebeten hast.« Ich habe ihr Handy in die Hand genommen und starre darauf. Sie hält mich nicht davon ab. »Ich habe mich ferngehalten, weil du das Baby haben wolltest und ich nicht wollte, dass Beth davon erfährt. Ich habe mich ferngehalten, weil du das so haben wolltest. Du wolltest kein Geld von mir haben, nichts. Zu Anfang war das leicht, aber seitdem hat es so viele Momente gegeben, wo ich vorbeifahren wollte, um einfach einen Blick auf ihn zu erhaschen.« Ich gestehe ihr nicht, dass ich das tatsächlich schon viele Male getan habe, zuletzt erst vor wenigen Wochen. Ich denke daran, wie ich jeden Geburtstag und jeden Heiligabend einfach vorbeigefahren war, einen Blick durch ihre Fenster geworfen habe, das eingepackte Geschenk auf dem Beifahrersitz, das ich niemals überreicht habe.

Sie drückt mein Knie und steckt ihr Mobiltelefon wieder in ihre Handtasche.

»Du hast geheiratet.« Ich drehe mich um und sehe sie an. »Ich habe mich ferngehalten, weil ich wusste, dass jemand anders ihn aufziehen würde. Er hat mich nicht gebraucht.«

»Jetzt braucht er dich aber«, sagt sie, »wir brauchen dich jetzt wirklich.«

»Was muss ich tun?« Halb höre ich zu, während sie den Vorgang erklärt, halb nicht. Was auch immer er braucht, ist alles, was ich denken kann. Sie nimmt mein Smartphone, geht im Organizer auf »Notizen« und tippt mir Anweisungen und die Telefonnummer hinein, die nötig sind, um die Prozedur in Gang zu setzen.

»Meine moralische Einstellung«, sage ich ihr. »Könntest du vielleicht ...?«

»Überlass Tim mir. Er steht Noah sehr nahe.«

»Und Gordon?«

»Gordon ist ein guter Vater.«

»Haben sie ein enges Verhältnis?«

Sie nickt, schließlich tropfen doch Tränen aus ihren wunderschönen Augen. Ich ziehe sie zu mir heran. Ein paar Augenblicke ruht ihr Kopf an meiner Brust. »Es tut mir so unglaublich leid, dass du das alles hier durchmachen musst.«

»Das ist nicht nötig, wir werden es schon überstehen.« Sie steht auf und zieht sich dabei schon den Mantel an. »Ich muss zurück. Ich muss noch einige Anrufe wegen der Verlegung morgen erledigen und einen Haufen Papierkram unterschreiben.« Sie wickelt sich in einen Schal und klemmt sich ihre Tasche unter den Arm. »Wirst du es Beth direkt erzählen?«, fragt sie und vermeidet es dabei, mir in die Augen zu sehen. »Sie wird es wissen müssen, wenn du Meg um Hilfe bittest. Es wäre vielleicht hilfreich, wenn sie es zuerst von dir erfährt?« Ihre nassen Augen heften sich jetzt an meine.

»Du hast wahrscheinlich recht. Wir bleiben in Kontakt.« Ich küsse sie leicht auf die Wange, und wir verlassen die Kneipe zusammen, Kiera wendet sich nach rechts und ich nach links. »Adam?«, ruft sie mir noch hinterher. »Bitte, lass dir nicht zu viel Zeit damit.« Draußen trifft uns die kalte Abendluft und ich nicke, während ich meine Jacke eng um mich schlinge. Ich wickele meinen Schal, einen langen Schal im Stil von Dr. Who, den Beth mir letztes Weihnachten geschenkt hat, dreimal um mich.

Ich marschiere schnell in Richtung Bank Station. Mein Magen zieht sich vor Nervosität und Anspannung zusammen. Der Gedanke daran, dass ich Beth vielleicht alles erzählen muss … Ich kann fast schon meinen Kopf ächzen hören, als ich zur U-Bahn hinuntergehe.

*

Ich bin gerade erst in der Wohnung angekommen, als mein Smartphone mir zwei Nachrichten ankündigt. Ich werfe einen Blick auf den Bildschirm und erwarte irgendwie, dass eine von Kiera kommt. Deshalb bin ich überrascht, Emmas Namen zu sehen und darunter Meg. Ich klicke zuerst auf die von Meg.

»Hi Dad, habe ein paar Ideen für große Gesten. Rufst du mich an? x«

Große Gesten, um Beth zurückzugewinnen … Nicht einmal, wenn ich das Taj Mahal in ihren Hintergarten stelle, wird sie mir vergeben, wenn sie das mit Noah herausfindet. Und Meg – ich glaube nicht, dass ich es heute Abend ertragen kann, ihre Stimme zu hören.

Emma … Wir sind nicht im Guten auseinandergegangen und ich habe seit über drei Wochen nichts mehr von ihr gehört. Auch wenn sie mich in ihren Tweets nie namentlich genannt hat, ist das Hashtag #arschloch regelmäßig in ihren Meldungen aufgetaucht. Ich melde mich an, um zu sehen, ob ich etwas verpasst habe, ob es eine Erklärung für ihre plötzliche Kontaktaufnahme gibt. Nichts. Sie ist in der Twittersphäre mehr als zehn Tage lang still gewesen. Ich werfe wieder einen Blick auf mein Smartphone, lese ihre Nachricht noch einmal. Ich will sie nicht missverstehen.

»Ich gehöre dir, wenn du willst, hier heute Nacht. Keine Bedingungen. Betrachte dies als Einladung zum Sex. E. x«

Ich habe sie nicht missverstanden, und mein Schwanz zuckt automatisch beim Gedanken an sie. Ich vermisse es, sie zu vögeln. Ich vermisse es so sehr, dass ich – nur für einen Moment – denke, wenn ich jetzt ins Auto springe, könnte ich in dreißig Minuten dort sein. Es könnte mir helfen, zu vergessen. Nur für einen Moment ... Dann schreibe ich ihr eine Entschuldigung zurück – irgendwas in der Richtung, dass ihr Angebot zwar verführerisch ist, aber wohl doch keine gute Idee. Mit den Gedanken immer noch bei ihr, immer noch nach ihr geifernd, gehe ich unter die Dusche. Ein Do-it-yourself muss ausreichen.

Nachdem ich meinen Körper eingeseift und mein Haar gewaschen habe, verbanne ich alle anderen Gedanken und stelle mir Emma nackt vor und ... nichts. Das Wasser ist heiß. Es ist zu heiß, sage ich mir. Ich stelle es ein wenig kälter, zittere wegen des Schocks, lasse es für einen Moment oder zwei laufen und versuche es wieder. Verdammt. Nachdem ich mich abgetrocknet habe, gehe ich ins Schlafzimmer, lege mich aufs Bett und schließe die Augen. Ein Haufen von Bildern zieht durch meinen Kopf – nur eins davon ist die nackte Emma, wie sie mir ihren Hintern entgegenstreckt und ich sie von hinten nehme. Meine Augen öffnen sich schlagartig, und ich sehe an mir herunter. Es zuckt. Mein Schwanz zuckt, aber das ist es auch schon.

Ich schließe die Augen wieder und das Bild meines Sohnes, das von Kieras Mobiltelefon, steht mir vor Augen. Da ist er, und auf einmal ist er woanders; er liegt in einem Krankenhausbett und ist von einem Gewebe von Schläuchen umgeben. Das Gesicht meiner Mutter erscheint und ich bitte sie, zu gehen. Sie ist heute Nacht nicht in meinem Kopf willkommen. Sie ist überhaupt nicht willkommen. Ich rolle mich wie ein Fötus zusammen und ziehe die Bettdecke über mich.

Die letzte Treppenstufe knarrt, aber ich bin so daran gewöhnt, dass ich einen kleinen Hüpfer mache, um das Geräusch zu vermeiden. Ich gehe den schmalen Flur zu meinem Zimmer am Ende hoch und komme dabei am Schlafzimmer meiner Eltern auf der rechten Seite vorbei. Die Tür ist geschlossen, aber es kommen Geräusche von drinnen. Ich halte einen Moment an, lausche, mein Ohr liegt an einer der orange gestrichenen Holzleisten. Mein Gesicht verzieht sich zu einer angeekelten Grimasse. Mittagszeit. Eltern. Schlafen miteinander. Nicht schön.

Ich gehe leise in mein eigenes Zimmer und will die schweren Vor-

hänge zuziehen. Die Kopfschmerzen, mit denen ich vom College nach Hause gekommen bin, werden nur in einem verdunkelten Zimmer verschwinden. Mit der Hand an der Gardine begreife ich es gleich. Es ist wie ein elektrischer Schock für mich. Ich verarbeite die Gedanken rasch, die Realität dämmert sofort. Das Auto meines Vaters steht nicht draußen.

»Wer ist da?« Die Stimme meiner Mutter klingt durch den Korridor. Ich stehe still, nicht in der Lage, mich zu bewegen. Meine Tür steht offen.

»Ach, du bist es.« Sie fährt sich mit einer Hand durch ihre vom Bett verwuschelten Haare und bindet ihren Morgenrock zu. Sie starrt mich an, ihre bohrenden Augen konzentrieren sich auf meine. Keiner von uns spricht, aber wir wissen es beide. Wir wissen es beide.

*

Ich schaffe die Fahrt in fünfundzwanzig Minuten. Es ist spät, also schreibe ich ihr von draußen eine SMS, statt an der Tür zu klingeln. Ich sehe, wie das Licht in ihrem Schlafzimmer angeht, und sie braucht noch mal fünf Minuten, bis sie herunterkommt. Ihre dunkle Silhouette wabert hinter der Tür. Sie öffnet sie gerade weit genug, um durch den Spalt sprechen zu können.

»Du bist ja doch gekommen«, sagt sie.

»Ja.«

»Ich war mir nicht so sicher, wo dein Leben gerade so kompliziert ist und so.«

Die Spitze gegen meine Abschiedsworte entgeht mir nicht.

Sie öffnet die Tür ganz und ich sehe, dass sie unter ihrem Morgenrock genauso angezogen ist wie auf dem Bild, das ich vorher von ihr heraufbeschworen hatte. Ein winziger BH, ein dazu passender Stringtanga, Spitzenstrümpfe, hohe Absätze. Du meine Güte … Ich gehe auf sie zu. Sie hält eine Hand hoch.

»Warte«, sagt sie.

»Es ist saukalt hier draußen, Emma.« Um das zu betonen, reibe ich die Handflächen aneinander.

»Warum bist du hergekommen?«

Ich kann ihre Nippel durch den dünnen Baumwoll-BH sehen. Sie sind hart und zeigen direkt auf mich.

»Um dich zu ficken, um zu sehen, ob ich dich ficken *kann.*« Meine Ehrlichkeit überrascht mich.

»Harold schläft oben.«

»Also werde ich dich leise unten ficken.«

Dies bringt sie zum Lächeln und sie reicht mir ihre Hand. Ich ergreife sie und betrete das Weiße Haus zum ersten Mal seit Wochen. Drinnen führt sie meine Hand in ihren winzigen Slip, öffnet sich für meine eiskalten Finger.

Sie keucht. »Du musst dich aufwärmen«, sagt sie.

Ich spüre, wie sich sofort etwas rührt, und bin schon für Kleinigkeiten dankbar. Mein Leben, wie ich es bisher kannte, mag zwar kaputt sein, aber mein Schwanz funktioniert immerhin noch.

*

Der Obmann des Nachbarschaftswachdienstes ist ein alter Kricketkumpel und mein ehemaliger Nachbar Nigel, also wäre es kein Problem, wenn ich dabei erwischt würde, wie ich vorsätzlich herumlungere. Ich werde einfach seinen Namen fallen lassen und alles ist in Ordnung. Die Ironie entgeht mir nicht – ich habe heute schon meine beiden ehemaligen Geliebten getroffen und jetzt stehe ich hier vor der Tür meiner Ehefrau. Es ist zwei Uhr nachts und ich muss um sieben bei der Arbeit sein. Eine große Geste ist es nicht, aber ich habe gerade einen riesigen Strauß gelber Tulpen auf Beths Türschwelle gelegt. Tesco hat wirklich die ganze Nacht lang geöffnet.

Dafür enthält die Karte eine große Nachricht. Sie besagt, dass es mir leidtut, dass ich ihr wehgetan habe und Meg wehgetan habe und auch anderen Menschen. Sie besagt, dass es mir leidtut, dass ich so ein Scheißehemann und -vater bin. Sie besagt, dass ich sie immer lieben werde …

NEUNZEHN

Das ist einfach absolut verrückt. Ich habe gestern nach Mitternacht den Müll rausgebracht, Adam muss diese Blumen also danach vorbeigebracht haben. Ich schneide die Enden schräg ab und stelle sie ins Wasser in der Hoffnung, dass sie sich von ihrer Nacht draußen wieder erholen. Gerade als ich auf dem Weg zur Arbeit zur Tür hinauswill, fällt mir ein, dass ich einmal gehört habe, Aspirin-Brausetabletten sollen gut für Blumen sein. Also kehre ich um und gebe eine ins Wasser.

Ich habe keine Zeit, ihm eine SMS zu schreiben und ihn zu fragen, was er da tut. Irgendetwas sagt mir, dass ich die Blumen und Bekundungen einfach stillschweigend akzeptieren soll, weil mein Leben ohne ihn weitergeht. Während ich mich der High Street nähere, konzentriere ich mich auf die Arbeit des heutigen Vormittags. Heute werde ich eine weitere Immobilientour für Stephanie übernehmen. Ich bin aufgeregt. Sie ist völlig anders als die für Mrs Scott, und das ist eines der Dinge, die mir an dieser Arbeit gefallen – kein Tag gleicht dem anderen. Heute zeige ich einer Frau drei verschiedene möblierte Appartements, alle erstklassig, alle piekfein.

Als ich das Büro betrete, bemerke ich eine kleine Schachtel auf meinem Schreibtisch. Neugierig hebe ich den Deckel an. Darin stecken zweihundertfünfzig Stück meiner neuen Visitenkarten. Ich starre auf den Namen, bin mir jetzt, wo ich ihn schwarz auf weiß sehe, unsicher. Lizzie funktioniert, weil Ben und meine Mutter ihn benutzen, aber es fühlt sich trotzdem noch nicht wie mein Name an … Als ich meinen Geburtsnamen sehe, den ich wieder angenommen habe, bin ich doppelt unsicher. Ich habe ein Bankkonto auf ihren Namen eröffnet, aber wer ist jetzt diese Lizzie Moir? Es hat mir ziemlich gut gefallen, Beth Hall zu sein. Die ich so lange war …

Ich blicke auf und sehe, wie Stephanie sich über meinen Schreibtisch beugt.

»Gefallen sie dir?« Sie strahlt.

»Sie sind bezaubernd.«

»Die Interessentin wird um Viertel nach neun hier sein. Möchtest du rasch einen Kaffee trinken? Ich bin gerade dabei, einen zu machen.«

Ich sehe mir ihren anschwellenden Körper an. »Setz du dich mal hin. Ich werde den Kaffee kochen.«

»Danke, Lizzie.« Sie reibt sich den Rücken. »Und wenn diese Dame hereinkommt? Versuche ihr klarzumachen, dass die Auswahl an richtig hochwertigen möblierten Appartements nicht besonders groß ist. Lass sie einfach wissen, dass dies die besten der besten sind, ja?«

»Das werde ich tun.« Ich gehe zu der winzigen Küchenecke hinten im Büroraum. Ich habe die letzte Nacht damit verbracht, die Strecke in meinem Kopf abzufahren, und bin jetzt sicher, dass ich den Weg blind finden würde. Ich mache zwei Kaffee, da alle anderen außer Haus sind. Wieder draußen reiche ich Stephanie ihren – einen entkoffeinierten, schwarz, ohne Zucker. Ich versuche gerade, meinen Latte hinunterzukippen, als sich die Tür öffnet.

Stephanie steht auf, gibt ihr die Hand und führt sie zu ihrem Schreibtisch. Ich sehe zu und strenge mich an, mich an den Namen der Frau zu erinnern. Sie ist klein und schmal und trägt sehr hohe Absätze. Zu dunklen Jeans und einer kurzen Felljacke trägt sie eine Sonnenbrille, die für ihr winziges Gesicht zu breit ist.

»Lizzie? Darf ich dir die Dame vorstellen?«

Ich stelle meinen Becher auf dem Schreibtisch ab und versuche, nicht zu lachen. Das klingt so, als wollte ich ihr jetzt einmal Schneiden und Trockenföhnen anbieten. Ohne die Jacke auszuziehen, gehe ich durchs Büro und gebe der Fremden die Hand.

»Lizzie, das ist Mrs Pugh.«

»Hallo, schön, Sie kennenzulernen.« Der Druck ihrer behandschuhten Hand ist fest. »Halte ich Sie davon ab, Ihren Kaffee auszutrinken?«

»Nein, nein, überhaupt nicht, ich bin fertig. Ich freue mich auch, Sie kennenzulernen.« Ich gebe ihr eine meiner glänzenden neuen Visitenkarten. »Wir haben drei Objekte für Sie zum Ansehen, sollen wir gleich los?«

Mrs Pugh lacht und steckt die Karte ein. »Eine Frau ganz nach meinem Geschmack! Ich hab was gegen Trödelei, Sie nicht auch?«

Mein erster Gedanke ist, dass sie Adam nicht kennt, der sogar zu seiner eigenen Beerdigung zu spät kommen würde. Während sie mir durch den Hinterausgang zu Stephanies Auto folgt, bete ich, dass sich der Schalthebel benimmt und dass ich es schaffe, bis zum Ende dieser Immobilientour so auszusehen, als wüsste ich, was zum Teufel ich da mache.

Im Auto reiche ich ihr eine Kopie unserer Route.

Sie zieht eine Lesebrille aus ihrer Unterarmtasche, tauscht sie gegen ihre Sonnenbrille und sieht sich den Plan an. »Ich kenne keine dieser Straßen. Sind sie alle sicher?«

Ich lege den Rückwärtsgang ein und glücklicherweise bewegt sich das Auto ohne das knirschende Geräusch, das ich so befürchtet hatte. »Sie liegen alle relativ zentral, in der Nähe der High Street, und sie haben vierundzwanzig Stunden am Tag einen Pförtner.«

Auch wenn ich das jetzt selbst sage – ich höre mich gut an. Ich würde ein Appartement von mir mieten … Ich lächele sie gewinnend an.

»Ich weiß, dass man nur schwer an Aparthotels herankommt, also wird hoffentlich eines davon passen.«

»Gibt es irgendetwas, dass Sie über Weybridge wissen möchten, Mrs Pugh?«

»Nein danke, Lizzie. Solange ich leicht zum Krankenhaus komme, werde ich das Appartement nur zum Schlafen benutzen und bitte«, sie dreht sich zu mir um und lächelt, »nennen Sie mich Kiera.«

*

Ich schwöre, wenn Kiera Pugh das dritte Appartement nicht gefallen hätte, hätte ich sie gefragt, ob sie bei mir einziehen will. Die arme Frau tut mir so leid. Aber während wir um Objekt Nummer drei herumgehen, gerät sie ins Schwärmen, und ich spüre, dass dies das richtige für sie ist. Sie wird also doch nicht bei mir einziehen müssen, und ich werde Meg und Adam nicht erklären müssen, warum ich so viel Mitgefühl mit einer völlig Fremden habe, dass ich sie gebeten habe, bei mir einzuziehen.

»Nicht ganz wie zu Hause, aber für meine Bedürfnisse ist es perfekt«, sagt sie, während wir die Tür hinter uns zuziehen und ich den Schlüssel zweimal herumdrehe. Sie fasst mit beiden Händen meinen Arm. »Danke, Lizzie«, sagt sie. »Danke, dass Sie diesen Ort für mich gefunden haben und dass Sie mir zugehört haben.« Ich korrigiere sie nicht. Stephanie hat das Haus gefunden. Ich bin nur die Fahrerin. Und was das Zuhören angeht, ich versuche, den Knoten hinunterzuschlucken, der meine Kehle hochkriecht, seit sie angefangen hat, mir ihre Geschichte zu erzählen. Ich muss einfach an Simon denken und an die Worte meiner Mutter: »Es gibt nichts Schlimmeres auf dieser Welt, als ein Kind zu verlieren.« Im Stillen bete ich, dass Kieras Sohn es schafft. »Warum Chertsey?«, höre ich mich fragen, als wir wieder im Auto sind.

»Ein amerikanischer Kinderonkologe unterrichtet hier für zwei Monate in Chertsey und hat sich bereiterklärt, ihn privat zu behandeln«, sagt sie. »Ich habe Noah von der Great Ormond Street hierher verlegen lassen, um eine neue Behandlungsmethode auszuprobieren. Sie ist noch im Forschungsstadium, könnte aber dabei helfen, sein Leben zu verlängern. In der Zwischenzeit hoffen wir auf einen passenden Stammzellenspender …«

Ich kann mir nicht helfen, aber ich denke, dass sie zumindest das Glück hat, Geld zu haben. Das ist offensichtlich. Zumindest hat sie genug Geld, um alles, was sie hat, für die Rettung ihres Sohnes einzusetzen. Bevor wir ins Büro zurückkehren und ich sie für den Papierkram wieder an Stephanie übergebe, sage ich ihr, dass ich hoffe, dass alles gut verläuft. Ich sage ihr, dass ich für sie beten werde. Und ich meine das auch, selbst wenn es zwanzig Jahre her ist, seit ich irgendeine Art von höherer Macht ernsthaft um irgendetwas gebeten habe.

*

Der nächste Tag ist kein guter Tag. Wenn ich ihn zeichnen könnte, hätte er hängende Augenlider und ein umgedrehtes Smiley-Gesicht. Es ist erst zehn Uhr und ich habe es schon geschafft, mich völlig zum Narren zu machen, und noch immer nichts von Josh gehört. Das mit dem Narren ärgert mich. Giles kam auf dem Weg zur Arbeit vorbei, brachte eine Flasche Champagner für mich von Kiera Pugh vorbei und aus irgendeinem Grund hatte ich geglaubt, dass es vielleicht die richtige Zeit wäre, ihn zu fragen, ob er sich vorstellen könnte, dass ich für Stephanie übernehme, während sie im Mutterschaftsurlaub ist.

Ich hatte ihn um einen Job gebeten, für den ich kaum qualifiziert bin; einen, den ich nicht einmal haben will – was heißt, dass er nicht anders konnte, als diese beiden blamablen Fakten für mich herauszustellen. Er hat natürlich recht. Ich möchte auf meinem Dachboden wohnen und Lieder schreiben, die Grammys gewinnen, aber solange Josh mich nicht mit irgendwelchen Neuigkeiten anruft, ist das noch nicht einmal ein Wunschtraum. Und auch wenn Kieras Geste reizend ist, hat sie damit nichts weiter erreicht, als mein Singledasein an diesem schwarzen Tag in Neonfarben herauszustreichen. Ich habe niemanden, mit dem ich diesen Champagner teilen kann, was nichts weiter bedeutet, als dass Heute wieder zu einem einzigen traurigen Smiley wird.

Unfähig zu arbeiten, daddele ich im Internet herum. Bei Pinterest erstelle ich eine Seite mit »schönen Schuhen«, die ich mir kaufen werde. Wenn Josh mich nicht bald anruft, werde ich ihn einfach feuern und seine fünfzehn Prozent für die Schuhabteilung von Selfridges einbehalten müssen. Ich ignoriere seine Stimme in meinem Kopf, die mich daran erinnert, dass fünfzehn Prozent von nichts immer noch nichts sind. Nachdem ich ihn gefeuert habe und Schuhe kaufen gegangen bin, werde ich seinen knochigen Arsch in seinem schäbigen Büro einsperren, wo er langsam verhungern wird und sein Körper Jahre später von polnischen Bauarbeitern gefunden wird, wenn sie sich zur Renovierung des Gebäudes entschlossen haben.

Ich rufe Ben an, der schließlich mein Steuerberater ist. Er nimmt beim ersten Läuten ab.

»Was ist los, Lizzie?«

»Wenn ich meinen Agenten feuere und seine Provision für Schuhe ausgebe, kann ich das immer noch von der Steuer abziehen?«

»Hmmmm. Schuhe …«

»Ja, Schuhe. Stiefel, um genau zu sein.«

»Ich dachte, du wärst damit beschäftigt, ein Lied für die Filmindustrie zu schreiben.«

»Das ist erledigt, ich warte jetzt darauf, etwas von denen zu hören.« Ich ziehe einen Niednagel von meinem linken Daumen ab. »Also kaufe ich jetzt im Internet Schuhe. Bei Selfridges gibt es ein Paar Stiefel, das besonders sexy aussieht. Sie haben rote Sohlen. Ich will Kinder mit ihnen.«

»Ahh ...«

»Was meinst du damit, ›Ahh‹ ...«

»Nichts.«

Ich lasse nicht locker. »Das war ein sehr bedeutungsvolles ›Ahh‹.«

»Ruf Josh an.«

»Er geht verdammt noch mal nicht ran, wenn ich ihn anrufe!!! Ich werde noch verrückt ...«

»Kauf dir die Stiefel einfach.«

»Ich kann mir die Stiefel nicht leisten, solange ich diesen Liedauftrag nicht kriege.«

»Du kannst sie nicht von der Steuer absetzen.«

»Nein, das dachte ich mir schon.«

»Komm doch heute Abend nach London, du bist offensichtlich gelangweilt. Ich treffe mich mit Karen im ›Waterhole‹. Sie würde dich liebend gerne sehen. Komm, wir überraschen sie.«

Ich zögere. Es ist komisch, von Ben gefragt zu werden, ob ich ihn und Karen auf einen Drink treffen möchte. Ich kenne Karen, seit wir uns in der Theatergruppe nach der Schule getroffen haben. Sie war zwölf, und ich war vierzehn. Ich habe sie durch eine miese Ehe und ein paar miese Beziehungen begleitet; tief in mir drin freue ich mich also, dass sie Ben gefunden hat. Aber das »Waterhole« ist der Ort, wo *wir* uns in der Stadt immer auf einen Drink treffen, was jetzt – direkt auf Oberflächenniveau – bedeutet, dass meine Epidermis vor Eifersucht zittert.

»Du könntest einen Zug am frühen Nachmittag nehmen«, fährt er fort. »Wir treffen uns um sieben, ich habe ein Séparée für Häppchen und Schampus gebucht. Warum machst du vorher nicht einen Umweg über Selfridges – somit könntest du die Stiefel zumindest *anfassen*.«

Häppchen und Schampus. Das sind die Wörter, die Karen und ich benutzen, wenn wir ins »Waterhole« gehen, um uns zu verwöhnen. Wir essen lauter winzige Leckerbissen und teilen uns eine Flasche Sekt oder Cava, je nachdem, wie flüssig wir gerade sind. Obwohl ich Ben jetzt gerne mit Josh zusammen im Büro einsperren möchte, schiebe ich meinen Groll beiseite. »Gebongt. In der Zwischenzeit denk dir einen Weg aus, wie ich diese Stiefel zu einer notwendigen Ausgabe erklären kann.«

Ich beende das Telefonat und denke, zur Hölle mit Josh und Ben. Zur Hölle mit Giles und seiner »Vorgesetztenrolle«. Ich werde mir Stiefel kaufen. Ich ignoriere den Klang von Lucy Firs Worten: »Du bist eine oberflächliche Tussi! Gestern hast du Zeit mit einer Frau verbracht, deren Kind stirbt … Und du gehst jetzt Stiefel kaufen?«

Ich debattiere mit ihr – seit kurzem versuche ich lieber das, anstatt sie völlig zu ignorieren. Ruhig teile ich Lucy mit, dass – so traurig das auch ist – das Leben weitergeht. Ich werde meine Stiefel kaufen, weil ich es wert bin. Und wenn L. A. meinen Song liebt, werde ich etwas Geld an die pädriatische Abteilung von St Peter in Chertsey spenden. Dieses Angebot scheint Lucy zu befriedigen. Ich habe das Miststück endlich zum Schweigen gebracht …

ZWANZIG

Wir haben vereinbart, auf St George's Hill spielen zu gehen, da Matt und ich dort eine Firmenmitgliedschaft haben. Ich habe für neun Uhr gebucht, und Tim Granger hat das Mittagessen hinterher abgelehnt und mir in seiner E-Mail mitgeteilt, dass er Noah besuchen gehen würde, bevor er zurück in die Stadt fährt.

Das tut weh. Theoretisch ist alles offen und ausgesprochen, aber in Wirklichkeit nicht. Tim weiß es, Kiera weiß es, Gordon weiß es, aber niemand in meinem Leben darf es wissen – einschließlich Matt. Ich wollte ihn bei der Golfrunde nicht dabeihaben und habe ihm gesagt, dass ich es für gut hielte, wenn Tim und ich alleine unsere Probleme ins Reine bringen könnten. Matt war sich da nicht so sicher und bat mich, noch einmal darüber nachzudenken.

Es ist acht Uhr dreißig, und auf dem Parkplatz entdecke ich Tim, bevor er mich sieht. Sein Fahrer, Cal, hat ihn abgesetzt und holt gerade die Golfschläger aus dem Kofferraum, während Tim wartet und konzentriert auf sein BlackBerry starrt. Ich hole meine eigenen Schläger heraus, gehe mit dem Trolley in seine Richtung und biete ihm meine Hand zum Gruß, als ich ankomme.

»Tim«, sage ich, »schön, dich zu sehen.«

»Cal, ich schicke Ihnen eine SMS, wenn wir wieder am achtzehnten Loch sind.« Tim ignoriert meine Hand und meine Begrüßung. Ich kann nichts anderes tun, als sie zurückzuziehen und zum Klubhaus zu gehen in der Hoffnung, dass er mir folgt. Unsicher, wie ich mich verhalten soll, entscheide ich einfach, ihm die Führung zu überlassen. Ich würde gerne mit ihm über meine ungerechtfertigte Kündigung als Berater der Granger-Familie sprechen. Er wird sich zweifellos darauf konzentrieren wollen, dass Kiera und ich Noah in die Welt gesetzt haben. So oder so wird es nicht einfach werden.

Wir spielen das erste Loch schweigend und gehen zum zweiten Tee. Ich bin fest dazu entschlossen, ihm die erste verbale Salve zu überlassen. Als sie kommt, ist sie ziemlich lahm.

»Und, wie lange hast du denn so, als verheirateter Mann wohlgemerkt, mit meiner Schwester gevögelt?«

Ich ignoriere seine Provokation.

»Kiera und ich waren Freunde. Wir haben nur eine einzige Nacht miteinander verbracht.« In diesem Fall, entscheide ich, ist Ehrlichkeit definitiv die beste Strategie.

»Hat ja gereicht, nicht wahr?«

»Wofür gereicht?«

»Um mehrere Leben zu versauen.«

Mir klappt fast der Kinnladen herunter. *Nicht reagieren.*

»Bei allem Respekt, Tim, wieso ich? Kiera sagte mir, dass sie schwanger sei, dass sie das Baby haben wolle und dass sie nicht wolle, dass ich irgendetwas mit ihm zu tun hätte. Ich habe ihre Wünsche respektiert, besonders seit sie geheiratet hat, als Noah noch ein Baby war. Kiera hat mir die ganze Sache diktiert. Wessen Leben habe ich denn bitte versaut?«

Er schweigt.

»Es ist nicht mein Fehler, dass er krank ist, Tim.«

»Vielleicht doch. Es könnte eine genetische Verbindung geben. Vielleicht ist deine DNS genauso verdorben wie du.«

Ich bin mir plötzlich nicht mehr sicher, ob es eine gute Idee ist, mit diesem Mann zusammen auf einem Golfplatz zu stehen. Er ist wütend. Wütend auf mich, wütend auf Kiera, wütend auf die Welt. Sein irrationaler Hass auf mich hat sich gerade ganz deutlich gezeigt. Ich hatte gedacht, ich könnte mit ihm verhandeln, aber davon bin ich nicht länger überzeugt. Und er schwingt gerade einen Schläger neben mir.

»Du hast sie eine schwierige Schwangerschaft allein durchmachen lassen. Und das nur deshalb, weil du hinter dem Rücken deiner Frau mit jemandem rumgevögelt hast.«

»Ich habe nie gewusst, dass sie … Ich …«

»Du hast ihr nie auch nur einen Penny gezahlt.«

»Das hat sie nicht zugelassen. Ich kann ein Konto für Noah eröffnen. Sie …«

»Dein verfluchtes Geld kannst du behalten, Adam. Es sieht nicht so aus, als würde er es je brauchen können …«

Das haut mich um. Ich fühle mich, als hätte er mich direkt aufs Kinn geschlagen, wobei in Wirklichkeit nichts weiter passiert, als dass ihm einer der besten Abschläge gelingt, den ich je gesehen habe. Dieser Mann weiß, wie man seinen Frust kanalisiert. Ich sollte Unterricht nehmen. Natürlich kontere ich mit einem der miesesten Schläge, die ich mir je geleistet habe, und ende im Rough in den Bäumen. Er lacht.

»Warum wolltest du nicht mehr mit mir zusammenarbeiten?« Da. Ich hab die Frage einfach gestellt. Er starrt mich an, dann schüttelt er seinen Kopf energisch.

»Weil du ein Wichser bist, und dazu noch ein Wichser, wegen dem wir einen Haufen Geld verloren haben.«

»Es ist die Krise, wegen der ihr einen Haufen Geld verloren habt. Du weißt sehr genau, dass ihr Geld verloren hättet, egal, wer euch beraten hätte.«

»Nun, dann belassen wir es einfach dabei, dass du ein Wichser bist.«

Ich bleibe stehen. »Weißt du was, Tim? Ich bin meiner Frau gegenüber ein Wichser gewesen, meiner Tochter gegenüber, verdammt, sogar der Frau gegenüber, der ich gerade den Laufpass gegeben habe – schuldig im Sinne der Anklage. Aber ich habe mich niemals Kunden oder Kiera gegenüber schlecht benommen. Wir hatten einen One-Night-Stand – im gegenseitigen Einvernehmen. Die einzige Person, die dabei verletzt wurde, war Beth, also steig mal von deinem blöden hohen Ross herunter.«

»Du hast gerade jemandem den Laufpass gegeben?« Tim verzieht das Gesicht.

»Ja.« Ich erröte bei der Erinnerung an Emmas Einladung zu unverbindlichem Sex vor kurzem.

»Weiß Beth davon?«

»Ja. Beth hat mich zuerst in die Wüste geschickt. Sie hat mich wegen Emma hinausgeworfen. Und ich habe gerade Emma den Laufpass gegeben, weil ich Beth immer noch liebe. Jetzt zufrieden?«

Er lacht. »Nein. Du etwa?«

Genau mit dieser unausgesprochenen Folgerung habe ich selbst zu kämpfen. Wenn ich mich weiter so verhalte wie jetzt, werde ich jemals wieder glücklich und zufrieden sein?

»Wir waren mal Freunde«, sage ich.

»Das stimmt, oder zumindest habe ich das gedacht«, sinniert er.

»Was hätte ich denn machen sollen? Kiera wollte es so haben. Sie hat das Baby behalten, und ich habe den Mund gehalten. Alle waren glücklich und nichts hätte sich je geändert, wenn Noah nicht krank geworden wäre.«

»Er ist ein tolles Kind, weißt du? Richtig clever … intelligent.« Seine Augen weiten sich unter seinem schmalen stählernen Brillengestell.

Mir rutscht das Herz in die Hose. Ich kann nicht antworten.

»Hast du dich schon testen lassen?«, fragt er.

»Ja, ich warte …«

»Wie lang ist das her?«, unterbricht er mich.

»Ein paar Tage.«

Er schüttelt den Kopf. »Dann hättest du schon etwas gehört. Gute Nachrichten verbreiten sich schnell. Schlechte Nachrichten …«

Mein Herz sinkt noch weiter. Meg. Ich weiß, dass ich es tun muss.

»Deine Tochter?« Tim kann meine Gedanken lesen. »Für was für einen Wichser sie dich halten muss.« Es folgt ein weiterer gewaltiger Abschlag, direkt den Fairway hoch. »Achtung!«, bellt er der Gruppe von Golfern am Loch vor uns zu.

Und ich kann nur daran denken, wie passend sein Schrei jetzt ist. Achtung da vorne! Ich hätte es mir genauso gut auf meinen Skalp brennen lassen können …

*

Auch wenn wir nicht gerade Busenfreunde sind, als er abfährt, habe ich doch das Gefühl, dass ich mit Tim Fortschritte gemacht habe. Er schüttelt mir die Hand, dankt mir für die Runde Golf. Ich bitte ihn, Kiera zu sagen, dass sie mich anrufen soll.

Er nickt. »Wirst du versuchen, ihn zu sehen? Noah?«

»Ich würde gern.«

»Gordon wird dich dort nicht sehen wollen. Besonders …«

»Wenn ich nicht als Spender geeignet bin.« Ich beende den Satz für ihn. »Warum die Harmonie durcheinanderbringen, nicht wahr?«

Tim zuckt die Schultern.

»Ich möchte ihn sehen, Tim. Er braucht nicht zu wissen, wer ich bin. Ich könnte ein ›Freund‹ der Familie sein. Ich könnte ein ›Freund‹ von dir sein. Ich will die Kiera-und-Gordon-Dynamik nicht zerstören, wirklich nicht. Aber ich würde ihn gerne sehen.«

»Ein Freund von mir? Das wäre vielleicht etwas übertrieben.«

Ich schweige. Es gibt nicht mehr viel zu sagen.

Er klettert in seinen Wagen. »Überlass das mir«, sagt er und zieht die Tür hinter sich zu.

Mir bleibt nur die Hoffnung. Ich hoffe, dass ich eine wichtige Verbindung reparieren konnte, und ich hoffe, dass er Einfluss auf Gordon hat und dass ich Noah vielleicht treffen kann.

Habe ich die Stärke und den Mut, Meg zu fragen? Die Hoffnung für

Noah könnte durch sie weiterleben. Die Hoffnung für mich schwindet. Sie und ihre Mutter werden mir nie vergeben …

*

Kieras Anruf folgt ungefähr eine Stunde nach dem Golfspiel und fünf Minuten nach dem Telefonat, das mir bestätigt, dass auch ich nicht als Spender für unseren Sohn in Frage komme. Ich bin zurück im Büro und habe mich immer noch nicht wieder gefasst, als Matt hereinkommt und ihre Nummer auf dem Display erscheint. Instinktiv gehe ich ran, dann wird mir klar, dass dies wahrscheinlich eine Unterhaltung wird, die ich nicht in seiner Gegenwart führen sollte. Er sieht nicht so aus, als wollte er wieder rausgehen, also höre ich einfach nur zu und gebe ihr einsilbige Antworten. »Hast du mit Meg geredet?«, fragt sie.

Ich sage ihr, dass ich das vorhabe, dass sie es mir überlassen soll, und lege dann auf.

»Emma?«, fragt Matt. »Wie geht es ihr?«

»Hmmm. Vermutlich gut, aber wir sind nicht mehr zusammen.«

Matt zieht seine Augenbrauen hoch. »Aha«, sagt er.

Ich atme tief aus. Ich bin müde, erschöpft davon, alles falsch zu machen, erschöpft von all den vielen verborgenen Schichten meines Lebens. Es ist aufreibend, und plötzlich entscheide ich, dass Matt die Wahrheit wissen soll. »Das war Kiera Pugh, geborene Granger.«

Matts Stirn legt sich in tiefe Falten. »Warum ruft Kiera Granger dich an?«

Während er die Frage stellt, setzt er in seinem Kopf ein paar Puzzleteile zusammen. Ich bin mir sicher, dass er alles falsch verstanden hat, denn der Schluss, zu dem er kommt, veranlasst ihn dazu, laut zu werden.

»Nein – Adam – nein – du meine Güte – bitte – sag – mir – nicht – dass …«

Ich hebe die Hand. »Kiera ist nur eine Freundin. Mehr nicht.«

Es ist, als wäre der Sauerstoff aus dem Zimmer gesaugt worden und strömte jetzt wieder hinein. Die Erleichterung lässt sich mit den Händen greifen.

»Vor zehn Jahren hatten wir eine kurze Affäre. Jetzt haben wir einen gemeinsamen neun Jahre alten Sohn. Kiera hat klargestellt, dass sie das alleine durchziehen will, und deshalb bin ich in Noahs Leben nicht mit eingebunden.« Ich komme in Fahrt. Mit der Wahrheit rauszurücken ist etwas, woran ich mich vielleicht gewöhnen könnte. Ich entscheide mich dafür, Matt nicht ins Gesicht zu sehen, aus Angst, dass ich meine Meinung mittendrin ändern könnte.

»Noah ist krank – Leukämie. Kiera hat mich kontaktiert, weil wir einen passenden Stammzellenspender finden müssen. Sie musste Tim erzählen, dass ich der Vater bin, von daher also seine Reaktion auf mich und meine ›fragwürdige moralische Einstellung‹.«

Matt gibt ein keuchendes Geräusch von sich, als müsste er sich erbrechen. Ich kann ihn immer noch nicht ansehen. »Kiera hat mich gerade angerufen, um mich daran zu erinnern, dass Meg unsere größte Hoffnung auf einen passenden Spender ist. Was bedeutet, dass ich ihr alles sagen und sie darum bitten muss, sich testen zu lassen. Ich muss sie darum bitten, Stammzellen zu spenden, wenn sie als Spenderin geeignet ist. Und all das wird Beth jetzt erfahren …« Ich breche ab, stehe auf und drehe mich zu meinem Fenster um, um hinauszusehen. Meine Hände stecken tief in meinen Taschen, meine Schultern hängen. Während ich auf die Menschen hinunterschaue, die unten auf der Straße vorbeigehen, auf den Verkehr auf dem Fluss, erinnere ich mich selbst daran, dass das Leben trotz allem einfach unbeirrt weitergeht.

Nach ein paar Minuten erscheint Matt neben mir. »Ich kann mich testen lassen«, bietet er an. »Und ich bin sicher, auch Jen würde es machen. Man weiß ja nie. Manchmal gibt es auch Treffer außerhalb der Familie.« Er legt seinen Arm um meine Schultern. »Mann, Adam, von deinem Leben wird mir schwindelig.«

Ich lächele. »Danke. Und ich weiß, was du meinst. Ich habe selbst schon Kopfschmerzen, wenn ich darüber nachdenke.«

»Was für ein Durcheinander«, fährt er fort. »Fast wie im Film. Vielleicht solltest du das alles aufschreiben und es für ein Vermögen an Hollywood verkaufen?«

Ich weiß, dass er versucht, die Stimmung aufzulockern, aber seine

Bemerkung erinnert mich an Beth. Meg sagte etwas davon, dass sie in der engeren Auswahl für eine Filmmusik ist. Mein Magen zieht sich vor Angst zusammen bei dem Gedanken, wie ich jetzt dabei bin, ihr vielleicht so richtig das Herz zu brechen, dieses Mal in winzig kleine Stücke. Winzige Stücke, die sich nicht mehr zusammenkleben lassen ... Ich bete im Stillen für ein Wunder, eines, das dafür sorgt, dass ich nicht mehr enthüllen muss, was für ein wirklich phänomenaler Lügner ich die ganze Zeit gewesen bin ...

EINUNDZWANZIG

Embankment Station. Ich sehe das rot-weiße U-Bahn-Schild vor meinen Augen aufblitzen und springe auf, gerade noch rechtzeitig, bevor sich die Türen wieder schließen. Ich spüre den kalten Luftzug in der U-Bahn-Station und ziehe meinen Mantel eng um mich, während ich die Rolltreppe hochfahre. Draußen werfe ich einen Blick auf den angeschwollenen Fluss auf der anderen Straßenseite, wo eine Gruppe von Studenten sich laut singend gegen eine Mauer drängt. Ich wende mich nach rechts und gehe in Richtung Big Ben. In einer winzigen Straße hinter den Houses of Parliament liegt das »Waterhole«, das brechend voll ist mit Menschen aller Art – bebrillte Beamte im Anzug treffen hier auf Touristen ebenso wie auf Künstler.

Raucher in T-Shirts – die erbärmlich frieren müssen – drücken sich draußen vor der Eingangstür herum, während ich mir meinen Weg bis zur mit Eiche verkleideten Theke nach hinten bahne. Sie erstreckt sich über eine Länge von zehn Metern, und jeder der zahlreichen hellbraunen Lederbarhocker ist besetzt. Die verschlissenen, mit Schottenkaro ausgekleideten Sitzecken, wo Barbesucher sich an Häppchen und Schampus gütlich tun, sind genauso voll. Ben steht in der letzten Ecke und winkt mir zu.

Als ich bei ihnen bin, merke ich sofort, dass er Karen noch nichts von meinem Kommen erzählt hat. Sie wirkt erfreut, umarmt mich, sagt mir, dass es toll sei, mich zu sehen, aber instinktiv habe ich das

Gefühl, dass drei heute Nacht einer zu viel sind. Ich versuche, es zu ignorieren, und hoffe, dass sich meine Verstimmung in der lebhaften Menschenmenge im Pub verliert. Ben schenkt mir ein hohes Glas Sekt aus einer halbvollen Flasche ein. »Hast du was von Josh gehört? Gibt es schon etwas zu feiern?«, erkundigt er sich. Karen sieht mich mit großen Augen erwartungsvoll an, wie ein Vogelkind in einem Nest.

»Nein«, erwidere ich.

Sie drückt meine Hand und zieht mich in die Ecke neben sich.

»Aber bald«, sagt Ben mit einer Zuversicht, die ich nie hatte. »Ich hole uns noch eine Flasche.« Er geht zurück zur Bar.

»Es tut mir leid«, Karens Gesicht verzieht sich. »Ich wusste gar nicht, dass er dich gefragt hat. Ich war auch so schon sauer, dass er uns unser Häppchen-und-Schampus-Ding geklaut hat, sogar schon, bevor du gekommen bist. Ich meine, ich weiß, dass er immer noch versucht, mich zu beeindrucken, aber wir brauchen unsere eigenen Abenteuer. Ich will nicht, dass er kapert, was uns gehört, nur weil ich ihm einmal erzählt habe, wie viel Spaß das macht.«

»Ich war auch ein bisschen eifersüchtig«, gestehe ich. »Eigentlich sogar richtig eifersüchtig. Aber um fair zu sein, er ist eine ganze Weile lang nicht in London gewesen. Vielleicht weiß er einfach nicht so richtig, wo man hier abhängt.«

»Beth, er war für ein Jahr weg, nicht für ein Jahrzehnt. Ich glaube einfach, dass er auch vor seiner Reise nicht viel ausgegangen ist!«

Sie hat recht. Vor seiner Reise hatte Ben sechs Jahre lang eine Beziehung mit Elise. Ich frage mich, wie viel er Karen darüber erzählt hat.

»Er hat mir gesagt, dass er und Elise nicht oft ausgegangen sind. Sie war wohl recht häuslich?«

»Ja, stimmt … Was hat er dir denn von ihr erzählt?« Ich suche mir eine entsteinte schwarze Olive auf einem fast leeren Teller aus.

»Nicht viel, aber ich habe auch nicht wirklich danach gefragt. Ich möchte ja auch nicht unbedingt, dass er in meiner Vergangenheit herumwühlt, also habe ich auch versucht, mich bei ihm zurückzuhalten. Ich habe irgendwie gehofft, dass du die Lücken für mich schließen könntest.«

Mir wird klar, dass ich diesen Moment gefürchtet habe, seit sie zusammengekommen sind. Wie soll ich Karen erzählen, dass Ben und Elise sich getrennt haben, nachdem sie jahrelang erfolglos versucht hatten, mit Hilfe künstlicher Befruchtung ein Kind zu bekommen? Ben wollte adoptieren, da er schon immer gerne Vater sein wollte, aber Elise wollte ihr eigenes Kind haben … Da ich weiß, dass Karen auch Kinder haben möchte und ihr jetzt mit vierzig nicht mehr viel Zeit zum Kinderkriegen bleibt, zögere ich, das Thema anzuschneiden.

»Nicht jetzt«, flüstere ich. »Er kommt gerade zurück.«

»Mehr Schampus und ein paar Speisekarten für die Häppchen.« Ben grinst und reicht uns beiden eine Karte. Wir lächeln beide, tun so, als würden wir sie studieren, und sagen dann zusammen: »Quesadilla-Platte für alle, bitte.«

»Ich geh und hol sie.« Ich stehe auf. »Ich muss ohnehin zur Toilette. Ich bestelle sie auf dem Weg. Bist du auch damit einverstanden, Ben?«

Er nickt.

Ich merke mir unsere Tischnummer, bestelle an der lebhaften Bar und gehe dann links entlang zu den Damentoiletten. Ich weiß, dass man hier im Gebäude den besten Empfang hat, und während ich auf dem Klo sitze, ziehe ich mein Handy aus meiner Handtasche.

Endlich erwartet mich eine Nachricht. Josh. Sie lautet: RUF MICH AN. Ich starre darauf. Wenn es schlechte Nachrichten wären, hätte er vielleicht nur »Sorry, diesmal nicht …« geschrieben. Oder denselben Text, »ruf mich an«, aber kleingeschrieben … Wenn es gute Nachrichten wären, hätte er hinter die großgeschriebenen Wörter ein Ausrufezeichen gesetzt. Mir ist flau, während ich ihn über die Kurzwahltaste Nummer vier anrufe.

»Wo warst du denn? Ich habe über eine Stunde lang versucht, dich zu erreichen.« Joshs Stimme klingt, als wäre er ein Sopran.

»Was? Ich habe keine verpassten Anrufe, ich …«

»Ist ja egal. Setz dich hin!«

Die Ironie meiner Situation entgeht ihm. Tatsächlich sitze ich ja bereits auf einer verblichenen hölzernen Klobrille, bei der ich aufpassen muss, keinen Splitter abzukriegen. Eine Karikatur von Benjamin Disraeli starrt mich von der Rückseite der Kabinentür an. Mein Schlüpfer hängt um meine Knöchel herum. Ich antworte: »Okay.«

»Du hast es geschafft, Mädchen, verdammt noch mal, du hast es endlich geschafft!« Seine Stimme steigt um eine weitere Oktave, bevor er den Satz beendet.

»Was?«

»Sie wollen es. Sie wollen dein Lied für den Film haben. ›Ich zerbreche‹ wird das musikalische Thema des Films sein. Sie überlegen sogar, ob sie nicht den Filmtitel abändern sollen in irgendwas mit ›zusammenhalten‹ oder etwas anderes aus deinem Song, aber sie *lieben* das Lied!«

»Sie lieben es«, wiederhole ich, während ich fühle, wie Pipi in die Kloschüssel tropft. »Tatsächlich?«

»Ja, Mensch, wirklich! Ich habe erst vor ein paar Minuten den Obermacker an der Strippe gehabt. Ich rede vom allerobersten Boss, Beth. Sie wollen dich treffen. In Los Angeles. So bald wie möglich – in der nächsten oder übernächsten Woche. Du musst morgen herkommen, damit wir über Daten, Verträge usw. reden.«

»Sie wollen mich treffen?«

»Ja.«

»In L. A.?« Ich spüre noch mehr Pipi tröpfeln.

»In L. A. So bald wie möglich …«

Ich kann Josh nicht sehen, aber ich weiß, dass er lächelt. Ich bringe nur ein »Da schau an« heraus. »L. A. Kommst du mit?«

»Ach, dafür brauchst du mich nicht! Mein Teil harter Arbeit wird bis dahin erledigt sein, aber damit fange ich gleich morgen an. Beth, wir müssen miteinander reden, so dass ich sichergehen kann, dass dieser Vertrag felsenfest und wasserdicht ist und dass du auch dann bezahlt wirst, wenn dieser Film nicht produziert wird.«

»In Ordnung.« Ich ziehe einhändig meinen Reißverschluss hoch und schließe den Knopf von meiner Jeans.

»Also, morgen bei mir, um elf zum zweiten Frühstück. Kaffee und Kuchen?«

»Elf, morgen bei dir.« Ich nicke.

»Und, Beth?«

»Ja?«

»Gut gemacht, du Superstar.«

Er legt auf, bevor er die Chance hat, meinen Dank zu hören. Ich sage mir selbst, dass ich ihm morgen danken werde. Vor der Toilettentür lege ich mein Handy ab, wasche mir die Hände, blicke in mein Spiegelbild – ich sehe aus wie aus einem Heim für Verwirrte. Ich muss Josh nicht feuern. Ich könnte mir sogar diese Stiefel kaufen. Mein Gesicht sieht aus wie festgefroren. »Das ist der Schock«, sage ich laut, während ich mir meinen Weg zurück zu Karen und Ben bahne.

»Adam und Emma haben sich also getrennt ...« Karen lächelt mich verschwörerisch an.

Ich nicke.

»Was? Du wusstest es schon?«

»Ja, das hat er mir auf eurer Party erzählt.« Ich nehme einen Schluck aus meinem Glas. »Ich weiß gar nicht, ob mich das überhaupt interessiert«, füge ich hinzu und nehme meinen Platz an Karens Seite in der Sitzecke ein.

»Und offenbar wollen er und Ben damit anfangen, für einen Mini-Marathon zu trainieren.«

Darauf muss ich einfach reagieren. Ich pruste vor Lachen. »Adam? Etwas für seine Fitness tun?«

»Ich werde sein Trainer.« Ben fühlt sich offenbar angegriffen.

»Ben, Adams einzige sportliche Betätigung bisher ist entweder Golf oder andere Frauen vögeln. Viel Glück damit.«

»Er macht es zu einem wohltätigen Zweck«, fügt er hinzu.

»Ich hoffe, sie sind auf das Geld nicht angewiesen.« Ich schüttele den Kopf.

»Es liegt ihm etwas daran.«

Das macht mich neugierig. »Ein wohltätiger Zweck. Der Adam etwas bedeutet. Worum geht es?«

Ben wird rot, das Blut schießt ihm in den Kopf und zieht sich knallrot von Wange zu Wange über sein Gesicht. »Ich weiß nicht mehr so genau«, tut er es mit einem Schulterzucken ab.

Meine Antennen zucken, aber ich entscheide mich dafür, es zu ignorieren, weil ich stattdessen lieber meine eigenen Neuigkeiten erzählen will. Der Radau an der Bar verstärkt sich plötzlich, als eine Geburtstagsgesellschaft ankommt und sich direkt neben uns parkt.

»Josh hat angerufen.«

»Was?« Karen hebt die Stimme. »Hast du gerade gesagt, dass Josh angerufen hat?«

Ich nicke mit dem Kopf.

»Und? Was? Was hat er gesagt, Beth?« Sie schreit jetzt und Ben sagt ihr, dass sie leiser sein soll.

»Sie finden das Lied super. Sie wollen mich treffen – in L. A.! So bald wie möglich!«

Karen zieht mich aus der Sitzecke heraus auf die Beine, drückt mich ganz fest und schreit in voller Lautstärke: »Ich wusste, dass du das schaffst, ich wusste, dass du das schaffst!«

Ich muss einfach lächeln. Als sie mich loslässt, schnappt sich einer aus der Geburtstagsgesellschaft meine beiden Hände, reißt sie auf und nieder und schreit: »Ich wusste auch, dass du das schaffst!« Dann fangen sie alle an, das Gleiche zu skandieren. Ich lache laut heraus, bis einer von ihnen tatsächlich fragt: »Was genau hast du denn geschafft?«

Ich höre Bens Stimme. »Sie hat ein Lied für einen Film geschrieben! Sie geht nach Amerika!«, schreit er über das Getöse hinweg. Sie sehen sich alle an und freuen sich laut. »Juhu!«, »Wow!«, »Das ist großartig!« höre ich immer wieder aus diesem Haufen Fremder. Eine ungeöffnete Flasche Sekt erscheint von irgendwoher und wird mir in die Hand gedrückt.

Platz da, *Pretty Woman*. Ich gehe nach Hollywood.

ZWEIUNDZWANZIG

Roberto ist ein in Italien geborener Friseur, der gerne Koch geworden wäre. Er schneidet meine Haare jetzt seit fast fünfzehn Jahren, und es wäre ein Wunder, wenn er bei einem meiner Besuche nicht mit einer

Leidenschaft über Essen reden würde, die manch einem mit Michelin-Sternen gekrönten Starkoch abgeht. Es ist ein lebhafter Samstagvormittag im Friseursalon, und ich drifte mit meinen Gedanken ab, während er über das Bistro seines Bruders in Highgate spricht und dass ich es besuchen sollte. Das Kalbfleisch milanese ist offenbar »hervorragend«. Ich fahre immer nur nach Highgate, um meine toten Eltern zu besuchen, und irgendwie kann ich mir nicht vorstellen, wie ich dort unterwegs zum Essen haltmache. Ich lächele freundlich, während Roberto mit seinen Scheren zaubert.

Ich lese in einer Zeitung, und als mein Blick auf das Datum fällt, bin ich für einen Moment erstaunt, während ich nachrechne. Es ist etwas über drei Monate her, seit ich mein Zuhause verlassen habe. Seit ich in meinem eigenen Haus gewohnt habe. Was bedeutet, dass es wahrscheinlich über vier Monate her ist, dass ich das letzte Mal mit meiner Frau geschlafen habe. Ich schlucke schwer bei dem Gedanken und habe das überwältigende Verlangen, sie zu sehen, sie in den Arm zu nehmen. Mir ist bewusst, dass das nicht passieren wird, und ich denke an die Nacht zurück, in der ich gegangen bin und wie ich mich damals gefühlt habe. Ich war mir sicher, dass Beth eine Weile zum Abkühlen brauchen und mich dann zurückhaben wollte. Selbst als die Wahrscheinlichkeit schrumpfte, war ich mir doch sicher, dass wir eines Tages irgendwie wieder zusammenkommen würden. Aber heute ist nichts mehr in meinem Leben sicher. Das ist das Einzige, was sicher ist.

Ich bin heute Morgen zu Roberto gegangen und Ben will mich hier abholen. Ich sehe ihn draußen vorfahren. Wir werden direkt zu einer Trainingseinheit in einen Park in der Nähe gehen. Zu meinen Füßen liegt eine Sporttasche – Laufschuhe, Trainingsanzug, alles drin. Ben hat beschlossen, mein Trainingsprogramm mit einer Laufeinheit zu beginnen. Ich werde heute offenbar drei Kilometer laufen. Ein Blick auf meine Uhr verrät mir, dass es noch dreißig Minuten bis dahin sind. Ich habe Angst. Ich bin jahrelang nicht gelaufen – ich hoffe, dass ich diese Heldentat tatsächlich schaffe. Ich habe Kiera schon davon erzählt, und obwohl sie sich wahnsinnig über die Absicht hinter meinem Mini-Marathon gefreut hat, hat sie mich daran erinnert, dass ich immer noch mit Meg reden muss. Spenden sammeln ist großartig, aber was Noah braucht, sind Stammzellen. Ich ziehe mein Handy aus der Tasche und schreibe ihr eine SMS. Sie hat auf zwei Textnachrichten und einen Anruf bisher nicht reagiert. Allmählich mache ich mir Sorgen.

»Heute abend zuhaus Pumpkin? x«

Sie antwortet sofort. »Es ist Samstag. Ich bin zwanzig, was denkst du wohl?«

»OK, CU wan dan?«

»Ich fahre morgen nach Hause, um mein Zimmer aufzuräumen. Mum nervt, ich müsse ›mein Zeug ausmisten, da das Haus vielleicht verkauft werden muss‹. Ich denke, es ist Zeit für dich, mit einer GG (großen Geste) oder zwei anzufangen??? Ernsthaft Dad, reiß dich zusammen. Komm morgen früh nach Hause. Mum arbeitet, wird also nicht da sein.«

Scheiße.

»OK«, schreibe ich, aber das ist es nicht wirklich. Ich glaube nicht, dass ich Meg in unserem Familienheim sagen kann, was ich ihr sagen muss.

»Kann ich dich nicht einfach zum Mittagessen ausführen?«

»Keine Zeit, und Jack kocht abends für uns. Geht nicht anders. Wenn du mich sehen willst, weißt du, wo ich bin! x«

Ich mache Sonntag um zehn Uhr mit ihr aus und sende ihr einen Kuss zurück. Ich bin überrascht, dass ich einen von ihr bekommen habe. Gerade als ich aufstehe und zu Robertos Tresen gehe, steckt Ben seinen Kopf durch die Tür.

Ich halte fünf Finger in die Höhe. »Bin in fünf Minuten da. Ich muss mich noch kurz umziehen«, füge ich hinzu und gehe zu Robertos winziger Toilette.

Als ich das Gebäude verlasse, versuche ich alles, um meine erste Trainingseinheit hinauszuschieben. Ben lässt nichts davon durchgehen. Ich schütze Krankheit, Kopfschmerzen, ein schlimmes Bein vor. Ich versuche sogar, ehrlich zu sein, und sage ihm, dass ich Angst habe. Frage ihn, wessen verrückte Idee das überhaupt gewesen ist. Er erinnert mich daran, dass es meine eigene war. Ich schlage vor, dass wir stattdessen Mum und Dad besuchen sollen, versuche, ihm ein schlechtes Gewissen einzureden, indem ich ihn darauf aufmerksam mache, dass er seit Jahren nicht mehr dort gewesen ist. Ich sage ihm sogar, dass ich ihn zu Kalbfleisch milanese in einem lokalen Bistro einladen werde. Ruhig versichert er mir, dass das zwar eine großartige Idee sei, wir es aber durchaus auf nach dem Dreikilometerlauf verschieben können.

*

Mir tut jeder Muskel weh, aber ich habe es geschafft. Wir haben vorher und hinterher zehn Minuten lang Dehnübungen gemacht, und ich bin, ohne anzuhalten, drei Kilometer gelaufen. Ich hätte sogar noch weiterlaufen können, aber Ben sagte mir, dass es genug sei und ich nicht am ersten Tag übertreiben solle. Ich bin erfreut. Wenn ich so anfangen kann, kann ich alles langsam aufbauen. Ich freue mich schon darauf, morgen am Fluss entlangzulaufen, bevor ich mich mit Meg treffe.

»Mittagessen vor dem Friedhof oder danach?« Ben fährt, und wir nähern uns Highgate.

»Hinterher, wenn es dir nichts ausmacht? Aber wir müssen nicht unbedingt dort hinfahren. Wenn du zu Karen zurückmusst … Ich hatte das nur vorgeschlagen, um mich vor dem Laufen zu drücken.«

»Ich weiß, aber ich sollte hingehen. Du hast recht. Es ist zu lange her.« Er fährt sich mit der Hand durchs Haar und ich frage mich, wie oft er an Mum und Dad denkt, wie oft er an sie gedacht hat, während er durch die Welt gereist ist.

Ich sage nichts und versuche, auf dem Rücksitz meine Sportsachen auszuziehen, was eine Herausforderung an sich ist.

»Hast du die Neuigkeiten von Beth gehört?« Er sieht mich im Rückspiegel an.

»Woher sollte ich?«

»Nun, du wüsstest vielleicht was, wenn du sie anrufen würdest. Wenn es dich noch interessieren würde, was sie tut.«

Ich registriere seine Spitze, beiße mir aber auf die Zunge. »Welche Neuigkeiten?«

»Sie haben sich dafür entschieden, dass sie die Filmmusik machen soll.« Er beobachtet im Rückspiegel, wie ich darauf reagiere.

Ich halte inne. »Wow … Äh, toll für sie … Das ist fantastisch. Was …«

»Ruf sie einfach an, Adam. Es gibt keinen vernünftigen Grund, warum du das nicht tun solltest. Du kannst die Neuigkeit als Ausrede benutzen. Es wäre vielleicht gut, mal über sie zu reden, und nicht über dich. Damit ihr beide auf Augenhöhe seid?«

Ich stopfe mein Hemd in meine Jeans und lehne mich zurück, bin mir bewusst, dass er mich immer noch beobachtet. »Du hast recht. Ich werde sie heute Abend anrufen.«

»Gut … mach es bald. Nächste Woche fliegt sie nach Los Angeles.«

Ich ziehe die Augenbrauen hoch. »Wirklich?«

»Sie trifft die Produzenten. Mit Business-Class-Flugticket – von der Filmgesellschaft bezahlt.«

»Wow«, sage ich noch einmal. Ich fühle mich komisch. Ich werde merkwürdig gut gelaunt bei diesen Neuigkeiten. Sie hat sich diesen Erfolg erarbeitet und nach Jahren harter Arbeit und vieler Absagen verdient. Ich bin mir nicht sicher, aber ich glaube, es ist Stolz, was ich fühle, und ich frage mich, ob ich das Recht dazu habe.

»Ruf sie auf jeden Fall an.« Ben wendet in einer Seitenstraße direkt vor dem Friedhof. Gleich hinter dem Haupteingangstor starrt er nach oben. »Ich hatte vergessen, wie riesig diese Eichen sind. Sie sind fantastisch, nicht wahr? Kannst du dich an unsere erinnern? Wie groß die war?«

Schöne Erinnerungen. Genau genommen haben Ben und ich nie einen eigenen Baum gehabt, aber es gab einen, den wir als unseren bezeichneten, und es war keine Eiche. Es war eine Edelkastanie mit einem riesigen knorrigen Stamm, etwa fünf Gehminuten von unserem Haus entfernt auf dem Privatgrundstück eines Bauern. Wir schlichen uns zu dem kleinen See mit dem einsamen Baum daneben und hakten unsere Schaukel ein, die aus einem alten Seil aus Dads Schuppen gemacht war. Jeden Sommer kehrten wir dorthin zurück, hängten sie auf und schaukelten, bis uns die Erschöpfung übermannte. Rückblickend ist es schon seltsam, dass wir nie entdeckt oder weggeschickt wurden.

»Mum hat sich nie gewundert, warum unsere Kleider nass waren.«

»Gute alte Zeit«, erwidere ich und er nickt mit einem breiten Lächeln. »Geradeaus durch, dann links. Du musst dort parken, und dann sind es noch ein paar Minuten zu Fuß.«

»Weißt du, wie Beths Lied heißt?«, erkundige ich mich bei Ben. Die nächstbeste nostalgische Erinnerung, und ich fange automatisch wieder an, an sie zu denken.

»›Ich zerbreche‹.«

Ich nicke. »Hört sich nach einem neuen Stück an.«

»Das ist es auch.« Er steigt aus. »Etwas, womit sie Erfahrungen aus erster Hand hat, wie sie mir gesagt hat. Du bist also zumindest fürs Rohmaterial gut gewesen.« Er lächelt wieder, aber ich finde es nicht witzig.

An der Grabstätte ist er es, der sich offenbar nicht wohlfühlt. »Entspann dich, Ben. Sprich einfach mit ihnen. In deinem Kopf.«

»Ich bin nicht zum ersten Mal hier, okay?« Er klingt entrüstet.

»Hast du jemals mit Beth hierüber gesprochen?« Ben steht aufrecht und starrt in die Ferne. Ich beuge mich über die Vasen und versuche, nicht auf dem feuchten Gras zu knien.

»Nein.«

»Warum nicht?« Seine Frage ist fast genauso simpel wie meine einsilbige Antwort, aber mich ergreift eine schreckliche Panik.

»Hat sich nicht ergeben – und um Himmels willen, erzähl Karen nichts davon … Du musst mir wirklich versprechen, dass du Karen gegenüber den Mund hältst. Die beiden sind wie an der Hüfte zusammengewachsen. Wenn du ihr irgendetwas erzählst, wird sie sich nicht zurückhalten können. Ich …«

»Boah! Jetzt hör mal auf. Ich habe nicht ein Wort gesagt – über gar nichts.«

»Okay, dann lass es auch so. Ich kann mich auf dich verlassen, Ben, oder?« Ich berühre seinen Arm.

»Immer«, sagt er, bevor er sich bei mir einhakt. »Sind wir hier fertig?« Er wartet die Antwort gar nicht erst ab und zieht mich einfach mit sich, aufs Auto zu.

»Diese Zeit, mir ist klar, dass wir nicht darüber reden … Picasso würde sie als ›blaue Periode‹ bezeichnen.«

Ich nicke. Mein Magen grummelt immer noch kräftig beim Gedanken daran, wie Ben via Karen mit Beth unsere Vergangenheit bespricht.

»Du warst der Starke, der alles zusammengehalten hat. Du hast für uns ein Zuhause gefunden, mich an die Uni gebracht. Ich schulde dir etwas.«

»Du schuldest mir nichts. Überhaupt nichts. Außer vielleicht, dass du Karen gegenüber die Klappe hältst.«

Er hält inne, neigt den Kopf, wie um sich zu wiederholen. »Was habe ich gerade gesagt?«

Wir setzen unseren Weg zum Parkplatz fort. »Es tut mir leid. Es ist nur, weil du und Karen zusammen seid und es doch das Natürlichste ist, alles miteinander zu teilen, ehrlich zu sein.«

»Ja, schon, vielleicht haben wir hier beide einen genetischen Defekt«, grinst er.

»Ich meine es ernst, Ben. Und stell dich nicht auf die gleiche Stufe mit mir. Du bist immer völlig ehrlich mit Elise gewesen, auch als es ihr am Ende wehgetan hat. Ich habe das bewundert. So bist du eben und genau das macht mir Sorgen.«

»Adam, auf dich kommt demnächst noch sehr viel Schlimmeres zu, nicht wahr? Das mit Noah? Du musst es Meg sagen, und sie muss sich testen lassen und …« Er beendet den Satz nicht, aber wenn, hätte er mich garantiert daran erinnert, dass Beth all das sowieso bald herausfinden würde. Er hätte hinzugefügt, dass jetzt vielleicht eine gute Gelegenheit wäre, Beth zu erzählen, dass meine Eltern nicht bei einem Autounfall gestorben waren.

Er hätte vielleicht angedeutet, dass die Art, wie sie gestorben waren, irgendwie mein Erwachsenenleben beeinflusst hat, und ich hätte es vielleicht mit einem Lachen abgetan, so wie ich das immer mache.

»So, wo gibt es jetzt dieses Kalbfleisch milanese?« Er reibt sich das Bäuchlein wie ein Kind.

Ich versuche, nicht laut aufzustöhnen. Aber ich hab es ihm versprochen, also zeige ich ihm einfach, wo das Restaurant von Robertos Bruder liegt.

*

Während ich die gekieste Auffahrt hinauffahre, scheinen meine Sinne plötzlich überempfindlich geworden zu sein. Die Steine, die unter den Rädern knirschen, und die Stimme in meinem Kopf, die mir sagt, dass ich umdrehen soll, sind ohrenbetäubend. Meine Finger, die das Steuer umkrampfen, sind weiß und taub. Der stechende Geruch von Beths eingetopften Hyazinthen überfällt mich vor der Haustür. Und der Geschmack in meinem Mund erinnert mich an reine Angst.

Ich drücke auf die Klingel und höre, wie Meg die Treppe hinunterspringt.

»Ich war oben in meinem Zimmer«, beschwert sie sich. »Warum hast du dich nicht einfach selbst reingelassen?«

»Neue Schlösser.«

Sie neigt den Kopf, und langsam fällt der Groschen. Ihr Pferdeschwanz schlägt hin und her. »Ach, ja«, sagt sie, während ich durch die Tür in den Hausflur gehe. Beths Worte schmücken dort immer noch die Wand. »Komm mit hoch. Und mach die Augen zu, wenn du dort bist. Ich habe eine Kanne Kaffee gekocht, mit zwei Tassen.«

Ich werde sofort traurig beim Anblick der Bilder an der Wand im Treppenhaus und mir fällt ein neues auf, ein Schwarz-Weiß-Bild von Beth und ihren Eltern und Simon. Ich widerstehe dem Drang, sie zu berühren, während ich die Treppe hochsteige, beinahe benutze ich meine Finger, um die Bilder wie auf einem Smartphone zu vergrößern. Dafür zu sorgen, dass sich diese Erinnerungen echt anfühlen.

Sie hat recht. Ihr Schlafzimmer sieht aus wie ein Schlachtfeld. Sie verweist mich auf einen Stuhl, drückt mir einen schwarzen Müllsack in die Hand und erklärt, dass alles, was sie mir gibt, in den Sack reinmuss. Ich setze mich mit dem Sack in der Hand wie ein gehorsames

Kind hin. Sie zeigt mit einem Kopfnicken auf den Kaffee. »Bedien dich.«

Ich nicke.

»Geht es dir gut?«, fragt sie. »Du siehst ein bisschen bleich aus. Ich habe deine E-Mail bekommen, dass du an dem Lauf teilnehmen willst. Du übertreibst es doch hoffentlich nicht, oder? Es ist lange her, dass du das letzte Mal etwas für deine Fitness getan hast.«

Ich nicke noch etwas mehr.

Sie reicht mir ein paar Kleidungsstücke. Ich stecke sie in den Sack. Sie zieht unten aus einem Kleiderschrank ein pelziges Spielzeug, einen kleinen zerlumpten Esel heraus. »Sieh mal, Dad, da ist I-Aah.« Sie kichert.

»Das stimmt, Liebes.«

»Erinnerst du dich daran, wie wir ihn bekommen haben?«

»Natürlich …« Als wäre es gestern. Sie war ungefähr fünf oder sechs Jahre alt und völlig begeistert von Pu dem Bären. Wir entdeckten den einsamen I-Aah zwischen Hunderten von Pus und sie bettelte uns an, ihn zu kaufen – sagte uns, dass er einsam sei und sie dazu bestimmt, seine Mummy zu sein.

Ich beuge mich vor, stütze meine Ellenbogen auf meinen Schoß, das Kinn in der Hand. »Meg …«

»Hmmm?« Sie blickt zum Fenster hinaus, in die Erinnerungen an I-Aah versunken.

»Wir müssen reden.«

»Ich weiß, du hast recht.« Sie springt auf, geht zu ihrem Schreibtisch und schenkt uns zwei Tassen Kaffee ein. »Ich habe gestern Nana getroffen.« Sie reicht mir mit einem breiten Lächeln eine Tasse. »Oh, sie hat mir einen Brief für dich mitgegeben. Einen richtigen altmodischen Brief, Dad. Es gibt offenbar immer noch Leute, die welche schreiben.« Sie hebt eine Jacke über der Lehne ihres Schreibtischstuhls an und durchwühlt eine tiefe Tasche, zieht ein Taschentuch, lose Münzen und einen zerknitterten Umschlag heraus. Ich nehme ihn entgegen und stopfe ihn tief in meine eigene Jackentasche. Der kann warten.

»Willst du ihn nicht lesen? Na egal.« Sie winkt ab, als hätte sie es schon vergessen. »Also, Nana und ich haben ein paar großartige Ideen. Wir hatten gestern so etwas wie ein Brainstorming der großen Gesten.«

»Meg.«

»Ja?« Sie scheint verärgert zu sein, dass ich ihren Gedankengang unterbrochen habe.

»Wir müssen reden. Ich meine, dass ich rede und du mir einmal zuhörst.«

Sie zieht den Schreibtischstuhl vom Schreibtisch weg und lässt sich schwer darauf sinken. »Okay«, sagt sie, »ich höre zu, aber ich warne dich, ich bin nicht in Stimmung für Entschuldigungen. Ich weiß, dass du Mum zurückhaben willst. Bei ihr bin ich mir da nicht so sicher, aber genau daran werden wir arbeiten, und offen gesagt brauche ich euch beide wieder zusammen. Und zwar bald.«

Mir versagt die Stimme. Ich bringe die Worte einfach nicht heraus.

»Sind das nicht großartige Neuigkeiten für sie? Sie scheint so aufgeregt zu sein wegen L. A.« Ich kann es nicht. Ich kann es einfach nicht.

»Ja, echt.« Meg lächelt. »Weißt du was? Das Lied ist super, definitiv eines ihrer besten. Ich bin so stolz auf sie.«

»Ich auch … Ich auch … aber Meg, es gibt da etwas, wobei ich deine Hilfe brauche.«

Sie mustert mich, auf einmal neugierig geworden. Vielleicht ist es mein Tonfall. Verzweifelt …

»Was?« Sie nippt an ihrem Kaffee und verzieht das Gesicht, da er offenbar lauwarm ist.

»Du weißt schon, dass ich vor Jahren …«

»Dad, was ist denn los mit dir?« Sie starrt mich an, als wäre ich eine interessante Laborprobe.

»Vor Jahren, vor über zehn Jahren, habe ich … da habe ich deine Mutter schon einmal betrogen. Eine Nacht. Nur eine einzige Nacht …«

Sie starrt mich an. »Das muss ich nicht wissen.« Sie schüttelt den Kopf.

»Doch, das musst du, Meg. Das musst du.« Ich bin mir des Kummers in meiner Stimme bewusst. »Die Frau, Kiera Granger – sie hat ein Kind bekommen. Von mir. Ich wusste davon, aber sie wollte, dass ich nichts damit zu tun habe. Ich …«

Megs Kopf ist plötzlich still, starr wie eine Statue. Nichts bewegt sich, nicht einmal ihre Pupillen. Sie ist kreidebleich, ihr Gesicht drückt völligen Unglauben, völliges Misstrauen aus.

»Du hast noch ein Kind?«, unterbricht sie mich. »Sagst du mir gerade, dass du noch ein Kind hast?«

»Ja. Einen Sohn – ich habe ihn nie kennengelernt. So hatten wir das ausgemacht. Kiera wollte es so haben und … das passte mir gut. Ich habe es deiner Mutter nie erzählt. Ich habe niemandem davon erzählt, bis sich vor ein paar Wochen die Dinge geändert haben.«

Megs Augen kleben immer noch an meinen. »Ich habe einen Bruder«, sagt sie ruhig. »Einen, von dem meine Mutter nichts weiß. Heilige Scheiße … Du bist wirklich ein Dreckskerl! Warum jetzt? Hast du vor, uns alle in eine verdammte Patchworkfamilie zu verwandeln?«

Ich sehe weg, zähle die Streifen auf ihrem Teppich. »Er ist krank. Leukämie. Wir müssen dich dringend testen lassen, ob du als Stammzellenspender in Frage kommst. Das heißt, wenn du damit einverstanden bist. Die Wahrscheinlichkeit, dass sie als Spender passen, ist bei Geschwistern nämlich am höchsten, und er hat keine anderen Geschwister außer dir. Halbgeschwister«, korrigiere ich mich.

Sie hebt beide Hände zum Mund und greift dann plötzlich nach ihrem Papierkorb auf dem Fußboden. Sie atmet tief ein und hält sich den Bauch, als würde sie sich gleich erbrechen.

»Meg, ich …« Ich stehe auf und gehe auf sie zu.

Sie schiebt mich weg. »Raus«, flüstert sie. »Hau ab.«

»Bitte, Meg. Hör mir bitte zu.« Ich will sie anschreien, dass ich es kapiert habe. Dass sie hinterher stinksauer auf mich sein kann, nachdem sie sich den Tests unterzogen und für Noahs Wunderheilung gesorgt hat.

Sie starrt zu mir hoch. »Ich kenne dich nicht mehr. Ich weiß nicht, ob ich dich je gekannt habe.«

»Er ist noch ein kleiner Junge und er stirbt.« Sie muss mich einfach bis zum Ende anhören.

Sie beißt sich auf die zitternde Lippe. »Geh jetzt. Verschwinde.« Tränen laufen ihr das Gesicht hinunter, als wäre ein stiller Wasserhahn aufgedreht worden. »Halt einfach die Klappe. Du und ich sind fertig miteinander. FERTIG! Und denke nicht eine Sekunde daran, dass ich das vor Mum geheim halten werde.«

Damit zeigt sie auf die Tür. »Verschwinde, zum Teufel noch mal!«

Ich stütze mich auf die Stuhllehne, atme tief durch die Nase ein und durch den Mund wieder aus. Ich habe noch nie einen so heftigen Schmerz gespürt. Mein Herz fühlt sich an, als wäre es geschreddert worden, zerhackt.

Ich drehe mich um und verlasse ihr Zimmer. »Du und ich sind fertig miteinander« hallt zigfach in meinen Ohren nach. Der Satz prallt von den Wänden im Treppenhaus ab und sickert pulsierend wieder und wieder in meinen Körper hinein, durchdringt meine Knochen, durchbohrt mein Gehirn. Ich klammere mich an alles, das irgendwie nach Hoffnung aussieht oder klingt. Die Bilder, die Erinnerungen … Sie meint das nicht so. Sie ist verletzt. Sie hat eine Menge zu verdauen. Sie ist wütend und traurig. Natürlich wird sie mir helfen – so haben wir sie erzogen. Aber sie wird es Beth erzählen. Das ist so sicher wie die Tatsache, dass meine DNS durch Megs Adern strömt, so sicher wie die Tatsache, dass meine DNS durch Noahs Adern strömt. Sie wird alles erzählen, sofern ich es nicht als Erster tue.

Ich habe Angst. Ich kann die Angst wieder in meinem Mund schmecken, ich spüre sie in meinem Magen und meinen Gliedmaßen – eine so riesige Angst, dass ich eine Vorstellung davon bekomme, was meine Eltern gefühlt haben. Es erschreckt mich zu Tode.

DREIUNDZWANZIG

Es regnet in Strömen, ein unablässiger Regen, der so heftig gegen die Veluxfenster auf dem Dachboden prasselt, dass es mir schwerfällt, mich zu konzentrieren, und ich nicht arbeiten kann. Außerdem bin ich heute Morgen mit »Miss You Nights« von Cliff Richard aufgewacht … Bei dem Liedtext muss ich an Adam denken; wie es scheint, kann ich ihn mir heute Morgen nicht aus dem Kopf schlagen. Ich starre durch die Faltschiebetür auf der Rückseite des Hauses. Der Garten ist in einem schrecklichen Zustand. Wir erleben einen ziemlich milden Winter, aber ich muss wirklich einen Gärtner finden, bevor der Dezember anfängt und alles einfach abstirbt. Entweder das, oder ich muss lernen zu gärtnern. Ein Gedanke nimmt in meinem Kopf Gestalt an, und bevor ich Zeit habe, ihn wieder zu verwerfen, gehe ich zum Telefon.

»Ich bin es.«

»Hi«, er klingt nervös. Nur ein Wort und irgendwie weiß ich es schon.

»Alles in Ordnung?«, frage ich.

»Ja, ich …« Er seufzt. »Wie geht es dir? Alles schon gepackt?«

Ich fahre erst in sechs Tagen nach L. A., aber er kennt mich so gut. Alle meine »Sommerkleider« sind schon gewaschen, gebügelt und eingepackt. Ich habe Sonnenschutz, eine volle Kosmetiktasche, Föhn, Glätteisen, Höschen und BHs alle ordentlich in den Koffer gestapelt. In einer separaten Plastikmappe oben auf dem Koffer befinden sich all meine Reiseunterlagen – Flugticket, Pass, Versicherung. Ich bereite mich gerne schon lange vorher auf eine Reise vor.

»Ich fahre erst in knapp einer Woche«, sage ich, »aber ja, das meiste ist erledigt. Hör mal, ich habe mich gefragt, wenn ich weg bin, hättest du vielleicht Lust, etwas zu gärtnern? Es sieht wirklich völlig chaotisch aus. Ich könnte mir einen Gärtner besorgen, aber ich dachte, vielleicht vermisst du es, vielleicht würdest du gerne … Du hast den Garten doch immer geliebt. Ich meine, es ist ja in unser beider Interesse wenn …«

»Äh, ja. Okay. Wenn du magst.«

»Ich reise an einem Sonntag ab, dachte, du könntest dir vielleicht den Montag freinehmen und damit anfangen?« Ich habe vor, ihm eine Nachricht zu hinterlassen, in der ich ihn in eines der Gästezimmer schicke. Unser Bett gehört jetzt mir.

»Wenn du meinst.« Er wirkt ein bisschen zögerlich. »Bist du dir sicher?«

»Ja, abgemacht. Ich glaube, ich muss dir dann den Schlüssel ausleihen.« Ich betone das Wort »ausleihen« bewusst. Ich weiß bereits, dass er sich keinen Schlüssel nachmachen lassen kann, da es sich um Sicherheitsschlösser handelt, die nur mir vorbehalten sind.

»Vielleicht kannst du sie bei Sylvia lassen und ich hole sie bei ihr ab?«

»Okay. Hast du irgendetwas von Meg gehört?«

Er schweigt.

»Sie reagiert nämlich nicht auf meine Anrufe. Sie ist gestern noch hier gewesen. Ich habe gemeckert, dass sie ihr Zimmer aufräumen soll, aber als ich nach Hause gekommen bin, war sie schon weg.«

»Wir haben gestern miteinander gesprochen.«

»Ging es ihr so weit gut? Sie hat ihr Zimmer in einem schlimmeren Zustand zurückgelassen als vorher …« Mir wird bewusst, dass Adam nicht merken würde, ob es ihr gut geht oder nicht, da er emotionale Antennen wie ein Regenwurm hat, also warte ich nicht auf eine Antwort. »Mach dir keine Sorgen. Ich probier einfach noch mal, sie zu erreichen. Ich mach mal besser weiter hier … Danke fürs Gärtnern. Ich werde dafür sorgen, dass Sylvia einen Schlüssel hat.«

»Beth?«

»Ja?« Ich höre einen leichten Kiekser in seiner Stimme, als er offensichtlich zögert. »Was ist, Adam?«

»Du weißt, dass ich dich liebe, nicht wahr?«

Ich glaube ehrlich, dass mir gerade der Kinnladen heruntergeklappt ist.

»Es ist wichtig, dass du das weißt. Ich liebe dich. Ich habe dich immer geliebt und werde dich immer lieben. Ich weiß, dass es zu spät ist, aber ich wollte dich das wissen lassen.«

Ich schließe den Mund und atme tief ein.

»Sag etwas«, fleht er. »Irgendetwas …«

»Du hast recht. Zu wenig, zu spät«, sage ich.

»Hätte ich um dich kämpfen sollen?«, fragt er. »Ben – und die anderen – erzählen mir wieder und wieder, dass ich um dich hätte kämpfen sollen. Dich dazu bringen sollen, dass du mich anhörst.«

»Die anderen liegen falsch. Dazu wäre es nie gekommen, Adam. Du warst zu sehr damit beschäftigt, dich mit Emma neu zu erfinden. Möglicherweise hast du mich geliebt, möglicherweise tust du das immer noch, aber du hast dich selbst immer mehr geliebt. Du bist nicht dazu in der Lage, um irgendjemanden zu kämpfen.«

Ein Teil von mir hält mich für grausam, während ich das zu ihm sage, aber es ist die Wahrheit. Ich sage es nicht, um ihm wehzutun. Ich bin sogar traurig, weil ich weiß, dass es ihm wehtut, aber ich spüre einfach, dass er endlich erwachsen werden und irgendwie verstehen muss, dass sich die Welt nicht um ihn dreht.

»Ganz so selbstsüchtig bin ich nicht«, erwidert er. »Ich war eitel, dumm und ja, selbstsüchtig. Aber andererseits auch nicht …«

»Okay, warum hast du es dann nicht gemacht?«

»Was?«

»Um mich gekämpft. Warum bist du gegangen, Adam? Warum hast du dich weiterhin mit Emma getroffen? Ich hatte gedacht, dass du eine Entscheidung getroffen hättest und unsere Ehe vorbei wäre.« Wieder Schweigen.

»Seien wir ehrlich. Du hast mich wegen Sex verlassen. Viel Sex. Jeder Menge unterschiedlichem, aufregendem und neuem Sex mit einer jüngeren Frau. Und das ist der springende Punkt. Du hast deine sexuelle Befriedigung über deine Liebe zu mir und deine Liebe zu Meg gestellt.« Ich bin jetzt in Fahrt … »Vergiss mich für einen Moment. Hast du irgendeine Vorstellung davon, was unsere Trennung ihr angetan hat? Hast du auch nur ansatzweise eine Vorstellung davon, wie zerstörerisch all dieser spitzenmäßige Sex gewesen ist?«

Ich höre nur das Geräusch seines Atems über den Hörer.

»Ja?«, wiederhole ich.

»Es tut mir leid«, flüstert er und legt auf.

Ich starre auf den Hörer. Was ist da gerade passiert? Ich entscheide mich dagegen, noch mal anzurufen. Es ist sinnlos. Stattdessen suche ich mein Handy in der Küche und schreibe Meg eine SMS. Ich habe ein ungutes Gefühl und bitte sie, mich anzurufen. Die ganze Zeit jammert Cliff in meinem Kopf herum. Nicht zum ersten Mal lege ich meine

Hände auf die Arbeitsfläche in der Küche und konzentriere mich auf meine Atmung. Es gibt Zeiten, wo ich mich frage, was wäre wenn? So wie jetzt, nach diesem seltsamen Gespräch. Es gibt Zeiten, wo ich ihn immer noch so sehr vermisse. Es fühlt sich an wie Phantomschmerzen. Tage wie dieser sind selten, aber wenn sie kommen, sind sie lang und einsam. Ich schließe meine Augen, konzentriere mich auf L. A., auf Meg und all das Glück in meinem Leben. Aber ja, Cliff. Wenn ich an heute Abend denke, hast du recht. Diese Nächte, wo ich ihn vermisse, sind einfach nur schrecklich.

*

Giles kommt vorbei. Wir werden zusammen zu Abend essen und eine Flasche Wein trinken. Es war eine spontane Entscheidung nach dem Telefonat mit Adam und jetzt mache ich mir fast in die Hose. Es ging so schnell, dass ich nicht wirklich darüber nachgedacht habe. Wird er glauben, dass ich an ihm interessiert bin? Bin ich an ihm interessiert? Wird er denken, dass dies so etwas wie ein Date ist? Oh Gott, was habe ich nur getan? Ich habe eine Lasagne und Salat gemacht. Ich habe eine Flasche Weißwein gekühlt und eine Flasche Rotwein geöffnet. Ich habe geduscht, mir zusammenpassende Unterwäsche angezogen und etwas Parfüm hinter meinen Ohren verteilt. Ich trage ein Lieblingskleid – eines, bei dem ich weiß, dass ich darin gut aussehe. Scheiße, scheiße, scheiße. Was mache ich hier nur? Ich blicke auf die Uhr am Herd. In einer Stunde wird er hier sein. Ich rufe Karen an. Erst prustet sie vor Lachen los, dann sagt sie mir, dass ich aufhören solle, mir Sorgen zu machen, und dass es wie Fahrradfahren sei. Ich solle mich beruhigen und ein Glas Wein trinken, nur eines. Dann prustet sie wieder vor Lachen los. Das hilft mir gar nicht. Ich lege auf.

Meine Hand zittert, als ich mir ein Glas Wein einschenke. Und zwar so richtig, wie ein ausgewachsener Tremor. Es erinnert mich an den Tag, kurz nachdem Adam weg war und ich das erste Mal zu Dr. Caroline Gothenburg ging. An dem Tag hatte ich so heftig gezittert … Caroline wäre heute stolz auf mich. Ich schließe die Augen, trete mit meiner inneren Babuschka in Verbindung, die mich anlächelt, statt mich auszulachen. Es wird alles gut. Babuschka hat oft zu kämpfen, wo sie Seite an Seite mit Lucy lebt, aber heute ist sie stark. Ich bin eine erfolgreiche Songschreiberin. Ich bin eine gutaussehende zweiundvierzig Jahre alte Frau, die für ein neues Leben bereit ist. Ich werde gleich mit einem neuen Freund zu Abend essen. Das ist alles. Tag für Tag, Stunde für Stunde, Moment für Moment, erinnert Babuschka mich.

Anderthalb Stunden später habe ich fast eine ganze Flasche Wein getrunken. Giles ist noch bei seinem ersten Glas Rotwein. Die Lasagne ist im Ofen. Die Küche riecht, als wäre Jamie Oliver hier gewesen, und ich bin vor Angst immer noch wie gelähmt. Giles hat sich Mühe gegeben und sieht mit seinem kragenlosen Hemd und seiner Baumwollhose richtig gut aus. Er sitzt an der Frühstückstheke und nimmt eine der vielen Glückwunschkarten an der Seite in die Hand. »Darf ich?«, fragt er.

Ich nicke. Ich denke, dass es ziemlich egal ist, ob ich ihm jetzt oder zu irgendeinem anderen Zeitpunkt gestehe, dass ich nur des regelmäßigen Gehaltes wegen bei einem Immobilienmakler arbeite. Ich habe als Kind nie davon geträumt. Aber ich habe schon immer davon geträumt, Lieder zu schreiben …

Er liest ein paar der Karten. »Also, wenn ich das richtig verstehe, haben Sie ein Lied geschrieben, und dieses Lied wird jetzt für einen Hollywoodfilm verwendet, oder?«, sagt er.

Wenn ich das so höre, möchte ich schreien, aber ich beherrsche mich und bejahe es einfach nur. »Das stimmt.«

»Und die Urlaubstage, die Sie sich für demnächst genommen haben. Sie haben gesagt, dass Sie nach L. A. gehen würden. Hat das irgendwas hiermit zu tun?« Er winkt mit einer der Karten.

»Ich werde mich mit den Produzenten treffen.«

»Wow! Ich bin echt beeindruckt! Ich meine, Sie hatten es in Ihrem Lebenslauf geschrieben. ›Songschreiben‹ … Und ich dachte, es sei ein ungewöhnliches Hobby, aber alle Achtung! Glückwunsch.«

Ich bringe die Lasagne zum Esstisch. Er ist schon gedeckt, und der Salat steht in der Mitte. Nachdem wir uns gesetzt haben, reiche ich ihm eine dampfende Portion. »Vorsicht, es ist heiß«, sage ich und reiche ihm Salatschüssel und Beilagenteller.

»Haben Sie die gemacht?« Er reibt sich mit beiden Händen seine Oberschenkel.

»Ja, hab ich.«

»Eine Frau mit vielen Talenten« Er lächelt. »Also, die Karte Ihrer Mutter. Sagen Sie mir, warum Ihre Mutter bei all ihrer Aufregung über Ihren Erfolg sich am meisten darüber Gedanken macht, Ihnen vor Ihrer Abreise noch die Nägel zu machen?«

Ich lache. »Meine Mutter ist eine Naturgewalt. In ihrem letzten Volkshochschulkurs hat sie alles rund um Nägel gelernt. Gelnägel, Nageldesign, alles. Sie hat jetzt eine Art von ganzheitlichem Heilöl für die Hände dazugenommen und ja, sie ist ganz erpicht darauf, es an mir auszuprobieren, bevor ich abreise.« Ich zucke die Schultern. »Sie ist harmlos und sie liebt mich über alles. Ich genieße es, dass sie mich so verwöhnt … Sie kommt morgen Abend vorbei, um mir einen selbstgemalten Notenschlüssel auf meinen Daumennagel zu pinseln.«

»Bringen Sie sie doch mal mit ins Büro, ich würde sie gerne kennenlernen.«

Ich verziehe das Gesicht. »Lieber nicht.«

»Warum nicht?«

»Weil sie dann sofort wollte, dass wir heiraten.« Die Worte sind mir herausgerutscht, bevor ich die Chance habe, sie zu filtern.

Er lacht laut über diese Vorstellung, und ich bin mir nicht so sicher, was daran jetzt lustig ist, meine Mutter, die uns verkuppelt, oder dass ich ihm das erzähle. Ich lasse dabei natürlich weg, dass es Mum viel lieber wäre, wenn Adam und ich uns wieder versöhnen würden.

Ich bemerke, dass er eine Menge Salat isst und mit der Lasagne herumspielt. »Ist alles in Ordnung?«, erkundige ich mich. »Das Essen?«

Er wird rot und legt Messer und Gabel hin. »Ich hätte es vorher sagen sollen. Ich esse kein Fleisch.«

Ich schlage mir die Hand auf den Mund.

»Bitte«, sagt er, »es ist mein Fehler … Normalerweise sage ich das immer gleich, aber um ehrlich zu sein, ich war so geschockt, als Sie mich anriefen und zum Abendessen einluden, dass ich die Einladung einfach angenommen habe und dann das Gefühl hatte, ich könnte nicht noch mal zurückrufen.«

Ich will seinen Teller wegnehmen, und er nimmt meine Hand und bedeckt sie mit seiner. »Lassen Sie ihn bitte stehen. Ich werde einfach noch mehr von diesem köstlichen Salat essen.«

Ich setze mich wieder hin. »Es tut mir leid.« Ich habe keine Ahnung, warum ich mich entschuldige. Wahrscheinlich deshalb, weil ich einem Vegetarier Fleisch serviere, aber es könnte auch deshalb sein, weil ich nichts gespürt habe, als sich unsere Hände berührten. Ich dachte, vielleicht würden Funken fliegen, so wie im Film. Aber es gab keine Funken. Obwohl niemand besser weiß als ich, was sie einem in Filmen für einen Bockmist auftischen. Ich bin enttäuscht, also schenke ich mir den restlichen Weißwein ein. Nach einem weiteren Glas bringe ich die Lasagne in die Küche und bete, dass er Apfelkuchen mag.

Das Gespräch fließt. Er ist ein liebenswürdiger, freundlicher, aufmerksamer Mann, der ernsthaft daran interessiert zu sein scheint, wer ich bin und was ich tue. Ich schneide zwei Stücke Apfelkuchen zurecht.

»Erzählen Sie mir von sich, Giles. Ich weiß, dass Sie verheiratet gewesen sind – hätten Sie was dagegen, darüber zu reden?«

Ich muss wissen, ob er Betrüger-DNS in sich hat, bevor ich ihn mich auch nur küssen lasse.

»Ich habe nichts dagegen«, sagt er, »auch wenn es nicht wirklich viel zu erzählen gibt. Wir haben jung geheiratet. Wir haben geheiratet, weil Mireille schwanger war.«

Er spricht das Wort »Mireille« mit authentisch französischem Akzent aus. Da ich heute erfahren habe, dass Giles vierzig ist und die Zwillinge sechzehn, habe ich schnell errechnet, dass »jung geheiratet« bedeutet, mit vierundzwanzig Jahren. Älter jedenfalls als ich damals …

»Es war nicht einfach. Wir lebten in Frankreich. Ich habe dort Ferienhäuser verkauft, hauptsächlich an Briten. Es hat nicht viel Geld eingebracht, und Mireille ist eine Künstlerin. Das Geld war knapp.«

»Wann sind Sie zurückgekommen?«

»Vor über zehn Jahren.«

»Die anderen sind dortgeblieben?«

»Ja, genau.« Er seufzt, laut und tief. »Wir haben uns einfach entliebt. Es war fair, so fair, wie es nur sein kann bei zwei Menschen mit zwei Kindern, die sich nicht mehr lieben. Ihre Eltern wohnten anderthalb Kilometer entfernt. Sie waren froh, dass ich wegging.«

»Und die Mädchen? Wie oft haben Sie sie gesehen?«

»Nicht oft genug in den ersten fünf Jahren. Sobald sie elf waren, haben wir ausgemacht, dass sie in England zur Schule gehen sollten. Sie sind drüben in Walton im Internat, also verbringen sie die meisten Wochenenden bei mir und fahren in den Ferien immer zurück nach Frankreich. Es läuft jetzt ziemlich gut.«

Ich frage nicht, wie aus dem sich durchkämpfenden Ferienhausverkäufer jemand geworden ist, der seine zwei Kinder auf eine Privatschule schicken kann. Irgendetwas sagt mir, dass die am Rande erwähnten Eltern etwas damit zu tun haben. Für ihn hoffe ich das nicht. Ich hoffe, dass er einen Riesenhaufen Geld verdient hat, indem er Häuser in Weybridge verkauft und Mireille sich in der französischen Kunstwelt einen Namen gemacht hat.

Nicht lange nach dem Kaffee deutet Giles an, dass er bald losmüsse, da er morgen Abend für die Schule im Einsatz sei. Wir sind morgen beide im Büro, also bin ich darauf bedacht, dass die nächsten paar Minuten nicht irgendwie peinlich werden. Als wir an der Tür bei meiner Textkunst stehen, sagt er mir, dass er Meerrettich sogar noch mehr hasst als Fleisch, und ich lache.

»Sie haben ein reizendes Lachen«, sagt er und beugt sich dann für den Kuss vor. Der ist zuerst zart, nur ein sanftes Berühren der Lippen, das langsam zu einem richtigen Kuss wird. Es fühlt sich seltsam an, dass die Zunge eines anderen Mannes in meinem Mund ist. Seine Hand liegt auf meinem Hinterkopf und das erinnert mich an Adam, die Art, wie er seine Finger durch mein Haar geflochten hat. Ich beende den Kuss.

»Wir sehen uns morgen«, flüstert er.

»Bis morgen«, erwidere ich, und auch ich flüstere.

Ich schließe die Tür hinter ihm und lehne mich mit dem Rücken matt dagegen … Ich weiß sofort, dass ich Giles nicht noch einmal küssen werde. Es ist, als wäre ich wieder siebzehn. Ich habe nichts gespürt, als er mich geküsst hat, absolut nichts. Ist das normal? Liegt es daran, dass ich so lange Zeit niemand anderen mehr geküsst habe? Vielleicht liegt es an mir. Vielleicht kann ich das jetzt mal sagen. »Es liegt nicht an dir, es liegt an mir. Ich habe vergessen, wie man küsst.« Ich schüttele den Kopf, schnappe mir mein Smartphone und gehe direkt ins Bett. Das Aufräumen kann bis morgen warten. Laut meinem Mobiltelefon habe ich vierzehn entgangene Anrufe von Karen, seit ich unser Gespräch abgebrochen hatte. Ich höre mir die letzte Nachricht an und lächele. Auch sie kann warten …

Als ich im Bett liege, gehe ich alles im Kopf noch einmal durch. Zum ersten Mal seit vielen Monaten vermisse ich es wirklich, Adam zu küssen – rein körperlich. Die Art, wie er mich hielt, die Art, wie er seine Zunge benutzte, die Art, wie es bei mir jedes Mal dabei geprickelt hat. Ich vermisse den Sex. Ich habe seit über zwei Jahrzehnten mit keinem anderen Mann mehr geschlafen, deshalb bin ich mir nicht sicher, ob ich den Sex an sich vermisse oder es eben vermisse, mit Adam zu schlafen. Cliff ist wieder da und singt herum, und ich ziehe mir schließlich das Kissen über den Kopf und bettele Lucy an, ihm eine zu verpassen.

VIERUNDZWANZIG

Tim und Kiera haben sich durchgesetzt. Zusammen müssen sie Gordon bearbeitet haben, der mich auf keinen Fall in der Nähe seines Sohnes sehen will. Nachher fahre ich ins Krankenhaus, um Noah zu treffen. Sie glauben beide, dass es am besten ist, mich als einen Freund von Tim vorzustellen. Vorher muss ich noch in einer weiteren Textnachricht an Meg zu Kreuze kriechen, dreißig Minuten laufen gehen und die Arbeit eines Tages im Büro in der halben Zeit schaffen.

Meine Laufsachen liegen als zerknüllter Ball hinten im Flurschrank. Sie müffeln ein bisschen, aber ich ziehe sie auseinander und ergänze sie um weitere Schichten. Es ist noch ein Monat bis Weihnachten und es ist kalt draußen. Mit der Wasserflasche in der Hand verlasse ich das Appartement und wende mich nach links, gehe die Narrow Street hinunter, an den italienischen und indischen Restaurants vorbei, hinter den umgebauten Lagerhäusern entlang auf den Fußgängereingang zur Limehouse Marina zu. Ich halte an, um mich zu dehnen, überquere die Straße und fange an zu laufen. Ich laufe rund um die Isle of Dogs, über die Kuppe, am Canary Wharf Tower und der Ladenpassage vorbei.

Beth ist in meinem Kopf. Mit jedem rhythmischen Tritt meiner Füße auf das Pflaster taucht ein weiterer Gedanke an sie auf. Es ist, als liefe die Zeit ab und ich müsste jedes Bild, jede Erinnerung auskosten, bevor sie mich anruft. Bevor sie mir mitteilt, dass auch sie mit mir fertig ist, bevor ich der schwarzen Wolke nachgebe, die seit Sonntag über mir schwebt. Zurück in der Narrow Street kaufe ich eine Zeitung und überquere die Straße.

Sobald ich das Geräusch höre, erkenne ich es: Bremsen auf Asphalt. Ich drehe mich rasch nach links, hebe entschuldigend die Hand für einen Taxifahrer, der laut flucht. Ich beobachte sein Gesicht, seine Worte erscheinen in extremer Zeitlupe, offene Feindseligkeit purzelt aus seinem Mund. Ich erreiche den Fußweg, stütze mich gegen eine Wand und reibe meine Schläfen. Mein Kopf hämmert, als hätte sich mein Gehirn von seinem Anker gelöst und schlüge jetzt gegen meinen Schädel. Geräusche überfallen mich, als hätte jemand die Lautstärke aufgedreht. Ich drehe mich um und bewege mich langsam auf das Gebäude zu, das jetzt mein Zuhause ist.

In der Dusche stehe ich eine Ewigkeit unter dem kochenden Wasserstrahl. Ich habe meine Laufsachen an. Ich bin mir nicht sicher, ob das genial ist, da sie dadurch auch gewaschen werden, oder ob es nur ein weiteres Anzeichen dafür ist, dass ich den Verstand verliere. Ich schrubbe sie mit Duschgel. Ich bin noch nicht ganz für die Klapsmühle bereit. Ich hänge sie auf die eine Seite der Badewanne und mache mich fertig für die Arbeit, bevor ich mir eine Scheibe Toast und eine lauwarme Tasse Kaffee runterzwinge. Zwanzig Minuten später sitze ich an meinem Schreibtisch.

*

Auf der Kinderstation im St Peter's Hospital sind meine Handflächen schweißig, mein Herzschlag laut und unregelmäßig. Mir wurde erklärt, was ich sagen soll und was ich tun soll. Wenn ich mich an den Plan halte, wird alles in Ordnung sein. Mir ist klar, dass sie mich nicht zu ihm lassen müssen, also bin ich Kiera und Tim dankbar, und auch Gordon, der zögernd zugestimmt hat, dass ich Noah heute treffen kann, obwohl er selbst nicht hier ist. Die Geschichte ist einfach. Ich bin ein Freund von Tim; ich will ihn hier abholen, da wir uns später mit ein paar Freunden von der Universität treffen wollen. Es klingt in meinen Ohren ein bisschen konstruiert, aber ich denke, dass sie wissen, was sie tun, und offen gesagt hätte ich allem zugestimmt, nur damit ich meinen Sohn ein Mal sehen kann.

Ich bin auf dem Weg zur Station. In meinem Smartphone habe ich die Wegbeschreibung gespeichert, die Kiera mir diktiert hat, und schließlich komme ich beim richtigen Zimmer an. Als ich durch das kleine Fenster in der Tür blicke, sehe ich, wie Kiera und Tim drinnen lachen. Im Bett liegt ein kleiner Junge, der überall Schläuche und Kabel hat. Er unterhält sich angeregt mit seiner Mutter, beide Hände in der Luft, als würde er über irgendetwas diskutieren. Ich stehe still, ganz still. Er sieht genauso aus wie ich, oder genauso, wie ich in seinem Alter ausgesehen habe. Sein Haar, auch wenn es an einigen Stellen ausgefallen ist, hat die gleiche Farbe und ist genauso gelockt. Er hat Kieras Mund und meine Nase und auch wenn ich das nicht von hier aus sehen kann, vermute ich, dass er meine grünen Augen hat. Ich bin wie festgenagelt, als ich sehe, dass Tim mir zuwinkt und mich ins Zimmer ruft.

Als ich die Tür aufstoße, kommen mir plötzlich Bedenken. Was mache ich hier? Welches Recht habe ich, hier zu sein? Ich sollte nicht hier sein …

Tim gibt mir die Hand. »Adam. Gut, dich zu sehen, Kumpel. Noah, das ist Adam, der Freund, von dem ich dir erzählt habe. Hält sich für einen tüchtigen Golfspieler, aber alles, was er tut, ist sich tüchtig am Kopf zu kratzen, wenn wir zusammen spielen.«

Kiera kommt auf uns zu, bietet mir beide Wangen an. »Schön, dich zu sehen.« Ihre Stimme ist fast schon ein Murmeln.

Noah lächelt. »Schön, dich kennenzulernen, Adam.«

»Wie fühlst du dich?« Ich weiß, dass das blöd ist, aber das ist alles, was mir einfällt. Es ist unmöglich, das medizinische Brimborium im Zimmer zu ignorieren. Es ist unmöglich, die Schläuche und Kabel zu ignorieren, die an diesem Kind hängen. Es ist unmöglich, irgendetwas anderes zu denken, als dass dieser kleine Junge schwer krank ist.

»Ich habe schon schlechtere Tage erlebt. Wie geht es dir?«

»Mir geht es gut, danke.« Ich hatte recht: Ich erkenne, dass seine Augen grün sind, als wir uns ansehen. Dann spüre ich es plötzlich – er weiß etwas. Seine Augen scheinen zu sagen: »Hallo, Adam. Ich bin Noah und du siehst genauso aus wie ich. Ist ja interessant …« Kiera spürt es ebenfalls. Sie rutscht unruhig hin und her, fängt an, in ihrer Handtasche herumzuwühlen. Ich weiß nicht, wo ich hinblicken soll, und konzentriere mich auf die Fußbodenfliesen. Schwarz und weiß kariert, sie erinnern mich an ein Schachbrett.

Noah blickt über seine Bettkante. »Ich denke oft, dass er wie ein Schachbrett aussieht, der Fußboden …«

Er zieht sich in eine aufrechte Position und lehnt sich an den Berg von Kissen hinter seinem Kopf. »Manchmal in der Nacht, wenn ich auf der Seite liegen muss, schau ich hinunter und bewege in Gedanken Spielsteine über den Fußboden. Spielst du Schach?« Ich frage mich, ob das Kind Gedanken lesen kann, aber ich nicke. »Es ist eine Weile her, aber früher habe ich viel gespielt.«

»Wir sollten eine Partie miteinander spielen«, sagt er. »Ich finde es langweilig, mit mir selbst auf dem Nintendo zu spielen. Und die beiden dort sind miserabel.« Er lächelt seine Mutter und seinen Onkel an. »Dad ist nicht ganz so schlecht, aber er ist leicht zu schlagen, wenn ich mich konzentriere.« Auf einmal wirkt sein Atmen etwas angestrengt, als ob das Sprechen ihn erschöpft hätte.

Kiera geht zum Bett, beugt sich über ihn, wo er automatisch seinen Arm um sie legt, damit sie ihn hochzieht. Sie massiert sanft seinen Rücken. »Du musst es ruhig angehen lassen«, flüstert sie. »Genug geredet für heute, Zeit, dich auszuruhen.«

»Mir geht's gut, Mum, wirklich.«

»Ruhe dich aus«, sagt sie bestimmt, »jetzt.«

Noah rollt die Augen. »Du machst immer gleich so ein Drama.«

»Irgendwer muss ja.« Sie küsst ihn auf die Stirn.

Die Szene bewegt mich. Ich habe Kiera bisher nur als Freundin gekannt, jemanden, mit der ich eine verbotene Nacht voll Spaß hatte. Jetzt ist sie hier – eine besorgte, liebende Mutter für ihr Kind, das Kind, zu dem auch ich meinen Teil beigetragen habe. Es ist surreal und mir ist, als würde ich einen Film anschauen.

»Wir müssen langsam los, Adam.« Tim sammelt seinen Mantel und seine Aktentasche ein, beugt sich über den Jungen und hält seine Hand zum Abklatschen hoch.

Am liebsten würde ich rufen: »Nein. Bitte, nur noch ein paar Minuten. Bitte, lasst ihn mich einfach nur ansehen.« Stattdessen sage ich nichts und gebe ihm nur meine Hand.

»Kommst du wieder, um mal Schach mit mir zu spielen?«, fragt er.

Ich nicke und mache kehrt, um Tim zu folgen.

»Adam?«

Ich blicke über die Schulter zurück.

»An welcher Universität warst du denn?«, fragt er.

Meine Augen schießen zu Tim. Ich habe am King's College studiert, aber ich habe keine Ahnung, zu welcher Universität Tim gegangen ist.

»Wir haben an der Brunel University studiert«, erwidert Tim und wirft dann einen Blick auf seine Armbanduhr. »Komm schon, wir müssen los. Die Jungs fangen sonst ohne uns an.«

Ich klebe ein gefrorenes Lächeln auf meine Lippen, murmele ein paar Abschiedsworte und verlasse das Zimmer vor Tim.

»Das war knapp«, flüstert er, als er mich einholt. »Manchmal könnte ich schwören, dass dieses Kind durch Wände sehen kann.«

»Glaubst du, er hat einen Verdacht?«

Tim schüttelt den Kopf. »Quatsch, er stochert nur herum. Ich muss für ein Meeting nach London zurück, Adam. Kommst du von hier aus zurecht?«

Ich nicke, winke ihm zum Abschied. Tim geht auf den Parkplatz am

Westeingang zu, und ich gehe zurück in die andere Richtung, durch ein Labyrinth von Korridoren gen Osten.

Ich beschleunige meine Schritte, ich habe das dringende Bedürfnis, hier herauszukommen. Ich bin sicher, dass Noah diese Frage nicht grundlos gestellt hat, sehe Kiera schon mit Tränen in den Augen vor mir oder noch schlimmer, Gordon mit Mordlust im Blick. Ich wollte meinen Sohn kennenlernen, aber ich will nicht seine familiären Beziehungen durcheinanderbringen.

Ohne Vorwarnung muss ich würgen und ich weiß, dass ich mich übergeben muss. Ich suche den Flur ab und sehe eine Herrentoilette ein Stück weiter oben. Ich renne hin, drücke die Schwingtür auf und schaffe es gerade noch in die Kabine, bevor sich mein Magen entleert. Ich halte mich an den Rändern der Schlüssel fest und erbreche mich minutenlang, wie es mir scheint. Schließlich versuche ich, zu stehen. Meine Beine sind wacklig, und ich lehne mich an die Kabinenwand. Ich wische mir den Mund mit Toilettenpapier ab und öffne die Tür. Glücklicherweise ist der Raum leer. Ich spüle den Mund aus und finde ein Erfrischungsspray in meiner Tasche. Mein Spiegelbild zeigt einen Mann, der viel älter aussieht als dreiundvierzig. Meine Haut ist bleich, geädert, meine Augen schwer und dunkel. Auch wenn ich mein Haar sehr kurz geschnitten halte, kleben doch ein paar winzige Löckchen an meinem Haaransatz in einer Schweißspur. Auch Noah hat lockiges Haar … aber nicht mehr sehr viel, vermutlich wegen der Chemotherapie.

Ich streiche meine Kleidung glatt und nutze die Gelegenheit, mich auf einen Stuhl gleich neben der Tür zu setzen. Ich frage mich, warum er dort steht. Für ältere Menschen? Kranke? Selbstsüchtige Männer mittleren Alters, deren Schultern nicht mehr dazu in der Lage sind, ihre Last zu tragen? Der Stuhl ist aus hartem Plastik, unbequem gebaut und lädt nicht dazu ein, länger darauf zu verweilen.

Ein Mann betritt den Raum, sieht mich an und fragt mich, ob alles in Ordnung sei. Ich nicke, murmele ein Dankeschön und stehe auf. Ich muss nach Hause und das wird zu dieser Tageszeit bei dem Verkehr eine Ewigkeit dauern. Draußen bei der Herrentoilette gibt es einen Getränkeautomaten, und ich durchsuche meine Taschen nach ein paar Münzen, um mir eine Flasche Wasser zu ziehen. Trink einfach das Wasser, sage ich zu mir selbst, während ich den Deckel abschraube. Trink das Wasser, steige ins Auto und fahre langsam nach Hause. Fahre nicht nach Weybridge, wo du nicht länger zu Hause bist. Ich bin in Versuchung. Einfach die zehn Minuten rüberfahren, Beth fragen, ob ich dort bleiben und übernachten kann. Ich entscheide, dass das eine ganz schlechte Idee ist, als ich jemanden meinen Namen rufen höre.

»Adam?«

Ich drehe mich um und sehe Kiera.

»Du bist immer noch hier?«, fragt sie.

»Ich, äh …«

»Alles in Ordnung? Du siehst ein bisschen grün um die Kiemen aus.«

Ich zucke die Schultern. »Alles in Ordnung, ich musste mich gerade übergeben«, höre ich mich gestehen und deute mit dem Kopf auf die Herrentoilette.

»Du solltest besser nicht fahren. Ich fahre für eine Stunde nach Hause. Danach komm ich wieder her, wir könnten etwas Warmes trinken?«

Ich bin verwirrt. Kiera lebt doch auch in London.

»Ich habe ein Appartement in der Nähe gemietet.« Sie kann meinen Gesichtsausdruck lesen. »Nur, solange Noah hier ist. Du solltest wirklich nicht fahren, weißt du? Ich treffe Gordon hier in einer Stunde, ich könnte dich also wieder bei deinem Wagen absetzen.«

Ich merke, wie ich nicke, bevor mir bewusst wird, dass ich tatsächlich gerade zugestimmt habe.

»Es wäre sowieso gut, wenn wir uns mal miteinander unterhalten. Sag mir, was du von Noah hältst« Sie lächelt. »Ich muss nur mal kurz hier verschwinden, bis zu Hause halte ich es nicht mehr aus.« Sie weist mit dem Kopf auf die Damentoilette.

Ich sehe ihren schmalen Körper durch die Schwingtür verschwinden und habe keine Zeit, mich zu fragen, ob es eine gute oder eine schlechte Idee ist, in Kieras hiesigem Appartement etwas zu trinken, egal ob heiß oder kalt, bevor ich wieder jemanden meinen Namen rufen höre. Diesmal erkenne ich die Stimme. Während ich mich umdrehe, hoffe ich, dass ich träume, und merke schnell, dass das nicht der Fall ist. Gott, finde ich, verscheißert mich. Oh ja, er verscheißert mich so richtig.

FÜNFUNDZWANZIG

In mein iPhone getippt sieht meine To-do-Liste geordneter aus als auf Papier, aber sie ist immer noch zu lang. Mir bleiben nur noch ein paar Tage bis L. A., und von dieser Liste wird mir ganz schwindelig. Bisher habe ich diesen Morgen im Büro eines Mannes verbracht, der »Bear« genannt wird. Ich habe keine Ahnung, wie er zu seinem Namen gekommen ist, ob seine Eltern einen gestörten Sinn für Humor hatten oder ob man ihm diesen Spitznamen verpasst hat, als er mal mehr gewogen hat als jetzt. Aber ich weiß, dass Bear laut dem Josh-Evangelium der Beste ist, wenn es um flippige, »songschreibermäßige« Websites geht, die das »gewisse Etwas« haben.

Josh hat recht – der Mann kennt sein Fach, und nachdem ich ein paar Stunden in seinem Büro in Chiswick verbracht habe, steht das Grundgerüst für eine Website, die wirklich toll werden könnte. Josh hat darauf bestanden, dass das ganze Ding bis Freitag online gehen soll – mit all den Liedern darauf, die ich geschrieben, aber noch nicht verkauft habe. Großartig. Bear (der in Wirklichkeit ein kleiner Nerd mit schütterem Haar und John-Lennon-Brille ist) und ich haben alle Hände voll zu tun …

Jetzt gerade allerdings, während ich noch in meinem Auto vor Bears Büro sitze, starrt Nummer acht auf der To-do-Liste mich an. Ich habe es zu lange vor mir hergeschoben und kann es nicht länger ignorieren. Ich schließe die Augen und zähle bis hundert. Dann lasse ich den Motor an und mache mich auf den Weg nach Hause.

Fünf Minuten vom Haus entfernt biege ich von der A3 ab und fahre zu meinem Termin um drei Uhr. Als ich dort ankomme, gehe ich bis zur Rezeption durch. Ich bin nervös. Ich habe genau recherchiert, was ich zu tun habe, und jetzt bin ich hier, weil ich weiß, dass ich muss. Jede Zelle in meinem Körper schreit »Nein« … An der Rezeption geben sie mir ein Klemmbrett, sagen mir, dass ich mich setzen und den Fragebogen ausfüllen soll, und in Kürze würde dann jemand zu mir kommen.

Ich starre auf das Blatt. Nachdem ich den ganzen Morgen damit verbracht habe, die Website www.beth-hall.com aufzubauen, bin ich nicht scharf darauf, meinen echten Namen zu benutzen, und fülle es als Lucy Babushkowizc aus. Da Lucy meine innere Saboteurin ist und Babuschka mein fabelhafter innerer Kern, finde ich, dass diese Kombination tatsächlich Teile von mir widerspiegelt. Die restlichen Fragen beantworte ich so ehrlich wie möglich, abgesehen von meinem Geburtsdatum, wo ich mich aus irgendeinem Grund um zwei Jahre jünger mache.

Etwa fünfzehn Minuten später höre ich, wie der Name »Lucy« gerufen wird, und blicke auf. Eine junge Frau, die nicht viel älter ist als Meg und ihr sehr ähnlich sieht, winkt mich zu einem kleineren Raum. Dort treffen wir eine ältere Frau, die mehr nach einer Oberschwester aussieht. Sie sitzt, während das Meg-Ebenbild stehen bleibt. »Oberschwester« stellt die Fragen. Mit freundlicher Stimme erklärt sie, welche Fragen jetzt auf mich zukommen und was sonst noch passieren kann. Ich versuche, nicht zu schlucken.

Ich werde gefragt, ob ich irgendwelche gesundheitlichen Probleme hätte oder irgendwelche äußerlichen Anzeichen dafür. Ich schüttele den Kopf und sage ihnen, dass sie mich auf jeden Fall untersuchen sollen. Ich werde gefragt, ob ich kürzlich mit jemandem Sex gehabt hätte, der nicht aus Großbritannien stammt. Ich versuche, nicht zu lachen. Sie brauchen nicht zu wissen, dass ich seit Adam mit niemandem mehr Sex gehabt habe, vor acht Monaten. Es ist gut möglich, dass sie, wenn sie dort unten nachsehen wollen, einen Dosenöffner brauchen. Ich werde gefragt, wann ich zum letzten Mal Sex hatte. Ich sage es ihnen, erkläre ihnen dann ein bisschen die Umstände, warum ich hier in der Urogenitalmedizinischen Klinik bin, ein ausgefallener Name für den Ort, wo ich hinmuss, um herauszufinden, ob mein untreuer Ehemann mich nicht mit irgendwelchen Geschlechtskrankheiten angesteckt hat.

Ich sehe sie einen Blick wechseln, vermutlich ist diese Situation ziemlich normal für sie, wird mir klar. Eine Frau, oder auch ein Mann, die überprüfen müssen, ob mit ihnen alles in Ordnung ist, nachdem sie jahrelang mit demselben Menschen zusammen gewesen sind, jahrelang mit demselben untreuen Menschen. Dieser Blick sagt mir, dass ich nicht alleine bin. Nicht sicher, ob ich mich jetzt besser oder schlechter fühle, werde ich von ihnen gefragt, ob ich ihnen eine Urinprobe abgeben könnte; sie bereiten eine dieser nierenförmigen Pappschalen mit einer Nadel vor, um eine Blutprobe zu nehmen. In mir drin fange ich an zu kochen. Dieses Arschloch. Dieser Scheißkerl. Verdammt, es gibt Momente, wo ich ihn wirklich hasse …

Ich fülle meinen Becher mit warmem Pipi und überreiche ihn »Oberschwester«. Ich mache eine Faust, damit sie mir Blut abnehmen kann. Ich öffne meine Beine und lasse sie die Falten meines Untergestells mit ihren behandschuhten Händen öffnen. Während dieses letzten Teils sind meinen Augen geschlossen. Ich spreche eine Art von Gebet – ein gemurmelter Schwall von Kauderwelschwörtern, die irgendeinen Gott irgendwo darum bitten, dass ich nichts Schlimmes habe, dass sie keinen schrecklichen Ausschlag findet. Sie hebt den Kopf, zieht die Handschuhe mit einem Schnalzen aus, lächelt und sagt mir, dass alles gut aussähe, und ich stoße einen ganz tiefen Seufzer der Erleichterung aus.

Ich werde gefragt, wie ich gerne meine Testergebnisse bekommen möchte. So schnell wie möglich, bitte, denke ich, aber wir vereinbaren, dass sie mich auf meinem Handy anrufen werden. Ich danke ihnen und verlasse die Bühne, Abgang links.

Ich zögere, als ich auf den Parkplatz komme. In der Hoffnung, dass mich niemand sieht, biege ich um die Ecke der Klinik und betrete das Erdgeschoss des angrenzenden Gebäudes. Gegen das Zittern brauche ich einen Kaffee, bevor ich nach Hause fahre. Ich winde mich durch die Menschenmenge und bin fast schon bei der Niederlassung von Costa Coffee, als ich eine bekannte Gestalt vor mir entdecke. Verwirrt rufe ich seinen Namen.

»Adam?«

Er dreht sich zu mir um, mit einem Ausdruck des reinsten Horrors. »Beth«, sagt er. »Was machst du hier?« Während er spricht, geht er in Richtung Ausgang zurück und steuert mich dabei mit dem Ellenbogen.

Ich halte an. »Ich bin in der UGM-Klinik gewesen, um mich untersuchen zu lassen. Warum bist *du* hier?«

Er sieht aus, als wolle er auf der Stelle sterben. »Ich bin …«

»Du bist was?« Mir fällt auf, dass er über meine Schulter dorthin zurückblickt, von wo aus wir gerade gekommen sind. »Mit wem bist du hier?«

Er antwortet nicht.

»Hast du gehört, was ich gerade gesagt habe, Adam? Ich habe gerade eine Frau mein Untergestell auf unangenehme Ausschläge kontrollieren lassen. Und was zum Teufel machst *du* hier?«

Er lenkt mich weiter.

»Ich habe einen Freund besucht. Ich wollte gerade gehen …«

Ich bleibe wieder ruckartig stehen. »Wen? Wen hast du besucht?« Mir fällt auf, wie bleich er ist, wie viel Gewicht er verloren hat. Es würde ihm gut stehen, wenn er nicht so geisterhaft bleich wäre. Der Gedanke, dass er vielleicht krank sein könnte, schießt mir durchs Gehirn, vielleicht hat er sich auch testen lassen?

»Nur der Freund eines Freundes, ich hatte gesagt, dass ich mal vorbeischauen würde, wenn ich gerade in der Gegend bin.«

Ich bin am Costa-Ausschank, und obwohl ich nicht ein Wort glaube von dem, was er sagt, kann ich einen Kaffee besser gebrauchen als einen Streit mitten im Krankenhaus. »Ich brauche einen Kaffee. Mein Besuch in der Klinik hat mich traumatisiert.«

»Gut«, sagt er, seine Augen suchen den Korridor ab. »Das tut mir leid. Ich meine, es tut mir natürlich leid, du weißt schon, dass du das Gefühl hattest, dich untersuchen lassen zu müssen.«

Ich schnaube laut. »Trinkst du einen mit? Tee? Kaffee?«

»Nein, nein, ich will nichts.« Er wirft einen Blick auf seine Armbanduhr. »Ich muss gehen, Beth, entschuldige, dass ich so kurz angebunden bin, aber ich muss los.« Innerhalb von Sekunden ist er verschwunden und ich bleibe mit einem Fünfer in der Hand und weit offenem Mund zurück.

Ich bestelle einen doppelten Latte und setze mich in einen der Sessel neben einem großen Pfeiler und frage mich, was gerade passiert ist. Aus der Menschenmenge um mich herum sehe ich, wie Kiera Pugh auf den Eingang zugeht, der mir am nächsten liegt, und erinnere mich daran, dass ihr Sohn hier im Krankenhaus liegt. Vor Scham werde ich rot, als ich auf den Boden schaue, mich hinter dem Pfeiler verstecke und versuche, ihrem Blick und dem unvermeidlichen Smalltalk zu entgehen. Auch wenn ich Mitgefühl für sie habe, bin ich jetzt gerade mehr um Adam besorgt. Er hat sich wie ein Verrückter benommen. Ein Verrückter, der noch mehr zu verbergen hat …

*

In meiner Auffahrt werde ich von meiner stinksauren Mutter begrüßt.

»Um Himmels willen, Elizabeth. Fünf Uhr heißt fünf Uhr. Ich sitze hier seit über einer Stunde und es ist verdammt kalt.«

»Es tut mir leid, Mum, wirklich.« Ich schließe die Haustür auf und knipse das Licht an. Ich kann ihr nicht die Wahrheit sagen, dass sie es nicht auf meine To-do-Liste geschafft hat und ich deshalb vergessen hatte, dass sie kommen wollte. »Ich bin auf der A3 schrecklich aufgehalten worden«, lüge ich.

»Ich werde meinen Mantel eine Weile anbehalten«, grummelt sie, während ich die Heizung aufdrehe. Die Temperaturen draußen sind diese Woche ganz schön gefallen und das Haus ist kalt.

»Ich habe dich im grünen Zimmer untergebracht«, sage ich ihr und versuche, sie aufzuheitern. Das ist das wärmste Zimmer im Haus und da es auf den Garten hinausgeht, ist es auch das Lieblingszimmer meiner Mutter. »Und ich dachte, wir verwöhnen uns und lassen uns etwas zu essen kommen.«

»Damit willst du sagen, dass du nichts zu essen im Haus hast.«

Ich ziehe ein Gesicht. »Das wäre doch unsinnig. Ich bin bald für ein paar Tage weg. Chinesisch oder indisch?« Ich lege meinen Arm um sie.

»Chinesisch.« Sie lächelt. »Bist du aufgeregt? Nach Los Angeles also? Dein Dad wäre so stolz auf dich. Wirst du mir das Lied vorspielen?«

»Das mache ich. Lass mich nur kurz unter die Dusche gehen, Mum. Ich nehme deine Taschen mit nach oben. Machst du dir den Fernseher an?«

Ich gehe die Treppe hoch, als sie hinter mir herschreit, dass ich die Maniküretasche unten lassen soll. Ich lasse die kleinere orangefarbene Lackledertasche zurück, die so klappert. Ein chinesisches Essen, eine Maniküre, meine Mutter, die mir sagt, dass mein Lied einen Grammy verdient hat, die Aufzeichnung eines guten Films und ein Glas Wein. Alles in allem ein guter Abend, wenn ich nur aufhören könnte, an Adam Hall, den Verrückten, zu denken.

Oben blinkt mein Handy, während ich mich gerade ausziehe. Ich greife danach und sehe, dass es Meg ist. »Lange nichts von dir gehört, du. Alles in Ordnung?«

»Mir geht es gut, Mum, bin nur beschäftigt.«

Ich wickele mich in ein Handtuch, um mich warmzuhalten. »Ich habe ein paarmal versucht, dich anzurufen, mehrere Nachrichten hinterlassen.« Ich bemühe mich sehr, nicht anklagend zu klingen. »Du hast dein Zimmer gar nicht fertig aufgeräumt.«

»Ich weiß. Es tut mir leid.«

»Wie geht es Jack?« Ihre Stimme klingt niedergeschlagen, und ich frage mich, ob er dafür verantwortlich sein könnte.

»Gut. Er ist wirklich großartig gewesen …« Sie unterbricht sich selbst. »Hör mal, bist du morgen Abend zu Hause? Ich muss dich sehen, bevor du nach L. A. reist.«

Morgen Abend sollte ich mich eigentlich mit Giles treffen. Ein Abend im Kino. Ich konnte nicht einfach behaupten, dass ich Kino nicht mag, weil er von seinem ersten Besuch im Haus weiß, dass ich Kino liebe. Ich konnte ihm nicht sagen, dass ich nicht will, weil ich Angst habe, dass er mich wieder küsst, weil ich zu nett bin, um so etwas Schreckliches zu sagen. Und ich habe entschieden, dass ich den Kuss wirklich nicht schön fand. Also habe ich eingewilligt, und jetzt wird Meg mir hoffentlich eine Ausrede geben, damit ich da wieder herauskomme. Allerdings werde ich wohl etwas übertreiben müssen, wie dringend ihr Bedürfnis ist, mich zu sehen.

»Na, dann muss es wohl morgen Abend sein«, sage ich ihr. Auf einmal bin ich besorgt. Meine mütterlichen Antennen zucken. »Ist wirklich alles in Ordnung?«

»Sei nicht albern, Mum, mir geht es gut. Ich komme dann so gegen sieben?«

»Okay, wir sehen uns dann, ich hab dich lieb.«

»Ich dich auch.« Sie legt auf.

Ich lasse das Handtuch fallen und warte darauf, dass das Wasser heiß wird. Zitternd gehe ich das Telefonat im Kopf noch einmal durch. Während ich mich gegen die Fliesen lehne, spreche ich ein weiteres Kauderwelschgebet, das zweite an diesem Tag. Wenn ich mein Gebet für Kieras Kind mitzähle, ist dies mein drittes in diesem Monat – in diesem Jahr – diesem Jahrzehnt. Ich steige unter den dampfenden Strahl und bitte alle Götter, die zuhören, dass Meg mir bitte nicht sagen soll, dass sie schwanger ist. Und nur für einen winzigen Moment, eine klitzekleine Bruchteilsekunde denke ich an L. A. und wie es mir dort gefallen wird. Und ob ich dort für immer bleiben könnte …

*

Mum sitzt in ihrem Lieblingssessel, die Augen geschlossen, den Kopf zurückgelegt, und ihr Bein bewegt sich leise im Takt zu der langsamen Ballade. Sie nimmt einen Schluck aus ihrem Weinglas, die Augen immer noch geschlossen. Ich merke, dass sie sich den Text anhört. Als das Lied vorbei ist, sieht sie zu mir herüber. »Brillant, Liebling, es ist wirklich brillant. Das Beste, das du je geschrieben hast.«

Ich muss einfach strahlen.

»Glaubst du daran?«, fragt sie. »Was du in deinem Liedtext geschrieben hast?«

Mein Lächeln verwandelt sich in sein Gegenteil. »Es geht nicht um Adam und mich«, sage ich, einen Hauch zu defensiv. Ich fange an, die Teller vor uns abzuräumen. Bis jetzt ist es ein herrliches Laptop-Abendessen gewesen.

»Warum nicht? Glaubst du nicht, dass das möglich ist?«

Ich seufze. »Es ist für den Film, Mum, nicht das reale Leben. Im realen Leben schaffen es die Menschen nicht immer, sich wieder zu versöhnen.«

»Das weiß ich. Aber was, wenn er das eigentlich will und du tief in dir drin auch? Ich bin jedenfalls sicher, dass Meg es unbedingt will.«

Es gibt Zeiten, wo Sybil Moir mir mächtig auf die Nerven geht, und jetzt ist so ein Moment. Ich weiß, dass sie und Meg eine enge Beziehung haben, aber ich will nicht, dass sie Megs Kopf mit falschen Hoffnungen füllt.

»Meg weiß, dass ich es nicht will, ob tief in mir drin oder sonst wie. Und es ist auch nicht das, was ich brauche. Sie wird sich bald an den Gedanken gewöhnen, und sie wird immer sowohl Adam als auch mich in ihrem Leben haben.«

Mum steht auf, geht zur Küche hinüber und stapelt die Teller in die Spülmaschine. Wir gehen aneinander vorbei, als sie wieder zurückgeht, und ich versuche, die chinesischen Aluminiumbehälter in die Recyclingtonne zu stopfen. Sie legt ihre Arme um meinen Nacken. »Ich möchte doch nur, dass du glücklich bist.«

»Das werde ich auch sein, aber nicht mit Adam.«

Sie seufzt in meine Haare. »Vielleicht muss er dir einfach zeigen, dass er dich immer noch liebt.«

»Es würde keinen Unterschied machen, Mum. Es ist einfach zu spät.«

»Ich verstehe«, sagt sie und lässt mich dann los, füllt ihr Glas mit mehr Pinot Grigio und zieht sich in ihren Lieblingssessel zurück. »Es ist neun Uhr«, ruft sie mir zu. »›Game of Thrones‹ fängt an. Ich werde deine Nägel morgen früh machen.«

Später schlafe ich ein und träume davon, wie Tyrion und Adam sich für meine Liebe duellieren. Und ich wache auf und frage mich, was wäre wenn … Was, wenn er wirklich um mich gekämpft hätte?

SECHSUNDZWANZIG

Auf dem Heimweg tut mir der Kopf weh, mein Herz schlägt unregelmäßig, ich habe quälende Schmerzen im Arm und ich fahre ein Auto. Keine gute Kombination, und da ich nicht unbedingt einen Herzinfarkt am Steuer haben möchte, fahre ich an den Rand und versuche, tief durchzuatmen.

Kiera ruft an und ich schalte das Bluetooth ein. »Was ist passiert?«, fragt sie.

»Es tut mir leid, ich musste weg.«

»Alles in Ordnung, Adam?« Sie klingt besorgt.

»Alles in Ordnung, es ist nur ein langer Tag gewesen.«

»Du, ich weiß, dass ich dich damit sicher nerve, aber ich muss wissen, ob du Meg gefragt hast.«

Kieras Besorgnis um mich ergibt jetzt einen Sinn.

»Meg hat nicht mehr mit mir geredet, seit ich sie gefragt habe, Kiera. Sie hat mir gesagt, dass sie fertig mit mir ist und ich nie wieder mit ihr sprechen soll.«

Kiera keucht.

»Ich habe ihr SMS geschrieben, ihr E-Mails geschickt. Ihr gesagt, was sie tun soll. Sie weiß, wie dringend es ist, und ich weiß, dass sie das Richtige machen wird.«

»Danke. Es tut mir leid.«

Es gibt nicht mehr zu sagen. Ich verabschiede mich murmelnd, lasse den Motor an und schalte das Radio ein. Da ich nicht in der Stimmung für Musik bin, wechsele ich zu LBC, wo gerade eine Diskussion in vollem Gange ist. Die Stimme einer Frau, die vom Moderator als Rabbi Rebekah Morley angesprochen wird, spricht mit klarer Stimme.

»Das liegt daran, dass Gott im Leben der meisten Menschen keinen Platz hat!« Sie wirkt entrüstet. »Es scheint, dass die meisten Menschen heute fröhlich sündigen, solange sie nicht dabei ertappt werden. Viele Menschen stört es gar nicht, dass sie etwas Schlechtes tun, stören tut sie nur die Angst, dabei erwischt zu werden. Solange niemand etwas davon mitbekommt, scheint alles in Ordnung zu sein.«

Ein Mann mit sanfter Stimme unterbricht sie.

»Moment, damit es hier jetzt kein Missverständnis gibt. Was verstehen wir unter einer Sünde? Gehen wir jetzt von den Zehn Geboten aus?«

Ich schalte zu einem anderen Kanal und schraube den Deckel von meiner Wasserflasche. Die sanften Harmonien der Eagles können mich nicht von der Erwähnung der Zehn Gebote ablenken.

Du sollst Vater und Mutter ehren.

Du sollst nicht töten.

Du sollst nicht begehren deines Nächsten Gut.

Du sollst nicht ehebrechen.

Ich habe niemals Sylvia oder irgendeinen anderen »Nächsten« um irgendetwas beneidet, und ich habe niemals daran gedacht, jemanden zu töten – nicht wirklich. Ich habe die Ehe gebrochen und meine Mutter und meinen Vater geehrt – bis zu einem gewissen Punkt. Nämlich bis zu ihrer letzten gemeinsamen Handlung – aber das ist etwas, über das ich jetzt nicht nachdenken möchte. Ich habe dafür jetzt einfach nicht den Kopf frei.

*

Zu Hause schenke ich mir einen großen Jim Beam ein, ohne Eis. Ich stürze ihn in drei Schlucken hinunter und schenke mir noch einen ein. Ich ziehe mir einen Stuhl heran und setze mich an den winzigen Tisch, um den Brief zu öffnen, den ich vorher in meiner Tasche gefunden habe. Ich sehe, dass er zwei Seiten lang ist. Sybils blumige Handschrift starrt mich von den Blättern an, die nach ihrem Zuhause in den Cotswolds duften – irgendeine Mischung aus Lavendel und Rosmarin. Ich habe seit über zwanzig Jahren keinen handgeschriebenen Brief mehr bekommen; wenn er nicht von Sybil wäre, wäre ich wirklich begeistert. Ich streiche die zahlreichen Knicke im Blatt glatt, nehme einen weiteren Schluck Whisky und fange an zu lesen.

Lieber Adam,

ja, mir war und ist etwas an Dir gelegen, obwohl Du Dich wie ein Vollidiot verhalten hast. Ich habe mich gefragt, wie ich Dich kontaktieren soll, da Du nicht auf die Nachricht reagiert hast, die ich auf Deinem Mobiltelefon hinterlassen habe. Du hast sie betrogen, Adam. Das ist unverzeihlich. Das hättest du meiner wunderschönen, empfindsamen, liebenden Tochter niemals antun dürfen. Abgesehen davon weiß ich, auch ohne mit Dir gesprochen zu haben, dass Du sie zurückhaben willst. Ich weiß aus meinen Gesprächen mit Meg, dass Du sie wiederhaben willst. Meg wünscht sich einfach nur, dass Ihr beiden wieder zusammen seid, ihre Familie wieder vereint ist. Ich bin mir auch sicher, dass Elizabeth es sich anders überlegen wird. Wenn Du ihr die Zeit gibst, ihr zeigst, dass Du sie immer noch liebst, sie nicht aufgibst, wird sie einen Weg finden.

Ich schlucke schwer, stehe ruckartig auf, werfe dabei das Whiskyglas um. Im Badezimmer ziehe ich mir die Kleider vom Leib und ziehe meine Laufsachen an. Mein Kopf, das schwöre ich, gibt summende Geräusche von sich, so verdammt schwindelig ist mir von allem. Ich greife mir die Schlüssel, schlage die Haustür hinter mir zu, verlasse das Gebäude und fange an zu laufen. Ich renne kilometerweit, immer auf dem Bürgersteig, denn ich habe meine Reflektoren vergessen. Ich renne kilometerweit, nur mit meinen eigenen Gedanken. Ich renne kilometerweit und sage mir, dass Forrest Gump mir nichts anhaben kann. Als ich schließlich nach Hause zurückkehre, begrüßen mich die Düfte vom Abendessen meiner Nachbarn, die durch den gemeinsamen Hausflur ziehen.

Drinnen ignoriere ich die Scherben und das Chaos. Immer noch schwitzend schenke ich mir einen weiteren Drink ein und setze mich mit Sybils Seiten auf das Sofa.

Als ich ein kleines Mädchen war, habe ich immer davon geträumt, einen Mann zu heiraten, den ich liebe und der mich liebt. Als Erwachsener wurde mir klar, dass der Mann, den ich geheiratet hatte, ein komplizierter Idiot war. Aber ich habe ihn geliebt, und er hat mich geliebt. Ich habe ihn genug geliebt, um ihm zu vergeben, dass er den Alkohol mehr als mich geliebt hat. Er hatte niemals auch nur einen Tropfen getrunken, bis unser Sohn gestorben ist, und danach hat er nicht mehr damit aufgehört, bis es ihn umgebracht hat. Andere Leute sagten mir, dass es dumm von mir war, bei ihm zu bleiben, aber ich weiß, was für mich und Elizabeth richtig war. Das Leben dazwischen war es immer noch wert, gelebt zu werden.

Ich schweife ab. Du weißt das alles vermutlich sowieso schon von Elizabeth. Worauf ich hinauswill, ist, dass LIEBE, richtige Liebe, tatsächlich alle Widrigkeiten überwinden kann. Also, Adam. LIEBST du sie WIRKLICH? Deine Beth? Mehr als alles andere? So, wie sie es verdient hat, geliebt zu werden? Wenn ja, wäre jetzt eine gute Zeit, sie das wissen zu lassen.

Deine Sybil x

Ich gehe durch das Zimmer zum Tisch, trete dabei knirschend die Scherben in den Holzfußboden und ziehe den Laptop zu mir. Meine Frau verdient die allerbeste Liebe, die die Welt ihr bieten kann, aber sie verdient auch die Wahrheit, und die sollte von mir kommen.

Meine liebste Beth,
ich schreibe das als Word-Dokument, zwar nur mit zwei Fingern, aber mit Tempo. Das Bedürfnis, diesen Brief zu schreiben, überkam mich beim Lesen von Sybils Brief so stark, dass ich das erledigen muss, bevor ich es mir anders überlege.

Heute Abend geht es mir schlecht, weil ich Dich schon wieder angelogen habe, als wir uns im Krankenhaus über den Weg gelaufen sind. Ich will damit aufhören, Dir Lügen zu erzählen, deshalb habe ich mich entschlossen, Dir zu schreiben.

Ich hasse mich gerade selbst.

Vor langer Zeit hattest du mich darum gebeten, mit mir zur Paartherapie zu gehen, und ich glaube, wir haben zwei Sitzungen durchgehalten, bevor ich dich davon überzeugt habe, dass es Zeitverschwen-

dung wäre und es uns doch gut ginge, dass es Dir gut ginge und mir auch. Ich habe wieder gelogen. Die volle Wahrheit ist, dass ich einen One-Night-Stand mit einer Frau hatte, die damals eine Kundin von mir war. Es war nur einmal, das schwöre ich. Wir haben ein Kind miteinander.

Ich habe nie etwas mit dem Leben dieses Kindes zu tun gehabt. So wollte die betreffende Frau es haben und ich bin nie erleichterter gewesen, als in dem Moment, wo sie mir das sagte. Du musst wissen, dass ich Dir nur zweimal untreu gewesen bin – jetzt vor kurzem mit Emma und vor Jahren dieses eine Mal mit Kiera, der Mutter von Noah.

Die Tatsache, dass es dieses Kind gibt, wird für Dich ein Tiefschlag sein. Glaube nicht, dass ich nicht wüsste, wie sehr Dir das wehtun wird. Glaube nicht, dass ich mich nicht daran erinnere, wie sehr Du und ich versucht haben, damals ein zweites Kind zu bekommen. Ich kann mich an die Enttäuschung in Deinen Augen jeden Monat erinnern; ich habe sie genauso gespürt … Ich weiß, dass Noahs Existenz etwas ist, was Du mir nie wirst verzeihen können.

So gerne würde ich sagen, dass das Gewicht meiner Lügen der Grund für meine plötzliche Ehrlichkeit ist. Das stimmt nicht. Ich teile Dir das jetzt mit, weil Meg es Dir auf jeden Fall erzählen wird, wenn ich es nicht mache – und ich will, dass Du es von mir hörst. Es ist das Mindeste, was du verdient hast.

Noah ist krank. Kiera, seine Mutter, hat mich vor kurzem kontaktiert, um mir mitzuteilen, dass er unter Leukämie leidet. Ohne eine Stammzellenspende sieht seine Zukunft schwarz aus. Sie haben versucht, im Spenderregister und unter allen bekannten Verwandten einen passenden Spender zu finden, aber ohne Erfolg. Ich habe mich testen lassen und ich komme nicht in Frage. Ich habe Meg die Wahrheit erzählt und sie gebeten, sich testen zu lassen. Sie ist seine Schwester und damit Noahs größte Hoffnung. Ich wusste, dass all das ans Tageslicht kommen würde, als ich sie darum gebeten habe. Das war mir klar, aber ich musste es dennoch tun. Er ist nur ein kleiner Junge, ein unschuldiges Kind, das um nichts von alldem gebeten hat.

Trotz all dieser Scheiße sollst Du wissen, dass ich sehr stolz auf Dich bin und ich mich wahnsinnig freue, dass Du endlich als die fantastische Songschreiberin anerkannt worden bist, die Du bist. Du verdienst alles, was gerade passiert, Beth. Dies ist erst der Anfang einer Reise, die Erfüllung all der Träume, die du gehabt hast, als Du noch mit nichts als Keyboard, Gitarre und Deinen Worten in Deiner Dachkammer hocktest.

Ich werde immer bereuen, was ich getan habe, die Schmerzen, die ich verursacht habe, und ich werde Dich immer lieben.

Adam x

Ich lese es mir nur noch einmal durch. Ich benenne die Datei »Brief an Beth«. Dann hänge ich sie, ohne darüber nachzudenken, als Anhang an eine E-Mail an sie mit den Worten LIES DIES BITTE in der Betreffzeile und drücke auf Senden. Danach fühle ich, wie sich meine Augen mit Tränen füllen. Ich zwinge mich, nicht zu weinen; stattdessen lasse ich meinen Körper langsam vor- und zurückschaukeln. Ich frage mich, wie ich je dazu in der Lage sein soll, ohne sie weiterzumachen. Ich möchte ihren Namen rufen. Ich möchte das Telefon nehmen und sie anflehen. Aber alles, was ich tun kann, ist warten, warten auf das, was jetzt folgt …

SIEBENUNDZWANZIG

»Machen Sie sich keine Sorgen, das verstehe ich schon. Es ist wirklich kein Problem.«

Ich habe Giles zwar nicht richtig angelogen, richtig ehrlich gewesen bin ich aber auch nicht. Als ich ihm von Megs Besuch erzählte, habe ich es klingen lassen, als ginge es um Leben und Tod. Während ich ihm jetzt zuhöre, fühle ich mich schlecht.

»Werde ich Sie noch mal sehen, bevor Sie abreisen?«, erkundigt er sich.

Ich bin verwirrt. Heißt ein Kuss, dass wir jetzt »zusammen« sind?

Ich hoffe doch nicht. Ich hoffe, dass »zusammen« immer noch nichts weiter bedeutet, als zufällig nebeneinander bei Waitrose oder sonst wo gemeinsam zu sein. »Nein«, sage ich ihm, nur um alle Zweifel auszuschließen. Auf die Art und Weise sind sowohl Küsse als auch Waitrose ausgeschlossen. »Ich habe noch so viel zu tun«, füge ich hinzu, um den Schlag abzumildern.

»Viel Glück dann – schreiben Sie mir eine Nachricht, wenn Sie dort angekommen sind?«

Verdammt, er meint tatsächlich nicht die Waitrose-Alternative. Ich verspreche es und lege auf. Und ich fühle mich nicht länger schlecht. Nö, ein zweifelhafter Kuss macht noch kein »Wir sind zusammen«.

Ich frage meine E-Mails ab, kümmere mich um die von Josh, an der eine lange Liste von Stichpunkten hängt. Momentan macht er mich viel nervöser, als es notwendig ist, aber ich kann ihm nicht böse sein. Die Produktionsfirma hat das Hotel für zwei Nächte bezahlt, aber er schlägt vor, dass ich noch eine dritte Nacht bleibe. Er hat eine Liste so lang wie mein Arm mit Leuten, die ich sehen soll, Termine, die ich machen soll, Orte, wo ich hingehen soll. Hollywood … Allein schon von dem Wort bekomme ich vor Aufregung eine Gänsehaut.

Ich klappe den Laptop zu und starre auf meine Fingernägel. Meine Mutter hat sie in knalligem Pink lackiert, und ich habe keine Zeit mehr, sie neu machen zu lassen. Auf einem meiner Daumen ist ein Notenschlüssel, der sich irgendwie in ein Herz verwandelt hat. Er ist absolut haarsträubend, aber das konnte ich ihr nicht sagen. Immerhin konnte ich sie davon abhalten, auch den anderen Nagel damit zu verunzieren, und jetzt frage ich mich, ob ich Zeit habe, das alles wieder rückgängig zu machen. Habe ich genug Nagellackentferner? Ich schreibe es gedanklich auf meine To-do-Liste, während ich die Zutaten fürs Abendessen zusammensuche. Ich bereite eine weitere Lasagne zu, dieses Mal für jemanden, der sie mögen wird – Meg. Wenn ich an sie denke, gerät mein Magen in Aufruhr. Es ist alles in Ordnung mit ihr. Abgesehen von den Nägeln wird alles in Ordnung sein.

*

Die Lasagne köchelt im Ofen vor sich hin. Megs letzte SMS teilt mir mit, dass sie sich um eine Stunde verspätet, aber ich gerate nicht in Panik. Sie wird bald hier sein. Ich sitze an der Frühstückstheke in der Küche und konzentriere mich darauf, was in den nächsten paar Tagen passieren wird. Ich fahre nach L. A.! Ich bin ein Glückspilz. Ich schenke mir ein Glas Wein ein und öffne die E-Mail, die gerade mit einem Ping auf dem Laptop angekommen ist. Sie kommt von Adam und hat einen Anhang, der LIES DIES BITTE heißt. Es fühlt sich ein bisschen wie Alice im Wunderland an, und ich kichere laut.

Mein Instinkt schreit auf, dass ich die Datei nicht öffnen soll. Ich öffne sie trotzdem. Sofort purzeln die Worte vor mir durcheinander. Er ist ein Lügner, der ehrlich sein will – gut. Was? Ein Kind? Was für ein Kind? Was zum Teufel?

Ich kann nicht schlucken. Ich habe keine Spucke. Da ist keine, mein Mund ist trocken. Ich lecke mir die Lippen. Leukämie. Kiera.

Ich stehe auf, schiebe den Laptop von mir weg, als hätte ich mich verbrüht. Kiera, Noah, Krankheit. Oh mein Gott …

Meine Hand presst gegen meine Brust. Es ist, als würde mir das Herz herausspringen, wenn ich die Hand nicht dortlasse. Es wird einen Weg hinausfinden. Es wird durch meine Rippen springen und auf dem Küchenfußboden landen, ein bisschen vor mir pulsieren, bevor es dann dahinschwindet und abstirbt. Genau dort auf den Eichendielen. Mein Herz wird verdammt noch mal sterben und ich werde einfach aufhören zu atmen.

Adam hat noch ein Kind. Mit jemandem namens Kiera … Er war im Krankenhaus. Genauso wie Kiera. Sie hat ein krankes Kind.

Ich renne zur Spüle. Es kommt nur Flüssigkeit heraus. Ich bin so beschäftigt gewesen, dass ich seit dem Frühstück nichts mehr gegessen habe. Ich spucke aus, drehe den Wasserhahn auf, spüle mir den Mund mit kaltem, kalkhaltigem Wasser aus und versuche, mich aufzurichten. Mein Kopf fühlt sich so an, als würde er nicht auf meinen Hals gehören. Mein Gehirn fühlt sich so an, als würde es nicht in meinen Kopf gehören. Mein Leben hat gerade eine Wendung genommen, und es fühlt sich nicht mehr an wie mein Leben.

Mein Laptop zieht mich magisch an, und ich sitze wieder auf dem Hocker und zerre ihn zu mir. Meine Augen füllen sich mit einer Tränenflut, die ich nie für möglich gehalten hätte. Ich hatte mir so sehr ein zweites Kind gewünscht … Wir – wir hatten uns so sehr ein zweites Kind gewünscht. Und die ganze Zeit hat er … Ich lese weiter und erreiche den Teil über Meg.

Jetzt ergibt alles einen Sinn. Ihre Distanziertheit in den letzten Tagen, ihr Bedürfnis, mich zu sehen, bevor ich nach L. A. abreise. Verdammt noch mal, das arme Mädchen. Sie … Das arme Mädchen.

Ich höre ihren Wagen draußen vorfahren. Ich werde ihn umbringen. Ich schwöre es. Dieser verdammte Bastard. Und Kiera Pugh … Wenn ich daran denke, dass sie mir leidgetan hat, dieses verdammte, ehemannfickende Miststück. Megs Schlüssel dreht sich in der Haustür. Ich versuche, aufzustehen und zu ihr zu gehen, aber meine Beine wollen sich nicht bewegen. Sie fühlen sich an, als wären sie aus Zement. Ich sage mir, dass ich raus in den Korridor gehen, meine Tochter fest umarmen und sie nie wieder loslassen sollte, aber mich zu bewegen steht jetzt außer Frage.

Sie kommt in die Küche, wirft einen Blick auf mich und bricht in Tränen aus.

»Du weißt es?«

Ich nicke. Immer weiter. Ein winziges Nicken, als hätte mein Kopf einen unaufhörlichen Tremor entwickelt.

Stattdessen kommt sie zu mir, legt ihre Arme um mich und löst sich schließlich wieder von mir. »Wie hast du es herausgefunden?«, fragt sie.

Mein Kopf zeigt ruckartig auf den Laptop. »Lies das.«

Ich fülle mein Glas wieder auf, schenke ihr auch eins ein. »Bleibst du über Nacht? Fährst du zurück?«

Sie sieht mich nicht an und liest weiter. »Ich bleibe hier«, flüstert sie.

Ich fülle das Glas bis zum Rand.

»Okay«, sagt sie nach ein paar Minuten, schiebt den Laptop beiseite und hebt das Glas an die Lippen. Sie hat sich noch nicht einmal den Mantel ausgezogen.

»Hast du dich testen lassen?« Ich schaffe es gerade so, diese Worte auszusprechen.

»Heute …«

»Wann weißt du, ob du in Frage kommst?«

»In ein paar Tagen, vielleicht nächste Woche.«

»Was passiert, wenn der Test positiv ist?«

»Dann werde ich Stammzellen spenden. Ich möchte jetzt nicht darüber reden.« Sie zieht ein Gesicht, als würde sie sich ekeln, und macht Anstalten, sich ihren Mantel auszuziehen.

»Lass ihn an«, sage ich ihr. »Kannst du mich wo hinfahren?« Ich schalte den Ofen aus, sehe mich in der Küche nach meinen Schlüsseln um. Meine Beine können sich plötzlich wieder bewegen, und ich gehe zur Garderobe im Hausflur und werfe mir die erste Jacke, die mir in die Finger kommt, über.

»Wo fahren wir hin?« Sie folgt mir.

»Fahr einfach«, sage ich ihr, während ich die Tür hinter mir schließe. »Ich zeig dir gleich, wohin.«

Als wir dort sind, bitte ich sie, im Auto zu warten, und sage ihr, dass es nur ein paar Minuten dauern wird.

»Mum?«, ruft sie mir nach und ich beuge mich über den Beifahrersitz. »Du machst mir Angst«, sagt sie.

Ich strecke den Arm nach ihr aus, nehme ihr Gesicht in meine Hand. »Keine Sorge. Ich bin gleich wieder zurück.«

Der Pförtner drückt auf den Türöffner und lässt mich ein. Er kennt mich schließlich. Ich bin eines dieser vertrauenswürdigen Immobilienmaklermädchen, die ein paar Häuser weiter ihr Büro haben. Er sieht von seiner Zeitung auf und lächelt, während ich an seinem Tisch vorbeigehe. An Kieras Wohnungstür zögere ich nur eine Sekunde, dann drücke ich auf die Klingel.

Sie öffnet Momente später. »Lizzie! Was für eine Überraschung. Kommen Sie rein.« Ich kann ihrem Gesicht ansehen, dass sie sich fragt, was zum Teufel ich hier so spät abends tue. Und was zum Teufel habe ich an? Sie kann nicht anders. Sie starrt auf meine Jacke, bei der es sich in Wahrheit um Adams alte Barbourjacke handelt. Er hat sie immer bei der Gartenarbeit getragen. Ich frage mich, warum sie immer noch an der Flurgarderobe hängt.

»Mein Name ist Beth«, sage ich ihr.

Ihr Gesicht verzieht sich verwirrt in Falten. Zumindest um die Augen herum. Ihre mit Botox vollgespritzte Stirn bewegt sich nicht.

»Ich wurde Elizabeth getauft. Meine Mutter nennt mich Elizabeth oder Liz. Mein Schwager Ben nennt mich immer Lizzie. Meine Freunde aber, mein Ehemann, sie alle nennen mich Beth.«

Sie kommt sofort. Eine blitzartige Reaktion. Ein Blick voller Panik.

Ich bin hergekommen, um ihr ins Gesicht zu schlagen. Das hatte ich mir vorgestellt, als ich vor meinem Ofen mit der inzwischen verbrannten Lasagne stand. Ich bin hergekommen, um meinen Handrücken auf ihrer Wange zu spüren. Meine Spur bei ihr zu hinterlassen. Ihr mitzuteilen, wer ich bin. Ihr das Gesicht der Ehefrau zu zeigen. Ich bin hergekommen, um ihr Beleidigungen an den Kopf zu werfen. Um die Nachbarn wissen zu lassen, neben wem sie wohnen.

Jetzt, wo ich hier bin, sehe ich nichts weiter als eine Frau, die fast genauso schlecht aussieht wie ich. Ihr Gesicht ist abgespannt, Tränen der Erschöpfung haben Ringe unter ihren Augen hinterlassen. Mir scheint, dass es immer nur Frauen sind, immer nur Frauen, die so viel weinen können.

»Kommen Sie doch bitte herein.« Ihre Stimme ist kaum lauter als ein Flüstern.

Ich schüttele den Kopf. »Ich heiße Beth Hall. Mein Ehemann ist Adam Hall. Unsere Tochter heißt Meg.«

»Lizzie, Beth, ich weiß nicht, was ich sagen soll. Es tut mir leid.«

»Sie haben einen Sohn.« Mein Mund ist wieder trocken.

»Noah …«

Ich starre sie an.

»Meg«, sagt sie zu mir und ich weiß nicht, ob das eine Frage ist, eine Feststellung, ein Wort oder was auch immer.

An der Stelle drehe ich mich um. Meg wartet im Auto auf mich. Ich habe dieser Frau nichts zu sagen. Ja, sie ist eine Schlampe, die anderen den Ehemann wegnimmt. Aber sie ist eine Schlampe, die anderen den Ehemann wegnimmt und deren Sohn stirbt.

Sie ruft mir hinterher. »Beth, bitte. Wissen Sie, ob Meg …«

Der Aufzug wartet auf mich. Ich muss nichts weiter tun, als auf den Knopf zu drücken, und schon verschwinde ich in seiner sicheren Höhle. Minuten später verlasse ich das Gebäude und lande in der bitteren Kälte des Novemberabends. Meg hat den Motor laufen lassen, um sich warmzuhalten, und ich springe vorne hinein.

»Will ich es wissen?«, fragt sie, während sie heimwärts steuert.

»Die Mutter.« Ich ziehe Adams Barbourjacke fest um meinen Hals und zittere. »Sie wohnt dort. Vorübergehend. Solange das Kind im Krankenhaus ist.«

Ich sehe, dass sie sich fragt, woher zum Teufel ich das weiß.

»Lebt sie noch?« Sie zieht ihre Stirn hoch, so dass sie sich in viele kleine Falten legt.

»Ja, sie lebt. Ich habe sie nicht angerührt. Und zieh nicht die Stirn so kraus. Das tut dir nicht gut.«

Meg kichert. »Stirnrunzeln? Stirnrunzeln tut mir nicht gut? Mum, mein Vater ist ein Arschloch. Er tut mir nicht gut. Ich habe einen Bruder, den ich nie kennengelernt habe. Da kann ein Mädchen doch wohl die Stirn runzeln?«

»Du hast recht. Zieh die Stirn so kraus, wie du willst, mein Schatz. Und jetzt lass uns nach Hause fahren und uns so richtig besaufen.«

Sie ist einverstanden. Es ist eine gute Idee, sagt sie mir, aber ich weiß schon, dass sie nicht mit dem Herzen bei der Sache ist. Vielleicht, weil es verletzt und sogar gebrochen ist, so wie meines.

Ich wickle mich tiefer in den Mantel, strecke die Hand aus und drehe die Heizung auf. »Es wird kälter«, sage ich.

»Was du nicht sagst«, lautet ihre Antwort. »Und du bist auf dem Weg nach L. A.«

Je schneller, desto besser, denke ich, wobei ich bis ins Mark friere.

»Ich sollte dich vorwarnen, dass Karen da ist.«

»Karen? Warum?«

»Wir können uns besaufen, wir alle drei.«

»Warum ist Karen hier?« Ich werde sofort misstrauisch. »Oh Gott, nein … Sag mir jetzt bitte nicht, dass Karen über alles Bescheid weiß.«

»Ich habe sie angerufen. Ich hatte schreckliche Angst, wie du reagieren würdest, also habe ich die Truppen in Bereitschaft versetzt.«

Ich bin nicht besonders begeistert, versuche aber, es ihr nicht zu zeigen. Natürlich hätte ich es Karen erzählt, aber Ben ist doch gerade erst bei ihr eingezogen.

»Und sie hat eine Tasche dabei«, redet Meg weiter. »Vermutlich eine für über Nacht, aber es könnte auch eine ziemlich große Tasche sein.«

»Was zum Kuckuck, Meg …«

Sie wendet für eine Sekunde die Augen von der Straße ab und wirft mir einen Blick zu. »Ich habe gerade mit ihr gesprochen. Am Telefon, als du drinnen bei der Mutter warst. Karen wollte sowieso zur Unterstützung herkommen, hat aber inzwischen erfahren, dass Onkel Ben schon seit einer ganzen Weile über diese … diese ›Situation‹ Bescheid gewusst hat. Sie ist wütend und hat ihn sitzen lassen.«

Ich bin völlig verwirrt. Karen hat Ben sitzen lassen, in Karens Appartement. Wahrscheinlich konnte sie ihn nicht hinauswerfen, weil Adam in Bens Appartement wohnt. Was heißt, dass ich Karen bekomme. Ihr Wagen steht in der Auffahrt, als wir vorfahren. Das Sicherheitslicht scheint auf sie hinab, und sie dreht sich zu mir um, als wir aus Megs Auto aussteigen. Sie zieht mit großer Geste die Schultern hoch, als wollte sie so etwas sagen wie »Die ganze Welt ist verrückt geworden«.

»Kann ich hierbleiben, solange du in L. A. bist?«, fragt sie mich, als wir uns umarmen. Ich vergrabe meinen Kopf an ihrer Schulter und erinnere mich daran, dass Adam eigentlich in der Zeit ein paar Tage hier verbringen sollte. Das würde er jetzt wohl kaum wagen. Er würde es wirklich nicht wagen.

»Natürlich«, erwidere ich. »Auch wenn ich es nur äußerst ungern sage, aber Ben ist in deinem Appartement und eigentlich sollte doch *er* seine Sachen packen, oder?« Ich weise mit dem Kopf auf die Reisetasche, die glücklicherweise nicht so groß ist.

»Das wird er auch, wenn ich Zeit zum Nachdenken hatte und wieder klar denken kann.«

Als ich die Tür öffne, riecht es nach verbranntem Käse, und ich beschließe direkt, dass ich niemals wieder in meinem Leben eine Lasagne zubereiten werde. Da ich es nicht geschafft habe, die ehemalige Geliebte meines Ehemanns so richtig zu vermöbeln, ist dies die einzige Entscheidung an diesem Abend, an die ich mich wahrscheinlich auch halten werde.

ACHTUNDZWANZIG

So viel steht fest. Meg hat sich testen lassen, und wir warten auf die Ergebnisse. Beth hat meinen Brief gelesen und nicht geantwortet. Weder mündlich noch mit einem Wutanfall, noch per E-Mail, Post oder Brieftaube. Keine Antwort. Nada, nichts … Ich weiß nicht, was ich erwartet habe, aber dieses Nichts bringt mich um. Dass sie den Brief gelesen hat, weiß ich nur, weil Ben es mir gesagt hat. Offenbar ist Karen jetzt in Weybridge. Ben ist in Karens Appartement. Ich bin in Bens. Es ist ein einziges riesengroßes Durcheinander.

Heute ist Sonntag, und Kiera hat sich einverstanden erklärt, dass ich Noah heute besuche, da er gefragt hat, ob ich nicht mit ihm Schach spielen könnte. Sie liest mir die Leviten, während wir zusammen auf die Station gehen – sagt mir, dass ich offenbar viel mehr fluche als früher und ob ich das in Noahs Gegenwart doch bitte lassen könnte. Na schön … Mir ist zum Lachen zumute, weil sie recht hat. Seit ich mein Leben die Toilette hinuntergespült habe, scheint es so, als würde mein Mund denken, dass er dort wohnt. Schandmaul Beth ist regelrecht brav im Vergleich zu mir.

An der Tür zur Station legt sie mir die Hand auf den Arm. »Ich sollte es dir sagen. Beth war bei mir.«

Mein Magen rutscht mir in die Kniekehlen. »Was? Wie?«

»Das spielt keine Rolle. Ich wollte es dir nur sagen. Sie war sehr aufgebracht.«

»Sie hat alles Recht dazu.« Ich zucke die Schultern.

»Es ist mir äußerst unangenehm, dass sie das herausfinden musste. Es ist mir äußerst unangenehm, dass ich ihr wehgetan habe. Sie schien solch eine nette«, sie korrigiert sich, »liebenswürdige Person zu sein.«

»Das stimmt.«

»Es tut mir leid«, sagt sie noch einmal.

»Weißt du was, Kiera? Wir beide können uns bis ans Ende aller Zeit entschuldigen und es wird überhaupt nichts daran ändern, was wir getan haben. Lass uns doch versuchen, aus dem Chaos das Beste zu machen.« Ich nicke in Noahs Richtung.

»Du hast recht. Und noch etwas. Ich habe Gordon nicht gesagt, dass du hier bist. Ich mache es zwar irgendwann, aber jetzt noch nicht.«

»Scheiße, Kiera. Das Letzte, was ich gebrauchen kann, ist auch noch Gordon auf dem Kriegspfad.«

Sie starrt mich an, vermutlich wegen meiner Ausdrucksweise. »Ich werde es ihm sagen«, erwidert sie. »Ich muss nur einen Weg finden, ihm die Wahrheit zu sagen – Noah hat nach dir gefragt. Dass er darum gebeten hat, mit dir Schach zu spielen.«

»Glaubst du, er ahnt etwas?« Ich beobachte unseren Sohn, der mit der Nase in einem Buch steckt, durch das kleine Fenster in der Tür.

»Das ist unmöglich, oder?«, erwidert sie. »Aber andererseits ist Noah ein kluger Junge. Bevor du aufgetaucht bist, ist ihm schon aufgefallen, dass es keine Bilder von ihm und Gordon gibt, als er noch ein Baby war. Wir wollten es ihm sagen, aber dann wurde er krank …«

Ich drücke ihre Hand. »Bitte. Ich möchte Gordon nicht anlügen. Es reicht jetzt mit den Lügen. Ich habe es satt.«

»Ich werde es ihm sagen«, flüstert sie, während sie die Tür öffnet.

»Jo«, Noah blickt über den Rand seines Buches auf und begrüßt uns.

»Hallo, Liebling.« Kieras Kuss schwebt über der Stirn des Kindes.

»Adam. Da bist du ja wieder«, stellt er fest.

»Deine Mutter hat mir gesagt, dass du gerne Schach spielen möchtest.« Ich öffne meinen Rucksack und ziehe ein Brettspiel heraus. Es gehört eigentlich Ben, aber als ich es in der Wohnung gefunden habe, dachte ich, dass es eine gute Idee wäre. »Wenn du mit mir Schach spielen willst, müssen wir aber richtig spielen, und das heißt, die Spielsteine auch anzufassen und sie nicht nur als dreidimensionale Animation hin- und herzuschieben.«

Er hat die Schachtel schon geöffnet und stellt die Spielsteine auf die korrekten Felder.

»Gehört es dir?«, fragt er. »Hast du damit gespielt, als du klein warst?«

Ich zögere. »Es gehört meinem Bruder, aber ja, ich habe damit gespielt.«

»Du hast einen Bruder?« Das Kind sieht mich direkt an.

»Ja, sein Name ist Ben.«

»Älter oder jünger?«

»Jünger.«

»Wie viel jünger?«

Ich bemerke Kieras Lächeln.

»Stellst du immer so viele Fragen?« Ich antworte auf Kieras Lächeln auch mit einem Lächeln.

»Ja, immer«, erwidert er. »Wie viel jünger?«

»Fast zwei Jahre.«

»Du hast es gut.« Er seufzt. »Ich bin ein Einzelkind.« Kiera beißt sich jetzt auf die Unterlippe. »Möchtest du etwas zu trinken haben, Liebling? Ich hole für Adam und mich Kaffee.«

»Einen O-Saft, bitte«, sagt er, ohne aufzusehen.

»Café Latte mit zwei Stück Zucker?«, fragt sie mich und ich nicke.

»So«, sagt Noah, nachdem seine Mutter gegangen ist und bewegt seinen ersten Bauern. »Wie kommt es, dass Mum weiß, wie du deinen Kaffee trinkst?«

»Ich kenne sie schon seit einer Weile«, erwidere ich vorsichtig. »Ich arbeite mit deiner Familie zusammen, deshalb kenne ich nicht nur Tim schon sehr lange, auch deine Mutter kenne ich schon seit Jahren.«

Im Raum ist ein ständiges Summen zu hören, was von all den Maschinen rund um das Bett kommt, wie mir klar wird. Ich sehe mir ein paar von ihnen an und versuche herauszufinden, was für eine Funktion sie haben.

»Ich hätte schwören können, dass Mum sich so verhalten hat, als hätte sie dich bei deinem ersten Besuch hier gerade zum ersten Mal getroffen.«

Ich bin mir nicht sicher, wie ich reagieren soll. Vielleicht wenn ich so tue, als hätte ich das überhört …

»Weiß mein Dad, dass du hier bist?«

Eine weitere Frage, die ich ignorieren muss. Vielleicht kann ich ihm sagen, dass ich ein bisschen taub bin. Er hat schon ein paar von meinen Bauern und einen Ritter geschlagen. Dieses Kind weiß, wie man Schach spielt.

»Adam? Weiß Dad, dass du hier bist?«

»Ich bin mir nicht sicher.« Ich huste. »Es ist ziemlich laut hier drinnen, nicht wahr? Und warm? Mein Mund ist total trocken.«

Noah lehnt sich mit dem Kopf an den Stapel von Kissen hinter seinem Hals. »Das sind die Maschinen«, sagt er. »Und der Kaffee ist unterwegs.«

Bis Kiera zurückkehrt, hat er die meisten meiner Figuren geschlagen und ich weiß, dass ich nur noch Augenblicke davon entfernt bin, von einem zehnjährigen Jungen besiegt zu werden. Sie reicht mir einen dampfenden Kaffee und ich nehme einen vorsichtigen Schluck durch die winzige Öffnung im Plastikdeckel.

»Ich brauche mehr Übung.« Ich sehe vom Spielbrett auf und zeige ihm, dass ich meine Niederlage riechen kann.

»Du musst einfach öfter herkommen«, erwidert er.

Ich antworte nicht. Kiera ist von ihrem Stuhl aufgesprungen und geht durch die Tür hinaus.

Noah streckt seinen Kopf aus und versucht, um die Ecke zu sehen. »Das ist Dad«, flüstert er. »Junge, sieht der angepisst aus.«

Auch wenn ich mir ziemlich sicher bin, dass Kiera seine Wortwahl nicht gefallen wird, bin ich zu erschrocken, um mich umzudrehen und nachzusehen, was da vor sich geht. Ich sammele die Schachfiguren ein und stecke sie in die Schachtel.

»Ich hätte nur noch drei Züge bis zum Schachmatt gebraucht«, sagt er mir.

»Kein Zweifel.«

»Woran liegt das, Adam, dass Erwachsene nicht einfach ehrlich zueinander sind? Das ist so frustrierend. Wieso ist das hier jetzt so eine große Sache? Ich möchte mit einem Freund von Onkel Tim Schach spielen.«

Ich schlucke schwer, mit dem Rücken zum Fenster und was auch immer sich draußen auf dem Flur abspielt. »Erwachsene sind manchmal …« Ich unterbreche mich selbst. Halt zum Teufel die Klappe, Adam.

»Was?«, fragt er. »Erwachsene sind manchmal was?«

Ich schweige, ziehe die Schultern hoch und lasse sie wieder sinken.

»Erwachsene sind manchmal Arschlöcher. Ich bin derjenige, der hier stirbt.«

*

Gordon ignoriert mich völlig und geht einfach an mir vorbei zu seinem Sohn und lässt Kiera und mich draußen auf dem Korridor zurück.

»Du hättest nicht herauszukommen brauchen«, sagt Kiera. Sie wirkt erschöpft.

»Er hat mich schon haushoch geschlagen.«

»Gordon und ich wollten uns hier später treffen, aber um ehrlich zu sein, ich glaube, er wusste, dass ich dich einschmuggeln wollte.«

»Wenn Gordon mich hier nicht haben will, werde ich nicht wiederkommen. Bitte, das Letzte, was ich will, ist, noch mehr Probleme heraufzubeschwören.«

»Adam, Noah wollte dich wiedersehen und das ist alles, was mich interessiert.« Sie nippt an ihrem Kaffee, verzieht das Gesicht und wirft ihn in den nächsten Mülleimer. »Ich habe gerade mit dem Facharzt gesprochen. Wir warten auf Megs Ergebnisse. Wenn sie nicht als Spenderin passt, können wir sofort mit dem Programm anfangen. Wenn sie in Frage kommt, wird er stattdessen die Stammzellenspende bekommen, weil die Erfolgsaussichten dabei größer sind.«

Ich nicke, kann ihr aber schon nicht mehr folgen. Obwohl Kiera mir die neue Behandlungsmethode aus Amerika erklärt hat, für die Noah in Großbritannien einer der ersten Patienten wäre, bin ich mir nicht sicher, dass ich sie verstehe. Es gehören viele verschiedene umfassende Bluttherapien dazu. Was ich aber verstehe, ist, dass es sich um eine allerletzte Notlösung handelt, und ich bete, dass Meg in Frage kommt. Abgesehen von Noahs Leid wäre all der Aufruhr in meiner zerbrochenen Familie sonst umsonst gewesen …

»Werden sie die Spende hier durchführen, wenn …« Ich beende den Satz nicht.

»Wahrscheinlich nicht. Ich denke, er sollte in die Great Ormond Street zurückkehren. Am liebsten würde ich ihn nicht noch einmal verlegen lassen, aber bei einer Spende hätte ich ihn lieber wieder in den Händen seiner ursprünglichen Onkologen.«

»Ich werde jetzt aufbrechen«, sage ich ihr.

»Überlasse Gordon mir, Adam. Wenn du Noah treffen möchtest und er dich sehen will, wird Gordon einen Weg finden müssen, sich damit zu arrangieren.«

Die Wut in ihrer Stimme überrascht mich, aber ich sage nichts. Stattdessen umarme ich sie kurz. Sie fühlt sich winzig in meinen Armen an, wie ein Vogel. »Hol dir ein Sandwich, du wirst immer dünner.«

Sie lacht. »Das sagst ausgerechnet du. Wie läuft denn das Training?«

»Gut. Ich laufe jetzt jeden Abend.« Ich sage ihr nicht, das dies die einzige Möglichkeit für mich ist, um überhaupt zu etwas Schlaf zu kommen. Sie sieht so aus, als hätte sie selbst Probleme in dem Bereich. »Sponser mich, ich habe eine Seite bei ›Just Giving‹ angelegt.«

»Das mache ich.« Sie küsst mich auf die Wange und drückt die Schwingtür auf. »Bis zum nächsten Mal.«

Ich verlasse das Krankenhaus. Der Tag ist bitterkalt und die Überreste des Frostes von letzter Nacht knirschen immer noch unter meinen Füßen. Ich werfe einen Blick auf die Uhr. Da ich mir nicht sicher bin, um welche Zeit sie fliegt, kehre ich schnell zum Auto zurück, drehe die Heizung hoch und google auf meinem iPhone nach Flügen von Heathrow nach L. A. Für Sonntag, den 30. November 2014 gibt es zwei Flüge – beide am späten Nachmittag. Ich fahre direkt nach Weybridge.

Ihr Auto steht in der Auffahrt. Karens ebenfalls. Ich sammle mich für einen Moment und klingele dann.

Karen geht an die Tür. Sie starrt mich einfach nur an, ohne etwas zu sagen.

»Ist Beth da?« Ich ziehe meinen Mantel enger um mich.

»Ich fahre sie gleich zum Flughafen.«

»Kann ich sie sehen?«

»Das bezweifele ich …«

»Karen, es ist eiskalt hier draußen. Egal, ob du mich jetzt anschreien willst oder mich einfach nur mürrisch ansehen, können wir das bitte im Hausflur machen?«

»Nein. Du kannst dir deine verdammten Eier draußen abfrieren. Wenn sie abfallen, hörst du vielleicht auf, sie zu benutzen.«

»Ich muss Beth sehen, bevor sie abreist.«

»Sie will dich nicht sehen.«

»Woher willst du das wissen?«

»Beth?«, schreit Karen mit lauter Stimme ins Haus hinein. »Willst du Adam sehen?«

Stille.

Ich neige den Kopf, ziehe die Augenbrauen hoch.

»Sie will dich nicht sehen.«

»Herrgott noch mal, jetzt lass mich in mein eigenes Haus.« Ich schiebe sie zur Seite und gehe in den Flur.

»Das ist Hausfriedensbruch«, zischt sie. »Du bleibst verdammt noch mal hier!« Sie warnt mich mit einem ausgestreckten, spitzen Finger und geht hinein, vermutlich nach oben zu Beth.

Innerhalb von Minuten ist sie wieder da. »Sie will dich *nicht* sehen. Sie will, dass du jetzt gehst.«

»Ich gehe aber nicht.« Ich starre demonstrativ auf Beths Worte an der Wand.

»Ich rufe die Polizei.«

»Dieses Haus gehört immer noch zur Hälfte mir, Karen. Ruf zum Teufel noch mal an, wen du willst. Du willst jetzt also herumzicken? Beth hatte überhaupt kein Recht dazu, die Schlösser an einem Haus austauschen zu lassen, das uns beiden gehört. Jetzt geh und sag ihr, dass ich zwei Minuten von ihrer Zeit in Anspruch nehmen möchte. Bitte. Nur zwei Minuten.«

»Lass es gut sein, Karen.«

Ich höre Beths Stimme aus dem Wohnzimmer.

»Komm wieder rein«, sagt sie zu ihr. »Es geht schon in Ordnung.«

Karen wirft mir einen vernichtenden Blick zu und verschwindet. Beth taucht vor mir auf, mit einem Bein im Flur.

»Was willst du?«

Ich muss sie einfach rasch von oben bis unten ansehen. Sie sieht umwerfend aus, in einem schwarzen Rollkragenpullover, Jeans und Stiefeletten mit Absätzen. Ihr Haar, das inzwischen lang genug dafür ist, hat sie mit einer strassbesetzten Haarspange hochgesteckt. Für einen Moment verschlägt es mir die Sprache.

»Ich wollte dich nicht …«

Sie hebt die Hand hoch. »Adam, wenn du gekommen bist, um dich zu entschuldigen … Wenn du gekommen bist, um mir zu sagen, dass du das alles gar nicht gewollt hast … Wenn du gekommen bist, um mir zu sagen, dass es sich irgendwie in Ordnung bringen lässt, dass du mich zehn Jahre lang wegen des Kindes angelogen hast, dann hör jetzt auf. Das geht nicht. Das lässt sich nie wieder in Ordnung bringen.«

»Das weiß ich.« Jetzt habe ich auch noch einen Kloß im Hals. »Aber das bedeutet nicht, dass ich es nicht zumindest versuchen sollte.«

»Lass es. Versuche es gar nicht erst und spar dir die Mühe.«

»Ich muss aber.«

»Geh bitte. Ich will meinen Flieger nicht verpassen.«

Aus dem Wohnzimmer kommt jetzt Musik. Karen versucht, mich zu übertönen, und ich bin langsam richtig genervt.

Sie steckt den Kopf um die Ecke. »Hast du sie gehört? Sie will ihren Flieger nicht verpassen.«

Langsam beginne ich rotzusehen. Ich will einfach nur zwei Minuten lang mit Beth reden. Ihr zwei Minuten lang in Ruhe etwas erklären, bevor sie abreist.

»Karen, bitte verpiss dich einfach. Das hat nichts mit dir zu tun. Ich muss mit meiner Frau reden.«

»Deine *Frau* hat kein Bedürfnis, mit dir zu reden.« Sie ist jetzt in den Flur zurückgekehrt und geht in die Offensive, und ich sehe mittlerweile ein tiefes Scharlachrot.

»Geh mir aus dem Weg, Karen.«

»Zwing mich doch.«

»Bist du eifersüchtig, ist es das?« Ich schiebe mein Gesicht ganz nah an sie heran. »Würde es dich umbringen, wenn Beth tatsächlich mit mir spricht? Und für wen hältst du dich eigentlich? Was ist denn dein Tipp? Sagst du ihr, dass sie mich abservieren soll? So wie all die Männer in deinem Leben, die dich fallen gelassen haben … Wenn ihnen klar wurde, was für ein verbittertes, giftiges Miststück du bist?«

»Hör auf, Adam. Hört beide auf.« Ich höre Beths Stimme, aber der Höllenhund ist von der Kette gelassen.

»Erinnere mich daran, mit Ben zu reden, ihm zu sagen, wie du wirklich bist. Dass du nie dazu in der Lage gewesen bist, eine richtige Beziehung zu führen.« Ich springe ihr direkt an die Gurgel.

Karen weicht zurück, als hätte sie sich verbrüht.

»Geh jetzt, Adam.« Beth kommt zu mir.

»Ich habe gerade erst angefangen.«

»Du hast schon genug gesagt.« Beth schreit, zeigt auf die Tür und befiehlt mir, das Haus zu verlassen.

Ich gehorche und schlage die Tür so heftig hinter mir zu, dass sie fast aus den Angeln fliegt. Im Auto versuche ich, mein inneres Gleichgewicht wiederzufinden. Scheiße. Ich meine diesen ganzen Mist über Karen gar nicht so, sie ist mir nur in die Quere gekommen.

Ich senke meinen Kopf und stoße ihn rhythmisch gegen das Steuer. Es gibt nichts, was ich tun kann. Keine Entschuldigung, keine Textnachricht, kein Brief, keine Blumen, nichts – nichts wird dies je wieder in Ordnung bringen. Statt Beth Stoff zum Nachdenken in L. A. zu geben, habe ich nur erreicht, dass sie mich jetzt noch mehr hasst. Gut gemacht, Kumpel, sage ich mir. Drück nur weiter auf den Selbstzerstörungsknopf. Eines Tages funktioniert er mit Sicherheit.

NEUNUNDZWANZIG

Ich möchte Karen am liebsten anschreien. Da ich diese Reaktion gar nicht von mir kenne, versuche ich, mich zusammenzureißen, ohne laut zu werden. Auf meinem Bett liegt ein Stapel Kleider – mehrere Stapel Kleider, um genau zu sein –, die zusammen ein einziges großes Chaos ergeben ... Es sind nur noch vierzig Minuten, bis wir zum Flughafen fahren müssen.

»Warum packst du nicht einfach für mich?«, schlage ich vor. Schließlich hat sie meinen wunderschön ordentlichen, wohlorganisierten Koffer wieder ausgepackt, bei dem ich genau wusste, was ich hineingetan hatte und wo genau es war. Sie versteht einfach nicht, dass bei mir nur dann Anflüge von Zwangsstörung auftreten, wenn ich die Toilette putze, mein Bett mache oder einen Koffer packe. Das wurde offensichtlich, nachdem sie meine ursprüngliche Auswahl in einen »MITNEHMEN«-Stapel und einen »HIERLASSEN«-Stapel und einen dritten Stapel mit ihren Vorschlägen sortiert hatte – einen »VIELLEICHT MITNEHMEN«-Stapel. Ich muss mich schwer anstrengen, dass ich mich nicht in die Ecke des Schlafzimmers stelle und den Daumen in den Mund stecke.

»Du willst doch nicht aussehen wie eine Nonne, oder?« Sie deutet auf meine zwei Caprihosen und weißen Oberteile.

»Nonnen tragen keine Caprihosen«, sage ich und lege sie samt den Stapeln in den Koffer zurück. »Und auch keine Converse-Turnschuhe.« Ich schiebe mein weißes Paar mit dem roten Streifen wieder zurück in die obere rechte Ecke des Koffers.

»Bitte nimm das mit.« Ihre Stimme klingt fast schon flehend, während sie ein langes, seidiges Kleid hochhält.

»Wo soll ich das tragen?« So langsam drehe ich durch und fange an, wie wild auf meine Armbanduhr zu tippen.

»Bei einem netten Abendessen in L. A. Mit einem netten Filmproduzenten oder Plattenproduzenten oder irgendeinem anderen Produzenten.« Sie legt es ordentlich oben auf die zusammengefalteten Kleider. »Du wirst es bügeln lassen müssen, wenn du angekommen bist.«

»Gut, okay. Habe ich jetzt alles? Du hast mich völlig durcheinandergebracht. Sind die Kosmetik und der Kulturbeutel wieder mit drin?«

Sie schließt den Deckel. »Es ist alles drin, Beth. Jetzt hol dir einen Mantel und einen Schal. Es ist saukalt draußen.«

Ich putze mir zuerst die Zähne. Ich halte mich am Waschbecken fest und versuche, mich zusammenzureißen, aber meine Nerven sind in Fetzen. Das Letzte, was ich heute gebrauchen konnte, war, dass Adam vor der Tür steht. Ich spucke aus und lächele mich im Spiegel an. Zählen, Beth, zählen hilft. Hör einfach auf, über den Scheiß in deinem Leben zu grübeln, und fang an, dir Lieder auszudenken. Lieder. Lieder … Ich greife nach meinem Mantel und meinem Schal und laufe hinunter zum Wagen, wo Karen schon meinen Koffer in den Kofferraum gepackt hat.

»Bist du sicher?«

»Entspann dich.« Sie schlägt den Kofferraumdeckel zu. »Es ist alles drin, was hineingehört. Ich habe ihn abgeschlossen. Hier ist der Schlüssel. Hier ist die Brieftasche mit deinen Unterlagen. Schau noch mal rein und steck sie in die Handtasche. Und los geht's.«

Ich überprüfe alles wie angewiesen.

»Nervös?«

Ich nicke. »Ich habe einfach das Gefühl, dass ich Meg jetzt nicht zurücklassen sollte, nicht gerade jetzt. Nicht jetzt, wo sie gerade all das durchmacht. Vielleicht sollte ich nicht verreisen.«

»Steig ins Auto, Beth. Und wenn ich dir eins überbraten muss, um dich ins Auto zu kriegen, ehrlich. Das ist deine Chance. Meg geht es gut, was könntest du denn schon ausrichten, wenn du hierbleiben würdest? Neben ihr sitzen und warten, ob sie jetzt als Spenderin in Frage kommt oder doch nicht?« Sie hebt die Stimme. »Es ist nur für ein paar Tage. Ich verspreche dir, ich werde Meg im Auge behalten. Und jetzt steig in das blöde Auto ein.«

Ich tue, wie mir geheißen, und rutsche auf den Beifahrersitz.

Karen schnalzt laut mit der Zunge. »Dass du mir ja in den Flieger steigst, Beth Hall. Das meine ich ernst. Wenn du das nicht tust, werde ich nie wieder mit dir reden. Und keine Garantie, was ich Adam antun werde.«

Wir haben überhaupt nicht über Adams plötzlichen Auftritt gesprochen. Oder darüber, was er gesagt hat. Nicht ein Wort. Wir haben beide nur einfach die Musik ausgeschaltet, sind nach oben gegangen und haben mit dem Auspacken und Wiedereinpacken weitergemacht.

»Genieß deinen Moment. Du wirst das ganz toll machen.« Sie tätschelt mir beruhigend den Arm. »Und denk nicht an ihn. Er ist es gar nicht wert.«

»Es tut mir so leid, was er zu dir gesagt hat.«

»Vergiss es. Er war geladen. Ich habe ihn aufgestachelt.«

»Er meint das nicht so.«

»Hör auf, ihn zu verteidigen, Beth. Er muss Verantwortung für die Sachen übernehmen, die er sagt und tut.« Sie formt ihre Lippen zu einem »O« und stößt einen tiefen Seufzer aus.

»Ich weiß, aber normalerweise verliert er nie die Beherrschung und was er gesagt hat …«

»Und wenn schon. Ist dir aufgefallen, wie dünn er geworden ist? Ich war ein bisschen schockiert.«

Ich weiß, dass das Thema damit beendet ist, also erwidere ich: »Die ganze Lauferei …«

»Hinter anderen Frauen her«, ergänzt sie.

Ich lächele nicht. Natürlich ist er ein Bastard allererster Güte, aber plötzlich fühle ich eine Leere in mir. Es ist, als wäre ein Teil von mir gestorben.

»Er hat geweint«, sage ich ihr. »Ich habe gesehen, dass er geweint hat, als ich ihn rausgeworfen habe.«

»Schluchz, schnief.«

Ich versuche mich lieber darauf zu konzentrieren, wo ich hinfahre, statt darauf, was gerade im Haus passiert ist. Es ist wahrscheinlich Zeit, nach vorne zu schauen. Ich glätte imaginäre Falten in meiner schwarzen Jeans.

»Hast du dich rasiert?«, fragt Karen, ohne die Augen von der Straße zu nehmen.

»Was?«

»Hast du dich rasiert?«, wiederholt sie.

»Definiere bitte.«

»Dein Fahrgestell unten.«

Ich rolle die Augen. »Meine Güte, Karen. Nein, ich habe verdammt noch mal mein Untergestell nicht rasiert.«

»Mach das besser mal. Und sobald du es machst, weißt du, dass es wirklich Zeit ist, nach vorne zu schauen.«

Ich versuche, nicht zu lachen. Sie hat recht. Mein Damengarten sieht momentan ziemlich wild aus – ungestutzt und ungeliebt.

»In L. A. gibt es sicher Waxingstudios. Verwöhne dich ein bisschen und lass dir alles entfernen.«

Ich schüttele den Kopf. »Können wir über etwas anderes reden als meine zerzausten Schamhaare?«

»Ich meine ja nur. Es ist schon etwas her, dass du auf dem Markt gewesen bist. Du wirst dich blank machen müssen, oder fast blank. Das erwarten die Männer heutzutage.«

Ich fühle mich fast beleidigt. Glaubt sie wirklich, ich wüsste nicht, was jetzt angesagt ist? Ich bin zwar vielleicht seit zwei Jahrzehnten nicht mit einem anderen Mann zusammen gewesen, aber ich lese Zeitschriften, sehe fern, kenne mich mit diesem Vajazzle-Kram aus.

»Adam hat es gerne fast blank gehabt«, erzähle ich ihr. »Oder ich lass mir in L. A. alles entfernen und unten mit diesem Glitzerkram verschönern.«

»So gefällst du mir.« Sie grinst, während sie auf die Autobahn einbiegt.

*

Endlich sitze ich auf meinem Platz. Es ist ein Fensterplatz, wo ich eindeutig sehen kann, ob der Motor in Flammen steht oder der Pilot abspringt. Der Platz neben mir ist noch frei und ich hoffe, dass er auch frei bleibt. Ich bin wirklich nicht in der Stimmung, über dem Atlantik Smalltalk mit einem völlig Fremden zu betreiben.

Kaum habe ich den Gedanken zu Ende gebracht, erscheint ein

Mann, der eine große Reisetasche in das Fach über unseren Köpfen wirft und eine weitere, kleinere Tasche auf den Sitz stellt. Ich versuche, nicht aufzusehen. Wenn ich nicht mit ihm rede, dann muss ich ihm auch nicht erzählen, dass ich noch nie zuvor ohne meinen Mann geflogen bin. Ich kann es tatsächlich selbst kaum glauben, aber es stimmt – ich bin niemals ohne Adam geflogen … Die Knoten in meinem Magen haben sich wie Gremlins vermehrt, seit ich an Bord gegangen bin. Jetzt gerade habe ich Angst, dass ich beim Versuch zu sprechen nur einen Quieklaut herausbringen würde.

Ich versuche, mich zu entspannen, überprüfe, ob mein iPad aufgeladen und im Flugmodus ist, stelle mein Handy aus und lehne mich zurück. Ich schließe die Augen und strecke meine Nackenmuskeln, bevor ich wieder hinuntersehe.

»Möchten Sie ein Glas Sekt haben?«

Ich hebe meinen Kopf leicht, nicke der Flugbegleiterin zu, die mir ein sprudelndes Glas von einem Tablett reicht.

»Nüsse?«

Natürlich habe ich nicht mehr alle Nüsse auf der Pfanne, möchte ich sagen. Ich kann meinem Nachbarn nicht einmal in die Augen sehen. Ich hohle Nuss bin völlig beknackt.

»Möchten Sie gerne ein paar Nüsse haben?«

Ich schüttele den Kopf. Die Gremlins würden auf Mr Man neben mir kotzen. Ich werde eine Weile lang gar nichts essen.

Er setzt sich schließlich hin – scheint sich wohlzufühlen. Er hat aus seiner kleineren Tasche ein iPad, eine Zeitung und eine Lesebrille genommen. Das weiß ich alles bloß, weil ich ihn angestrengt aus dem linken Augenwinkel ansehe, während es so aussieht, als würde ich immer noch nach vorne schauen. Direkt vor mir ist der kleine Bildschirm, der anzeigt, dass das Flugzeug immer noch in London ist. Ich frage mich, wie ich dieses Ding ausschalten kann. Adam hat sich immer um den Flugzeugkram gekümmert. Ich bin frustriert, weil ich nicht beobachten will, wie das Flugzeug vorankommt. Ich kann das alles nur dann alleine durchstehen, wenn ich so tue, als wäre ich in einem Simulator. Wir verlassen den Boden in Wirklichkeit überhaupt nicht. Es ist nur eine eintägige Simulation eines transatlantischen Flugs.

»Tun Sie einfach so, als säßen Sie in einem Auto.«

Scheiße. Mr Man spricht und ich denke, er meint mich. Ich sehe nach links. Er ist hochgewachsen. Das erkennt man sogar, wenn er sitzt. Er trägt ein gestreiftes, kragenloses Hemd und verblichene Jeans. Seine Hemdsärmel sind aufgerollt und beide Arme sind tätowiert. Auf seinem rechten Arm kann ich Teile eines Drachens erkennen. Er sieht aus, als hätte er den Kopf voll sandfarbener Haare, aber das kann man nicht richtig sehen, da er eine Art von Bandana um den Kopf trägt. Er streckt seine Hand zu mir aus.

»Schön, Sie kennenzulernen. Sie wirken ein bisschen nervös.« Sein Akzent ist amerikanische Ostküste, nicht ganz Boston, aber nicht ganz so abgehackt wie die New Yorker.

Ich schiebe meine Hand in seine Richtung. »Beth Hall, freut mich auch, Sie kennenzulernen.« Ich bin mir nicht sicher, ob ich mich wirklich freue, ihn kennenzulernen, aber im Moment gehe ich erst einmal vom Besten aus. Ich werfe einen zweiten Blick auf den Kopfputz und behalte meine Meinung für mich.

»Für meine Exfrau war fliegen auch immer schrecklich. Sie hat einfach so getan, als säße sie in einem Auto. Es schien zu funktionieren.«

Wow. Dreißig Sekunden, und schon erzählt er mir, dass er eine Exfrau hat. Muss ich das wissen?

»Was führt Sie nach L. A.?«, fragt er.

»Arbeit«, sage ich ihm. Ich überlege, ob ich flunkern und ihm sagen soll, dass ich eine Filmproduzentin bin. »Ich schreibe Songs.«

»Wirklich?« Er scheint sich in seinem Sitz sogar noch mehr aufzurichten. »Ich bin Musiker, ich spiele Schlagzeug bei der Band The Brothers.«

Jetzt bin ich diejenige, die sich im Sitz aufrichtet. Junge, Junge, da weiß aber jemand, wie man mir imponiert. Die Brothers gehören zu meinen Lieblingsbands, eine moderne Version der Eagles, mit einem wirklich erfrischenden Stilmix aus Rock, Pop und Country. Ich bin beeindruckt, frage mich, warum ich ihn nicht wiedererkannt habe, und entscheide, dass es am Bandana liegt. Der Schlagzeuger hat einen wilden Haarschopf, der sein Gesicht meistens verdeckt. Und auch wenn ich nicht glaube, dass ich direkt bei meiner Ankunft eine Vajazzle-Sitzung zur Verschönerung meines Venushügels buchen werde, erscheinen mir zumindest die nächsten elf Stunden nicht mehr so schrecklich. Ich lausche aufmerksam Mr Brothers Worten über dem Geräusch der Motoren hinweg und winke der Flugbegleiterin, dass sie mir ein paar Nüsse bringen soll.

*

Ich bin ein bisschen beschwipst. Mr Brother, dessen richtiger Name Jeff lautet und der wegen seiner leidenschaftlichen schwulen Fangemeinde unter Freunden auch als Pink bekannt ist, wirkt, als wäre er auch ein bisschen beschwipst. Seine Augen, die vor zwei Stunden noch einen tiefen ozeanblauen Farbton hatten, sehen jetzt irgendwie glasig und leicht gerötet aus. Ich bin gerade beim interessanten Teil meines Lebens angekommen, wie ich jetzt weiß.

»Ich muss mich also nicht nur mit einer anderen Frau auseinandersetzen, sondern auch noch mit einem anderen Kind«, erzähle ich Pink.

Er nickt, sagt nichts, als wäre das die normalste Situation auf der Welt. Vielleicht ist das in L. A. auch so, oder aus welchem Teil der USA auch immer er stammt.

»Er hat mich zehn Jahre lang angelogen. *Zehn* Jahre lang!«

Pink nimmt einen weiteren Schluck von seinem Whisky.

Ich frage mich immer noch, warum meine Misere keine Reaktion hervorgerufen hat.

»Bist du ein Betrüger, Jeff, ich meine Pink? Ich meine, du brauchst es mir nicht zu erzählen, wenn du nicht willst, aber du hast erwähnt, dass du eine Exfrau hast. Du spielst in einer Band. Du bist offensichtlich auch häufig unterwegs, wahrscheinlich werfen sich dir eine Menge Frauen an den Hals.«

Aus irgendeinem unerklärlichen Grund spüre ich das Bedürfnis, das Wort »werfen« pantomimisch darzustellen, und schütte etwas von meinem Drink über Pinks verblichene Jeans.

»Ups, Entschuldigung.«

»Ist schon in Ordnung. Und ja, ich habe meine Frau betrogen. Habe aber meine Lektion gelernt, als sie mich verlassen hat. Ich habe das nie wieder getan.«

»Glaubst du, dass das nur die Männer in ihrer DNS drinhaben?«

Er lacht. »Frauen betrügen auch, weißt du?«

Ich schüttele den Kopf. »Nein, das tun sie nicht. Ich kenne viele Frauen und ich kenne nicht eine, die schon einmal fremdgegangen ist.«

»Dann hast du Glück, denn sicher tun sie es. Wirklich.«

Ich bin nicht überzeugt. »Ich wäre fast mit dir essen gegangen.« Ich erhebe mein Glas auf ihn und schütte den Rest meines Sekts hinunter. »Aber das geht ja jetzt offensichtlich nicht mehr, wo ich weiß, dass du das Gen hast.«

»Ich hätte dich beinahe gefragt.« Pink lächelt. Die Stewardess steht im Gang neben unseren Sitzen mit den Mahlzeiten, die wir uns von einer Speisekarte ausgesucht hatten, als wir an Bord gingen. Pink klappt seinen Tisch aus und lehnt sich zu mir hinüber, um auch meinen für mich hinunterzuklappen.

»Wir sollten etwas essen«, sagt er.

»Du bist ein weiser Mann, Jeff Pink.«

Er reicht mir mein Tablett. Der erste Gang ist eine Fischfrikadelle, die mir ein bisschen zu sehr nach Fisch aussieht. Als ich ihm das sage, lacht er wieder und bietet mir im Tausch seinen grünen Salat an. Wir tauschen die Teller und ich konzentriere mich darauf, ein paar Blätter zu essen. Ich futtere mich durch zwei Brötchen in der Hoffnung, dass sie den Alkohol aufsaugen werden.

Ich trinke zum Abendessen eine Menge Wasser und versuche erfolgreich, wieder einen halbwegs klaren Kopf zu bekommen, und entschuldige mich bei Pink, falls ich einen Haufen Mist geredet haben sollte, seit wir losgeflogen sind.

»Ich hab es sehr genossen, neben dir zu sitzen«, sagt er.

Wirklich? Ich kann mir nicht helfen, aber ich glaube, er meint es ironisch. Ich habe die letzten Stunden nichts anderes getan, als die männliche Bevölkerung im Allgemeinen schlechtzureden.

»Wenn ich dich zum Abendessen in L. A. einlade, würdest du über mein defektes Gen hinwegsehen?«

Ich erröte. Das Gefühl, wie sich die Röte über meine Haut ausbreitet, sagt mir, dass ich wieder nüchterner geworden bin. »Vielleicht. Ist ja nur ein Abendessen, oder?«

»Genau. Nur ein Abendessen.«

»Wollte nur sichergehen.« Das Letzte, was ich brauchen kann, ist irgendeine transatlantische Sprachverwirrung. Ich muss wissen, ob es ein Codewort für Abendessen plus Sex ist, wenn ich die Einladung annehme. Puh, ich bin schon viel zu lange raus aus dem Spiel. »Abendessen klingt toll«, höre ich mich selbst antworten.

»Kein zweifelhafter Fisch, das verspreche ich.«

Sein Bandana hat sich gelöst, und einen Haufen strohblonder Locken quillt darunter hervor. Es sieht aus, hätte er sie zusammengebunden, und wahrscheinlich sind sie ziemlich lang. Adam hält sein Haar immer sehr kurz geschnitten, und ich frage mich, wie es sich wohl anfühlen würde, wenn ich mit den Händen durch die Haare eines Mannes führe. Ich frage mich, wie es wäre, ihn anzufassen. Ich muss wegsehen, da sich meine Röte vertieft, und ich spüre eine Wärme in meinen Lenden, die ich zu lange nicht mehr gespürt habe. Ich hole Luft und starre aus dem Fenster raus.

»Alles okay, Beth?«

»Alles in Ordnung«, sage ich ihm und zwinge die Röte, zu verschwinden. Ich schwöre, ich habe tatsächlich ein feuchtes Höschen. Ich starre auf den Flugzeugflügel, auf das winzig kleine Licht, das darunter blinkt. Vielleicht habe ich schlicht zu viel getrunken und es ist einfach direkt durchgesickert. Oder vielleicht habe ich meine Tage bekommen. Verdammt, was, wenn ich meine Tage bekommen habe? Im Geiste rechne ich aus, dass sie noch eine ganze Weile nicht fällig sind. Ich versuche, unter dem Tisch mit der Hand zwischen meine Beine zu kommen. Ich schließe die Augen. Nein, es ist also nur Pink.

Ich weiß nicht, ob ich froh oder erschrocken sein soll. In den letzten acht Monaten bin ich nur mit der Hilfe meines zuverlässigen Vibrators feucht geworden. Lieber Gott im Himmel, das kann nur mir passieren. Das kann nur mir passieren, dass ich meine Libido dabei ertappe, wie sie über einen Mann namens Pink fantasiert.

»Beth?« Ich drehe mich um und sehe, dass die Flugbegleiterin neben ihm steht.

»Noch mehr Sekt?«, fragt er. Ich lege die Hand über mein Glas und schüttele den Kopf. Ich muss meine Sinne beisammenhalten. Ich muss dringend aufpassen, dass die Worte »Meile« und »hoch« und »Klub« hier nicht laut ausgesprochen oder auch nur geflüstert werden. Ich muss dringend aufpassen, dass ich nicht meinen Verstand verliere und diesem Mann in neuntausend Metern Höhe meinen verkrauteten Damengarten anbiete.

DREISSIG

In den letzten zehn Tagen bin ich jeden Morgen zum Büro gelaufen, habe mich dort umgezogen und bin nach der Arbeit wieder nach Hause gelaufen. Ben kann gar nicht fassen, was für eine Zeit ich mittlerweile erreiche, und rät mir, dass ich es nicht übertreiben soll. Dabei sein ist alles, erinnert er mich, auch ohne einen olympischen Rekord aufzustellen.

Diesen Montagmorgen treffe ich Jen am Aufzug, als ich gerade ankomme. Sie hat eine junge Frau dabei, ungefähr in Megs Alter, und stellt sie mir als Matts Nichte Becky vor, die neue Praktikantin. Ich nicke, entschuldige mich für meine verschwitzten Hände und gehe zur Herrentoilette. Nach einer schnellen Dusche klopfe ich an Matts Tür.

»Becky?«, frage ich ihn und recke den Hals, um ihn zu sehen.

»Meine Nichte. Wir hatten doch über sie gesprochen?«

»Tatsächlich?«

»Sie hat Kunstgeschichte studiert, ich dachte, sie könnte Will bei der Akquise helfen.«

Wilhelm »Will« Trask leitet unsere kleine, aber feine Kunstabteilung – die tatsächlich so klein ist, dass sie nur aus zwei Leuten besteht, nämlich ihm und jetzt Becky. Seine Aufgabe: im Auftrag von hauptsächlich russischen und amerikanischen Kunden Kunst auszuwählen, idealerweise seltene Stücke, deren Wert wahrscheinlich steigen wird.

»Da wird sie aber viel unterwegs sein müssen. Und das mit Will?« Ich hebe die Augenbrauen. Obwohl er Single ist, hat Will den Ruf eines Frauenhelden.

»Solltest du dir da nicht an die eigene Nase fassen?«, erwidert Matt. »Und Finger weg von ihr.«

Ich hebe protestierend die Hände. Es fiele mir im Traum nicht ein, mich mit einer Frau einzulassen, die so alt ist wie meine Tochter.

»Hast du was aus New York gehört?«, frage ich Matt. »Mark hat mich kontaktiert – er hat ein gutes Büro gefunden. Wir müssen schnell reagieren.«

»Er hat mir auch eine E-Mail geschrieben. Ich versuche gerade, das Finanzielle abschließend zu klären.«

Ich kann mir nicht helfen, aber er sieht eher besorgt als froh aus. Auch wenn wir beide mit involviert waren, ist es in Wirklichkeit Matts Traum, der mit der Eröffnung eines kleinen Büros von Hall und Fry in New York erfüllt wird. »Fliegst du rüber und siehst es dir an?«

»Der Flug ist für Donnerstag gebucht. Wirfst du denn nie einen Blick in unseren Terminkalender?« Er schüttelt den Kopf und hält eine Hand hoch, um sich dafür zu entschuldigen, dass er einen eingehenden Anruf entgegennehmen muss. Ich winke ihm zum Abschied und gehe an Jen und Becky vorbei, was mich an Meg erinnert.

Ich kehre in mein Büro zurück und versuche wieder, sie zu erreichen. Die Ergebnisse sind fällig und ich habe ihr mehrere Nachrichten hinterlassen, um ihr zu sagen, dass ich – auch wenn sie mich hasst – für sie da bin, insbesondere, seit Beth weg ist.

Zu meiner Überraschung geht sie ran.

»Du bist ja rangegangen«, sage ich.

»Was willst du?«

»Einfach nur wissen, ob es dir gut geht.«

»Du kannst nicht einmal in der Hinsicht ehrlich sein, oder? Was du wirklich wissen willst, ist, ob ich als Spender für deinen Bastard in Frage komme.«

Ich wusste, was ich zu erwarten hatte, aber trotzdem zucke ich bei ihren Worten zusammen.

»Der Test ist positiv«, fährt sie fort. »Bitte sehr. Dann muss er wohl dein Sohn sein. Und ich seine Schwester.«

Mir verschlägt es die Sprache. Auch wenn ich gehofft und sogar gebetet habe, dass sich ein passender Spender finden ließe, und obwohl ich wusste, dass Meg wahrscheinlich die größte Hoffnung war, hatte ich doch Angst davor, überhaupt an diese Möglichkeit zu glauben.

»Ich habe es heute Morgen erfahren. Ich bin nur ans Telefon gegangen, um es dir mitzuteilen«, sagt sie schroff.

Es fällt mir auf, dass sie mich noch nicht »Dad« genannt hat. Ich hänge mein Jackett über die Lehne meines Schreibtischstuhls und starre auf den hellen Nadelflorteppich unter meinen Füßen.

»Und was machst du jetzt?«, frage ich sie.

»Ich werde schon das Richtige tun. Morgen unterziehen sie mich noch ein paar Bluttests, um doppelt und dreifach sicherzugehen, aber sie sind sich sicher, dass sie alles bestätigen werden. Dann werde ich vor dem Eingriff vier Tage lang Hormonspritzen bekommen. Die Prozedur selbst ist anscheinend so ähnlich wie Blutspenden.«

»Kann ich dabei sein?«

»Weder brauche ich dich, noch will ich dich dabeihaben. Mum wird bis dahin zurück sein.«

»Ich würde aber gerne.«

Sie unterbricht mich mit einem Lachen. »Hier geht es nicht darum, was du gerne möchtest, Dad, oder?« Sie legt auf.

Ich blinzele das Telefon an. Die gute Nachricht ist, dass sie mich Dad genannt hat. Die schlechte Nachricht ist, dass ich mich wieder mal wie ein desinteressierter Bastard angehört habe.

Jemand klopft an meine Tür.

»Ja, bitte.«

Becky kommt mit einem Papptablett voll Kaffee herein. »Ein Latte mit Zucker?« Sie reicht mir einen großen Pappbecher mit einem schwarzen »X« auf dem Plastikdeckel.

»Danke.« Ich reiche ihr die Hand. »Sorry, heute Morgen konnte ich Ihnen nicht die Hand geben. Ich bin von zu Hause aus bis hierher gelaufen.«

»Ja, Jen hat mir erzählt, dass Sie nächsten Monat einen Halbmarathon mitlaufen werden.«

Die Tatsache, dass mir jemand sagt, dass ich wirklich schon nächsten Monat einundzwanzig Kilometer für die Anthony-Nolan-Knochenmarkstiftung laufen werde, weckt in mir das Bedürfnis, mich hinzusetzen.

»Voraussichtlich«, erwidere ich.

»Wenn Sie mich fragen, ich könnte nicht einmal hinter dem Bus herlaufen.«

Ich weiß, dass sie einfach nur versucht, dem anderen Partner im Geschäft gegenüber freundlich zu sein. Ich weiß, dass sie einfach nur höflich ist, aber jetzt im Moment bin ich nicht in der Stimmung für Smalltalk mit Becky oder sonst wem.

»Danke für den Kaffee.« Ich hebe die Tasse dankend an und sie wendet sich zum Gehen. Sie hat offenbar genug Feingefühl, um zu wissen, wann sie gehen sollte.

Ich versuche zu arbeiten. Ich habe heute Vormittag zwei Kundentermine. Jemand von einer Familie, die mit unserem Angebot für die Verwaltung ihres Pensionsfonds nicht glücklich ist. Ich habe mit Matt ausgemacht, dass er bei diesem Kunden das Reden übernimmt und ich einfach nur dabeisitze. Der zweite ist ein neuer Kunde, den ironischerweise die Grangers an uns verwiesen haben. Matt hält das für witzig. Und während der Morgen langsam vorankriecht, wird mir klar, dass es momentan ziemlich wenig auf der Welt gibt, das ich witzig finde.

*

Als ich das Büro verlasse, habe ich drei Lagen an. Es ist dunkel draußen, und ich achte darauf, dass die äußerste Schicht die mit den Reflektoren ist. Mit dem Rucksack auf dem Rücken verlasse ich das Haus um neunzehn Uhr sechsunddreißig durch die Schwingtür. Ich drücke auf einen Knopf an der Stoppuhr an meinem Handgelenk und wende mich nach links Richtung Embankment. Als ich die Unterführung erreiche, nehme ich den Weg zur Blackfriars Bridge und schlängele mich dann durch enge Straßen zurück zur Upper Embankment Road. Die Steigung, die mich vor nur einer Woche noch in die Knie gezwungen hätte, ist kein Problem für mich. Ich laufe rhythmisch, mein Herzschlag so laut in meinem Kopf, dass es mit dem Verkehrslärm konkurriert.

An der Tower Bridge bleibe ich kurz stehen, überquere die Kreuzung im Schritttempo und fange dann an, die Hauptstraße entlangzulaufen. An der Shell-Tankstelle halte ich wieder an, plötzlich ein stechender Schmerz in meiner Brust, der mich beinahe umhaut. Ich beuge mich vor, versuche, zu Atem zu kommen. Der Schmerz strahlt von meiner Brust in meinen linken Arm aus. Ich packe den Arm mit meiner rechten Hand, drücke ihn und versuche, die Beschwerden damit abzumildern. Angst ergreift mich. Ich versuche, nicht darüber nachzudenken, und gehe zur Tankstelle, auf die doppelte Schiebetür zu. Dort sehe ich einen Mann, der auf einem Teppich am Eingang sitzt, mit einer Tasse zwischen den Knien. Ich erinnere mich, dass ich dachte: »Armer Kerl – es ist viel zu kalt, um draußen betteln zu müssen.« Und das ist das Letzte, woran ich mich erinnern kann …

*

Ich bin im Schlafzimmer meiner Eltern. Es ist morgens und ich bin nur heraufgekommen, um ihnen zu sagen, dass ich jetzt zur Arbeit gehe. Es ist August und ich habe einen Job bei McDonald's, bevor ich nächsten Monat zur Universität zurückkehre. Sie sind normalerweise beide lange vor mir wach, deswegen habe ich ein etwas komisches Gefühl, als ich an ihrer Schlafzimmertür klopfe, und fühle mich sogar noch komischer, als ich es betrete, ohne dass sie mich hereingerufen haben. Ich merke sofort, dass etwas nicht stimmt. Die Luft ist heiß und stickig, das Zimmer ist wie eine Sauna und müsste gelüftet werden.

»Mum? Dad? Ich gehe jetzt zur Arbeit.«

Nichts. Ich gehe durchs Zimmer zum Fenster, ziehe einen der Vorhänge zurück. Als ich mich umdrehe, weiß ich es sofort. Ich bin unter Schock, das merke ich. Aber irgendwie bin ich nicht im Geringsten überrascht.

*

»Mr Hall?«

Ich öffne die Augen. Eine winzige Taschenlampe bewegt sich auf einer vertikalen Linie vor mir. Ich verziehe das Gesicht.

»Bitte nicht«, sage ich. »Das tut weh.«

»Schön, dass Sie wieder bei uns sind«, sagt die männliche Stimme mit der Taschenlampe. »Können Sie mich gut hören?«

Ich nicke, eine minimale Bewegung, aber er sieht sie.

»Gut. Sie sind ohnmächtig geworden, hatten einen kleinen Herzinfarkt, Mr Hall. Nichts, weswegen Sie sich Sorgen machen müssten. Sie sind rechtzeitig bei uns gelandet. Sie sind auf dem Weg der Besserung und Sie werden sich vollständig erholen – nur ein kleiner Warnschuss, okay?«

Ich versuche, die Tatsache zu begreifen, dass ich dreiundvierzig Jahre alt bin, topfit und einen Herzinfarkt gehabt habe, egal ob klein oder nicht.

»Stress spielt dabei oft eine Rolle. Wir werden uns in ein oder zwei Tagen zusammensetzen müssen, um den Ursachen auf den Grund zu gehen. Vielleicht mit dem Laufen etwas übertrieben, was? Aber jetzt ruhen Sie sich erst einmal aus. Wir werden uns schon um Sie kümmern. Gibt es irgendjemanden, den wir für Sie anrufen sollen? Wir haben die Notfallnummer auf Ihrem Handy ausprobiert, aber ich bin mir nicht sicher, ob wir jemanden erreicht haben. Haben wir jemanden erreicht?«

Ich kann erkennen, wie sich sein Profil zu jemand anderem dreht, während er die Frage stellt, aber ich habe keine Ahnung, wovon er spricht.

»Ben«, ich schaffe es zu sprechen, auch wenn meine Stimme nur wie ein schwaches Flüstern klingt. »Rufen Sie meinen Bruder Ben an.«

*

Die Zeit vergeht. Ich erwache von einem sanften Stupser gegen meine Hand und öffne die Augen, was diesmal weniger schmerzhaft ist.

»Ich hab dir doch gesagt, dass du nicht versuchen sollst, Mo Farah zu schlagen.« Es ist Bens Stimme, und mich überkommt ein überwältigendes Gefühl der Erleichterung.

»Hol mich hier raus«, flüstere ich.

»Nichts da.« Ich höre, wie er einen Stuhl über den Fußboden zieht und sich neben mich setzt. »Du bleibst hier mindestens für ein paar Tage und dann kommst du zu uns.«

Erst da bemerke ich Karen hinter ihm.

»Hi«, sagt sie. »Geht es dir gut?«

»Prächtig«, sage ich ihr.

»Gut, das freut mich.«

Ein kleines Lachen will mir entschlüpfen, endet aber als ersticktes Husten. Ich könnte fast darauf schwören, dass Karen mir nach unserem letzten Treffen einen Herzinfarkt gewünscht hat. Ben richtet mich auf und klopft mir auf den Rücken. »Alles in Ordnung«, sagt er. »Alles in Ordnung mit dir.«

»Was haben sie gesagt?«, frage ich ihn, als ich wieder zu Atem gekommen bin. »Die Ärzte.«

»Kleiner Herzinfarkt. So geringfügig, dass er kaum feststellbar ist. Nichts, worüber du dir Sorgen machen müsstest. Bettruhe. Du hast einen erhöhten Cholesterinspiegel, aber das ist in deinem Alter offenbar nichts Ungewöhnliches.«

»Na warte«, sage ich ihm.

»Sie schlagen vor, dass du dich mit dem Laufen für eine Weile zurückhältst.«

Das macht mich traurig. Mir hat das Laufen richtig gut gefallen, sowohl das körperliche Training als auch die Aussicht darauf, etwas Sinnvolles zu tun.

»Du wirst an dem Halbmarathon nicht teilnehmen«, stellt er nüchtern fest und ich nicke.

»Was ist mit Meg?«

»Ich habe es ihr gesagt. Ich bin sicher, dass sie herkommen wird …«

Ich möchte ihm sagen, dass er darauf nicht sein Appartement verwetten sollte, aber ich fühle mich so unglaublich müde.

Er scheint das zu spüren. »Wir bleiben nicht mehr lang. Ich habe dir einen Schlafanzug mitgebracht.« Er deutet auf eine Tüte von Marks & Spencers am Ende des Bettes, als er aufsteht. »Wenn du rauskommst, wirst du für ein paar Tage in Karens Appartement kommen, bis du wieder bei Kräften bist.«

»Nein.« Das kommt lauter heraus als jedes andere Wort heute. »Ihr habt nicht genug Platz – ihr arbeitet doch beide vom zweiten Zimmer aus. Nein … Ich komme schon zurecht. Ich werde die Tabletten nehmen, mir Mist im Fernsehen anschauen, Suppe essen und bald ist alles wieder gut. Nein, Ben. Das ist mein letztes Wort.« Ich muss kämpfen, um die Worte herauszukriegen, aber sie verstehen, dass ich da nicht mit mir reden lasse.

»Wir werden sehen«, sagt er. »Vielleicht sollte ich …«

»Und du kommst mich auch nicht besuchen. Karen, bitte bring ihn nach Hause.«

Karen nickt mir zu. Es hat mal eine Zeit gegeben, wo Küsschen zum Abschied nicht peinlich gewesen wären, sondern eine Selbstverständlichkeit. »Pass auf dich auf«, sagt sie, und um fair zu sein, es klingt so, als würde sie es tatsächlich meinen.

EINUNDDREISSIG

Nachdem ich die Kontaktdaten und einen Wangenkuss mit Pink ausgetauscht habe, hole ich meine Tasche am Gepäckband ab. In meinem Gesicht breitet sich ein großes, nein, ein riesiges Grinsen aus … Ich kann es wirklich nicht glauben, dass ich hier bin. Ich trage meine Tasche zu einem Stuhl in der Nähe, öffne sie, packe meinen Mantel und meinen Schal hinein und nehme eine leichtere Jeansjacke heraus. Meine innere Uhr ist bereits aus dem Takt, da ich nur fünf Stunden im Flugzeug schlafen konnte. Ein Blick auf meine Armbanduhr sagt mir, dass es vor Ort zehn Uhr abends ist, was heißt, dass ich wirklich ins

Bett gehen und versuchen sollte, noch etwas zu schlafen, sobald ich im Hotel bin. Ich hänge meine Jacke über den Arm und versuche, »lässig« auszusehen, als wäre es völlig normal für mich, in L. A. zu sein, und gehe durch den Zoll.

In der Ankunftshalle wartet ein Fahrer mit einem Schild auf mich, auf dem BETH HALL steht und darunter das Wort PARAMOUNT. Ich muss ihn nachher unbedingt fragen, ob ich es haben kann – als Andenken, das mir in zwei Wochen bestätigt, dass ich das hier nicht geträumt habe. Bei dem Auto, zu dem er mich bringt, handelt es sich tatsächlich um eine weiße Limousine. Für Amerika ist sie wahrscheinlich klein, denke ich. In Großbritannien würde sie als Stretchlimousine durchgehen. Auf der Rückbank, die bequem für acht Leute Platz bietet, gibt es wieder Sekt. Ich überlege nur einen Moment, ob ich nicht noch ein Glas trinken sollte. Jetzt bin ich ja in Sicherheit. Pink musste in eine andere Richtung und ich bin hier alleine mit Boyd, der anscheinend mein Fahrer sein wird, solange ich in L. A. bin. Ich widerstehe der Versuchung, während ich an den riesigen Buchstaben LAX auf der anderen Straßenseite vorbeifahre und schnell ein Bild mache, während ich mit Boyd darüber plaudere, welche Orte man sich in Hollywood wirklich ansehen muss. Ich schicke es direkt an Meg als Anhang an die simple Nachricht: »Bin gut angekommen. Hab dich lieb x«

Die Zeit vergeht so schnell, dass es sich anfühlt, als ob wir schon ein paar Minuten später auf dem Rodeo Drive sind. Ich habe den Rodeo Drive bisher nur in Filmen gesehen und versuche, nicht nach Luft zu schnappen. Trotz der Vertragsbedingungen, die Josh hier für mich ausgehandelt hat, bin ich mir nicht so sicher, ob ich sehr viel Zeit in *diesen* Läden verbringen werde. Richtiges Geld, das möglicherweise mein Leben verändern wird, gibt es erst, wenn der Film erschienen ist und Erfolg hat. Boyd fährt um ein paar Ecken herum und in Sekundenschnelle parken wir vor dem großartigsten Hotel, das ich je gesehen habe. Die sandfarbene Stuckfassade wird von winzigen nächtlichen Strahlern erleuchtet, und im Gegensatz zu manch einem der größeren Hotelhochhäuser sieht es einfach aus wie ein Wohnhaus. Ich blicke über meine Schulter zurück in die Richtung, aus der wir gekommen sind, und stelle fest, dass wir dem Rodeo Drive so nah sind, dass ich, wenn ich Talent hätte, hinüberspucken könnte. Vielleicht sollte ich mir doch ein oder zwei Shoppingtouren gönnen …

Boyd nimmt meine Tasche aus dem »Kofferraum« und geht die sechs Stufen zum Hotel hoch, wo ein junger Mann die Tasche übernimmt und mich mit Namen begrüßt.

»Ich hole Sie morgen um zehn Uhr dreißig ab, Ma'am«, sagt Boyd.

»Ach wirklich?«

»Um Sie zu Ihrem Termin in den Studios zu bringen, Ma'am.«

»Reizend«, sage ich zu Boyd in einem für mich neuen Tonfall, der andeutet, dass ich den Umgang mit Chauffeuren gewöhnt bin. »Ich wünsche Ihnen auch eine gute Nacht, Boyd.«

»Danke, Ma'am.«

Sobald Boyd gegangen ist, übernimmt Carl. Carl bringt meine Tasche zur Rezeption, wo sie mein »Zimmer zur Brighton Street« bestätigen. Offenbar bekommt es die meiste Zeit des Tages Sonne.

Ich werde gefragt, ob ich gerne ein Freigetränk in der Bar trinken möchte, bevor ich auf mein Zimmer gehe, und ich denke, warum eigentlich nicht?!

Es ist ein Sonntagabend in L. A. und obwohl in der Bar Betrieb herrscht, ist sie nicht überfüllt, was mir ganz recht ist. Ich werde zu einem Barhocker geführt, wo ein Mann mit dem Namen Toots mich fragt, welches das Gift meiner Wahl sei.

»Einen Gin Tonic bitte.« Ich hieve mich auf den Barhocker und hoffe, dass der Gin Tonic mich schläfrig macht.

»Hendrick's, Tanqueray?«

»Entscheiden Sie. Machen Sie mir einen, den ich jeden Abend haben möchte.«

Toots lächelt. »Ich mache Ihnen einen, von dem Sie jeden Abend mindestens zwei haben wollen.«

Ich sehe ihm zu, wie er Tanqueray-Gin und Fever-Tree-Tonic kombiniert und das Cocktailglas mit Zitronen- und Limettenscheiben sowie ein paar Wacholderbeeren dekoriert. Während ich einen Schluck nehme, versuche ich mich nicht zu fragen, warum ich um einen Gin

Tonic gebeten habe. Das ist Adams Lieblingsdrink, nicht meiner. Ich verbanne ihn sofort aus meinem Gehirn und sage mir, dass er keinen Platz in meinem Kopf verdient hat. Abgesehen davon, dass er ein zweifacher Betrüger mit einer zweiten Familie ist, stelle ich fest, dass sein Name viel zu gewöhnlich ist. In den letzten zwölf Stunden habe ich Männer namens Pink, Boyd, Carl und Toots getroffen. Ich erhebe mein Glas auf Toots, den Barkeeper, und nicke ihm nach der ersten Kostprobe zu. Ich glaube, er hat recht. Nächstes Mal werde ich mindestens zwei davon bestellen.

Ich beobachte eine halbe Stunde lang die Menschen. Das geschäftige Treiben in der Bar und die Verlockungen eines weiteren Tanqueray wecken in mir den Wunsch zu bleiben, aber meine Augen fallen mir langsam zu. Vom Rezeptionsbereich aus zeigt man mir die breite Treppe zu meinem Zimmer im ersten Stock. Es ist klein, aber perfekt aufgeteilt und mit einem riesigen Bett. Sobald Carl gegangen ist, nachdem er mir gezeigt hat, wo alles ist, springe ich mit dem Gesicht nach unten auf das Bett. Dann drehe ich mich auf den Rücken und quietsche ein bisschen. Ich bin in L. A. Ich bin wirklich hier und morgen Vormittag nach meinem Treffen mit den Produzenten werde ich hoffentlich noch etwas Zeit totzuschlagen haben, bevor ich mich auf Wunsch der Produzenten mit ein paar Musikern treffe. Und dann heißt es: Rodeo Drive, ich komme.

*

Es ist sechs Uhr morgens, und ich bin seit vier Uhr wach, seit Meg mir geschrieben hat. Offenbar kommt sie tatsächlich als Stammzellenspenderin für ihren Halbbruder in Frage. Sie wollen die Prozedur so bald wie möglich durchführen und haben sie für nächste Woche angesetzt, gleich nach meiner Rückkehr. Auf der einen Seite fühle ich mich krank vor Sorge, weil mein einziges Kind in das Chaos ihres Vaters verwickelt worden ist. Aber seltsamerweise verspüre ich auf der anderen Seite auch Erleichterung für das unschuldige, kranke Kind. Ich schreibe zurück: »Du bist eine Heldin. Ich werde bei dir sein. Danke, dass du eine junge Frau bist, auf die ich so stolz sein kann … xx«

Bis sieben habe ich geduscht und das angezogen, was Karen als meine Nonnenkleider bezeichnet – weiße Bluse, schwarze Caprihose und meine Converse-Turnschuhe. Mya, die heute an der Hotelrezeption steht, hat mir einen Stadtplan gegeben und darauf ein Frühstückslokal und ein Nagelstudio markiert, das um acht Uhr öffnet. Ich ziehe meine Jeansjacke an. Es ist warm, auf jeden Fall wärmer als ein Dezember in Großbritannien, aber im Schatten brauche ich dennoch eine Jacke. Ich werfe einen Blick auf den Stadtplan, gehe über die Straße auf die sonnigere Seite und marschiere etwa fünf Minuten lang.

Das Lokal ist leer, aber geöffnet. Ich setze mich in eine rote Kunstledersitzecke und mein Blick auf die Speisekarte sagt mir sofort eindeutig, dass ich in L. A. bin.

»Ich nehme einen Skinny-Latte und ein Eiweißomelette mit Pilzen.«

Kein Wunder, dass jeder, den ich bisher getroffen habe, so aussieht, als könnte er ein ordentliches Käsesandwich brauchen.

Ich atme tief ein und lasse die Luft langsam wieder entweichen. Ich bin wirklich hier. Ich schieße ein Foto vom Lokal und schicke es an Meg und Karen. Bis ich eine Antwort von ihnen bekomme, werde ich schon in einem Büro irgendwo auf dem Paramount-Gelände sitzen.

Nach meinem fettarmen Frühstück gehe ich um die Ecke zum Nagelstudio. Ganz wie Mya mir gesagt hat, öffnen sie früh und es sieht schon nach Betrieb aus. Die Rezeptionistin schiebt mich dazwischen, und ich fühle mich erleichtert, dass ich den katastrophalen Notenschlüssel auf meinem Daumen bald nicht mehr sehen muss.

»Du meine Güte«, sagt die mir zugeteilte Fachfrau.

»Meine Mutter«, erzähle ich ihr. »Nicht ich … Nicht einmal ich hätte das so verpfuschen können.«

»Sie sind Engländerin.« Sie singt praktisch. »Ich liebe den englischen Akzent einfach, der ist so reizend.«

Die nächste Stunde höre ich zu, wie Ava mir aus ihrem Leben erzählt. Alles, was ich sie über L. A. frage, ignoriert sie entweder oder gibt mir keine richtige Antwort. Ich erfahre Einzelheiten über ihren Freund, darüber, dass seine Mutter mit ihnen zusammenlebt, dass sie zwölf Stunden am Tag arbeitet, um alle drei zu ernähren. Vermutlich ist sie nicht wirklich die richtige Person, die man nach den interessantesten Orten für eine englische Songschreiberin fragen kann, die sich ein paar Tage beschäftigen will. Für Ava ist L. A. der Ort, an dem sie zufälligerweise wohnt, nicht mehr und nicht weniger.

Sie verweist mich allerdings, nachdem sie mir die schönste French Manicure aller Zeiten gemacht hat, an ihre Kollegin Maria, die offenbar die größte »Waxingkünstlerin« in der Gegend ist. Während meiner Unterhaltung mit Ava dachte ich plötzlich, warum eigentlich nicht?! Ich habe ja Zeit. Es wäre albern, es nicht zu tun. Wenn ich schon in Hollywood bin, kann ich mir auch ein Hollywood Waxing machen lassen.

*

Boyd ist kurz vor halb elf am Hotel. Er reicht mir einen VIP-Ausweis zum Umhängen, auf dem irgendwie schon mein Foto klebt. Ich bin jetzt also eine »Very Important Person«, sage ich mir. Lucy, die ziemlich still gewesen ist, seit ich in L. A. bin, kichert laut auf. Ich bringe sie sofort mit einem imaginären Schal voller Totenköpfe zum Schweigen, wie sie nur am Rodeo Drive verkauft werden.

Ich werfe einen prüfenden Blick in meine Handtasche, Brieftasche, Schlüsselkarte vom Hotel. Scheiße – kein Handy ... Ich erinnere mich, dass ich es nach meiner Rückkehr vom Nagelstudio rasch aufladen wollte, bevor ich mich unten mit Boyd treffe. Nun ja, wer immer mich nicht erreicht, wird es später noch mal versuchen.

Die Sonne brennt jetzt, und ich bin auf dem Weg zu meinem Termin froh über die Klimaanlage. Die Fahrt dauert fünf Minuten, und als Boyd seinen Ausweis vorzeigt, blickt er mich im Rückspiegel an, um anzudeuten, dass ich das Gleiche tun soll. Ich winke den Sicherheitsleuten mit meinem Ausweis zu und kurz darauf kommen wir, nachdem wir anscheinend den touristischeren Teil des Geländes passiert haben, an einem Ort an, der wie ein Gewerbegebiet mit verschiedenen Büros aussieht. Vor einer beeindruckenden Drehtür öffnet Boyd die Autotür für mich. »Ich werde hier auf Sie warten, Ma'am«, sagt er. Es klingt wie ein Versprechen, aber ich nicke einfach.

Nachdem ich zehn Minuten an der Rezeption warten musste und dabei auf Spanisch, Deutsch und Französisch bis hundert gezählt habe, werde ich in ein Büro geführt, wo zwei Männer an einem Beistelltisch sitzen. Ich drifte schon halb ab, und ich muss mich wieder in die Gegenwart zurückholen, mich selbst davon überzeugen, dass dies die Wirklichkeit ist und dass ich zuhören muss, anwesend sein muss.

Jonas, der Mann im Mittelpunkt, ist genau genommen der Filmregisseur. Sein Handschlag ist energisch und beidhändig, die eine Hand schüttelt meine und die andere legt sich darüber. Wieder einmal bin ich von den Namen der Menschen in Hollywood fasziniert, als sich Jackson, der Oberboss der Produktionsfirma, mir vorstellt. Ich lächele ein, wie ich hoffe, bezauberndes Lächeln. Er ist der Einzige, dessen Namen ich von Josh schon mal gehört habe, und er ist offensichtlich der Mann, den ich beeindrucken muss.

Sie lassen Kaffee bringen und kommen gleich zum Geschäft. Während Jonas damit beschäftigt ist, mich zu taxieren, redet Jackson über die Fakten. Ich glaube, sie fragen sich beide, was für ein Mensch ich bin. Bin ich witzig, zuverlässig, talentiert – lohnt es sich für sie, dieses Risiko einzugehen, für einen Film, in dem richtig viel Geld drinsteckt, auf eine relativ unbekannte Größe zu setzen.

Jonas sagt mir, wie sehr sie das Lied lieben. Es wird eine entscheidende Rolle im Ablauf des Films einnehmen. Er hätte gerne, dass ich mich, solange ich hier bin, mit ein paar Musikern treffe, um eine kleine musikalische Änderung zu besprechen. Der Text bliebe gleich, nur dieser kleine Anstieg im Crescendo der Bridge. Ob ich damit einverstanden sei?

Ich sage nicht, was ich denke. Ich sage ihnen nicht, dass ich mit einem Anstieg im Crescendo der Bridge einverstanden bin, egal ob groß oder klein. Ich will dieses Lied im Film drinhaben – egal wie … Ich sage ihnen stattdessen, dass ich mich darauf freue, später die Musiker zu treffen und zu erfahren, was sie sich da vorstellen. Das sage ich mit einem Lächeln, das sich hauptsächlich an Jackson richtet.

Zwei Stunden später, nachdem sich die großen Jungs noch eine Weile in Pose geworfen haben, habe ich Paramount verlassen und bin mir ziemlich sicher, dass sie sich für ein anderes Projekt auch noch ein weiteres Lied von mir namens »Echos« anschauen werden. Es ist ein Lied, das ich vor Jahren geschrieben habe, aber das behalte ich für mich. Darin geht es mal wieder um Herzschmerz – ein zeitloses Thema. Ihre Abschiedsworte deuten an, dass sie sich noch heute bei Josh melden wollen.

In meinem Kopf dreht sich vor Aufregung alles so sehr, dass ich einige der Atemtechniken anwenden muss, die Caroline mir zum Beruhigen beigebracht hat. Ich fülle meine Lungen so leise wie möglich und atme langsam aus. Ich sitze gerade in einem Musikstudio in der Innenstadt von L. A. Es ist so hochmodern, dass ich einfach alles anfassen muss, über die Tasten streichen, auf die Bildschirme starren. Daneben sieht der doppelte Mac-Bildschirm auf meinem Dachboden wie aus der Steinzeit aus. Peter taucht vor mir auf und erklärt, dass sie bereit sind. Sekunden später fangen die gebuchten Studiomusiker hinter einer Glaswand an zu spielen. Sie sind gut, sehr gut, und ich bin fasziniert, in die Musik versunken – *meine Musik*. Ich kneife mich, nicht nur einmal oder zweimal, sondern sogar dreimal. Ich höre nur damit auf, weil ich Angst vor blauen Flecken habe.

Sie spielen es ein paarmal durch, bis wir uns alle einig sind, dass es die perfekte Tonlage hat. Nachdem ich mich verabschiedet habe und auf dem Weg zu Boyd denke, dass mein Leben kaum noch besser sein könnte, vibriert mein Mobiltelefon. Ich öffne eine Nachricht von Pink: »Essen heute Abend? Ich kenne ein vorzügliches Steakhaus in Santa Monica …« Und in dem Moment öffnet sich mir eine ganz neue Welt. Ich kann fast schon Aladin im Hintergrund hören. Nur dass dies nichts mit Romantik zu tun hat. Hier geht es um Sex. Schlicht und ergreifend. Ich antworte ihm sofort, dass ich liebend gerne mit ihm essen gehen möchte und darauf hoffe, dass – trotzdem ich bei unserem Kennenlernen darauf bestanden hatte, dass Abendessen nur Abendessen heißt – es in Wirklichkeit vielleicht doch mehr bedeutet. Es ist mir egal, wie nett dieser Mann vielleicht sein mag, ich weiß jetzt, dass es möglich ist, mit jemandem einfach nur vögeln zu wollen. Ich lächele Boyd an, als er die Wagentür für mich öffnet. Wer hätte das gedacht?!

Boyd setzt mich vor Manolo Blahnik ab. Auch wenn seine Schuhe mich magisch anziehen, widerstehe ich und gehe auf ein Dessousgeschäft zu, das ich vom Wagen aus gesehen habe. Es herrscht reger Betrieb in der Gegend, und ich fühle mich plötzlich sehr verlegen, als würde mich jeder anstarren. Ganz sicher wissen sie, dass ich gerade dabei bin, Unterwäsche zum Bumsen zu kaufen. Ganz sicher wissen sie, dass ich unter meiner schwarzen Caprihose entfusselt wurde. Die Menschen, hauptsächlich Frauen, schwatzen im Gehen, und ich versuche, mich mit hocherhobenem Haupt darunterzumischen und ihre kläffenden, rattenartigen Hunde an den glitzernden Hundeleinen zu ignorieren.

Um in Ruhe einen Blick auf die Straße zu werfen, halte ich an und sehe nach rechts und links. Ich sage mir, dass ich mir einen Moment Zeit nehmen sollte. Ein Mal tief durchatmen – um die Tatsache auszukosten, dass ich mich auf dem Rodeo Drive befinde. Er ist viel schmaler, als ich ihn mir vorgestellt hatte. Es gibt zwei Fahrspuren auf jeder Seite des Mittelstreifens, aber irgendwie fühlt er sich trotzdem schmaler an, als ich erwartet hatte. Der Mittelstreifen ist durchgehend mit Blumen bepflanzt. Etwa alle drei Meter steht eine hochgewachsene Palme. Nachdem ich die Umgebung pflichtbewusst wie jeder brave Tourist zur Kenntnis genommen habe, betrete ich den Laden und hasse mich selbst für meine Oberflächlichkeit. Ich will einfach nur traumhafte Unterwäsche haben. Und ich will, dass Pink sich Zeit nimmt, sie mir demnächst auszuziehen.

*

Ich sitze in einem Steakhaus, das zur Santa Monica Beach rausgeht. Die Szenerie ist zu schön. Der Mann mir gegenüber ist zu schön. Garantiert wird mir gleich jemand auf die Schulter klopfen und mir sagen, dass ich das Kleingedruckte lesen solle, aber bis dahin … Ich trage das Kleid, das Karen mir unbedingt einpacken wollte. Danke, Karen. Danke, Hotel, fürs Bügeln.

Wir bestellen Steak und Salat und eine Flasche Rotwein. Er sagt nicht viel, aber das, was er sagt, sind fast alles Komplimente. Wie schön ich bin, wie sexy ich in meinem Kleid aussehe … In dem Moment merke ich, dass er genauso gerne mit mir ins Bett gehen möchte wie ich mit ihm. Nachdem ich mein Rind eine Weile mit dem Steakmesser gequält habe und mich doppelt und dreifach vergewissert habe, dass sämtliche Ehefrauen in seinem Leben definitiv Exehefrauen sind, höre ich mich vorschlagen, dass wir zu meinem Hotel zurückkehren. Ein Gedanke an Adam schießt mir durch den Kopf, einen winzigen Moment lang, zu kurz, um ihn zu beachten. Ich denke an Meg und erinnere mich daran, dass Karen recht hat. Ich kann nichts tun, bis ich wieder zurück bin. Ich vermisse sie; es würde ihr hier richtig gut gefallen und bald schon werde ich sie mit hierhernehmen und wir werden den Rodeo Drive im Sturm erobern. In der Zwischenzeit bin ich dabei, etwas zu tun, was ich noch nie getan habe. Entspanne dich einfach, sage ich mir. Versuche, dich zu entspannen.

Pink bittet um die Rechnung, und bevor ich weiß, wie mir geschieht, sitzen wir in einem Taxi auf dem Weg zum Hotel. Er hält meine Hand, reibt die Kuppe meines Daumens mit seinem und verdammt noch mal, ich halte es nicht mehr aus. Es ist lange her und dieser Mann wird sicherlich von den vielen Monaten der Frustration profitieren.

*

Nie zuvor. Nie zuvor habe ich mich so gefühlt … Dieser Mann ist eine Orgasmusmaschine. Man sollte ihn patentieren lassen. Seine Finger und seine Zunge verweilen auf jedem Zentimeter meines Körpers. Er seufzt lustvoll beim Anblick meines nackten Untergestells, und ich bin froh darüber, so früh aufgestanden zu sein. Er dreht mich um, in alle möglichen Richtungen, ohne mich loszulassen, und besteht darauf, dass ich meine Unterwäsche anlasse. Ich bin ihm dafür seltsam dankbar und finde es äußerst erotisch, wenn er spielerisch mit seiner Zunge mein Zweihundert-Dollar-Höschen beiseiteschiebt … Nachdem er eine Ewigkeit lang an mir herumgespielt hat, zieht er es mir schließlich aus und fickt mich in aller Ruhe. Für so einen kräftigen Mann ist er sehr sanft und als er in mich eindringt, scheint er den Atem anzuhalten. Ich merke, dass ich fast komplett zugemacht habe und mich wie eine Jungfrau anfühlen muss. Als ich komme und er gleich danach auch, bin ich erschöpft und will trotzdem mehr.

Während er schläft, sehe ich, wie mein Handy am Ladegerät blinkt. Ich strecke die Hand aus und will gerade nachsehen, ob ich Nachrichten habe, als sich eine Hand zu mir ausstreckt und flüstert: »Lass doch.« Ich lache und lasse meine Hand über die Bettkante auf Pinks Hose auf dem Fußboden sinken. Kondome purzeln aus seiner Hosentasche, und auch wenn ich einerseits schockiert bin, dass er wusste, wie leicht ich zu haben sein würde, drehe ich mich doch zu ihm um und will mehr. Diesmal sitze ich rücklings auf ihm und während ich spüre, wie er mich ausfüllt, bedauere ich, dass ich so lange gebraucht habe, den hemmungslosen Sex zu entdecken. Und während ich mich über ihm bewege und einem weiteren Höhepunkt zusteuere, wird mir absolut klar, warum wir hier sind. Für Sex. Großartigen, unkomplizierten Sex. Für mich eine echte Premiere.

Als sich von der Brighton Street her, der sonnigen Seite des Hotels, Sonnenstrahlen durch einen Spalt in den Vorhängen ergießen, stehe ich auf und dusche. Ich bestelle beim Zimmerservice Frühstück für uns beide – Obst, Müsli, Tee und Kaffee. Er muss hungrig sein – keiner von uns hat gestern Abend viel gegessen.

Ich habe recht. Er isst alles auf dem Teller auf und trinkt zwei Tassen schwarzen Kaffee. Er duscht lange und setzt sich zu mir auf den Bettrand, als ich mir gerade die Haare trocknen will. Für einen Mann, der so wenig sagt, ist er sehr überzeugend. Er muss nichts weiter tun, als mein Gesicht mit seinem Handrücken zu streicheln. Für einen Moment bin ich hin- und hergerissen. Mein Terminkalender ist vollgepackt mit Touristenkram. Andererseits könnte ich das verschieben und einfach die einzige Attraktion genießen, die mich in Hollywood wirklich interessiert. Wenn Pink in meinem Hollywood-Reiseführer aufgeführt wäre, wäre er eine Fünf-Sterne-Sehenswürdigkeit. Also mache ich das, was jede Frau tun würde – ich gehe wieder mit ihm ins Bett.

*

Unten an der Rezeption erwarten mich ein Programmplan für heute und Boyd, der an diesem Tag glücklicherweise für mich auf Abruf bereit steht. Da die Studioleute mich nicht brauchen und ich den Tag freihabe, haben sie ihm offensichtlich gesagt, dass er mich auf eine Stadtrundfahrt durch L. A. mitnehmen soll. Während ich hinten im Wagen Platz nehme, werfe ich einen Blick auf das Blatt Papier und schalte mein Mobiltelefon ein. Es spielt sofort verrückt.

Ich habe mehrere entgangene Anrufe und lauter Nachrichten von Josh. Die letzte davon lautet: »RUF MICH AN ODER ICH KOMME PERSÖNLICH VORBEI, UM DICH ZU HOLEN.«

Ich höre mir einige Nachrichten auf meiner Mailbox an, bis eine Stimme folgt, die ich nicht kenne.

»Dies ist eine Nachricht vom Whitechapel Hospital in London. Wir haben hier einen Mr Adam Hall, und soweit ich sehe, sind Sie die Nummer, die wir im Notfall anrufen sollen. Könnten Sie uns bitte so bald wie möglich zurückrufen? Mein Name ist Lisa, und die Nummer lautet ...«

Ich lege eine Hand auf meine Brust, sehe nach, um welche Zeit die Nachricht kam – neun Uhr dreißig in L. A., heute Morgen. Verdammt, verdammt, verdammt. Ich bitte Boyd um einen Stift, höre mir die Nachricht noch einmal an und schreibe die Nummer auf die Rückseite des Programms, bevor ich sie wähle. Die Neonuhr auf seinem Armaturenbrett sagt mir, dass es drüben nach halb sechs Uhr abends ist.

Ich kann mit jemandem sprechen, der mir sagt, was passiert ist. Erleichterung überkommt mich, als mir klar wird, dass es ihm gut geht. Mir war der Gedanke gekommen, dass Adam es bringen könnte, zu sterben, einfach nur deshalb, weil ich hier gerade dabei war, ihn zu vergessen. Die nächste Nachricht kommt von Meg; sobald ich ihre besorgte Stimme höre, überwältigen mich Schuldgefühle wegen der wunderschönen letzten Nacht.

»Mum, wo bist du? Ich habe den ganzen Tag lang versucht, dich anzurufen! Ich *muss* mit dir reden. Ruf mich an – sobald du diese Nachricht bekommst. Es ist wichtig, Mum.«

Meine Finger hacken ihre Nummer in mein Mobiltelefon. Ich nicke Boyd in seinem Rückspiegel entschuldigend zu und beuge mich vor, um die Klimaanlage hier hinten höher zu stellen, während mein Gesicht sich plötzlich heftig rötet. Erleichterung schießt durch meine Adern, überwältigt jegliches Schuldgefühl und dämpft die Farbe der Selbstvorwürfe auf meinem Gesicht, als ich höre, wie sie an ihr Telefon geht. Für einen kurzen Augenblick, nur für ein paar Sekunden, halte ich den Atem an und hoffe, dass zu Hause nicht alles auseinanderbricht, nur weil ich es geschafft habe, sie für ein paar Stunden zu vergessen.

»Es tut mir leid, es tut mir leid«, platze ich heraus. »Mein Telefon hing an der Ladestation und ich … Alles in Ordnung mit dir? Hast du mit deinem Vater gesprochen?«

»Nein. Wo bist du gewesen? Ich habe eine Ewigkeit lang versucht, dich zu erreichen.« Sie klingt erleichtert, nicht wütend. »Weißt du es schon, das von Dad?«

Ich erzähle ihr von meinem Anruf im Krankenhaus, versichere ihr, dass sie mir gesagt haben, dass es ihm gut ginge – er ist mit dem Schrecken davongekommen.

»Ich habe auch mit ihnen gesprochen«, erwidert sie. »Sie haben mir dasselbe gesagt. Typisch, was? Da bekommt Dad genau dann einen Herzinfarkt, wenn wir beide stinksauer auf ihn sind.«

»Es ist nur ein Schrecken«, erwidere ich. »Er kommt wieder in Ordnung.«

Sie schweigt.

»Es würde dir hier gefallen. Oder vielleicht eher, es wird dir hier gefallen, wenn wir zusammen hierherfahren. Man kann hier vorzüglich einkaufen und es gibt so viel, was man sich ansehen und unternehmen kann. Ich werfe einen Blick auf das Tagesprogramm und frage mich rasch, ob ich das immer noch schaffen kann. Ich fliege sowieso heute Nacht zurück und ich wäre verdammt, wenn ich einen früheren Flug nehmen würde, nur weil Adam sich entschlossen hat, sich wieder in den Mittelpunkt zu stellen. »Außerdem ist es zu dieser Jahreszeit schön warm, einfach herrlich«, füge ich hinzu.

Sie sagt mir, dass sie sich darauf freuen würde. Dann reden wir noch kurz über das Unvermeidbare, nämlich die Stammzellenspende für ihren Bruder nächste Woche. Als wir auflegen, hat sie die Sache ruhig mit mir durchgesprochen und scheint alles im Griff zu haben. Wieder bewundere ich meine Tochter.

»Boyd«, ich sehe ihm im Spiegel in die Augen. »Dieses Tagesprogramm, schaffen wir das heute wirklich alles?«

»Ja, Ma'am.«

»Dann lassen Sie uns loslegen!«

Wir schaffen es, das meiste von der Liste abzuhaken. Er fährt mich zur Hollywood Bowl und den Hollywood Hills, wo ich Fotos von den berühmten weißen Buchstaben schieße. Aus der Entfernung sehen sie aus, als wären sie in den Berg gebrannt worden, aber von nahem sehe ich, dass sie an großen weißen Gittern hängen. Wir fahren zur Santa Monica Beach und dem Pier. Ich sage ihm nicht, dass ich dort schon gewesen bin, wenn auch nur kurz. Ich mache ein paar Schnappschüsse vom Ozean, bevor wir den Hollywood Walk of Fame ansteuern. Ich schaffe nur ungefähr drei von den fünfzehn Blöcken des Hollywood Boulevard, bevor Boyd mich wieder aufliest und zum Griffith Observatory fährt. Die ganze Zeit schwirrt mir dabei der Kopf vor Verwirrung. Adam liegt in einem Krankenhaus, Meg an Schläuche angeschlossen und Pink, ja Pink und seine fachkundigen Hände.

Zurück in der Hotelbar bin ich erschöpft, befriedigt und frage mich, wann ich wohl wiederkommen werde. Meine gepackte Tasche ruht an meinem Bein und ich nippe an dem Gin Tonic, den Toots für mich gemacht hat, während ich darauf warte, dass Boyd zurückkehrt und mich zum Flughafen fährt. Ich rufe Adam an und er geht nach nur einem Klingeln dran.

»Hey, wie spät ist es in L. A.?«

Beim Klang seiner Stimme lächele ich vor Erleichterung. »Ist doch egal jetzt, alles in Ordnung mit dir?«

»Ich war mir nicht sicher, ob du anrufen würdest.«

»Ich auch nicht.« Ich hebe den Gin an meine Lippen. »Ich musste wahrscheinlich sichergehen, ob du noch lebst.«

»Und wie«, erwidert er.

Es geht ihm gut, ich bin erleichtert, und auf einmal bin ich auch ganz traurig, einen Ort wieder zu verlassen, in den ich mich instinktiv verliebt habe. Der Rest unseres Gespräches ist schnell vorbei, und als wir auflegen, habe ich schon abgeschaltet.

Adam ist gesund und munter und meine Pause von der Wirklichkeit ist offenbar ziemlich eindeutig vorbei.

ZWEIUNDDREISSIG

Nach fünf Tagen hier drinnen lassen sie mich raus. Ich stecke mitten im Vortrag. Man sagt mir, dass sie mir einen Stent eingesetzt hätten, wenn es auch nur etwas schlimmer gewesen wäre. Man sagt mir, dass ich Blutverdünner nehmen soll und meine Cholesterinsenker und für mindestens drei Wochen nichts körperlich Anstrengendes unternehmen soll.

Gut. Also kein Jogging.

»Kein Jogging.« Der Arzt scheint meine Gedanken lesen zu können. »Und auch kein Sex. Sie werden schon merken, wenn die Zeit gekommen ist, aber machen Sie erst einmal für eine Weile eine Pause.«

Ich versuche, nicht laut zu lachen. Ich versuche, mir nicht zu wünschen, dass ich diesen Warnschuss-Miniherzinfarkt schon im vergangenen Jahr gehabt hätte. Dann wäre Beth jetzt bei mir; würde mich nach Hause zu unserem gemeinsamen Haus in Weybridge fahren. Sie würde sich um mich kümmern, mich pflegen, mich bekochen … Ich würde leichte Gartenarbeit machen, um mich langsam wieder aufzubauen. Stattdessen ist Beth jetzt wahrscheinlich schon von ihrer Reise nach L. A. zurück und mit Jetlag in Weybridge. Ich weiß nicht genau, wo sie ist. Ich weiß nur, dass sie nicht hier ist.

Ich schüttele dem Arzt die Hand, verspreche, dass ich in einer Woche zu einer Nachuntersuchung komme, und setze mir den Rucksack auf. Er enthält meine Schlüssel, die Laufkleidung, die sie mir vom Körper geschnitten haben, einen Schlafanzug, meine Laufschuhe und eine Flasche Wasser. Ich trage Kleidung, die Ben für mich vorbeigebracht hat, eine Jeans, die an mir schlottert und die ich an der Taille hochziehen muss. Ein Pullover, der schon bessere Tage gesehen hat – all das versteckt unter einem Mantel und meinem langen Schal.

Vor dem Haupteingang des Krankenhauses ist die Luft belebend. Ich bin in so viele Schichten eingepackt wie eine Zwiebel, aber mir ist immer noch kalt. Ich will unbedingt schnell nach Hause, also halte ich mir ein Taxi an und bin in fünf Minuten dort. Zuhause … es ist nicht wirklich mein Zuhause und wird es auch niemals sein. Im Appartement werfe ich die Schlüssel auf den kleinen Tisch im Flur. Dort liegt eine Nachricht, die ich ohne meine Brille nur mühsam lesen kann.

> Adam, hoffentlich geht es dir gut. Ich bin für dich Lebensmittel einkaufen gegangen, habe alles im Kühlschrank und den Küchenschränken verstaut, und ich habe das Bettzeug gewechselt. Die andere Bettwäsche ist im Trockner.
> Gute Besserung. Karen x
> PS Ich habe ein schlechtes Gewissen wegen unseres Streits letztens. Nach allem, was du Beth angetan hast, bist du nicht gerade mein Lieblingsmensch, aber du bist Bens Bruder, und wir beide waren lange Zeit Freunde. Ich hoffe, dass wir uns irgendwann neu sortieren können?

Ich gehe in die Küche und öffne die Kühlschranktür. Er ist voll mit gesundem Obst und Joghurt und lauter Sachen, die zweifellos auf dem Ernährungsplan stehen, den sie mir gegeben haben. Nicht ein Stück Speck in Sicht. Die Schränke sehen genauso aus. Das Unanständigste, was ich finden kann, ist Müsli ohne Zucker.

Ich gehe zum Fenster und blicke auf die lebhafte Straße unter mir. Das Lokal gegenüber lockt mich, und ohne auch nur meinen Mantel auszuziehen, verlasse ich das Appartement und gehe direkt über die Straße zu dem billigen Schnellrestaurant am Ufer. Ich verspreche mir, dass dies das letzte englische Frühstück sein wird, das ich je essen werde, aber ich bin gerade am Verhungern und Müsli wird da einfach nicht reichen. Während ich warte, schreibe ich Karen eine Nachricht, sage ihr, dass ich zu Hause bin, wie aufmerksam es von ihr war, für mich einzukaufen, und sage ihr, dass ich, egal was auch immer sie mit »neu sortieren« meint, dazu bereit bin.

»Unsere Freundschaft einfach wiederaufleben lassen«, schreibt sie mir.

»Hört sich gut an«, tippe ich zurück.

Ich teile Kiera in einer SMS mit, was passiert ist, versichere ihr, dass es mir gut geht, sage ihr, dass ich Noah gerne sehen möchte, sobald ich kann. Ich widerstehe dem Drang, Meg anzurufen oder eine SMS zu schicken. Ich bin immer noch erschüttert, dass sie mich nicht einmal besuchen gekommen ist. Das tut mir mehr weh als dieser schraubstockartige Druck auf meinem Herzen am vergangenen Montag, und ich kapiere es immer noch nicht. Ich verstehe, dass sie wegen meines Betrugs aufgebracht ist; ich kann auch nachvollziehen, dass sie mir gesagt hat, sie sei fertig mit mir, aber … sie ist doch meine Kleine. Ich habe ihr in dem Moment nicht geglaubt. Ich habe nicht geglaubt, dass sie es wirklich meint. Mittlerweile glaube ich ihr aber, und es tut so weh, dass auch keine Statine oder Blutverdünner helfen werden.

Ich trinke zwei Tassen starken Kaffee und esse einen Teller leer. Ich nehme gebratene Spiegeleier und als einziges Zugeständnis an eine gesündere Ernährung dunkles Brot mit Körnern darin. Ich wische den Teller sauber und bestelle eine weitere Portion Toast – mit Butter.

Bei dem Gedanken an das kommende Wochenende, ohne einen Ort, wo ich hingehen, oder jemanden, zu dem ich gehen kann, fühle ich mich schon rastlos. Leise Angst füllt meine Lungen und erschwert mir das Atmen. Ich schlucke die Tabletten, die ich brauche, mit meinem letzten Rest Kaffee hinunter und bezahle. Da ich nicht joggen kann, beschließe ich, zumindest am Fluss entlangzuspazieren. Ich schaffe es bis zur Haltestelle der Flussschiffe, gleich bei den Stufen hoch zur Canary Wharf, bevor mich die Müdigkeit überkommt.

Sie ist überwältigend, als hätte ich keine Wahl, außer stehenzubleiben. Ich sehe auf. Ich weiß, dass dort dreiundzwanzig Steinstufen sind, weil ich sie letzte Woche hinauf- und hinuntergerannt bin, wie Rocky.

Heute drehe ich um und kehre langsam zum Appartement zurück. Vielleicht nächsten Monat …

Ich lade mir die vierte Staffel von *Breaking Bad* herunter, koche mir eine Tasse Tee und mache es mir für den Tag gemütlich. In eine Decke eingewickelt starre ich auf den Fernseher und verliere mich im Lebensweg eines fiktiven Lehrers, der zum Drogenoberboss geworden ist. Irgendwie kommt mir sein Leben realer vor als mein eigenes.

*

Um sechs Uhr klopft jemand an die Tür. Derjenige klingelt nicht an der Haustür unten, sondern klopft tatsächlich an die Wohnungstür. Ich drücke auf Pause, wickele mich in meine Decke und spähe durch den Spion.

Ich öffne schnell die Tür und stolpere dabei fast über mich selbst.

»Dad«, sagt sie und geht an mir vorbei.

»Du bist hier.« Ich erinnere mich an unsere letzte Begegnung, wo sie geschrien hatte, dass sie mich nicht mehr sehen wolle.

Sie blickt über ihre Schulter zurück. »Ja.«

Ich schließe die Wohnungstür und folge ihr in die Wohnküche. Sie ist, ohne zu fragen, bis zur Küchenzeile durchgegangen. Ich kehre zum Sofa zurück.

»Ich habe mich mit einem Buch über die Psychologie von Serienkillern beschäftigt«, sagt sie, »und ich bin zu dem Fazit gekommen, dass es schlimmere Menschen auf der Welt gibt als dich. Also bin ich hier.«

Ich weiß nicht so recht, was ich sagen soll. Ich freue mich wahnsinnig, dass sie hier ist. Es freut mich weniger, dass sie hier ist, weil ich im Vergleich zu einem Gewohnheitsmörder nicht gar so übel bin. Ich sage nichts.

»Ich habe etwas zu essen mitgebracht. Suppe und ein gekochtes Hühnchen mit Salat. Ich habe gegoogelt, was du essen solltest.«

Ich versuche, bei der Erwähnung von Salat nicht zu schaudern. Draußen droht der schiefergraue Himmel mit Schnee. Salat im Dezember. Danke, Herz, vielen Dank auch.

»Es war nur ein Warnschuss«, wiederhole ich die Worte des Mediziners. »Mehr Schreck als alles andere.«

»Wenn wir schon über Warnungen sprechen«, sie späht über die Frühstückstheke zwischen der Küche und dem Wohnzimmer, »vielleicht solltest du dich mal entscheiden, ob du auf sie hörst.«

Ich nicke, mich überkommen bereits Schuldgefühle wegen meiner einzigen Mahlzeit heute.

»Du guckst *Breaking Bad*?«

»Ja, ich versuche, wieder den Anschluss zu kriegen.« Ich sage ihr nicht, dass ich heute schon sieben Folgen geschaut habe. »Danke, Meg, dass du gekommen bist.« Ich weiß wirklich nicht, wie ich es anders ausdrücken soll.

»Ich kann nicht lange bleiben. Jack wartet auf mich. Ich bin hier, weil ich sichergehen will, dass du etwas zu essen hast, und dich informieren, wie das Verfahren jetzt weitergeht – das ist alles.«

Das Ende ihres Satzes hat so etwas Entschiedenes an sich, das mir bestätigt, dass sie immer noch stinksauer auf mich ist.

»Jack fragt sich, was für eine Familie ich habe«, fährt sie fort. »Dieses Jahr muss ich damit fertigwerden, dass die Ehe meiner Eltern zerbricht und dass ein geheimer – und, ach ja, sterbender – Bruder auftaucht.«

Sie zählt meine Sünden an ihren Fingern ab.

»Oh, und eine Stammzellenspende gibt es gratis mit dazu.«

Sie ist erst bei ihrem dritten Finger angekommen, sieht aber so aus, als wäre sie noch nicht fertig, und ja, so gesehen vervielfacht sich meine Schuld, während sie spricht. Es fühlt sich an, als säße sie in den Fasern des schäbigen Schottentuchs, das ich um mich herumgewickelt habe.

»Ganz zu schweigen davon, dass all das bedeutet, du bist ein Lügner. Als du uns verlassen hast …«

Ich atme tief ein, warte auf den Tiefschlag.

»Als du uns verlassen hast«, wiederholt sie und beißt sich dann auf die Lippe, »war Mum diejenige, die mir gesagt hat, dass ich den Kontakt zu dir nicht abbrechen sollte. Sie war diejenige, die mir gesagt hat, dass du zwar sie, mich aber nie angelogen hast. Aber das ist falsch, Dad, oder? Du hast mich auch die ganze Zeit belogen.« Sie starrt mich an, aber ich weiß keine Antwort. Überhaupt keine. »Reden wir über etwas anderes«, verlangt sie, während sie mit einer Tranchiergabel auf ein gekochtes Huhn einsticht. »Los, bevor ich es mir anders überlege.«

»Bekommst du jetzt die Hormonspritzen?« Wahrscheinlich nicht der beste Themenwechsel, aber mehr habe ich nicht zu bieten.

Sie nickt. »Ja, eine Krankenschwester kommt die vier Tage vorher täglich vorbei, um mir rasch eine Spritze zu geben …«

»Wird deine Mutter während der Prozedur wirklich bei dir sein?«

»Ja.«

»Okay.« Also keine Einladung für mich. »Bleibst du zum Essen hier?« Ich versuche, die Hoffnung aus meiner Stimme herauszuhalten. Ich sehne mich verzweifelt nach ein paar mehr Stunden ihrer Gesellschaft.

Sie zögert. »Ich esse ein bisschen Suppe mit dir, aber dann muss ich gehen.«

Draußen hat es angefangen, leicht zu schneien. Er hinterlässt eine dünne Schicht auf den schmalen Holzleisten auf dem Balkon. Irgendwie hoffe ich, dass ein Schneeschauer daraus wird, der über uns hängen bleibt und uns einschneit, und sie mich eine ganze Weile lang nicht verlassen kann. Vielleicht, wenn ich sie dazu bringen könnte, mir zuzuhören, kann sie mir doch wieder in die Augen sehen …

Nur Minuten später sitzen wir beide an der winzigen Frühstückstheke und löffeln die Suppe. Sie schmeckt köstlich.

»Hast du gehört, wie es deiner Mum in L. A. ergangen ist?«

»Es ging ihr wunderbar dort. Sie sind total begeistert von ihr.« Meg rührt ihre Suppe um und isst dann einen Löffel. »Natürlich hat es sie umgehauen, als sie den Anruf vom Krankenhaus bekommen hat. *Das* hat sie aus der Fassung gebracht.«

»Ich weiß. Es tut mir leid«, sage ich. »Sie muss einen Schrecken bekommen haben. Es ist mir sehr unangenehm, dass ich ihren Aufenthalt dort durcheinandergebracht habe.«

»Als sie mit dem medizinischen Personal gesprochen hat, war klar, dass es dir gut geht. Mum und ich haben beide unabhängig voneinander mit deinen Ärzten gesprochen.«

Ich löffele den Rest meiner Suppe auf. »Sie müssen sich gefragt haben, warum keiner von euch beiden dort aufgetaucht ist.« Ich versuche, nicht vorwurfsvoll zu klingen.

Sie zuckt die Schultern und lächelt halb. »Ich habe gefragt, ob Lebensgefahr bestünde, und sie sagten Nein. Mum hat dasselbe getan. Und wenn ich schon nicht von Clapham aus herkomme, um dich zu besuchen, warum sollte sie dann von L. A. aus kommen?«

»Natürlich nicht ...«

Meg räumt die Suppenschalen weg und tischt mir mein Abendessen auf. »Okay, ich bin jetzt weg und überlasse dich deinem Essen.« Sie schlüpft in ihren Mantel und setzt eine weiche, wollige Mütze auf. »Warum hast du uns nie von deinem Sohn erzählt, Dad?« Und da ist er, der intensive Blick. Vermutlich der wahre Grund dafür, warum sie hier ist. Die Meg, die ich kenne, will immer wissen warum ... Warum sind Blätter auf den Bäumen, Dad? Warum sind Jungen und Mädchen unterschiedlich, Dad? Wo kommen die Farben her, Dad? Warum sind die Zahlen so, wie sie sind, Dad? Warum bist du so ein verlogener Idiot, Dad? Die bohrenden braunen Augen konzentrieren sich so intensiv auf mein Gesicht, dass ich mich abwenden muss. Ich kann dieses anklagende Starren nicht ertragen.

Ich wusste, dass genau diese Frage kommen würde, aber sie haut mich trotzdem um. Ich setze mich auf den Rand des Sofas.

»Es war so, als wäre es nicht real, solange ich es nicht laut aussprach.« Ich weiß, dass diese Erklärung scheiße ist.

»Aber Mum wusste doch schon, was mit dieser Kiera passiert war. Dass jemand schwanger wird, kann passieren, obwohl ehrlich gesagt, wenn ich an die Vorträge denke, die du mir in all den Jahren über sicheren Sex gehalten hast ...«

Sie hat recht. Ich bin ein Lügner und dazu auch noch mit Doppelmoral.

»Vielleicht hätte ich meinen Bruder gerne kennengelernt.«

»Es hätte deine Mutter umgebracht. Es hätte uns umgebracht, mich und sie. Und es hätte dich und mich umgebracht.«

Sie schüttelt den Kopf. »Das glaube ich nicht. Das ist jetzt zwar alles passiert, aber erst nach jahrelangem Lügen.«

»Wir werden nie wissen, wie sich die Dinge sonst entwickelt hätten. Ich habe es getan, weil ich dachte, dass es das Beste für alle sei.«

»Du hast es getan, weil es das Beste für *dich* war.«

Ich lasse die Schultern hängen und stehe auf. Ihr letzter, fieser Satz tut weh. Sie wird vermutlich nie verstehen, wie Lügen weitere Lügen erzeugen. Eine führt zu zweien, zu dreien, und dann zu dreißig.

»Vielleicht«, räume ich ein, während sie geht, und ich weiß, dass es noch ein langer Weg ist, bis sie mir vergeben kann, auch wenn sie jetzt hier ist.

»Guten Appetit«, sagt sie, öffnet die Wohnungstür und weg ist sie, ohne eine Umarmung oder einen Kuss. Ich starre auf den Teller mit Hühnchen und weiß, dass ich es niemals essen werde.

DREIUNDDREISSIG

»Sind Sie sicher?«, fragt mich Giles; sein Stirnrunzeln lässt ihn sofort älter wirken.

Ich antworte mit einem Nicken. Für heute stehe ich auf dem Dienstplan, und auch wenn der Jetlag mir sagt, dass ich lieber im Bett hätte bleiben sollen, bin ich fest dazu entschlossen, durchzuhalten.

»Wir brauchen Adams Zustimmung, bevor wir es vermarkten können.«

»Die werden Sie schon bekommen.«

Er lächelt, zweifellos davon begeistert, dass er mein wunderschönes Heim verkaufen soll. Ich habe dafür gesorgt, dass ich hinter meinem Schreibtisch sitze, wenn ich ihm das sage. Ich will keine Umarmung oder einen Kuss oder irgendetwas, das man falsch verstehen könnte. Ich habe keine Ahnung, wie ich diesen Mann behutsam enttäuschen kann, aber ich werde nicht darum herumkommen.

Was ich hingegen weiß, ist, dass ich seit meiner Erfahrung mit Pink in L.A. – seit dieser einfach nur schönen Nacht – ruiniert bin. Nie wieder werde ich mittelmäßigen Sex akzeptieren. Und auch wenn ich weiß, dass ich diese Art von Wunder nie wieder erleben werde, die ich beim Zusammensein mit einem anderen Mann als Adam gespürt habe, wäre jede weitere Affäre mit Giles ihm gegenüber unfair und auch mir selbst gegenüber.

»Essen wir heute Abend zusammen?«, fragt er.

»Ich kann nicht, Karen kommt.« Das stimmt. Es ist keine Lüge. Ich wünschte, das wäre es. Ich wünschte, ich könnte nach Hause ins Bett gehen und schlafen, aber Karen ist hartnäckig.

»Morgen dann?«

»Oh Giles, es tut mir leid, aber ich habe noch nicht einmal richtig ausgepackt. Außerdem geht Meg morgen ins Krankenhaus.« Ich habe weder ihm noch irgendjemand anderem irgendwelche Einzelheiten erzählt, nur dass Meg sich einem Eingriff unterziehen muss. Niemand weiß, dass es der Versuch ist, das Leben ihres Bruders zu retten – des Bruders, den sie nie kennengelernt hat, weil ihr Vater ihn lieber vor uns versteckt hat.

Giles sieht enttäuscht aus und fragt sich sicherlich, wie mich das Auspacken vom Essen abhalten kann, aber er nickt und geht. Ich werde mit ihm reden müssen, um es zu erklären, nur nicht heute.

Mit einem Blick auf den elektronischen Kalender sehe ich, dass ich einen vollen Terminplan habe. Mein erster Termin in zehn Minuten ist ein Treffen mit einem Inventuraufnehmer in Kiera Pughs Appartement. Ich greife mir meine Handtasche und gehe.

Ich versuche, nicht an sie zu denken. Die Frau, die vor all diesen Jahren mit meinem Mann geschlafen hat. Die Frau, die ein Kind von ihm bekommen hat, während ich Adam davon zu überzeugen versuchte, für unsere Ehe Hilfe in Anspruch zu nehmen. Immer noch zieht sich mein Magen vor Angst zusammen und mein Herz klopft wie wild, während ich am Pförtner in Kiera Pughs Gebäude vorbeigehe. An der Appartementtür klopfe ich zuerst an und lasse mich dann mit den Schlüsseln hinein.

»Ich habe den Inventurkerl auf später vertröstet.« Kiera Pugh steht mitten im Wohnzimmer. »Ich hatte darum gebeten, dass Sie herkommen, so dass wir vielleicht die Möglichkeit hätten, zu …«

Meine Füße haben im Walnussfußboden Wurzeln geschlagen. Ich starre hinunter und frage mich, wann und wo diese schmalen Bretter einst ein Baum gewesen sind. »Ich habe Ihnen nichts zu sagen.«

Sie nickt. »Ich bin mir ziemlich sicher, dass es eine Menge gibt, was Sie mir sagen wollen, Sie aber zu höflich dazu sind.«

»Sie kennen mich nicht.«

»Das stimmt. Ich möchte Ihnen nur danke sagen. Danke dafür, dass Sie Ihre Tochter das tun lassen. Noah«, sie hustet, »egal, wie er gezeugt wurde, er hat auch eine Familie. Wir alle lieben ihn sehr, und Meg gibt ihm eine echte Chance.«

Der Boden zieht mich an. Ich habe Angst, dass ich mich vielleicht nie wieder bewegen kann, dass irgendwie der klebrige Saft des Baumes wieder lebendig geworden ist und er nun die feste Absicht hat, mich hier für immer mit dieser Frau festzuhalten.

»Meg ist erwachsen. Sie trifft ihre eigenen Entscheidungen.« Ich will nicht, dass sie glaubt, dass ich Meg in irgendeiner Form beeinflusst hätte.

»Natürlich, aber sie hat klargemacht, dass sie keinerlei Kontakt mit Noah oder mir oder irgendjemandem aus seiner Familie haben möchte, deshalb wollte ich nur sichergehen, dass die Nachricht bei ihr ankommt. Ich danke Ihnen und Meg aus tiefstem Herzen.«

Ich sage nichts.

»Ich muss gehen, Beth. Noah macht vor der Spende einen weiteren Chemotherapiezyklus durch. Das ist ziemlich heftig und setzt ihm sehr zu. Ich habe ihn gerade für eine Stunde verlassen in der Hoffnung, Sie zu erwischen.«

Plötzlich bekommt mein Herz einen kleinen Sprung. Wie wütend ich auch über Adam bin, dieser Junge hat das nicht verdient. Kein Kind sollte so etwas durchmachen müssen. Kiera ist schon auf dem Weg zur Tür.

»Kiera, ich bin nicht sicher, ob ich Ihnen und Adam jemals vergeben kann, aber ich wünsche Noah alles Gute. Ich hoffe, dass er wieder gesund wird.«

Ihre Augen schwimmen in Tränen. »Danke«, sagt sie. »Wir brauchen alles Glück, das wir bekommen können.«

Nachdem sie gegangen ist, muss ich warten, bis der Fußboden mich wieder loslässt, bis das Blut aus meinem Herzen wieder durch meinen Körper gepumpt werden kann, bis meine Zehen die Versorgung wieder spüren können. Minuten später bin ich immer noch dort, bewegungslos, als ein Mann sich selbst hereinlässt. Er winkt mit einer Inventarliste und sagt mir, wie wir durch die Verlegung des ersten Termins seine Tagesplanung durcheinandergebracht hätten. Einen Moment lang überlege ich, mich auf ihn zu werfen und zu schreien, dass er keine Ahnung hat, was »durcheinander« bedeutet. Aber ich lasse es. Ich lächele und sage ihm, dass er anfangen soll. Ich käme gleich nach. Sobald ich mich wieder bewegen kann …

*

»Erzähl mir *alles* und lüg mich nicht an. Ich weiß, dass du was mit jemandem hattest, ich wusste es schon in dem Augenblick, als ich dich gesehen habe. Du hättest dir genauso gut ›Ich hab mit jemandem gevögelt!‹ auf die Stirn tätowieren lassen können.« Karen nippt an einer Tasse Tee. Ich trinke meine eigene Version von einem L. A.-Gin-Tonic. Sie zeigt auf ihre Stirn, als wolle sie betonen, wo meine schändliche Tätowierung sein sollte, aber das erinnert mich nur an die Tätowierungen von Pink. Prompt werde ich rot.

»Also, fangen wir mal damit an, wie er heißt.«

»Pink.«

»Wie dein Gesicht. Was ist denn das für ein Name?«

»Sein richtiger Name ist Jeff«, erwidere ich. »Aber man nennt ihn Pink. Er ist Musiker bei den Brothers, der Schlagzeuger, und hat viele schwule Fans. Deshalb eben ›Pink‹.«

»Die kenne ich!« Sie überrascht mich, da sie normalerweise mit ihrem Musikgeschmack in den Achtzigern steckengeblieben ist. »Der Schlagzeuger also? War er gut mit seinen Händen?«

»Sehr.« Ich erröte noch mehr.

»Du kleines Luder.« Karen scheint mich in einem neuen Licht zu sehen. »War es sehr anders?«

Ich pruste vor Lachen. »Anders als was?«

»Als mit Adam.«

»Adam ist dreiundvierzig und spart sich seinen sexuellen Erkundungstrieb für andere Frauen auf. Pink ist ein sechsunddreißigjähriger Musiker und ja, ich weiß …«

Karen deutet an, wie sie sich zwei Finger in den Hals steckt.

»Ich weiß, dass es ein Klischee ist, aber der Mann ist sowohl talentiert als auch perfekt definiert.«

»Fuck.« Karen seufzt.

»Ja, genau. Haben wir mehrfach gemacht.« Wir lachen beide laut auf. »Und ja, es war anders, es war etwas Besonderes, aber das war es dann auch. Sex. Einfach nur Sex.«

»Du hattest keinerlei Gefühle für ihn?« Sie täuscht Entsetzen vor.

»Nein, nichts außer Lust. Reine unverfälschte sexuelle Begierde.«

»Jetzt klingst du wie Adam.«

»Vielleicht kann ich ihn jetzt besser verstehen.«

»Oh, nein. Nein, nein, nein …« Karen schüttelt den Kopf. »Du wirst jetzt sein Verhalten nicht entschuldigen, nur weil du Lust auf Sex hattest. Da gibt es einen Unterschied. Du hast so lange mit niemandem mehr geschlafen. Die Sehnsucht, die du hattest, war ein ganz normales Grundbedürfnis. Er dagegen hatte schon Sex mit dir und wollte noch mehr anderen Sex mit jemand anderem haben. Das ist einfach nur unersättlich.«

Wie üblich betrachtet sie es nüchtern und rückt meine Perspektive wieder zurecht.

»Hast du ihn gesehen?« Ich kann es einfach nicht lassen. Eine Spur von Besorgnis schleicht sich in meine Stimme. »Meg sagt, dass es ihm gut geht, aber …«

»Es *geht* ihm gut. Er muss es ein paar Wochen lang ruhig angehen lassen, aber abgesehen davon geht es ihm gut. Ein paar Statine gegen sein Cholesterin, das ist alles.«

Sie fragt mich nicht, warum ich nicht zu ihm gegangen bin, um mich selbst zu überzeugen.

»Ich hatte die Nase voll von seinem Melodrama, Karen«, versuche ich zu erklären. »Erst als ich unterwegs war und darüber nachgedacht habe, bin ich darauf gekommen. Ich kenne niemanden, der auch nur annähernd so ein Drama aus allem macht wie er. Affären, versteckte Kinder und jetzt ein Herzinfarkt – oder jedenfalls ein Miniinfarkt – genau dann, wenn ... Wie auch immer ... Ich werde ihn irgendwann besuchen gehen – nur eben nicht heute.«

Damit habe ich es heute geschafft, sowohl Giles als auch Adam auf einen anderen Tag zu verschieben.

»Ist mit euch beiden alles in Ordnung?« Ich mache mir Sorgen, wie es jetzt zwischen Adam und Karen läuft. Ihre letzte Begegnung im Haus war schrecklich gewesen.

»Wir haben einen Schritt nach vorne gemacht. Anders geht es nicht. Egal, was jetzt mit dir und ihm ist, oder mit dir und mir, ich bin in Ben verliebt, und Ben ist sein Bruder.«

»Verliebt, ja?« Ich stupse spielerisch ihren Ellenbogen an.

»Ich liebe ihn wirklich ... Er ist der allererste Mann, bei dem ich mir vorstellen kann, den Rest meines Lebens mit ihm zu verbringen. Der erste Mann, bei dem ich je daran gedacht habe, dass ich vielleicht Kinder mit ihm haben möchte.«

Oh Scheiße, jetzt stecke ich in der Klemme. Wie auf Stichwort spricht sie die Worte aus, die ich gefürchtet habe, seit sie zusammen sind.

»Also sag mir, warum genau haben er und Elise sich getrennt?«

Eine Sekunde lang frage ich mich, ob ich nicht mit »Oh ist es schon so spät, ich muss mich sputen« und einem hastigen Rückzug davonkomme, aber nein, das wird niemals funktionieren.

»Hast du *ihn* nicht gefragt?«

»Doch. Er bleibt da sehr vage. Ich vermute, dass es etwas mit Kindern zu tun hat, aber ich bin mir nicht sicher, was. Ich habe recht, nicht wahr?«

»Habe ich dir von Pinks Tätowierungen erzählt?«

»Ich wusste es.« Sie nippt nachdenklich an ihrem Getränk.

»Er hat eine auf seinem Oberschenkel. Es sind chinesische Schriftzeichen, und als ich ihn gefragt habe, was das heißt, sagte er mir, dass sie ›Beth‹ bedeuteten.« Ich warte auf eine Antwort. »Ich dachte, das sei witzig. Ich meine, er ändert den Namen immer je nachdem, mit wem er gerade zusammen ist, nicht wahr?«

»Okay. Sie haben es also versucht, nicht wahr? Ich meine, Kinder zu bekommen.«

Oh ja, das haben sie. Sie haben es versucht. Ich will nicht darüber reden. Ich glaube, sie haben es fünf- oder sechsmal mit künstlicher Befruchtung versucht. Elise ist Backgroundsängerin für jede Menge Berühmtheiten, und jeden Penny, den sie in ihren gemeinsamen Jahren verdient hatte, hatte sie in einen weiteren erfolglosen Versuch investiert, Mutter zu werden. Es war hart für sie beide. Für sie, weil das Problem ihre geschädigten Eileiter waren, und für ihn, weil er wusste, dass er ein Kind zeugen konnte, nur eben nicht mit ihr …

»Du musst Ben dazu befragen«, sage ich ihr.

»Ich frage aber dich.«

Ich gebe auf. »Sie haben jahrelang versucht, ein Kind zu bekommen. Als das nicht geklappt hat, war Ben dazu bereit, eines zu adoptieren, aber Elise wollte nicht. Daran ist ihre Beziehung letzten Endes zerbrochen.« Ich bleibe bei den Einzelheiten absichtlich so knapp wie möglich. »Für alles Weitere musst du ihn fragen.«

Sie nickt, aber ich sehe, dass der Austausch sie aufgewühlt hat.

»Hör zu.« Ich lege meinen Arm um sie. »Du solltest nach Hause gehen und mit Ben reden. Ich leide immer noch unter Jetlag und muss früh ins Bett. Und Morgen geht Meg ins Krankenhaus.«

»Scheiße.« Sie verzieht das Gesicht und wirft einen Blick auf ihre Armbanduhr. »Es tut mir leid. Ich verschwinde jetzt. Wie geht es Meg?«, erkundigt sie sich, während sie ihre Sachen zusammensammelt.

Ich informiere sie darüber, wie es Meg geht. Sie ist gesund, glücklich, verliebt, und nachtragend, wenn es um ihren Vater geht, aber dazu bereit, etwas von sich zu verschenken, um einen Bruder zu retten, den sie nie kennengelernt hat.

»Du solltest stolz auf sie sein.« Karen umarmt mich. »Sie ist ein ganz besonderes Mädchen.«

»Das stimmt, beides.«

»Du wirst ›Pink‹ bei deinem Kunstwerk ergänzen müssen.« Sie zeigt mit dem Kopf auf die Korridorwand. »Du weißt schon, zu deiner Liste von Sachen, die du magst. Schreib einfach ›ausgedehnte Orgasmen in L. A.‹ hinzu. Du brauchst nicht einmal seinen Namen zu erwähnen.«

Ich lache laut auf. Das ist keine schlechte Idee.

VIERUNDDREISSIG

»Das ist einer der Vorteile daran, wenn man selbstständig ist.« Ben erklärt mir, wie gut er sich seine Arbeitszeit nach eigenem Gusto einteilen kann, als wäre ich ein Zweijähriger.

»Sie haben einfach nur mein Herz mit ein paar Medikamenten auf Kurs gebracht, Ben. Sie haben mir keine Lobotomie verpasst.«

Er sieht verwirrt aus und dreht mir hinter dem Steuerrad den Kopf zu, um mir einen Blick zuzuwerfen. Er hat darauf bestanden, zur Wohnung zu kommen und mich in meinem Auto zur Great Ormond Street zu fahren, da ich noch nicht wieder hinterm Steuer sitzen darf, und mir dabei erklärt, dass all das für ihn überhaupt kein Problem ist – er kann die liegen gebliebene Arbeit am nächsten Tag erledigen. Ich weiß, dass ich dankbar sein sollte, aber ich wünschte, ich hätte ihm nicht erzählt, wo ich hinwill. Ich wünschte, ich hätte nicht ein Wort gesagt und mir einfach ein Taxi genommen, weil wir jetzt zu zweit hineinplatzen, wo sowieso schon zu viele Menschen involviert sind.

Ich schalte den CD-Spieler ein und bin sowohl überrascht als auch plötzlich angespannt, als ich Elises Stimme singen höre.

»Ist das …?« Ben blickt auf das Armaturenbrett, als wäre es gerade spontan in Flammen aufgegangen.

»Ich schalte es aus.«

»Nein, lass es. Ich habe sie immer sehr gerne singen gehört. Ich habe ihre Stimme schon seit Ewigkeiten nicht mehr gehört. Ist das eines von Beths Stücken?«

»Es muss eins von ihr sein.« Ich habe keine Ahnung, warum diese Musik im Auto liegt, und es zeigt mir nur, wie lange ich schon keine CD mehr abgespielt habe. Wir hören uns das Lied an, sind beide versunken in die Geschichte einer Frau, die ihren Geliebten vermisst, obwohl sie sich mit einem anderen Mann eingelassen hat.

Echo deines Herzschlags,
Echo deines Klangs,
Deine Schatten verfolgen mich Tag und Nacht.
Ein falscher Mann liegt hier bei mir,
Er ist so schön, warum fühle ich nichts?

»Glaubst du, dass Elise dich jemals vermisst?«, frage ich ihn und bin dankbar dafür, dass wir jetzt vielleicht über ihn statt über mich reden.

»Wer weiß?«, antwortet er. »Es ist schon ewig her und wir sind nicht in Kontakt geblieben.«

»Eigentlich schade. Ihr wart so lange zusammen.«

»Die Wunden waren einfach noch zu frisch«, erwidert er, während Elise ihre Stimme für Beths Refrain erhebt.

Er sieht aus wie du, er spricht wie du,
Weiß einfach, was er tun muss.
Aber er ist nicht du,
Das bist nicht du, Babe, das bist nicht du.

Ich treffe die Entscheidung und strecke den Arm aus, um sie abzuschalten. Die Unterhaltung ist offenbar dazu verdammt, sich um mich zu drehen. »Also, mein zweites Krankenhaus in weniger als einer Woche …«

»Keine weiteren koronaren Überraschungen, bitte.«

»Nein. Ich will einfach nur Meg sehen, rasch Noah besuchen, und dann fahren wir sofort wieder nach Hause.«

»Ich bin immer noch der Ansicht, dass du Meg hättest sagen sollen, dass du kommst.«

»Sie würde mir nur sagen, dass ich zu Hause bleiben soll.«

»Und Beth zu treffen ist kein Problem?«

Ist es ein Problem, Beth zu treffen? Schwer zu sagen. Ich bin zutiefst verletzt, dass sie mich seit ihrer Rückkehr nicht angerufen hat. Auch wenn ich jedem erzählt habe, wie unkompliziert und normal meine Herzbeschwerden sind, ist Beth die Einzige, bei der ich gern ein bisschen übertrieben hätte. Das einzige Zeichen von ihr war der ursprüngliche Anruf aus L. A. – bei dem sie mir am Ende definitiv nicht mehr zugehört hatte.

Mir ist schon klar, warum. Aber trotz allem ist Beth immer noch die liebenswürdigste Person auf Erden, die ich kenne. Selbst nach allem, was ich ihr angetan habe, würde sie mich anrufen. Sie würde einfach anrufen, um zu sehen, ob mit mir alles in Ordnung ist, um meine Stimme zu hören. Nur diesmal nicht.

»Adam?«

»Klar«, sage ich. »Es ist kein Problem, dass ich Beth treffe.«

*

Beth bittet mich zu gehen, sobald sie mich sieht. Ich bin darauf nicht vorbereitet.

Sie nickt Ben zu, bevor sie ihre Bitte wiederholt.

»Adam, Meg hat mir gesagt, dass sie dich nicht hierhaben will. Und was sie will, bekommt sie auch. Also respektier das bitte und geh.«

»Das ist das zweite Mal in der letzten Zeit, dass du mich darum gebeten hast, zu verschwinden.« Ich versuche, nicht die Beherrschung zu verlieren.

»Ja. Das letzte Mal bist du Karen gegenüber ausfällig geworden und diesmal ignorierst du die Wünsche unserer Tochter.«

Ben dreht sich zu mir um. »Du bist Karen gegenüber ausfällig geworden?«

»Das ist übertrieben«, sage ich ihm, bevor ich mich wieder Beth zuwende. »In der Zwischenzeit hatte ich einen Herzinfarkt und jetzt bin ich gekommen, um Meg zu sehen.« Es ist ein armseliger Versuch, Mitgefühl zu erhaschen, das weiß ich.

»Es war mehr ein Warnschuss«, erzählt Ben ihr und schüttelt dabei den Kopf in einer Art, die ausdrückt, dass er nicht glauben kann, was ich gerade gesagt habe. »Bloß ein kleiner Denkzettel.«

»Das weiß ich. Ich habe von L. A. aus sowohl mit Adam als auch mit seinen Ärzten gesprochen.«

Ich seufze und lehne mich mit dem Rücken gegen die nächste Wand und entscheide, dass ein flehender Appell meine einzige Möglichkeit ist. »Bitte. Bitte mach es nicht so schwer. Ich möchte Meg sehen, wenn sie rauskommt. Vielleicht kannst du ihr zumindest sagen, dass ich hier bin, und sie kann es selbst entscheiden?«

Beth entspannt sich, scheint darüber nachzudenken und setzt sich dann. »Okay. Aber versprich mir, dass du gehst, wenn sie dich nicht sehen will.«

Ich nicke und setze mich auf einen Plastikstuhl neben sie, während Ben mit den Lippen das Wort »Kaffee« formt. Ich schlage sein Angebot aus. Kaffee ist laut meinem Diätplan ein absolutes No-Go, aber Beth bittet um einen Latte. Wir sehen beide zu, wie er den Gang hinunter verschwindet.

»Wie war es denn jetzt in L. A.? Erzähl mal«, frage ich sie.

Sie errötet, ein scharlachroter Ausschlag breitet sich sofort von ihrem Hals bis zu ihrem Haaransatz aus.

»Großartig, es war großartig«, erwidert sie. Ihre Hände ruhen auf ihren Oberschenkeln und auf einmal fangen sie an, sich auf und ab zu bewegen, als würde sie Falten glattbügeln. »Es war großartig«, wiederholt sie.

»Sie haben das Lied genommen?«

»Ja, aber das war eigentlich alles schon abgemacht, bevor ich dort hingefahren bin. Sie wollten mich treffen und mit mir auch schon über ein neues Projekt sprechen.« Sie verfällt in Schweigen, rutscht unruhig auf ihrem Sitz hin und her; ihre Augen irren den Korridor auf und ab, um meinem Blick auszuweichen.

Dieses Verhalten kenne ich, wenn auch nicht an Beth. Soweit ich weiß, ist sie mir gegenüber nie unehrlich gewesen, aber ich weiß mit Gewissheit, wie ich mich ihr gegenüber verhalte, wenn ich etwas zu verbergen habe.

»Hast du jemanden kennengelernt?« Die Worte sind nicht mehr als ein Flüstern.

Statt wegzusehen, wendet sie mir ihr Gesicht zu.

»Nicht unbedingt kennengelernt, wir hatten vielmehr Sex miteinander.«

»Aha …«

Ihre grünen Augen bleiben auf meine gerichtet, während sie ihre Augenbrauen hochzieht. So als könnte sie nicht glauben, dass das alles ist, was ich zu sagen habe. Ich kann es selbst nicht glauben, aber mein Verstand versucht gerade mit aller Kraft, ihre Worte zu verarbeiten.

Die Vorstellung von Beth mit einem anderen Mann ist etwas, wovor ich immer Angst gehabt habe. Ich will das Bild nicht vor Augen haben. Jetzt habe ich diesen Film im Kopf, der sich langsam, Bild für Bild, vor meinem inneren Auge abrollt.

»Ich weiß nicht, was ich sagen soll.« Ich zucke die Schultern. »Du kannst tun und lassen, was du willst …«

»Das stimmt.« Ihre Augen leuchten auf. »Es war Sex. Fantastischer Sex, aber eben nur Sex.«

Ich fühle einen seltsamen schmerzähnlichen Krampf in meiner Brust, der mich fast sprachlos macht. »Die Vorstellung tut immer noch weh«, ist das, was aus meinem Mund herauskommt, als ich es doch zu sprechen schaffe.

»Willkommen in meiner Welt«, erwidert sie, steht auf und geht auf Ben zu, der mit Tassen in der Hand zu uns zurückkehrt.

»Wie lange, meinst du, wird es noch dauern?«

Beth dreht sich um und pustet den Dampf von ihrem Kaffee. »Nicht lang. Wozu die Eile? Musst du noch woanders hin?«

Eigentlich schon, aber jetzt wegzuschleichen, um Noah zu sehen, ist wahrscheinlich nicht gerade die beste Idee. Andererseits hat sie gerade Sex mit einem anderen Mann gehabt. Fantastischen Sex mit einem anderen Mann.

»Ich wollte kurz reinschauen, wie es Noah geht.« Tapfer, Adam. Ganz tapfer.

Beth berührt ihr Haar mit ihren Händen und neigt dann ihren Kopf nach links und rechts, als wollte sie ihre Nackenmuskeln dehnen. »Ich dachte, dass du nie mit ihm Kontakt gehabt hast. Ich meine, das hast du mir so gesagt.«

Ich seufze. »Hatte ich auch nicht – zumindest bis vor ein paar Wochen, als ich Kiera gefragt habe, ob ich ihn kennenlernen könnte. Er weiß nicht, wer ich bin.« Ich bin mir nicht sicher, warum ich das Bedürfnis habe, dies zu betonen, aber ich tue es.

»Er weiß nicht, wer du bist?« Beth wendet sich zu Ben und verdreht die Augen. »Wer bist du, Adam? Was soll das genau heißen? Meinst du, dass er nicht weiß, dass du sein Vater bist? Nun, das bist du ja auch nicht. Du warst ein Samenspender, das ist alles. Um ein Vater zu sein, braucht es eine ganze Menge mehr. Aber ein Vater zu sein bedeutet schließlich auch, das Kind, das man aufgezogen hat, nicht im Stich zu lassen, und in der Hinsicht hast du so richtig schön versagt.« Sie bricht ab, um Luft zu holen.

»Ich bin in einer Viertelstunde wieder hier.« Ich kann es nicht länger aushalten. Nichts, was ich tue oder sage, wird jemals gut genug sein. Scheiß auf sie und ihren fantastischen Sex. Ich lasse sie und Ben stehen, damit sie die Standardunterhaltung darüber führen können, was für ein Bastard ich doch bin, und gehe die zwei Treppen zu Noahs Zimmer hinauf.

Kiera und Gordon stehen beide davor. Er hat mir den Rücken zugewandt, aber ich sehe, dass er durch das Fenster in der Tür starrt.

»Adam«, Kiera kommt auf mich zu und umarmt mich. Gordon nickt, eine ganz minimale Kopfbewegung, aber immerhin ein Nicken. »Wenn du ihn sehen willst, dann bitte nur kurz. Er schläft gerade, aber die Chemotherapie setzt ihm wirklich ganz schön zu.«

»Vielleicht nur eine Minute?« Meine Augen wenden sich an Gordon, der wieder nickt.

Ich betrete das Zimmer und gehe zum Bett. Noah ist gespenstisch blass, mit großen schwarzen Schatten unter beiden Augen. Er scheint geschrumpft zu sein, seit ich ihn das letzte Mal gesehen habe, und ich bin nicht auf den Kloß vorbereitet, den dieser Anblick in meiner Kehle hinterlässt. »Hallo, Kumpel«, flüstere ich. »Sieht so aus, als hätten sie dich durch die Mangel gedreht, was?«

Seine Augenlider flattern und öffnen sich.

Scheiße, ich wollte ihn nicht aufwecken. Schnell stelle ich mich vor ihn, so dass seine Eltern ihn nicht durch das Fenster sehen können.

»Adam«, sagt er, »du bist wieder da.« Seine Stimme krächzt. »Bin nicht fit genug für Schach heute.«

»Kein Problem. Erhol dich einfach. Sie haben mir gesagt, dass ich nicht lange bleiben soll.«

Ich sehe, wie sich seine Hand bewegt, als wolle er mich vom Gehen abhalten, aber er hat nicht die Kraft dazu. Stattdessen versucht er, mir in die Augen zu sehen.

»Bist du mein Vater?«, fragt er. Ganz einfach und direkt.

Beths Bemerkung von eben widerhallt in meinem Kopf, und ich sehe weg. »Natürlich nicht«, sage ich ihm. »Dein Vater steht draußen vor der Tür mit deiner Mutter und drückt die Daumen, dass es dir besser geht.«

»Ja, ja, das stimmt«, erwidert mein kleiner Junge.

»Werde du wieder gesund, Noah.« Ich berühre kurz seine Hand, die mir am nächsten liegt, und wende mich zum Gehen.

»Adam?«

Ich blicke zurück.

»Du bist nett«, flüstert er.

»Danke« ist alles, was ich herausbringen kann. Ich gehe, ohne Gordon und Kiera auf Wiedersehen zu sagen. Mein Puls pocht dumpf in beiden Ohren.

Du bist nett. Du bist nett. Du bist nett. Wieder und wieder höre ich diese Worte in meinem Kopf.

Mein sterbender Sohn ist die einzige Person auf der Welt, die mich für einen netten Menschen hält.

*

»Als wir losfuhren wusstest du, dass Meg dich nicht sehen wollte.«

Ben ist so sachlich, dass ich ihm eine knallen möchte. Seine Tochter kommt nicht gerade von einer Blutstammzellspende und hat sich geweigert, ihn zu sehen. Dies ist dieselbe Tochter, die ich bei ihrer Geburt als Erster gehalten habe. Dasselbe Mädchen, das gekreischt hat, damit sie gefüttert wurde, und gekreischt hat, wenn sie gefüttert worden war. Dasselbe Mädchen, das mit rotem Gesicht und fest zusammengeballten Fäusten weinte, wenn sie müde war, und dasselbe tat, wenn sie aufwachte. Das Kind, das sich liebend gerne von ihrem Vater umarmen und trösten ließ. Das kleine Mädchen, das die beruhigende Umarmung eines Vaters anscheinend zu schätzen wusste. Ich kann nicht glauben, dass sie sich nicht daran erinnern kann …

»Frauen sind schon seltsam«, fährt Ben fort. »Vielleicht wollte sie einfach nur ihre Mutter dorthaben. Du weißt doch, wenn Kinder sich nicht richtig wohlfühlen …«

Netter Versuch, aber ich wünschte, er würde einfach nur die Klappe halten und fahren.

»Wie ging es Noah?«

»Nicht gut. Er sieht ganz grau und einfach schrecklich aus.« Ich behalte unseren Wortwechsel für mich. Es braucht niemand anders zu wissen, dass er, obwohl er erst neun ist, schlau genug ist, von selbst die richtigen Schlüsse zu ziehen.

»Wann fängst du wieder an zu arbeiten?«, erkundigt sich Ben.

»Morgen.«

»Glaubst du, das ist eine gute Idee?«

Ich gebe ein kurzes, schnaubendes Geräusch von mir. »Wahrscheinlich nicht. Aber schließlich bin ich nicht für meine Weisheit bekannt … Ich werde jeden Tag ein Taxi hin und zurück nehmen. Und nur halbtags arbeiten. Aber du musst das verstehen, Ben. Ich drehe durch, wenn ich nichts zu tun habe.«

Er antwortet nicht. Ich frage mich – wenn ich jetzt in seinen Kopf hineinschauen könnte –, ob er mich nicht sowieso für verrückt hält. Wahrscheinlich …

»Ich wünschte, du würdest vorbeikommen und bei Karen und mir bleiben, nur für diese Woche. Der Gedanke daran, dass du jetzt alleine bist, ist mir äußerst unangenehm.«

Ich klopfe ihm auf den linken Arm. »Danke, aber mir geht es gut. Ich muss mich ans Alleinsein gewöhnen, und sehen wir den Dingen doch ins Auge: Ich kann niemandem die Schuld geben außer mir selbst.«

Er zuckt zusammen, bewegt seinen Arm. »Manchmal, Adam ... Manchmal solltest du dich lieber auf die guten Sachen konzentrieren, anstatt dich selbst zu bemitleiden.«

»Ich bemitleide mich nicht selbst.«

»Doch, das tust du. Du hast eine wunderschöne Familie. Du hast eine wunderschöne Frau, eine fabelhafte Tochter und jetzt auch noch einen kleinen Sohn. Ich werde auch nicht weiter nachhaken, warum du mir nie von ihm erzählt hast; ich habe mir das Versprechen gegeben, dass ich das nicht tun werde, jetzt wo es dir nicht gut geht.«

Ich reibe mir die Augen und wünschte, ich könnte ihn zum Schweigen bringen. »Es tut mir leid. Ich hätte es dir sagen sollen.«

»Ja«, er nickt langsam. »Ja, das stimmt. Du hast zwei Kinder. Ich habe es noch nicht einmal geschafft, eines zu zeugen, Adam.«

Ich starre auf die Straße vor uns und beiße mir auf die Zunge, aber ich kann es nicht lassen. »Ist dir jemals der Gedanke gekommen, dass das der Grund dafür ist, warum ich dir das *nicht* erzählt habe?«

Er verzieht das Gesicht, und wir schweigen einige Minuten lang.

»Ich will mich nicht mit dir überwerfen«, sagt er schließlich. »Ich hätte einfach nichts sagen sollen. Nicht jetzt, nicht bei allem, was du gerade durchmachst.«

»Wir werden uns nicht überwerfen, Kumpel. Ich liebe dich und es tut mir leid.« Ich sehe, wie er versucht, sich eine Antwort zurechtzulegen, aber er sagt nichts. Ich bin mir bewusst, dass ich Ben zum ersten Mal laut gesagt habe, dass ich ihn liebe. Er streckt die Hand aus, legt sie auf meine und drückt sie. Wahrscheinlich seine Art, »Ich dich auch« zu sagen.

Die restliche Fahrt verläuft in Schweigen. Just bevor ich aus dem Auto aussteige, dreht er sich zu mir um.

»Sieh mal …« Er zögert für einen Moment. »Es fällt mir nicht leicht, das zu sagen, aber ich finde, du solltest dir überlegen, ob du nicht zu jemandem gehst.« Er blickt stur geradeaus, während er dies ausspricht.

»Zu jemandem gehen? Was, so etwas wie einem professionellen Seelenklempner?«

»Ja. Heutzutage geht fast jeder irgendwann in seinem Leben einmal zu einem Psychotherapeuten. Deine Ehe ist zerbrochen, deine Beziehung zu deiner Tochter ist in Trümmern und dein Sohn, den du nie kennengelernt hast, stirbt, bevor du überhaupt die Chance hast, ihn kennenzulernen. Ganz zu schweigen von Mum und Dad.«

So gesehen, gebt mir die Nummer, ich werde sie jetzt hier und auf der Stelle wählen. Ich fühle, wie mich ein heftiges Zittern überrollt, aber bevor es mich ganz überwältigt, verdränge ich es; mein Unterkiefer schleift dabei fast meinen Oberkiefer weg.

»Es ist in Ordnung, Adam.« Ben drückt mir wieder die Hand. »Es tut mir leid, wenn ich vorhin so harsch zu dir war. Du stehst das schon durch. Da bin ich mir sicher.«

Ich kann mich des Gefühls nicht erwehren, dass ich immer noch der große Bruder bin, von dem erwartet wird, dass er zurechtkommt, und dass Bens Worte eher eine Aufforderung als eine Feststellung sind …

FÜNFUNDDREISSIG

Der Eingriff ist jetzt eine Woche her, und Meg hat darauf bestanden, zu ihren Mitbewohnern und zu Jack in das Studentenwohnheim in Clapham zurückzukehren, das sie als »Zuhause« bezeichnet. Ich bin mir nicht so sicher, ob das daran liegt, weil ich stur darauf bestehe, dieses Haus zu verkaufen, und sie sich fühlt, als hätte sie nicht länger ein Zuhause. Hashtag Mum Ist Schuld, wie sie das ausdrücken würde … Ich wandere durch die Zimmer im Haus. Die Putzfrauen, die ich einmal pro Monat für ein paar Stunden bezahle, damit sie das Haus in Angriff nehmen, sind heute Morgen da gewesen und alles sieht glänzend und neu und … gemütlich aus. Plötzlich überkommen mich Zweifel. Warum? Ich wollte das Haus nie verkaufen. Warum kam mir die Idee so gut vor, als ich in L. A. war?

Mit einem tiefen Seufzen setze ich mich auf den Bettrand. Das ist der Grund, warum das Haus verkauft werden sollte. Dieses Bett ist nicht meins. Es ist Adams und mein Bett. Es ist Adams und mein Schlafzimmer, und das Haus erinnert mich ständig an das Zerbrechen unserer Ehe. Die Sache ist schlicht und ergreifend die, dass er nicht hier ist, und auch wenn ich nicht will, dass er hier ist, fühlt sich alles falsch an, als wäre alles aus dem sicheren Gleichgewicht geraten. Wenn ich alleine in diesem Haus bin, fühlt es sich einfach nicht richtig an.

In einer Stunde werde ich ihn also auf einen Drink treffen, um ihm meine Entscheidung mitzuteilen. Ich erwarte nicht, dass er Einspruch erhebt. Er weiß, dass er niemals hierher zurückkehren wird, und das Kapital in unserem Haus aufzuteilen, scheint mir ein gerechterer Weg in die Zukunft zu sein für uns beide. Giles hat schon ein paar Käufer an der Hand – er wartet nur noch auf das Okay von Adam.

Giles … Er würde so gern sein Bett – oder irgendein anderes Bett – mit mir teilen. Dazu wird es niemals kommen, und das habe ich ihm auch gesagt. So höflich und freundlich, wie ich nur konnte. Ich habe gelogen … Ihm gesagt, dass ich einfach noch nicht dazu bereit bin, und auch eine ganze Weile noch nicht bereit sein werde. Er ist einfach zu nett, als dass ich ihm sagen kann, dass ich schlicht und ergreifend nichts von ihm will. Karen sagt, dass ich meinen Kopf untersuchen lassen müsste, dass er doch hier um die Ecke wohne und ein liebevoller Typ sei und ich ihm eine Chance geben sollte. Aber für mich ist Giles nicht mehr als ein liebevoller Typ hier um die Ecke, den ich niemals wieder küssen möchte, Sex kommt also erst gar nicht in Frage. Und nach meiner Erfahrung mit Pink weiß ich jetzt, dass ich Sex brauche …

Pink … Der Mann ist in meinem Kopf. In jeder Faser meiner Haut. In meinen Körperflüssigkeiten, in meinem Mund. Ich denke die ganze Zeit an ihn. Nicht à la »Ich wünschte, er wäre hier« oder »Soll ich ihn anrufen?«, sondern auf ganz wundersame Weise. So als könnte ich gar nicht glauben, dass das alles wirklich passiert ist. Gab es diese Begegnung wirklich? Ist es wirklich so einfach, unkomplizierten, fabelhaften Sex ohne irgendwelche Verpflichtungen zu haben? Bin ich wirklich aus dem richtigen Holz für One-Night-Stands geschnitzt? Vielleicht sollte ich Adam das nachher fragen. Falls das jemand weiß, dann doch wohl er.

Eine Stunde später sitze ich in einem Bistro zwei Minuten vom Bahnhof Clapham Junction entfernt. Adam fährt, da Meg sich einverstanden erklärt hat, ihn zu treffen, und er wird nachher zum Essen zu ihr fahren. Sie hat mich gefragt, aber ich habe abgelehnt. Jetzt ist nicht die Zeit, glückliche Familie mit Adam zu spielen.

Der Barbereich ist weihnachtlich dekoriert mit winzigen weißen Lichtern, die sich durch die Dachsparren winden, und mit Töpfen voller Weihnachtssternen, die überall verteilt sind. Auf die Fenster wurden Bilder gesprüht – Sterne, Engel, Pakete und Laternen – und die Tische sind mit festlichen Tischdecken und Servietten geschmückt.

Während ich warte, mache ich mir Notizen in meinem Journal. Ich bin dazu übergegangen, alles, was ich erledigen muss, und alles, was ich schon erledigt habe, aufzuschreiben. Es ist kein Tagebuch, aber es hilft mir, mich zu organisieren. Der letzte Eintrag besteht aus Notizen, die ich mir während meines Telefonats mit Josh heute Morgen gemacht habe. Er hat die fertige Aufnahme von meinem Song bekommen und will, dass ich in seinem Büro vorbeikomme und sie mir dort anhöre, statt mir einfach nur den Link zu schicken. Ich habe »Warum?« hingekritzelt. Auf einmal befällt mich ein Gefühl der Unsicherheit und ich frage mich, ob sie die Bridge drastisch verändert haben.

Ich blicke auf und schließe mein Journal, als ich sehe, wie sich Adam nähert. Ich werde mir darüber später Sorgen machen. Jetzt, wo ich ihn sehe, hoffe ich, dass wir unser letztes Zusammentreffen im Krankenhaus hinter uns lassen können. Ich will einfach nur nach vorne blicken. Er beugt sich zu mir runter, küsst mich auf die Wange und ich denke an Giles und Pink zusammen. Adam kann gut küssen. Er ist tatsächlich ein sehr guter Küsser, vermutlich der beste Küsser, den ich je kennengelernt habe, wenn es rein ums Küssen geht.

»Was trinkst du?« Er winkt den Kellner herbei.

»Ich nehme einen Gin Tonic, bitte.«

Er zieht die Augenbrauen hoch und verzieht seinen Mund. »Wirklich?«

Der Kellner kommt an, Stift und Notizblock in der Hand.

»Ich nehme einen Tanqueray-Gin mit Fever-Tree-Tonic, Zitronen- und Limettenspiralen und ein paar Wacholderbeeren, bitte.« Der Kellner schreibt das alles auf, nickt und sieht dann Adam an.

»Ich nehme eine Cola light.« Er lächelt. »Wann hast du damit angefangen, Gin zu trinken?«

»Oh, das spielt doch keine Rolle. Wichtig ist nur, dass ich ihn jetzt mag. Die Erde dreht sich weiter und ich habe mich wohl einfach verändert.«

»Ja schon, aber verändere dich nicht zu sehr. Du warst schon ziemlich gelungen, so wie du warst.«

Ich bin mir nicht sicher, wie ich das aufnehmen soll. Ich bin nie besonders gut darin gewesen, Komplimente anzunehmen, besonders wenn sie von Adam kamen. Vielleicht weil ich wusste, dass er – sobald er anfing, mir Komplimente zu machen – etwas im Schilde führte. Er spielt mit seiner rotgoldenen Serviette und faltet ein Origamidingsda aus ihr.

»Worüber wolltest du mit mir reden?«, fragt er. Mit gesenktem Kopf und vor Konzentration gefurchter Stirn beugt er sich über eine halbfertige Maus oder Ziege oder was auch immer er gerade für eine Form zusammenbastelt.

»Ich denke, dass wir das Haus verkaufen sollten.« Ich lasse diese erste schockierende Bemerkung einen Moment im Raum stehen, bevor ich fortfahre. »Es ist ein guter Zeitpunkt zum Verkaufen, der Markt hat sich im letzten Jahr gut entwickelt. Wir könnten uns beide etwas Anständiges kaufen, wenn wir den Erlös durch zwei teilen. Giles, der Makler, bei dem ich arbeite, sagt, dass es sich leicht verkaufen lassen wird und dass wir momentan sicher einen Spitzenpreis dafür bekommen würden.«

Adam sieht jetzt auf und blickt mich direkt an. Seinen Origamiversuch hat er beiseitegelegt. Ich starre zurück und bemerke, wie er gealtert ist. Ein paar mehr Falten um seine Augen herum. Dunkle Schatten unter den Augen, die früher immer nur auftauchten, wenn er überarbeitet war, sind dort jetzt Dauergast.

»Also? Was denkst du?« Ich dränge auf eine Antwort.

»Anscheinend hast du das alles schon fest geplant.«

»Adam, ich habe dich hergebeten, um darüber mit dir zu reden. Seien wie ehrlich, als du mich vor Monaten verlassen hast, um Miss Restaurantbesitzerin zu vögeln, hättest du dir einen Arm ausgerissen, um mich zum Verkaufen zu bringen.« Ich kann es nicht lassen. Selbst wenn ich versuche, mich zurückzuhalten, bringt er diese Seite an mir zum Vorschein. »Weißt du, ich bin mir bewusst, dass du immer noch für den Großteil der laufenden Kosten aufkommst, und ehrlich gesagt möchte ich nicht, dass das so weitergeht. Ich sehe nicht ein, warum du dir diese Sorge aufbürden sollst, besonders jetzt gerade. Und ich möchte außerdem meine Unabhängigkeit.«

Unsere Getränke sind gekommen. Ich rühre meinen Gin Tonic um und nehme einen großen Schluck.

»Warum ›besonders jetzt gerade‹?«

»Du hast gerade einen kleinen Herzinfarkt gehabt. Stress spielt eine Rolle. So mies du auch bist, möchte ich wirklich nicht, dass du uns umkippst.«

Er zuckt die Schultern. »Warum nicht? Dann würdest du doch das ganze Haus bekommen, oder?«

Ich beiße mir auf die Unterlippe. »Nur, wenn wir dann noch verheiratet sind.«

Er starrt mich über den Rand seines Getränks an. »Hast du das gerade wirklich gesagt?«

Ich schüttele den Kopf. »Ich weiß nicht. Es gibt doch keinen Weg zurück, oder? Ich meine, jetzt mal ehrlich. Mit unserer Ehe ist es vorbei, Adam. Wir sind beide noch jung und wir sollten beide die Freiheit haben, uns weiterzuentwickeln.«

Ich sehe, wie ihn meine Worte verletzen, und das macht mir keinen Spaß.

»Ben glaubt, dass ich Hilfe brauche. Dass ich zu irgendeinem Psychologen gehen sollte.«

Ich bin von dem Hundertachtzig-Grad-Themenwechsel so überrascht, dass ich mich auf meinem Stuhl zurücklehne, unsicher, wie ich reagieren soll.

»Er hat wahrscheinlich recht. Ich kann mich nicht mehr daran erinnern, wie er es ausgedrückt hat, aber als er mein Leben für mich zusammengefasst hat, klang das so, als wäre es nur eine Frage der Zeit, bis ich verrückt werde. Und er kennt nicht einmal die Hälfte der ganzen Geschichte.«

Ich greife nach seiner Hand, eine unbewusste Bewegung. »Du wirst es merken, ob und wann die Zeit dafür richtig ist; du wirst es merken, wenn du Hilfe brauchst. Ich habe es gemacht. Und es hat mir wirklich geholfen.«

Er starrt auf den Tisch, auf seine Hand, die unter meiner liegt. »Fühlt sich gut an«, sagt er.

Ich ziehe meine Hand zurück. »Können wir das Haus verkaufen? Wir müssen jetzt über nichts anderes mehr reden.« Ich kann nicht. Ich kann jetzt nicht auch noch darauf bestehen, dass wir über die Scheidung reden. Abgesehen davon bin ich mir zwar zu neunzig Prozent sicher, dass ich das will, aber ich müsste hundertprozentig sicher sein. Und wenn es um die vollständige Auflösung einer Ehe geht – es ist noch zu früh. »Es wäre sinnvoll, wir könnten beide wieder etwas Neues kaufen, und es würde eine Menge Druck von dir nehmen.«

Er nickt, hebt mein Glas an und kostet. »Eine gute Gin-Tonic-Version«, sagt er. »Hast du die in L. A. entdeckt?«

Die Alarmglocken in meinem Kopf fangen an zu klingeln. Jetzt ist wahrscheinlich nicht der richtige Zeitpunkt, über meine Entdeckungen in L. A. zu reden, also mache ich meinerseits eine Wendung um hundertachtzig Grad. Die Worte überraschen mich, als ich höre, wie sie über meine Lippen kommen. »Wie geht es Noah?«

Er wirkt erschrocken, erinnert sich wahrscheinlich daran, wie ich mit ihm im Krankenhaus gesprochen hatte, aber er scheint dankbar zu sein, dass ich gefragt habe. »Ich habe ihn gestern Abend getroffen. Kiera und Gordon lassen mich mit ihm Schach spielen.«

»Bei ihnen zu Hause? Hältst du das für eine gute Idee?«, platze ich heraus. »Ich meine, ist das Noah gegenüber fair? Es sieht ja nicht so aus, als wollten seine Eltern ihm irgendetwas erzählen.«

»Nicht zu Hause – er liegt immer noch in der Great Ormond Street. Er ist solch ein intelligentes Kind. Ich glaube, er ist von selbst darauf gekommen.«

Ich lehne mich in meinem Stuhl zurück und denke hierüber nach. »Sei vorsichtig. Es gibt eine Menge Leute, die verletzt werden könnten, Adam. Sei bitte vorsichtig.«

»Das bin ich. Er ist der einzige Mensch auf der Welt, der mich nicht verurteilt, Beth. Der einzige Mensch auf der Welt, der mit mir darüber plaudert, wie mein Tag gewesen ist. Zieht mir jedes Mal die Hosen aus, wenn wir Schach spielen.«

Am liebsten würde ich sagen, dass Noah ja noch ein Kind ist. Dass er Adam nicht so kennt wie ich. Dass er ihn deshalb nicht verurteilt.

»Hat es funktioniert? Die Spende?«, sage ich stattdessen.

»Wer weiß? Wir müssen einfach hoffen … Ich sollte bald gehen und zu Meg fahren. Sie kocht Abendessen.«

Ich nicke. »Hast du Pläne für Weihnachten?« Bis dahin sind es nur noch zehn Tage und ich habe mir bisher noch nicht wirklich erlaubt, darüber nachzudenken, aber Meg hat gefragt, ob Jack mitkommen kann. Wie es aussieht, würde er es lieber mit ihr verbringen, als zu seiner Familie in den Lake District hochzufahren. Da dies wahrscheinlich mein letztes Weihnachten im Haus sein wird, habe ich natürlich zugestimmt. Wie üblich, wird auch meine Mutter kommen. Der Einzige, der fehlen wird, ist Adam.

Er fährt sich mit einer Hand durchs Haar. »Ich habe noch nicht darüber nachgedacht. Ben sagte irgendetwas davon, dass Karen, er und ich alle zusammen essen gehen.«

Ich merke, dass er über unser Zuhause nachdenkt – an das Haus und die Erinnerungen an vergangene Weihnachten, die darin stecken.

»Warte bitte bis zum neuen Jahr«, sagt er. »Bevor du es zum Verkauf anbietest. Du möchtest doch nicht, dass über Weihnachten fremde Leute rein- und rauslatschen, und auf ein paar Wochen mehr oder weniger kommt es nicht an. Du hast recht. Wir müssen es verkaufen, aber ich brauche ein bisschen Zeit, um mich an den Gedanken zu gewöhnen.«

»Das geht in Ordnung. Ich kann so lange warten.« Ich leere mein Glas, stehe auf und wickle mich in meine Daunenjacke. Draußen ist es eiskalt. »Fahr vorsichtig. Heute Nacht soll es schweren Frost geben.«

»Ich dachte, das wäre dir egal.« Er lächelt mit geschlossenem Mund. Es ist das gleiche Lächeln, in das ich mich vor Jahrzehnten verknallt hatte.

»Es ist mir nicht egal.« Ich beuge mich zu ihm und küsse ihn auf die Wange. »Einem Teil von mir wirst du nie ganz egal sein.«

Er hält meinen Hinterkopf, nur für einen Moment. Ich weiß, dass er den Moment hinauszögern möchte, aber ich ziehe mich zurück.

»Nur ein guter Rat«, sage ich. »Wenn du zu Meg fährst, sieh zu, dass sich der Abend um sie dreht. Sie hat eine Menge durchgemacht. Erwähne nicht, dass du mit Noah Schach gespielt hast. Das wird bei ihr nicht gut ankommen.« Ich mache mir nicht die Mühe zu sagen, dass es auch bei mir nicht gut angekommen ist.

Er verzieht das Gesicht. »Ich möchte nicht mehr lügen.«

»Sie wird nicht danach fragen. Bring das Thema nur einfach nicht zur Sprache, bitte.«

Er nickt, aber ich merke, dass er es nicht versteht. In seiner Vorstellung weiß Meg von Noahs Existenz. Sie hat ihm die möglicherweise lebensrettenden Stammzellen gespendet. Sie will, dass er lebt, möglicherweise irgendwann eine Beziehung zu ihm haben. Ihr sollte klar sein, dass Adam das Gleiche versucht. So sieht Adam das.

Meg sieht es aber nicht so. Meg ist schockiert, dass ihr Vater uns beide ein Jahrzehnt lang betrogen hat. Sie ist erschüttert, von einem Bruder zu erfahren, den sie nie kennenlernen konnte. Sie hat gespürt, dass sie das Richtige tun muss, weil sie es sich nie vergeben würde, wenn sie das nicht getan hätte. Aber das heißt nicht, dass es für sie in Ordnung ist. Heute fängt die Wiederherstellung ihrer zerbrochenen Beziehung zu ihrem »Scheißkerl von Vater«, wie sie ihn nennt, erst an.

Ich tätschele Adams Arm. »Was das angeht, musst du mir vertrauen, Adam. Sieh zu, dass sich alles um sie dreht. Sie muss glauben, dass sie das Zentrum deines Universums ist.«

»Das ist sie. Und du auch.«

Er sieht traurig aus, als er diese Worte ausspricht, sieht aus, als würde er sie wirklich glauben, und wenn man sie so hört, fällt es einem leicht zu vergessen, was für ein selbstsüchtiger Haufen Scheiße er sein kann.

»Aber das mit dem Schach, das würde doch sicher in Ordnung gehen, oder?«, fragt er wieder.

Ich schüttele den Kopf und muss mich wieder wundern – selbstsüchtig oder dumm oder beides?

SECHSUNDDREISSIG

Heute ist es zwölf Tage her, seitdem mein Sohn von meiner Tochter Stammzellen bekommen hat. In diesen Tagen, keiner langen Zeit eigentlich, hat sich mein Leben unwiderruflich verändert. Auf der Arbeit bewege ich mich durch die Büros, erledige meine Aufgaben. Ich spreche mit Menschen, die erwarten, dass ich mit ihnen rede, so wie immer. Ich rufe meine Tochter jeden Tag an und lasse sie wissen, dass ich sie liebe. Langsam taut sie mir gegenüber auf, langsam, aber sicher. Ich sehe meinen Sohn jeden zweiten Tag. Wir spielen zusammen Schach und jedes Mal, wenn ich ihn besuche, hoffe und bete ich, dass es ihm besser geht. In dieser Zeit tun wir beide so, als wäre ich ein früherer Kommilitone von Onkel Tim. Auch wenn Lügen mittlerweile zur Gewohnheit geworden ist, heuchele ich nicht, wenn ich gestehe, dass ich ihn liebe. Ich habe mich in diesen kleinen Jungen verliebt …

Heute sind es auch nur noch fünf Tage bis Weihnachten und Noah darf für vierzehn Tage nach Hause fahren. Das Krankenzimmer und die Korridore gleichen einem Ameisenhaufen. Ich versuche, nicht im Weg zu stehen, während er für den Transport im Krankenwagen vorbereitet wird und die Apotheke Medikamente herüberschickt. Kiera und Gordon sind für einen Moment rausgegangen, um Pause zu machen, so dass Noah und ich alleine sind. Ich habe ihn gefragt, was er werden möchte, wenn er groß ist.

»Pilot«, sagt er so voller Selbstbewusstsein, als wäre er schon längst erwachsen.

»Das ist großartig«, sage ich ihm, während er sich vorbeugt. Automatisch fange ich an, seine Kissen aufzuschütteln. »Ich glaube, du kannst mit sechzehn Jahren damit anfangen, Flugstunden zu nehmen.« Ich beschließe, dass ich das später bei Google nachschlagen werde.

»Also nur noch fünfeinhalb Jahre«, sagt er strahlend. »Das schaffe ich.«

Ich drücke ihm die Hand. »Natürlich schaffst du das.«

»Was wolltest du denn werden, als du in meinem Alter warst?«

»Jedenfalls nicht das, was ich jetzt bin.« Ich sinniere, denke mehr über meinen Charakter als meine Berufswahl nach. »Soweit ich mich erinnern kann, wollte ich Polizist werden.«

Noah nickt. »Wenn ich nicht Pilot werden kann, würde mir das auch gefallen. Wo leben deine Mutter und dein Vater?«, fragt er plötzlich.

Der Themenwechsel überrascht mich und ich weiß nicht so recht, wie ich antworten soll.

»Dads Mutter lebt noch«, fährt er fort, »und Mums Vater lebt auch noch, so habe ich also sozusagen noch einen Satz Großeltern. Die sind beide uralt.«

Ich lache. Ich weiß überhaupt nichts über Gordons Mutter, aber was ich weiß, ist, dass der alte Granger erst ungefähr siebzig ist und so scharfsinnig wie nur igendwas.

»Also wo wohnen jetzt deine Eltern, Adam?«

Mein Mund ist trocken. Mein Blick ruht einen Moment auf ihm, aber es ist ein Augenblick zu lang. Er weiß, wer ich bin. Und er weiß, dass ich weiß, dass er es weiß.

»Ich würde sie gerne irgendwann einmal kennenlernen«, sagt er.

»Ich …«

»Es hat keine Eile«, fügt er schnell hinzu und errötet. »Erzähl mir davon, wie du mit deinem Dad zusammen Schach gespielt hast, als du klein warst.«

Mein Sohn ist so geschickt darin, das Thema zu wechseln, dass er sogar mich in den Schatten stellt, und seine Frage erinnert mich an etwas.

Dad hat mich mal wieder gewinnen lassen. Ich sage ihm, dass ich weiß, was er da tut, und er lacht einfach nur. Er sagt mir, dass er mit mir über Mum reden möchte, und während ich die Schachfiguren wegpacke, bin ich sofort auf der Hut. Er sagt mir, dass ich mit achtzehn jetzt schließlich erwachsen sei. Er sagt mir, dass ich mir mehr Mühe geben müsste, Mum zu verstehen, nicht so streng mit ihr sein sollte, und fragt mich, ob ich mich nie gefragt hätte, wie es wohl wäre, in ihrer Haut zu stecken. Ich höre zu, während mein Vater mir von all ihren manischen Höhepunkten und depressiven Tiefs und den Phasen dazwischen erzählt. Ich höre zu, nicke sehr oft und lege mich nicht mit ihm an. Mein Vater will nicht, dass man ein Wort gegen meine Mutter sagt, und das regt mich auf. Sie mag zwar krank sein, aber sie ist auch eine verdammt geschickte Lügnerin.

»Adam?« Noahs Stimme ruft mich in die Gegenwart zurück. »Habt ihr oft gespielt?«

»Ja.« Ich lächele ihn an. »Wenn auch nicht so oft, wie du und ich zusammen spielen werden.«

In diesem Moment, dem Moment, wo ich vielleicht etwas gesagt habe, das ich nicht hätte sagen sollen, etwas, das man als Bestätigung seines Verdachts auslegen könnte, belohnt er mich mit dem breitesten Lächeln, das ich je gesehen habe. In meiner Kehle bildet sich ein Kloß.

Eine Krankenschwester kommt vorbei, um seinen Blutdruck zu messen.

»Ich gehe mir rasch einen Kaffee holen«, sage ich. »Bin gleich wieder da. Möchtest du irgendetwas?«

Er schüttelt den Kopf.

Draußen um die Ecke finde ich Gordon und Kiera in einem »Familienbereich« mit weichen Stühlen. Sie sitzen zusammen auf einem Sofa, und ihnen gegenüber sitzt eine Frau und hält Kieras Hand. Erst beim Näherkommen erkenne ich ihre Stimme. Ich bleibe stehen, betrachte die Szene für einen Moment, als Kiera aufsieht.

»Adam«, sagt sie.

Meg dreht den Kopf und steht auf, ihre Hände fangen sofort an, an ihrer Jeans herumzuzupfen. »Dad, ich bin hier, um Noah zu besuchen. Auch wenn es offensichtlich nicht der beste Tag ist, wo er gerade nach Hause gebracht wird …«

Ich bin sprachlos und merke, dass Gordon sich sichtlich unwohl fühlt.

»Kiera und Gordon haben zugestimmt, dass ich ihn einfach als anonyme Spenderin treffe«, erklärt Meg. »Wir wollen ihn nicht verwirren.«

»Ich bleibe hier draußen, ich wollte mir gerade einen Kaffee holen.«

Kiera sieht dankbar aus. Sie will nicht, dass Noah Meg und mich zusammen im selben Zimmer sieht, und ich will ihr nicht sagen, dass es schon zu spät ist. Ich will nicht derjenige sein, der ihr mitteilt, dass Noah sich definitiv schon selbst einiges zusammengereimt hat. Er hat herausgefunden, wer ich bin, denkt aber, dass ich der Spender bin. Wenn man ihm Meg vorstellt, wird er weitere Schlüsse daraus ziehen. Ich sage nichts, strecke die Arme aus und umarme sie. »Danke«, flüstere ich ihr ins Ohr. Sie weicht nicht vor mir zurück.

Zehn Minuten später verlässt Meg Noahs Zimmer. Ich habe die Finger meiner Hände ineinander verschränkt und fest zusammengepresst, so dass sie taub und weiß sind. Sie kommt auf uns zu und setzt sich neben mich. »Ich war wohl einfach nur neugierig.« Sie zuckt die Schultern. »Er ist ein netter Junge.«

»Das ist er.« Ich starre auf meine blassen Knöchel.

»Hat mir eine Menge Fragen gestellt … Wer ich bin, wie meine Familie aussieht, wo ich wohne. Ich bin da ziemlich vage geblieben. Sagte ihm, dass das Spenderregister mich kontaktiert hat, weil ich als Spenderin passe …« Sie dreht sich zu mir um. Ihr Mantel auf ihrem Schoß rutscht auf den Fußboden, und ich hebe ihn auf und gebe ihn ihr zurück.

»Es tut mir leid.«

»Er sieht aus wie du.« Ihr Kopf bewegt sich ruckartig auf und ab, als wolle sie sich selbst versichern, dass dies tatsächlich stimmt.

»Ich weiß …«

»Er hat mir erzählt, dass ein Freund heute Morgen mit ihm Schach gespielt hat. Warst du das?«

»Ja.«

»Das ist gut. Er ist so süß.« Megs Stimme bricht. Tränen steigen ihr in die Augen. »Er sieht sehr krank aus …« Sie steht auf, offenbar verlegen wegen ihrer Gefühle, beugt sich zu mir hinunter und berührt meine Wange leicht mit ihren Lippen. »Sag Mum nicht, dass ich hier gewesen bin, in Ordnung?« Damit zieht sie sich ihren Mantel an und geht.

Mir fehlen ausnahmsweise die Worte. Absolut.

*

Heute ist Weihnachten. Kiera hat mich vorhin angerufen und mich gebeten, auf meinen geplanten Besuch zu verzichten. Noah hat sich eine Erkältung zugezogen, die immer schlimmer wird, und darf keine Besucher empfangen. Ich starre auf die handgeschnitzten Schachfiguren, die ich gerade einpacken wollte, als sie angerufen hat. Es ist eins in einer langen Reihe von Geschenken, die ich für Noah gekauft habe. Jedes Jahr habe ich ihm kurz vor Weihnachten ein Geschenk gekauft, und auch an seinem Geburtstag. Ich habe es ausgesucht, verpackt und bin an ihrem Haus in Hampstead vorbeigefahren. Immer wollte ich an die Tür klopfen und Kiera bitten, es ihm zu geben, aber ich habe es nie getan. Ich habe jedes Mal kalte Füße bekommen und an die Wunden gedacht, die ich damit aufreißen würde. Dies soll das erste Geschenk werden, das ich ihm tatsächlich übergebe.

Also beschenke ich, wen ich beschenken kann. Gestern Abend bin ich zu dem Haus gefahren, das ich jetzt als Beths Haus bezeichne, und habe Geschenke für sie und Meg und Sybil vorbeigebracht. Die für Karen und Ben liegen verpackt auf dem Sofa bereit, wenn ich nachher zu ihnen hinüberfahre.

Kieras Worte spuken mir im Kopf herum. Angst überkommt mich und ich frage mich, ob sie mich einfach anlügt, um mich über Weihnachten fernzuhalten. Ich werde nie zu ihrer Familie gehören. Es spielt keine Rolle, was für Gefühle ich Noah gegenüber hege, oder sogar, welche er mir gegenüber hegt. Ich vermute, dass Gordon dahintersteckt. Er hat meine Anwesenheit toleriert, weil ihm nichts anderes übrig blieb. Ja, es ist verdammt noch mal Gordon, der dahintersteckt.

Ich will nicht zu Karen und Ben gehen. Mich überkommt Paranoia wegen Gordons Plan, mich loszuwerden. Ich bin nicht in der Stimmung für Papierhütchen und ein gekünsteltes Truthahnessen auf dreckigen Stühlen in einem Restaurant um die Ecke. Ich bin nicht in der Stimmung dafür, so viel zu trinken, dass ich es zu würdigen weiß, dass sie das Restaurant nicht wegen des fantastischen Weihnachtsessens ausgesucht haben, sondern weil man von dort bis zu Karens Wohnung stolpern kann.

Mein Smartphone vibriert und fällt vom Tisch auf den Fußboden. Ich hebe es auf und nehme den Anruf an. Meg.

»Hi, Dad.«

»Hallo Liebling, wie geht es dir?«

»Gut. Wir sind alle hier …«

Sie kann sich gerade noch verkneifen, »außer dir« zu sagen. »Ich habe etwas für dich. Sehen wir uns in den nächsten paar Tagen?«

»Das hängt von deiner Mutter ab, Liebling. Ich möchte nicht stören.«

»Sie sagt, dass du am zweiten Weihnachtstag auf einen Drink vorbeikommen kannst. Am späten Nachmittag.«

Also nicht zum Mittagessen. Ich nehme an, ein betrügerischer Bastard sollte für jede kleine Gnade dankbar sein.

»Ich werde am zweiten Weihnachtstag gegen Abend kurz vorbeischauen. Ich wünsche dir morgen einen wunderschönen Tag, mein Liebling. Ich hoffe, dass der Weihnachtsmann es gut mit dir meint und du all das bekommst, was du dir wünschst.«

Das habe ich immer zu ihr gesagt, als sie noch klein war, aber ihr Schweigen sagt mir, dass der Wunsch wahrscheinlich nicht in Erfüllung gehen wird.

»Viel Spaß mit Ben und Karen, Dad.« Sie zögert. »Ich liebe dich«, fügt sie hinzu.

Meg liebt mich. Ich bin sicher, dass auch Ben mich liebt, es mir aber nie sagen würde. Noah, denke ich, mag mich. Das reicht doch, sage ich mir selbst. Reiß dich zusammen. Los, mach weiter. Es ist Weihnachten …

Ich packe mich warm ein, nehme die Tasche mit den Geschenken für Ben und Karen, etwas Schnaps, Süßigkeiten und Kleidung zum Übernachten. Ich lasse das Schachspiel zurück, meine Finger ruhen auf dem wunderschön geschnitzten König. Ich weiß, dass Noah mich in einem Paralleluniversum geliebt hätte. Ich rede mir ein, dass das immer noch möglich sein könnte. Vielleicht, wenn ich ihn genug liebe, sogar aus der Entfernung, vielleicht fließt dann Liebe durch die Luft zu mir zurück.

Ich schließe die Wohnung ab und gehe hinunter zur Garage. Draußen friert es und es hat leicht geschneit. Es sieht nicht so aus, als würde es noch viel mehr schneien, also wird es in den Wettbüros fröhliche statt weiße Weihnachten geben.

*

Karen ist offensichtlich gebeten worden, nett zu mir zu sein. Ich kann mir lebhaft vorstellen, wie die Unterhaltung verlief. Ben erinnert sie daran, was ich alles durchgemacht habe, und daran, was ich jetzt alles durchmache, während ich darauf warte, dass mir jemand sagt, dass Noah leben darf. Karen hat ihn an der Stelle wahrscheinlich daran erinnert, dass ich mir die meisten Probleme selbst eingebrockt habe. Aber jetzt ist sie mir gegenüber so nett – soll sie mal.

Sie haben das andere Zimmer geräumt, das sie beide als Arbeitszimmer nutzen. Ihre gesamte Büroausstattung haben sie in eine kleine Ecke gestellt. Sie haben das Schlafsofa mitten im Zimmer zurechtgemacht und für eine Nachttischlampe gesorgt. Nicht ganz wie zu Hause, aber ich schenke ihnen ein dankbares Lächeln.

Wir trinken Champagner. Ich versuche, mich auf die festliche Weihnachtsstimmung einzustimmen, aber ich fühle mich leer. Es ist eine Leere, die ich nicht kenne und mit der ich zu kämpfen habe. Mein Leben, wie ich es bisher kannte, gibt es nicht mehr. Wo es einmal ein Zuhause gegeben hat, ist nun eine Leerstelle. Wo es einmal eine Familie gegeben hat, klafft jetzt eine Lücke. Ich schaue Ben und Karen an, die sich verliebt ansehen. Sie weiß es noch nicht, aber er wird ihr morgen einen Heiratsantrag machen. Die Ironie daran entgeht meinem Bruder völlig. Ich versuche, mich für sie beide zu freuen. Das tue ich. Ich bin nicht eifersüchtig auf ihr Glück. Es fällt mir nur schwer, es mitanzusehen, wo mein eigenes Glück nur noch eine ferne Erinnerung zu sein scheint.

Ich ziehe mich frühzeitig zurück, so dass sie noch etwas Zeit für sich haben. Ich sitze, den Kopf in die Hände gestützt, auf dem Rand meines Schlafsofas und versuche, mir eine strahlende Zukunft vorzustellen. Wie wird sie aussehen? Beth und ich in Cottages in Weybridge, vielleicht Tür an Tür? Meg, die in ihrem Traumberuf arbeitet – etwas, das ihr gestattet, verrückte Geister zu studieren; Noah, der Fußball oder Rugby spielt, und Gordon und ich stehen nebeneinander an der Seitenlinie und sehen zu.

Nichts davon passt. Nichts davon passt in die Form, die mein Leben jetzt angenommen hat. Mein Smartphone kündigt mir eine SMS an, und ich werfe einen Blick auf den Bildschirm. Kiera.

Die Worte scheinen mich in Neonfarben anzuspringen. »Noah hat eine üble Bronchitis, fahren zurück ins Krankenhaus. Definitiv kein Besuch erlaubt. Ich melde mich später. Kiera.«

Eine Weile sitze ich ganz still. Ich kann nicht zu ihm. Ich kann nicht fahren, weil ich etwas getrunken habe, und selbst wenn ich könnte, weiß sogar ich, dass ich es sein lassen sollte. Mein nächster Impuls ist, zu beten, aber ich habe keine Ahnung, wo ich anfangen soll. Das letzte Mal, wo ich richtig gebetet habe, war, als Dad und Mum gestorben sind. Zitternd rubbele ich meine Arme warm und versuche, ein paar Worte aus meiner Kindheit heraufzubeschwören. Worte, um die höheren Mächte anzuflehen. Ich bitte den, wer auch immer mich hört, ihm bitte zu helfen. Ich bitte den, wer auch immer mich hört, Kiera und Gordon zu helfen. Ich bitte den, wer auch immer mich hört, mir bitte zu helfen. Mir dabei zu helfen, dieses Weihnachten zu überstehen, ohne dass mich das schwarze Loch in meinem Inneren verschlingt. Bitte …

*

Es ist zwei Uhr mittags am ersten Weihnachtstag. Von Kieras Seite her herrscht trotz meiner Textnachrichten Funkstille, und ich bin ganz kribbelig. Karen, Ben und ich sitzen an einem Tisch für drei in der Ecke ihres Stammlokals. Der Weißwein ist wärmer als das Essen, aber zurzeit ist Essen nur Treibstoff, um mich am Leben zu erhalten. Mein Smartphone liegt auf dem Tisch, obwohl Karen mich schon gebeten hat, es wegzupacken. Am Ende habe ich ihr wie ein grollender Teenager erklärt, warum ich es dort liegen lassen muss, und sie sarkastisch um ihre Erlaubnis gebeten. Sie hat es nicht verdient, und trotzdem sitze ich hier und teile aus.

Ein paar Kinder rennen um unseren Tisch herum und ich versuche, nicht die Beherrschung zu verlieren. Warum können Eltern ihre Kinder in der Öffentlichkeit nicht unter Kontrolle halten?

Ich wende mich an das Paar zwei Tische entfernt und bitte sie höflich, ihre Kinder davon abzuhalten, immer um uns herumzurennen. Harrison und Georgia werden beide von ihren Eltern gerufen. Für den Moment kehren sie mit ihren lautstarken Spielzeugen im Schlepptau in den Schoß ihrer Familie zurück.

»Alles in Ordnung mit dir?« Ben legt seine Hand auf meine.

»Ja« wäre die angemessene Antwort, aber ich kann es nicht aussprechen. Nichts ist in Ordnung. Ich spüre, wie mich eine überwältigend schlechte Stimmung überkommt. Ich nicke ihm zu und nehme einen Schluck vom lauwarmen Wein. Ich versuche, an irgendetwas anderes zu denken, als wo ich bin und warum – ich frage mich, warum der Ring noch nicht zum Vorschein gekommen ist. Ich hätte gedacht, dass Ben damit gleich am Morgen herausrücken würde, aber ich sage nichts, nur für den Fall, dass ich das sonst auch noch ruiniere.

»Schon irgendetwas gehört?« Karen zeigt mit dem Kopf auf mein Smartphone, das neben meinem Besteck liegt.

»Nein, noch nicht.«

»Er wird schon wieder gesund werden«, sagt sie munter, und ich möchte ihr eine herunterhauen. Er hat Krebs. Er hat gerade eine Stammzellenspende bekommen. Eine Infektion ist keine gute Nachricht. Ich sage nichts, als Harrison und Georgia wieder einmal an meinem Stuhl vorbeirennen. Eines ihrer Spielzeuge, ein ferngesteuertes Auto, ist mit der Antenne unter meinem Stuhl steckengeblieben.

»Ich muss hier raus.« Ich stehe plötzlich auf und nehme meinen Mantel von der Stuhllehne. »Es tut mir leid, aber ich brauche etwas frische Luft.«

Draußen setze ich mich auf eine eiskalte Bimssteinmauer. Die eisige Kälte zieht durch meine Jeans durch und dringt in meine Knochen ein. In der Ealing High Street direkt gegenüber herrscht viel Betrieb. Das erstaunt mich. Warum fahren all diese Menschen an Weihnachten zu dieser Zeit hier herum? Warum haben sie es sich nicht alle im Schoße ihrer Familien gemütlich gemacht? Dann erinnere ich mich daran, dass die meisten Familien nicht so sind wie die, die ich gehabt habe. Die meisten sind wahrscheinlich wie die, die ich jetzt habe. Zerbrochen, zerrissen, in Stücken …

Nur eine Sekunde lang denke ich darüber nach. Ich könnte einfach drei Meter gehen und mich vor eines dieser Autos fallenlassen. Die Lösung scheint so einfach zu sein. Ich müsste mich nicht mehr mit der schrecklichen Anspannung herumquälen, die mich überkommt. Ich müsste mich nie wieder an einem Weihnachtstag so fühlen wie jetzt. Ich kann es wirklich wie einen Unfall aussehen lassen, nur ein kleines Stolpern. Es ist, als würden Mum und Dad mich rufen.

Aus dem Augenwinkel sehe ich Ben am Fenster stehen. Er hat mich im Fadenkreuz und ich fühle, wie seine Gedanken wie per Osmose in mich eindringen. »Wehe«, sagt er. »Denk an mich; denk an den armen Fahrer, dessen Leben nie wieder so sein wird wie zuvor.« Ich lasse die Schultern hängen und hasse mich selbst dafür, dass ich auch nur daran gedacht habe. Ich stehe auf, atme tief ein, stoße eine weiße Atemwolke aus und gehe zurück zu der schweren Eichentür – zu Ben und Karen, zu Harrison und seinem ferngesteuerten Auto und zu einem mittelmäßigen Plumpudding, der ganz und gar nicht wie der von Beth schmeckt …

*

Zurück in der Wohnung stelle ich Ben zur Rede.

»Also, Romeo, wo ist der Ring?«

Er bringt mich zum Schweigen und sagt mir, dass er bis morgen warten will, bis sie alleine sind.

»Du hast es dir nicht etwa anders überlegt?«

Er schüttelt den Kopf.

»Möchtest du immer noch Kinder haben?«, flüstere ich. Ich habe gerade genug miesen Wein getrunken, um mutig zu werden. »Denn sie ist vierzig, weißt du? Du könntest vom Regen in die Traufe kommen …«

»Ich liebe sie. Wenn wir Kinder bekommen, klasse. Wenn nicht …«

»Sie verwandeln sich sowieso in kleine Harrisons. Kleine Scheißer mit lautstarken Autos.«

Ben lächelt. »Oder Georgias?«

»Kleine Teufelinnen mit lautstarkem Nintendo-Dingsda.«

»Ich erinnere mich an Meg als Kind«, beginnt er.

»Meg«, ich zeige mit dem Finger auf ihn, »war ein *lautes* Baby. Sie hat eine Menge geschrien.«

»Ich habe sie als nachdenkliches Kind in Erinnerung.«

»Ja. Nachdenklich, gesprächig, witzig. Als sie erst einmal ungefähr zwei Jahre alt war, hatte man viel Spaß mit ihr.«

»Also nicht alles nur Georgias und Harrisons …«

Ich schüttele den Kopf. »Nein, ich hoffe, dass es für euch beide gut läuft.« Ich lege meine Arme um ihn und ziehe ihn an mich.

»Worum geht es bei diesem Tête-à-Tête?« Karen streckt ihren Kopf durch die Wohnzimmertür zum Flur, wo Ben und ich stehen. »Kann ich mitmachen?«

Ich öffne einen Arm und sie schlüpft mit in die Umarmung. Wir alle hören mein Smartphone in meiner Tasche klingeln, und während wir uns voneinander lösen, ziehe ich es heraus. »Kiera, alles in Ordnung?«

Ich höre ihre gebrochenen Schluchzer und weiß sofort, dass es der Moment ist, an den ich mich in Zukunft erinnern werde. Diese Bruchteilsekunde, in der mein Leben in zwei Hälften gerissen wurde. Das Davor und das Danach. Ich spüre, wie meine Beine unter mir nachgeben, spüre, wie Karen und Ben beide nach mir greifen. Das Smartphone fällt auf den Fußboden und Kieras verzweifeltes Wehklagen ertönt aus gut einem Meter Entfernung. Es konkurriert mit einem schwappenden, gurgelnden Geräusch in meinem Kopf, das von meinem dahinschmelzenden Gehirn kommen muss.

»Er ist tot«, flüstere ich. »Mein wunderbarer kleiner Junge ist tot ...«

TEIL DREI

Ich liebe dich, brauche dich, du hältst mich zusammen,
Ohne dich breche ich zusammen.

ICH ZERBRECHE

SIEBENUNDDREISSIG

Liebster, hast du sie geschmeckt, war sie da?
Diese Liebe, von dir, so wunderbar.
Liebster, hast du ihren herrlichen Duft wahrgenommen?
Diese Liebe ist vom Himmel gekommen.
Jetzt, wo du nicht mehr bist, wen soll ich lieben?
Du bist nicht mehr hier, du bist nicht geblieben,
Mein Leben zerbricht, denn diese Welt war nicht dein.
Mein Herz, meine Seele fühlt sich leer und allein.

Meine Schreiblust hat mich wieder gepackt. Ich bin früh aufgestanden und habe schon Stunden auf dem Dachboden verbracht, als mich der Geruch von verbranntem Toast dazu veranlasst, zwei Stufen auf einmal nehmend die Treppe hinunterzulaufen. Meg hängt am Telefon und bemerkt es nicht. Ich zeige auf den rauchenden Toaster. Zu spät, der Rauchmelder schlägt Alarm, und sie geht nach draußen, um weiterzutelefonieren. Ich blicke zum Himmel auf – es regnet Bindfäden und sie hat keine Jacke an. Was kann nur so wichtig sein? Ich schwenke ein Geschirrhandtuch vor dem Rauchmelder, wedele den Geruch zum Fenster hinaus und koche mir selbst einen starken Kaffee.

Die Neonuhr auf dem Herd leuchtet. Mum wird in zehn Minuten aufstehen. Jack schläft offensichtlich aus. Es ist Silvester. Wir sind immer noch alle hier; niemand hat es seit Weihnachten wieder so richtig ins eigene Bett zurückgeschafft. Glücklicherweise veranstaltet Mum heute Abend eine Art von Soiree, die uns davon ablenken wird, dass Noah übermorgen beerdigt wird. Meg ist leichenblass, als sie wiederkommt.

Mir sinkt das Herz in die Hose. »Was ist los?«

»Das war Ben. Dad ist verschwunden …«

*

Irgendein Schotte tanzt zu »Mull of Kintyre« in Sylvias Flur. Meg, Mum, Jack und ich stehen am Rande der Küche, jeder von uns mit einem Glas Sekt in der Hand, und keinem von uns ist nach Feiern zumute. Ich werfe einen Blick auf mein Smartphone. Nichts. Das ist lächerlich. Ich schwöre, diesmal werde ich ihn schlussendlich umbringen. Und zwar langsam und schmerzvoll, so dass er jeden Moment davon spürt. Meine mörderischen Gedanken werden davon unterbrochen, dass das Mobiltelefon tatsächlich klingelt. Ich sprinte zur Hintertür hinaus von der Musik weg und stecke mir den Finger in das freie Ohr.

»Ben?«

»Ich habe ihn gefunden.«

»Alles in Ordnung mit ihm?«

»Nicht wirklich. Er ist unterkühlt und pitschnass und steht völlig neben sich.«

Ich schüttele unwillkürlich den Kopf. »Was macht er nur schon wieder für Unsinn? Wo war er?« Mein restlicher Körper zittert in der Dezemberkälte.

»Auf dem Friedhof … Er war in Highgate. Bei Mum und Dad …«

Ich bin völlig verwirrt. Adam hat nie das Grab seiner Eltern besucht. Die ganze Zeit, die ich ihn schon kenne, hat er jedes Mal abgewunken, wenn ich ihn danach gefragt habe, und gesagt, dass da ja bloß ihre Knochen begraben lägen. »Ich verstehe das nicht … Warum? Ist er bei dem Wetter die ganze Nacht dort draußen gewesen?«

»Nur tagsüber, er muss die Nacht im Auto verbracht haben. Ich weiß auch nicht. Beth, er ist einfach nicht er selbst. Was er jetzt braucht, ist ein warmes Bett und Ruhe. Kann ich ihn nach Hause bringen?«

Meine Sinne kribbeln. »Das ist nicht mehr sein Zuhause, Ben.«

»Beth, er ist in einem erbärmlichen Zustand.«

»Mull of Kintyre« wurde von den Proclaimers abgelöst, die »One Hundred Miles« skandieren. Ich starre durch Sylvias Fenster auf die ausgelassene Feier und reibe mir die Kälte von den Armen. »Dann bring ihn her«, sage ich zu Ben, bevor ich auflege.

In Sylvias Flur erfahre ich, dass der seltsame Mann im Kilt ein echter Schotte ist, als er seinen Schottenrock anzüglich gegen meinen Oberschenkel schwenkt. Mir fehlt die Kraft zum Lachen. Ich sammele die Reste meiner Familie zusammen und wir gehen so leise wie möglich. Ich weiß, dass Sylvia keine Erklärung braucht.

Mum und ich wechseln das Bettzeug in ihrem Zimmer. Sie kann heute Nacht bei mir schlafen.

»Meinst du nicht …?«, fängt sie an.

»Nein, meine ich nicht.« Adam kehrt heute Nacht nicht in mein Bett zurück.

»Es scheint mir bloß so aufwendig, das Bett hier …«

»Mum!« Meine Stimme ist lauter und strenger, als ich gewollt habe. »Bitte.« Ich flehe sie an. »Nicht heute Abend. Er braucht unsere Hilfe, aber es handelt sich immer noch um *Adam*.«

Sie sieht mich mit zusammengekniffenen Augen an, nickt zögernd, und zusammen wechseln wir das Bettzeug im grünen Zimmer.

Ben bringt ihn direkt nach oben. Kein Smalltalk. Adam sitzt auf seinem Bettrand. Er ist voller Dreck und er schweigt.

»Solltest du nicht versuchen, ihn zu duschen?«, frage ich Ben. Ich ringe die Hände, weiß nicht so recht, ob ich helfen soll oder es lassen.

»Lass ihn schlafen«, erwidert er.

Meg kommt mit einem großen Whisky ins Zimmer herein. »Dad? Alles in Ordnung?« Sie setzt sich neben ihn und führt das Glas an seine Lippen. Er leert es in drei Schlucken und flüstert ihr ein leises »Danke« zu.

»Möchtest du etwas essen?«, frage ich ihn, als er sich komplett angezogen hinlegt.

Er schüttelt den Kopf. Ich werfe einen Blick zu Meg hinüber, neidisch darauf, wie gut sie diese Situation im Griff hat, und ich … ich habe keine Ahnung, was ich tun soll, wie ich reagieren soll.

Praktisch, sage ich mir selbst. *Denk einfach ganz praktisch.* »Du solltest ihm die nassen Sachen ausziehen«, sage ich zu Ben und verlasse das Zimmer, um etwas für Adam zu suchen. Draußen im Flur atme ich mehrfach tief ein, während ich in mein Schlafzimmer gehe. In dem Wandschrank, in den ich die meisten von Adams Kleidern gepackt habe, wühlen meine Hände durch die Stapel, bis sie auf etwas Passendem landen, einem alten Schlafanzug – der reicht aus.

Ganz automatisch wandere ich damit hoch zu meiner Nase, aber der Duft, den ich einatme, ist nur der von frischer Wäsche. Er riecht nicht mehr nach ihm. Ich kehre zum Gästezimmer zurück, öffne die Tür und reiche Ben den Schlafanzug. Adam sitzt auf dem Bettrand, die Hosen schon ausgezogen, und starrt durchs Fenster hinaus in die dunkle Nacht. Er sieht klein aus, zusammengerollt und verletzlich, und ich fühle einen Kloß in meiner Kehle.

Als ich gehe, sieht Ben mich an und zuckt die Schultern.

Kurz danach gesellt sich Ben zu uns anderen in die Küche. Ich fühle mit Jack, der bei diesem ganzen Austausch fast genau so still ist wie Adam. Ein unbeteiligter Zuschauer in der zerrissenen Familie des Mädchens, in das er verliebt ist. Ich habe bei ihm so falschgelegen, meine anfängliche Abneigung war unfair – ihm scheint wirklich etwas an Meg zu liegen. Ben blickt auf seine Armbanduhr und ich merke, dass er besorgt ist, weil es nur noch eine Stunde bis zum Countdown ist.

»Geh«, sage ich ihm. »Fahr zu Karen zurück. Es wird schon alles gut. Wir kümmern uns um Adam.«

»Es tut mir leid …«, fängt er an.

»Das braucht es nicht.« Ich schiebe ihn beinahe zur Haustür hinaus.

Er dreht sich um. »Ich werde Freitagmorgen ganz früh hierherkommen, um ihn abzuholen.«

Meg steht auf einmal neben uns. Sie streckt die Arme aus und umarmt Ben fest. »Nicht nötig«, flüstert sie. »Ich werde ihn hinbringen.«

»Bist du dir sicher? Du hast doch gesagt, dass du nicht hinfahren wolltest. Es ist kein Problem für mich.«

»Ich habe meine Meinung geändert. Ich möchte dabei sein und ich nehme Dad mit«, erwidert sie.

Das ist mir neu und ich bin mir nicht sicher, wie ich mich damit fühle. Meg hatte sich geweigert, Noah anzuerkennen – abgesehen von dem, was sie ihrem Ermessen nach für ihn tun musste, was sie als Mitmensch für ihn tun musste. Diese Weigerung hatte irgendwie bedeutet, dass sie auf meiner Seite steht. Sofort hasse ich mich selbst. Seit seinem Tod ist alles möglich.

Gemeinsam zählen wir den Countdown mit. Es ist eine ziemlich gedämpfte Angelegenheit ohne Sekt, stattdessen halten wir uns alle an einer Tasse heißer Schokolade fest. Meine Mutter und ich gehen hoch ins Bett und überlassen Meg und Jack ihrer Zweisamkeit.

»Ich werde mal kurz nach ihm sehen«, sage ich zu meiner Mutter, als ich am grünen Zimmer vorbeigehe. Sie nickt und ist schon durch die Tür in mein Schlafzimmer. Das Zimmer ist ruhig, völlig still und dunkel, abgesehen von dem Lichtstrahl von der Tür her. Während ich mich dem Bett nähere, sehe ich seinen Körper wie einen Fötus unter der Bettdecke zusammengerollt liegen. Er trägt den Schlafanzug, den ich vorhin herausgesucht hatte, und seine Kleider hängen über dem Stuhl neben dem Bett. Ein Hauch von Zigarettengeruch steigt mir in die Nase, als ich sie mit meiner linken Hand aufhebe. Meine rechte lege ich unter seine Nase, spüre, wie er ausatmet, und bin erst einmal erleichtert, dass er lebt. Aber nur, damit ich ihm Morgen seinen blöden Hals umdrehen kann.

»Meine Eltern haben mich einmal mit zum Camping genommen.« Seine Stimme ist schwach.

»Adam«, sage ich nur.

»Wir sind nach Schottland hochgefahren, in die Nähe von Loch Ness. Es war saukalt.«

Ich warte.

»Ben war auf Klassenfahrt, also waren wir nur zu dritt. Sie hatten einen Riesenstreit. Und zwar vor unserem Zelt, statt drinnen, als würde diese eine Zeltwand zwischen uns dafür sorgen, dass ich sie nicht hören könnte. Natürlich konnte ich sie hören. Sie haben sich immer wegen Ben gestritten. Und doch war er immer der Liebling …«

Er bewegt seinen Kopf, scheint in der Dunkelheit meine Konturen nachzuzeichnen.

»Sie nahm immer Tabletten.«

Ich sage nichts.

»Ben glaubt, dass ich Tabletten brauche, aber ich hab das alles gemacht, um ihn zu beschützen, weißt du? Den anderen Scheiß auch. Ich hab das gemacht, um dich zu schützen …«

»Du solltest ein bisschen zu schlafen versuchen, Adam.« Ich seufze so leise wie möglich. »Du …«

»Ich brauche keine Tabletten, Beth.«

Ich klopfe ihm beschwichtigend auf sein Bein unter der Bettdecke, sage nichts und gehe hinaus, damit er schlafen kann.

*

Ich möchte hier nicht gesehen werden, also bleibe ich zunächst im Auto. So leid mir dieses arme Kind tut, hier geht es um den Schmerz einer anderen Familie. Hier geht es um Adams Schmerz. Ich musste schon mit genug anderen Sachen fertigwerden. Ich kann und will nicht dabei zusehen, wie dieses Kind beerdigt wird. Nicht, wo ich mich über seine bloße Existenz geärgert habe. Ihn jetzt an seinem Grab zu betrauern, würde sich ein bisschen so anfühlen, als sei ich eine Heuchlerin. Meine Mutter hat mich direkt durchschaut, als ich versuchte, ihr dies beim Frühstück zu erklären. Sie ist in die Cotswolds zurückgekehrt und ich bin sicher, dass sie immer noch missbilligend den Kopf schüttelt.

Ich gehe bis ans ferne Ende des Friedhofs, der Bereich, wo laut Bens Angaben seine Eltern liegen. Ich finde die Parzelle ziemlich schnell und weiß nicht so recht, was ich dort tun soll. Soll ich beten? Da ich Adam ungefähr ein Jahr nach dem Tod seiner Eltern getroffen habe, habe ich sie nie kennengelernt. Und er schien ihren Verlust nie wirklich zu bedauern, so dass ich angenommen hatte, dass sie sich nicht nahegestanden hatten.

Die Grabstätte ist eine Überraschung – sehr gepflegt mit frischen Blumen in Töpfen. Die Inschrift hilft mir nicht weiter.

MYRIAM UND IAN HALL – GEMEINSAM GELEBT, GEMEINSAM GESTORBEN.

Ich lese das mehrere Male und frage mich, was ich hier eigentlich in Erfahrung bringen wollte. Was zum Teufel stimmt nicht mit Adam?

Verheimlicht er noch etwas? Hat der Verlust eines Kindes, das er nicht einmal wirklich gekannt hat, ihn wirklich so zusammenbrechen lassen? Ich gehe wieder, knöpfe meinen Mantel zu und bin so klug wie zuvor.

Zurück im Auto, das ein gutes Stück vom Trauerzug entfernt geparkt steht, sehe ich Ben und Meg auf mich zukommen und dabei Adam zwischen sich stützen. Ein Teil von mir will hingehen und ihm eine knallen. Zum Teufel noch einmal, reiß dich zusammen, möchte ich sagen. Und dann sehe ich sein Gesicht, als sie sich dem Auto nähern. Wo sonst Lachfalten zu sehen waren, hat sich in die Linien um seine Augen herum Schmerz eingefressen. Die Vertikalfalten, die von seinen Nasenflügeln aus hinunter zu seinen Mundwinkeln führen, wirken tiefer, gefurchter. Seine Augen sind traurig. Die Worte meines letzten Liedes erklingen in meinem Kopf:

Mein Leben zerbricht, denn diese Welt war nicht dein,
Mein Herz, meine Seele fühlt sich leer und allein.

Und obwohl ich es gar nicht will, tut er mir schrecklich leid – mein trauriger, gebrochener, verwandelter Ehemann.

ACHTUNDDREISSIG

Ich habe die Wochentage seit Silvester gezählt, das als schwarzer Mittwoch in meine persönliche Geschichte eingegangen ist. Der Countdown erscheint vor meinem inneren Auge als Bild – sechs vertikale schwarze Linien auf einer Wand und als siebtes ein Schrägstrich quer durch die anderen sechs. Wie bei Robinson Crusoe. Noahs Beerdigung, Linie Nummer drei. Zwei Tage im Bett verbracht, Linien Nummer vier und fünf. Lebenswichtige Entscheidungen, Linie Nummer sechs. Mit Beth reden, Schrägstrich, Tag sieben …

Als sie heute Morgen anruft, ist das Gespräch kurz. Josh nimmt sie heute Abend zu einer Gala in der Royal Albert Hall mit, ob ich nachsehen könnte, ob ihr langes schwarzes Kleid hier in Bens Wohnung ist, das mit dem schmalen goldenen Gürtel? Ich weiß sofort, welches sie meint, erinnere mich daran, wie sie es bei einem Abendessen mit einem Kunden getragen hat, als sie hier bei mir gewohnt hat. Ich werfe einen Blick in ihre Seite des Kleiderschranks und sage ihr Ja. Ja, es ist hier. Sie flucht leise und sagt mir dann, dass sie sich auf den Weg macht, um es zu holen. Sie wird mit der Bahn kommen – das geht schneller. Als sie auflegt, fühlt sich meine Lunge ganz eng an. Dadurch, dass sie hierherkommt, hat Beth unabsichtlich – heute an Tag sieben – eine Unterhaltung unter vier Augen mit mir unausweichlich gemacht.

Ich laufe durch die Wohnung wie ein werdender Vater. Ich rede mit mir selbst und öffne dabei die Balkontür, um Luft hereinzulassen, schließe sie dann aber wieder, weil es eiskalt ist. Wieder und wieder gehe ich meine Gründe dafür durch, warum ich all das getan habe; rede es mir aus und sage mir dann wieder, dass ich keine Wahl habe. Ich versuche, mir die Fragen vorzustellen, die sie stellen wird.

Als sie ankommt, sind ihre Wangen von der Kälte draußen rosig, ihr Haar hat sie unter einem braunen Trilbyhut hochgesteckt. Zuerst sieht es so aus, als würde sie einfach nur das Kleid nehmen und verschwinden. Ich überzeuge sie, auf einen Kaffee zu bleiben, der Duft der arabischen Bohne zieht schon durch den Raum.

»Was ist los?«, fragt sie und pustet in ihre Tasse. »Du siehst besonders angespannt aus.«

Wir sitzen weniger als einen halben Meter voneinander entfernt an der kleinen Frühstückstheke.

»Also«, ich räuspere mich. »Ich wollte dich wissen lassen, dass ich ein paar Wochen lang in die ›Rookery‹ gehe. Wie es scheint, muss ich einigen Scheiß aufarbeiten.«

Sie neigt den Kopf. Ich sehe zu, wie sie die Bedeutung meiner Worte verarbeitet. Ihr Ehemann geht irgendwo hin, um seinen Scheiß durchzusprechen. Sie stellt ihre Tasse langsam auf der Arbeitsfläche ab. Ihre Unterlippe schiebt sich ganz leicht vor, als sie nickt. »Okay …«

»Ich fahre gleich los.«

»Gut … Wann hast du dich dazu entschlossen?«

»Gestern. Anscheinend übernimmt meine Krankenversicherung das, wenn ich durchdrehe.« Ich versuche mich an einem schwachen Lächeln in ihre Richtung.

Sie redet nicht, nimmt nur ihren Hut ab und schüttelt ihre Haare. Sie sind lang geworden, so viel länger als damals, als ich zum letzten Mal mit meinen Fingern hindurchgefahren bin. Sie hat sie sich fransig schneiden lassen. Es steht ihr; sie reichen ihr bis fast an ihre katzengrünen Augen. Die Augen, in die ich mich verliebt hatte. Als ich sie zum ersten Mal traf, sagten sie mir, dass hinter ihnen eine gute Seele steckte; sie sagten mir, dass sie regelmäßig lachten, und sie sagten mir, dass Beth mich glücklich machen würde. Ich schaue weg. »Aber es gibt da etwas, was ich dir vorher sagen muss.«

»Adam, ernsthaft?«

Ich fühle, wie sie mich anstarrt.

»Ich bin mir nicht sicher, ob ich das wissen will. Ich bin mir nicht sicher, ob ich noch mehr vertragen kann. Ich glaube, dieser, dein Aufenthalt an diesem Ort ist wahrscheinlich eine gute Idee. Du solltest vielleicht …«

»Beth, bitte … Hör mir einfach zu. Ich versuche, hier ehrlich zu sein.«

Sie lacht, und was herauskommt, ist ein kleines, trauriges, unfrohes Geräusch …

»Ich weiß, ich weiß …« Ich halte meine Handflächen kapitulierend hoch. »Es gibt da eine Sache, so viele Sachen, die … Weißt du, ich wollte dir die Wahrheit über meine Eltern erzählen. Es wird früher oder später ohnehin zur Sprache kommen, und ich wollte dir zuerst davon erzählen.«

Sie runzelt die Stirn. Was auch immer sie jetzt von mir erwartet hatte, an meine Eltern hatte sie dabei nicht gedacht. »Okay, ich höre es mir an.«

Sie wappnet sich offensichtlich dagegen, was auch immer ich ihr erzählen werde, also rücke ich damit heraus. »Meine Eltern sind nicht bei einem Autounfall gestorben. Ich habe dich angelogen, als wir uns kennengelernt haben. Sie haben sich umgebracht. Meine Mutter, sie hat so viele Tabletten genommen, dass sie einen Elefanten umgebracht hätten, und mein Vater …« Ich beuge mich vor, lege die Stirn in meine Hände, die Ellenbogen auf der Arbeitsfläche. »Mein Vater glaubte, dass er nicht ohne sie leben könnte, und hat dasselbe getan. Ich habe sie gefunden.«

Sie ist so ruhig, dass ich meinen Kopf in ihre Richtung wende. Ihr Stirnrunzeln hat sich verzehnfacht. Sie setzt zum Sprechen an, entscheidet sich dann aber dagegen und sieht weg, so dass ich nur ihr Profil sehen kann. Die Augen schließen sich.

Ein Hubschrauber fliegt über uns hinweg. Nebenan duscht jemand. Über alldem kann ich nur das Geräusch von Beths Atem hören.

Ich möchte sie anfassen, lasse es aber. Es wäre so einfach. Einfach die Hand ausstrecken; sie ist nur eine Armlänge entfernt. Sie in meine Arme schließen und niemals wieder loslassen.

»Ich konnte es dir nicht erzählen. Ich konnte es niemandem erzählen.« Ich versuche, die Frage zu beantworten, die meiner Meinung nach in ihrem Kopf herumspukt, meine Stimme ist nicht mehr als ein Flüstern. »Ich konnte es mir selbst gegenüber nicht zugeben. Sie haben uns verlassen. Sie haben Ben und mich verlassen, Beth. Sie haben uns allein gelassen.«

Ihr Barhocker schrammt über das Eichenparkett, als sie aufsteht. Sie geht hinüber zur Balkontür, öffnet sie, atmet die Luft von draußen mehrfach tief ein und schließt die Tür dann wieder. Sie bleibt dort stehen und starrt nach Süden zum Fluss hinüber, die Arme über der Brust verschränkt und mit dem Rücken zu mir.

»Warum hast du mir nie davon erzählt? Ich verstehe das nicht.«

»Es ist nie passiert.« Meine Lippen zittern. »Ich habe einfach so getan, als wäre es nie passiert. Ich weiß nicht. Mir fehlten die Worte. Ich habe einfach eine Version erfunden, die erträglicher war …«

»Noch irgendwelche Geheimnisse, Adam?«

Ich schweige und versuche, mir meine Antwort zurechtzulegen, als sie sich abrupt umdreht. Sie geht wieder auf mich zu und schnappt sich ihr Abendkleid und ihre Handtasche. »Was auch immer du mir noch zu sagen hast, wie auch immer du diese Frage beantworten willst, warte noch fünf Minuten.« Sie wirft einen Blick auf die Uhr an der Wand und sagt, ohne mich anzusehen: »Ich brauche etwas Stärkeres als Kaffee. Kommst du mit?«

Es ist halb elf am Morgen nach meiner Ankunft hier. Vor den hohen Fenstern in dem mit Eiche vertäfelten Büro dieses Mannes erstreckt sich ein weitläufiges Gelände, das mir letzte Nacht in der Dunkelheit gar nicht aufgefallen ist. Hügelige Rasenflächen, noch bedeckt vom Januarfrost, ziehen sich bis in die Ferne und verlieren sich schließlich in einem Nadelwald.

Ich sehe den Mann hinter dem Schreibtisch an, der mich darum gebeten hat, ihn Tom zu nennen. Er ist irgendwie ein komischer Kauz, sieht eher wie ein blasser Buchhalter aus als ein vermutlich ausgebildeter Psychiater, der sein Geld damit verdient, dass er sich mit Verrückten herumschlägt.

Er macht sich Notizen, schreibt auf, was ich sage, und ich bin mir nicht sicher, ob mir das gefällt. Ich habe ihm gerade von meinen Eltern erzählt, und von Ben, und ich möchte durchs Zimmer gehen, die Seiten herausreißen und ihm sagen, dass sie mir gehören. Ich wollte ihm das überhaupt nicht erzählen. Heute Morgen hatte ich mir eingeredet, dass es reichen würde, Beth gestern davon erzählt zu haben, nachdem ich ihr jetzt jede Wahrheit erzählt habe, die ich jemals würde erzählen können. Ich hatte mir eingeredet, dass ich mich hier ein bisschen umsehen würde, vielleicht einfach nur einen Termin lang mit diesem Kerl reden und mich dann umdrehen und wieder nach Hause gehen würde. Dem ist aber nicht so. Ich bin erst seit einer halben Stunde hier und stecke schon knietief in vergrabenen Wahrheiten.

»Wie haben Sie geschlafen?«, erkundigt er sich.

»Wie ein Baby, weil ich genommen haben, was auch immer man mir da zum Schlafen gegeben hat. Ich weiß noch nicht, ob ich das heute Abend auch machen werde.«

»Warum nicht?« Tom späht über den Rand seiner Hornbrille hinweg.

»Weil ich ohne Tabletten schlafen will … Ich brauche jetzt nicht damit anzufangen, Tabletten zu nehmen. Ich will mein Leben wiederhaben. Deshalb bin ich hier. Darum habe ich mich hier angemeldet. Dafür bekommt ihr Experten hier einen Riesenhaufen Geld.«

Er zieht die Augenbrauen hoch. »Erzählen Sie mir mehr von Ihrem Leben. Das, das Sie wiederhaben wollen. Wie sieht es aus? Was vermissen Sie am meisten?«

Beth. Ich vermisse Beth am meisten.

Ich bin ein Mann, dem die Schuld über den Kopf wächst. Ich gebe mir selbst die Schuld daran, dass meine Ehe zerbrochen ist. Ich gebe mir selbst die Schuld an Megs Schmerz, als Noah starb, und manchmal, an manchen Tagen, gebe ich mir sogar für seinen Tod die Schuld. Vielleicht waren es meine Keime. Vielleicht war es irgendetwas an diesen alten Schachfiguren, das in seinen empfindlichen Blutkreislauf eingedrungen ist …

»Ich weiß nicht. Ich will einfach nur mein Leben wiederhaben.«

Er nickt.

»Lassen Sie uns über Ihren Bruder reden. Wie hat er den Tod Ihrer Eltern aufgenommen?«

»Es hat ihn sehr schwer getroffen.« Ich erinnere mich immer noch an den Klang seiner Schluchzer, die seinen ganzen Körper erschütterten.

»Und Sie?« Diesmal blickt er von seinen Notizen auf.

»Ich hatte keine Zeit, großartig darüber nachzudenken. Ich musste mich um Ben kümmern.« Ich weiß, dass meine Antworten etwas nüchtern klingen, aber so fühlte ich mich damals. Wenn ich ganz ehrlich und schonungslos bin, muss ich zugeben, dass ich mich nur ungern an diese angsterfüllte Zeit zurückerinnere, die ich mit dem Ausfüllen von Formularen verbrachte, wo ich zwei Jobs gleichzeitig hatte, an ein Stipendium für Ben zu kommen versuchte, damit er Betriebswirtschaft studieren konnte, und ihm gleichzeitig versichern musste, dass unsere Eltern uns natürlich geliebt hatten, auch wenn es sich anfühlte, als hätten sie das nie getan und uns im Stich gelassen. Ich hatte damals schon angefangen zu lügen. Schon damals schien es mir das einzig Richtige.

Er wartet eine Minute, bevor er fortfährt. »Wenn ich Sie jetzt nach dem ersten Wort frage, das Ihnen zum Tod Ihrer Eltern in den Kopf kommt, wie würde es lauten?«

Ich verrenke meinen Hals von links nach rechts. »Selbstsüchtig.« Ich werfe einen Blick auf meine Uhr und will, dass die Zeit mit Tom vorbei ist.

»Selbstsüchtig?« Er schreibt es auf.

»Na ja, es ist doch wirklich schlimm, nicht wahr? Ich meine, ich bin in meinem Leben als selbstsüchtig bezeichnet worden und Gott weiß, dass ich es auch war, aber das? Keiner von beiden hat an Ben und mich gedacht.« Ich erinnere mich an den Weihnachtstag, den kurzen Moment draußen vor dem Restaurant, wo ich daran dachte, wie leicht es doch wäre, sich vom Bürgersteig aus vor einen Lkw zu werfen.

»Es war feige.« Ich nicke, als wäre das der einzige Schluss, zu dem ich jemals kommen könnte. Ich habe niemals über den Tod meiner Eltern gesprochen, und sofort bekomme ich Angst. Mein Leben hat sich immer in sicheren Schubladen abgespielt, meine Mutter sicher in der Schublade mit der Aufschrift »Mum« abgelegt, die nie wieder absichtlich geöffnet werden sollte. Ich schließe meine Augen und sie ist da. Die Erinnerung an ihren Geruch ist lebhaft. Ich habe das Gefühl, dass, wenn ich meine Nase in die Luft steckte und schnupperte, ich den betörenden Duft von Jasmin riechen könnte.

»Sie roch immer so gut, meine Mutter …«

»Können Sie mir sagen, welches Ihre früheste Erinnerung an sie ist?«

»Sie singt … Es muss Weihnachten sein, denn sie singt eine Art Weihnachtslied. Ben und ich stecken zusammen in einem Bett, und sie kniet auf dem Fußboden neben uns.«

»Waren Sie glücklich?«

»Ja, sehr … Ich war vermutlich erst drei Jahre alt – sind nicht die meisten Kinder mit drei Jahren glücklich? Jedenfalls, das war damals. Sie hat dann mit Singen aufgehört.« Es wird mir erst jetzt bewusst. Ich wühle in meinem Kopf herum und versuche, mich daran zu erinnern, wann das war. War ich drei, sechs, acht, fünfzehn? Ich kann mich nicht daran erinnern. Ich sehe Tom an. »Dauert das hier noch lange?«

»Wie Sie wollen, Adam.«

»Ich glaube, ich habe für heute genug. Ich bin ziemlich erschöpft.«

Er steht auf, wartet darauf, dass ich das auch tue, und führt mich mit geöffnetem Arm zur Tür. »Ich sehe Sie morgen früh. Zehn Uhr.«

Ich nicke und gehe in hinaus in den Flur. Der Ort erinnert mich an eine Jagdhütte. Auch wenn hier keine ausgestopften Tiere oder Köpfe von erlegtem Wild an den Wänden hängen, mit der üppigen Holztäfelung und der veralteten Schottenkaro-Dekoration erinnert es an einen Ort, den der niedrige Adel in der Jagdsaison aufgesucht hätte. Mittlerweile ist es ein Gebäude, das Menschen am Abgrund beherbergt. Menschen, die aus irgendeinem Grund zu kämpfen haben, und wenn ich mich so umsehe, scheint es so einige von uns zu geben.

Ich gehe nach draußen. Meine Hände, die ich tief in den Taschen vergraben habe, um sie warm zu halten, zittern leicht. Ich sage mir, dass das die Kälte ist. Mache einen ordentlichen Spaziergang und gehe dann für eine Weile zurück auf mein Zimmer. Ein paar Minuten später, am Ende des Gartens, bevor der kleine Pinienwald beginnt, finde ich eine niedrige Mauer aus ungleichmäßigen Steinen. Ich balanciere einen Moment darauf. Um mich herum ist der Boden gefroren. Baumwurzeln breiten sich aus, sprengen den Boden und seine Eisdecke auf, fest dazu entschlossen, durchzubrechen. Ich starre darauf und mir wird klar, dass – jetzt, wo ich hier bin – meine Erinnerungen dasselbe vorhaben. Sie werden verlangen, gehört und gesehen zu werden, diese zerbrechliche Wand durchbrechen, die ich um sie herumgebaut habe. Dinge, die ich jahrelang vergraben hatte. Dinge, bei denen ich nie das Bedürfnis verspürt habe, sie wahrzunehmen. Dinge, die ich den Menschen, die ich liebe, vorenthalten habe.

Ich blicke zurück auf das Gebäude, wo all dies passieren wird, höre den lauten Gongschlag, der Mittagessen bedeuten muss. Ich denke kurz an zu Hause, an das Zuhause, das ich einst hatte. Beth wird bald umziehen. Sie hat mir gestern erzählt – erst drei Tage nachdem sie es inseriert hat –, dass jemand den vollen Preis geboten hat, kurzfristig und mit Abschluss und Übergabe am selben Tag. Ich sagte ihr, dass sie das Angebot annehmen und mit ihrem Leben weitermachen solle. Natürlich hatte ich nicht wirklich erwartet, dass sie das auch tun würde. Ein Teil von mir glaubt immer noch, dass Beth hier in Toms getäfeltes Büro hereinkommen und ihre unsterbliche Liebe zu mir erklären wird. Sie wird mir sagen, dass sie mich trotz oder vielleicht gerade wegen meiner Fehler wirklich liebt.

Ich gehe auf den Gong zu, hoffe, dass ich mich hinsetzen, zu Mittag essen und danach auf mein Zimmer gehen werde. Ich hoffe, dass ich der Versuchung widerstehen kann, direkt durchs Gebäude zu meinem Auto zu gehen, das mich auf der anderen Seite erwartet.

NEUNUNDDREISSIG

Ich habe so viel zu erledigen, dass mir beim Gedanken daran ganz schlecht wird. Ich habe Josh gebeten, die nächsten vierzehn Tage nicht auf die Idee zu kommen, mich anzurufen, und ich habe jeden um mich herum eingespannt, um mir irgendwie zu helfen. Die Möbelpacker sind für heute in einer Woche gebucht, und vorher muss ich das Haus von den Dingen befreien, die ich nicht mitnehmen werde oder für Adam aufbewahren lasse. Ich habe verschiedene Stapel von Etiketten angefertigt. »Müll« landet direkt in einem der beiden Container, die schon in der Auffahrt stehen; »Adam« wird in Kartons verpackt und für ihn eingelagert; »Spenden« werden für die Wohlfahrt eingepackt und »Tawny« begleitet mich in mein neues Zuhause.

Die Tawny Avenue liegt zwar nur vier Straßen weiter, könnte aber kaum unterschiedlicher sein als der Ort, an dem ich bis jetzt gelebt habe. Es handelt sich um eine kurze, enge Straße mit viktorianischen Doppelhäusern, alle ursprünglich als Cottages für Arbeiter gebaut. Als ich das Haus kurz vor Weihnachten zum ersten Mal sah, habe ich mich direkt darin verliebt, und glücklicherweise steht es leer, da die Besitzer es schnell verkaufen wollten. Es hat zwei große Zimmer und ein drittes kleines, was sich als Studio eignet. Außerdem gehört es zu den einzigen beiden der dreizehn Cottages, die an einem Ende stehen und deshalb eine Garage neben sich haben.

Ich bin aufgeregt wegen des Umzugs. Ich bin nervös wegen des Umzugs. Ich habe Angst, weil ich die Sachen im Haus einpacke und Adam nicht dabei ist. Seine E-Mail hat mir gesagt, dass ich einfach nehmen solle, was ich will, genug Mobiliar und Sachen für ihn für eine Zweizimmerwohnung beiseitepacken und mit dem Rest tun solle, was ich will. Ich hasse das. Es wäre mir fast lieber, wenn ich mit ihm kämpfen müsste. Mit ihm streiten.

Auch wenn Besucher nicht gerne gesehen werden, werde ich ihn besuchen. Ich muss sehen, dass er stark genug ist in diesem Prozess, denn wenn es etwas gibt, worauf ich mich bei ihm immer verlassen konnte, ist es seine Stärke. Selbst wenn er ein Arschloch ist, schwöre ich, dass er ein starkes Arschloch ist.

Mittendrin in alldem Chaos haben die Filmproduzenten in L. A. ein drittes Lied bei mir in Auftrag gegeben, das ich erst noch schreiben muss. Und Karen hat noch ein Blind Date auf den Plan gerufen. Ihre monatelangen Recherchen auf einer Website, über die man »Freunde« kennenlernen soll, hat Glenn zutage gefördert, ihre Wahl für mich und der Mann, mit dem ich für acht Uhr heute Abend unbekannterweise verabredet bin. Ich habe verzweifelt versucht, aus der Nummer herauszukommen, aber Karen hat es zu ihrer Mission erklärt, also versuche ich, nicht daran zu denken, und gehe mit meiner Rolle Paketklebeband und den Etiketten nach oben.

Ich bin auf dem Dachboden in meinem Arbeitszimmer und baue noch mehr von den flachen braunen Kartons zusammen. Zehn von ihnen stehen mir gegenüber, die Böden fest mit Klebeband verschlossen, um sie so sicher wie möglich zu machen. Um mich herum stehen schon stapelweise fertig gepackte Kartons. Weil ich weiß, dass es getan werden muss, gehe ich in die Speicherecke auf dem Dachboden, die ich seit unserem Einzug nicht mehr betreten habe. Adam bewahrt dort altes Weihnachtszeug aus den vergangenen Jahren auf. Aber beim letzten Weihnachten habe ich dagegen rebelliert und neuen Schmuck und neue Lichter für den Baum gekauft, statt das Unbekannte zu betreten. Gott allein weiß, was ich dort finden werde.

Glücklicherweise funktioniert das Licht im Speicher. Es ist so eng, dass man kaum mehr als kriechen kann, also gehe ich auf alle viere, lasse die Tür offen stehen, damit mehr Licht hereinkommt, und setze mich dann mit dem Rücken gegen die Wand hin. Ich schüttele mich beim Anblick des Spinnennetzes neben mir, ziehe die Sachen zu mir heran, mache verschiedene Haufen und stelle schnell fest, dass das meiste davon Müll ist. Ich hebe die alte Weihnachtsdekoration auf und packe sie für Adam in einen Karton. Ich hebe all die alten Fotoalben auf und verpacke sie, um sie in meiner Garage zu lagern. Eines Tages werden wir sie beide zusammen durchgehen müssen … Ich ziehe einen alten Weidenkorb zu mir her, und dahinter befindet sich ein Koffer, den ich nicht kenne. Der Korb enthält weitere Fotoalben. Statt sie umzupacken, verschließe ich den Korb mit jeder Menge Klebeband, klebe einen Depot-Aufkleber darauf und schiebe ihn durch die Tür auf den Dachboden.

Als ich den Koffer zu mir herziehe, bin ich kurz davor, ihn zuzulassen und direkt den Depot-Aufkleber daraufzukleben. All diese Sachen einpacken zu müssen ist schon solch eine Herausforderung, dass ich gar nicht daran denken kann, heute Abend auszugehen. Karen wird mich umbringen. Sie hat mich gewarnt und angebettelt, mich nicht davor zu drücken. Mein Blind Date und meine zwanzig Jahre Müll, die ich zusammenpacken muss – das sind die Gedanken in meinem Kopf, als ich den Kofferdeckel öffne.

Drinnen befinden sich Päckchen. Geschenke, eine Menge davon, alle eingewickelt, manche mit Weihnachtspapier, manche mit Geburtstagspapier. Dort ist auch eine runde Kuchenschachtel, die ich vor Jahren schon einmal gesehen hatte. In dieser Schachtel befindet sich ein Haufen Grußkarten; wie es aussieht, sind alle an Noah adressiert. Mir klappt der Kiefer herunter, als mir klar wird, was dies ist. Ich zähle sie. Es sind neunzehn Päckchen, fast zwei für jedes seiner Lebensjahre. Geburtstag und Weihnachten. Ich reiße das Papier von einem Päckchen auf, das neuer aussieht. Zwei CDs, *Madagascar 3* und *Merida – Legende der Highlands* … Ich bin versucht, jedes Geschenk aufzureißen, aber irgendetwas hält mich davon ab.

Neben den Karten befindet sich ein Stapel Fotos in der Dose, die alle mit einem Gummiband zusammengehalten werden. Sie sind alle aus der Entfernung geschossen worden. Sie sind nach Datum sortiert. Auf der Rückseite des ersten steht »2007 Noah in Hampstead Heath«. Es zeigt ein Bild von Kiera auf einer Parkbank mit einem kleinen Jungen neben sich. Sie füttert ihn mit Bananenstücken. Das letzte Bild ist vor einem knappen Jahr aufgenommen worden, ein Schnappschuss von Noah, der vor einem imposanten Gebäude in ein Auto einsteigt. Das muss aufgenommen worden sein, kurz bevor Adam mich verlassen hat. Jetzt weiß ich, dass er nicht nur eine Affäre hatte, sondern auch den Lord Lichfield für seinen Sohn gegeben hat. Worüber ich, abgesehen von diesen Sachen, nicht hinwegkommen kann, ist, wie sehr dieses Kind Adam ähnlich sah.

Ich friere plötzlich. Ich rede mir ein, dass es eben kalt ist, wenn man in einem Schrank auf einem Dachboden hockt, aber es ist mehr als das. Es ist der Schock. Sein Gesicht zu sehen, sein Lächeln. Dadurch wird er realer und selbst ich, die zu seinen Lebzeiten an seiner Existenz Anstoß genommen habe, kann kaum glauben, dass er tot ist. Dieses hübsche Gesicht, genauso wie Adams, seine Haare, genauso wie Adams Haare … Und er ist jetzt einfach nicht mehr da. Keine weiteren Geschenke, keine weiteren Fotos, keine weiteren Erinnerungen. Ich kann nicht mehr weinen, also packe ich alles in den Koffer zurück, klebe das Etikett »Adam« auf die Seite und bleibe dort sitzen, bis meine Finger taub sind.

Ich sollte wütend sein. Es ist die Bestätigung seines »zweiten Lebens«. Auch wenn ich ihm glaube, wenn er sagt, dass er dieses »zweite Leben« nicht wirklich ausgelebt hat, muss ein Teil von ihm das doch gewollt haben. Ein Teil von ihm, der sich ein Paralleluniversum gewünscht hat, wo er Seite an Seite mit Noah lebt. All diese Fotos. Hier in unserem Haus, weniger als sechs Meter von dem Platz entfernt, an dem ich jeden Tag arbeite. Er wusste, dass ich niemals dort hineingehen würde – und ich war hier auch kein einziges Mal, seit wir eingezogen sind. Ich sollte wütend sein. Ich frage mich, was gewesen wäre, wenn das Kind überlebt hätte … Dann halte ich inne. Es war schon mit uns vorbei, bevor ich von Noahs Existenz erfahren habe. Ich puste in meine hohlen Hände, reibe sie aneinander.

Ich bin gerade dabei, den Koffer zu schließen und ihn fest zuzukleben, als ich einen weiteren Umschlag im Deckel entdecke. Er ist mit Klebeband befestigt worden. Er unterscheidet sich von den anderen; ich sehe direkt, dass er älter ist, und meine Neugier gewinnt die Oberhand. Ich ziehe ihn heraus. Der Umschlag fällt fast auseinander, und dass ich ihn vom Deckel abgelöst habe, hat es nicht besser gemacht.

Ich atme ein, klopfe mir auf den Brustkorb und ahne sofort, worum es sich handelt. Dies ist der von Adams Vater unterschriebene Brief, den er ihm hinterlassen hat. Ich lese ihn zweimal, dann noch zweimal; auch wenn er all das bestätigt, was Adam mir letztens erzählt hat, wird es viel realer, tragischer, wo ich es jetzt in der Handschrift seines Vaters vor mir sehe. Ein Laut entfährt mir, ein Aufheulen. Es kommen keine Worte. Nur reine Emotion. Und als hätte ich Angst davor, beobachtet oder entdeckt zu werden, falte ich ihn dann wieder zusammen, stecke ihn in seinen alternden Umschlag zurück und klebe ihn wieder an seinem Platz fest.

Ich schiebe den Koffer hinaus auf den Dachboden, krieche hinter ihm hinaus und klebe ihn überall zu, wo man nur Klebeband anbringen kann. Erschöpft stemme ich mich wieder gegen die Wand. Ich starre darauf, spüre das Wesen dieses Jungen, der er einmal gewesen war. Ich ziehe mein Mobiltelefon aus der Tasche, tippe ein paar Zahlen ein und spreche mit meiner Mutter. Ich sage ihr, dass ich sie liebe. Ich sage ihr, dass ich – aufgrund der Ereignisse der letzten Zeit – besser nachempfinden kann, wie es ihr wegen Simon geht. Ich verstehe, wie ihr das wehgetan haben muss und wie sehr sie ihn immer noch vermisst. Ich rede über Dad, und ich rede über Adam. Sie hört zu, sagt mir, dass sie mich liebt, und sagt mir dann, dass sie niemandem auf der Welt wünscht, ein Kind zu verlieren – nicht einmal Adam.

Nachdem ich aufgelegt habe, gehe ich unter die Dusche. Ich muss all den Staub abwaschen. Ich muss dieses überwältigende Gefühl von Schmerz den Abfluss hinunterspülen. Aus diesem Gefühl kann man nur traurig herauskommen. Kiera, an die ich manchmal denke, muss am Boden zerstört sein. Ich weiß, dass Adam es ist, und Meg ebenfalls. Auch wenn sie zur Beerdigung gegangen ist, hat sie seitdem vermieden, darüber zu reden. Für sie scheint es eine Episode zu sein, die sie lieber vergessen möchte. Was mich anbetrifft, war mit der Entdeckung der Wahrheit das Schicksal unserer Ehe besiegelt.

Also bin ich traurig, und ein Koffer voll von Adam sorgt nur dafür, dass es mir noch schlechter geht. Es kann für meinen betrügerischen Bastard von Ehemann nicht leicht gewesen sein, sein Kind sehen zu wollen und es nicht zu dürfen; ihm Geschenke zu kaufen, die er ihm nie übergeben konnte, und stattdessen einen Koffer damit zu füllen und ihn auf dem Dachboden zu verstecken. Und es kann vor all diesen Jahren auch nicht leicht für ihn gewesen sein, diesen Brief zu finden, lesen, analysieren und dann zu entscheiden, was er nun tun sollte.

Unter der Dusche kommen die Tränen. Warum konnte er mir nicht einfach die Wahrheit sagen? Er hat versucht, es zu erklären, aber die Frage spukt mir im Kopf herum. Als wir uns kennenlernten, warum hatte er es nicht einfach erzählt? Und Ben, was war mit Ben und …? Ich halte mein Gesicht in das fast kochend heiße Wasser und wasche die Tränen weg. Ich bin überrascht, dass sie mir offenbar nie ganz ausgehen und sie immer noch nachkommen. Ich bin außerdem überrascht, dass ich jetzt ein neues Verständnis davon habe, wie kompliziert mein fehlgeleiteter Ehemann ist. Ich bin nicht überrascht, dass ich nach der Dusche als Erstes Karen eine SMS schreibe, um ihr mitzuteilen, dass es mir leidtut, ich aber absolut nicht für ein Blind Date bereit bin.

VIERZIG

Falls es hier einen Aufenthaltsraum für die Mitarbeiter gibt, bin ich mir sicher, dass Tom nach unseren Sitzungen dorthin geht, einen Seufzer der Erleichterung ausstößt und sich selbst einen ordentlichen Drink einschenkt. Ich selbst bin hinterher immer erschöpft. Zehn Tage dort, zehn einstündige Sitzungen, Gruppentherapie am Nachmittag; offen gestanden langweilt es mich, meine eigene Stimme zu hören. Es langweilt mich, über mich selbst zu reden. Ich bin nicht interessant genug, um all diese Stunden auszufüllen, all diese Seiten, die Tom mit Fakten vollgestopft hat. Es gibt mit Sicherheit Menschen an diesem Ort, die geschädigter sind als ich, andere Menschen, die es wirklich nötig haben, so viel zu sprechen.

Ich habe das gerade Tom erklärt, oder es zumindest versucht. Jetzt höre ich, wie er meine Geschichte in seinem sanften Tonfall verteidigt, wie er mir sagt, dass sie in Wirklichkeit sehr interessant sei. Anscheinend unterschätze ich sie. Ein junger Mann entdeckt seine beiden toten Eltern, merkt, dass seine Mutter zuerst Selbstmord begangen hat und sein Vater ihr dann gefolgt ist. Ob ich vielleicht, fragt Tom, bestimmte Gefühle meiner Mutter gegenüber hege, was den Selbstmord der beiden angeht.

Ich atme laut aus. Ich werde aus diesem Ort wirklich nicht herauskommen, bis ich es sage. Ich werde nicht gehen können, bis Tom ein Notizbuch voller Knaller-Aussagen hat.

»Ja, wahrscheinlich ist das der Fall.«

Er nickt. *Was Sie nicht sagen,* teilen mir seine Augen mit, ohne zu zucken.

»Ich habe meine Mutter geliebt, wirklich, aber ich habe sie nicht sehr gemocht. Sie ging hart mit uns ins Gericht und sie hat meinen Dad nicht besonders gut behandelt. Er hat sein Bestes gegeben.«

»Was genau heißt das, Ihr Vater hat sein Bestes gegeben?«

»Alles, was sie wollte, hat sie bekommen. Er hat alle ihre Stimmungsschwankungen ertragen.« Ich zucke die Schultern. »Jedenfalls so weit wie möglich. Er hat sich angestrengt wie ein Schlachtross und sie immer aufzumuntern versucht, aber es war nie genug. Sie war einfach kein besonders glücklicher Mensch …« Ich habe gemerkt, dass dieses Nachdenken und Reden über meine Mutter dazu führt, dass ich am liebsten noch weiter dichtmachen und mich zurückziehen will, statt mich zu öffnen, was ich ja eigentlich versuche. »Hätten Sie etwas dagegen, wenn wir über etwas anderes sprechen?«

Er überlegt einen Moment. »Nach ihrem Tod – gab es da noch irgendjemanden, jemanden, der hätte helfen können?«

Ich kratze mich am Kopf.

Dieser Kerl ist wie ein Rottweiler, beißt sich irgendwo fest und lässt nicht mehr los. Ich bin mir sicher, dass wir dieses Thema schon hatten … Ich blicke mich im Zimmer nach einem Fluchtweg um, vermutlich sind diese Fenstertüren zum Gelände hinaus verschlossen, also gebe ich auf.

»Es gab eine Menge zu erledigen. Direkt danach die Polizei und die Versicherung, aber es war klar, dass wir alleine dastanden, Ben und ich.«

»Keine Verwandten?«

»Nein. Meine Eltern waren beide Einzelkinder. Die Eltern meiner Mutter sind gestorben, als sie noch jung war, ich habe nie erfahren, wie, und der Vater meines Vaters war im Jahr davor verstorben. Seine Mutter wohnte in einem Altersheim in der Nähe und ist das Jahr nach seinem Tod gestorben. Dann musste ich versuchen, meinen Abschluss zu machen, Ben auf die Universität zu bringen, hatte zwei Jobs gleichzeitig, um die Miete bezahlen zu können, und die ganze Zeit …«

»… mussten Sie auf ihn aufpassen …« Tom beendet meinen Satz.

»Ja. Ich habe getan, was ich tun musste, aber ich wollte es auch tun. Ben und ich standen uns nahe, bis heute. Damals hatten wir nur uns beide. Glücklicherweise habe ich im darauffolgenden Jahr Beth getroffen, und damit wurde für mich alles leichter. Sie hat einfach alles zum Guten gewendet, so war das schon immer.«

»Und trotzdem haben Sie sie betrogen.«

Autsch, das tut verdammt weh. Nennt mich doch ab jetzt »Judas«. Ich hole tief Atem. »Ja.« Mich überkommt plötzlich ein schreckliches, banges Gefühl, dass ich hier vielleicht nie wieder herauskomme. Wenn ich diese Büchse der Pandora öffne, das Kapitel über meine Eltern; wenn ich mich damit beschäftige, was ich Beth angetan habe, könnte das endloses Reden ohne Antworten bedeuten …

»Sind wir hier bald fertig? Ich bekomme um elf Uhr Besuch.« Ich muss aus diesem Büro hinaus, nur um mir zu beweisen, dass es theoretisch geht.

Tom wirft mir einen sehr seltsamen Blick zu und ich entscheide mich, ihn nicht zu analysieren. Das ist schließlich seine Aufgabe.

*

Beth schlürft Tee aus einer richtigen Teetasse, was ich aus irgendeinem Grund witzig finde.

»Was ist so lustig?«, fragt sie. Wir sitzen in einem der Gemeinschaftsräume.

»Du. Und dein kleiner Finger.«

Sie lacht. »Tja, dieser Ort ist echt piekfein, nicht wahr?«

»Bei den scheißhohen Kosten sollte er bitte schön auch piekfein sein.«

»Adam Hall. Achte auf deine Wortwahl.« Sie neckt mich mit demselben Tonfall und denselben Worten, die ich jahrelang bei ihr benutzt habe. »Deine Ausdrucksweise lässt mittlerweile ganz schön zu wünschen übrig.«

»Mir ist gar nicht klar gewesen, wie befreiend ein ordentlicher Fluch sein kann.«

Sie nickt, lächelt. »Und jetzt einmal ernsthaft, wie läuft es hier bei dir?«

Ich zucke die Schultern. »Es ist in Ordnung. Ich sitze jeden Morgen bei Tom und spreche mit ihm über meine Gefühle. Einen Teil der Zeit verbringe ich damit, ihn mir in modischerer Kleidung vorzustellen. Er hat wirklich einen absolut miesen Geschmack, was Kleidung anbetrifft. Wenn man ihn anschaut, sieht man nichts als Beige.«

»Du kleidest deinen Therapeuten neu ein?« Sie lächelt.

»Ja. Die Hilfe kann er gebrauchen. Und nachmittags findet dann die Gruppentherapie statt, zu der ich nicht immer gehe. Dazwischen esse und lese ich.«

»Und, was hast du über dich selbst gelernt?«

»Dass ich ein selbstsüchtiger Bastard bin, wenn auch nicht ganz so selbstsüchtig wie meine Mutter, die es vorzog, sich das Leben zu nehmen, wobei sie sich wahrscheinlich bewusst war, dass mein Vater es ihr nachmachen und Ben und mich uns selbst überlassen würde …«

»Harter Tobak«, sagt sie und starrt auf den Boden unter ihren Füßen, ein Teppich mit Lilienmuster und hohem Flor. »Aber du redest, so richtig?«

Ich lache laut auf. »Viel mehr kann man hier drin nicht tun, Beth.«

»Ich weiß. Aber … nun, manchmal ist es eben leichter, sich zu verstecken.«

»Hier gibt es keine Verstecke – glaube mir, ich habe schon alles abgesucht.«

Sie verlagert ihr Gewicht auf dem Stuhl von einer Seite auf die andere, und ich merke, dass sie sich in meinem derzeitigen Umfeld nicht besonders wohlfühlt. »Ich kämpfe immer noch damit, warum du mir das nie erzählt hast.«

Mein Kopf zuckt von links nach rechts. Es ist fast schon ein Zittern. »Ich konnte nicht. Ich habe oft darüber nachgedacht, doch als ich einmal mit der Lüge angefangen habe, war es schlicht leichter, dabeizubleiben.«

»Aber warum hast du mich am Anfang angelogen?«

»Du hättest mich sonst verlassen.« Meine Stimme ist lauter als beabsichtigt, mein Tonfall sachlich.

Sie schüttelt den Kopf.

»Davon war ich überzeugt, Beth. Egal, ob ich richtiglag oder falsch, ich dachte, wenn du hörst, aus was für einem verrückten Haus ich komme, gehst du direkt wieder … Abgesehen davon war ich im Überlebensmodus.«

»Ich hätte niemals über dich oder deine Eltern ein Urteil gefällt. Und Ben? Glaubst du nicht, dass …?«

»Bitte … Nicht jetzt, Beth.«

Sie zögert, sieht aus, als wolle sie etwas sagen, überlegt es sich dann aber anders. Ich bin erleichtert. Offen gestanden hört sich das hier viel zu sehr wie das an, was sich in Toms Büro abspielt.

»Genug davon.« Ich klatsche leicht in die Hände. »Wie geht es Meg? Ich habe mir Sorgen um sie gemacht.«

»Es scheint ihr jetzt besser zu gehen.« Sie zögert wieder. »Die Zeit heilt alle Wunden. Sie ist wieder bei ihren Freunden, muss sich auf ihr letztes Jahr an der Uni konzentrieren. Sie kommt schon zurecht.«

»Und du?«

»Der Film wird gerade gedreht. Ich wollte eigentlich hinüberfliegen und dabei zusehen, wie die Szene gefilmt wird, für die sie mein Lied verwenden, aber ehrlich gesagt, nach all dem, was jetzt passiert ist … Und dann auch noch der Umzug.«

Ich widerspreche ihr nicht.

Beth blickt über meine Schulter. »Schau dich nicht um, aber ich denke, das muss dein beigefarbener Therapeut sein, der da auf uns zukommt.« Ich drehe meinen Kopf und sehe Tom ein paar Schritte entfernt.

»Adam, es tut mir leid, ich wollte Sie nicht unterbrechen, aber ich habe dieses Buch für Sie an der Rezeption hinterlegt.«

»Danke, Tom.«

Er nickt, wirft einen Blick auf Beth und geht. Ich möchte sie nicht vorstellen. Irgendwie ziehe ich es vor, dass alle, über die ich rede, gesichtslos bleiben.

»Du hast recht«, sagt Beth hinter seinem Rücken. »Sein Kleidungsstil ist echt fürcherlich.«

Wir sitzen dort eine Weile und beobachten Menschen, wie Beth das nennt, bevor sie verkündet, dass sie jetzt losmuss.

»Kannst du nicht noch ein bisschen länger bleiben?« In meiner Stimme schwingt ein leises Flehen mit.

»Adam, ich muss ein ganzes Haus zusammenpacken.«

»Ich weiß, es tut mir leid … Nur fünfzehn Minuten, bitte. Erzähl mir etwas Lustiges. Etwas, worüber ich später lachen kann, wenn du weg bist und ich in der Gruppe sitze und den seltsamen Leben anderer Menschen zuhöre.«

Sie scheint zu zögern, erinnert mich daran, dass auch ich ein seltsames Leben habe, und fängt dann an zu erzählen, wie Karen versucht, sie dazu zu bringen, sich mit anderen Männern zu verabreden. Ich versuche, nicht zu reagieren. Ich finde es nicht witzig, dass sie jetzt auf einer Datingseite registriert ist. Ich versuche, an den Stellen zu lachen, an denen sie das erwartet. Ich versuche, nicht zu zeigen, wie ich mich damit wirklich fühle, und bemerke dann Tom, der wieder vorbeigeht. Mein Gewissen beißt mich. Was zum Teufel tue ich hier, wenn ich nicht ehrlich sein kann?

»Offen gestanden weiß ich nicht so genau, wie ich das finden soll.«

»Was meinst du damit?«

»Du auf einer Website. Verabredest dich mit anderen Männern.«

Sie schweigt für einen Moment, hebt ihre Handtasche vom Fußboden auf, um sie in ihren Schoß zu legen, und sieht mich dann an. »Da hast du aber gar nichts zu zu sagen, Adam, okay? Wir sind getrennt, irgendwann werden wir uns scheiden lassen. Ich bin deinetwegen hier, um dir durch diesen Scheiß zu helfen, den du seit Noahs Tod durchmachst. Das würden nicht viele Frauen machen … Aber glaub ja nicht, dass du noch irgendeinen Einfluss auf mein Leben hast. Das ist nicht der Fall.«

Ich schlucke schwer. »Du hast recht.« Ich starte einen Rettungsversuch, aber sie ist schon aufgestanden, ihre Tasche fest zwischen uns platziert, während ich ebenfalls aufstehe. »Es tut mir leid.«

»Hinterher tut es dir immer leid, Adam. Vielleicht ist das etwas, worüber du mit Tom auch reden solltest?«

Sie beugt sich zu meiner Wange hinüber, aber falls es einen Kuss gegeben hat, spüre ich die Berührung nicht. »Wiedersehen, Adam. Und bleib gesund«, sagt sie, dreht sich dann auf ihren Absätzen um und geht. Das ist ein Anblick, an den ich gewöhnt sein sollte, aber er bringt mich immer noch jedes Mal unweigerlich zum Zittern. Eines Tages, fürchte ich, wird sie für immer gehen.

*

Ich erwähne das nachmittags in der Gruppentherapie. Wir sind zu sechst, eine ziemlich kleine Versammlung unter der Leitung einer Therapeutin namens Fiona, die ich vorher noch nicht getroffen habe. Es dauert nicht lange, bis mir die Gruppe vorschlägt, dass ich vielleicht nicht Angst davor habe, Beth zu verlieren, sondern dass meine größere Angst das Alleinsein ist, dass ich möglicherweise unter Verlassensängsten leide. Zuerst rebelliere ich. Ich bin ziemlich gerne allein. Trotz all dem, was mir im vergangenen Jahr alle gesagt haben, bin ich ein guter Mensch und fühle mich ziemlich wohl, wenn ich allein bin. Jemand widerspricht mir. Offenbar ist das nicht dasselbe. Allein zu sein ist nicht das Gleiche, wie einsam zu sein. Oder verlassen zu werden …

Mir gefallen diese Worte nicht. Genau das hatte Tom mir auch schon zu vermitteln versucht, im Zusammenhang damit, dass meine Eltern mich verlassen haben. Wenn Beth mich verlässt, sich von mir scheiden lässt, bringt mich das angeblich in die gleiche Lage. Allein und gleichzeitig verlassen.

Ich danke den Menschen für ihr Verständnis und lasse jemand anderen reden. Ich höre Rosie nur mit halbem Ohr zu. Sie ist ein junges Mädchen, ungefähr in Megs Alter, und normalerweise meldet sie sich nur schüchtern zu Wort, aber heute ist sie in voller Fahrt. »Scheiß auf die anderen Leute!« erregt meine Aufmerksamkeit. »Wir sind nicht hier, um andere Menschen glücklich zu machen. Wir sind verdammt noch mal hier, um unsere eigenen Gedanken zu sortieren.«

»Hört, hört!« möchte ich sagen, aber stattdessen lächele ich Rosie zu, während sie sich räuspert.

»Wir sind vom Thema abgekommen.« Fiona versucht offensichtlich, die Gruppe wieder auf irgendeine Linie zurückzubringen, von der ich offensichtlich abgedriftet bin.

»Fragt doch Adam«, sagt Rosie, »wie er mit diesem ganzen Vergebungsdings zurechtkommt.«

Ich kann nicht sprechen. Ich habe heute schon genug geredet, also zucke ich einfach nur die Schultern.

»Ich weiß, dass ich irgendwann vergeben muss«, sagt sie, »aber ich *kann es nicht*, begreift das denn keiner von euch?« Sie schüttelt den Kopf.

Ich sehe Rosie an – so jung, so kaputt und so verbittert. Mit einem Vater, der sie missbraucht hat, und einer Mutter, die das ignoriert hat, hat sie alles Recht dazu, aber ihre fest entschlossene Haltung wirkt angestrengt.

»Wenn es irgendwie hilft«, sage ich, während ich aufstehe, um zu gehen. »Ich wünschte, ich hätte die Fähigkeit gehabt, meinen Eltern vor all diesen Jahren zu vergeben, als ich in Ihrem Alter war.« Ich klopfe ihr im Vorbeigehen auf die Schulter. »Das hätte mir auf meinem Weg hierher eine Menge Angst erspart …«

Ich überlasse sie ihrem Gespräch und gehe auf dem Weg zu meinem Zimmer an der Rezeption vorbei, um das Buch abzuholen, das Tom dort für mich hinterlegt hat. Ich schließe die Tür hinter mir. »Endlich allein«, sage ich laut in das leere Zimmer hinein und schmeiße das Buch auf mein Bett. Alles, was ich im Titel sehen kann, ist das Wort »Selbstmord«. Ich werde es niemals lesen. Ich weiß auch ohne dieses Buch, dass meine Eltern sich selbst und einander mehr geliebt haben als mich. Mehr, als sie Ben geliebt haben. Ich weiß auch ohne dieses Buch, dass ich diese Zurückweisung unerträglich fand, dass ich sie nie wirklich verarbeitet habe. Ich weiß auch ohne dieses Buch, dass, egal, wie intensiv ich mich damit auseinandersetze und versuche, die Instabilität meiner Mutter zu verstehen, ich immer das Gefühl haben werde, dass sie mich betrogen haben, dass sie uns betrogen haben. Und ich weiß auch ohne dieses Buch, dass ich nie um sie getrauert oder ihnen vergeben habe. Und ich brauche kein Buch, das mir sagt, dass ich das beides wahrscheinlich tun muss.

Ich rutsche mit dem Rücken die Tür hinunter und setze mich auf den Fußboden. Ich starre auf meine verschrammten Schuhe, erinnere mich daran, dass ich sie polieren sollte, wenn ich nach Hause komme, erinnere mich daran, dass ich kein Zuhause habe, und wünschte, dass ich einfach weinen könnte. Wenn ich heulen könnte wie ein Wolf, vielleicht würde es sich dann besser anfühlen.

Ich schließe meine Augen und stelle eine mentale »Trauerliste« zusammen. Mein Leben mit Beth, mein Zuhause in Weybridge, meine perfekte Beziehung zu meiner Tochter, mein toter Sohn, meine toten Eltern. Es liegt noch eine Menge Trauerarbeit vor mir …

EINUNDVIERZIG

»Mein Mann ist ein selbstsüchtiger Mensch.« Ich sitze Desmond aus Tooting gegenüber, da Glenn aus Woking entschieden hat, dass ich nach meiner Absage keine zweite Chance wert sei. Desmond und ich sitzen in einer Pizzeria, und ich esse Bruschetta mit starkem Knoblauchgeschmack. Die hatte ich in den ersten drei Minuten meines Treffens mit Desmond bestellt, da ich sofort wusste, dass wir keine Körperflüssigkeiten austauschen werden. Niemals.

Wie es sich zeigt, haben Desmond und ich vor allem eins gemein: selbstsüchtige Ehepartner, an die wir gesetzlich immer noch gebunden sind. Er versichert mir, dass er sich scheiden lässt. Ich möchte ihm versichern, dass mir seine Versicherungen egal sind, lasse es aber, weil das unhöflich wäre. Alles, woran ich denken kann, ist, dass ich nur hier bin, weil mich Adams Reaktion darauf, dass ich mich mit anderen Männern verabrede, geärgert hat. Seinetwegen habe ich mich von Karen überzeugen lassen, mit Desmond aus Tooting auszugehen.

Um fair zu sein, selbst ich fand, dass Desmond auf dem Papier perfekt wirkte. Sein Foto, eine ziemlich authentische Darstellung des Mannes, zeigt einen hochgewachsenen, athletischen Kerl mit einem umwerfenden Lächeln. Zu seinen Hobbys gehören Musik und Tanzen. Er hat keine Kinder, also keine potenziellen Stiefkinder, um die ich mir Sorgen machen müsste. Er führt sein eigenes PR-Unternehmen, er ist also zahlungsfähig und intelligent und verantwortungsbewusst.

In der Realität hat er all diese Qualitäten tatsächlich, insbesondere das Hollywoodlächeln, wofür er wahrscheinlich mehrere Monate auf einem Zahnarztstuhl verbracht hat. Er hat aber leider auch eine Stimme, zu der Joe Pasquale im Vergleich wie ein Tenor klingt. Wenn mir jemand nach den ersten drei Minuten auf die Nerven geht, weiß ich, dass es sinnlos ist.

Da ich weder Karen noch dem armen Desmond die Schuld geben kann, lächele ich mich durch das restliche Essen, aber das Leben ist einfach zu kurz …

*

»Ich mache das nicht.«

Ben sieht mich über das Dach seines Autos hinweg an. »Bitte!«

»Nein. Ich bin schon dort gewesen. Ich habe meinen Teil getan.«

»Er fragt nach dir. Bitte.«

»Nein! Sieh dich doch einmal um.« Ich zeige auf all die Kartons, die immer noch im Flur warten, zu unseren beiden Autos, die schon bis obenhin vollgepackt sind. »Ich bin dir dankbar, dass du mir heute hilfst, aber wenn ein Besuch bei Adam eine Bedingung dafür ist, dann mache ich das nicht, und du kannst jetzt nach Hause gehen.«

Ich steige in meinen Wagen. »Entweder folgst du mir jetzt oder du lässt es bleiben. Wenn nicht, dann stelle die Kartons wieder in den Flur zurück und ziehe die Tür hinter dir zu.«

Ich fahre los, mein Herz pocht heftig gegen meine Rippen. Seit ich den Brief auf dem Dachboden gelesen habe, fühle ich mich in Bens Gegenwart unwohl, und auf einmal bin ich wütend auf Adam. Mit seinem Bruder sollte er reden, nicht mit mir.

Da Tawny leersteht, haben mir die jetzigen Besitzer den Zugang erlaubt, bevor der Verkauf komplett abgeschlossen ist, um mir zu helfen, und ich muss jede Minute nutzen, die ich nicht bei der Arbeit bin, um meine Sachen in mein neues Zuhause zu bringen. Nach wenigen Minuten fahre ich die Auffahrt hoch und bin erleichtert, als ich sehe, dass Ben mir dicht auf den Fersen folgt.

Ich öffne die Tür und hebe den Stapel von Werbepost auf, der sich um meine Füße herum angesammelt hat. Ich trage den ersten Karton in das Hauptwohnzimmer gleich neben dem Flur auf der rechten Seite. Es handelt sich um einen großen Raum, der Wohnzimmer und Esszimmer vereint, und glücklicherweise sind die Wände in einem neutralen grauen Farbton gestrichen, und der cremefarbene Teppich ist beinahe neu. Das Haus wirkt wie eine leere Leinwand, die jetzt mit Kartons gefüllt wird.

»Sieht gut aus, Beth.« Ben stellt eine weitere Kiste neben der ab, die ich gerade hereingetragen habe, und sieht sich um. »Es ist wirklich gut in Schuss, nicht wahr?«

»Wirf mal einen Blick hier drauf.« Ich führe ihn zur Rückseite des

Hauses durch eine Tür in einen Anbau an das originale viktorianische Gebäude.

»Jetzt musst du kochen lernen«, bemerkt er und lässt seine neidischen Augen über den neuen Herd wandern.

»Ich kann kochen.« Ich bin empört. »Ich habe dir schon so manch eine gute Mahlzeit zubereitet.«

»Du«, sagt er über seine Schulter, »hast mir immer nur Lasagne gemacht, oder vielleicht noch irgendetwas anderes mit Hackfleisch.«

Ich bleibe nachdenklich stehen und reibe die Kante des Herds mit meinem Pulloverärmel. Ich bin mir ziemlich sicher, dass Ben im Laufe der Jahre bei einer oder mehrerer meiner experimentelleren Abendgesellschaften dabei gewesen ist.

»Nein.« Er kann meine Gedanken lesen, während er zwei übereinandergestapelte Kartons hereinträgt. »Elise und ich waren nie dabei, wenn du deinen Edel-Kram gemacht hast. Beim Enten-Confiiiiit kann ich mich lebhaft daran erinnern, es abgelehnt zu haben.«

Ich lächele bei der Erinnerung. Enten-Confit war eine meiner Spezialitäten vor ein paar Jahren, als Adam und ich mit unseren Nachbarn Nigel und Sylvia um die besten Dinnerpartys wetteiferten. Ein paar wenige Jahre lang hatten wir Michelin-Köchen Konkurrenz gemacht, bis wir alle entschieden, dass das zu sehr in harte Arbeit ausartete und wir lieber unsere Gesellschaft mit einfacheren, weniger stressigen Gerichten genießen wollten. Ich sehe mein Spiegelbild auf dem Edelstahlherd und frage mich, ob ich jemals wieder diese Person sein werde oder ob ich das überhaupt möchte. Ich bin mir sicher, dass ich Nigel und Sylvia mal in diesem Raum verköstigen werde, aber werde ich jemals wieder diesen Aufwand betreiben? Viel wahrscheinlicher ist es, dass es auf eine Flasche Wein und Essen vom Lieferservice hinauslaufen wird.

Heute bin ich jedenfalls am Abend bei ihnen zu einem »Viel Glück mit dem Umzug«-Abendessen eingeladen und ich frage mich, wer dabei sein wird und was Sylvia kochen wird. Ich tätschele meinen neuen Herd liebevoll. »Keine Bange. Ich werde dich benutzen«, versichere ich ihm. »Wirklich, das verspreche ich.«

»Du sprichst mit deinen Küchengeräten?« Ben steht breitbeinig und mit beiden Händen in die Seiten gestützt in der Tür. Alles, was er noch braucht, ist ein strahlend weißes T-Shirt und er sieht aus wie Meister Proper.

»Ja, das tue ich«, erwidere ich. »Mit den Haushaltsgeräten zu sprechen ist völlig normal. Hast du schon den Hintergarten gesehen?« Ich führe ihn zur schmalen Verandatür, die auf eine ordentliche, perfekt arrangierte Grünfläche hinausgeht. Lediglich hinter der Garage ist eine Ecke ein wenig wild und ungepflegt.

»Das ist nicht wie der Garten in der ›Lodge‹, nicht wahr?«, bemerkt er wehmütig.

»Adam war dort immer der Gärtner. Der hier reicht für mich.«

»Denkst du daran, wenn all dein Kram erst mal hier drin ist?«

»Denken woran?«

»Verstehe mich bitte nicht falsch.« Er hält in einer versöhnlichen Geste die Hand hoch, und ich weiß schon, dass mir das, was jetzt kommt, nicht gefallen wird. »Dieser Ort ist bezaubernd. Karen und ich würden liebend gern so ein Haus haben, aber wenn du all deine Sachen hierherbringst, wird es ein bisschen vollgestopft sein. Du bist an so viel Platz gewöhnt.«

»Ich war auch daran gewöhnt, verheiratet zu sein, und gewöhne es mir jetzt ab.«

Er zuckt zusammen.

»Ich bin an viel Platz gewöhnt und ich werde mich eben an weniger Platz gewöhnen«, füge ich hinzu.

Ben lehnt sich gegen die Rückwand und blickt nach draußen. »Ist es mit euch beiden ganz vorbei, Beth? Wirklich?« Er blickt mich beim letzten Wort an. »Ich habe gestern eine große Veränderung bei ihm festgestellt, als ich da war, eine wirklich große Veränderung. Er scheint wieder Boden unter die Füße zu bekommen, wirkt echt ausgeglichen; freut sich darauf, wieder zur Arbeit zurückzukehren. Er sieht immer noch ein bisschen dünn aus, aber hey …«

»Ich werde nicht hinfahren, Ben. Mir reicht's. Ich habe es satt. Die Adam-Show ist jetzt vorbei. Ich will kein weiteres Melodrama mehr, oder dass er mir wieder sagt, ihm gefalle die Vorstellung nicht, dass ich mich mit anderen Männern treffe. Mal ehrlich, meint er das ernst? Was denkt er sich nur dabei?«

»Er liebt dich immer noch.«

Ich schüttele den Kopf. »Das bildet er sich ein. Ja, er liebt mich immer noch, aber nur, weil er mich nicht haben kann. Als er mich hatte, wollte er Kiera und danach Emma.«

»Ich weiß, dass zwei genau zwei zu viel sind, aber es sind doch nur zwei. Zwei in zwanzig Jahren.« Ben ist verzweifelt.

Ich starre ihn an, starre auf seine Iris, bis er den Anstand hat, wegzusehen. »Weiß deine frisch Verlobte, was für Ansichten du in dieser Hinsicht hast? Dass zwei Affären akzeptabel sind, solange sie sich auf zwei Jahrzehnte verteilen?«

Bei Karens Erwähnung wird er rot. Seit sie sich miteinander verlobt haben, sind sie so liebreizend miteinander umgegangen, dass einem davon schlecht werden kann. »Ich sage nicht, dass ich …«

Ich unterbreche ihn. »Und wo wir schon dabei sind, wie hat Adam diese Neuigkeiten aufgenommen? Dass Ihr beiden euch verlobt habt?«

»Er wusste schon vorher davon. Er wusste, dass ich ihr Weihnachten einen Antrag machen wollte, dann ist Noah gestorben und es war einfach so viel los bei Adam … Er hat sich gefreut. Ich glaube, er freut sich wirklich für uns.«

Das ist wohl wahr. Obwohl er durch fremde Betten gestreunt ist, ist Adam ein echter Romantiker.

»Kannst du ihm nicht vergeben? Einen Neustart mit ihm wagen, hier?«

»Es ist zu spät. Dies ist mein Haus, und abgesehen davon liebe ich ihn nicht mehr.«

Ben presst beide Hände fest auf seine Lippen. Er bewegt sich in einer fast schaukelnden Bewegung vor und zurück. Diese brutale Wahrheit hatte er nicht erwartet.

»Es tut mir leid«, füge ich hinzu. Und es stimmt. Ich hatte selbst nicht erwartet, diese Worte zu hören. Ich bin mir nicht einmal ganz sicher, dass ich wirklich meine, was ich gerade gesagt habe.

»Tja, das muss Adam sich vermutlich selbst anhören.«

»Ich werde ihn nicht in der ›Rookery‹ besuchen fahren und ihm sagen, dass ich ihn nicht mehr liebe, Ben, ganz besonders nicht, wenn es ihm dort gerade so gut geht. Ich werde nicht wieder dorthin fahren.«

»Auch wenn er nach dir gefragt hat?«

Ich blinzele, langsam und rhythmisch. »Ich kann das nicht … Ich kann ihn nicht treffen …«

»Beth, bitte?«

»Hergott noch mal, Ben. *Nein*! Kapierst du das nicht? Warum will er mich überhaupt treffen? Ich sage dir, warum. Er will sich nur wieder rechtfertigen. Da wird es noch etwas geben, wofür er sich entschuldigen will.« Ich stürme durch den Flur und durch die Haustür hinaus zu meinem Wagen. »Verstehst du denn nicht, was ›*Ich kann nicht*‹ bedeutet?«, schreie ich zurück. »Es ist ein anderer Ausdruck für ›*Nein*‹!« Ich nehme einen weiteren Karton aus dem Kofferraum und marschiere wieder ins Haus zurück, wo ich ihn im Wohnzimmer aufstapele.

Sechs weitere Kisten und ich bin fertig. Mit den Händen an den Hüften rufe ich von der Tür her: »Bleibst du hier?«

»Ich habe dich nie darum gebeten, irgendetwas zu tun. Niemals«, antwortet er aus der Küche. Er hat sich in der Zwischenzeit nicht gerührt. »Ich bitte dich darum, dieses eine Mal. Wenn du es nicht für Adam tust, dann tu es für mich.«

Ich gehe zur Küchentür. Ich bin hin- und hergerissen, als ich ihn so sehe. All das, was Adam mit seinen Eltern durchgemacht hat, hat auch Ben durchgemacht, und auch wenn er das noch nicht weiß, wird noch mehr auf ihn zukommen. Er schaut nicht auf, will mir nicht in die Augen sehen. Ich schüttele den Kopf; ein Geräusch, das an ein »Grrr« erinnert, entringt sich meinen Lippen, und ich fahre mir mit den Händen durch die Haare. »Wenn dir das so viel bedeutet«, sage ich ihm, »werde ich es tun. Zehn Minuten mit ihm – nicht mehr.«

Er kommt mit offenen Armen auf mich zu, zieht mich in eine feste Umarmung und hebt mich hoch. »Danke«, sagt er. »Skinny Minnie. Du musst mehr essen«, ruft er mir zu, während er zu seinem Auto geht, um die Kartons herauszuholen.

Meine Füße pflanzen sich auf den Fußboden, und ich beobachte seinen Rücken. Scheiße … Ich bin mir nicht sicher, was genau ich da zugestimmt habe, wenn ich Adam wieder besuchen fahre, aber ich wünschte mir schon, ich hätte es nicht getan.

*

Es ist kein Enten-Confit-Abend, aber es ist auch kein Lasagne- oder Essen-vom-Lieferservice-Abend. Der Hauptgang besteht aus selbstgemachtem Filet Wellington, und mir läuft beim Gedanken daran schon das Wasser im Mund zusammen. Ich habe gerade der versammelten Tischgesellschaft erzählt, wie ich versucht hatte, den armen Vegetarier Giles mit Fleisch zu verköstigen. Zu meiner Rechten lacht Ginny, die Nachbarin, die auf Sylvias anderer Seite wohnt, immer noch. Zu meiner Linken grinst ein Mann höflich, den ich noch nie zuvor getroffen habe.

»Sie sind doch nicht etwa Vegetarier, oder?«, frage ich ein wenig besorgt.

»Ich bin ganz bestimmt kein Vegetarier«, erwidert er. »Ich bin ein Fleischfresser, der sich auf sein Filet freut.« Er streckt die rechte Hand aus. »Ich hab mich noch nicht richtig vorgestellt, oder? Ich bin Jon. Jon ohne ›h‹ Roper.«

»Hallo, Jon ohne ›h‹ Roper, ich bin Beth, Beth mit einem ›H‹ Hall. Ansonsten wäre ich Beth All und das wäre ganz einfach falsch.«

Er lächelt, ein breites Lächeln, das sein Gesicht komplett verändert. Ich ertappe mich, wie ich es ihm sofort nachmache und meinerseits mein bestes Lächeln präsentiere. »Woher kennen Sie Nigel und Sylvia?«

»Ich arbeite mit Nigel zusammen.«

Das ergibt Sinn. Nigel ist Zahnarzt. Er hat eine gutlaufende Praxis in der Nähe in Woking. Eine plötzlich aufblitzende Erinnerung an Desmond und sein Gebiss ruft ein kleines Stirnrunzeln bei mir hervor.

»Alles in Ordnung?«, erkundigt sich Jon ohne »h« Roper.

»Sorry, alles in Ordnung, ich dachte gerade an … Egal.«

»Nun, Beth-All, ich habe mich entschieden, dass ich Sie so nennen werde. Schlagen Sie sich denjenigen oder diejenige aus dem Kopf. Sie bekommen sonst Falten.«

»Und ich habe schon genug davon …«

»Nicht wirklich … Sie haben ein bezauberndes Gesicht.«

Scheiße. Ein Kompliment. Das ist genau das, was ich von ihm hören wollte. Ich will Komplimente hören, und ich flirte. Verdammt. Ich spüre, wie sich sofort ein roter Fleck heiß über meinem Brustkorb ausbreitet. Ich nehme meine Serviette und fächele mir so diskret Luft zu, wie es mit einer weißen Serviette nur möglich ist.

»Hier kommt das Filet Wellington.« Jon fängt als Erster zu klatschen an, während Sylvia das bereits tranchierte Kunstwerk auf den Tisch stellt.

»Also, Beth«, Nigel bedient sich nach Amy und Pete, Sylvias Schwester und Schwager. »Was sind unsere neuen Nachbarn für Leute?«

»Ein junges Ehepaar, die Elliots, mit zwei Kindern, zwei Mädchen von zehn und zwölf Jahren. Sie arbeitet von zu Hause aus, irgendetwas im Vertrieb, und er ist in der Innenstadt.«

Nigel nickt. »Wir werden dich vermissen. Wir werden euch beide vermissen …« Sobald die Worte ausgesprochen sind, wird ihm klar, was er gerade gesagt hat. Sylvia durchbohrt ihn mit Blicken, woraufhin er sich rasch entschuldigt. »Du weißt, wie ich das meine …«

»Ich wohne nur um die Ecke, Nigel. Und was Adam anbetrifft, ich habe keine Ahnung, wo er landen wird, aber ich weiß, dass er sich freuen würde, von dir zu hören.«

»Gemüse?«, flüstert Jon und beugt sich zu mir.

»Ja bitte, von allem etwas«, erwidere ich. »Wisst ihr«, wende ich mich an die Tischgemeinschaft. »Meinetwegen braucht ihr wirklich nicht den Kontakt zu ihm abzubrechen. Wir kennen uns alle schon seit so langer Zeit.«

»Er hat sich wie ein Arschloch benommen«, erwidert Ginny. »Ich will ihn nicht wiedersehen.«

Jon hat Gemüse auf meinen Teller gehäuft und sieht mich mit der Bratensoße in der Hand fragend an. Ich nicke, blicke Ginny an und zucke mit den Schultern.

»Ich möchte mich gerne mit ihm treffen«, bestätigt Nigel. »Wenn du nichts dagegen hast, Beth. Tatsächlich wünschte ich, ich hätte ihn schon früher kontaktiert. Es tut mir sehr leid deswegen.«

»Vor dem heutigen Tag hätte das bedeutet, Partei zu ergreifen«, sagt Sylvia. »Wahrscheinlich war es besser, erst etwas Zeit verstreichen zu lassen.«

Ich nehme Messer und Gabel in die Hand. »Entschuldigung, Jon. Wir reden über meinen Mann, beinahe Exmann. Er hat sich ziemlich danebenbenommen. Wir alle waren früher Freunde.«

»Bis er Beth fremdgegangen ist«, sagt Amy, ohne aufzusehen.

Langsam kaue ich das Rindfleisch. Es ist köstlich. Einerseits möchte ich Jon schon wissen lassen, dass ich jetzt Single bin und zu haben, aber muss er wirklich den Grund dafür kennen? Ich funkele Amy schweigend an.

»Wie dumm von ihm«, sagt Jon und dreht sich mir zu.

Und dann passiert es. Es hat nichts mit seinem Lächeln zu tun, oder mit seinem festen, freundlichen Händedruck – es sind seine Augen. Er sieht mir in die Augen, und ich schwöre, dass eine Art von elektrischem Strom zwischen uns fließt. Diese Art von Elektrizität ist neu für mich. Es ist anders als bei Pink. Das war reines Begehren. Das hier ist begierig, aber kein reines Begehren. Es ist kokett, aber nicht oberflächlich. Dies ist etwas anderes, und ich will direkt mehr davon haben.

»Sind *Sie* verheiratet?«, frage ich ihn.

»Nein. Ich bin Witwer.«

Ich lege mein Besteck hin. »Das tut mir sehr leid. Wie lange ist es her, dass Ihre Frau gestorben ist?«

»Genau genommen waren wir nie verheiratet, aber wir waren zwanzig Jahre lang zusammen. Lisa starb vor vier Jahren.«

Ich fühle mich wie erschlagen. Momentan scheine ich Tod und Trauer unwiderstehlich anzuziehen. Ich bin nicht einmal imstande zu fragen, wie sie gestorben ist. Ich kann nicht einmal mein Mitgefühl ausdrücken. Ich sollte wirklich einfach nur dieses hervorragende Essen mampfen und den elektrischen Jon ohne »h« vergessen, der seine

Frau, Partnerin, was auch immer, verloren hat. Vergessen, dass ich ihn jemals getroffen habe. Unhöflich sein. Mich nach rechts umdrehen und einfach den restlichen Abend lang mit Ginny reden.

»Die Leute wissen nie, was sie sagen sollen.« Er dreht sich zu mir um und zuckt die Schultern.

»Wenn sie herausfinden, dass mein Ehemann mich betrogen hat, wissen sie auch nie, was sie sagen sollen.«

»Dumm von ihm«, wiederholt Jon und lächelt. »Ich wüsste, was ich sagen würde.«

»Sie schon«, stimme ich zu. »Sie schon.«

»Beth-All, würden Sie vielleicht irgendwann einmal mit mir essen gehen?«

»Alleine, ohne die Nachbarn?« Ich hoffe, er erkennt den Sarkasmus.

»Bringen Sie sie mit, wenn Sie wollen, aber mir wäre es lieber ohne die anderen.«

Ich denke wieder an Desmond aus Tooting zurück. Desmond ohne fliegende Funken zwischen uns aus Tooting. Ich denke an Adam, wie er in der »Rookery« sitzt und sich darüber auslässt, ob ich mich verabreden soll oder nicht. Und hier sitze ich jetzt am Esstisch einer Freundin mit einem großartigen Mann, der solche Funken versprüht, dass ich direkt in Flammen aufgehen könnte. Warum zögere ich?

»Sehr gerne.« Ich lächele, ein schüchternes Lächeln, denn genau so fühle ich mich seinetwegen. Seinetwegen lächele ich wie Prinzessin Diana, die Augen niedergeschlagen und zurückhaltend. Seinetwegen streiche ich mir das Haar hinter die Ohren. Abgesehen von einem kurzen Händedruck hat er mich überhaupt nicht berührt, und trotzdem fühle ich mich seinetwegen wunderschön. Und es gefällt mir …

ZWEIUNDVIERZIG

Ich kann es kaum erwarten, aus diesem Loch herauszukommen. Trotz all der teuren Tapeten und ausgesuchten Möbelstücke, die zweifellos von irgendeinem Designer in Chelsey ausgewählt wurden, und all der glücklichen Smileygesichter, der hilfsbereiten Leute – dieser Ort riecht unterschwellig nach Krankenhaus. Wie aufs Stichwort kommt eines der Mädchen aus meiner Gruppentherapie vorbei, mit ihrem antiseptischen Spray in der Hand. Ich trete schnell zur Seite für den Fall, dass ich sonst in ihren Desinfektionsnebel gerate. Ich habe die verflixte Krankenstation so satt …

In den Wochen seit meiner Ankunft musste ich lernen, über meine *Gefühle* zu reden, wobei Tom sich große Mühe gibt, mir klarzumachen, dass das etwas ganz anderes ist, als wenn ich ihm sage, was ich *denke*. Heute mache ich beides. Wir sprechen über Noah. Ich erzähle ihm, dass mich die Intensität der Gefühle bei seinem Tod völlig überrascht hat. Ich bin immer noch am Boden zerstört und fühle mich um die Beziehung betrogen, die daraus hätte werden können. Ich halte das für unfair und ich glaube, dass ich in winzige Stücke zerbrechen werde, wenn ich mir gestatte, um ihn zu trauern.

»Sie wissen doch schon«, sagt Tom, »wenn Sie Ihren Schmerz in sich hineinfressen und ihn nicht ausdrücken, dass er sich dann nur aufstaut und letztendlich an Ihnen nagen wird. Sie wissen das, weil wir in Bezug auf Ihre Eltern schon über das Gleiche gesprochen haben.«

Ich blinzele schnell. »Ich bin wütend«, platze ich heraus. »Ich habe meiner Familie gegenüber die Wahrheit über Noah enthüllt, weil ich versuchen musste, ihn zu retten. Es war alles umsonst. Er ist trotzdem gestorben. Die Beziehung zwischen Beth und mir ist zerbrochen und lässt sich vermutlich nicht mehr kitten, und Meg vertraut mir nicht mehr richtig. All das – umsonst. Wenn ich ihn danach wenigstens hätte aufwachsen sehen können … Dann hätte irgendetwas davon wenigstens einen Sinn gehabt.«

Er nickt, die Spitze seines Stifts ruht auf seiner Unterlippe, und manchmal klopft er auch dagegen. Diese Gewohnheit beobachte ich bei ihm regelmäßig. Er kaut nie auf dem Stift herum, ist immer nur kurz davor.

»Und seit wir letztens darüber geredet haben«, fahre ich fort, »ist es so, als hätte ich dieses … Ungetüm von der Leine gelassen. Ich bin wütend auf meine Eltern. Sie haben einfach ihre Leben weggeworfen und beschlossen, dass es sich nicht lohnt, zu leben, während Noah …« Ich schlucke schwer. »Noah wollte so unglaublich gerne leben, ein kleiner Junge, der Flugzeuge fliegen wollte.«

Ich starre aus dem Fenster hinaus auf das Gelände. Draußen liegt der morgendliche Frost in der Luft; der vereiste Boden knackt unter den Füßen der Passanten hinter der langen Gardine, die uns vor den vorbeigehenden Augen abschirmt.

»Das scheint jedenfalls nicht fair«, räumt Tom ein.

»Er war krank, er hat mit aller Kraft gegen den Tod angekämpft; meine Eltern dagegen …«

»Ist Ihnen jemals der Gedanke gekommen, dass Ihre Mutter vielleicht einfach nichts dafür konnte? Sie haben mir erzählt, dass sie verrückte Höhenflüge und verzweifelte Tiefen durchlebt hat. Heutzutage würde bei ihr möglicherweise eine bipolare Störung diagnostiziert werden.«

Mein Gesicht enthüllt, wie wenig mich das neue Etikett für das Verhalten meiner Mutter beeindruckt.

»Mir scheint, Sie sind schnell mit einem Urteil bei der Hand, wobei sie aber vielleicht, eventuell, gar nicht anders konnte.«

»Sie war immer schnell mit einem Urteil über mich bei der Hand«, schnauze ich zurück.

Tom zuckt die Schultern. »Es ist eine grausame Krankheit, die manische Depression, so schwierig damit umzugehen und genauso unerbittlich wie jegliche Art von Krebs.«

Ich beiße mir auf die Zunge, lasse diese letzte Bemerkung auf mich wirken. Die Vorstellung, dass meine Mutter ebenso wenig etwas für ihre Krankheit konnte wie Noah für seine … *Sie hat aufgehört zu singen* … Ich habe so lange über die Handlungen meiner Mutter geflucht, dass es mir schon in Fleisch und Blut übergegangen ist. In einem freundlicheren, versöhnlicheren Licht an sie zu denken, fällt mir schwer. Mir kommt Rosie in den Kopf und dann Beth, und ich bin dankbar, beuge mich vor und lege die Handflächen zwischen meinen Beinen zusammen. »Ich habe die ganze Zeit gehofft, dass Beth mir vergeben wird. Dafür müsste sie mich aber als den fehlerhaften Bastard akzeptieren, der ich eben bin. Vermutlich muss ich selbst das auch ein bisschen versuchen.«

Er schweigt für einen Moment, lässt meine eigenen Worte auf sich wirken und fragt dann: »Glauben Sie, dass sich Ihre Beziehung zu Beth nicht mehr in Ordnung bringen lässt?«

»Wie es scheint, will sie das alles hinter sich lassen. Mich und all meine Lügen.« Ich lasse die Schultern hängen. »Ich hoffe, dass ich sie überzeugen kann. Ich möchte versuchen, sie davon zu überzeugen, mir noch eine Chance zu geben. Ich habe sie gebeten, mich noch einmal zu besuchen, bevor ich hier weggehe.«

»Um was zu sagen?«

»Ziemlich viele der Themen, die wir hier besprochen haben, haben mir geholfen zu verstehen, warum das alles schiefgegangen ist. Wenn ich an Kiera zurückdenke, das war in der Anfangszeit, als Matt und ich unser Geschäft zu schnell aufgebaut haben. Wir hatten richtige Geldprobleme – und damit meine ich, dass wir alles hätten verlieren können – und ich habe ihr nie davon erzählt. Ich habe Beth nie davon erzählt, wie schlecht mir jeden Tag war, wenn ich zur Arbeit ging. Ich habe alles für mich behalten. Das ist so meine Art. Und schließlich finde ich ein Ventil, das nichts mit ihr zu tun hat. In gewisser Weise halte ich sie, uns, von alldem fern – und in Sicherheit.«

Tom hat den Stift im Mund.

»Stimmt etwas nicht?«, frage ich ihn.

»Ich verstehe, was Sie sagen, aber rechtfertigen Sie jetzt Ihr Verhalten mit den Gründen, die Sie dafür gefunden haben?«

»Ich kann es niemals rechtfertigen. Alles, was ich tun kann, ist, es zu verstehen und mich dafür zu entschuldigen. Verdammt …« Ich verziehe das Gesicht. »Und mir vielleicht irgendwann selbst vergeben?«

»Guter Plan.« Er lächelt. »Schreiben Sie alles auf? Hilft es Ihnen?«

Ich nicke.

»Sie haben auf jeden Fall im Vergleich zur letzten Woche sichtlich mehr Klarheit gewonnen.«

»Gestern Abend habe ich versucht, das niederzuschreiben, was in meinem Leben vor sich ging, als ich Emma traf.« Ich blicke über den Tisch. »Um festzustellen, ob ich ein Muster finden kann. Nicht, um mich herauszureden, nur, um es herauszufinden … Beth und ich sind uns ein paar Monate lang körperlich nicht nah gewesen. Es gab keinen bestimmten Grund dazu – so etwas passiert manchmal eben, wenn man schon seit langer Zeit verheiratet ist.« Ich halte inne und ziehe an einem Niednagel an meinem linken Daumen. »Auf der Arbeit lief es gut, daran lag es also nicht.« Ich blicke auf. »Aber Ben ging es nicht besonders gut …«

Tom hat eigentlich ein Gesicht, das keine Gefühle zeigt. Ich glaube nicht, dass er bei dieser Art von Arbeit Gefühle zeigen sollte, aber irgendeine Empfindung hat sich gerade eingeschlichen und eine gerade Falte direkt über seinen Augen gebildet.

»Ich habe mich sein ganzes Leben lang um ihn gekümmert. Er kam gerade aus einer langjährigen Beziehung mit unerfülltem Kinderwunsch. Das hat sie als Paar sehr belastet und ich …«

»Sie konnten das Problem nicht beseitigen.«

»Genau. Es ist meine Aufgabe, mich um ihn zu kümmern, und ich konnte es nicht. Ich habe versucht, das Problem mit Geld zu lösen, ihm so zu helfen. Ich habe versucht, ihn zu unterstützen, aber die Belastung war endlos. Schließlich ist die Beziehung zerbrochen, und Ben ist für ein Jahr ins Ausland gegangen.«

Tom schreibt oder kritzelt in seinem Buch herum. Ich möchte, dass er aufsieht, mich ansieht und mir sagt, dass ich da etwas auf die Spur gekommen bin, dass es vielleicht Gründe gegeben haben könnte und ich die Familie, die ich so sehr geliebt habe, nicht nur aus dem Grund zerstört habe, weil ich ein absoluter Bastard bin.

»Ich habe Emma getroffen, kurz nachdem Bens Leben vor die Hunde gegangen ist.« Ich schüttele den Kopf. »Vielleicht suche ich einfach nur nach Ausreden. Es ist irgendwie fast logisch, warum ich damit angefangen habe. Ich hätte es beenden können und sollen, lange bevor ich es tatsächlich getan habe.«

»Wann kommt Beth vorbei?«

»Morgen Abend.«

»Haben Sie jemals versucht, ihr zu schreiben? Manchmal, wenn man einen Brief schreibt ...«

»Das habe ich schon einmal versucht.« Ich will gar nicht daran zurückdenken, wie groß die Büchse der Pandora war, die mein letzter Brief geöffnet hat. »Beth ist eher der Typ ›Sieh-mir-in-die-Augen‹. Sie zieht es vor, mich in Schimpfweite zu haben.«

Er grinst. »Gehen Sie nachher zur Gruppentherapie?«

»Nein.« Ich fühle mich wie erschlagen. Dieses ganze Reden, Kurieren ist anstrengend. »Ich glaube, ich werde es mir mit einem Film auf meinem Zimmer gemütlich machen. Es ist unfassbar, wie erschöpft ich bin, wie anstrengend dieser ganze Prozess ist.«

»Sie gehen immer noch jeden Tag joggen?«

Ich nicke. Das Gelände ist zu schön, und ich laufe jeden Tag ein paar Kilometer. Ich zwinge mich nicht dazu – es fällt mir leicht und macht mir den Kopf frei.

Tom steht auf, und ich werfe einen Blick auf die Uhr. Wir haben fünf Minuten überzogen, zum ersten Mal. Normalerweise hinterlasse ich fünf Minuten vor der Zeit schon Reifenspuren am Ausgang.

»Genießen Sie Ihren Film, Adam.« Er lächelt, während er sein Notizbuch und seine Bücher zusammensammelt. »Nehmen Sie sich den Nachmittag frei. Sie haben es sich verdient.«

*

Etwas später treffe ich während eines Spaziergangs auf dem Gelände Rosie, die auf der Bank sitzt, wo ich mich normalerweise vor dem Laufen dehne. Heute habe ich mich dazu entschieden, nur spazieren zu gehen. Ich wollte die erfrischende Kälte auf meinem Gesicht spüren und es genießen, mich dagegen warm einzupacken.

»Darf ich?« Ich frage, ob ich mich zu ihr setzen kann.

»Bitte«, erwidert sie, »aber verpetzen Sie mich bitte nicht.« Sie winkt mit der Zigarette zwischen ihren Fingern.

»Ich bin für so einiges bekannt, aber ich glaube nicht, dass mich je jemand als Petze bezeichnet hat.« Ich setze mich neben sie und ziehe meinen Mantel eng um mich. »Es ist saukalt heute.«

Sie nickt. Ich werfe einen Blick auf ihr Profil. Sie wirkt beunruhigt. »Alles in Ordnung? Sie sind nicht oft hier draußen.«

»Ja, alles okay … Mir ist bloß sterbenslangweilig.«

»Ich weiß, die Eintönigkeit macht einen fertig. Irgendwann reicht es einfach mit der Innenschau, aber es gibt kein Entkommen.«

»Oh doch.« Sie weist mit einem Nicken auf die drei Meter hohe Mauer hinter den Bäumen im Wäldchen.

»Rosie, wir sind alle freiwillig hier. Sie könnten auch ganz bequem an der Rezeption vorbei!«

Sie lacht kehlig und zögert einen Moment, bevor sie antwortet. »Ich weiß. Tom hat letztens eine Stunde lang versucht, mir verständlich zu machen, warum ich immer den schweren Weg nehme. Wenn es einen leichten Weg von A nach B gibt, nehme ich offensichtlich lieber den Umweg über C und D.«

»Ach ja, Tom. Mr Beige … Er ist jedenfalls gut.«

»Mr Beige.« Sie kräuselt ihre Lippen um den Filter ihrer Zigarette herum. »Das gefällt mir.«

Ich frage nicht, wie sie es geschafft hat, hier drinnen Zigaretten zu finden, sondern rutsche in meiner Jacke hin und her. »Warum frieren Sie nicht?«

»Fühle die Kälte nicht so sehr«, erwidert sie, bevor sie sich zu mir umdreht. »Fühle generell nicht viel …« Sie lacht über ihren offensichtlichen Scherz. »Sie lieben Ihre Frau immer noch, Adam, nicht wahr? Beth, wenn ich mich nicht täusche?«

Ich bin überrascht, dass sie auf einmal Beth erwähnt, aber ich nicke und sage ihr, dass ich sie noch liebe.

»Aber sie erwidert diese Liebe nicht, oder?«

»Nicht wirklich«, sage ich nachdenklich. »Ich glaube, wenn man sie fragen würde, ob sie mich noch liebt, würde sie ›ja‹ sagen, aber dass sie mir nicht vertraut. Ich bin mir nicht sicher, ob sie das, was ich ihr angetan habe, jemals hinter sich lassen kann.«

»Also müssen Sie sie gehen lassen.«

Ich fröstele wieder und starre diese winzige, vogelgleiche Frau an, die nur halb so alt ist wie ich und mir Ratschläge gibt. »Vielleicht …«

»Da gibt es kein ›Vielleicht‹.« Sie tritt die Zigarettenkippe mit ihrem Stiefel aus, und ich bemerke, dass es sich um ein zeitloses Doc-Martens-Modell handelt. »Wenn man jemanden liebt, heißt das möglicherweise, ihn gehen lassen zu müssen, insbesondere dann, wenn man ihm nicht guttut …« Während sie mich direkt anschaut, hebt sie beide Arme über den Kopf und streckt sie aus. Dann zieht sie die Zigarettenschachtel aus ihrer Jeansjacke und schüttelt sie vor mir.

»Nein. Nein, danke.« Ich stehe auf, ihre Worte hallen in meinen Ohren wider wie ein Tinnitus. »Kommen Sie mit rein?«, frage ich jetzt, wo sie schließlich doch angefangen hat, vor Kälte zu zittern. »Es ist bitterkalt draußen.«

»Ich bleibe noch eine Weile hier.«

»Wenn Sie meinen …« Ich löse den langen Dr.-Who-Schal, den ich mehrere Male um meinen Hals geschlungen habe, und gebe ihn ihr. »Hier, nehmen Sie wenigstens den. Wird Ihnen dabei helfen, den Kopf warm zu halten.«

Sie lächelt überrascht, reibt am Schal, als wollte sie seine Weichheit spüren. »Danke.«

Ich fühle Mitleid mit ihr, während ich gehe – ein Kind im Körper einer Frau, die völlig verwirrt ist von einer freundlichen Geste.

Auf meinem Zimmer sehe ich mir *Stirb langsam 4* an. Ich will mich in einem testosterongeschwängerten Film verlieren, wo es überhaupt keine Gefühle oder Emotionen gibt, nur Autoverfolgungsjagden, Explosionen und Machos, die mit Schusswaffen herumstolzieren. Ich verlasse mein Zimmer erst wieder, als ich den Gong zum Abendessen höre. Noch zwei Abende mit diesem Essen, denke ich, während ich die Tür hinter mir schließe. Wenn ich hier herauskomme, werde ich als Erstes zu McDonald's gehen …

*

Es ist spät und ich liege im Bett. Ich kann mich nicht daran erinnern, wie ich dorthin gekommen bin. Ich liege ganz gerade, ganz still, beide Hände an den Seiten, die Bettdecke unter mein Kinn gestopft. Heute Nacht lastet eine seltsame Stille auf dem Ort. Das normale Klappern von Rezeptionsmitarbeitern, Krankenschwestern, Ärzten, Köchen und Reinigungspersonal bei der Arbeit wirkt gedämpft.

Ich springe auf und fange an, mich anzuziehen. Die Tasche, mit der ich hergekommen bin, ist klein und in Minutenschnelle gepackt. An der Rezeption versucht man, mich zurückzuhalten, und bittet mich, zumindest bis zum Morgen zu warten. Ich warte nicht.

Es hat funktioniert. Es hat seinen Zauber gewirkt. Es hat mir dabei geholfen, mich selbst zu verstehen, aber jetzt muss ich gehen. Ich kann und werde das hier nicht mehr auf mich nehmen. Wenn ich hierbleibe, wenn ich das auch noch analysieren muss, wird es mich zurückwerfen. Das weiß ich genauso sicher, wie ich weiß, dass ich Luft zum Atmen brauche. Und jetzt im Moment muss ich die Luft der Welt da draußen kosten. Ich muss sie schmecken, tief einatmen, in meine Lungen saugen und dafür dankbar sein, dass ich das kann. Ich brauche keine weiteren Fragen mehr zu stellen. Ich brauche mich nicht zu fragen, warum der Tod sich von mir angezogen fühlt. Ich muss mit meinem Leben weitermachen, weil das Leben wertvoll und schmerzhaft kurz ist.

Sie fanden Rosie gegen sechs Uhr abends, wahrscheinlich gerade in dem Moment, wo Bruce Willis zum Helden erklärt wurde. Sie hat meinen Schal benutzt. Vielleicht hatte sie nicht auf die Mauer als Fluchtweg gezeigt. Vielleicht hatte sie die Bäume gemeint. Ich werde sie das nie fragen können und ich werde es niemals wissen. Die Polizei hat meinen Schal als Beweismittel behalten und mir mitgeteilt, dass sie eine Nachricht hinterlassen hat. Ich habe keine Ahnung, was sie geschrieben hat, aber ich hoffe, dass es demjenigen hilft, wer auch immer sie in ihrem kurzen Leben geliebt haben mag.

DREIUNDVIERZIG

Ich stehe in meinem eigenen Haus. Die Möbelpacker sind gerade weg und ich bin von Kisten und Chaos umgeben, aber immerhin sind es meine Kisten und mein Chaos. Adam hat mich vorhin angerufen, um mir zu gratulieren, was sich sehr seltsam, aber gut anfühlt. Ich habe ihn nicht noch einmal in der »Rookery« besucht, da er mich angerufen hatte, dass er die Klinik ein paar Tage früher verlassen hat, und er klang so, als ginge es ihm jetzt viel besser.

Ich fahre mit meinen Händen an dem alten Holzbalken über meinem Kamin entlang. Gestern war die Reinigungskolonne hier und abgesehen von dem Dreck, den ich selbst hereingetragen habe, ist der Ort makellos. Mein Kamin … Ich höre einen dumpfen Schlag aus dem Zimmer über mir. Meg ist oben und räumt ihr Zimmer ein. Sie ist traumhaft gewesen, wunderbar. Trotzdem sie die »Lodge« vermisst, ist sie fest dazu entschlossen, sich nicht vor Heimweh zu verzehren, und scheint diesen Ort hier ernsthaft gern zu haben. Ich schließe die Augen und denke an mein altes Haus, das Zuhause, von dem ich mir nie hätte träumen lassen, es eines Tages zu verlassen. Adam ist jetzt mit Giles dort, geht wahrscheinlich in Erinnerungen versunken durch jedes einzelne Zimmer, berührt die Wände. Er hatte einen letzten Blick auf das Haus werfen wollen, bevor die Schlüssel übergeben werden. Ich habe ihn eingeladen, auf einen Drink vorbeizukommen, auch wenn nur der Himmel weiß, wo ich ein Glas finden soll.

Ich laufe die Treppe zu Megs Zimmer hinauf und öffne die Tür. »Wie kommst du voran?«

Sie hat schon ihr Bett zusammengebaut und es mit dem neuen Bettzeug zurechtgemacht, das sie heute Morgen gekauft hat. Sie wickelt eine Lichterkette mit winzigen Lichtern durch die Stangen am Kopfteil, steckt den Stecker ein und bingo, Weihnachten im Februar. Lächelnd klatscht sie wie ein Kind in die Hände, und ich weiß, dass alles in Ordnung ist.

»Wie hübsch«, ich umarme sie. »Dein Dad kommt nachher auf einen Drink vorbei. Hast du was dagegen, dass er hier auf ein Sandwich bleibt, oder glaubst du, dass das eine schlechte Idee ist gleich am ersten Tag?«

Sie zuckt die Schultern und setzt sich auf den Fußboden neben ihr Bett. »Der Mann muss etwas essen.«

»Gut, du machst hier also weiter.« Ich weise mit einem Nicken auf die Kartons mit Kleidern, die sie noch auspacken muss. »Ich werde damit anfangen, die Küchensachen auszupacken. Vielleicht finde ich ein paar Teller und Gläser. Du hast hier doch genug Stauraum, oder?« Ich ringe die Hände und werfe einen Blick auf den zweitürigen Einbauschrank. Er ist kein Vergleich zu dem wandbreiten Schrank, an den sie gewöhnt ist.

»Mum! Küche! Jetzt! Hör auf, dir Sorgen zu machen.« Sie sieht von ihrem Sitzplatz aus zu mir hoch. »Ich finde es wunderschön hier, Mum. Wir werden daraus unser Zuhause machen …«

Ich gehe nach unten, stolpere über einen Karton im Flur und fluche laut. Das erste Schimpfwort in meinem neuen Haus und es kommt aus meinem Mund. Lucy Fir ist erfreut. Nachdem sie eine Weile geschlafen hat, ist sie jetzt wieder aufgetaucht und sagt mir, dass das Haus zu klein ist; dass ich ganz schön verrückt bin; dass Jon ohne »h« Roper mir das Herz brechen wird; dass es mit Ben und Karen niemals funktionieren wird und dass Adam bei weitem noch nicht so geheilt ist, wie er mir das vorspielt.

Ich hoffe, dass ich das Richtige tue, wenn ich ihn zu mir einlade. Es scheint ihm gut zu gehen. Ben sagt das auch. Matt hat mir erzählt, dass er sich in die Arbeit gestürzt hat, und Meg, diejenige, deren Meinung ich am meisten schätze, wenn es um Adam geht, versichert mir, dass er dazu bereit ist, mit seinem Leben weiterzumachen. Was können da schon ein Sandwich und ein Glas Sekt schaden? Ich öffne einen der vielen Küchenkartons.

Der erste enthüllt einen Satz Sektgläser, ein Geburtstagsgeschenk von Karen letztes Jahr. Da ich sie und Ben gebeten habe, sich bis morgen fernzuhalten, werden sie erst dann kommen, und sie haben mir versprochen, dass alles an seinem Ort sein wird und kein Karton mehr in Sicht, wenn sie wieder fahren. Ich springe auf, als die Türklingel durch das Haus dröhnt. Ich muss einen Moment innehalten, bevor ich erkenne, was es ist. Es klingt wie die trillernde Version eines Kinderliedes. Ich ziehe eine Grimasse – das muss ich ändern … Als ich die Tür öffne, begrüßt mich ein Mann mit Schürze, der einen Präsentkorb trägt.

»Willkommen im neuen Zuhause!« Er singt das fast schon und drückt mir den riesigen Weidenkorb in die Arme. »Würden Sie bitte hier unterschreiben?«

Ich versuche, nicht zu lachen, stelle den Korb am Fuße der Treppe ab und wende mich wieder dem Kerl zu, der ein digitales Signaturgerät in der Hand hält.

»Genießen Sie es!«, gurrt er, und ich löse die Karte von einem roten Band.

FÜR MEINE LIEBLINGSKLIENTIN, DIE MICH SEHR REICH MACHEN WIRD, WAS NATÜRLICH BEDEUTET, DASS SIE NOCH REICHER WERDEN WIRD … DER FILM KOMMT AM 16. MAI IN DEN USA HERAUS. IN GB ZWEI WOCHEN SPÄTER – ALSO NICHT MEHR LANG. ›ICH BIN EIN STAR‹ WIRD AN DEINE TÜR KLOPFEN UND DU WIRST KRIECHTIERE ESSEN MÜSSEN UND MIT RATTEN SCHLAFEN. ABER VORHER GENIESSE DEN WEIDENKORB IN DEINEM NEUEN ZUHAUSE. GANZ LIEBE GRÜSSE, JOSH XXXX

Ich tanze hüpfend durch den Flur.

»Von wem kommt der?«, brüllt Meg.

»Josh, von wem sonst?« Ich blicke auf die Gabe von Fortnum and Mason, trage sie durchs Haus und stelle sie auf dem Küchenfußboden neben den Kartons ab. Der Tisch ist schon bis oben hin vollgepackt. Ich nehme die fertigen Sandwiches, die ich vorhin gekauft habe, vom Tisch und packe sie neben dem Wein in den Kühlschrank. Ich nehme mir mit einem Blick darauf vor, dass ich bei meinem nächsten Einkauf nach gesünderen Alternativen Ausschau halten werde. Als Nächstes wasche ich die wenigen Gläser, die ich gefunden habe, mit der Hand ab und lasse sie auf der Eichenarbeitsfläche trocknen. Sie ist nicht aus Granit, aber sie gehört mir …

Giles ruft an, um mir mitzuteilen, dass alles erledigt ist. Die Elliot-Familie, die neuen Bewohner der »Lodge«, sind angekommen, und er hat ihnen die Schlüssel übergeben. Adam, erzählt er mir, ist ebenfalls gerade gegangen und jetzt auf dem Weg zu mir. Ich bedanke mich bei Giles. Er ist einer der Glückstreffer in meinem Leben gewesen. Ich liebe es, mit ihm zusammenzuarbeiten, und seit wir klargestellt haben, dass sich in romantischer Hinsicht nichts zwischen uns abspielen wird, ist er zu einem echten Freund geworden.

Innerhalb von Minuten klingelt es wieder an der Tür. Ich gehe durch den Flur, reibe mir die Hände an meinen Oberschenkeln ab und öffne die Tür. »Adam, willkommen …«

Er steht dort und drückt mir eine Flasche Sekt und eine Karte in die Hand.

Ich nehme die Flasche entgegen, bitte ihn, hereinzukommen, bekomme einen Kuss auf die Wange und höre, wie Meg polternd zu uns kommt.

»Dad!« Sie rennt die Treppe hinunter und wirft ihre Arme um ihn. Ich bin überrascht, er anscheinend aber nicht und hält sie so fest an sich gedrückt, dass ihr Gesicht ganz rot wird. »Es ist schön, dich hier zu sehen.« Sie zieht sich zurück. »Du siehst wirklich gut aus.«

»Danke, Pumpkin … Das ist es also?« Seine Augen schweifen über den engen Flur bis zum Treppenabsatz.

»Lasst uns nach hinten durchgehen.« Ich führe sie zur Küche.

»Wow, Beth. Es ist wirklich reizend.«

Ich versuche, nicht darauf zu reagieren, meine Gesichtsmuskeln unter Kontrolle zu halten. Seine Kommentare sind solche Standardphrasen, dass ich versucht bin, zu lachen, ihn zu fragen, ob er das sarkastisch meint, aber ich merke, dass er das nicht tut. Also lächele ich, bedanke mich mit einem Nicken, gebe ihm und Meg ein Glas und bitte ihn, seiner Flasche die Ehre zu erweisen. Sie ist kalt – also können wir sie auch gleich trinken. Er fragt, ob er sich den Rest des Hauses ansehen kann, und Meg bietet ihm eine Tour an.

»Ich warte hier unten«, sage ich ihnen und verrücke ein paar Kartons, so dass wir uns an den Küchentisch setzen können. Den habe ich im Fenster des Wohltätigkeitsladens auf der High Street entdeckt – er ist aus dem gleichen Holz wie die Arbeitsfläche. Ich fahre mit den Fingern an seiner Kante entlang. Er ist nicht ganz mein Stil, aber er wird seinen Zweck erfüllen. Wenn ich meine Tantiemen von dem Lied bekomme, werde ich alles ersetzen. Ich schüttele frustriert den Kopf. Es liegt nur daran, dass Adam hier ist. Irgendwie stelle ich jetzt, wo er in meinem neuen Haus ist, den ganzen Umzug in Frage.

Meg und er stehen mir plötzlich gegenüber und schieben sich Stühle zurecht. Meg füllt ihr Glas erneut und mir fällt auf, dass Adams immer noch fast voll ist. So wie sie miteinander reden, ist klar, dass Meg ihn im Gegensatz zu mir tatsächlich vor kurzem noch getroffen hat.

»Es ist großartig, Beth.« Er tätschelt meine Hand, die neben meinem Glas auf dem Tisch liegt. »Und es ist wirklich gleich um die Ecke. Du wirst es im Handumdrehen auf Hochglanz gebracht haben.«

Wirklich? Ich merke, dass er sich wohlfühlt. Er sieht auch großartig aus, aber was hat dieser Mann nur mit Adam angestellt? Keine sarkastischen Kommentare wie »Wo hast du nur diesen Tisch her« oder »Nette Küche, nur schade wegen der Arbeitsfläche«. Ich lächele angespannt und komme schnell zu dem Schluss, dass Adam einfach nur höflich ist und meine innere Saboteurin quicklebendig.

»Freut mich, dass es dir gefällt. Das bedeutet mir eine Menge …«, höre ich mich selbst sagen, bevor ich überhaupt sicher bin, dass es stimmt. »Hast du schon einen Blick auf den Garten geworfen?«

Er nickt. »Habe ihn von oben gesehen. Klein, aber perfekt geformt, und du solltest damit zurechtkommen können.«

»Mum droht damit, Gemüse anzubauen.« Meg grinst. Dann lachen wir alle, da wir wissen, dass es erst einen nuklearen Holocaust braucht, bevor ich mir die Finger schmutzig mache.

»Was hältst du von Onkel Ben und Karen, Dad?«

»Sie scheinen völlig hin und weg voneinander zu sein. Ich wünsche ihnen viel Glück.« Er hebt sein immer noch volles Glas, und wir alle machen es ihm automatisch nach.

»Schon irgendein Datum?« Meg bietet mir an, mein Glas nachzufüllen, aber ich lege die Hand darüber. Ich habe noch zu viel zu tun. Ich darf nicht bei der Arbeit einschlafen. Zumindest nicht, bis ich nicht mein neues Bett zusammengeschraubt habe.

»Sie haben mir noch keins genannt, aber ich denke, dass es bald sein wird. Warum warten?« Er zuckt die Schultern. »Ich vermute, dass sie es tun werden, sobald sie ein neues Zuhause gefunden haben, und bevor das passiert, muss er erst seine Wohnung verkaufen.«

Ich runzele die Stirn. »Ben verkauft die Wohnung?«

»Ja. Hat sie letzte Woche auf den Markt gebracht. Sie wird sicher schnell weggehen, möglicherweise hat er sogar schon ein Angebot dafür. Die Regionalexpresslinie Crossrail wird bald eröffnet und Immobilien in der Gegend sind heiß begehrt.«

»Und was machst du dann, Dad?« Meg stellt die naheliegende Frage.

Er lehnt sich zurück und lacht. »Ich weiß noch nicht so recht, aber was ich nicht machen werde, ist, mich darum zu sorgen. Irgendetwas wird sich ergeben. Ich habe Geld parat, um direkt umziehen zu können, sobald es notwendig ist.«

Ich kratze mich über dem Ohr. »Möchtest du etwas hier in der Gegend haben? Ich kann dir beim Suchen helfen, wenn du magst.«

»Ich habe noch nicht darüber nachgedacht. Konnte ich wahrscheinlich auch noch gar nicht. Ich musste erst sehen, wie die ›Lodge‹ wirklich weggeht ...« Er lacht laut auf. »Weißt du, ich war schon drauf und dran, Giles dazu zu bringen, ihnen Geld anzubieten, damit sie vom Verkauf zurücktreten. Das war nur für einen Moment. Dann wurde mir klar, wie dämlich das wäre, wenn ich dort alleine wohnen würde ...«

Meg kommen die Tränen und sie versucht, das zu verbergen.

»Na ja, genug davon ...« Er erhebt sich. »Ihr habt noch ein paar Betten oben, die zusammengebaut werden müssen, Beth. Soll ich Meg dabei helfen, während du hier unten weitermachst? Ich habe ungefähr eine Stunde Zeit, bevor ich wieder zurückfahren muss.«

Ich nicke, sprachlos, und weiß nicht so ganz, was ich davon halten soll, dass Adam mein neues Bett zusammenbaut. Unser altes habe ich für ihn einlagern lassen. »Danke«, murmele ich und schaue den beiden nach, wie sie den Flur hinuntergehen.

Ich ziehe mein Smartphone aus meiner Gesäßtasche und rufe ihn an.

»Hi«, antwortet er. »Wie läuft es dort drüben?«

Ich seufze, so froh darüber, seine Stimme zu hören, während ich selbst leise spreche. »Es läuft gut, wir kommen voran.«

»Du wolltest ja nicht, das ich komme, also bin ich hiergeblieben, aber bist du dir sicher? Ich würde gerne vorbeischauen und dir helfen.«

Die Vorstellung davon, wie Adam und Meg oben zusammen mein neues Bett zusammenbauen, während Jon und ich unten zusammen Küchenkartons auspacken, klingt nicht verlockend. »Nein. Wirklich, Meg ist hier.«

Wir haben darüber gesprochen, dass wir uns Zeit lassen wollen. Das bedeutet auch, unseren Kindern noch nicht mitzuteilen, dass wir zusammen sind. Ich glaube nicht, dass Meg schon dazu bereit ist, und auch wenn er nur ältere Stiefkinder hat, die nicht bei ihm wohnen, möchte auch er vorsichtig sein.

»Kein Problem«, sagt er. »Bleibt es beim Mittagessen morgen?«

Ich weiß noch nicht so recht, wie ich morgen hier wegkommen soll, wenn Karen und Ben da sind, aber ich werde mir schon etwas einfallen lassen.

»Ich freue mich darauf, bis dann.«

Ich lege auf und sehe, wie er mit dem Rücken an der Wand im Flur lehnt.

»Ich wollte dich nicht unterbrechen«, sagt Adam; seine Augen inspizieren den Teppich in meinem Flur. »Der Werkzeugkasten? Ich brauche einen Schraubenzieher. Meg hat einen, aber das ist ein Philips. Ich brauche …«

Mein Kopf bewegt sich auf und ab. Natürlich braucht er einen Schraubenzieher. Der Werkzeugkasten … Ich zeige in die Richtung, wo er unter einem Karton in der Küchenecke steht.

»Es ist in Ordnung, Beth. Wirklich …« Er kommt auf mich zu, öffnet seine Arme, um mich zu umarmen, und neigt den Kopf, als wollte er mich fragen, ob er das darf. Ich schlüpfe in seine Umarmung. Ich kann mich nicht daran erinnern, wann Adam mich zuletzt gehalten hat, und ich spüre, wie sich meine Augen mit Tränen füllen. Es ist immer noch so verdammt vertraut und natürlich, dass es schmerzt. Ich passe perfekt in seine Arme, und seine Arme passen um mich wie eine Spange. »Es ist in Ordnung. Ich möchte, dass du glücklich bist. Wir alle müssen nach vorne schauen. Das Leben ist einfach zu kurz.«

Ich nicke in seinen Brustkasten hinein und schlucke schwer, um nicht loszuweinen. Er riecht wunderbar, Bergamotte, so wie der Adam von früher. Erinnerungen an den verdammten Brief auf dem Dachboden füllen meinen Kopf. Ich möchte darüber reden, ihm sagen, dass er mit Ben sprechen soll, aber es scheint ihm so gut zu gehen, er wirkt so *stabil.* »Ich habe dich gefragt, wie es in der ›Rookery‹ war …«

Ich kann fühlen, wie sich sein Brustkorb hebt und wieder senkt.

»Es war nicht leicht, aber es war notwendig«, ist alles, was er sagt. »Ich werde dich nicht nach ihm fragen.« Er wechselt das Thema. »Aber sieh zu, dass er dich gut behandelt.«

Bevor ich weiß, was er tut, hat er eine Hand unter mein Kinn gelegt und meinen Kopf angehoben. Ich bin wie festgefroren. Seine Lippen berühren meine, und dann ist es schon vorbei. Es geschieht so schnell, dass ich mich frage, ob es überhaupt passiert ist. »Sieh zu, dass er dich gut behandelt«, wiederholt er und lässt mich dann los. Ich sehe zu, wie er den Werkzeugkasten anhebt und das Zimmer verlässt, und alle Gedanken an Ben und Briefe und irgendetwas anderes als diesen Kuss verschwinden.

Als er eine Weile später wegfährt, hat sich meine Stimmung von extremer Aufregung in extreme Verwirrung verwandelt.

Meg hilft mir in der Küche und bemerkt das schnell. »Du bist so still geworden, seit Dad gegangen ist, alles in Ordnung?«

»Ich bin einfach müde … Ich schätze, es ist doch alles ein bisschen überwältigend.«

»Witzig, oder? Wenn er sich wie ein Arschloch verhält, sind wir von ihm genervt, machen uns aber Sorgen um ihn. Wenn er sich so verhält wie früher, machen wir uns immer noch Sorgen. Wenn man ehrlich ist, er kann einfach nicht gewinnen.«

»Hat er mit dir über seine Zeit in der ›Rookery‹ gesprochen?« Ich versuche, herauszukriegen, wann sie ihn zum letzten Mal getroffen hat.

»Nicht viel. Ich wollte nicht neugierig sein. Ich bin einfach nur dankbar dafür, meinen Dad wiederzuhaben.« Sie blickt sich im Raum um und sagt: »Du hast das Richtige getan, Mum. Jetzt können wir alle weitermachen und das ist dir zu verdanken. Du bist immer die Starke gewesen.«

Ich breche in Tränen aus, und das zweite Mitglied der Hall-Familie nimmt mich heute in meiner neuen Küche in die Arme.

»Lass uns etwas essen«, sagt sie nach langem Knuddeln. »Wir haben vergessen, Dad etwas zu essen zu geben, und ich bin am Verhungern.«

Ich setze mich und sehe zu, wie sie einen Haufen Sandwiches auf einen Teller legt. Sie macht eine Tasse Tee und scheint zu ahnen, dass ich keinen weiteren Alkohol trinken möchte. »Grüner Tee«, sagt sie, während sie mir eine Tasse reicht. »Ich weiß gar nicht, wie du diesen Scheiß trinken kannst.«

»Der ist gesund.«

»Quatsch, der gesund«, erwidert sie und verzieht das Gesicht. »Das ist etwas für Menschen mit Midlifecrisis, die extra antioxidantisches Zeugs brauchen, damit sie damit umgehen können.«

Midlifecrisis. Meine Güte, wirklich? Ich muss einfach über die Beschreibung lächeln.

»Vielleicht war das Dads Problem.« Sie sieht mir in die Augen. »Nicht genug grüner Tee.«

Ich lache. »Ich bin froh, dass du hier bist, Liebling.«

»Wo sollte ich sonst sein?«

Ich weiß, dass es da eine Menge anderer Orte gäbe, sie sich aber dafür entschieden hat, heute Nacht bei mir zu sein. Was auch immer Adam und ich sonst vermasselt haben mögen, Meg hat sich als wundervolle junge Frau erwiesen.

Aber ich ertappe mich dabei, wie ich darüber nachgrübele, wie wundervoll sie sein wird, wenn sie Jon trifft, den neuen Freund ihrer starken Mutter …

VIERUNDVIERZIG

Wenn Ben sich noch ein einziges Mal entschuldigt, werde ich ihm wahrscheinlich etwas antun. Wir befinden uns an einem strahlenden Samstagmorgen in Highgate, säubern das Grab und pflanzen Frühlingsblumen in bunte Töpfe. Die Narzissen und Forsythien sind leuchtend gelb, ihr Duft berauschend und durchdringend.

»Ich fühle mich einfach mies«, sagt er wieder, während er fest auf die herausquellende Komposterde drückt. Im Hintergrund gehen Menschen an uns vorbei, manche mit gebeugtem Kopf, gedankenverloren, ihre Trauer scheint noch frischer zu sein. Andere nicken und lächeln im Vorbeigehen, den Kummer längst hinter sich.

»Brauchst du nicht«, sage ich ihm, und dies ist das letzte Mal, bevor ich ihn auf den Erdboden werfe. »Es ist deine Wohnung, du hast das Recht, sie zu verkaufen, und du wärst verrückt, wenn du dieses Angebot ausschlagen würdest.«

Das meine ich ernst. Er hat ein Preisangebot, bei dem der gesamte Verkauf mit Unterschrift und Übergabe innerhalb von zwei Wochen erledigt sein muss. Er sollte es annehmen und sich dann aus dem Staub machen.

»Was wirst du tun?«, fragt er.

»Ich werde irgendwo anders etwas finden! Ich werde morgen eine Wohnung besichtigen, schon zum zweiten Mal. Sie liegt am Fluss in der Nähe von Fulham.«

»Wirklich?« Ben grinst breit. Seine Erleichterung, dass ich auf Häuserjagd bin, ist spürbar. »Kaufen oder mieten?«

»Kaufen. Der Markt steht in Flammen. Wenn ich jetzt etwas miete, komme ich schlechter dabei weg.« Was ich ihm nicht sage, ist, dass ich mir nicht sicher bin, ob ich schon dazu bereit bin. Die Wohnung, die ich gesehen habe, ist wundervoll, eine noch bessere Aussicht auf den Fluss, nachdem mich Bens Wohnung in der Hinsicht schon verwöhnt hat, und ich kann sie mir leisten, aber bin ich schon dazu bereit? Bin ich dazu bereit, mir so eine Bude für einen Junggesellen Mitte vierzig zu kaufen?

»Kann ich sie mir ansehen?«

»Du kannst sie dir ansehen, wenn ich mich dazu entschließe, sie zu kaufen. Das Letzte, was ich brauchen kann, bist du, der mir sagt, dass ich sie kaufen soll, nur weil du dich mies fühlst.« Ich neige den Kopf, reiße die Augen auf und schiele ihn an, um ihm klarzumachen, dass ich scherze.

»Wir habe nie über die ›Rookery‹ gesprochen«, sagt er und stopft zu viel Erde in den letzten Topf.

»Da gibt es nicht viel zu reden.«

»Hast du über das hier gesprochen?« Er blickt auf das Grab. »Ihren Selbstmord? Dass du die Tatsachen so lange vor Beth verborgen gehalten hast? Ich glaube, dir ist es schon in Fleisch und Blut übergegangen, Sachen vor ihr zu verbergen.«

Ich lache, ein kleines, leises Lachen. »Als Steuerberater verschwendest du deine Fähigkeiten, Ben. Die ›Rookery‹ braucht dich.« Ich beuge mich hinunter, um ihm mit den Töpfen zu helfen.

»Kannst du dich daran erinnern, wie Mum gesungen hat?«, platze ich heraus.

Er legt den Kopf in den Nacken und hebt sein Gesicht zum Himmel, als versuchte er, eine Erinnerung zu finden. »Ja«, erwidert er. »Sie hat immer gesungen, als ich klein war. Immer, überall, zu jeder Zeit …«

»Irgendwann hat sie damit aufgehört.«

Sein Gesicht, das er jetzt wieder gesenkt hat, verzieht sich. »Ich habe nie wirklich darüber nachgedacht.« Er spielt mit Hilfe einer Pflanzkelle mit etwas Blumenerde.

»Es kam hoch, als ich über sie gesprochen habe.« Ich zögere und will nicht zu viel sagen. »Ich habe eine Menge über sie gesprochen.«

»Nimm mich das nächste Mal mit. Ich könnte so einige Sitzungen füllen, indem ich über Dad rede, dann würde deinem Therapeuten klar werden, wie kaputt sie beide waren. Du lästerst über Mum und ich über Dad.«

Ich bin überrascht und argwöhnisch wegen des wütenden Untertons in seiner Stimme. »Und wie fühlst du dich jetzt damit?« Ich versuche, die Situation mit einem Scherz aufzulockern.

Er steht auf und streckt seine langen Glieder. »Warum, glaubst du wohl, bin ich nie hierhergekommen, Adam? Und ehrlich gesagt, mache ich es immer noch nicht, außer mit dir zusammen.«

Ich zucke die Schultern. »Wahrscheinlich habe ich es immer darauf geschoben, dass du sauer warst auf die Art und Weise, wie sie uns verlassen haben.«

»Das ja. Das stimmt natürlich. Aber auf Dad bin ich noch wütender. Irgendetwas hat mir immer gesagt, dass Mum psychisch krank war. Irgendwie wusste ich sogar damals schon, dass sie sich selbst zerstören würde. Aber Dad … Warum sollte ein Mann mit zwei Kindern, die ihn immer noch brauchten, das tun?«

Ich halte den Atem an.

»Du hast mir den Brief nie gezeigt.« Seine Worte durchstechen die kühle Februarluft, zerschneiden sie wie ein Eispickel.

»Zu der Zeit warst du …«

»Ich glaube, ich würde ihn gerne sehen.«

»Sicher.« Ich zucke die Schultern und hoffe, dass er das wieder vergisst, frage mich, ob ich damit davonkomme, wenn ich behaupte, ihn beim Umzug verloren zu haben.

»Ich weiß nicht.« Er sammelt die Gartengeräte zusammen. »Vielleicht sollten wir es dabei bewenden lassen.«

»Vielleicht«, erwidere ich und lasse die Worte zwischen uns in der Luft stehen.

»Er hat mich nie gemocht.«

Ich schüttele den Kopf. »Das stimmt einfach nicht, Ben. Ich weiß nicht, wo du das herhast.«

»Adam, ich bin keine achtzehn mehr! Du brauchst mich nicht mehr vor meinen verdammt schrecklichen Eltern zu beschützen!«

Doch, muss ich. Doch, muss ich. Doch, muss ich. Doch, muss ich.

»Die Wahrheit ist, dass Mum dir das Leben verdammt schwergemacht hat. Alles war immer deine Schuld. Und Dad, Dad hat mir das Leben auf viel subtilere Art schwergemacht. Er hat mich seltsam angesehen, dafür gesorgt, dass ich mich ausgeschlossen fühle, mich auf Klassenfahrten geschickt, so dass ihr drei zusammen zum verfluchten

Loch Ness fahren konntet.« Er wirft die Pflanzkelle in seiner linken Hand auf den Boden, zieht sich den langen Gartenhandschuh von der rechten, schmeißt ihn obendrauf und steht auf. »Es tut mir leid. Du musstest schon mit genug fertigwerden. Das ist der Grund, warum ich nicht hierherkomme. Ich warte im Auto auf dich.«

Ich blicke ihm nach, wie er weggeht, seine Schritte lang und entschlossen. Ich schließe die Augen. »Er hat noch eine ganz schöne Strecke vor sich«, flüstere ich meinen Eltern zu. »Und ich selbst vermutlich auch.« Ich klopfe ein paarmal mit meinen Fingern auf ihren Grabstein, stecke die Werkzeuge und die Komposterde in eine Plastiktüte und drehe mich um. Während ich zum Auto zurücklaufe, schimpfe ich verzweifelt mit mir selbst. Ich bemühe mich um etwas mehr Versöhnlichkeit, weil ich weiß, dass sie nur schwer zurechtkamen, weil ich wusste, dass sie Fehler hatten, und dass Vergebung der einzige Weg ist. Aber als ich Bens bedrücktes Gesicht auf dem Beifahrersitz sehe, fällt es mir schwer, und ich bin mir nicht sicher, ob ich selbst jemals wieder hierherkommen werde …

*

Meg geht neben mir. Es ist der Tag nach dem Friedhof und wir schlendern durch den Kingston Park. Der Platz ist überflutet mit Radfahrern und Familien, die mit Kindern und Hunden spazieren gehen. In der Entfernung sucht eine Herde Rehe in einem Wäldchen Schutz. Über uns haben sich dunkle Regenwolken zusammengezogen.

»Es sieht nach Regen aus, wir sollten zum Auto zurück.« Wir gehen in die Richtung, aus der wir gekommen sind.

Wir schweigen beide, als es zu nieseln anfängt. »Kiera hat mich kontaktiert«, bricht sie schließlich die Stille. »Sie hat mir einen Brief geschickt, zu Händen meiner Mutter bei ihrem Immobilienmakler.«

Ich sage nichts. Erst als sie den Sicherheitsgurt anlegt, fährt sie fort. »Sie wollte mir einfach noch einmal dafür danken, dass ich es versucht habe …«

Meine Ehe ist gerade zerbrochen, ich habe mich mehrere Wochen in der Klapsmühle aufgehalten und mich dem Selbstmord meiner Eltern gestellt – trotzdem ist es immer Noah, die bloße Erwähnung seines Namens, der bei mir für einen Kloß in der Kehle sorgt. Ich schlucke ihn hinunter; zwinge ihn, zu verschwinden.

»Es war ein netter Brief.« Sie zuckt die Schultern, streckt dann die Arme aus und umarmt mich. »Also«, fährt sie in etwas muntererem Tonfall fort, »wie weit ist es jetzt bis zu dieser Wohnung?«

»Fünfzehn Minuten, wenn der Verkehr nicht zu dicht ist.«

»Du würdest dann näher bei mir wohnen«, stellt sie fest.

»Nur für ein paar Monate. Wenn du dieses Jahr deinen Abschluss machst, ist alles möglich. Hast du mal darüber nachgedacht, was du dann machen willst?« Ich lasse den Motor an und lenke das Auto in Richtung Fulham.

Sie vergräbt sich in ihren weiten Rollkragenpullover. »Ich will gar nicht darüber nachdenken! Ich will nicht erwachsen werden!«

Ich lache. »Du hast recht. Es ist wirklich nicht so der Knaller.«

*

Es ist später Sonntagabend und ich gehe Unterlagen aus dem Büro durch. Ich scheine nie genug Zeit zu haben, um all das zu lesen, was ich für die Arbeit lesen muss. Die Papierfluten nehmen kein Ende. Der Fernseher mit den Zehn-Uhr-Nachrichten läuft mit ausgeschaltetem Ton im Hintergrund. Bei dem E-Mail-Ausdruck oben auf dem Stapel handelt es sich um eine Bitte von Matt, dass ich die endgültigen Mietkosten in New York absegne. Während mein Leben sich spektakulär in seine Einzelteile zerlegt hat, hat Matt unser Imperium aufgebaut und unseren langgehegten gemeinsamen Traum von einer Niederlassung in Übersee so gut wie verwirklicht. Die Liste der Ausgaben ist endlos. Darunter befindet sich eine stichwortartige Liste mit Matts Gebührenaufstellung und diversen Möglichkeiten, Kosten zu sparen, um all das abzudecken. Matt hat jeden einzelnen Penny aufgelistet. Er ist ein Schatz. Ich öffne mein BlackBerry und schicke ihm eine Nachricht mit vier Wörtern. »Du bist ein Schatz«, schreibe ich ihm. Dann setze ich einen Smiley dahinter.

Ich lehne mich auf dem Stuhl zurück und reibe meinen Nasenrücken; Papiere rutschen von meinem Schoß auf das Sofa. Heute ist ein guter Tag gewesen. Ich habe Zeit mit Meg verbracht. Ich habe ein Angebot für die Wohnung abgegeben, eine brandneue Wohneinheit mit zwei Zimmern, die auf den Fluss bei Fulham hinausgeht. Sie hat keinen Charme und es muss noch einiges daran getan werden, aber Meg hat mir versichert, dass sie mir dabei helfen wird, daraus ein richtiges Zuhause zu machen. Es ist eine gute Alternative, das einzige Problem dabei ist, dass ich nächste Woche hier ausziehen muss und die Wohnung für mindestens sechs Wochen noch nicht bezugsfertig sein wird. Sofern ich nicht etwas finde, das ich für kurze Zeit mieten kann, geht der Plan möglicherweise nicht auf.

Beth schießt mir durch den Kopf. Ich soll sie im Depot treffen, das sie gemietet hat, damit wir all die Sachen aus der »Lodge« durchgehen. Als ich an sie denke, nimmt eine Idee in meinem Kopf Gestalt an. Ich stehe auf und schalte den Wasserkocher ein, um mir eine Tasse Tee zu machen. Ich nehme meine Brille ab und reibe mir die Augen. Es könnte funktionieren. Ich könnte sie zurückgewinnen. Ich weiß, dass ich das könnte. Wenn ich dort mit ihr zusammen wohnen könnte, in ihrem Haus, nur für ein paar Wochen, könnte ich es schaffen. Ich könnte ihr zeigen, wie sehr ich mich verändert habe. Ich könnte die am wenigsten selbstsüchtige Person sein, die sie je getroffen hat. Sie würde mich fragen, was ich mit dem alten Adam Hall gemacht hätte. Vielleicht würde sie mir sogar sagen, dass sie Teile von ihm vermisst – nur ein paar, und sie könnte sich vielleicht einfach wieder in mich verlieben …

FÜNFUNDVIERZIG

Ich habe Karen gebeten, mitzukommen. Meg hat keine Zeit, aber ich denke, dass jemand dabei sein sollte. Josh steht neben sich – läuft in sein Büro rein und raus, ruft seine Rezeptionistin Melanie und sagt ihr, dass sie Karen einen Tee bringen soll. Karen ist auf einem Gesundheitstrip, ohne Kaffee und mürrisch deswegen, beschwert sich die ganze Zeit über die Menschenmengen in der U-Bahn.

Auf dem niedrigen Tisch vor uns liegt eine Auswahl an Kuchenstücken, wie ich sie in Joshs Büro noch nie gesehen habe.

»Ist jeder versorgt?« Endlich setzt er sich uns gegenüber hin, sein iPad auf dem Tisch neben dem Gebäck. Ich habe einen starken Arabica vor mir stehen, Karen einen Pfefferminztee. »Kann ich irgendjemandem noch irgendetwas bringen?«

Karen tritt mir gegen den Knöchel. Sie ist schon immer verrückt gewesen nach Leuten mit amerikanischem Akzent.

»Josh, setz dich hin und zeig uns den Link.« Ich bin mittlerweile nervöser als er. »Und du schwörst, dass du ihn dir noch nicht angesehen hast?«

Sein Blick durchbohrt mich, als wollte er sagen: »Bit-te, würde ich mich so benehmen, wenn ich ihn schon gesehen hätte?« Dann beugt er sich vor und öffnet den Link aus L. A. In ein paar Sekunden werde ich also eine Szene aus der Arbeitskopie des Films sehen. Die Musik fängt an, die sanfte Stimme von Marilee Garcia füllt den Raum aus. Ich höre meine Melodie, wie der dazugehörende Text über der Szene liegt. Sie zeigt, wie die Hauptdarstellerin im Museum of Modern Art in New York sitzt und auf den Geliebten wartet und weiß, dass er nicht kommen wird. Sie sitzt auf einer Bank und starrt auf Monets Seerosen. Sie hat Tränen in den Augen. Es gibt Rückblenden von ihm, Erinnerungen an ihre gemeinsame Zeit. Ich halte den Atem an, warte auf das Ende, werfe dann einen Blick auf Josh, der eine Hand über den Mund gelegt hat und mich ansieht. Karen drückt meinen Arm; als ich mich zu ihr umdrehe, sehe ich, dass sie weint. Karen weint nie. Niemals …

»Es ist wahr geworden«, sagt sie leise. »Es ist wirklich wahr geworden.«

»Ja, verdammt noch mal«, sagt Josh, und wir lachen alle, wobei ich weiß und Karen ahnt, dass mein wohlerzogener Agent aus dem amerikanischen Mittleren Westen niemals flucht. »Es klingt großartig, nicht wahr?«, fügt er hinzu und wartet besorgt auf meine Zustimmung.

»Ja, das tut es …« Ich reibe mir den Bauch, fühle mich gleichzeitig ängstlich und aufgeregt und bin mir bewusst, dass es wohl kaum noch besser kommen kann als in diesem Moment, dass er das Beste ist, was mir je passieren kann. Marilees Stimme ist dafür perfekt. Ich bin froh, dass sie sich dazu bereit erklärt hat, es zu singen.

»Zehn Tage bis zum Single-Download, und das Album mit dem Soundtrack folgt im Juli am selben Tag, an dem auch der Film in die Kinos kommt«, sagt Josh.

Ich will etwas sagen, und er hält eine Hand hoch. »Mach dir keine Sorgen, dein Superagent hat sich schon um alles gekümmert.«

»Gut ...«

»Du wirst reich werden, Mädchen«, fügt er hinzu und reibt sich in einer Fagan-ähnlichen Geste die Hände.

»Ich werde mir ein paar Granitarbeitsflächen kaufen ...«

»Du kannst dir einen ganzen Steinbruch kaufen«, erwidert er.

»Ich werde die Garage in ein Studio umwandeln.« Ich bin in Fahrt.

»Zieh doch einfach um«, antwortet er. »Hol dir dein altes Haus zurück. Zeig es Adam. Obwohl wir ihm komischerweise ja auch dankbar sein müssen.«

Man muss es meinem Gesicht angesehen haben, was ich davon halte.

»Wenn er nicht untreu gewesen wäre, hättest du dieses Lied möglicherweise nie geschrieben«, erklärt Josh.

Karen schweigt. Ich drehe mich hilfesuchend zu ihr um, aber stattdessen sehe ich, wie sie sich vorwärtsbeugt, bevor sie sich explosionsartig über das Gebäck erbricht.

»Oh Gott.« Josh wird kreidebleich und schreit nach Melanie.

Ich ziehe Karen auf die Füße. Sie ist grün im Gesicht und sieht mich entschuldigend an.

»Du trinkst keinen Kaffee, hasst Menschenmengen, erbrichst dich über das Gebäck ...« Ich zähle die Vergehen an meinen Fingern ab. »Wann wolltest du es mir erzählen?« Ich fasse sie bei den Schultern.

»Sobald du Mittagessen oder einen Drink vorgeschlagen hättest«, schluchzt sie. »Du meine Güte, ich fühle mich schrecklich. Es tut mir so leid.«

»Weiß Ben davon?«

»Ja, wir haben es Freitag erst festgestellt.«

»Wie weit bist du?«

»Etwa in der sechsten Woche …«

Josh gibt im Hintergrund ein »Oh« von sich. Melanie ist mit einem Haufen Küchenrollen und einer Plastiktüte herbeigeeilt. Ich nehme sie ihr ab und fange an, die Schweinerei zu beseitigen. Man sieht ihrem Gesicht eindeutig an, dass sie zu den Menschen gehört, die Kotze nicht ausstehen können. Josh ebenfalls. Er hält sich im Hintergrund, die Hände an den Hüften und sein Mund vor Abscheu zu einer geraden Linie verzogen.

»Raumlufterfrischer, Melanie? Und mach die Fenster auf, Josh.«

Sie tun wie geheißen, und ich befördere die Schweinerei in die Tüte. Ich reiche sie Melanie, die sie vor sich herträgt, als würde sie gleich explodieren. Karen schaut mit erstarrtem Gesicht zu.

»Es tut mir so leid«, wiederholt sie.

Ich lache. »Gewöhne dich daran, das öfter zu sagen, Liebes. Du wirst heiraten und bald Mutter werden. Komm schon, bringen wir dich nach Hause. Mit dem Taxi – kein ›Aber‹, du fährst mit dem Taxi nach Hause.« Ich führe sie aus dem Zimmer hinaus. »Schickst du mir den Link, Josh? Es tut mir leid wegen des Gebäcks.« Ich halte an und küsse seine Wangen. »Gut gemacht. Du bist der ›besteste‹ Agent auf der ganzen Welt.«

Josh wird rot. »Das bin ich wirklich, oder? Du bist aber auch gar nicht so übel.« Er küsst mich seinerseits. »Ich werde dir den Link schicken. Pass auf unsere Mum hier auf.«

Draußen regnet es und ich habe keinen Regenschirm dabei. Ich schaffe es, ein Taxi anzuhalten, und verfrachte Karen auf die Rückbank. »Fahr nach Hause. Ruh dich etwas aus, wehr dich nicht dagegen. Keine Arbeit und …«, ich halte ihre Hände in meinen, »… herzlichen Glückwunsch. Das sind fantastische Neuigkeiten. Ich freue mich wahnsinnig für euch beide.«

Karen nickt ausdruckslos, nennt dem Fahrer ihre Adresse und weg ist sie. Ich bleibe an einer Straßenecke in Soho im Regen zurück. Ich blicke zum Himmel auf und lächele. Karen bekommt ein Baby. Ben bekommt ein Baby. Mein Lied ist in einem Film, einem echten Film.

Ich möchte es feiern, wie Gene Kelly auf dem Bürgersteig tanzen. Stattdessen winke ich ein weiteres Taxi herbei, statt wieder die U-Bahn zu nehmen. Wen kümmert's, ich kann es mir leisten. Ich bitte ihn, mich zum Depot »The Big Purple Box« in Wandsworth zu bringen, wo ich eine Verabredung mit meinem so gut wie Ex-Ehemann habe.

*

»Ach du meine …«

Adam ist ein bisschen überwältigt von der bloßen Menge an Zeug, das wir immer noch haben.

»… Güte«, beendet er den Satz und fährt sich mit der Hand durchs Haar. »Wenn man das hier so sieht, ist es wirklich verrückt.«

Ich nicke. Das stimmt. Es ist verrückt und schmerzhaft. Wir stehen hier wie verlorene Seelen, starren einfach auf die Reihen von Möbeln, Stapeln von Kisten, die verstreuten Bilder. Die Überreste einer zerbrochenen Ehe. Ich verspüre den plötzlichen und unkontrollierbaren Drang zu weinen, schaffe es aber, es auf ein leises Schniefen zu beschränken. Er fasst nach meiner Hand. »Es wird schon gut werden«, flüstert er, obwohl ich keine Ahnung habe, was er damit meint.

»So wie es aussieht, wirst du das mitnehmen müssen, was du willst, und der Rest wird gespendet.« Ich fühle mich von meinen eigenen Worten abgestoßen, kann nicht glauben, dass so viele Andenken aus Platzmangel weggeworfen werden müssen. Zum ersten Mal bedauere ich, die »Lodge« verkauft zu haben.

Er scheint meine Gedanken lesen zu können. »So haben wir uns nun mal entschieden.« Er zuckt die Schultern, lässt meine Hand los und geht auf eine Truhe zu.

Ich weiß sofort, dass es die vom Dachboden ist, die, die ich mit all den Sachen für Noah gefunden habe und … Er steht darüber, starrt hinunter, ist nicht dazu in der Lage, sie zu berühren. »Vermutlich hast du hineingeschaut.«

»Ja.«

»Hasst du mich deswegen?« Er hat sich zu mir umgedreht. »Weil ich das alles vor dir verborgen gehalten habe?«

»Ich hasse dich nicht, Adam.« Ich schüttele den Kopf und setze mich auf einen verirrten Gartenstuhl. »Es gab so Momente, wo ich das gedacht habe. Ich habe gehasst, was du getan hast. Ich habe es gehasst, dass du mich betrogen hast, dass du schwach gewesen bist, dass du das alles vor mir versteckt hast und nicht den Mut gehabt hast, ehrlich zu sein, aber *dich* hasse ich nicht.«

Er setzt sich auf Noahs Truhe. »Du musst einen besseren Therapeuten als Tom gehabt haben.« Er zuckt die Schultern. »Weil ich denke, dass ich mich selbst immer noch hasse.«

»Ach, tu das lieber nicht. Es wird dir nicht dabei helfen, voranzukommen.«

Er seufzt schwer. »Ich wollte es dir erzählen. Gleich zu Anfang, als Kiera es mir mitgeteilt hat. Als wir zur Eheberatung gingen.«

Ich nicke.

»Aber ich konnte einfach nicht. Du warst so nachsichtig, dass ich diese Nacht mit ihr verbracht habe. Du hast mich immer noch so sehr geliebt, und ich konnte, *wollte* das einfach nicht zerstören. Deinetwegen oder meinetwegen …«

Zu meinem Entsetzen fängt er zu weinen an. Er streichelt die Truhe, als würde sie etwas enthalten, das er nicht ertragen kann.

Ich bin wie angewurzelt, kann mich nicht bewegen, sehe ihn einfach nur an. Irgendetwas sagt mir, es ist besser, genau dort zu bleiben, wo ich bin.

»Wie kommt es, dass du mich liebst, Beth? Warum hast du mich geliebt?« Als er mich ansieht, zerreißt es mir das Herz. Ich sehe, wie mir der Mann gegenübersitzt, den ich immer geliebt habe. Er weint, braucht Trost und Liebe, und ich sitze wie festgenagelt auf einem verwitterten Gartenstuhl voller Grünspan.

»Ob du es glaubst oder nicht, dich zu lieben war immer leicht.« Ich zupfe an einer winzigen Fläche, wo sich die Beschichtung von der Stuhllehne abpellt.

Er schüttelt den Kopf. »Sie haben mich nicht genug geliebt und du letztendlich auch nicht.«

Ich merke sofort, dass er es weiß.

»Du bist ein Mensch. Du hast den Brief gelesen, das hätte jeder getan. Meine Eltern«, sagt er. »Sie haben einander mehr geliebt, als sie mich oder Ben geliebt haben. Tom meint, ich stecke deswegen voller Verbitterung.« Er gibt ein leises sarkastisches Gelächter von sich. »Ganz offensichtlich. Ganz verdammt offensichtlich.« Adam sieht mir in die Augen.

»Sie haben mich verlassen, und jetzt hast du mich verlassen.«

Ich nehme mir einen Moment Zeit für meine Antwort, und als ich antworte, gehe ich zu ihm hinüber und hocke mich neben ihn auf den Fußboden. Ich nehme seine Hand. »Ich habe dich von ganzem Herzen geliebt. Ich habe uns als Familie geliebt, unser Zuhause, das Leben, das wir zusammen aufgebaut haben.« Mein Kiefer schmerzt. »Ich habe die Art geliebt, wie du dich bewegst, die Farbe deiner Haare, wie sich deine Haut anfühlt, deine Art zu lachen, alles an dir. Du hast mich verlassen, Adam. Das Problem war nie, wie sehr oder ob ich dich geliebt habe. Es war die Art, wie du mich deinerseits geliebt hast. Du hast dich an erste Stelle gesetzt, nicht mich.«

Er senkt den Kopf, schnieft noch etwas und starrt auf den gerippten Betonfußboden des Lagerraums.

»Ich verstehe jetzt.« Ich drücke seine Hand. »Nach allem, was ich herausgefunden habe, verstehe ich es jetzt. Sie hatten dich allein zurückgelassen. Das musste sich so anfühlen, als hätten sie dich nie geliebt, aber ich bin mir sicher, dass sie dich auf ihre Art und Weise doch geliebt haben. Und ich habe dich sehr geliebt. Das sollst du wissen, Adam. Ich will, dass du das weißt.«

Ich habe keine Ahnung, warum ich das Bedürfnis verspüre, Adam zu sagen, wie sehr ich ihn geliebt habe. Es ist mehr als nur mein Mitgefühl mit ihm.

»Geheimnisse und Lügen«, flüstert er. »Es waren Geheimnisse und Lügen, die dich und mich zerstört haben. Ich liebe dich mehr, als ich je eine andere Seele lieben werde.« Seine Lippen zittern, während er spricht. »Ich versuche nicht, mich herauszureden, aber ich habe viel daraus gelernt. Geheimnisse und Lügen …«, wiederholt er.

»Adam, weiß Ben Bescheid?«

Er schüttelt den Kopf so schnell von einer Seite zur anderen, dass ich denke, dass ihm davon schlecht wird.

»Glaubst du nicht, dass er es wissen sollte?«

»Himmel, nein ...«

»Du solltest es ihm sagen. Er ist erwachsen.«

»Wenn Dad gewollt hätte, dass er das weiß, hätte er mich darum gebeten, es ihm mitzuteilen.« Adam sieht mich mit aufgerissenen Augen an. »Und irgendwie ist nie der richtige Zeitpunkt gekommen ...«

»Dein Vater hätte dir das niemals aufbürden dürfen. Du musst es ihm sagen. Karen ist schwanger. Sie bekommen ein Kind zusammen.«

Ich zögere, bin mir plötzlich unsicher. »Was, wenn sie jemals vor einem ähnlichen Problem wie Kiera stehen?«

Er nickt langsam, während ihn die Erkenntnis trifft. Es ist Zeit für Adam, seinem Bruder den Brief ihres Vaters zu zeigen. Ich lege meinen Arm um seine Schultern und rubbel ihn, als wäre es kalt. Ich sage ihm, dass alles gut werden wird.

»Nein, das wird es nicht«, erwidert er. »Wir sitzen hier in einer Blechdose mit den Bruchstücken unseres Lebens um uns herum. Ich bin ein selbstsüchtiges Arschloch gewesen und alles, was ich will, ist, die Scherben aufzuheben, dich festzuhalten und dich um eine weitere Chance anzubetteln. Bitte. Nur noch eine einzige Chance. Ich werde dir zeigen, dass ich auch anders kann.«

»Adam ...«

»Sag mir nicht, dass du mich nicht mehr liebst, bitte, sprich es einfach nicht laut aus.«

Ich drehe sein Gesicht zu mir herum. »Du bist nicht gut für mich, Adam. Darüber musste ich mir klar werden. Du gibst dein Bestes, aber dein Bestes ist nicht das, was ich brauche. Ich brauche jemanden, der mich absolut liebt, total liebt.«

»Das tue ich. Und das habe ich auch in der Vergangenheit getan. Ich habe mich geändert. Die Zeit in der ›Rookery‹ ... habe ich dir von Rosie erzählt? Rosie, meine Güte, das arme Ding ...«

Er beginnt zu zittern. Kein leichtes Zittern, sondern heftiger Schüttelfrost über den ganzen Körper. Ich kann ihn nicht beruhigen. Er zittert und weint und alles, was ich tun kann, ist, meine Arme um ihn zu legen und ihn zu halten. Ich sehe zum Himmel auf. So viel also dazu, dass er sich gebessert hat. Und wer in drei Teufels Namen ist Rosie?

SECHSUNDVIERZIG

»Ich bin mir wirklich nicht sicher.« Beth hat darauf bestanden, das Steuer zu übernehmen, und spricht jetzt mit der Windschutzscheibe.

»Weißt du, ich erwarte nicht, dass du mit reinkommst, und ich bin auch nicht darauf angewiesen, aber ich muss mit ihm reden.« Ich höre meine Worte, meine sie aber nicht ernst. Ich brauche sie dort an meiner Seite. Das Zittern ist weg, aber ich habe nicht wirklich Vertrauen in mich, dass ich das jetzt richtig machen werde. »Du hattest recht. Er, sie beide müssen es wissen.«

»Ich komme mit dir.« Es ist ihr nicht bewusst, aber sie nickt, als wolle sie sich selbst überzeugen. »Ich meine, wenn du das gerne möchtest, gehe ich mit dir.«

»Das wäre mir lieb … Bitte.«

*

Ben hält den Brief in der Hand. Er hat ihn einmal gelesen und liest ihn jetzt noch einmal. Mit der freien Hand kratzt er sich am Haaransatz über seinem rechten Ohr.

»Gut«, sagt er und legt ihn schließlich auf den Tisch zwischen sich und Karen und Beth und mir. Karen ist still. Sie sieht kreidebleich aus, wie mir auffällt. Unter ihren Augen, die normalerweise strahlen und hellwach sind, liegen dunkle Ringe. Ihre Haut ist unrein, und ihr lockiges Haar sieht matt aus. Sie hat Gewicht verloren, etwas, was sie sich bei ihrem Körperbau und ihrer Größe nicht leisten kann.

»Darf ich?«, fragt Karen.

Ben nickt. »Warum liest du ihn nicht laut vor?« Er lehnt sich auf dem Sofa zurück und schließt die Augen.

Karen fängt zu lesen an. »*Adam*«, beginnt sie, »*ich weiß, dass du das hier finden wirst, uns finden wirst, und dafür tut es mir leid. Ich bin heute Nacht ins Bett gegangen und fand deine Mutter kalt vor, eiskalt. Sie hat ein ganzes Röhrchen von ihren Tabletten genommen. Ich bin neben sie ins Bett gekrochen und habe sie umarmt, aber sie zurückzuholen war unmöglich. Also habe ich mich die halbe Nacht lang gefragt, was ich tun soll, und um ehrlich zu sein, ich habe keine Wahl. Ich kann nicht ohne sie leben. Ich kann es einfach nicht. Du und Ben seid jetzt erwachsen. Ihr beide werdet schon zurechtkommen. Sie weiß seit dieser Woche mit Gewissheit, dass Ben nicht mein Sohn ist.*«

Karen hört mit Lesen auf, hebt die rechte Hand an ihr Herz und tätschelt es sanft. Dann greift sie nach Bens Hand, bevor sie fortfährt.

»*Nachdem er kürzlich wegen einer Lungenentzündung im Krankenhaus war, habe ich sie dazu gebracht, Bens Blutgruppe mit meiner vergleichen zu lassen. Ich habe sie dazu gebracht, um Gewissheit zu haben, aber ich glaube, dass ich es immer schon gewusst habe, und dadurch, dass ich sie dazu überredet habe, habe ich sie in den Abgrund gestürzt. Ich kann damit wirklich nicht weiterleben.*

Es tut mir leid. Ich hoffe, dass du hierfür stark genug bist, Adam. Mach, was du willst mit den Informationen über Ben. Teile sie ihm mit oder lass es, aber bitte kümmere dich um ihn und kümmere dich um dich selbst.

Dad.«

»So«, sagt Ben. »Das überrascht mich nicht wirklich. Was ich nicht kapiere, ist, warum du mir nie davon erzählt hast?« Er starrt mich durch den Raum hinweg an.

»Du warst so niedergeschlagen, als sie starben, hattest das Gefühl, dass sie uns nie hätten verlassen dürfen. Ich wollte es dir mitteilen, aber es hat irgendwie nie einen passenden Zeitpunkt dafür gegeben.«

»Mensch, Adam, es sind mehr als zwanzig Jahre vergangen.«

Ich unterbreche ihn. »Wann wäre der richtige Zeitpunkt gewesen, Ben? Als du gerade dein Studium aufgenommen hast? Oder vielleicht, als du nach dem ersten Jahr durch die Prüfungen gefallen bist? Was ist mit deinen Abschlussprüfungen – erinnerst du dich an das Jahr?

Oder danach, in deinem Berufsleben, als du zweimal arbeitslos wurdest? Oder vielleicht in den sechs Jahren, die du mit Elise zusammen gewesen bist, als ihr beide so verzweifelt versucht habt, ein Kind zu bekommen?«

Ben seufzt, eine leichte Röte zieht sich über seine Wangen. Karen fasst seine Hand fester.

»Mann, Ben! Ich weiß, dass man mir oft vorwirft, aus meinen eigenen selbstsüchtigen Gründen etwas zu tun oder zu lassen. Aber das hier? Ich hatte nichts davon, dass ich dir das verschwieg. Ich habe es getan, um dich zu schützen.«

»Weißt du, wer mein Vater ist?«

»Nein. Das weiß ich nicht.« Ich merke, dass ich in diesem Darth-Vader-Moment unter den Armen zu schwitzen anfange.

Karen wirft einen Blick auf Beth und schlägt vor, Kaffee zu kochen; Beth folgt ihr in die Küche, und Ben und ich bleiben in unsere eigenen Gedanken versunken sitzen. Die Luft im Raum ist zum Schneiden dick. Minuten später kehren Beth und Karen mit den Getränken zurück.

»Warum jetzt?« Mein Bruder bricht als Erster das Schweigen.

Ich sehe Beth an.

»Ich habe ihn darum gebeten, es dir zu erzählen«, sagt sie. »Ich habe ihn heute Nachmittag gebeten, dir das zu sagen, und er wusste, wenn er es nicht sofort erledigt, würde er es sich selbst wieder ausreden.«

Karen runzelt die Stirn.

»Ben, du hast in all diesen Jahren deine Trauerarbeit erledigt.« Ich ersticke fast an der Erwähnung von Trauer. »Mir ist vor kurzem klar geworden, dass ich meine erst noch vor mir habe. Dir das hier alles zu erzählen gehört vielleicht mit dazu.«

»Außerdem … Karen bekommt ein Baby.« Beth wendet sich an Ben. »Wenn ihr euer Baby habt, Gott bewahre, was, wenn ihr euch mit dem gleichen Problem konfrontiert seht wie Kiera Pugh? Was, wenn ihr es einmal wissen müsst?«

»Ich weiß nicht, wer dein Vater ist, Ben.« Jetzt bin ich damit an der Reihe, mich auf meinem Stuhl zurückzulehnen. »Aber falls du jemals versuchen musst, das herauszufinden, kenne ich jemanden, der es gewesen sein könnte.«

»Schieß los.« Ben beugt sich vor, den Kopf in den Händen. »Alles, was du weißt. Jetzt.« Er schließt wieder die Augen. Karen kuschelt sich an ihn, legt einen Arm um ihn.

Ich erzähle ihnen davon, wie ich Mum mit einem Kerl zusammen angetroffen hatte, als ich auf dem College war. Ich erzähle ihnen davon, wie ich viele Jahre davor Mum in der Innenstadt gesehen hatte, wie sie mit demselben Mann zusammen zu Mittag aß. Ich erinnere Ben an die Gelegenheiten, wo derselbe Mann im Laufe der Jahre in unserem Haus gewesen war. Er war ein alter Schulfreund, jemand, den wir nur als »Dave« kannten.

»Okay«, sagt er wieder, als ich fertig bin.

»Weißt du was? Es ist spät.« Ich stehe auf und Beth tut es mir nach. »Wir sollten gehen.« Ich sehe Ben in die Augen. »Es tut mir leid. Ihr habt jetzt eine Menge zu bereden.«

Ben steht auf, geht durch den Raum, öffnet die Arme und umschließt mich. »Nein, es tut mir leid wegen dem, was sie getan haben – was sie dir angetan haben, und mir, uns.«

Ich löse mich aus der Umarmung. »Sie hatten ihre Fehler, verdammt große Fehler, aber sie haben wahrscheinlich ihr Bestes gegeben.«

Ich sehe Karen an, die sich unbewusst den Bauch reibt. »Beth sagt, dass du dich nicht besonders gut fühlst. Das geht vorbei. In ein paar Wochen wirst du strahlen.«

»Und noch ein paar Wochen später …«, sie erhebt sich ebenfalls, »werde ich fett sein.« Ben zieht sie zu sich. Ich sehe, dass er schon im Beschützermodus ist.

Es ist, als könnte er meine Gedanken lesen. »Ich weiß, dass du nur versucht hast, mich zu beschützen, aber hiermit bist du offiziell davon entlassen.«

Wir verabschieden uns rasch voneinander, es ist schon genug gesagt worden. Wieder im Auto fragt Beth mich, was ich tun möchte. Ich zucke die Schultern, bin mir nicht sicher, was sie meint.

»Möchtest du, dass ich dich wieder beim Lagerhaus absetze, um dein Auto zu holen? Oder du könntest einfach mit zu mir kommen, das Gästezimmer ist bereits fertig. Ich kann dich dann morgen früh bei deinem Auto absetzen.«

Kein Widerspruch.

*

Es ist zehn Uhr dreißig. Ich sitze in der Küche und trinke heiße Schokolade.

»Hast du Hunger?«

Ich schüttele den Kopf.

»Na ja, wir sollten etwas essen. Ich habe den ganzen Tag nichts weiter als ein halbes Plunderteil gegessen. Während du auf dem Klo warst, habe ich etwas Schäferpastete aus der Kühltruhe geholt. Sie steht im Backofen.«

Eine Kühltruhe voller Essen. Typisch für Beth. In der »Lodge« hat es immer selbstgekochte Gerichte in der Tiefkühltruhe gegeben, üblicherweise die Reste einer Lasagne. »Keine Lasagne?«, frage ich.

Sie zieht eine Grimasse. »Ich werde nie wieder Lasagne machen«, erwidert sie und liest eine Textnachricht, die gerade auf ihrem Smartphone angekommen ist.

»Ich bringe doch nicht irgendwelche Pläne von dir durcheinander, oder?«

Sie schüttelt den Kopf und ich sehe, dass sie lügt. »Du lügst«, sage ich. »Ich konnte schon immer besser lügen als du.«

»Das stimmt. Okay, ich hatte etwas vor, aber das kann warten.«

»Der Kerl, mit dem du dich triffst?«

Sie zögert, dann nickt sie.

»Es tut mir leid. Ich habe dir deinen Abend verdorben.«

»Schon in Ordnung.« Sie klopft mir auf den Arm, während sie zum Ofen geht. »Ich hab das verschoben.«

»Ist es was Ernsthaftes? Mit diesem Kerl?« Halb hoffe ich, dass sie mich wieder anlügt, wenn es tatsächlich ernst ist.

»Ich weiß es noch nicht. Er ist ein reizender Mann, wirkt freundlich, ernsthaft. Wir verstehen uns gut.«

Mein Brustkasten fühlt sich an, als würde sich ein Schraubstock darum schließen. »Erzähl mir von ihm.«

»Nein …« Sie kommt zum Tisch herüber und setzt sich neben mich. »Heute reden wir über dich. Über alles, worüber du reden möchtest. Alles, was in der ›Rookery‹ nicht zur Sprache gekommen ist. Ich kann das vertragen, wenn du es auch kannst.«

Ich sage nichts.

»Sieh mal, es ist auch keine Verpflichtung. Es ist nur, dass du jetzt offenbar immer reden möchtest, wann auch immer wir uns treffen. Und ich möchte dir nicht das Gefühl geben, dass du das nicht darfst. Wenn dir danach ist, möchte ich dich nicht davon abhalten.«

»Was, wenn ich nichts weiter zu sagen habe, als dass ich *dich* wiederhaben will?«

Sie hat den Ellenbogen auf den Tisch gelegt, die Hand über dem Mund, den Daumen an einer Wange und ihre Finger streicheln ihre Lippen von einer Seite zur anderen. Ich möchte die Hände ausstrecken und sie küssen, sie wieder schmecken, aber stattdessen warte ich, dass sie antwortet. »Dazu wird es nicht kommen, Adam.«

»Wegen dieses anderen Kerls?«

Sie seufzt laut. »Nein. Er hat nichts mit dir und mir zu tun. Du und ich sind wie Humpty Dumpty. Nicht einmal des Königs Pferde und …«

»Ich habe Fehler gemacht, Beth.«

»Wer ist Rosie?«

»Sie war ein Mädchen in der ›Rookery‹. Nichts weiter als ein junges Mädchen, das ich dort getroffen habe.«

Beth verzieht das Gesicht. »Habt ihr …?«

»Um Himmels willen, nein. Sie war kaum älter als Meg. Sie war ein Mädchen in meiner Therapiegruppe. Ist von ihrem Vater missbraucht worden.«

»Scheiße.«

»Sie war großartig, eine wirklich weise alte Seele im Körper eines jungen Menschen, weißt du?«

Beth nickt.

»Sie hat sich umgebracht. Hat sich mit meinem Dr.-Who-Schal aufgehängt, dem, den du mir vor ein paar Jahren zu Weihnachten geschenkt hattest. Ich hatte ihn ihr ausgeliehen, um sich warm zu halten.«

Beth klappt der Kiefer hinunter.

»Ich weiß. Probleme und Tod, es ist wie mit den Fliegen und der Scheiße – es wird alles von mir angezogen. Deshalb habe ich die ›Rookery‹ früher verlassen.«

Sie geht zum Kühlschrank, schenkt zwei Gläser Wein ein und reicht mir eines. »Was hat die Polizei gesagt?«

»Sie hat eine Mitteilung hinterlassen. Es gab keinen Zweifel, dass sie … Sie haben immer noch meinen Schal.«

Beth trinkt einen Schluck Wein. »Als du die ›Rookery‹ verlassen hast, wirktest du so ausgeglichen. Selbst als du früher dort weg bist, war ich mir sicher, dass es dir etwas gebracht hat.«

»Es hat mir geholfen. Ich bin den Morgen, nachdem sie Rosie gefunden hatten, gegangen. Ich konnte nicht noch mehr Nabelschau ertragen. Tom hätte mich bestimmt noch ein Jahr über meine Eltern und über Rosie reden lassen. Ich musste einfach dort raus.«

Sie geht zum Backofen. Es ist ein kleiner Herd, nicht wie der, den sie in der »Lodge« hatte. Sie öffnet die Tür, holt mit behandschuhten Händen die Pastete heraus und stellt sie mitten auf den Tisch. »Lass sie noch einen Moment stehen«, sagt sie. »Sie ist heiß.«

Zwischen uns lastet auf einmal Stille, direkt neben der Pastete. Ich breche sie zuerst. »Ich bin noch eine ziemliche Baustelle.«

»Es tut mir leid.«

»Nicht dein Fehler, nichts davon.«

»Das weiß ich, aber es ist immer noch beschissen.«

»Das stimmt.«

»Wirst du zurechtkommen?«

Ich strecke die Hand nach ihr aus, berühre ihr Gesicht mit meinen Fingerspitzen und streichle ihre Wange. Eine Erinnerung blitzt vor meinem inneren Auge auf. Wie ich ihr auf dem Dachboden in der »Lodge« Kaffee bringe. Sie hockt mit Kopfhörern auf den Ohren auf ihrem Bürostuhl, beide Bildschirme vor ihr erleuchtet. Sie singt ziemlich laut, ist sich dessen aber nicht bewusst. Ihre Augen sind geschlossen. Sie hat die Hände erhoben und schlägt die Luft rhythmisch, schubidut zu irgendeiner Melodie. Beth … »Hast du ernst gemeint, was du gesagt hast? Dass es für uns keine Chance mehr gibt?«

Sie kaut auf ihrer Unterlippe und nickt. »Ich habe es ernst gemeint«, flüstert sie. Tränen verdunkeln ihre Augen, als sie ihre Hand über meine legt.

»Ich komme schon zurecht.« Ich lehne mich auf meinem Stuhl zurück. »Nicht so gut wie mit dir zusammen, aber ich komme ohne dich zurecht.« Ich kann es nicht lassen, das wunderschöne Gesicht meiner Frau anzustarren. Ich kann es nicht ertragen, dass jemand anderes ihr wunderschönes Gesicht ansehen und berühren wird, so wie ich es gerade getan habe. Insgeheim wünsche ich mir, ich könnte des Königs Pferde alle herbeirufen und ihr beweisen, dass sie falschliegt. Aber sie hat wahrscheinlich recht, und es gibt nichts weiter zu sagen.

*

Es fühlt sich seltsam an, am nächsten Morgen in einem Einzelbett in Beths Haus aufzuwachen. Es ist seltsam, von ihr beim Lagerhaus in Wandsworth abgesetzt zu werden. Es ist seltsam, sich so zu fühlen, wie ich das jetzt tue, so als wäre mir eine Last von den Schultern gefallen – und ich weiß noch nicht mal, welche. Ich werde nicht schlau daraus. Im Büro vergrabe ich mich in meiner Arbeit. Ich werfe einen Blick auf die zehn Lebensläufe, die ich mir auf Matts Bitte hin ansehen soll, lese sie aber nicht. »Wir müssen wirklich bald jemanden einstellen!« hat er auf das Post-it auf dem Stapel gekritzelt.

Es ist ebenfalls seltsam, mittags auf dem Gang meinem Bruder in die Arme zu laufen. Einen Moment lang frage ich mich, ob ich träume, dann erinnere ich mich daran, dass wir ihn als Wirtschaftsprüfer für unsere USA-Erweiterung engagiert haben, der einigen Kram für die fällige Risikoprüfung erledigt.

»Hi«, sagt er. »Alles in Ordnung?« Er sieht abgespannt aus, hat kohlschwarze Schatten unter den Augen.

»Mir geht es gut.« Ich umarme ihn. »Und du? Konntest du schlafen?«

Er sagt ja, plaudert eine Weile mit mir über Berufliches. Es ist ein bisschen so, als hätte es die letzte Nacht nicht gegeben, aber ich kenne Ben und er nimmt sich einfach Zeit, um alles in sich aufzunehmen. Ich höre ihm geduldig zu, obwohl mir klar ist, dass ich mich dadurch verspäte. Mit einem Blick auf meine Armbanduhr sage ich ihm, dass ich mich beeilen muss. Sorry.

»Alles bereit für nächste Woche?«, ruft er mir noch hinterher.

Ich lächele und nicke, sage ihm nicht, dass ich noch nicht einmal damit angefangen habe, meine Sachen in seiner Wohnung zusammenzupacken. Ich sage ihm nicht, dass ich mit der Wohnung in Fulham noch kein Stück weitergekommen bin. Seit sie mein Angebot angenommen haben, drängen sie jetzt darauf, dass ich ihnen meinen Notar nenne, und ich habe sie noch nicht zurückgerufen. Ich erzähle ihm nichts davon und gehe den Flur hinunter zum Konferenzraum. Die Granger-Brüder werden dort zusammen mit Matt plus zwei weiteren Leuten sitzen, die sie uns vorstellen wollen und deren Familie dringend eine Vermögensverwaltungsgesellschaft in New York braucht.

All das riecht nach Chaos, aber ich bin seltsam ruhig. Seit dem frühen Morgen, als ich in Beths Gästezimmer lag, weiß ich, wie all diese Puzzleteile zusammenfallen werden. Ich habe gesehen, wie das neue Bild aussehen wird. Es ist nicht optimal. Es ist weit von meinem Ideal entfernt, bei dem vorgesehen war, dass Beth und ich einen neuen Weg finden, um langsam, aber sicher wieder zusammenzukommen. Seit heute Morgen habe ich begriffen, dass die neue Weltordnung auch bedeutet, dass ich Beth gehen lassen muss, wenn ich sie liebe. Danke, Rosie Bloomfield, für deine Weisheit. In dem Moment, als ich die Tür zum Konferenzraum öffne, wird mir klar, dass ich vorschlagen werde, die Lebensläufe ad acta zu legen und die Suche nach einem neuen Mitarbeiter einzustellen. Ich werde mehrere Fliegen mit einer Klappe schlagen. Ich werde nach New York gehen.

Mir geht es gut. Meg geht es gut. Jon geht es gut. Karen kotzt, ansonsten geht es ihr aber gut. Ben geht es gut. Adam … ist in Ordnung. Mein Song ist auf Twitter zum heißen Thema geworden. Laut Bear hat es so viele Zugriffe auf meine Website gegeben, dass sie fast zusammengebrochen ist. Die Produktion läuft, um »Es geht mir gut«, wieder gesungen von Marilee Garcia, als nächste Single zu veröffentlichen. Geld, von dem ich bisher nur hätte träumen können, ist heute Morgen auf meinem Bankkonto gelandet. Alles ist gut.

Na ja, vielleicht doch nicht ganz. Ich habe ein schlechtes Gefühl, das ich nicht abstellen kann. Schon seit Adam bei mir übernachtet hat. Ich habe Angst, dass er meine Sphäre irgendwie infiltriert hat, weil ich ihn wieder dort hineingelassen habe; irgendwie ist er einfach da. Und bevor ich ihn bei mir übernachten ließ, war das anders. Ich schalte den Wasserkocher an.

Meine Hände blättern durch die Prospekte auf dem Tisch. Jon hat sie gestern Abend vorbeigebracht – verschiedene Optionen für Gartenhäuschen. Wir haben es ausgemessen, und ich kann mir hinten im Garten einen aufgemotzten Schuppen aufstellen und ein richtiges Musikstudio darin einrichten, ohne dass es zu viel Platz wegnimmt. Auf die Art und Weise kann ich die Garage behalten. Giles sagt, dass das eine großartige Idee ist, dass ich das im Hinblick auf einen Weiterverkauf unbedingt tun sollte. Also, beschließe ich heute Morgen, werde ich mir ein Gartenstudio zulegen. Ich lasse meinen Zeigefinger über einem der Prospekte schweben und dann darauf landen. Den hier – ich werde mir den hier holen.

Ich gieße das Wasser aus dem Wasserkocher in zwei Tassen und kehre nach oben zurück. In meinem Schlafzimmer liegt er immer noch im Bett, das Gesicht dem Fenster zugewandt. Lichtstrahlen dringen durch einen Spalt in den Vorhängen herein, was ich hasse, er hingegen liebt. Ich stelle eine Tasse Tee neben ihm ab und beuge mich über ihn, um ihn zu küssen. »Jon, Tee.« Er nimmt meine Hand und küsst sie.

Ohne die Augen zu öffnen, sagt er »Danke«. Ich weiß, dass er ein paar Minuten zum Aufwachen braucht. Ich weiß, dass es ihm nichts ausmacht, wenn sein Tee kalt geworden ist. Er wird ihn trotzdem trinken. Er wird immer noch ein Lächeln auf seinem Gesicht haben. Und das alles weiß ich schon, obwohl er erst seit ein paar Wochen in meinem Bett aufwacht oder ich in seinem.

Ich setze mich auf meine Seite, schüttele die Kissen hinter mir auf und trinke meinen Tee. In ein paar Minuten werde ich duschen gehen, und ich werde versuchen, es abzuwaschen – dieses Gefühl, das ich nicht abschütteln kann. Letzte Nacht, als Jon und ich miteinander geschlafen haben, habe ich mir vorgestellt, er sei Adam. Ich fühle mich deswegen so mies, dass ich es mir selbst kaum eingestehen kann. Ich glaube nicht, dass ich das jemals laut aussprechen könnte. Wenn ich immer noch zu Dr. Caroline Gothenburg ginge, würde ich es ihr gestehen? Würde ich sagen: »Letzte Nacht habe ich mit dem Mann in meinem Leben geschlafen. Ich habe mir vorgestellt, dass es Adam sei. Nicht Johnny Depp. Nicht Liam Neeson. Sondern Adam …«

Ich trinke meinen kühler werdenden Tee, höre Jons leisem Schnarchen zu, strecke die Hand aus und streichele sanft seinen Rücken. Er bewegt sich ein bisschen. Wenn ich sein Gesicht sehen könnte, hätte er ein winziges Lächeln darauf, nur eine schwache Kurve auf einer Seite seines Mundes. Er hat einen bezaubernden Mund – volle Lippen und einen Amorbogen, für den viele Frauen töten könnten. Ich liebe es, wie er mich küsst. Es sind keine schmelzenden Küsse; oder die Pink-typischen Küsse, bei denen man denkt, man müsste auf der Stelle tot umfallen, aber zärtlich und liebevoll und …

Unter der Dusche seife ich meinen Körper komplett ein. Ich plaudere mit Lucy Fir und Babuschka. Lucy versucht ausnahmsweise, vernünftig mit mir zu reden, statt mir ins Ohr zu schreien. Sie fragt mich, ob ich Zärtlichkeiten und Liebe in meinem Leben haben möchte. Babuschka unterbricht sie. Sie sagt mir, dass Adam jemand ist, den ich in meinem Leben nicht gebrauchen kann. Sie ist standhaft. Sie ist unerbittlich. Sie fordert mich auf, daran zurückzudenken, was für Gefühle der Mann bei mir auslöst, wenn er mich verletzt, und er wird mich wieder verletzen, wenn ich es ihm erlaube. Das, sagt Babuschka, ist sicher. Ich spüle die Seife ab, stehe eine Ewigkeit unter den kochend heißen Wasserstrahlen, lasse das Wasser über meine Nackenmuskeln fließen. Ich strecke meine Arme, meine Beine, meine Finger. Leise singend gebe ich den Stimmen in meinem Kopf recht. Runde eins an Babuschka.

Mit einem Handtuch um den Kopf und in meinen Bademantel gehüllt gehe ich wieder nach unten. Es ist Samstag. Jon hat offensichtlich beschlossen, auszuschlafen. Ich blicke auf meinen Garten hinaus, erinnere mich an die Tage in der »Lodge« zurück. Natürlich ist es so, dass ich mit Adam Mitgefühl habe. Er ist in meinem Kopf, weil er mir seit der Szene mit Ben letzte Woche leidtut. Es ist eine Tragödie, aber es ist sein Leben, ermahne ich mich selbst. Sie kann nicht zu meiner Tragödie werden, nur weil ich Mitleid mit ihm habe, und ich kann nicht zulassen, dass er so viel Platz in meinem Kopf einnimmt, der jetzt Jon gehört. Oder Johnny Depp. Oder Liam Neeson …

Ich schließe die Augen und reibe sie mit Daumen und Zeigefinger. Auch wenn es eigentlich notwendig wäre, dass er aus meinem Kopf verschwindet, akzeptiere ich, dass er das wahrscheinlich nie tun wird. Er wird immer irgendwo im Hintergrund lauern und zuschauen. Und ich werde es ihm wahrscheinlich erlauben, weil ich ihn so lange Zeit so sehr geliebt habe. Das tue ich immer noch. Ich gebe zu, dass ich den Mann liebe, nicht genauso wie früher, aber ich kann es nicht komplett abstellen. Ich kann das Gefühl nicht wie einen Wasserhahn abdrehen und fest zuschrauben. Es ist anders. Ich würde es immer noch Liebe nennen, aber es ist nicht dasselbe. Ich lächele und sage Babuschka und Lucy, dass sie beiseiterücken und ihn reinlassen sollen. Ich versichere ihnen, dass er nicht oft dort sein wird, bitte sie aber, in dem Fall dann nett zu ihm zu sein.

Während ich mir meine zweite Tasse Tee heute Morgen zubereite, fange ich an zu planen, wie mein Studio aussehen wird. Ich trinke ein paar Schlucke und laufe dann die Treppe hoch. Ich ziehe das Handtuch von meinem Kopf und beuge mich über Jon und kitzele sein Gesicht mit meinen nassen Haaren.

»Du erkältest dich noch«, murmelt er, streckt seine Hand aus und öffnet meinen Bademantel. Ich lasse ihn zu Boden gleiten, und er zieht mich an seine Seite. »Guten Morgen, Beth-All«, sagt er. »Wie fühlen wir uns heute Morgen?«

Ich kichere. Ich habe ihm einmal von Lucy und Babuschka erzählt und jetzt redet er mich mit »wir« an. Wenn er nur wüsste, dass ich Adam auch ein bisschen Platz angeboten habe. Es wird wahrscheinlich nichts Dauerhaftes sein, nur eine kurzfristige Untermiete, aber mal sehen. Für den Moment ignoriere ich mein geschäftiges Innenleben und genieße es, von diesem Mann geknuddelt zu werden. Von niemand anderem. Von diesem Mann. Jon ohne »h« Roper.

*

Nur zwei Stunden später werden meine Prinzipien schon wieder in Frage gestellt. Ich habe meinen Ehemann bildlich gesprochen zu Bett gebracht. Ich habe ihn entsprechend abgelegt, ihm freundlicherweise unter kontrollierter Aufsicht in meinem Kopf Zutritt gewährt.

Warum also sinkt mir mein Magen in die Kniekehlen und warum tut mir mein Herz weh, wenn ich seine Stimme am Telefon höre? Er spricht eine Weile. Es gibt eine Menge guter Gründe, denen ich allen zustimmen kann. Ich nicke, aber bin sprachlos.

»Beth, bist du da?«

»Ich bin hier …«

»Du sagst so wenig.«

»Ich weiß nicht recht, was ich sagen soll. Vor zwei Wochen warst du dabei, eine Wohnung in Fulham zu kaufen. Heute ziehst du nach New York.«

Jon blickt von seiner Zeitung am Tisch auf. »Adam?« formt er mit den Lippen. Ich nicke.

»Es ist wirklich das Beste, aus all den Gründen, die ich gerade genannt habe. Abgesehen davon ist es nicht für immer. Ich könnte alles in sechs Monaten aufgebaut haben, oder es könnte viel länger dauern. Wer weiß?«

»Wer weiß?«, wiederhole ich.

»Wie findest du das?«

Ich möchte vor Lachen losprusten, halte mich aber zurück. Ausgerechnet jetzt denkt er daran, mich zu fragen, was ich davon halte. »Du musst das tun, was du für richtig hältst«, erwidere ich. »Meg wird dich vermissen. Wir werden dich beide vermissen.«

Er seufzt. »Du weißt, dass ich euch beide mehr vermissen werde. Jedenfalls, in fünf Tagen bin ich weg.«

»So bald schon?«

»Es ist sinnlos, länger zu warten. Ich muss aus Bens Wohnung ausziehen. Wir brauchen dringend jemanden in New York.«

»Wie machst du es? Suchst du dir dort eine Wohnung?«

»Ein Hotel für ein paar Wochen, bis ich mich zurechtgefunden habe. Bis das Büro eingerichtet ist, ein paar neue Mitarbeiter eingestellt sind. In ein paar Wochen werde ich eine Wohnung gefunden haben. Hör zu, ich versuche, ein Essen zu arrangieren. Eine Art von letztem Abendmahl. Du, ich, Meg, Jack, Ben und Karen. Sybil, wenn sie kommen möchte. Hast du morgen Abend Zeit?«

Ich sehe zu Jon hinüber, der so tut, als würde er nicht zuhören. »Ja, habe ich. Sag mir, wann und wo.«

»Ich schicke dir nachher eine SMS. Muss erst mit Ben sprechen.«

»Hast du mit Meg telefoniert?«

»Ich habe zuerst dich angerufen.«

Ich antworte nicht.

»Hey, ich habe heute Morgen dein Lied im Radio gehört. Unwirklich … Dieser Text, über zerbrechen und zusammenhalten …«

»Ja?«

»Er ist gut. Ein großartiger Text. Großartiges Lied. Du hast all diesen Erfolg echt verdient, Beth, wirklich.«

»Danke.«

»Natürlich hättest du diesen Herzschmerz nie so intensiv ausdrücken können, wenn ich nicht so ein Scheißkerl gewesen wäre. Deshalb gefällt mir der Gedanke, dass ich irgendwie dabei mitgeholfen habe.«

Ich kann ihn fast schon grinsen sehen.

»Genau das sagt Josh auch.«

»Er hat recht.« Adam lacht.

»Wahrscheinlich …«

Jon ist aufgestanden, sucht die Prospekte zusammen und geht durchs Wohnzimmer. In einer Minute fahren wir in das Gartencenter, um das Modell und die Größe auszusuchen und zu bestellen.

»Ich muss los«, sage ich. »Wir wollen in einer Minute fahren.«

Mehr als dieses »wir« wird er heute nicht erfahren, aber das ist in Ordnung.

»Wir sehen uns morgen«, sagt er. »Ich schicke dir die genauen Daten, wenn ich mit allen gesprochen habe.«

»Okay, tschüss.« Ich lege auf und starre auf das Telefon. Adam geht nach New York. Um dort zu leben. In New York.

»Wir sollten bald los, wenn du um eins bei der Arbeit sein musst.« Jon spricht, ohne seinen Blick von dem Stuhl zu lösen, auf den er sich gesetzt hat. Er hat recht. Ich muss heute Nachmittag für Steph im Büro einspringen und ich würde mich am liebsten davor drücken. Und auch wenn ich mich dazu entschieden habe, zu kündigen, um all meine Zeit dem Liederschreiben zu widmen, bin ich hin- und hergerissen. Ich werde Giles und die Mannschaft wirklich vermissen. Ich ziehe meinen geöffneten Laptop zu mir und öffne meine Mailbox. Unter »Entwürfe« wartet die E-Mail, mit der ich meine Kündigung bei der Gesellschaft einreiche, darauf, abgeschickt zu werden. Mein Zeigefinger schwebt ein paar Momente darüber, bevor ich ihn senke und auf »Senden« drücke … Adam. Zieht nach New York.

»Gut«, sage ich Jon. »Ich gehe nur rasch meine Jacke holen.« Ich renne die Treppe hoch, bleibe oben stehen, reibe die linke Seite meiner Brust. Adam geht nach New York. Nicht nach Fulham. New York. Das ist ein kleines Stück weiter weg. Ich atme langsam aus. Und es ist das Richtige. Es ist das Richtige für ihn. Ich blicke über das Treppengeländer hinunter in den Flur. Jon lächelt mich von unten an. Es ist das Richtige für alle.

*

Bei Guido's, einem italienischen Restaurant in Weybridge, haben wir so manch ein glückliches Familienessen erlebt. Deshalb wäre ich lieber anderswo. Es wäre mir lieber gewesen, wenn Adam ein anderes Restaurant ausgesucht hätte, eines, wo wir vielleicht neue Erinnerungen anlegen könnten. Das letzte Mal war ich hier vor einigen Monaten mit Meg zusammen, just nachdem Adam mich verlassen hatte, und sobald ich hereinkomme, fühle ich, wie sich die Vergangenheit um mich herumwickelt wie eine alte Strickjacke.

Ich bin die Letzte. Ich küsse jeden auf die Wange und setze mich neben meine Mum an den runden Tisch. Uns gegenüber sitzen Karen und Ben fast schon zusammengeklammert. Sie haben diese Kombination von Verliebtheit und Angst im Blick, den alle schwangeren Paare haben. Adam sitzt neben Meg, die Jack auf ihrer anderen Seite hat. Er spricht mit Ben, während Meg und Adam lebhaft über Einkaufstouren in New York plaudern und dass sie dort bald einen Platz zum Absteigen hätte. Sie hat sogar erwähnt, dass sie vielleicht dort ihren Master machen könnte.

Meine Mutter legt ihre Hand auf mein Bein und drückt es. »Sag jetzt nichts«, flüstert sie, und ich nicke schweigend und versuche, nicht daran zu denken, dass ich Meg an den Big Apple verliere.

Die Unterhaltung rund um den Tisch heute Abend ist lebhaft, auch wenn ich nicht viel dazu beitrage. Mum erzählt uns, dass sie im September mit einem neuen Kurs anfängt, einem Grundkurs in Lebensberatung. Adam und ich sehen uns in die Augen und fangen beide zu lachen an.

»Tja, Sybil.« Er hat meine Mutter niemals mit »Mum« angesprochen, obwohl sie ihn im Laufe der Jahre immer darum gebeten hatte. »Jetzt übernimmst du also die Beratung?«

Der Witz geht beinahe an ihr vorbei, aber nicht ganz. »Als ob ihr auf mich gehört hättet, alle beide, weder als Mutter noch als Beraterin … Lacht ruhig, aber ich möchte Einfluss auf die Dinge nehmen.«

»Du hast Einfluss auf mich, Mum.« Ich lächele sie an.

»Und auf mich, Nan.«

»Und auf mich, Sybil«, gibt Adam zu. »Ehrlich gesagt, selbst als man mich besser umgebracht hätte, hast du zu mir gehalten. Also danke.« Adam hebt sein Glas in ihre Richtung. Mum lächelt, ein bisschen verlegen, wechselt dann das Thema und fragt Karen, ob sie sich immer noch oft erbrechen müsse, als gerade meine Spaghetti alla puttanesca kommen.

Knoblauchbrot, Bruschetta, Spaghetti in drei Geschmacksrichtungen füllen die Tischmitte aus, und trotzdem knabbert Karen an einem kleinen Weizencracker aus einer Dose in ihrer Tasche.

»Es tut mir leid«, flüstert sie. »Ich traue mich nicht, etwas zu essen.«

»Das geht vorbei«, sage ich ihr. »Wie die meisten Sachen im Leben, die Unannehmlichkeiten sind nur vorübergehend.«

»Wie ironisch, dass das ausgerechnet hier von dir kommt«, erwidert sie.

»Ich weiß.«

Adam füllt mein Glas und sieht mich an. Es ist süß, ein liebevoller Blick; einer, der ausdrückt, dass er alles für mich tun würde. Auf seltsame Art und Weise tut er es auch, er zieht weg ... Ich lächele zurück und entschuldige mich für einen Moment, um aufs Klo zu gehen.

Die Damentoilette bei Guido's ist winzig. Sie hat zwei Kabinen und ein gemeinsames Waschbecken. Als ich den Vorraum betrete, sehe ich eine andere Frau am Waschbecken und trete automatisch beiseite, damit sie vorbei gehen kann. Als sie sich umdreht, zieht sich ein breites Grinsen über ihr Gesicht. »Beth! Ich dachte schon, dass Sie es sind, war mir aber nicht ganz sicher. Ich habe meine Brille nicht auf.«

Caroline sieht umwerfend aus, sie trägt einen verführerischen Einteiler.

»Machen Sie sich keine Sorgen«, sagt sie. »Draußen hätte ich Sie nicht begrüßt, aber hier drinnen?« Sie weist auf den Toilettenraum. »Wie geht es Ihnen? Wie läuft es bei Ihnen?«

»Gut.« Ich nicke. »Es ist schön, Sie zu sehen.«

»Ich muss gestehen, dass ich Ihnen auf Twitter gefolgt bin. Ihr Lied ... Ich freue mich wahnsinnig für Sie. Sie haben diese Saboteurin endlich zum Schweigen gebracht, was?«

»Oh, ab und zu schüttelt sie den Knebel ab, aber ich denke, ich habe sie im Griff.«

Ich muss einfach an das erste Mal denken, wo Caroline und ich uns getroffen haben. Ich war betrogen worden, panisch und verängstigt.

»Und Sie?«, fragt sie zögernd.

»Mir geht es besser, viel besser«, erzähle ich ihr. »Ich glaube, ich habe Beth wiedergefunden.«

»Das freut mich« Sie lächelt. »Und …«

»Adam ist da draußen, mit dem Rest der Familie.«

Sie nickt und bemüht sich, nicht preiszugeben, was sie davon hält. Ich denke darüber nach, was ich gerade gesagt habe. Er ist der Vater meines einzigen Kindes und meine erste Liebe. Er gehört zur Familie und das wird auch immer so bleiben.

»Wir haben uns getrennt«, sage ich ihr. »Es ist eine Menge geschehen, ein Zurück war damit wirklich nicht mehr möglich. Aber wir kommen damit zurecht, blicken beide nach vorn. Ich habe einen neuen Mann getroffen.«

»Wirklich?« Caroline sieht aus, als wollte sie einen Freudentanz aufführen. »Das freut mich für Sie.«

»Und Adam … er zieht diese Woche in die Vereinigten Staaten. New York.«

Sie hebt ihre Augenbrauen, sagt aber nichts. Wir tauschen noch ein paar Neuigkeiten aus und noch ein paar Höflichkeiten. Sie sagt, dass mir ihre Tür immer offen steht, und geht. Ich folge ihr nach draußen, zurück zum Tisch. Als ich mich setze, fällt mir auf, dass ich zu pinkeln vergessen habe. Aber ich merke auch, dass ich mich gut fühle, schwerelos. Ich habe einen neuen Mann in meinem Leben. Ich habe eine liebenswerte Familie, zu der er eines Tages vielleicht gehören wird. Vielleicht bald schon wird sich Jon zusammen mit Karens und Bens Baby dieser Gruppe am runden Tisch anschließen. In der Zwischenzeit freue ich mich, dass Adam geht. Wahrscheinlich hat die Beziehung zwischen Jon und mir eine echte Chance zu wachsen, wenn er nicht in der Nähe ist. Wir haben die Chance, herauszufinden, ob es etwas Ernsthaftes ist, ohne dass er uns dabei beobachtet.

Und Adam. Er wird uns vermissen, aber er wird überleben und er wird nicht lange alleine bleiben. Überleben steckt in jedem Strang seiner DNS, Alleinsein allerdings nicht. Ich vermute, es wird nicht lange dauern, bis es aus den Staaten heißt: »Es gibt da diese Frau und …«

EPILOG

Zu Fuß sind es vom Appartement in der East 77th Street bis zur West 53rd im Geschäftsviertel nur ungefähr fünfundzwanzig Minuten, aber ich nehme mir ein Taxi. Die feuchte Hitze mitten im Juli ist erstickend und eine Fahrt mit dem Taxi heißt, dass mir nicht das Hemd am Leib klebt, wenn ich ankomme. Fünf Minuten innerstädtischen Verkehrs später betrete ich das Museum of Modern Art durch die Glastüren und gehe zur Monet-Ausstellung, wo die drei Werke in Öl auf Leinwand ausgestellt sind. Ich sitze auf der mittleren Bank. Es ist die, die meinem Gefühl nach die beste Aussicht auf alle drei Leinwände gleichzeitig bietet. Auf der Bank ist Platz für drei oder vier Leute und manchmal habe ich sie nicht für mich allein, wenn jemand anderes den Raum betritt und entscheidet, ja, von hier aus hat man wirklich den besten Blick. Dann setzt derjenige sich neben mich und ich versuche, ihm das nicht übelzunehmen. Hier in meinem Raum, den ich als meinen eigenen bezeichne, obwohl jeder ihn aus dem Film kennt.

Heute bin ich allein. Ich bin glücklich, die Stille genießen zu können. Ich ziehe mein Mobiltelefon aus der Jackentasche, wähle ihre Nummer und warte. Ich bin dazu übergegangen, sie jeden dritten Samstag um elf Uhr dreißig New Yorker Zeit, sechzehn Uhr dreißig westeuropäischer Zeit, von hier aus anzurufen. Sie weiß natürlich nicht, von wo aus ich sie anrufe.

Sie antwortet mit einem fröhlichen »Hi«. Sie ist außer Atem, als wäre sie gelaufen. Wir plaudern, über Meg, über die Arbeit, über ihre anstehende Reise nach L. A. Ich scherze, dass wir, wo wir uns dann schon auf demselben Kontinent befinden werden, vielleicht versuchen sollten, uns zu treffen. Sie tut es mit einem Lachen ab, sagt mir, dass es für mich leichter wäre, für einen Besuch nach London zurückzukehren. Ich beharre nicht darauf, da ich schon weiß, dass sie Jon mit nach L. A. nehmen wird. Das Evangelium nach Meg …

Sie fragt mich, ob ich den Film schon gesehen habe. Ich sage ja, natürlich. Ich verrate ihr nicht, dass ich ihn schon zweimal gesehen habe. Während ich rede, kleben meine Augen an den Seerosenblättern. Ich schwöre, dass sie sich in dem sanften Schaukeln von Monets Teich bewegen. Ich schwöre, dass ich in den Farben des Gemäldes, den Grüntönen, den Blautönen, den Violetttönen, irgendwie ihr Gesicht sehe.

Sie lacht über irgendetwas, reißt mich in die Gegenwart zurück und mir wird klar, dass sie über Sybil redet, die endlich mit ihrer Berateausbildung angefangen hat. Beth erzählt mir, dass sie sie verrückt macht mit ihrer ganz eigenen Art von Analyse. Ich muss einfach lächeln – ich liebe den Klang von Beths Lachen. Das ist etwas, das ich schrecklich vermisse.

Jemand setzt sich neben mich, schwebt fast schon über dem Rand der Bank, als wäre er ängstlich darauf bedacht, den persönlichen Raum anderer nicht zu verletzen. Ein älterer Mann, er zieht ein kleines Notizbuch und einen Stift aus einer Leinenjacke. Mein Stichwort, auf die Uhr zu sehen und zu gehen. Wir haben mehr als fünfzehn Minuten lang miteinander gesprochen und jetzt komme ich zu spät. Ich gehe zu Terrace 5 und hoffe, dass drinnen ein klimatisierter Tisch frei ist, statt draußen, wo ich in der heutigen Hitze wahrscheinlich vertrocknen würde. Beth ist noch mitten dabei, mir von Karen zu erzählen, die jetzt im sechsten Monat schwanger und »breit wie ein Haus« ist, und Ben läuft herum wie eine Katze, die die Sahne geschleckt hat.

Ich betrete das Restaurant, und sie winkt mir sofort zu. Ich bleibe stehen, winke zurück und halte fünf Finger hoch, so dass sie weiß, dass ich in ein paar Minuten bei ihr bin.

»Wie geht es dir überhaupt?«, erkundigt sich Beth. »Komm schon, du bist schon seit Monaten dort drüben und ich bin die ganze Zeit nicht neugierig gewesen. Was läuft dort?«

Ich weiß, dass sie mich fragt, ob ich alleine bin, ob es jemanden in meinem Leben gibt.

»Witzig, dass du fragst«, sage ich zu Beth. »Es gibt da diese Frau …«